KIM NINA OCKER
Everything I Ever Needed

KIM NINA OCKER

EVERY THING I EVER NEEDED

Roman

LYX in der Bastei Lübbe AG
Dieser Titel ist auch als E-Book und als Hörbuch erschienen.

Originalausgabe:
Copyright © 2021 by Bastei Lübbe AG, Köln
Copyright © 2021 by Kim Nina Ocker.

Textredaktion: Christin Ullmann
Umschlaggestaltung: © ZERO Werbeagentur GmbH
unter Verwendung von Motiven von © FinePic / shutterstock
Satz: Greiner & Reichel, Köln
Gesetzt aus der Adobe Caslon
Druck und Verarbeitung: GGP Media GmbH, Pößneck
Printed in Germany
ISBN 978-3-7363-0996-8

1 3 5 7 6 4 2

Sie finden uns im Internet unter lyx-verlag.de
Bitte beachten Sie auch: luebbe.de und lesejury.de

Liebe Leser:innen

Dieses Buch enthält potenziell triggernde Inhalte.
Deshalb findet ihr auf Seite 457 eine Triggerwarnung.

Achtung: Diese enthält Spoiler für das gesamte Buch!

Wir wünschen uns für euch alle
das bestmögliche Leseerlebnis.

Euer LYX-Verlag

Für alle, die etwas zu sagen haben.
Haltet nichts zurück!

Playlist

»La Casa De Papel«, Money Heist – Bella Ciao
»After Passion«, Matt Cardle – When We Collide
»Pretty Little Liars«, The Pierces – Secret
»The Greatest Showman«, Hugh Jackman & Cast –
From Now on
»Glee«, Glee Cast – Defiying Gravity
»Umbrella Academy«, Tiffany – I Think We Are Alone Now
»The Hunger Games«, Taylor Swift – Safe & Sound
»Charmed«, Love Spi Love – How Soon Is Now
»Sex and the City«, Mc Solaar – La Belle Et La Bad Boy
»The Greatest Showman«, Hugh Jackman &
Zack Efron – The Other Side

1

Es gibt viele Arten von Geschichten und mindestens ebenso viele Gründe, sie zu erzählen. Jeden Tag füge ich meiner eigenen Geschichte ein Stück hinzu, schreibe einen neuen Satz, manchmal nur ein Wort, und an perfekten Tagen sogar ein ganzes Kapitel. Ohne Überarbeitung, Zensur oder der Erwartung, dass sie ein gutes oder ein schlechtes Ende nehmen wird.

Viele Menschen glauben an das Schicksal – eine höhere Macht, die den Lauf deiner Geschichte beeinflusst, jedem Rückschlag einen Sinn gibt und uns zu Spielfiguren degradiert, die von einer unbekannten Kraft übers Feld geschoben werden. Eine wirklich deprimierende Vorstellung. Gäbe es tatsächlich einen tieferen, nicht erkennbaren Grund für alles, was in unserem Leben passiert, könnten wir uns gemütlich mit einer Tüte Popcorn zurücklehnen und den Dingen ihren Lauf lassen.

Das ist mir zu einfach. Wäre diese Vorstellung eine Tatsache, würde ich wohl den Mut verlieren, jeden Tag aufzustehen und auch nur einen einzigen Satz an meiner Geschichte zu ergänzen. Stattdessen kämpfe ich für jedes Wort.

DEXTER

Ich starre auf den verschlossenen Umschlag, ohne ihn wirklich zu sehen. Ich bin nicht der Typ für Dramatik, aber diese Scheiße hier macht mich fertig. Am liebsten würde ich diesen verdammten Brief ungeöffnet verbrennen. Wie sagt man doch so schön? Was man nicht weiß, macht einen nicht heiß. Vielleicht ist es wirklich besser, nicht zu wissen, was drinsteht.

Aber wie gesagt: Ich bin kein Typ für Dramatik.

Mit einer entschlossenen Bewegung reiße ich den Umschlag auf, ziehe das dicke Papier heraus und suche nach dem einzigen Satz, der mich interessiert.

Wir freuen uns, Ihnen mitteilen zu können, dass wir Ihnen …

Bingo! Ich habe einen Studienplatz an der Preston University von Chicago. Einfach so. Mein Leben ist jahrelang immer nur in eine Richtung verlaufen: bergab. Dass ich jetzt so etwas wie einen Schritt nach vorn in meiner Hand halte, ist seltsam surreal. Als hätte ich in den letzten Jahren verlernt, einen Plan im Leben zu verfolgen. Was der Wahrheit vermutlich ziemlich nahe kommt. Immerhin bin ich es inzwischen gewohnt, mich um nichts zu scheren. Mir ist alles egal, einschließlich mir selbst, und auch der Großteil der Menschen um mich herum.

Das hier ist eine Einladung. Eine Einladung zu einem geregelten Leben, und ich habe keine Ahnung, ob ich sie annehmen will.

Etwas unschlüssig sehe ich mich in dem kleinen WG-Zimmer um, in dem ich vor etwa zwei Monaten untergekommen bin. Das schmale Metallbett, der Kleiderschrank, dessen Tür ein Loch in der exakten Größe meiner Faust ziert, und die kargen Wände passen so gar nicht zum allgemein verbreiteten Bild eines eifrigen Collegestudenten. Nichts in meinem Leben passt zu diesem Bild. Ich habe nicht einmal einen Schreibtisch. Aber nun würde ich umziehen, Schulmaterial kaufen, morgens zu einer bestimmten Zeit aufstehen und einigermaßen aufnahmefähig im Hörsaal sitzen müssen. Allein die Vorstellung überfordert mich und lässt mich in Schweiß ausbrechen.

Scheiße, was bin ich nur für ein Wrack?

Zögernd greife ich nach meinem Handy und wähle die einzige Nummer, die ich auf Kurzwahl gelegt habe. Die einzige Nummer, die mich interessiert, seit ich clean bin und mein Dealer keine Rolle mehr für mich spielt.

»Alter«, meldet Carter sich mit verschlafener Stimme. Im Hintergrund höre ich ein Murmeln und stelle mir vor, wie mein bester Kumpel aus Kindertagen mit seiner Frau im Bett liegt. Bei dem Bild verdrehe ich automatisch die Augen. »Hast du mal auf die Uhr geguckt?«

Habe ich nicht. Ist mir auch egal, wie spät es ist. »Ich habe eine Zusage.«

Es dauert ein paar Sekunden, bis Carter antwortet. Wahrscheinlich braucht sein verschlafenes Hirn einen Moment, um zu verstehen, was ich meine. »Echt?«, ruft er dann so laut, dass ich das Handy ein paar Zentimeter von meinem Ohr weghalte. Ich stelle ihn auf Lautsprecher und lege das Telefon auf mein Bett, während ich mich daneben fallen lasse, um mir den Rest des Briefs durchzulesen.

»Jop«, sage ich knapp und seufze. »Hast du das Aufnahmekomitee bestochen oder so?«

Carter gähnt herzhaft. »Nein. Aber ich habe drüber nachgedacht.«

Ich schnaube. »Immerhin gibst du es zu.«

»Freu dich mal«, fährt er mich beinahe wütend an, und ich runzle irritiert die Stirn. Nach außen hin mag ich die meiste Zeit über desinteressiert und abweisend wirken – in Wahrheit ist Carter so ziemlich der einzige Mensch auf der Welt, auf dessen Wort ich etwas gebe. Gut, auch seine Tochter und seine Frau haben mich ein bisschen unter ihrer Fuchtel, aber die beiden sind wirklich Furcht einflößend.

»Tue ich ja«, versuche ich ihm zu versichern, auch wenn ich selbst höre, wie scheinheilig es klingt. Verdammt. »Aber ganz ehrlich? Ich befürchte, das war 'ne beschissene Idee.«

Ich höre Bettfedern quietschen, als Carter sich im Bett aufsetzt, vielleicht sogar aufsteht. Einen Moment lang will ich ihm versichern, dass ich ihn nur verarscht habe und mich tierisch auf meinen Neubeginn freue, damit er sich wieder hinlegt. Ich hasse es, der Problemfall zu sein. Das Wohltätigkeitsprojekt, um das man sich kümmern muss, weil es sich eben so gehört. Ich hasse es, mich zu fragen, wie oft ich wohl das Thema zwischen Carter und Jamie bin, wie oft sie beim Essen zusammensitzen und besprechen, was sie als Nächstes versuchen sollen, um mich auf Kurs zu bringen. Mir ist klar, dass Carter all das gerne tut und dass ich das Gleiche für ihn machen würde. Trotzdem gefällt mir meine Rolle in dieser Konstellation nicht.

Auf der anderen Seite brauche ich Carter. Ich habe mein Leben lange Zeit laufen lassen, ohne großartig darüber nachzudenken. Habe von einem Tag zum anderen gelebt. Ein Studium überfordert mich ganz einfach.

»Wir packen das schon«, sagt Carter betont lässig. »Das Angebot steht – falls du erst mal zu uns ziehen möchtest, bist du jederzeit willkommen. Wenn du ernsthaft studieren willst, brauchst du vielleicht ein bisschen mehr … öhm, ein bisschen mehr Platz.«

Lachend sehe ich mich in meinem winzigen Zimmer um und weiß genau, was er meint. »Ich denke drüber nach«, versichere ich ihm, wie jedes Mal, wenn er mit diesem Angebot um die Ecke kommt. »Sorry, dass ich euch geweckt habe. Meld dich morgen mal, wenn du ein bisschen Luft hast.«

Ich spüre Carters Zögern, doch Gott sei Dank belässt er es dabei. Wir verabschieden uns knapp, und ich schiebe das Handy unter das dünne Kopfkissen, um mich davon abzuhalten, meine alten Kontakte rauszusuchen. Das hier ist genau die richtige Situation für ein Bier. Oder einen Joint. Der Druck droht übermächtig zu werden, als würde allein der Gedanke an die kommenden Verpflichtungen von innen gegen meine Schädeldecke drücken. Ich komme nicht gut klar mit Regeln oder allgemein mit Strukturen. Der Psychologe nannte diese Tatsache während meines Entzugs eine Folge des Traumas, das ich durch den Tod meiner Eltern erlitten habe. Mir ist der Grund für diese Abneigung scheißegal, denn es ändert nichts an den Folgen. Sobald mir etwas zu viel wurde, griff ich zu Alkohol oder Drogen. Den Alkohol hatte ich im Griff gehabt, die Drogen irgendwann nicht mehr.

Damit ist es inzwischen vorbei.

Allerdings hat Carter recht: Ich brauche eine neue Bleibe. Hier werde ich wohl kaum die Ruhe haben, mich so richtig ins Lernen zu stürzen. Nicht, dass ich das ernsthaft vorhabe, aber ich sollte wohl mit guten Vorsätzen an diese Sache rangehen.

Seufzend stehe ich von meinem Bett auf und greife nach meinem in die Jahre gekommenen Laptop. Es ist kurz vor ein Uhr nachts, allerdings kann ich seit Jahren nicht mehr richtig schlafen. Dann kann ich die Zeit ebenso gut mit Wohnungssuche verbringen. Obwohl eine eigene Wohnung mein Budget übersteigt. Aber bei Carter und seiner kleinen Familie will ich nicht einziehen. Nicht, dass ich Jamie und Lila nicht mag, doch … keine Ahnung. Es ist mir zu viel. Die drei sind so verdammt niedlich, so beschissen glücklich, dass ich es kaum ertragen kann. Jedes Mal, wenn ich sie besuche, dröhnt mir nach einer Stunde der Kopf. Ich mag mich mit meiner Situation abgefunden haben, doch das bedeutet nicht, dass ich glücklich damit bin. Ich hätte gern selbst eine kleine glückliche Familie. Nicht unbedingt Frau und Kind – meine Eltern und mein Bruder wären mir schon genug. Wenn ich bei Carter zu Hause bin, ist es, als würde mir genau das vorgehalten, was ich verloren habe.

Die Augen über mich selbst verdrehend, wische ich die Gedanken an Carter beiseite. Nein, ich werde sicher nicht bei ihm einziehen. Ich brauche etwas in Campusnähe, und auch wenn mir bei der Vorstellung beinahe die Galle hochkommt, weiß ich, was das bedeutet. Ich muss ins Wohnheim. Zwischen all diesen aufgeregten Kindern zu wohnen, ist vielleicht noch schlimmer als bei Carter. Aber immerhin bin ich dort niemandem verpflichtet. Ich muss nicht an gut gemeinten gemeinsamen Abendessen teilnehmen und fühle mich vor allem nicht wie ein Schmarotzer.

Widerwillig öffne ich meine aktuelle Playlist und stelle die Musik laut, in der Hoffnung, sie würde meine Selbstzweifel übertönen. Doch so richtig gelingt ihr das nicht.

AVA

»Wie viel Zeit gibst du ihr?«

Ich rolle mit den Augen und werfe meinem Dad einen genervten Blick zu. Er geht mir zwar nicht wirklich auf den Wecker, doch solch einen Mangel an Vertrauen mir gegenüber kann ich einfach nicht unkommentiert lassen.

»Eine Woche«, antwortet mein anderer Dad mit einem abschätzenden Blick in meine Richtung. Er legt den Kopf schief. »Fünf Tage, maximal. Dann ist entweder das Geld alle, sie hat keine saubere Wäsche mehr oder ich soll zum Putzen kommen.«

Schnaubend werfe ich einen Blick auf den Gebäudeplan und das skizzierte Gelände. »Ihr tut so, als wäre ich noch nie alleine gewesen.«

»Sturmfrei zu haben und alleine zu leben, sind zwei sehr unterschiedliche Dinge, Ma'am«, informiert mich Carl, Dad Nr. 1, und versucht, mir durch die Haare zu wuscheln, doch ich weiche rechtzeitig aus. »Das wirst du schnell merken.«

»Andere Studierende schaffen das auch«, halte ich dagegen, immer noch den Plan fixierend. »Es gibt einen Waschsalon um die Ecke, ich habe genug Budget für den Monat, und Putzen schaffe ich alleine.« Demonstrativ sehe ich Dad Nr. 2, Lennie, an. »Außerdem habe ich ja auch noch eine Mitbewohnerin.«

Carl mustert mich erneut, dann wendet er sich Lennie zu. »Okay, zehn Tage. Dann kommt sie zurück.«

Mir ist klar, dass die beiden mich nur aufziehen, trotzdem beiße ich mir nervös auf die Lippen. Ich meine tatsächlich, was ich sage – ich bin immerhin nicht das erste Mädchen auf diesem Planeten, das von zu Hause ins Wohnheim zieht und ihr Studium beginnt. Das tun jedes Jahr unzählige, und die meisten von ihnen schaffen es. Doch es ist das erste Mal für mich, dass ich etwas derartig Großes starte. Obwohl ich älter bin als die meisten Erstsemester, habe ich mein Leben lang meine Väter und meine Familie an meiner Seite gehabt – jetzt auf mich allein gestellt zu sein, macht mich wirklich nervös.

Ich reiße mich von diesen unheilvollen Gedanken los und deute auf die Sackkarren, die nicht weit von uns am Rand des Parkplatzes stehen. »Ihr könnt jetzt gehen«, sage ich bestimmt und drehe mich zu den beiden um, die mich immer noch ansehen, als würden sie weiter an ihrem Wetteinsatz feilen. »Es ist das zweite Gebäude, und es hat einen Fahrstuhl. Das schaffe ich allein.«

»Was? Du schickst uns weg?«, fragt Lennie und greift sich theatralisch ans Herz. »Ich dachte, wir richten dein Zimmer gemeinsam ein, schießen ein paar Fotos fürs Album und pfeifen süßen Collegejungs hinterher.«

»Nächstes Wochenende zeige ich euch alles, in Ordnung?«, frage ich, denn ich weiß, dass diese kleine Aufzählung nur zum Teil sarkastisch gemeint ist. Das hier ist ein wichtiger Moment für sie, trotz der Witze. »Wenn ihr jetzt dabei seid, komme ich mir wie ein Kind vor und werde nervös. Also verschwindet.«

Er runzelt die Stirn und versucht sich an einem lässigen Gesichtsausdruck, doch ich erkenne die Sorge in seinen Augen. Diesen Blick kenne ich besser, als mir lieb ist – die Mischung aus Sorge und erzwungenem Optimismus, dass schon alles gut gehen wird. Ich kann mir nicht einmal ansatzweise vorstellen, wie viele schlaflose Nächte mein Auszug bei meinen Dads verursacht hat und sicher auch noch in den nächsten Wochen tun wird. Für die Tatsache, dass sie sich nichts dergleichen anmerken lassen wollen, liebe ich sie noch ein kleines bisschen mehr.

»Bist du sicher, dass wir nicht noch mit hochkommen sollen?«, fragt Carl und breitet die Arme aus, als wüsste er die Antwort ohnehin schon. »Es ist keine Schande, weißt du? Viele Eltern helfen am Einzugstag.«

Ich schüttle den Kopf und umarme ihn fest, während ich die Tränen zurückhalte. Keine Ahnung, warum mir jetzt nach Heulen zumute ist – vielleicht, weil meine Zeit zu Hause zu Ende ist, vielleicht, weil eine neue beginnt. Vielleicht aus Angst, vielleicht aber auch aus Vorfreude. Vielleicht ist es auch eine Mischung aus allem.

Mit zusammengebissenen Zähnen verabschiede ich mich von meinen Dads, wobei Lennie mich einen Moment länger an sich drückt und mir einen Kuss auf den Kopf gibt. Ich bin mir absolut sicher, dass Carl mich genauso sehr liebt, aber Lennie war schon immer der Gefühlsbetonte. Er ist derjenige, der bei jeder Gelegenheit in Tränen ausbricht und der während meiner ersten Übernachtungsparty nachts am Haus meiner Freundin vorbeigefahren ist, weil er so nervös war.

»Rufst du an, wenn du deine Mitbewohnerin kennengelernt hast?«, fragt Lennie, nachdem er mich endlich losgelassen und Halt suchend nach Carls Hand gegriffen hat. »Egal, was du brauchst, und egal, wie spät es ist, melde dich einfach, okay? Du weißt, dass du dich auf uns verlassen kannst.« Er mustert mich mit einer Mischung aus Stolz und kaum unterdrückter Panik, was mich nicht unbedingt beruhigt. Ich muss dringend Abstand von diesen ganzen Emotionen bekommen, sonst überdenke ich meinen Umzug ins Wohnheim noch einmal.

»Mach ich«, versichere ich ihnen und hebe kurz die Hand. »Ihr wohnt nur etwa eine halbe Stunde von hier entfernt, also entspannt euch, okay?«

Sie nicken beinahe synchron, dann zieht Carl Lennie Richtung Auto, und endlich verschwinden die beiden. Lennie wird sich auf der Rückfahrt vermutlich eine Standpauke darüber anhören dürfen, dass er aufhören soll, mich wie ein kleines Kind zu behandeln, und stattdessen mein Selbstbewusstsein stärken muss. Bei dem Gedanken muss ich lächeln.

Selbstbewusstsein. Das ist eine Eigenschaft, auf die meine Dads immer Wert gelegt haben und die ich, zumindest in der Theorie, bis zur Perfektion beherrsche. Jetzt gerade allerdings fühle ich mich nicht sehr selbstbewusst. Eher überfordert.

Mit Blick auf den Gebäudeplan in der einen Hand, hieve ich einhändig meine beiden Taschen auf eine der Sackkarren. Ich

habe nur wenig Zeug dabei, um meinen lang geplanten Neuanfang nicht übermäßig mit Altlasten zu überfrachten. Wenig
Gepäck bedeutet Platz für Neues, und genau das ist es, was ich
im Moment dringend brauche.

Meine Taschen sind zu meiner Zufriedenheit aufgeladen,
ich werfe noch einen letzten Blick auf den Plan und mache
mich auf den Weg Richtung Wohnheim. Auf dem Gelände der Preston University dominieren zwei Baustile. Es gibt
herrschaftliche Gebäude aus dem frühen 19. Jahrhundert mit
Quergiebeln, Spitzbogenfenstern und gotischen Türbögen.
Daneben erheben sich Glasbauten in den grauen Himmel,
hinter deren Fronten ich Studierende und Familien der Erstsemester herumrennen sehe. Die kleine Parkanlage, die das
Gelände einrahmt, ist gepflegt, wirkt dabei dennoch natürlich
gewachsen und spiegelt so perfekt diesen Mix aus Alt und
Neu wider, in den ich mich ein wenig verliebt habe. Nicht,
dass ich die Uni aufgrund ihrer Erscheinung ausgewählt hätte.
Ich bin nur aus einem Grund hier: Nathan. Wenn ich schon
von zu Hause ausziehe und auf eigenen Beinen stehe, will
ich wenigstens in der Nähe meines Freundes sein. Ein klein
wenig Vertrautheit in der Fremde kann bestimmt nicht schaden.

Auch wenn von diesem Freund im Moment nicht viel zu
sehen ist. Er wollte kommen, war sich aber nicht sicher, ob er
es wirklich schaffen würde. Offensichtlich nicht, doch ich will
mich nicht aufführen wie eine Klette und ihm hinterhertelefo-
nieren. Er ist schon seit einem Jahr auf dem College, hat dementsprechend schon viele Freunde hier, und ich will ihm nicht
das Gefühl geben, sich um mich kümmern zu müssen. Das hat
er in den vergangenen Jahren viel zu oft getan.

Wir sind seit der Highschool zusammen, und eine Zeit lang
waren wir das perfekte Paar – er war Sportler, und ich habe bei

jedem Baseballspiel auf der Tribüne gesessen und zugesehen. Wir hatten denselben Freundeskreis und waren so verliebt ineinander, dass wir kaum den Blick voneinander wenden konnten. Dann kamen meine gesundheitlichen Probleme, und unsere Beziehung wurde komplizierter, geriet aus der Balance. Ich saß nicht mehr auf der Tribüne, konnte ihm nicht mehr zujubeln und war nicht mehr dabei, wenn er mit unseren Freunden unterwegs war.

Als Nathan dann aufs College ging, wurde aus unserer Beziehung mehr oder weniger ein Festhalten an lieb gewonnenen Erinnerungen. Liebe auf Distanz ist schwierig, vor allem, wenn es schon vorher Probleme gab.

Aber jetzt bin ich hier. Wir sind wieder zusammen und können gemeinsam daran arbeiten, dass es wieder so wird wie früher. Das ist die Mühe definitiv wert.

Ich straffe die Schultern und setze meinen Weg fort, der mich auf einen kleinen Vorplatz führt. Dahinter erhebt sich das Haupthaus – ein ziemlich beeindruckendes, dreistöckiges Gebäude mit beigefarbener Fassade und Säulen, die eine Art Veranda bilden. Auf den ersten Blick wirkt es wie ein Schauplatz aus einem historischen Roman, doch die gigantische Glaskuppel auf dem Dach durchbricht das nostalgische Bild.

Auf dem Vorplatz sind ein paar Stände aufgebaut, von Clubs und Verbindungen, die neue Mitglieder suchen. Einige Studierende halten mir Flyer hin, doch ich schaue keinen genauer an. Ich befürchte, dass das Studium und das Erwachsenenleben mich genug beschäftigen werden. Um weitere Aktivitäten kümmere ich mich, sobald ich meinen Alltag im Griff habe.

Ein wenig überfordert lasse ich das Haupthaus hinter mir, dann erreiche ich mein Studierendenwohnheim – ein modernes, kastenartiges Gebäude in Glas und Metalloptik. Einen

Moment nehme ich mir Zeit, stelle die Sackkarre ab und betrachte mein Spiegelbild in der Fassade. Ich bin tatsächlich eine waschechte Studentin. Es hat Zeiten in meinem Leben gegeben, in denen ich nicht daran geglaubt habe, je an diesen Punkt zu kommen. Und auch jetzt, während ich hier stehe, kann ich es kaum fassen.

Mit einer Hand stemme ich die Eingangstür auf und manövriere mit der anderen die Karre durch den Türbogen. Drinnen ist es angenehm kühl und genauso unruhig wie auf dem restlichen Campus. Eltern, Neulinge und ältere Studierende tragen Kartons und Taschen durch die Gegend und versuchen, sich dabei nicht gegenseitig über den Haufen zu rennen. Carl hat recht gehabt – es scheint tatsächlich nicht ungewöhnlich zu sein, dass die Eltern beim Einrichten der Zimmer oder zumindest beim Tragen helfen. Trotzdem bin ich irgendwie erleichtert, das hier allein machen zu können.

Ich lasse den Blick durch die mit Sofas und Sesseln ausgestattete Eingangshalle schweifen. Soweit ich weiß, ist dieses Gebäude erst ein paar Jahre alt und macht deswegen im Vergleich mit den anderen hier einen besonders modernen Eindruck. Ich hätte es definitiv schlimmer treffen können.

Mit einem zufriedenen Lächeln schlängele ich mich durch die Halle und quetsche mich gemeinsam mit einer völlig überdrehten Familie in den Aufzug. Im dritten Stock gehe ich langsam an den identischen Türen vorbei, bis ich meine Zimmernummer gefunden habe, betrete mit klopfendem Herzen mein neues Zuhause … und bleibe abrupt stehen, als mir etwas ins Gesicht fliegt.

»Was zur Hölle …«, nuschle ich erstickt, während ich das Etwas von meinem Kopf ziehe. Es ist ein dunkelblaues T-Shirt, das ganz nebenbei noch einen beißenden Geruch absondert. »Was soll das?«, frage ich und blicke mich im Zimmer um.

Vor mir steht ein Typ mit nacktem Oberkörper und erwidert meinen Blick mit gerunzelter Stirn.

Oookay.

»Was machst du hier?«, fragt er mit einer Mischung aus Wut und … keine Ahnung, Belustigung vielleicht.

Jetzt ist es an mir, die Stirn zu runzeln. Ich mache einen Schritt rückwärts und checke die Zimmernummer.

»Das ist mein Zimmer«, sage ich, wobei ich ihm das Shirt zuwerfe, und deute auf die Sieben an der Tür. »Ich glaube, du bist falsch.« Nein, ich glaube es nicht, ich weiß es. Die Preston ist eher konservativ, was bedeutet, dass Jungs und Mädchen sich keine Zimmer teilen dürfen. Und ich bin meine Notizen in den vergangenen Tagen so oft durchgegangen, dass ich mir sicher bin, mich nicht im Flur oder Gebäude geirrt zu haben.

Der Typ schüttelt den Kopf und schleudert dabei eine Ladung Schweißtropfen aus seinen braunen Haaren in die Gegend. Wie charmant.

»Sorry, Babe, ich bin gerade dabei einzuziehen.« Er lässt seinen Blick von meinem Gesicht zu meinen Füßen und wieder zurück wandern. Seine Mundwinkel zucken, doch ein Lächeln ist das nicht. »Aber das andere Bett ist noch frei.«

Doch davon lasse ich mich nicht beeindrucken. Ich bin gut darin, meine Gefühle hinter einer lässigen Fassade zu verbergen, und gerade in solchen Momenten bin ich dankbar für diese Fähigkeit. Den Kopf schüttelnd strecke ich die Hand aus. »Zeig mir deinen Aufnahmebrief.«

»Was?«

»Den Aufnahmebrief«, wiederhole ich und seufze ungeduldig, als er fragend die Augenbrauen hochzieht. »Den Brief, in dem sie dir deine Zimmernummer mitgeteilt haben. Zeig ihn mir.«

Er zögert einen Moment, dann greift er in seine Hosentasche und holt einen Zettel heraus, der ziemlich mitgenommen aussieht. Ein Teil von mir will ihn für diesen Umgang mit wichtigen Dokumenten zurechtweisen, aber ich kann diesen Impuls gerade noch unterdrücken, als ich das Papier in die Hand nehme.

»Du bist im falschen Stockwerk«, informiere ich ihn knapp und sehe ihn an, konzentriert darauf, meinen Blick nicht auf seinen Oberkörper gleiten zu lassen. »Das hier ist *Nixon*. Du musst zu *Hoover*, das ist direkt über uns.«

Eine einfache Nummerierung der Stockwerke wäre vermutlich übersichtlicher gewesen, doch in den Wohnheimen der Preston sind die Etagen nach amerikanischen Präsidenten benannt.

Der Kerl vor mir hat sich immer noch nicht angezogen. Stattdessen nimmt er mir den Zettel wieder ab und wirft ebenfalls einen Blick darauf.

»Du hast recht.«

»Ich weiß.«

Sein Pokerface verzieht sich zu einem Lächeln, von dem ich mir ziemlich sicher bin, dass es gefakt ist. »Ist das hier dein Zimmer?«

Ich hebe eine Augenbraue. »Deins ist es auf jeden Fall nicht. Wenn du also deinen Kram mitnehmen würdest …?«

Als er lacht, komme ich mir ein bisschen verarscht vor, aber ich lasse mir nichts anmerken. »Klare Abfuhr.« Zu meiner Erleichterung greift er endlich nach seinem Shirt und einer ziemlich ranzigen Sporttasche. »Man sieht sich, Babe.«

Demonstrativ mache ich einen Schritt zur Seite. »Ich bin kein Freund von dramatischen Abschiedsszenen. Lass es uns einfach hinter uns bringen.«

Wieder lacht er und verschwindet dann, immer noch mit

nacktem Oberkörper, Richtung Treppenhaus. Ich mache mir nicht die Mühe, ihm hinterherzublicken. Auch wenn ich versucht habe, es zu ignorieren, ist mir aufgefallen, wie verdammt gut der Typ aussieht. Sowohl das Gesicht als auch der Rest. Und ich bin mir ziemlich sicher, dass ihm das auch bewusst ist. An solchen Kerlen habe ich kein Interesse.

Ich atme einmal tief durch und betrete endlich mein Zimmer. Ehrlich gesagt habe ich mir meinen Einzug ein wenig anders vorgestellt, bedeutungsschwerer irgendwie. Dieser Typ, wie auch immer er heißen mag, hat einen wichtigen Augenblick in meinem Leben zerstört, und dafür hasse ich ihn ein bisschen.

Nachdem ich meine Taschen auf das linke der beiden Betten gestellt habe, nehme ich mir die Zeit, mich umzusehen. Das Zimmer ist karg, aber irgendwie gemütlich – mit hohen Decken, hellgrauen Wänden und bodentiefen Fenstern, die zur unteren Hälfte blickdicht sind, damit man von draußen nicht direkt hineinsehen kann. Es gibt zwei Betten, beide ein wenig breiter als gewöhnliche Einzelbetten, zwei Nacht- und Kleiderschränke, Schreibtische und ein paar Wandregale. Ich gehe hinüber zu der schlichten Tür, die ins Bad führt, und muss lächeln. Die Bäder auf den Zimmern sind ein Grund gewesen, warum ich genau in dieses Gebäude ziehen wollte. Von den drei Wohnheimen auf dem Gelände ist dieses das einzige, bei dem das der Fall ist. Ich muss zum Duschen zwar trotzdem über den Flur gehen, doch immerhin gibt es hier eine eigene Toilette und ein Waschbecken.

Nachdem ich eine Weile die Umgebung auf mich habe wirken lassen, setze ich mich probeweise auf das Bett direkt neben der Tür zum Bad. Es steht unter einem Fenster – nicht schlecht im Sommer, doch andererseits würde ich auch im Durchgangsverkehr zum Badezimmer liegen. Ich setze mich auf das andere Bett und federe ein kleines bisschen auf und ab.

Jap, das hier ist meins. Es steht an einem bodentiefen Fenster, sodass ich beim Einschlafen vermutlich einen ziemlich guten Ausblick über den Campus haben werde. Außerdem befinden sich neben dem Nachttisch drei Steckdosen – eine mehr als bei dem anderen Bett. Wenn ich schon als Erste hier bin, will ich dies auch ein bisschen ausnutzen.

Ich stehe wieder auf, mache ein paar Fotos und schicke sie meinen Dads und Nathan, bevor ich mich meinem Gepäck widme. Zeit, mein neues Zuhause für die nächsten Jahre einzurichten. Und auch wenn ich in den vergangenen Wochen eher pragmatisch mit diesem ganzen College- und Umzugsthema umgegangen bin, spüre ich jetzt ein aufgeregtes Kribbeln in meiner Magengegend. Der erste Schritt ist getan.

2

AVA

Als ich etwa die Hälfte meiner Klamotten ausgepackt habe, geht die Zimmertür hinter mir auf, und ich wirbele herum. Ich war so vertieft in meine Aufgabe, dass die plötzliche Unterbrechung mein Herz kurz ins Stolpern bringt. Mit einem tiefen Atemzug versuche ich, das widerliche Gefühl der Panik in meiner Brust zu vertreiben.

»Du bist da.«

»Nathan!«, rufe ich und würde mich am liebsten in seine Arme werfen, halte mich allerdings zurück. Im vergangenen Jahr ist Nathan irgendwie erwachsener geworden, und ich habe das Gefühl, mit ihm mithalten zu müssen. »Ich wusste nicht, dass du herkommst!«

»Überraschung«, sagt er mit einem halbherzigen Grinsen und küsst mich kurz auf den Mund. »Ich wollte mal sehen, wie dein Zimmer aussieht.«

Ich versuche, meine Enttäuschung über die knappe Begrüßung zu verbergen. Vielleicht liegt es am Stress oder am neuen Umfeld, doch seit Nathan aufs College geht, verhält er sich teilweise, als wäre ich seine kleine Schwester. Als wir noch zusammen auf die Highschool gingen, waren wir das perfekte Paar gewesen. Unzertrennlich, nett anzusehen und beliebt. Wobei meine eigene Beliebtheit mehr der Tatsache geschuldet war, dass ich die Freundin des Quarterbacks war. Wir haben uns auf einer Party kennengelernt und sind quasi direkt zusammengekommen. Zu dem Zeitpunkt war ich noch relativ neu auf der Schule und hatte wenig eigene Freunde, so rutschte ich einfach in seinen Freundeskreis mit hinein. Als Nathan dann aufs College gewechselt ist, bin ich mehr und mehr vereinsamt. Wir haben uns ein wenig auseinandergelebt, doch ich bin mir sicher, dass wir die alte Nähe wiederherstellen können, jetzt, da ich ebenfalls hier bin. Im Grunde habe ich nur ihn und meine Familie, und ich werde kämpfen für das, was wir hatten.

»Gefällt es dir?«, frage ich, breite die Arme aus und drehe mich einmal im Kreis. »Es ist cool, oder nicht? Nicht halb so abgeranzt, wie ich mir ein Wohnheim vorgestellt habe!«

Er nickt bedächtig, macht ein paar Schritte in den Raum hinein und lässt den Zeigefinger über den Schreibtisch gleiten, als wollte er ihn auf Staub überprüfen. »Stimmt, ist ziemlich nett. Nicht vergleichbar mit dem Verbindungshaus, aber für ein Wohnheim ganz gut.«

Ich runzle leicht die Stirn. Diese Bemerkung hätte er sich sparen können, aber ich will mir die Stimmung nicht vermiesen lassen. Ich beobachte ihn dabei, wie er meinen Kleiderschrank öffnet und einen Blick aus dem Fenster hinaus auf den Campus wirft. Seit Nathan am College ist, hat er noch mal deutlich an Muskeln zugelegt. Seine Schultern sind früher eindeutig nicht so breit gewesen. Mit diesem Körper, den dunklen Haaren und Augen würde er sich gut auf dem Cover einer Zeitschrift machen.

»Sind deine Dads nicht mehr da?«, fragt er und dreht sich zu mir um, wobei er die Arme vor der Brust verschränkt und mich irgendwie prüfend ansieht. »Sie sind doch sonst bei allem dabei.«

Bemüht lässig zucke ich mit der Schulter. »Ich schaff das schon allein.«

»Hm-hm.« Er sieht sich noch einmal um, als wüsste er nicht

so recht, was er jetzt, da er hier ist, mit mir anfangen soll. »Hör mal, ich weiß, dass wir heute Abend eigentlich essen gehen wollten, aber wärst du auch offen für andere Pläne? Die Jungs wollen irgendetwas machen, und ich dachte, wir schließen uns an, damit ich dich vorstellen kann.«

Wieder spüre ich einen Stich Enttäuschung, doch ich lächle tapfer. »Gehen wir denn vorher auf die Kennenlernveranstaltung?«

Er löst die Arme, macht eine wegwerfende Handbewegung und einen Schritt auf mich zu. »Die braucht keiner, glaub mir. Du hast doch mich, du brauchst keine Kennenlernspielchen.« Nathan muss die Zweifel in meinem Blick sehen, denn er kommt noch näher und legt mir die Hände auf die Hüften, was mir einen kleinen Schauder entlockt. Sein rechter Mundwinkel hebt sich beinahe arrogant, als er mich zu sich heranzieht. »Ich sorge schon dafür, dass du dich hier zurechtfindest, Baby. Keine Sorge.«

Ich will ihm widersprechen, ihm sagen, dass ich meine eigenen Erfahrungen machen und mich selbst zurechtfinden muss, doch so weit komme ich nicht. Im nächsten Moment berühren seine Lippen meine, und jeglicher Protest erstirbt in diesem Kuss. Beinahe reflexartig schließe ich die Augen und presse mich an ihn, während er seine Zunge in meinen Mund schiebt und den Kuss vertieft. Ich fühle mich ein bisschen unwohl, weil die Zimmertür immer noch offen steht und auf dem Flur jede Menge Studierende unterwegs sind. Das hier ist definitiv ein Kuss für geschlossene Türen.

Als Nathan sich wieder von mir löst und mich zufrieden ansieht, trete ich hastig einen Schritt zurück. Dafür, dass wir in letzter Zeit kaum körperlich zusammen waren, ist das hier ziemlich intensiv gewesen.

»Okay«, sage ich schließlich, da er nicht den Eindruck

macht, als wollte er unser Gespräch fortsetzen. »Ich räume noch ein bisschen weiter ein. Willst du mir helfen?«

Ein paar Sekunden lang sieht er mich nur an, dann schüttelt er den Kopf und löst sich von mir. »Nein danke. Auspacken ist nicht so mein Ding. Ich hol dich um acht ab.«

Ich nicke, während ich versuche, meine Gedanken zu ordnen. »Wie du willst.«

»Mach dich ein bisschen zurecht, ja?«, weist er mich an und zupft an dem schlichten schwarzen T-Shirt, das ich trage. »Ich will mit dir angeben.«

Mir schießt die Röte ins Gesicht, und ich nicke erneut.

Er zwinkert mir noch einmal zu und dreht sich um, kommt jedoch nicht weit, denn er stößt beinahe mit einem Mädchen zusammen, das auf einmal in der Tür steht. Ihre blonden Locken hüpfen ein wenig, als sie zur Seite tritt und Platz macht.

»Männerbesuch gleich am ersten Tag?«, fragt sie mit heller Stimme und hebt die Hand, als Nathan sich an ihr vorbei durch die Tür schiebt. »Hey, ich bin Madison.«

Ein aufgeregtes Lächeln breitet sich auf meinem Gesicht aus, erstirbt jedoch sofort wieder, als Nathan sich ohne ein Wort umdreht und im Flur verschwindet.

»Tut mir leid«, sage ich hastig und wende mich Madison zu, die meinem Freund stirnrunzelnd nachblickt. »Er ist normalerweise nicht so unfreundlich. Ich bin Ava.«

»Hey.« Sie erwidert mein Lächeln freundlich und hebt erneut die Hand, diesmal an mich gewandt. »Dann bist du meine Mitbewohnerin.«

»Sieht so aus.« Ein wenig verlegen zucke ich mit den Schultern und deute auf das Bett, das ich schon bezogen habe. »Ich hoffe, es ist okay, dass ich mir schon eins ausgesucht habe. Ich bin schon eine Weile da und wollte die Zeit nutzen.«

Sie wedelt mit der Hand, als würde sie eine Fliege verscheuchen. Dabei rutscht ihre Brille ein wenig nach unten, und sie schiebt sie mit einer routinierten Bewegung wieder an Ort und Stelle. »Keinen Stress, ich bin ganz unkompliziert. Ich spiele keine nervigen Instrumente und bin auch kein Messi. Wir kommen sicher miteinander aus.«

Ein wenig überrumpelt von ihrer Energie, lehne ich mich mit dem Hintern gegen meinen Schreibtisch. »Bist du auch im ersten Semester?«

»Jap, frisch aus Ohio«, sagt sie und hievt eine große Sporttasche auf das freie Bett. »Meine Schwester wohnt in der Nähe, also habe ich mich an der Preston beworben. Ich wollte zwar weg von zu Hause, aber nicht komplett alleine sein, wenn du verstehst, was ich meine.«

Ich verstehe es genau. Ein Teil von mir hat sich auf ein eigenständiges Leben gefreut, der andere jedoch hatte panische Angst davor, irgendwo allein komplett neu anzufangen. »Ja, ich weiß, was du meinst«, erwidere ich lächelnd und wende mich dann wieder meinem halb leeren Koffer zu, weil ich mir blöd dabei vorkomme, ihr zuzusehen. »Ich hatte noch nie eine Mitbewohnerin, also sag Bescheid, wenn dich irgendetwas stört«, sage ich über die Schulter und greife nach einem Stapel T-Shirts.

Während sie ihre Sporttasche auf das Bett stellt, sieht sie sich prüfend im Zimmer um. »Es ist wirklich hübsch hier. Meine Schwester ist auch auf der Preston, aber in einem anderen Wohnheim. Wir haben's deutlich besser getroffen.«

Grinsend werfe ich ein graues Schlafshirt auf mein Bett. »Dieses Wohnheim ist neuer als die anderen. Hast du das Bad schon gesehen?«

Aufgeregt geht sie zur Tür und wirft einen Blick in das kleine Badezimmer. Während wir uns unterhalten, entspanne ich mich ein wenig, und die anfängliche Nervosität verschwindet. Wir packen gemeinsam aus, reden über unsere Kurse und diskutieren, welche Bilder wir aufhängen und ob wir Gardinen für die Fenster besorgen wollen. Madison ist überdreht und laut, doch ich mag sie. Sie scheint wirklich nett und unkompliziert zu sein – genau so eine Mitbewohnerin habe ich mir gewünscht. Vielleicht könnten wir sogar Freundinnen werden, was mir den Einstieg in mein großartiges, neues Leben definitiv erleichtern würde.

Ich wickele einen Bilderrahmen aus dem Zeitungspapier aus und sehe mich einen Moment unschlüssig um, bevor ich ihn auf meinen Schreibtisch stelle und daneben die einzige Pflanze platziere, der ich es zugetraut habe, in meiner Obhut zu überleben – einen Kaktus.

»Wer ist das?«, fragt Madison über meine Schulter.

Unwillkürlich breitet sich ein Lächeln auf meinem Gesicht aus. »Meine Dads«, erkläre ich und lache kurz, als sie die Augenbrauen hebt. »Ich bin mit einem Jahr zu ihnen gekommen.«

»Sie sehen nett aus«, sagt sie und betrachtet lächelnd das Bild, bevor sie mich stirnrunzelnd ansieht. »Und du nennst sie beide Dad? Ist das nicht verwirrend?«

Grinsend zucke ich mit den Schultern. »Für sie wohl mehr als für mich, vor allem früher. Ich wusste ja immer, wen ich meine. Aber inzwischen spreche ich sie auch mit Vornamen an.«

Sie nickt, wendet sich ab und wirft mir einen kurzen Blick zu, bevor sie anfängt, ihre Bettwäsche aufzuziehen. »Darf ich fragen, was passiert ist?«

Auch ohne dass sie die Frage spezifiziert, weiß ich, was sie meint. »Ich kenne meine biologischen Eltern nicht«, erkläre ich und fahre kurz mit dem Zeigefinger über den Bilderrahmen.

»Ich hatte gesundheitliche Probleme, die den beiden wohl zu anstrengend waren. Aber ehrlich gesagt habe ich sie auch nie vermisst.«

»Dieses Vater-Mutter-Kind-Konzept, meinst du?«

»Genau.« Ich grinse ihr über meine Schulter hinweg zu. »Wie ist es mit dir? Du hast eine Schwester, richtig?«

»Zwei, um genau zu sein«, erzählt sie und deutet auf ein Foto, das sie mit einer Heftzwecke über ihrem Bett an der Wand befestigt hat. Darauf sind drei junge Frauen zu sehen, allesamt mit blonden Locken und so überschwänglich strahlend, dass ich automatisch ebenfalls lächeln muss. »Aber so fröhlich, wie es auf dem Bild aussieht, war es auch nicht immer. Ich bin mir sicher, meine Eltern wären längst nicht mehr zusammen, wenn meine Schwestern und ich nicht wären.«

»Oh, das tut mir leid.«

Sie winkt ab. »Muss es nicht. Jede Familie hat so ihre Probleme.«

Darauf weiß ich nichts zu sagen, also greife ich nach meinem Handy, um nachzusehen, ob Nathan sich gemeldet hat. Hat er nicht, dafür habe ich allerdings eine Nachricht von einer unbekannten Nummer.

Stirnrunzelnd öffne ich sie und lese den Text. Dann noch einmal, bevor ich mich zu Madison umdrehe und ihr mein Handy hinhalte. »Hey, hast du die auch bekommen?«

»Was?« Sie kommt zu mir herüber und blickt auf mein Handy. »Oh, ich weiß, was das ist!«, ruft sie auf einmal und hüpft auf und ab. Ihre Aufregung ist förmlich mit Händen zu greifen, auch wenn ich keine Ahnung habe, woher sie kommt.

Erneut schaue ich auf die Nachricht.

Macht euch bereit, Frosh! Der Countdown läuft! Um 22 Uhr startet das Rennen um den legendären Schatz der Preston Univer-

sity, gehütet und weitergegeben von euren verehrten College-Vorfahren. Euch bleiben sieben Stunden, um euren Partner zu finden und ein Team zu bilden. Viel Glück!

Verwirrt sehe ich zu Madison, genau in dem Moment, in dem ein neuer Text auf dem Display aufploppt.

Noch sechs Stunden!

»Was soll das?«, frage ich und beäuge das Telefon misstrauisch. »Frosh« werden an der Uni Erstsemester genannt, mit dem Rest kann ich allerdings nichts anfangen. Vermutlich wurde ich gehackt oder irgendein Virus hat mein armes Handy befallen.

»Kennst du das nicht?«, fragt sie immer noch sichtlich aufgeregt und zieht ihr eigenes Telefon aus der Hosentasche. »Das ist das Initiationsritual für die Erstsemester!«

»Was? Nein!« Ich tippe auf die Nummer, doch sie kommt mir nicht mal bekannt vor. »Ich habe alles über das College gelesen, aber nichts dergleichen gefunden. Wie kann das sein?«

Sie zuckt mit den Schultern, den Blick nach wie vor auf ihr Handy gerichtet. »Es ist ein offenes Geheimnis. Natürlich wissen die Studierenden und sicher auch die Lehrenden davon, doch es ist nichts, was man in der Broschüre findet, wenn du verstehst, was ich meine. Es ist so aufregend!«

»Und was müssen wir machen?«, frage ich unsicher. »Und was ist der Schatz?«

»Eine Notizsammlung«, ruft sie, und ihre Augen nehmen einen beinahe sehnsüchtigen Glanz an, während sie ihre Brille höher auf die Nase schiebt. »Jeder Student und jede Studentin fügt der Sammlung seine Notizen hinzu, es ist quasi die Bibel der Preston. Man darf sie ein Jahr lang nutzen, sie händisch abschreiben, was auch immer. Nur nicht kopieren, das ist Ehrensache.«

Ich nicke hastig, als sie mir einen warnenden Blick zuwirft, als würde sie befürchten, dass ich mich bereits auf die Suche nach einem Kopierer mache.

»Und wer ist unser Partner?«, frage ich, immer noch verwirrt. Wenn diese Sache ein fester Bestandteil der Preston ist, warum hat Nathan mir nichts davon erzählt? Ich habe keine Freunde an der Uni, und meine Dads waren nicht auf diesem College, deswegen ist es nicht verwunderlich, dass ich nichts von diesem Ritual wusste. Aber Nathan musste es wissen. Immerhin ist seine eigene Initiation gerade einmal ein Jahr her.

»Tja, das ist eine gute Frage«, sagt Madison und reißt mich damit aus meinen Gedanken. »Es sind immer Junge-Mädchen-Paarungen. Die Typen bekommen mit der Nachricht den Namen eines Mädchens, glaube ich. Sie müssen uns bis zum Startschuss finden. Von da an spielen wir zusammen.«

»Und das alles für eine Notizsammlung?« Zweifelnd schüttle ich den Kopf. »Das ist echt viel Aufwand.«

Sie lacht und legt den Kopf schief. »Wie wäre es mit Spaß?«, fragt sie, als hätte ich noch nie von diesem Konzept gehört. »Man lernt seine Kommilitonen kennen und kommt unter Leute. Das wird super!«

Wieder denke ich an Nathan und an seinen Plan, heute Abend mit seinen Freunden auszugehen. Er muss doch gewusst haben, dass diese Sache ansteht. Erwartet er, dass ich nicht hingehe? Zugegeben, dieses ganze Spiel klingt deutlich zu spontan und verrückt für mich. Ich will mich weder von irgendeinem wildfremden Typen finden lassen, noch irgendwelche Aufgaben mit ihm bewältigen. Und das Ganze für eine schnöde Notizsammlung.

»Was müssen wir denn machen, wenn wir unseren Partner gefunden haben?«, frage ich weiter.

Madison hat inzwischen die Tür geöffnet und wirft einen

Blick auf den Flur, der immer noch voller Menschen ist. Sie zuckt mit den Schultern und schaut mich kurz an, bevor sie wieder hinaussieht. »Es ist eine Art Schnitzeljagd, glaube ich. Meine Schwester hat mir nicht allzu viel erzählt, um es mir nicht zu verderben. Aber ich glaube, man rennt durch die Stadt und löst Aufgaben. Das Paar, das am Ende noch dabei ist, gewinnt.«

Okay, das ist so gar nicht mein Ding.

Ich entsperre mein Handy und öffne den Chat mit der unbekannten Nummer. »Und wie melde ich mich ab? Kann ich denen einfach antworten?«

Sie wendet den Kopf so schnell in meine Richtung, dass ich Sorge habe, sie könnte sich das Genick brechen. »Du kannst dich nicht abmelden«, fährt sie mich empört an. »Das ist eine Tradition!«

»Ich bin nicht der Typ für so was«, sage ich ausweichend und setze mich auf mein Bett. »Im Ernst, ich will das nicht. Ich will nicht mit irgendeinem fremden Typen durch die Stadt fahren und so. Das ist mir … keine Ahnung, ich möchte da nicht mitmachen.«

»Das wird lustig, versprochen!«, versichert sie mir und schließt endlich wieder die Tür. Das Stimmengewirr vom Flur wird ein bisschen leiser. Madison setzt sich ebenfalls auf ihr Bett, mir gegenüber. »Sonst bist du die Einzige, die nicht mitgemacht hat. So was schweißt zusammen, und mit diesen Leuten werden wir vermutlich die nächsten Jahre verbringen.«

Ich weiß, was sie meint, doch das macht es nicht wirklich besser. »Ich kann sowieso nichts dazu beitragen, also werden wir ohnehin nicht gewinnen. Es macht also auch gar keinen Sinn. Mein Partner ist wahrscheinlich besser dran, wenn ich nicht mitmache.«

Sie sieht mich an, als würde ich wirres Zeug reden. Was vielleicht sogar stimmt. »Warum solltest du keine Chance haben?«

Peinlich berührt wende ich den Blick ab. Meine Dads haben mir ein ordentliches Maß an Selbstbewusstsein anerzogen, doch manchmal hilft Selbstbewusstsein allein nicht weiter. »Ich bin … gesundheitlich eingeschränkt«, erkläre ich zögernd, ohne sie anzusehen. Ich bin weder scharf auf Mitleid noch darauf, ihr meine Leidensgeschichte zu erzählen. Heute ist ein toller Tag, dieses Kapitel meines Lebens soll da keine Rolle spielen. »Ich habe ein Problem mit dem Herzen und bin nicht so belastbar wie andere Leute vielleicht.«

Ich sehe ihr an, dass sie nach einer Antwort sucht. So geht es allen Menschen, die mit etwas konfrontiert werden, das nicht alltäglich und so problematisch ist. Die erste und häufigste Reaktion ist Mitgefühl mit einem Hauch Unsicherheit, ob man sich angemessen verhält.

Hastig erhebe ich mich, um ihr die Entscheidung abzunehmen. »Ich schreibe denen zurück und sage, dass ich nicht mitmache. Aber du darfst mir gerne ausführlich davon erzählen, okay?«

Es ist offensichtlich, dass sie gern protestieren würde, doch schließlich nickt sie und widmet sich wieder ihrer Tasche.

3

DEXTER

»Ich will diese Notizen«, sagt mein nagelneuer Mitbewohner Simon und sieht mich so herausfordernd an, als hätte ich die verdammte Sammlung hinter meinem Rücken versteckt.

Ich stehe auf und strecke die Arme über den Kopf, während ich meine inzwischen leere Tasche unter mein Bett kicke. »Tja, Kumpel, ich auch. Da wirst du dich hinten anstellen müssen.«

Es stimmt. Ich will diese Notizen unbedingt, und nach allem, was mein Bettnachbar mir davon erzählt hat, werde ich sie auch brauchen. Ich mag diesem Studium mit gemischten Gefühlen entgegensehen, dennoch bin ich ein ziemlich ehrgeiziger Typ. Wenn ich einen Abschluss mache, dann soll er auch etwas hermachen. Mein Problem ist eher mein Engagement, wenn es ums Lernen geht. Diese Notizen können mir vielleicht einen Großteil der Arbeit abnehmen. Ich bin kein Schwächling, und eine kleine Schnitzeljagd sollte kein Problem sein.

Ein weitaus größeres Problem könnte es sein, meine Partnerin zu finden. Ich kenne niemanden auf diesem Campus, mit dem Namen allein kann ich nicht viel anfangen.

Das Piepen kündigt eine neue Nachricht an. Simon und ich greifen gleichzeitig nach unseren Handys.

Drei Stunden, Leute!

Fluchend sehe ich Simon an, der siegessicher grinst und sich auf seinem Bett ausstreckt. »Du hast keine Chance, Dexter.«

»Halt die Klappe!«

Er lacht laut und tippt auf seinem Handy herum, bevor er es sich ans Ohr hält, ohne mich jedoch aus den Augen zu lassen.

»Scarlett!«, schreit er beinahe und wackelt mit den Augenbrauen in meine Richtung. Ich seufze genervt. »Wie geht's dir, Zuckerstück?«

Ich hebe eine Augenbraue und bin mir ziemlich sicher, eine weibliche Stimme lachen zu hören.

»Hast du die Nachricht bekommen?«, fragt Simon. Er setzt sich auf und stützt die Ellbogen auf die Knie, während sein Mund sich zu einem zufriedenen Grinsen verzieht. »Perfekt. Wir sind ein Team! Wir treffen uns um neun bei dir, okay? Ich hol dich ab, und wir können noch ein bisschen brainstormen … super … Ich freu mich!«

Er legt auf und reckt die Arme in die Höhe, als hätte er gerade den Kampf seines Lebens gewonnen. »Also, ich habe meine Partnerin«, sagt er zu mir. »Und wie sieht's bei dir aus?«

»Das ist nicht fair«, schimpfe ich, und mir ist klar, dass ich mich anhöre wie ein unzufriedenes Kind. »Die sollten darauf achten, keine Freunde in ein Team zu packen.«

»Wir sind keine Freunde«, meint er und steht auf, um sich seinem spärlich eingeräumten Kleiderschrank zu widmen. »Wir haben zusammen das College besichtigt. Kann ja keiner was dafür, wenn du sozial inkompetent bist und niemanden kennst.«

Ich gebe eine Art Knurren von mir. »Du kennst sie nicht und nennst sie Zuckerstück?«

Er zuckt mit den Schultern und zwinkert mir zu. »Mein angeborener Charme.«

»Nicht zu übersehen.«

»Sei nicht traurig, Dexter, ich lass dich vielleicht mal kurz in die Sammlung reinschauen.«

»Das ist doch Blödsinn«, murmele ich, auch wenn ich den

unzufriedenen Unterton in meiner Stimme nicht ganz unterdrücken kann. »Es ist scheißegal, ob du deine Partnerin vorher findest oder nicht. Auf dieser Veranstaltung später treffe ich sie doch sowieso.«

Er holt ein Hemd aus dem Schrank und hält es mir hin. Ich schüttle den Kopf. »Red dir das ruhig ein, aber taktisch gesehen ist es ziemlich praktisch. Man muss die Zeit nicht erst mit krampfigem Kennenlernen oder Strategieberatung verplempern. Wir können loslegen, sobald die erste Aufgabe kommt.« Er wirft mir einen skeptischen Blick zu. »Du musst nachher erst mal nett zu ihr sein, damit du sie mit diesem Gesicht nicht direkt in die Flucht schlägst.«

»Mit diesem Gesicht?«, wiederhole ich und hebe die Augenbrauen erneut. »Wirklich sehr charmant.«

»Du bist einer dieser Kerle, die immer angepisst gucken.« Als ich den Mund öffne, um zu antworten, hebt er die Hände und unterbricht mich. »Kein Stress, ich komme damit klar. Aber für heute Abend solltest du dir 'ne andere Taktik überlegen.«

Schnaubend wende ich mich ab und greife nach meinem Handy. »Wie du meinst. Ich hau ab, wir sehen uns heute Abend.«

Grinsend wirft er mir eine Kusshand zu. »Geh, mein Freund, und finde deine Auserwählte.«

Die Antwort spare ich mir lieber und verlasse schnell unser Zimmer. Dieser Simon ist … speziell. Irgendwie mag ich ihn, allerdings kann ich mir vorstellen, dass es auf Dauer anstrengend mit ihm wird.

Alles in allem ist mein erster Tag am College bislang besser verlaufen als erwartet. Nicht, dass ich allzu große Hoffnungen hatte. Ich habe meine paar Habseligkeiten zusammengepackt, die letzte Miete auf den Küchentisch gelegt und bin verschwunden. Ich hatte Schiss, dass Carter und Jamie auftauchen und mich wie Mom und Dad zu meinem Zimmer bringen würden. Das hätte ihnen sicher gefallen, doch sie haben sich zurückgehalten. Und abgesehen von der kleinen Zimmerverwechslung, ist alles glattgelaufen. Das Zimmer ist okay, der Mitbewohner ist okay, und ich habe weder das Bedürfnis, mich volllaufen zu lassen, noch auf irgendetwas einzuschlagen.

Mit schnellen Schritten gehe ich die Treppen hinunter und bahne mir meinen Weg durch die Empfangshalle. Studierende, Neuangekommene und deren Eltern und Geschwister drängen sich aneinander, als würden sie es auf eine Massenpanik anlegen. Jedes Mal, wenn ich eine Mom irgendetwas rufen höre oder an einem mit Kartons beladenen Dad vorbeilaufe, spüre ich einen Stich in meiner Brust. Meiner Mom hätte es sicher gefallen, mich auf dem College zu sehen. Ich bin kein Problemkind gewesen, doch ich weiß auch, dass meine Eltern nichts Großes von mir erwartet haben. Ich bin meinen Weg gegangen, schon immer. Allerdings ist dieser Weg nicht durchgehend gradlinig verlaufen. Dass heute mein erster Tag auf der Uni ist, kann ich immer noch nicht so recht glauben.

Ich umrunde eine wild durcheinanderredende Großfamilie und bleibe auf dem kleinen Platz vorm Wohnheim stehen, um einmal tief durchzuatmen. Menschen sind ein Problem für mich, vor allem viele von ihnen auf einmal. In den vergangenen Jahren habe ich mich zu einem asozialen, in sich gekehrten Vollidioten entwickelt. Ich bin weder nett noch höflich, und die meiste Zeit über existiert kein Filter zwischen meinem Gehirn und meinem Mund. Damit bin ich in den Kreisen, in denen ich bislang unterwegs war, gut zurechtgekommen. Dealer und Junkies hat es nicht interessiert, wie ich mit ihnen gesprochen habe. Dass das auch auf meine Kommilitonen oder Lehrer zutrifft, wage ich allerdings zu bezweifeln.

Ich ziehe mein Handy aus der Hosentasche und scrolle durch die Kontakte, bis ich Carters Namen lese. Nach dem dritten Klingeln nimmt er ab, und ich höre Verkehrslärm im Hintergrund.

»Na, Frosh, wie ist dein erster Tag im echten Leben?«

Ich unterdrücke ein Augenrollen und mache ein paar Schritte auf die penibel gepflegte Rasenfläche. Vermutlich wurde das Gras während der Semesterferien besonders gepflegt, doch ich bezweifle, dass es noch lange so aussehen wird. »Frosh?«, erwidere ich und kneife die Augen zusammen, als mir die Sonne ins Gesicht scheint. »Ernsthaft?«

»Nennt man euch College-Kids nicht so?«, fragt er lachend.

»Du klingst wie ein Dad«, bemerke ich, grinse aber ebenfalls. Carter ist nicht nennenswert älter als ich, jedoch deutlich gefestigter in seinem Leben. Er ist ein erfolgreicher Schauspieler, hat eine Familie und ein Haus. Ich habe … einen auf den ersten Blick netten Mitbewohner. Immerhin.

»Im Ernst«, sagt Carter, und ich höre eine Autotür zuschlagen. »Wie ist es? Hast du dein Zimmer gefunden?«

»Ja, stell dir vor, ganz alleine.«

»Ich kann meinen Stolz kaum in Worte fassen.«

Ich lache laut auf. »Ist ganz okay so weit. Ich habe heute Abend so 'ne seltsame Kennenlernveranstaltung, bei der man eine Notizsammlung gewinnen kann. Ich bin hoch motiviert.«

»Du klingst hoch motiviert«, kommentiert er sarkastisch. Darauf folgen ein paar gedämpfte Worte, die ich nicht verstehen kann, weil er vermutlich sein Handy abdeckt. »Sorry«, sagt er dann, »ich muss Lila zu einer Geburtstagsparty bringen und weiß nicht genau, wo ich hinmuss.«

»Kein Stress«, sage ich hastig und versuche, das Gefühl zu verdrängen, irgendwie nicht so recht in sein Leben zu passen. »Macht ihr nur, ich melde mich später.«

»Sag Bescheid, wie die Veranstaltung gelaufen ist«, befiehlt er beinahe streng. »Ich find's gut, dass du da hingehst.«

Dieses Mal verdrehe ich tatsächlich die Augen, dann verabschiede ich mich und stehe wieder ein wenig unschlüssig herum. Ich weiß nichts mit mir anzufangen, und das nervt mich. Nicht, dass ich in den vergangenen Jahren besonders viele Aufgaben oder Ziele gehabt habe, doch immerhin konnte ich tun und lassen, was ich wollte. Den ganzen Tag konnte ich auf meinem Bett liegen und mich in Selbstmitleid suhlen, und niemanden, abgesehen von Carter vielleicht, hat es interessiert. Jetzt allerdings habe ich einen Mitbewohner, Unterricht und ein Ziel vor Augen. Das ist ungewohnt, und nach wie vor weiß ich nicht so recht, was ich davon halten soll.

Allerdings bin ich kein Mensch, der schnell aufgibt, wenn er etwas angefangen hat. Ich bin hier, an der Uni, und ich werde mir diese beschissene Sammlung sichern. Und sei es nur, um mir selbst etwas zu beweisen.

Erneut werfe ich einen Blick auf mein Handy und öffne den Chatverlauf mit der unbekannten Nummer. Ich habe nur noch knapp zwei Stunden Zeit, bevor die Veranstaltung anfängt. Simons Worte hallen in meinem Kopf wider, als ich das Handy wegstecke und mich auf den Weg zum Hauptgebäude mache, in dem sich das Sekretariat befindet.

Höchste Zeit, Ava Walker zu finden.

AVA

Höflich lächelnd nicke ich dem Mädchen zu, das Nathan mir gerade vorgestellt hat. Ich habe mit einer Handvoll Freunden gerechnet, das hingegen ist schon beinahe eine Party. Gut fünfzehn Leute haben sich in Nathans Verbindungshaus versammelt, um den Semesterbeginn gebührend einzuläuten. Sie alle scheinen einander gut zu kennen, lachen und reden miteinander wie alte Freunde.

Nur ich falle ein wenig aus der Reihe. Ich klammere mich seit einer guten halben Stunde an Nathans Arm und versuche, mir so viele Namen wie möglich zu merken, während mein Freund sich aufführt wie der König der Welt. So gelöst habe ich ihn lange nicht mehr gesehen – er wirkt wie ein völlig anderer Mensch. Er lacht mit seinen Freunden ausgelassen über Insiderwitze, die ich nicht verstehe, und beachtet mich kaum. Zumindest nicht so, wie ich es mir gewünscht hätte.

»Du bist heute hergezogen?«, fragt das Mädchen und lächelt mir zu. Sie heißt Camilla und ist bislang ganz nett, wenn auch ein bisschen angetrunken.

Ich nicke, ein wenig erleichtert darüber, dass ich endlich etwas zu erzählen habe. »Heute Morgen. Ziemlich aufregend, das alles.«

»Ooooh, das kann ich verstehen. Als ich angefangen habe, habe ich mich ständig auf dem Campus verlaufen und wusste nie, wo meine Kurse stattfinden.«

»Ich hoffe, dass ich das hinkriege«, erwidere ich grinsend und schaue zu Nathan auf, der uns jedoch kaum beachtet. »Ich kann den Campusplan inzwischen auswendig.«

Camilla lacht laut und nimmt einen Schluck von ihrem Bier, bevor sie die Stirn runzelt und mich fragend ansieht. »Ist heute nicht die Initiation? Diese Schatzsuche nach der Notizsammlung?«

Der Anflug von Unbeschwertheit verfliegt so schnell, wie er gekommen ist. »Ja«, sage ich ein wenig unsicher und werfe Nathan erneut einen Blick zu. »Ja, das ist heute Abend. Aber das ist nicht so mein Ding.«

»Warum nicht?«, hakt Camilla nach und versetzt meinem

Freund einen ordentlichen Schlag auf den Oberarm. »Warum lässt du sie hier herumstehen, wenn sie bei der Veranstaltung sein könnte, Nate? Weißt du nicht mehr, wie witzig das war?«

Nathan, dessen Aufmerksamkeit nun wieder bei uns ist, zuckt mit den Schultern. »Es ist ganz nett, wenn man neu ist und Leute kennenlernen will. Aber Ava kennt ja schon Leute.«

»Ach, komm schon«, ruft Camilla und schnaubt. »Du hattest Spaß! Wir alle hatten Spaß!«

Stirnrunzelnd blicke ich ihn an. Er wusste also ganz genau, was heute Abend stattfindet. Wovon er mich abhält. Und wie es aussieht, war seine eigene Schatzsuche eine positive Erfahrung. Warum hat er mir das nicht erzählt? Ich versuche wirklich, es zu unterdrücken, aber ein schmerzhafter Stich der Eifersucht durchzuckt mich, während ich erst meinen Freund und dann Camilla ansehe.

»Du bist also da gewesen?«, frage ich, ohne den Anflug von Ärger aus meiner Stimme verbannen zu können.

Nathan schaut zu mir und zuckt erneut mit den Schultern. »Wirklich, es war nichts Besonderes. Komm, wir holen dir etwas zu trinken.«

Ich will nichts trinken, trotzdem folge ich ihm, um ein wenig Abstand zwischen uns und dieses Mädchen zu bringen. Sie wirkt wirklich nett, trotzdem brauche ich einen Moment, um durchzuatmen. Wir gehen an Leuten vorbei, die Nathan zuprosten oder ihm etwas zurufen, dem ich kaum Beachtung schenke. Das Gefühl, fehl am Platz zu sein, wird mit jeder Sekunde größer. Nathan hat mich eingeladen, mich dabeihaben wollen und hat mich allen vorgestellt. Trotzdem gehöre ich nicht dazu. Das hier sind seine Freunde, ist seine Party. Seine Welt.

Als er mir einen Becher Cola hinhält, nehme ich einen Schluck und lehne mich gegen die Arbeitsplatte der Küche.

»Warum hast du mir nicht erzählt, was da heute Abend läuft?«, frage ich noch einmal.

»Weil ich wollte, dass du heute Abend bei mir bist«, antwortet er mit einem halben Lächeln, das kaum seine Augen erreicht. »Ich habe nicht viel drüber nachgedacht.«

Von Flur her ertönt lautes Gejubel, als die Tür aufgeht und ein paar Leute reinkommen, die ich – natürlich – nicht kenne. Nathan schaut ebenfalls zu ihnen und strafft die Schultern.

»Was ist?«, frage ich und folge seinem Blick, kann aber nichts Ungewöhnliches erkennen.

Er schüttelt den Kopf. »Weißt du was? Vielleicht solltest du doch noch zu der Schatzsuche gehen. Camilla hat recht, das gehört irgendwie dazu.«

»Was?«, frage ich fassungslos. »Ist das dein Ernst?«

»Es tut mir leid, okay?« Nathan beugt sich zu mir und nimmt mein Gesicht in seine Hände, während er mich ansieht. »Vielleicht musst du wirklich ein paar Leute aus deinem Jahrgang kennenlernen, um dir hier etwas aufzubauen.«

»Was soll das?«, frage ich verwirrt. »Gerade eben meintest du noch …«

»Lass uns kurz hochgehen, okay?«, unterbricht er mich und wirft den Neuankömmlingen über meinen Kopf hinweg einen Blick zu. »Versteh mich nicht falsch, aber manche dieser Typen sind nicht meine Freunde. Du würdest keinen Spaß haben, vertrau mir.«

Meine Verwirrung wird immer größer. Ich habe keine Ahnung, was hier abgeht, aber ich folge ihm die Treppe hoch und in sein kleines Schlafzimmer. Ich bin erst einmal hier gewesen, vor ein paar Monaten. Der Raum wird von einem großen Bett mit grauen Laken dominiert. Die Wände sind in einem dunklen Tannengrün gestrichen, die Möbel aus dunklem, schwerem

Holz. Es gibt ein paar Fotos an den Wänden, ansonsten hat Nathan kaum persönlichen Kram in seinem Zimmer.

Ungeduldig werfe ich die Tür hinter mir zu und lehne mich mit verschränkten Armen von innen dagegen, während Nathan sich auf die Bettkante setzt und mich ansieht.

»Und?«, frage ich, als er keine Anstalten macht anzufangen. »Was soll das hier?«

Er seufzt. »Die Leute da unten sind alle cool, aber das hier ist nun mal ein Verbindungshaus, und jeder kann seine eigenen Freunde mitbringen. Ein paar der Typen, die gerade angekommen sind, sind echte Idioten. Gleich wird gesoffen, und dann wird das Ganze zu einer Abrissparty.«

Langsam ziehe ich die Augenbrauen hoch. »Und was soll das heißen?«

»Dass du bei deiner Aufnahmeveranstaltung vielleicht besser aufgehoben bist«, erwidert er. Und ich höre die leichte Ungeduld in seiner Stimme. »Unter Neulingen wie dir. Verstehst du?«

Nein, ich verstehe nicht. Er will mich loswerden, und ich weiß beim besten Willen nicht, warum. Mag ja sein, dass ein paar dieser Kerle da unten Idioten sind, aber – was soll's? Auf der ganzen Welt laufen Idioten herum, was mich auch nicht davon abhält, das Haus zu verlassen.

»Du willst, dass ich gehe?«, frage ich, um die ganze Sache auf den Punkt zu bringen. »Willst du das damit sagen?«

Nathan steht auf und kommt langsam auf mich zu. Am liebsten wäre ich zurückgewichen, doch ich habe immer noch die Tür im Rücken. Als seine Hände sich auf meine Hüften legen, durchfährt mich unweigerlich ein Schauer, wie immer, wenn er mich berührt. Er führt sich wie ein Trottel auf, und ich bin sauer auf ihn, trotzdem hat er noch immer seine Wirkung auf mich.

»Wir holen das nach, okay?«, haucht er leise, als seine Lippen meine Schläfe berühren. Ich schließe die Augen. »Geh doch einfach ins Wohnheim und warte da. Wenn ich mich hier losreißen kann, komme ich vielleicht noch nach.«

Das holt mich aus meiner Benommenheit. Ich löse mich energisch von ihm und sehe ihn fassungslos an. Ich soll also nach Hause gehen und auf ihn warten? Den Abend in meinem Zimmer verbringen, allein, und darauf hoffen, dass er sich Zeit für mich nimmt und mich bemerkt?

Wütend wirbele ich herum, reiße die Tür auf und stürme in den Flur. Zwar höre ich, dass Nathan noch etwas sagt, aber die Wut in meinem Kopf ist wie ein dichter Nebel und macht mich beinahe taub. Ich will nicht hören, was er zu sagen hat. Ich stürme so schnell die Treppe hinunter, dass ich beinahe stolpere, kann mich aber gerade noch fangen. Die verwunderten Blicke der Leute, als ich durchs Wohnzimmer renne, ignoriere ich. Endlich verlasse ich dieses verdammte Haus.

Unwillkürlich haben sich meine Hände zu Fäusten geballt, mein Atem geht zu schnell, als ich vor dem Haus auf der Rasenfläche stehen bleibe und den Kopf in den Nacken lege. Das kann doch alles nicht wahr sein. Das hier sollte unser Neuanfang sein, unser neues Kapitel. Das ganze vergangene Jahr über habe ich auf diesen Tag gewartet, wenn wir wieder zusammen sind, ohne Distanz zwischen uns.

Das hier ist nicht das, worauf ich gewartet habe!

Den Tränen nahe überquere ich die Rasenfläche und lasse mich auf eine kleine Mauer fallen, von der aus ich das Haus im Blick habe. Nathan muss mir folgen. Das muss er einfach. Was ist die Alternative? Dass er sich wieder zu seinen Freunden setzt und so tut, als wäre nichts gewesen? Das kann er nicht bringen.

Keine Ahnung, was ich mir hierbei gedacht habe. Ich bin

so sauer, dass ich platzen könnte. Die Wut manifestiert sich in einem festen Knoten in meiner Magengegend, der nun meine Kehle hinaufwandert, bis ich das Gefühl habe, nicht richtig atmen zu können.

Während Madison sich für die Begrüßungsveranstaltung fertig gemacht hat, hat Nathan mich abgeholt, mein Outfit mit einem Stirnrunzeln quittiert und mich wortkarg zu seinem Verbindungshaus gefahren. Zum hundertsten Mal an diesem Abend sehe ich an mir hinab – ich trage eine enge Jeans, ein schwarzes Tanktop und hohe Schuhe. Mir fällt nicht ein Teil auf, das ein derart abfälliges Stirnrunzeln verdient hat. Wobei, wenn ich mich so umsehe, ist es vermutlich die Menge an Stoff, die Nathan übel aufgestoßen ist. Die Mädchen hier sind deutlich spärlicher bekleidet als ich.

Schnaubend balle ich die Hände wieder zu Fäusten. Ich fühle mich wie eine Trophäe, die kurz aus der Vitrine geholt wird, um sie herumzuzeigen, und danach wieder im Schrank verschwindet.

Und immer noch keine Spur von Nathan.

Vor Wut zitternd hole ich mein Handy aus der Handtasche und wähle die Nummer meiner Dads. Ich brauche dringend ein bisschen Zuspruch.

»Ava«, meldet sich Carl nach dem zweiten Freizeichen, und ich höre, wie er Lennie zu sich ruft. Es raschelt kurz, dann überhäufen sie mich beide mit Fragen.

»Der Abend ist ein Reinfall«, unterbreche ich sie und beobachte einen Kerl, der einen silbernen Flachmann mit Schnaps füllt. Wie kultiviert. »Ich bin bei Nathan, und er verhält sich wie ein Idiot.«

Einen Moment bleibt es still, dann ergreift Carl das Wort. »Was ist denn mit deiner Kennenlernveranstaltung? Ist die nicht heute Abend?«

Ich brumme etwas Unverständliches. »Ich wollte da nicht hingehen«, gestehe ich leise und fahre mir mit der flachen Hand über die Stirn. »Die machen hier so eine seltsame Schatzsuche mit den Erstsemestern, und das ist irgendwie … nicht so mein Ding.«

»Süße«, sagt Lennie erst im Hintergrund, dann aber ist seine Stimme ganz nah: »Hatten wir uns nicht darauf geeinigt, dass du dir eigene Freunde suchst und dich nicht an Nathan hängst?«

Nur mit Mühe kann ich einen Schmollmund unterdrücken. Ja, wir haben darüber geredet. Oder besser gesagt: Meine Dads haben darüber geredet. Sie sind der Meinung, dass ich mich von Nathan lösen und auf eigenen Beinen stehen muss. Da stimme ich ihnen grundsätzlich zu, aber die Umsetzung dieses Plans fällt mir nicht so leicht. Nathan verhält sich im Moment nicht gerade wie ein Vorzeigefreund, das ist mir klar. Auch, dass ich mir derlei nicht gefallen lassen muss. Aber im Gegensatz zu meinen Dads kann ich mich noch allzu deutlich an die Zeit erinnern, in der wir beide ein Herz und eine Seele gewesen sind. Er hat mich nach meiner OP aus dem Schneckenhaus geholt, in das ich mich verkrochen hatte, und mir die große weite Welt gezeigt. In der ersten Zeit nach der Operation war mein Immunsystem sehr anfällig, und ich durfte nicht unter Leute, um mich nicht mit irgendetwas anzustecken. Selbst an meinem Geburtstag musste ich zu Hause bleiben, und nur Nathan durfte mich besuchen. Trotzdem hat er eine Party für mich veranstaltet – eine digitale Party. Meine Freunde waren über Skype zugeschaltet, und Nathan hat ihre Geschenke überreicht, damit sie dabei zusehen können, wie ich sie auspacke.

Das ist der Nathan, den ich wiederhaben will. »Ich weiß«, sage ich etwas verspätet und stehe auf. »Vielleicht muss er einfach mal merken, dass er so nicht mit mir umgehen kann, oder?«

»Definitiv«, sagt Carl, und ich sehe Lennie vor meinem inneren Auge bestätigend nicken. »Hau da ab, Süße, und geh zu dieser Veranstaltung, okay? Oder komm vorbei. Nimm dir ein Taxi.«

Ich schüttle entschieden den Kopf, was sie natürlich nicht sehen können. »Nein, ich komme nicht schon am ersten Abend nach Hause.«

»Soll ich zu dir kommen?«, bietet Carl an und lacht dann. »Ich könnte dein Date sein. Würde keiner merken.«

Mein Mund verzieht sich zu einem halbherzigen Grinsen. »Danke, aber nein danke. Ich mach das schon.«

»Wirklich?«

»Wirklich«, verspreche ich und sehe mich ein wenig unschlüssig um.

»Du wolltest eine Herausforderung, Ava«, mischt Lennie sich ein, während ich das Verbindungshaus hinter mir lasse, ohne mich noch einmal umzusehen. Kurz überlege ich, ob ich Nathan Bescheid sagen soll, entscheide mich dann aber dagegen. Soll er sich ruhig fragen, wo ich abgeblieben bin. Geschieht ihm recht. »Es bringt nichts, wenn du vor allem davonläufst, okay?«

»Das klingt jetzt ein bisschen dramatisch, aber ich denke, ich weiß, was du meinst.« Ich bleibe stehen und schließe einen Moment die Augen. Ich bin erst einen Tag weg von zu Hause, trotzdem löst der Klang ihrer Stimmen ein wenig Heimweh bei mir aus. »Ich hab euch lieb.«

»Wir dich mehr«, sagt Carl. »Melde dich, okay?«

»Halt die Ohren steif!«, ruft Lennie.

»Mach ich«, verspreche ich und lege auf. Einen Moment überlege ich, wirklich noch auf die Veranstaltung zu gehen, verwerfe den Gedanken dann aber schnell wieder. Sie hat schon angefangen, und ich bin wirklich nicht scharf drauf, verspätet in einen Saal voller Leute zu platzen. In Sachen Sozialleben komme ich heute also nicht weiter.

Ich habe mich dafür entschieden, meinen verkorksten ersten Abend in Zucker und Koffein zu ertränken. Also sitze ich in einem kleinen Coffeeshop in der Nähe des Campus, vor mir einen doppelten Mocca-Latte mit extra Karamell, Sahne und einer Handvoll Cookies mit Schokostückchen. Das ist deutlich besser, als den Abend mit einem fremden Typen zu verbringen und gemeinsam irgendwelche haarsträubenden Aufgaben zu lösen. Zumindest rede ich mir das ein. Was nicht ganz einfach ist, denn seit etwa einer halben Stunde bekomme ich immer wieder Nachrichten von Madison und der unbekannten Nummer. Ich sollte sie einfach sperren, doch irgendwie bringe ich es nicht über mich. Schließlich habe ich keine Ahnung, wem diese Nummer gehört. Vielleicht einem Studienberater oder etwas in der Art.

Wie auf Kommando piept mein Handy erneut, und ich werfe widerstrebend einen Blick auf den Verlauf.

Noch eine Stunde! Haltet euch ran, Leute!

Drei…

Zwei…

Eins…

Los!

Wütend unterdrücke ich ein Brummen, während ich auf die eintreffenden Nachrichten starre. Offensichtlich startet gerade diese Schatzsuche, und ebenso offensichtlich ist, dass man mich nicht aus dem Verteiler genommen hat. Meine höfliche Antwort und die Bitte, mich einfach abzumelden, wurden ignoriert. Hoffentlich haben sie wenigstens meinem Partner einen anderen Spieler zugeteilt.

Mit einem hilflosen Seufzen schalte ich das Handy auf

stumm und schiebe es in meine Handtasche. Dann lege ich meine Hände um die Tasse mit dem inzwischen lauwarmen Kaffee und lasse meinen Blick durch das kleine Café schweifen. Es erinnert mich an eine Milkshake-Bar aus alten Serien. Kleine, knautschige Sitzbänke in grellen Farben füllen die Nischen aus und heben sich vom schwarz-weiß gefliesten Boden ab. Die Kundschaft besteht aus einer Mischung aus Studierenden und Nachtschwärmern, die wahrscheinlich später noch weiterziehen. Der untersetzte Kellner hinter dem Tresen hat mich irritiert angesehen, als könne er nicht glauben, dass ich mich an einem Freitag um diese Uhrzeit allein in diesen Laden setze und Kaffee trinke.

Irgendwie gebe ich ihm recht. So habe ich mir meinen Start in mein Erwachsenenleben nicht vorgestellt, doch davon werde ich mich nicht runterziehen lassen. Es ist nur ein Abend von vielen, und ich bin wild entschlossen, morgen etwas an meiner Situation zu ändern. Ich habe noch das ganze Wochenende Zeit, um Kontakte zu knüpfen. Und am Montag beginnen die Vorlesungen – spätestens in den Kursen treffe ich auf meine Mitstudierenden. Kein Grund also, jetzt schon Panik wegen einer eventuellen Vereinsamung zu schieben.

Gedankenversunken trinke ich einen Schluck Kaffee und verziehe kurz das Gesicht. Vielleicht habe ich es mit dem Sirup ein wenig übertrieben, aber nichts vertreibt Kummer und Sorgen so gut wie Karamell. Dabei bleibe ich.

Gerade als ich nach einem Cookie greifen will, fällt ein Schatten auf meinen Tisch, und eine breite Brust schiebt sich in mein Sichtfeld. Ich schrecke zurück, und mein Kopf schnellt hoch, als sich ein Typ mir gegenüber auf die Bank fallen lässt.

»Bist du Ava Walker?«, fragt er, ohne auch nur im Geringsten auf meinen Schreck einzugehen, und mustert mich von oben bis unten.

Ich registriere seine braunen Locken, das schwarze, wirklich eng anliegende T-Shirt und das mürrische Gesicht. »Du?«, frage ich beinahe entsetzt und lehne mich so weit wie möglich in meiner Bank zurück.

Er runzelt die Stirn und sieht sich kurz um, bevor er seinen Blick wieder auf mich richtet. »Kennen wir uns?«

»Du warst in meinem Zimmer!«, sage ich, ohne den vorwurfsvollen Ton in meiner Stimme unterdrücken zu können. »Wir sind uns heute Morgen im Wohnheim begegnet.«

Wieder mustert er mich aus grünen Augen, und mir wird ein bisschen heiß. Der Blick ist nicht gerade freundlich und so eindringlich, dass ich mich ein wenig unwohl fühle. Nicht unbedingt im negativen Sinne, einfach … ungewohnt.

»Wirklich?«, fragt er und verschränkt die Arme vor der Brust, wobei die Muskeln an seinen Oberarmen lächerlich gut zur Geltung kommen. »Du siehst irgendwie …« Er stockt und legt den Kopf schief. »… anders aus.«

»Glaub mir«, versichere ich ihm und verschränke ebenfalls die Arme, auch wenn es bei mir sicher nicht halb so eindrucksvoll wirkt. »Ich erinnere mich an dich.«

Sein gerade noch mürrisch zusammengepresster Mund verzieht sich zu einem halben Grinsen. »Ich bin es gewohnt, dass man sich an mich erinnert.«

Wie bitte? Ist das sein Ernst?

Bevor ich ihm zu seinem völlig größenwahnsinnigen Ego gratulieren kann, löst er die Arme und beugt sich vor. Misstrauisch schiele ich zu meinen Cookies, da sich seine rechte Hand in gefährlicher Nähe zu ihnen befindet. »Ist auch völlig egal«, sagt er wieder grimmig. »Bist du nun Ava oder nicht?«

Ich schüttle den Kopf und starre ihn an. »Was geht es dich an?«

»Du bist in meinem Team«, teilt er mir knapp mit. »Und wir sind inzwischen beinahe eine Viertelstunde hinterher. Also müssen wir uns beeilen.«

Im ersten Moment habe ich keine Ahnung, was er meint, dann fällt der Groschen. »Du meinst diese blöde Notizsammlung?«, frage ich und sehe ihn beinahe mitleidig an. »Tut mir leid, aber ich mache nicht mit.«

Er starrt mich ein paar Sekunden an, dann breitet sich ein derart heißes Lächeln auf seinem Gesicht aus, dass ich skeptisch die Stirn runzle. »Und ob du mitmachst.«

Unbeeindruckt ziehe ich eine Augenbraue hoch. »Und du denkst, das zieht bei mir?«

Erneut beugt er sich vor, bis unsere Gesichter nur noch Zentimeter voneinander entfernt sind. Dafür, dass wir uns nicht kennen, ist das ein wirklich unangemessen geringer Sicherheitsabstand.

»Sag du's mir, Ava Walker«, raunt er. »Lass uns spielen. Oder traust du dich nicht?«

4

AVA

Okay, ich muss zugeben, dass dieser Tonfall in Verbindung mit diesem wirklich schönen Gesicht nicht ganz spurlos an mir vorbeigeht. Ein ziemlich angenehmes Kribbeln breitet sich in meiner Magengegend aus, während mein Blick zu seinem Mund wandert. Jedes normale Mädchen würde registrieren, dass dieser Typ heiß ist. Und auch seine Worte haben eine Wirkung, was jedoch nicht bedeutet, dass ich zu einer Pfütze an seinen Füßen schmelze.

»Ich spiele nicht«, sage ich langsam und deutlich, in der Hoffnung, ihn zum Rückzug zu bewegen. »Tut mir echt leid, dass sie dich mir zugeteilt haben, aber das ist nicht mein Problem.«

»Du hast recht«, knurrt er und beißt die Zähne zusammen. Dann weicht er endlich ein Stück zurück. Unauffällig atme ich einmal tief durch. »Das ist *mein* Problem. Und ich habe nicht vor, es einfach hinzunehmen.«

Ich blinzele einmal. »Das ist nicht deine Entscheidung«, stelle ich klar, und jetzt bin ich diejenige, die sich vorbeugt. »Ich bleibe genau hier sitzen, und du tust, was auch immer du tun musst. Bei deinem Ego bin ich mir ziemlich sicher, dass du die Aufgaben auch ohne mich löst.«

Er schüttelt den Kopf. »Wir bekommen die erste Aufgabe, sobald wir ein gemeinsames Selfie an die Nummer schicken. Vorher geht nichts.«

Zweifelnd hebe ich eine Augenbraue. »Wenn ich also ein Selfie mache, verschwindest du?«

»Wir müssen das zusammen machen, Ava«, sagt er eindringlich. Er scheint seine Taktik zu ändern. Statt zu fordern, bittet er nun. Immerhin ein Schritt in die richtige Richtung. »Die Aufgaben zählen nur, wenn wir sie gemeinsam schaffen.«

Unsicher sehe ich ihn an. Ein Teil von mir – der Teil, der von meinen Dads erzogen wurde – will sich darauf einlassen. Ich kann nicht behaupten, dass ich glücklich mit meiner aktuellen Situation bin. Allerdings hat mich schon die Vorstellung, mit irgendjemandem nachts durch Chicago irgendeiner Notizsammlung hinterherzujagen, eingeschüchtert. Dass ich diesen Irgendjemand gerade kennengelernt habe, macht es nicht wirklich besser. Es ist eine Sache, in einem kurzen Gespräch cool und selbstsicher rüberzukommen, eine ganz andere, das die ganze Nacht durchzuhalten.

»Hör mal«, versuche ich es mit einem vernünftigen und überzeugenden Tonfall, »es tut mir wirklich leid für dich, aber ich habe keine Lust dazu. Okay?«

»Du kneifst?«, fragt er und lehnt sich zurück. »Alle machen mit, du bist die Einzige, die nicht auf den Fotos im Jahrbuch zu sehen sein wird.«

Das wage ich zu bezweifeln, trotzdem passt mir seine Bemerkung nicht. Er klingt, als würde ich mich absichtlich ausgrenzen. Und das ist ein wunder Punkt.

Offensichtlich sieht er mir meine Gedanken an, denn er macht direkt weiter: »Alle werden die nächsten Wochen darüber sprechen, Ava. Ich weiß ja nicht, wie du das siehst, aber ich halte einen gewissen Zusammenhalt innerhalb eines Jahrgangs für wirklich wichtig. Möglicherweise bilden sich genau heute Abend all die Grüppchen, und du bist nicht dabei.«

Ich schnaufe spöttisch. »Dir ist *ein gewisser Zusammenhalt innerhalb eines Jahrgangs wirklich wichtig*?«, wiederhole ich seine Worte und lache, als er die Stirn runzelt. »Wow.«

Er legt den Kopf schief, aber dann grinst er. »Das war zu viel, oder?«

»Wie kommst du darauf?« Wieder muss ich lachen, dann seufze ich. »Okay, wir machen das Selfie, und ich gucke mir die erste Aufgabe an. Deal? Dann sehen wir weiter.«

Seinen Gesichtsausdruck würde ich nicht gerade als glücklich bezeichnen, doch er sieht auch nicht mehr ganz so verbissen aus wie zu Beginn unserer Unterhaltung. Immerhin. Er mustert mich kurz, bevor er offensichtlich einsieht, dass im Moment nicht mehr für ihn drin ist. Er nimmt sein Handy in die Hand.

»Okay, das Ganze läuft so«, sagt er und rutscht aus seiner Bank. »Da du nicht bei der Veranstaltung warst, gehen die Aufgaben jetzt über mich. Wir schicken das Selfie ab und erhalten die erste Aufgabe von den … den Organisatoren.«

»Den Organisatoren?«, hake ich skeptisch nach. »Das klingt wie eine Sekte oder so etwas.«

»Studierende aus den höheren Semestern«, erklärt er ungeduldig. »Sie stellen uns Aufgaben, wir lösen sie, dokumentieren sie und bekommen dann die nächste. Das Last Team Standing gewinnt die Notizsammlung.«

Ich schüttle den Kopf. »Ich fasse es immer noch nicht, dass du diesen ganzen Aufwand nur für ein paar Abschriften betreibst.«

»Mag ja sein, dass du ein Genie bist und es ohne Hilfe durchs Studium schaffst, Süße, das gilt aber leider nicht für uns alle.«

»Nenn mich nicht Süße.«

Er beißt die Zähne zusammen und macht dann eine Handbewegung, um mir zu signalisieren, dass ich zur Seite rutschen soll, dann setzt er sich neben mich. »Einigen wir uns einfach darauf, dass wir uns nicht mit Small Talk aufhalten, in Ordnung? Zieh das hier einfach mit mir durch, danach musst du mich nicht mehr wiedersehen.«

Statt etwas zu erwidern, schaue ich extra grimmig, als er das Handy hochhält und sich zu mir lehnt, damit wir beide aufs Foto passen. Es ist ein seltsames Gefühl, mit diesem fremden Typen ein Selfie zu machen. Nicht dass ein Foto in der heutigen Zeit noch eine wahnsinnig intime Angelegenheit wäre, trotzdem … Ich bin nicht der abenteuerlustige Typ, und das hier ist schon sehr nahe dran an einem Abenteuer. Ich mache mir ein bisschen Sorgen, was wohl mit diesen Fotos passiert. Immerhin kenne ich die Menschen nicht, die hinter dieser Nummer stecken. Und ich wage zu bezweifeln, dass Nathan glücklich wäre über das, was ich hier gerade tue. Auf der anderen Seite hat er vor einem Jahr vermutlich dasselbe gemacht. Und wenn ich Madison Glauben schenken darf, hatte er damals ebenfalls eine weibliche Mitspielerin. Wovon er mir nichts erzählt hat.

Wieder braut sich die Wut in meiner Magengegend zusammen, doch dieses Mal beachte ich sie nicht weiter. Tatsächlich befeuert sie mich sogar. Nathan hatte seine Chance, den Abend mit mir zu verbringen. Doch er hat mich gehen lassen und sich nicht mal gemeldet, um sich zu erkundigen, wo ich geblieben bin.

»Wie heißt du eigentlich?«, frage ich, als mir klar wird, dass ich nicht einmal den Namen des Typen kenne, der da gerade neben mir sitzt.

»Dexter«, sagt er, ohne mich anzusehen. Sein Blick ruht immer noch auf seinem Handy.

»Wie der Serienmörder aus der Serie?«

Seine Mundwinkel heben sich kaum merklich. »Genau wie der.«

»Wie beruhigend«, murmele ich, als sich sein Telefon mit einem Piepen bemerkbar macht.

Ich sehe Dexter an, und, ja, möglicherweise schlägt mein Herz etwas schneller, während ich darauf warte, dass er meinen Blick erwidert.

»Okay, die erste Aufgabe«, sagt er und runzelt die Stirn. »Wir müssen zur *Harold Washington Library*. Kein Taxi, wir haben zwanzig Minuten.«

»Was?« Ich lache laut auf und warte auf die Pointe ... die jedoch nicht kommt. »Zwanzig Minuten bis zur South State? Niemals.«

Ruckartig dreht er sich zu mir um und kommt mir so nah, dass es eigentlich unanständig ist. Wenn ich wollte, könnte ich seine Wimpern zählen. »Wir schaffen das, Ava.«

»Nein.« Ich schüttle entschieden den Kopf. »Tun wir nicht.«

Der Ausdruck in seinen Augen wirkt so enttäuscht, dass ich beinahe Mitleid bekomme. »Du gibst auf?«, fragt er und verschränkt die Arme. Er nimmt sehr viel Platz auf der schmalen Bank ein, und ich unterdrücke den Impuls, zur Seite zu rutschen. »Das ist wirklich enttäuschend, Walker. Du siehst aus wie ein toughes Mädchen.«

Mir ist klar, was er da macht. Er reizt mich und appelliert an meinen Stolz. Ich weiß, dass er mich zu manipulieren versucht. Das Problem ist: Es klappt. Ich denke an Nathan und sein Verhalten, an den unerschütterlichen Optimismus meiner Dads, an meine schillernden Zukunftspläne und beiße die Zähne zusammen. Scheiß drauf. Scheiß auf Nathan, scheiß auf meine Unsicherheit und alles andere. Das hier ist eine Aufgabe, die ich schaffen kann. Und ich werde sie schaffen.

»Beweg dich«, fordere ich ihn mit fester Stimme auf und wedele mit der Hand, als er mich fragend ansieht. »Wir haben nur noch achtzehn Minuten. Also komm endlich in die Gänge!«

Ein Lächeln breitet sich auf seinem Gesicht aus, und ich bin mir sicher, dass ich zum ersten Mal sein *echtes* Lächeln sehe.

Er springt geradezu von der Bank und hält mir die Hand hin, um mich hochzuziehen. Ich werfe einen letzten sehnsüchtigen Blick auf meinen Kaffee, schnappe mir die restlichen Kekse und meine Handtasche und renne hinter ihm her aus dem Laden.

DEXTER

Ich strecke den Arm aus, um Ava aufzuhalten, die schwer atmend und schlitternd neben mir zum Stehen kommt. Ihre Wangen sind gerötet, und die hellblonden Haare sehen nicht mehr so perfekt gestylt aus wie vorhin im Café. Trotzdem ist sie irgendwie niedlich. Auf eine Hilfloser-Welpe-Art-und-Weise.

»Was ist?«, japst sie und stemmt die Hände in die Seiten.

Kopfschüttelnd deute ich auf ihre Schuhe, bei deren Anblick allein mir schon die Füße wehtun. »Du bist zu langsam.«

Sie schnaubt atemlos. »Oh, entschuldige bitte, dass ich nicht das passende Schuhwerk dabeihabe. Du hast mich hierzu überredet.«

»Spielt keine Rolle«, sage ich knapp und sehe mich um. Wir sind irgendwo auf der South State, doch laut GPS sind es noch mindestens zwölf Minuten zu Fuß zur Bibliothek. Und wir haben noch zehn. »Wir brauchen Räder.«

»Wir können kein Taxi nehmen«, erinnert sie mich immer noch keuchend und sieht sich um. »Und für die Bahn müssten wir zurücklaufen.«

Ich schüttle den Kopf. »Mit der Bahn sind wir zu langsam, da liegen noch zwei oder drei Stationen dazwischen.«

Sie hebt die Augenbrauen, offensichtlich verwirrt, wie genau ich über das Schienennetz informiert bin. Dass ich einige Nächte in den versifften Waggons verbracht habe, erzähle ich ihr besser ein anderes Mal. Ich sehe auf meine Uhr – noch neun Minuten –, als mein Blick auf einen Rikschafahrer fällt. Bingo. Ich greife nach Avas Hand und ziehe sie mit mir.

»Was hast du vor …?«, beginnt sie, doch ich beachte sie nicht. Ava ist heiß, heißer, als ich sie bei unserem ersten Zusammentreffen in ihrem Zimmer in Erinnerung habe, doch in dieser Sache muss ich meine Urinstinkte im Zaum halten. Nach dieser ganzen Aktion werde ich liebend gern mit ihr flirten, doch jetzt zählt nur diese verdammte Aufgabe.

»Wie lange brauchen Sie zur *Harold Washington Library*?«, frage ich den Typen in blauer Windjacke, der gerade einen Zug von seiner Zigarette nimmt.

»'ne Viertelstunde?«, nuschelt er und wirft mir einen prüfenden Blick zu. »Zwanzig Minuten vielleicht.«

Fuck. Fluchend drehe ich mich um, sehe jedoch keine andere Möglichkeit als dieses blöde Fahrrad. Ava sieht schon wieder so aus, als wollte sie einen bissigen Kommentar abgeben, also greife ich nach ihren Schultern und schiebe sie mehr oder weniger auf den Rücksitz der Rikscha. Dann ziehe ich einen Fünfziger aus meiner Hosentasche und gebe ihn dem Fahrer, der mich überrascht ansieht.

»Setzen Sie sich hinten rein, ich fahre«, herrsche ich ihn an und mache eine ungeduldige Handbewegung, als er mich zweifelnd beäugt.

»Das ist nicht erlaubt. Sie können nicht …«

»Ich habe Ihnen das Doppelte von dem gegeben, was Sie vermutlich normalerweise bei dieser Fahrt verdienen, also regen Sie sich ab«, sage ich und steige auf das Rad. Als er immer noch keine Anstalten macht, sich hinzusetzen, verdrehe ich die Augen. »Sie haben eine Freifahrt, also setzen Sie sich, verdammt noch mal, hin!«

»Dexter«, ruft Ava empört, doch ich beachte sie nicht.

Der Typ in der Windjacke murmelt irgendwas, setzt sich dann jedoch tatsächlich hin. Ohne einen weiteren Blick nach hinten stemme ich mich in die Pedale und fahre los. Das Ding ist höllisch schwer, doch es setzt sich allmählich in Bewegung und wird schneller. Der Kerl mag vielleicht zwanzig Minuten brauchen, ich nicht. Ich bin in sozialen Angelegenheiten eine Niete, körperlich kann ich diesen Typen aber locker in die Tasche stecken.

Umsichtig reihe ich mich in den Verkehr ein. Selbst auf dem Fahrradstreifen ist es eine Herausforderung, zwischen all den Taxis, Autos und Fahrradkurieren Ruhe zu bewahren. Der Lärm der Stadt drückt auf meine Ohren, mein Blick huscht von links nach rechts, und meine Oberschenkel brennen unter der Anstrengung. Ich muss das hier schaffen. Wir haben durch Avas Zögern einiges an Zeit verloren und sind im Nachteil, doch ich kann unmöglich riskieren, direkt an der ersten Aufgabe zu scheitern. Ich weiß nicht genau, warum mir dieses beschissene Spiel so wichtig ist. Sicher, ich will die Notizsammlung, doch da ist noch etwas anderes. Vielleicht brauche ich einen Startschuss, einen fixen Punkt, an dem ich mein altes Leben hinter mir lasse und wieder auf die rechte Bahn komme. Das könnte natürlich auch die erste Vorlesung sein oder mein Einzug ins Wohnheim, aber das hier ist etwas anderes. Es bedeutet mehr, und ich werde alles dafür tun, diese Bedeutsamkeit zu nutzen.

Nach etwa fünf Minuten erhebt sich das alte Gemäuer der Bibliothek vor uns. Selbst um diese Uhrzeit sind die Straßen voll mit Touristen, das rote, historische Backsteingebäude ist ein beliebtes Motiv.

Ruckartig trete ich auf die Bremse und höre Ava leise quietschen, ich springe ab, greife nach ihrer Hand und reiße sie förmlich mit mir. Sie flucht überraschend derb, folgt mir aber. Ich remple einen jungen Mann an, der mir wild hinterherflucht, und Ava rennt beinahe ein paar Halbstarke auf Skateboards über den Haufen. Ich höre sie atemlos lachen und merke, dass sich ein Lächeln auf mein Gesicht gestohlen hat, während ich sie zum Haupteingang ziehe. Schwer atmend bleibe ich stehen und strecke einen Arm aus. Sie versteht sofort, positioniert sich neben mir und grinst, als ich das Handy hebe und ein Selfie mache.

»Hat es gereicht?«, schreit sie beinahe. Ich starre auf die kleinen Häkchen, die erscheinen, sobald das Foto abgeschickt und empfangen wurde, dann auf die Uhrzeit daneben.

»Neunzehn Minuten!«, sage ich und recke den Arm triumphierend in die Luft, während Ava jubelt und ein paarmal auf und ab hüpft. Ich grinse breit und hebe die Hand, um einzuschlagen.

»Wahnsinn!«, keucht sie und lacht laut auf. »Wir haben's geschafft!«

»Gut, oder?«

Sie nickt fröhlich. Mein Blick wandert über ihre geröteten Wangen und ihre Augen, die ein wenig mehr strahlen als vorhin in diesem spärlich beleuchteten Café. Sie wirkt so aufgeregt, wie ich mich fühle, und irgendwie ist ihre offensichtliche Freude ansteckend. Dann beugt sie sich vor und stützt sich mit den Händen auf den Knien ab, um zu Atem zu kommen.

Ich runzle die Stirn. »Alles gut bei dir?«

Wieder nickt sie, antwortet jedoch nicht. Ihr Atem geht immer noch viel zu schnell, und einen Moment lang schließt sie die Augen. Ein wenig irritiert beobachte ich sie. Klar, wir sind gerannt, aber das war keine nennenswerte Strecke. Und die fünf Minuten davor hat sie hinten in der Rikscha gesessen.

»Atme mal tief durch«, sage ich leise und beuge mich ein

Stück zu ihr hinunter, um auf Augenhöhe mit ihr zu sein. »Bist du sicher, dass alles in Ordnung ist?«

»Alles gut«, japst sie, schließt erneut die Augen und atmet ein paarmal tief ein und aus. Als sie mich wieder ansieht, hat ihr Mund einen entschlossenen Zug angenommen. »Wie geht's jetzt weiter?«

Kurz sehe ich sie prüfend an, doch immerhin macht sie nicht mehr den Eindruck, als würde sie jeden Moment kollabieren. »Komm«, sage ich und greife nach ihrem Ellbogen, nur um sicherzugehen, »wir können uns kurz hinsetzen, bis die nächste Aufgabe kommt.«

Wie durch ein Wunder protestiert sie nicht, sondern folgt mir und lässt sich auf die schmale Stufe plumpsen. Das Handy immer noch in der Hand, setze ich mich neben sie und stoße sie kurz mit der Schulter an. »Das war gut. Dafür, dass ich dich quasi mitschleifen musste.«

»Du unterschätzt mich.«

»Warum wolltest du nicht mitmachen?«

Tiefe Falten erscheinen auf ihrer Stirn, als sie seufzend mit den Schultern zuckt. »Ich bin nicht der Typ für so was.«

»Wofür?«, frage ich mit einem trockenen Lachen. »Für Spaß?«

Sie wirft mir einen wütenden Blick zu. »Ich wette, du bist so ein Kerl, der einen Raum betritt und sofort alle Aufmerksamkeit auf sich zieht, oder? Und das genießt.«

»Ich bin halt ziemlich beeindruckend.« Ich lache über ihren Gesichtsausdruck und strecke die Beine aus. »Ich habe nichts gegen Aufmerksamkeit.«

»Ich schon«, murmelt sie, ohne mich anzusehen. »Ich denke gerne über Dinge nach, bevor ich sie tue.«

»Das ist doch langweilig. Wo bleiben da die Überraschungen?«

»Ich mag auch keine Überraschungen.«

Mein Blick wird beinahe mitleidig. »Das ist sehr traurig, Walker.«

Sie verdreht die Augen. »Jedem das Seine, oder?«

Das Vibrieren meines Handys kündigt eine neue Nachricht an. Ich setze mich aufrechter hin und lese.

Bringe einen Pantomimen zum Sprechen.

»Was?« Lachend drehe ich das Handy zu Ava, damit sie die Nachricht ebenfalls lesen kann. Dabei lehnt sie sich so weit zu mir herüber, dass unsere Schultern sich berühren. Sie riecht gut, nach einer Mischung aus Blumen und … keine Ahnung, Seife vielleicht. Nicht zu vergleichen mit dem schneidenden Parfümgeruch, mit dem sich viele Mädchen einnebeln.

»Wo sollen wir denn jetzt einen Pantomimen herkriegen?«, jammert sie und sieht mich an. »Ist zurzeit ein Zirkus in der Stadt oder so was?«

»Ich glaube nicht, dass wir nach einem Zirkus suchen müssen.«

Sie beißt die Zähne zusammen. »Sondern?«

Meine Gedanken rattern, ich gehe sämtliche Hotspots Chicagos durch. »Im Millennium Park vielleicht? Da sind doch Straßenkünstler unterwegs, oder?«

»Um diese Uhrzeit?«, zweifelt sie. »Ich war nachts noch nie im Millennium Park.«

Irritiert mustere ich sie von der Seite. »Noch nie?«

Sie schüttelt den Kopf und grinst, doch da ist etwas in ihren Augen, das ich nicht so recht benennen kann. »Ich bin wohlbehütet aufgewachsen, weißt du?«

Die Bemerkung versetzt mir einen Stich, und ich rede hastig weiter, bevor wir das Thema vertiefen können. »Okay, versuchen wir es dort.« Auf eine Unterhaltung über unsere Jugend oder unsere Familie bin ich nicht wirklich scharf. In meinem

Fall ist dergleichen Stoff für eine Therapiesitzung, nicht für entspannten Small Talk. Ich stehe auf und halte ihr beinahe reflexartig die Hand hin, um ihr aufzuhelfen. »Ich habe keine andere Idee, und hier rumzusitzen bringt nichts.«

Einen Moment lang betrachtet sie meine Hand, als wäre es eine Einladung, von der sie sich nicht sicher ist, ob sie sie annehmen soll. Ich werde nicht so richtig schlau aus diesem Mädchen, doch im Moment ist nicht die Zeit, darüber nachzudenken. Nach ein paar Augenblicken ergreift sie meine Hand schließlich und lässt sich von mir auf die Füße ziehen.

5

AVA

Dieses Mal nehmen wir die Hochbahn, worüber ich sehr erleichtert bin. Noch so einen Sprint würde ich womöglich nicht überleben. Es mag zynisch klingen, aber es entspricht der Wahrheit. Während ich mich auf der harten Bank zurücklehne und dem monotonen Rattern des Zugs lausche, frage ich mich, was meine Dads wohl sagen würden. Sie mögen mich ermutigt haben, bei dieser Sache mitzumachen und ein wenig aus meinem Schneckenhaus zu kommen, doch sie sind immer noch meine überfürsorglichen Dads. Wenn sie gesehen hätten, wie ich nach dem Run eben geschnauft habe, wäre vermutlich einer von beiden ohnmächtig geworden, und der andere hätte mich in die nächste Notaufnahme verfrachtet. Ehrlich gesagt war ich selbst kurz davor, dieses Spiel abzubrechen und panisch meine Dads anzurufen. Doch ich habe es nicht getan, und ganz offensichtlich bin ich nicht tot. Ich bin stolz auf mich, was nicht einzig und allein an dieser blöden Aufgabe liegt.

Auch wenn ich genau weiß, dass mich keine Nachricht erwartet, checke ich routiniert mein Handy. Meine Smartwatch hat keine neuen Mitteilungen angezeigt, dennoch durchzuckt mich ein Stich der Enttäuschung, als ich meine Nachrichten durchscrolle. Kein Lebenszeichen von Nathan. Ich bin vor mehr als einer Stunde von der Party abgehauen, es ist also völlig unmöglich, dass er es noch nicht mitbekommen hat. Dass er sich nicht meldet, heißt also, dass er entweder sauer oder es ihm egal ist. Beide Möglichkeiten lassen mich nicht unbedingt vor Glück strahlen.

»Erwartest du 'n Anruf oder so?«

Dexters tiefe Stimme reißt mich aus meinen Gedanken, und ich drehe mich zu ihm um. Er sitzt neben mir und beobachtet das knutschende Pärchen uns gegenüber. Mir schießt das Blut ins Gesicht, als ich seinem Blick folge, und ich wende mich hastig ab. »Nein, es ist nichts.«

»Du wirkst angepisst.«

Tatsächlich? Eigentlich bin ich ganz gut darin, meine Gefühle zu verbergen, heute Abend versage ich dabei aber offensichtlich auf ganzer Linie. Vielleicht, weil ich *wirklich* wütend auf Nathan bin. Oder es liegt daran, dass dieser Dexter mich ein bisschen nervös macht, auch wenn ich nicht richtig benennen kann, warum das so ist. Er ist nicht die ganze Zeit über unfreundlich, nur irgendwie verbissen. Unauffällig linse ich zu ihm hinüber und mustere sein Profil. Er hat den Körper eines Sportlers, aber nicht so aufgepumpt, wie Nathan in letzter Zeit. Dexters Gesicht hingegen wirkt beinahe sanft, wenn man von dem mürrischen Blick einmal absieht. Mit seinen braunen Augen, den dunklen, geraden Augenbrauen und den beinahe eleganten Gesichtszügen könnte er als Model durchgehen. Ein Eindruck, der jedoch zerstört wird, sobald er den Mund aufmacht.

»Du starrst mich an.«

Mein Kopf zuckt hoch, und ich bemerke, dass er recht hat. Oh nein. Während mein Blick zu seiner Brust und seinen Oberarmen gewandert ist, hat er mich beim Starren erwischt. Hastig drehe ich mich weg und verschränke die Arme. »Das bildest du dir ein.«

»Ich schicke dir nachher die Fotos von heute Abend«, sagt er, und auch wenn ich sein Gesicht nicht sehen kann, erkenne ich das Grinsen in seiner Stimme. »Dann kannst du mich auch anstarren, wenn ich gerade nicht da bin.«

»Idiot«, murmele ich, und mir ist egal, ob er mich verstehen kann. »Dein Ego braucht einen Realitätscheck.«

»Meinem Ego geht es hervorragend.«

Ich hebe die Augenbrauen und zwinge mich, seinen Blick zu erwidern. Genau wie ich erwartet habe, zuckt ein Lächeln um seinen Mund, das mir erneut die Röte ins Gesicht treibt.

Er lehnt sich zu mir herüber, und ich balle die Hände zu Fäusten, unterdrücke den Drang zurückzuweichen, während er meine Gesichtszüge mustert. Ich bin mir nicht sicher, ob er versucht, mit mir zu flirten, oder mich einfach nur provozieren will. So oder so habe ich nicht vor, auch nur einen Zentimeter nachzugeben.

Eine gefühlte Ewigkeit sitzen wir so da und starren uns gegenseitig nieder. Dann setzt er sich ruckartig wieder gerade hin, lacht und steht auf. »Wir sind da.«

Tatsächlich, unsere Haltestelle ist die nächste. Ich versuche, meine Gedanken zu sortieren und mich wieder auf unsere Sache zu konzentrieren, doch in meinem Kopf herrscht das reinste Chaos. Verdammt, dieser Kerl ist gut.

Schweigend erhebe ich mich ebenfalls und folge Dexter aus dem Waggon und durch die Menschenmassen hindurch über den Bahnsteig. Ich bin ein bisschen überrascht, wie voll es immer noch ist. Denn es stimmt: Nach zehn Uhr bin ich noch nie in Chicago unterwegs gewesen. Auf Partys, ja, mit dem Auto zu irgendwelchen Freunden. Jedoch nie draußen unterwegs. Das ist eine ganz neue Erfahrung, und sie überfordert mich beinahe.

Wir erreichen den Millennium Park und folgen den gepflegten Wegen zum Cloud Gate, der riesigen silbernen Bohne aus glänzendem Edelstahl. Ich bin schon oft hier gewesen – wie vermutlich jeder Mensch, der hier lebt oder auch nur Chicago besucht hat. Die Skulptur ist ein beliebtes Motiv für Erinnerungsfotos, und demnach ist der Platz zu jeder Zeit gut besucht. Auch jetzt drängen sich die Menschen aneinander, um entweder sich selbst davor oder ihre Reflexion in der Bohne auf einem Foto festzuhalten. Ich lege den Kopf in den Nacken und betrachte das seltsame Gebilde. Es sieht irgendwie skurril aus, gleichzeitig aber reflektiert es wunderschön die Lichter auf dem Platz. Ohne das künstliche Licht überall um uns herum, würden sich wahrscheinlich die Sterne auf der auf Hochglanz polierten Oberfläche der Bohne spiegeln.

Mein Blick wandert über den Platz, und ich entdecke einen Typen, der auf einer kleinen Kiste vor einer Rasenfläche steht. Sein Gesicht ist schwarz-weiß geschminkt. Er erinnert mich an einen traurigen Clown.

Aufgeregt greife ich nach Dexters Hand und deute in Richtung des Mannes. »Da ist einer!«

Dexter umschließt meine Finger fest und trabt los. Ich fluche leise, folge ihm aber, wobei wir ungeschickt einer Gruppe Mädchen ausweichen, die sich vor der Bohne aufgestellt hat. Dexter wird langsamer und bleibt außer Hörweite des Clowns stehen. Er mustert ihn kurz, dann dreht er mich zu sich herum und hält mich an den Oberarmen fest.

»Okay, irgendwelche Ideen?«

Ich schiebe meine Handtasche auf der Schulter hoch. »Vielleicht können wir ihn erschrecken?« Ich bin selbst nicht richtig überzeugt, weswegen mein Vorschlag eher wie eine Frage klingt. »Oder ihn nach dem Weg fragen?«

Dexter runzelt die Stirn. »Er wäre ein schlechter Pantomime, wenn er sich davon aus der Rolle bringen lassen würde.«

Hilflos zucke ich mit den Schultern und sehe mich um, ohne dass mir etwas Gutes einfällt.

Er seufzt und lässt mich los. »Ich überlege mir schon was.«

Irgendwie klingt er resigniert. Als wäre ihm jetzt bereits klar, dass auch diese Aufgabe an ihm hängen bleiben wird. Mein Blick huscht zu ihm, doch er hat sich schon abgewandt, sodass ich seine Augen nicht sehen kann. Zugegeben, auf unserem Weg zur Bibliothek habe ich nicht wirklich geglänzt, doch das kann er mir nicht vorwerfen.

Entschlossen trete ich einen Schritt zur Seite, schultere erneut meine Tasche und marschiere auf den Mann im Clownskostüm zu.

»Ava, was …?«

Ich schüttle den Kopf und werfe Dexter einen herausfordernden Blick zu. »Du musst mich filmen. Sonst können wir es nicht beweisen.«

Einen Moment sieht er mich zweifelnd an, dann zuckt er mit den Schultern und richtet sein Handy auf mich. Mein Puls beschleunigt sich ein bisschen, doch ich klopfe mir innerlich selbst ermutigend auf den Rücken und gehe zu dem Typen, der mich aus gespielt traurigen Augen mustert. Ein, zwei Meter vor ihm werde ich langsamer und bemühe mich um einen leicht verängstigten Gesichtsausdruck.

»Entschuldigen Sie«, beginne ich stockend und versuche, meine Stimme ein wenig schleppend klingen zu lassen. »Haben Sie vielleicht einen Schluck Wasser für mich? Mir ist nicht so gut.«

Der Mann legt den Kopf schief und sieht tatsächlich besorgt aus, schweigt aber, während er sich hinunterbeugt und eine Wasserflasche vom Boden aufhebt.

Verdammt.

»Danke«, hauche ich, als er sie mir reicht. Ich bin nicht wirklich scharf darauf, einen Schluck daraus zu nehmen, also sehe ich ihn erneut an und hoffe, dass ich irgendwie elend aussehe.

»Mein Freund und ich machen eine Tour durch die Stadt, aber er will einfach nicht auf mich warten. Ständig rennt er vor, wissen Sie? Ich komme kaum hinterher.«

Sein Blick huscht zu Dexter, der noch außer Hörweite steht und das Handy hochhält. Wahrscheinlich sieht es für den Pantomimen tatsächlich so aus, als wären wir ein Pärchen und Dexter würde ein Erinnerungsfilmchen drehen. Noch immer sagt er kein Wort. Wahrscheinlich hat Dexter recht, und er wird sich nicht so leicht in ein Gespräch verwickeln lassen.

Mir kommt eine Idee, und mein Herz stolpert kurz, was mir wie immer ein wenig Angst macht. Ich werfe einen kurzen Blick zu Dexter, der mich ungeduldig ansieht, dann wende ich mich an den Pantomimen.

Ein paar Sekunden mustere ich ihn, dann lasse ich dramatisch die Wasserflasche fallen und sinke zu Boden. Ich fühle mich wie in einem schlechten Film und kann gerade noch verhindern, dass ich die Hand an die Stirn lege und theatralisch aufseufze. Ich weiß nicht einmal, ob es tatsächlich so aussieht, wenn jemand ohnmächtig wird. Ich habe zwar schon einige Male das Bewusstsein verloren, mich jedoch nie selbst dabei beobachtet.

Als meine Knie den Boden berühren, höre ich ein Fluchen, kann aber nicht sagen, von wem es stammt. Wenige Sekunden später tauchen die polierten Schuhe des Pantomimen auf, und seine Hände legen sich auf meine Schultern.

Beinahe im selben Moment ist Dexter bei mir. Seine Jeans schaben über den Asphalt, als er sich hastig neben mich kniet und seine Hand an meine Wange legt.

Überrascht sehe ich auf und begegne braunen Augen. »Was ist los?«, fragt er atemlos und sucht mein Gesicht ab, als würde er nach einer Verletzung Ausschau halten.

Mit zusammengekniffenen Augen deute ich mit dem Kopf leicht in Richtung des Pantomimen, der immer noch an meiner Seite hockt. Dexter runzelt die Stirn, dann huscht ein kaum wahrnehmbares Grinsen über sein Gesicht, als er versteht.

»Du solltest wirklich einen Gang zurückschalten, Kumpel«, ertönt die dunkle Stimme des Clowns. Beinahe hätte ich vor Begeisterung in die Hände geklatscht, halte mich jedoch im letzten Moment zurück. »Dein Mädchen braucht mal 'ne Pause. Geht's wieder, Kleine?«

Ich nicke eilig und lasse mir von Dexter aufhelfen, der immer noch das Handy in der Hand hält. »Ja, vielen Dank«, sage ich und hüstele einmal. Dexter verdreht die Augen. »Es geht schon wieder, ich muss mich nur einen Moment setzen.«

Der Pantomime mustert uns aus kleinen Augen, dann nickt er und steigt wieder auf seine Kiste. Eilig greife ich in meine Handtasche, angele ein paar Dollarscheine aus meiner Geldbörse und werfe sie in den Hut, der vor ihm steht. Er deutet eine kleine Verbeugung an, dann zieht Dexter mich mit sich.

Sobald wir außer Hörweite sind, pruste ich los, und Dexter stimmt mit ein. Seine Hand liegt immer noch an meinem Ellbogen, während wir unsere Schritte beschleunigen.

»Das war gar nicht schlecht«, bemerkt er und streicht sich ein paar Locken aus dem Gesicht. »Im ersten Moment habe ich wirklich gedacht, du kollabierst hier.«

Lachend mache ich mich von ihm los und werfe einen Blick über die Schulter, doch der Pantomime beachtet uns nicht mehr. »Deine Sorge war rührend.«

Er ist schon wieder mit seinem Handy beschäftigt, wahrscheinlich, um das Video als Beweis abzuschicken. »Nein, im Ernst«, sagt er, ohne aufzublicken. »Das war überraschend gut.«

Meine Wangen werden heiß, und ich muss grinsen. »Ich weiß.«

Belustigt sieht er mich an. »Bescheidenheit ist nicht gerade deine Stärke, oder?«

»Ich glaube nicht, dass ausgerechnet du das beurteilen kannst«, erwidere ich empört.

»Auch wieder wahr«, bemerkt Dexter und lacht plötzlich so laut auf, dass ich zusammenzucke. »Oh, das wird dir gefallen.«

Misstrauisch verenge ich die Augen und beuge mich zu ihm hinüber, um die Nachricht lesen zu können, die vermutlich unsere nächste Aufgabe ankündigt. Doch er weicht zurück und hält es außer Reichweite.

»Was? Zeig's mir!«, fordere ich.

»Ava«, sagt er langsam und mit so ruhiger Stimme, als würde er versuchen, sich einem scheuen Tier zu nähern. Das Unbehagen in meinem Magen wächst. »Denk dran, dass wir schon sehr weit gekommen sind, okay? Sei unvoreingenommen und denk erst einmal darüber nach, ja?«

»Ich denke, ich sollte direkt Nein sagen.«

»Versprich es mir«, beschwört er mich, was mir allmählich ein bisschen albern vorkommt. »Denk drüber nach.«

Ich verdrehe die Augen und mache einen Schritt auf ihn zu. »Hör auf mit dem Scheiß und zeig's mir endlich.«

Er seufzt dramatisch und hält mir sein Handy hin. Kurz bin ich von dem Vorschaubild des Videos abgelenkt, das er gerade verschickt hat. Die seltsame Haltung, mit der ich zu Boden gehe, ist nicht gerade vorteilhaft für meine Figur. Ich runzle die Stirn, konzentriere mich dann jedoch auf den Text, der als Antwort gefolgt ist.

»*Tauscht eure Klamotten mit einem anderen Team*«, lese ich laut vor und lache hustend auf. »*Vollständig, abgesehen von der Unterwäsche.* Was? Ist das ein Witz?«

Sein Kopfschütteln wirkt beinahe ein wenig verzweifelt. »Bitte, mach jetzt keine Szene.«

»Ich ziehe mich doch nicht aus«, rufe ich, auch wenn mir vollkommen klar ist, dass ich gerade genau das mache – eine Szene. »Sind die noch ganz dicht? Und die wollen auch noch ein Video davon?«

»Ich glaube, ein Beweisfoto vom Ergebnis würde in dem Fall auch reichen«, bemerkt er und macht einen Schritt auf mich zu.

Ich weiche zurück und verschränke die Arme vor der Brust. »Vergiss es.«

»Ach, komm schon«, sagt er und hebt die Hände. »Deine Unterwäsche behältst du doch an. Das ist nichts anderes als am Strand oder am Pool.«

Das sehe ich überhaupt nicht so. Am Pool trage ich langweilige Bikinis oder Einteiler, die nur die Stellen meines Körpers zeigen, die ich auch zeigen möchte. Hauptsache, ich kann meine Narbe verstecken. Und wenn ich mich recht erinnere, trage ich gerade einen ziemlich knappen Push-up-BH und einen Stringtanga, damit sich kein Slip durch die enge Jeans abzeichnet. Als ich mir die Unterwäsche heute Nachmittag rausgesucht habe, bin ich nicht davon ausgegangen, dass irgendjemand sie zu sehen bekommen würde. Allerhöchstens Nathan, doch nicht einmal diesbezüglich habe ich mich entschieden. Dexter mit Sicherheit nicht.

»Welches andere Team überhaupt?«, frage ich in der Hoffnung, die ganze Sache im Vorfeld verhindern zu können. »Wie sollen wir denn ein anderes Team finden?«

Als hätte das Schicksal nur auf seinen Einsatz gewartet, ruft in diesem Moment jemand Dexters Namen. Wir drehen uns gleichzeitig um. Ein ziemlich großer blonder Kerl rennt auf uns zu. Er winkt wie ein Wahnsinniger, während er ein Mädchen an der anderen Hand mit sich zieht. Zumindest gehe ich davon aus, dass es ein Mädchen ist – die zierliche Gestalt verschwindet beinahe komplett hinter ihm.

Dexter wirft mir einen triumphierenden Blick zu, dann wendet er sich den beiden zu. »Ich war noch nie so froh, dich zu sehen, weißt du das?«

Der Kerl lacht laut, als er etwa einen Meter vor uns stehen bleibt. Ich muss den Kopf in den Nacken legen, um ihm ins Gesicht sehen zu können. Mit meinen 1,64 bin ich beinahe ein Zwerg, der Kerl ist im Vergleich mit mir so groß wie ein Baum. Ein ziemlich dünner Baum.

»Wir kennen uns seit heute Nachmittag«, erwidert der Blonde und sieht dann mich an. »Hey, ich bin Simon.«

»Ava«, sage ich leicht verlegen und hebe die Hand. »Freut mich.«

»Ich habe die Ehre, mir mit diesem Typen ein Zimmer zu teilen«, erklärt er und deutet auf Dexter, der die Augen verdreht.

»Oh«, erwidere ich betroffen. »Das tut mir leid.«

Simon lacht. Dann legt er den Arm um die Taille des Mädchens und zieht sie an seine Seite. Sie hat dunkle Haut, blond gefärbte Haare und ist so hübsch, dass ich am liebsten in Tränen ausbrechen würde. Und sie grinst genauso breit wie er. »Scarlett«, stellt sie sich uns vor. »Ich bin seine Partnerin.«

Verdammt, sie wirkt auch noch nett. Bei ihr hat Gott wirklich übertrieben.

»Habt ihr die gleiche Aufgabe?«, fragt Dexter. »Mit dem Klamottentauschen?«

Als Simon nickt, rutscht mir das Herz in die Hose. Mein Blick schnellt zu dieser Scarlett, und ich bin erneut den Tränen nahe. Wir haben in etwa die gleiche Figur, doch sie ist winzig. Noch kleiner als ich, und das soll schon etwas heißen. Sie trägt einen kurzen Jumpsuit, der mir vermutlich nicht einmal über die Pobacken reichen würde.

»Das ist doch nicht euer Ernst«, sage ich und deute mit einem Kopfnicken auf Scarlett, als Dexter mich fragend ansieht. »Das passt mir doch nie.«

Sie lacht mit einer glockenhellen, elfengleichen Stimme. Natürlich.

»Ich habe keine Ahnung, was du meinst«, sagt Dexter, doch ich sehe, wie seine Mundwinkel zucken. »Das Ding steht dir sicher super.«

»Das *Ding*«, wiederholt Scarlett und wirft Dexter einen schneidenden Blick zu, »ist von Calvin Klein.«

»Oh nein.« Ich sehe erst Dexter, dann Simon an und stelle mich demonstrativ neben Scarlett. »Ich riskiere sicher nicht, dass ich das kaputt mache. Das kann ich mir nicht leisten.«

Dexter öffnet den Mund, doch Scarlett schüttelt den Kopf und wendet sich an mich. »Nein, das wollte ich damit nicht sagen. Wir können gerne tauschen, mir hat nur sein Tonfall nicht gefallen.«

»Siehst du, Sweetheart? Alles in Ordnung!«

Stirnrunzelnd betrachte ich Simon. »Hast du mich gerade *Sweetheart* genannt?«

Scarlett seufzt. »Er hat ein Faible für schräge Kosenamen.«

»Wie seltsam.«

Simon lacht. »Von uns vieren trifft es mich wohl beim Klamottentausch am schlimmsten, also beschwert euch mal nicht.«

Mein Blick wandert über seinen schlaksigen Körper, und ich verstehe, was er meint. Simon ist gute fünfzehn Zentimeter größer als Dexter, aber deutlich schmaler. Dexters Klamotten werden ihm hinten und vorne nicht passen – im wahrsten Sinne des Wortes.

Einen Moment lang betrachte ich einen nach dem anderen und wäge ab, was ich tun soll. Ich bin der Inbegriff von »Harte

Schale, weicher Kern« – nach außen hin gebe ich mich tough, sarkastisch und selbstsicher. In mir drin sieht es allerdings anders aus. Trotz der Bemühungen meiner Dads, lege ich viel Wert auf die Meinung anderer Menschen. In Gruppen fühle ich mich meistens irgendwie fehl am Platz und unsicher. Ich habe Angst, mich lächerlich zu machen oder eine Wirkung auf andere zu haben, die ich nicht beabsichtigt habe. Deswegen würde ich solche Aktionen, wie die Klamotten mit anderen zu tauschen, eigentlich niemals mitmachen. Immerhin könnten die anderen Körperstellen sehen, die ich nicht zeigen will, oder sich lustig machen, weil ich in dem zu kurzen Einteiler von dieser Scarlett stecke.

Doch in diesem Moment ist irgendetwas anders als sonst. Vielleicht liegt es an Dexters sorgloser Art oder daran, dass dieser Simon auf mich wirkt, als könnte ihm nichts jemals unangenehm sein. Vielleicht ist es auch einfach nur die absurde Gesamtsituation oder Nathans Verhalten an diesem Tag. Was es auch ist, irgendetwas in mir will nicht mehr nachdenken, sondern einfach Spaß haben. Etwas wagen und einen Abend lang jemand anders sein.

»Okay, ich mach's«, sage ich schließlich und setze Dexters flehendem Blick ein Ende. »Aber ich will einen Sichtschutz.«

DEXTER

Stirnrunzelnd betrachte ich Ava, die wiederum Scarlett mustert. Ihre Gedanken sind ihr förmlich auf die Stirn geschrieben. Sie scannt Scarlett mit den Augen ab, als würde sie ihre Maße nehmen. Ich unterdrücke ein Grinsen. Vielleicht macht mich das zu einem Arsch, allerdings habe ich nichts gegen das Bild, das in meinem Kopf entsteht: Ava in diesem knappen Einteiler.

Ehrlich gesagt überrascht es mich, dass Ava dieser Aufgabe zugestimmt hat. Gut, ich kenne sie erst seit ein paar Stunden, und das nicht mal sehr gut, doch bislang hat sie auf mich eher einen spießigen Eindruck gemacht.

In dem Moment kehrt Simon mit einer Picknickdecke zu uns zurück, die er triumphierend in die Höhe hält.

»Woher hast du die denn?«, fragt Scarlett und spricht damit wohl genau das aus, was Ava und ich denken.

Simon deutet über seine Schulter, auch wenn es da nicht wirklich etwas zu sehen gibt. »Hab sie von dem Pärchen da drüben ausgeliehen. Wir haben zehn Minuten.«

Aus den Augenwinkeln sehe ich, wie Ava die Stirn runzelt, doch sie sagt nichts. Ich greife nach einer Ecke der Decke und halte sie zusammen mit Simon hoch, sodass die Mädels zwischen unserem improvisierten Sichtschutz und einem geschlossenen Eiswagen eingepfercht sind. Niemand wird sie sehen können, wenn er sich nicht genau neben uns stellt und über die Decke lugt.

»Macht schon«, sagt Simon ungeduldig, als Ava immer noch skeptisch dreinblickt. »Das Ganze geht auf Zeit, und wenn wir weiter in der Gegend rumstehen, haben die anderen Teams uns längst überrundet.«

Ich wende meinen Blick ab, nachdem sie mich auffordernd ansieht.

»Es gibt ein Zeitlimit?«, fragt sie, wobei ihre Stimme ein klein wenig höher klingt als gewöhnlich.

»Bei dieser Aufgabe nicht«, erkläre ich angestrengt. Ich versuche, meinen Blick auf der silbernen Bohnen-Skulptur zu halten, doch, verdammt, das ist gar nicht so einfach. Ava ist stressig und irgendwie steif, aber sie ist auch ziemlich hübsch. Die Vorstellung, dass sie kaum einen Meter von mir entfernt in Unterwäsche dasteht, macht mich erstaunlich nervös. »Aber das Team, das gegen Ende die meisten Aufgaben erfüllt hat, gewinnt. Solange nicht alle anderen vorher aufgeben, natürlich. Also sollten wir so viele Aufgaben wie möglich schaffen.«

»Wie viele habt ihr schon?«, fragt Simon, der ebenfalls demonstrativ in eine andere Richtung guckt.

Ich unterdrücke ein Schnauben. »Das hier ist die dritte.«

»Dann haben wir einen Vorsprung.«

Scarlett jubelt kurz, dann zupft eins der Mädchen an der Decke. Wir lassen die Decke sinken, und mein Blick fällt sofort auf Ava, die sich mit unsicher vor der Brust verschränkten Armen gegen den Foodtruck drückt. Meine Augen wandern über ihren Körper, der, anders als vorhin, nur noch spärlich bedeckt ist – eine ganze Menge nackter Haut. Verdammt, sie hat recht gehabt – dieser Einteiler ist ihr mindestens zwei Nummern zu klein. Dort, wo er bei Scarlett eher locker gesessen hat, schmiegt er sich bei Ava an wie eine zweite Haut. Der Saum der Hosenbeine endet vermutlich kurz unterhalb ihres Slips, und der Ausschnitt bedeckt kaum die oberen Rundungen ihrer Brüste. Noch während ich sie ansehe, spüre ich, wie mein Blut sich in meinen unteren Körperregionen sammelt, und ich wende mich räuspernd ab. Es ist mir nicht wirklich peinlich. Allerdings müssen wir uns jetzt echt beeilen, und ich bezweifle, dass ich noch zu wahnsinnig viel in der Lage sein werde, wenn ich sie weiterhin anstarre.

»Macht euer bescheuertes Foto, damit ich aus diesem Teil wieder rauskomme«, fordert Ava uns auf. Ich kann ihr Gesicht nicht sehen, aber ihr Tonfall gibt ziemlich deutlich zu verstehen, dass sie meinen Blick bemerkt hat.

»Du siehst heiß aus«, bemerkt Simon, der offensichtlich nicht mit dem gleichen Taktgefühl gesegnet ist wie ich. »Im Ernst, du solltest so etwas öfter tragen.«

Ich höre Ava schnauben. »Du kennst mich nicht«, faucht sie zurück. »Woher weißt du, dass ich so was nicht ständig trage?«

Bevor Simon antworten kann, mischt Scarlett sich ein und verhindert damit womöglich ein Handgemenge. »Mach das Foto, Dexter, dann können wir wieder tauschen«, sagt sie bestimmt. »Ich habe mir nicht derart Mühe mit meinem Outfit gemacht, um den halben Abend in einer viel zu großen Jeans herumzulaufen.«

Schnell tauschen auch Simon und ich die Klamotten, wobei wir anders als die Mädels kein großes Aufhebens machen und uns einfach mitten auf dem Platz umziehen. Wir stellen uns neben Ava und Scarlett und bitten einen Mann darum, ein Foto von uns zu knipsen. Vielleicht bilde ich es mir nur ein, doch als ich mich neben Ava stelle, scheint sie eine derartige Hitze auszustrahlen, dass sich mir die Nackenhaare aufstellen – auf eine positive Art und Weise. Unauffällig lasse ich den Blick über ihre nackte Schulter und ihr Dekolleté schweifen, während ich ihr scheinbar beiläufig einen Arm um die Taille lege und fürs Foto posiere. Ihre Haut ist makellos, ihr hellblondes Haar reflektiert das Licht der umstehenden Laternen, und ihre Brüste sind perfekt. Zumindest, wenn ich von dem ausgehe, was ich von meiner Position aus sehen kann, und das ist vermutlich mehr, als ihr lieb ist.

»Ich spüre deinen Blick«, murmelt Ava, ohne mich jedoch anzusehen. Der Mann vor uns scheint Probleme mit Simons Handy zu haben und fummelt ein wenig hilflos daran rum. Für gewöhnlich nervt mich so etwas, doch im Moment kann ich nicht behaupten, dass ich es eilig habe.

»Simon hatte recht«, sage ich schamlos und grinse zu ihr hinunter, obwohl sie mich immer noch nicht anschaut. »Du siehst wirklich heiß aus.«

»Das ist widerlich«, bemerkt sie leise, und ich höre den Ärger in ihrer Stimme. »Ich wette, da sitzen ein paar untervögelte Nerds vor irgendeinem Laptop in irgendeinem Verbindungskeller und freuen sich über die Bilder.«

»Wow, du bist ja ein Sonnenschein.«

Sie brummt nur. Als der Typ es endlich geschafft hat, ein vernünftiges Bild zu machen, wirbelt sie herum, schnappt sich Scarlett und gibt Simon und mir das Kommando, erneut die Decke hochzuhalten. Keine Ahnung, was ihr für eine Laus über die Leber gelaufen ist. Sie war von Anfang an nicht begeistert von diesem Spiel, aber das hier ist einfach lächerlich.

Nachdem Simon mir das Bild geschickt hat, verabschieden Scarlett und er sich von uns. Ich greife nach Avas Ellbogen und halte sie zurück. Ich weiß nicht mal, wo sie hinwill, doch wir haben hier etwas zu erledigen.

»Was?«, faucht sie und sieht mich derart abschätzig an, dass ich kapitulierend die Hände hebe.

»Hey, ganz ruhig, Blondie«, sage ich und runzle die Stirn. »Was ist denn dein Problem?«

»Nichts«, bellt sie und schüttelt dann den Kopf. »Weißt du was? Ich habe keine Lust mehr.«

»Was?«, frage ich. »Warum?«

»Das ist doch alles bescheuert. Ich habe keine Ahnung, warum ich überhaupt zugestimmt habe!«

»Okay, mal ganz langsam.« Ich ziehe sie mit mir zu ein paar Stufen. Als ich mich hinsetze, mustert sie mich kurz, verdreht dann aber die Augen und setzt sich neben mich. »Also, was ist das Problem? Die Sache mit dem Umziehen kann es doch echt nicht sein.«

»Warum nicht?«, fragt sie herausfordernd. »Vielleicht bin ich ja einfach so spießig. Vielleicht bin ich ein langweiliger Mensch, und ich hab einfach keinen Bock auf den ganzen Scheiß.«

»Für einen langweiligen Menschen hast du vorhin ein wenig zu begeistert eine Ohnmacht vorgetäuscht.«

Sie seufzt und stützt das Kinn auf ihre angewinkelten Knie. »Lass es gut sein, okay? Ich habe wirklich keine Lust mehr.«

»Und warum nicht?«

»Der Abend ist einfach verkorkst«, murmelt sie, ohne mich anzusehen. Keine Ahnung, warum, aber ein Teil von mir will die Hand nach ihrem Gesicht ausstrecken, damit ich ihr in die Augen sehen kann. Vermutlich drehen meine Hormone gerade durch, anders ist dieser Anflug von Beschützerinstinkt nicht zu erklären. Seit Jahren geht es mit meinem Leben bergab. Was bedeutet, dass ich mich seit Jahren größtenteils mit Leuten umgebe, deren Leben ebenfalls bergab geht oder bereits in einem Scherbenhaufen zusammengebrochen ist. Die Frauen, mit denen ich mich in dieser Zeit abgegeben habe, sind nicht unbedingt anspruchsvoll gewesen, manche von ihnen nicht mal sehr hübsch. Vermutlich reizt Ava mich einfach deshalb so, weil sie sowohl schön ist als auch nicht die Bohne an mir interessiert zu sein scheint. Sie ist eine Herausforderung, und, ja, das ist irgendwie verlockend. Außerdem hat sie etwas an sich, das in mir das Bedürfnis weckt, ihr eine Decke um die Schultern zu legen. Ich habe mich seit Ewigkeiten nicht mehr gebraucht gefühlt.

Trotzdem darf ich nicht vergessen, was wir hier gerade tun. Wir haben eine Mission, von der der Start in mein neues Leben abhängt. Ich kann nicht riskieren, dass ich bereits die erste Hürde vergeige, nur weil ich einem Mädchen hinterherhechle, das ich nicht einmal kenne.

»Was ist passiert?«, frage ich trotzdem und stoße sie leicht mit der Schulter an.

Sie rümpft die Nase und seufzt. »Ich bin sauer.«

»Ach, wirklich?«

Kurz sieht sie mich wütend an. »Es geht um einen Typen«, erklärt sie beinahe herausfordernd. »Reicht das?«

»Um deinen Freund?«

Sie nickt, wenn auch ein wenig zögernd. War ja klar, dass ein Mädchen wie sie einen Freund hat. Vermutlich einen Verbindungstypen mit einem Durchschnitt von 1,0. Zu schade.

»Bevor du mich in dem Café überfallen hast, war ich mit ihm zusammen auf einer Party«, erklärt sie, wobei jedes ihrer Worte nahezu vor Wut tropft. »Er war scheiße, ich bin abgehauen. Das war vor Stunden. Und er hat mir gerade eben geschrieben und mich gefragt, wo ich sei, weil er mich nicht finden könne.«

Ich verziehe das Gesicht. »Autsch.«

»Stunden«, spuckt sie aus. »Er hat Stunden gebraucht, um zu bemerken, dass ich nicht da bin!«

»Was für ein Lappen.«

»Ja«, schnaubt sie. Dann dreht sie sich zu mir um und lacht atemlos, als sie meinen Gesichtsausdruck sieht. »Keine Ahnung, warum ich mir das gefallen lasse. Früher war er anders.«

»Und jetzt ist er …?« Es geht mich nichts an, doch aus irgendeinem Grund will ich wirklich wissen, wie dieser Kerl Ava behandelt.

Sie zuckt mit den Schultern. »Ein Arsch. Er würde das Ganze hier garantiert nicht gutheißen.«

Der Gedanke lässt mich grinsen. Statt einer Antwort stehe ich auf und strecke ihr die Hand hin. Als sie mich fragend ansieht, wackele ich auffordernd mit den Augenbrauen. »Dann sehen wir mal zu, dass er wirklich etwas hat, worüber er sich ärgern kann.«

Ein Teil von mir ist sich sicher, dass sie ablehnt. Kurz spiegelt sich Unsicherheit in ihrem Blick, doch dann greifen ihre Finger nach meinen und sie lässt sich von mir hochziehen.

6

AVA

Ein Kribbeln geht durch meine Finger, durch meine Hand und meinen Arm hinauf. Wie ein elektrischer Schlag, nur sanfter. Ich weiß nicht genau, ob es an meiner Wut auf Nathan liegt oder daran, dass Dexter mich herausfordert, doch das trotzige Kind in mir hebt den Kopf und ist zu allem bereit. Dass Nathan meine Abwesenheit nicht einmal bemerkt hat, schmerzt, doch ich konzentriere mich auf die Wut. Damit kann ich leichter umgehen, diese Emotion kann ich verarbeiten. Schmerz ist etwas, vor dem ich mich nach wie vor fürchte, auch wenn ich mich in den vergangenen Jahren allmählich daran gewöhnt haben sollte.

Dexter zieht mich hoch und liest sich unsere nächste Aufgabe auf seinem Handy durch. Ich habe nicht gelogen: Nathan wäre hiervon nicht begeistert. Er mag mich in letzter Zeit mehr oder weniger ignorieren, zumindest vernachlässigen, das bedeutet jedoch nicht, dass er nicht eifersüchtig ist. Tatsächlich verhält er sich regelrecht besitzergreifend gegenüber anderen Jungs, die Interesse an mir zeigen. Ich glaube, dass das weniger mit mir persönlich zu tun hat, sondern mehr mit der Tatsache, dass ich ihm gehöre – zumindest nach Nathans Auffassung. Diesen Charakterzug habe ich immer irgendwie süß gefunden, doch mittlerweile nervt mich die Vorstellung. Gerade jetzt will ich ihm unbedingt beweisen, dass ich ein eigenständiger Mensch mit eigenem Willen bin. Ich brauche keinen Freund, um meinen Abend zu gestalten, und ich brauche sicher keinen Freund, dessen Freunde ich übernehmen kann. Dieser Dexter ist unverschämt und laut und irgendwie frech – genau die Art Freund, die Nathan zutiefst ablehnen würde.

Die folgenden Aufgaben sind lustig, aber Gott sei Dank nicht mehr so peinlich wie die Sache mit dem Klamottentausch. Als Erstes verdienen wir zehn Dollar als Straßenkünstler – wobei ich mir ziemlich sicher bin, dass uns die Leute eher dafür bezahlen, mit dem Singen aufzuhören. Danach malen wir ein Bild auf ein Taschentuch und finden tatsächlich jemanden, der es uns für fünf Dollar abkauft. Wir fahren schwarz mit der Hochbahn nach Chinatown und schaffen es, ein Kaugummi gegen eine dieser kleinen Winkekatzen zu tauschen, die auf der Theke eines Imbisses herumsteht. Möglicherweise schummeln wir dabei ein bisschen, weil wir dem Besitzer das Spiel erklären, bevor er sich auf den Deal einlässt, doch das ist uns egal.

»Wir sind unter den letzten vier!«, ruft Dexter, als wir den Imbiss verlassen, und greift nach meiner Hand, während wir zu einer kleinen Bank gehen. Ich setze mich neben ihn und lehne mich hinüber, um auf sein Handy sehen zu können. Die mysteriösen Veranstalter haben die vier verbleibenden Teams aufgezählt, und ich kann ein begeistertes Jubeln nicht unterdrücken. Simon und Scarlett sind ebenfalls noch dabei, die anderen Namen kenne ich nicht. Madison scheint schon ausgeschieden zu sein. Ich bin mir sicher, dass wir es schaffen können. Auch wenn mir die Notizsammlung relativ egal ist, will ich inzwischen unbedingt gewinnen. Ich brauche Freunde und es gibt wohl kaum eine bessere Methode, um mit den anderen in Kontakt zu kommen, als den Initiationswettbewerb zu gewinnen. Außerdem wurde Dexter, je weiter wir kamen, immer aufgeregter und – seltsamerweise – auch immer netter. Vielleicht können wir Freunde werden. Er flirtet möglicherweise ein bisschen mit mir, das ist jedoch nichts, worüber ich mir ernsthaft Gedanken mache.

»Was als Nächstes?«, frage ich und lehne mich zurück. Die Winkekatze sitzt auf meinem Schoß und winkt fröhlich den vorbeikommenden Menschen zu.

Dexter legt den Kopf schief und runzelt die Stirn. »Wir sollen ein Verbrechen verhindern.«

»Im Ernst?«, frage ich. Er nickt einmal, und ich lache spöttisch auf. »Und wie sollen wir das machen? Uns auf die Lauer legen und warten, dass irgendjemand versucht, ein Auto zu knacken?«

Sein Blick wandert zu mir, und dieses herausfordernde Funkeln erscheint in seinen Augen. »Wir verhindern unser eigenes Verbrechen.«

Wieder lache ich. »Und was genau sollen wir anstellen?«

Er zuckt mit den Schultern, steht dann aber ruckartig auf und dreht sich einmal im Kreis, als stünde die Antwort auf den Fassaden der kleinen Läden um uns herum. »Wir sollen die ganze Aktion filmen. Also, willst du was anstellen, oder willst du's verhindern?«

Stirnrunzelnd betrachte ich ihn. »Ich verstehe nicht wirklich, befürchte ich.«

»Okay«, sagt er und geht vor mir in die Hocke. Er senkt verschwörerisch die Stimme, als würden wir belauscht. »Wir könnten … ich weiß nicht, einer von uns könnte etwas klauen, und der andere verpetzt denjenigen. Oder so.« Während er spricht, wird seine Stimme immer leiser und mein Stirnrunzeln immer tiefer. Ich beiße mir auf die Lippen, um nicht zu lachen, doch er scheint meinen Gesichtsausdruck richtig zu deuten und seufzt. »Oder etwas in der Art. Du weißt, was ich meine.«

»Ich glaube nicht, dass die das so gemeint haben«, gebe ich zu bedenken.

Er winkt ab. »Komm schon, wir brauchen eine Idee.«

Ich will mich ebenfalls umsehen, was nicht so einfach ist, denn Dexter hockt immer noch genau vor mir. Sein Gesicht ist so nah an meinem, dass ich seinen Atem spüren kann, als er seufzt. Mein Blick bleibt kurz an seinen Lippen hängen, bevor ich hastig in die andere Richtung schaue. Leider hat er es bemerkt, denn er lacht leise und sieht mich so intensiv an, dass ich unwillkürlich schlucken muss. Wieder ist da diese Spannung zwischen uns, wobei das mit Sicherheit an dem Adrenalinausstoß liegt, den dieses ganze Spiel in mir auslöst. Dexter ist nicht mein Typ. Ich stehe auf die netten Jungs, und auch wenn ich ihn erst seit ein paar Stunden kenne, bin ich mir ziemlich sicher, dass er zu der Sorte Kerle gehört, die Ärger macht. Ärger kann ich nicht gebrauchen, und ganz davon abgesehen habe ich schon Nathan.

Wieder schmunzelt Dexter, und kurz befürchte ich, er könnte irgendwie meine Gedanken gelesen haben. Aber dann gleitet sein Blick zu meinen Lippen, und die bissige Antwort bleibt mir im Hals stecken. Einen Moment lang, einen wirklich kurzen Moment, überlege ich, wie es sich wohl anfühlen würde, Dexter zu küssen. Er ist so anders als alle Jungs, die ich kenne, dass es sich wahrscheinlich anfühlen würde wie ein allererster Kuss. Ich stelle mir vor, wie es wäre, die Regeln zu brechen. Nur ein einziges Mal, nur einen einzigen Abend. Als würde mein Körper die Kontrolle über meinen Verstand gewinnen, lehne ich mich ein winziges Stück vor. Meine Lider flattern, und mein armes Herz stolpert in meiner Brust.

Als hätte er sich verbrannt, weicht Dexter zurück.

Im ersten Moment bin ich beinahe gekränkt, doch dann bemerke ich, dass das Handy in seiner Hand vibriert.

»Ein Videoanruf«, sagt er verwirrt und hält das Telefon hoch. Seine Stimme klingt ein klein wenig rauer als zuvor, trotzdem scheint er sich schnell zu fangen.

»Von den Veranstaltern?«, frage ich, während ich gleichzeitig verzweifelt versuche, meine Hormone unter Kontrolle zu bringen. »Warum?«

Er zuckt mit den Schultern und nimmt den Anruf an. Das Bild von uns beiden vor der Handykamera erscheint unten rechts in der Ecke, doch ansonsten bleibt der Bildschirm schwarz. Was bedeutet, dass sie uns sehen können, wir sie aber nicht. Noch bevor Dexter oder ich etwas zur Begrüßung sagen können, ertönt eine Stimme. Sie klingt unnatürlich, irgendwie blechern und verzerrt, und ich kann nicht anders, als die Augen zu verdrehen. Vermutlich benutzen sie für diesen Effekt eine Darth-Vader-Maske oder etwas in der Art.

»Hallo, Teams«, sagt die Stimme. Dexter zupft am Saum meines Shirts und deutet auf eine Mitteilung auf dem Bildschirm, dass es sich um einen Gruppenanruf handelt. Offenbar spricht der Typ mit uns allen gleichzeitig. »Ihr habt alle dieselbe Aufgabe erhalten. Die drei Teams, die sie am schnellsten absolvieren, sind im Finale. Das langsamste Team scheidet aus. Wir beobachten euch dabei, legt also nicht auf.«

»Wow, ihr seid echt dramatisch«, murmelt Dexter und erntet dafür meinen Ellbogen in seiner Seite. Er keucht leise, grinst mich aber an.

»Also, Teams, zeigt uns, wie heldenhaft ihr seid. Drei … zwei … eins … Los!«

Dexter lässt das Handy sinken, während der Anruf weiterläuft, und sieht mich beinahe panisch an. Auch mein Herz legt einen Gang zu, und ich spüre die Aufregung durch meine Adern pulsieren. Da wir die anderen Teams weder hören noch sehen können, wissen wir nicht, wo wir stehen.

»Was jetzt?«, frage ich leise und greife nach Dexters Arm.

Er überlegt ein paar Sekunden, dann deutet er auf einen kleinen Laden die Straße runter, der auch nachts geöffnet hat. »Wir schaffen das, Kleine. Wir sind so weit gekommen, ich lasse Simon sicher nicht gewinnen.«

Vielleicht ist ein wenig von Dexters sorgloser Energie auf mich übergeschwappt – anders kann ich mir eigentlich nicht erklären, dass ich seinem lächerlichen Plan zustimme. Dem Plan, einen Ladendiebstahl zu begehen und uns quasi selbst daran zu hindern. Ich bin mir immer noch sicher, dass das ein deutliches Verbiegen der Regeln ist, doch Dexter ist voll in seinem Element. Man könnte meinen, dass er so etwas häufiger tut.

Er drückt mir das Handy in die Hand und betritt entschlossen den Laden. Es handelt sich um einen kleinen Supermarkt, in dem man alles von Mehl bis hin zu Motoröl bekommen kann. Mit ein paar Metern Abstand folge ich ihm und schlendere betont lässig zu den Drogerieartikeln, während ich mit feuchten Handflächen versuche, das Handy so zu halten, dass es Dexter filmt. Ich stelle mich auf die Zehenspitzen, um über das Regal hinwegzusehen. Der Kassierer, ein junger Typ mit Problemhaut und gelangweilter Miene, beachtet keinen von uns. Was mich wundert, denn wir bewegen uns hier nicht gerade unauffällig.

Ich fange Dexters Blick auf, und er nickt mir kurz zu. Nur mit Mühe kann ich ein Grinsen unterdrücken, als ich mich umdrehe und zu dem Jungen hinter dem Verkaufstresen gehe. Er sieht auf und zieht die Augenbrauen hoch, als er bemerkt, dass ich keine Artikel in der Hand halte.

»Kann ich was für dich tun?«, fragt er und stützt sich mit den Armen auf dem Tresen ab. Er ist deutlich größer als ich.

Verschwörerisch beuge ich mich vor. Mein Puls rast, und ich bin wirklich nervös, gleichzeitig ist es das Aufregendste, was ich seit einer Ewigkeit getan habe. Abgesehen von meinem Umzug ins College-Wohnheim vielleicht.

»Ich glaube, der Typ dahinten hat etwas eingesteckt«, raune ich und deute mit einer Hand über meine Schulter in Dexters Richtung. »Du solltest mal nachsehen.«

In dem Moment, in dem der Kerl sich zu Dexter umdreht, halte ich das Handy hoch, damit die Veranstalter dieses Spiels sehen können, was vor sich geht. Ich rechne damit, dass Dexter lachend das Diebesgut zurückgeben und einfach verschwinden wird. Womit ich jedoch nicht gerechnet habe, ist der Baseballschläger, den der nerdig wirkende Verkäufer unter dem Tresen hervorzieht und mit dem er nun entschlossen auf Dexter zugeht. Mein Herz setzt einen Schlag aus, und mein Blick huscht zu Dexter, der ebenfalls überrascht aussieht.

»Hey!«, rufe ich und eile am Tresen entlang, um ... ja, was eigentlich? Mich zwischen Dexter und einen Baseballschläger zu stellen, ist vermutlich keine gute Idee. »Das ist doch wirklich nicht nötig!«

Der Verkäufer beachtet mich kaum, sondern schiebt mich einfach aus dem Weg. »Es ist mitten in der Nacht, Süße«, fährt er mich an. Sein Tonfall passt so gar nicht zu seinen Worten. »Solche Typen verstehen nur eine Sprache.«

Dexter, dem inzwischen das Lachen vergangen ist, weicht mit erhobenen Händen zurück und kapituliert. »Hey, Mann, ganz ruhig. Ich will nichts klauen, okay? Wir gehen.«

Noch bevor der Kerl antworten kann, dreht Dexter sich um und hält auf den Ausgang zu. Inzwischen sind meine Hände schweißnass, und mein Puls rast. Ich bin solche Situationen nicht gewohnt. Ich bin kein Draufgänger, ich habe noch nie etwas wirklich Waghalsiges oder Gefährliches getan. Mein Blick huscht von Dexter zu dem Verkäufer, als ich ebenfalls die Hände hebe und mich Richtung Tür schiebe.

In diesem Moment dreht sich der Typ mit dem Baseballschläger zu mir um und verengt die Augen. »Du hast mich verarscht.«

Hastig schüttle ich den Kopf. »Nein, ich …«

Ich kann den Satz nicht zu Ende sprechen, denn in diesem Moment ist er mit schnellen Schritten bei mir und packt mich am Oberarm. Ich zucke so heftig zusammen, dass mir beinahe das Handy aus der Hand fällt. Nach Luft schnappend und mit weit aufgerissenen Augen sehe ich den Verkäufer an, der mich wütend von oben herab anfunkelt. In diesem Moment erscheint er mir wie ein Riese. Ein Riese, der immer noch den Schläger in der Hand hält.

»Okay«, höre ich Dexter sagen, während ich meinen Blick nicht von dem Mann losreißen kann, der über mir aufragt. Dem vernünftigen Teil von mir ist klar, dass er mich vermutlich nicht wegen einer Packung Kaugummi mit einem Baseballschläger verdreschen wird, dennoch schlägt mein Herz so wild in meiner Brust, als wollte es ausbrechen.

»Mach mal langsam, Kumpel«, sagt Dexter. Ich höre, dass er näher kommt, was vermutlich keine gute Idee ist. »Lass sie los.«

Der Kerl wirft ihm einen finsteren Blick zu. »Ich rufe jetzt die Polizei. Ich lasse mir von euch nichts gefallen, sonst habe ich hier demnächst nur noch Ärger.«

»Lass sie los«, wiederholt Dexter ruhig. Ich bin erstaunt, wie gelassen er klingt. Ich selbst bin kurz vorm Hyperventilieren.

»Vergesst es.«

Allmählich bekomme ich Panik. Der Typ wirkt nicht wie der klassische Kneipenschläger, doch das hier ist absolutes Neuland für mich. Ich bin noch nie in eine Schlägerei oder auch nur in eine bedrohliche Situation geraten. Wenn er tatsächlich die Polizei ruft und meine Dads mich vom Revier abholen müssen – an meinem ersten Tag am College –, wird das nicht gut enden. Die beiden sind cool, ich bin mir jedoch ziemlich sicher, dass sie einen Ausflug zur Polizei wegen Ladendiebstahls nicht durchgehen lassen würden.

Ich versuche, mich aus dem Griff des Verkäufers zu winden, doch keine Chance. Er hält mich für eine Diebin und macht mir wirklich Angst. Ich verziehe abfällig das Gesicht, was Dexter nicht entgeht. Er macht einen weiteren Schritt auf uns zu, seine Nase berührt nun beinahe die des Typen.

»Okay, Kumpel«, knurrt er, und ich bin beinahe erschrocken über seinen ernsten Gesichtsausdruck. »Es ist nichts passiert, wir waren nicht mal aus der Tür raus, klar? Und sie hat nichts verbrochen. Also lass sie los, oder ich brech dir die Hand.«

»Das ist mein Laden, und ich …«

»Das bezweifle ich«, unterbricht Dexter ihn und weicht keinen Zentimeter zurück. »Und ich wiederhole mich ungern.«

Unwillkürlich halte ich die Luft an. Dexters Blick wandert zu der Hand, die sich immer noch um meinen Oberarm klammert. Dann löst sich der Druck der Finger, und endlich lässt der Typ mich los.

Hastig stolpere ich zurück. Mein Herz rast inzwischen, auch wenn kaum etwas passiert ist. Automatisch huscht meine Hand zu meiner Brust, während ich rückwärts weiter Abstand zwischen mich und den Kerl mit dem Baseballschläger bringe. Dexter sieht den Typen noch ein paar Sekunden lang an, dann wendet er sich ab, greift nach meiner Hand und zieht mich aus dem Laden. Zu meiner Erleichterung lässt der Kassierer uns gehen. Halb rechne ich damit, doch noch aufgehalten oder draußen von Blaulichtern empfangen zu werden. Doch tatsächlich entfernen wir uns von dem Laden, ohne dass die Handschellen klicken. Dexter bleibt nicht stehen, sondern zieht mich immer weiter, was mir ganz recht ist. Ich will so viel Raum zwischen mich und diesen Laden bringen wie möglich.

Nach einer Weile verlangsamen wir unsere Schritte, und Dexter lässt sich schnaufend auf einen Bordstein sinken. Mein Atem geht immer noch stoßweise, mein Puls rast, und immer wieder schaue ich über die Schulter. Als ich mich neben Dexter setze, atme ich zischend aus und sehe ihn an.

»Das hatte ich mir irgendwie anders vorgestellt.«

Er nickt, doch sein Mundwinkel hebt sich zu einem halben Grinsen. »Hast du mein Handy noch?«

Ich habe beinahe vergessen, dass ich es in der Hand halte. Hastig werfe ich einen Blick darauf, bevor ich es ihm wiedergebe. Der Anruf steht noch, auch wenn der Bildschirm nach wie vor schwarz ist und wir unser Gegenüber nicht sehen können. Wenn ich je herausfinde, wer für die Aufgabenstellung verantwortlich ist …

»Sie haben aufgelegt«, reißt Dexter mich aus meinen Gedanken und zeigt mir das Handy. »Keine Ahnung, ob sie das gelten lassen.«

Ich schnaube. »Wenn das umsonst gewesen ist, mach ich die einen Kopf kürzer.«

Lachend sieht er auf und lässt seinen Blick schweifen. Ich tue es ihm gleich. Es ist inzwischen mitten in der Nacht, doch die Stadt schläft noch immer nicht. Ich bezweifle, dass sie es je tut. Damit kenne ich mich nicht besonders gut aus. In meinem Leben habe ich wenig Nächte außerhalb meines Zimmers oder eines Krankenhausbetts verbracht. Wenn ich auf Partys gewesen bin, dann meistens bei Nathans oder meinen Freunden zu Hause. Hauspartys waren die harmlose Variante von Ausgehen. Meine Dads wussten, wo ich bin und wie sie mich erreichen konnten, und das gab ihnen genug Sicherheit, um mich einigermaßen beruhigt gehen lassen zu können.

Doch jetzt ist das anders. Sie sind nicht mehr dafür verantwortlich, dass ich zu einer bestimmten Zeit nach Hause komme oder mein Gemüse esse. Das liegt von diesem Tag an bei mir. Ich stehe auf eigenen Beinen, kann mehr oder weniger machen, was ich will. Genau wie in diesem Moment. Ich bin mitten in der Nacht in Chicago unterwegs, mit einem Typen, den ich vor ein paar Stunden zum ersten Mal getroffen habe, und erledige Aufgaben, die allmählich hart an der Legalität kratzen.

Meine Dads wären vermutlich gleichzeitig begeistert und schockiert. Begeistert, dass ich mich endlich normal verhalte und Spaß habe, und schockiert, dass ich meine Freiheit direkt am ersten Tag so weit ausreize.

»Eine neue Nachricht«, sagt Dexter, und ich beobachte ihn, während er die nächste Aufgabe durchliest. Anfangs sieht er einfach nur neugierig aus, dann grinst er, nur um im nächsten Augenblick die Stirn zu runzeln.

»Was ist es diesmal?«, frage ich und hebe hilflos die Arme. »Sollen wir einem Obdachlosen das Kleingeld klauen?«

Sein Blick wandert zu mir. Er sagt nichts, hält mir nur sein Handy hin. Mit einem unguten Gefühl im Magen lese ich die neuste Nachricht.

Küsse deine/n Spielpartner/in. Mit Zunge, mindestens zehn Sekunden lang.

Ich verstehe die Worte, und trotzdem lese ich sie noch ein zweites Mal, bevor ich zu Dexter aufsehe. Das Stirnrunzeln ist verschwunden, genau wie das Grinsen. Sein Gesicht ist ausdruckslos, als hätte er Angst, irgendeine Reaktion zu zeigen.

»Nein«, sage ich, als mir klar wird, dass er auf eine Antwort wartet. »Sorry, aber das geht nicht.«

»Weil du einen Freund hast.«

Ich nicke langsam, ohne ihn aus den Augen zu lassen. »Hör mal, ich weiß, dass du das hier gewinnen willst, aber ich werde meine Beziehung nicht aufs Spiel setzen, nur um …« Die Worte bleiben mir im Hals stecken, und der Rest des Satzes geht irgendwo in meinen wirren Gedanken unter. Ich will meine Beziehung nicht aufs Spiel setzen? Selbst in meinen naiven und optimistischen Ohren klingt das schwachsinnig. Nathan verhält sich wie das Allerletzte, und er wird von dieser ganzen Aktion hier vermutlich so wenig begeistert sein, dass er gleich morgen früh mit mir Schluss macht.

Zum gefühlt hundertsten Mal an diesem Abend checke ich meine Smartwatch auf Nachrichten und Anrufe. Nichts. Ich weiß nicht, ob Nathan inzwischen klar ist, dass ich offenbar gegangen bin, und sich aus Trotz nicht meldet oder ob er einfach wieder vergessen hat, dass er nach mir gesucht hat. Es ist auch egal, beide Möglichkeiten versetzen mir einen Stich.

Ich sehe Dexter an, der ein paar Jugendliche auf der gegenüberliegenden Straßenseite mustert. Er ist von einem ganz anderen Schlag als Nathan. Direkter, irgendwie berechenbarer. Ich kenne ihn kaum, doch ich glaube nicht, dass Dexter in der Hinsicht Spielchen spielen würde.

»Okay«, sage ich schließlich, auch wenn ich selbst nicht richtig glauben kann, was ich da sage. »Tun wir's.«

7

AVA

»Du verarschst mich.«

Er sieht mich so ungläubig an, als hätte ich ihm vorgeschlagen, hinter den Müllcontainern eine Nummer zu schieben. Ich versuche, lässig mit den Schultern zu zucken, doch ich sehe dabei wahrscheinlich nicht halb so cool aus, wie ich es mir vorstelle. In Wahrheit geht mir der Hintern gewaltig auf Grundeis.

»Was ist mit …?«

»Nicht dein Problem«, unterbreche ich ihn. »Damit beschäftige ich mich morgen, okay? Lass uns die Sache erledigen, bevor ich es mir anders überlege.«

Das Grinsen kehrt in sein Gesicht zurück, und er lacht leise. »Fuck. Normalerweise freuen sich die Frauen mehr, mich zu küssen.«

»Tut deinem Ego vielleicht mal ganz gut«, murmele ich.

Er hebt eine Augenbraue. »Du kannst meinem Ego nichts anhaben, Süße.«

»Nenn mich nicht so«, fahre ich ihn an, atme einmal tief durch und straffe die Schultern. Ich fühle mich, als würde ich mich auf einen Kampf vorbereiten, und irgendwie stimmt das auch. »Komm schon, mach die Kamera an und hör auf zu quatschen.«

»Einfach so?«, fragt er gespielt beleidigt und legt sich eine Hand auf die Brust. »Du willst mich nicht erst zu einem Drink einladen oder mir sagen, wie hübsch ich heute Abend aussehe?«

Ich blase die Backen auf und lasse die Luft raus, während ich mich wegdrehe. Wut und Frustration machen sich in mir breit, und ich bin nur allzu gewillt, sie an Dexter auszulassen.

»Weißt du was? Lassen wir es einfach. Wenn du das hier nicht ernst nimmst, such dir doch jemand anderen, der diese blöde Notizsammlung mit dir gewinnt. Das hier ist wirklich nicht einfach für mich, und es hilft überhaupt nicht, dass du …«

Seine Hand berührt meinen Ellbogen, und der Rest des Satzes erstickt in einem überraschten Laut aus meinem Mund. Dexter dreht mich zu sich herum, und bevor ich noch ein einziges Wort sagen, bevor ich auch nur denken kann, liegen seine Lippen auf meinen. Ich erhasche nur einen kurzen Blick auf sein Gesicht, dann schließen sich meine Augen reflexartig.

Seine Lippen, die sich fordernd auf meinen bewegen, sind warm und überraschend weich. Dexter ist nicht vorsichtig, nicht zurückhaltend oder schüchtern. Stattdessen drängt er sich gegen mich, nimmt sich Raum, bis ich kaum noch einen klaren Gedanken fassen kann.

Während wir uns küssen, habe ich das Gefühl, dass alles um uns herum verschwindet. Der Lärm der Straßen wird zu einem kaum hörbaren Hintergrundrauschen, ich höre nur noch meinen eigenen Herzschlag. Er ist schneller als normalerweise – eine Tatsache, die mir für gewöhnlich ein wenig Sorgen bereitet. Doch nicht jetzt, nicht in diesem Moment. Jetzt ist es aufregend, neu und irgendwie unerwartet. Ich hatte einen schnellen, geschäftsmäßigen Kuss erwartet. Nicht das hier. Die Art und Weise, wie er mich küsst, wie seine Zunge über meine Lippen streicht, ist leidenschaftlich. Und heiß. Sehr heiß.

Ein warmes Prickeln schießt durch meinen Körper. Ohne darüber nachzudenken, schlinge ich einen Arm um Dexters Hals. Den Bruchteil einer Sekunde erstarrt er, dann spüre ich seine Hand in meinem Rücken. Im nächsten Moment zieht er mich fest an sich. Unsere Position ist nicht gerade ideal, trotzdem berührt meine Brust seine, mein Knie presst sich an seinen Oberschenkel und ihm entfährt ein kehliges Seufzen. Wieder fordert er einfach, anstatt zu fragen. Aber es gefällt mir. Alles an diesem Kuss gefällt mir, denn es ist ganz anders als mit Nathan.

Der Name hallt durch meinen Kopf wie ein Donnerschlag und lässt mich nach Luft schnappen. Als hätte jemand einen Eimer mit kaltem Wasser über mich gekippt.

Mit beiden Händen auf Dexters Brust schiebe ich ihn energisch von mir. Die Kälte breitet sich in meinem Körper aus, Zentimeter für Zentimeter, lässt meinen Kopf klar und mich die ganze Tragweite der letzten paar Minuten erfassen.

Oh scheiße.

Wie unter Schock starre ich Dexter an. Es ist nicht unbedingt die Tatsache, dass ich ihn geküsst habe, sondern eher, was ich dabei gefühlt habe.

»Was ist?«, fragt er, hat aber immerhin den Anstand, ein wenig zurückzuweichen. Sein Blick huscht zur Seite.

Und wieder habe ich das Gefühl, einen Schlag in die Magengrube verpasst zu bekommen, als ich sehe, dass er sein Handy in der Hand hält. Und auf uns richtet. Keine Ahnung, warum mich die Erkenntnis, dass er unseren Kuss gefilmt hat, so sehr trifft. Immerhin ist das der Sinn der Sache gewesen.

Ein Teil von mir weiß, dass ich mich dämlich verhalte, doch der andere ist verwirrt und vielleicht auch ein bisschen verletzt. Ich rücke so energisch von Dexter ab, dass er die Arme hebt, wie um sich zu ergeben.

»Was ist denn los?«, fragt er noch einmal, sichtlich verwirrt. »Habe ich dir auf die Zunge gebissen oder so?«

Ich schüttle den Kopf und rappele mich auf. »Das ist es nicht. Es tut mir leid, aber … ich gehe jetzt. Es tut mir leid.«

»Was?« Dexter ist so schnell auf den Beinen, dass ich einen Schritt zurück mache. »Ist das dein Ernst? Wir haben es fast geschafft!«

»Das war ein Fehler«, flüstere ich. Ich spüre, wie mir das Blut ins Gesicht schießt. »Dexter, ich hätte dich nicht küssen sollen. Ich haue ab, ich meine es ernst.«

»Wir sind doch keine beschissenen Kinder mehr«, fährt er mich an. Meine Augenbrauen wandern in die Höhe, als er flucht. »Es war nur ein Kuss! Kein Grund, jetzt ein Drama zu machen.«

»Ich denke nicht, dass du in der Position bist, mir zu sagen, wann ich ein Drama …«

»Oh doch, das bin ich«, unterbricht er mich. »Du hast dich auf das Spiel eingelassen, und jetzt musst du es auch durchziehen. Sei kein Kameradenschwein, Ava. Das steht dir nicht.«

Ich weiß überhaupt nicht, was ich sagen soll. Der Schock über den Kuss wird beinahe von einer Mischung aus Schuldgefühlen und Wut verdrängt. Ich bin wütend auf mich selbst, jedoch viel wütender auf Dexter. Und das ist gut so. Mit dieser Wut kann ich umgehen, sie an jemandem auslassen, ohne mich selbst fertigzumachen. Zumindest vorerst.

»Weißt du was?«, zische ich. »Wenn du so sehr auf diese bescheuerte Notizsammlung angewiesen bist, dann solltest du vielleicht grundsätzlich darüber nachdenken, ob ein Studium das Richtige für dich ist!«

Er stemmt die Hände in die Seiten. Das soll mich wohl einschüchtern, doch ich bin so wütend, dass ich seine Größe und seine Muskeln kaum beachte. Dexter mag ein ruppiger Typ sein, bedrohlich wirkt er allerdings nicht.

»Du hast doch keine Ahnung, Walker.«

»Brauche ich auch nicht.« Ich mache eine abfällige Geste in seine Richtung, umfasse meine Handtasche fester und gehe ein paar Schritte rückwärts, ohne ihn aus den Augen zu lassen. »Wir sind hier fertig, und der Campus ist groß genug, dass wir uns aus dem Weg gehen können.«

Dexter spuckt zur Seite aus und funkelt mich an. »Geh zurück zu deinem Freund und leg dich in sein Bett, Süße.«

Ich öffne den Mund für eine Antwort, lasse es dann jedoch bleiben. Der Kommentar hat mich getroffen, doch ich schiebe die unangenehmen Gedanken beiseite und drehe mich kopfschüttelnd um. So eine Scheiße! Mein erster Abend in meinem neuen Leben sollte großartig werden. Und dieser Dexter hat ihn zerstört.

DEXTER

Am liebsten würde ich auf irgendetwas einschlagen. Oder etwas trinken, aber ich weiß, dass weder das eine noch das andere eine gute Idee ist. Ich weiß das, und das macht mich fast noch wütender. Keine Ahnung, warum dieses Mädchen und diese beschissene Schnitzeljagd mich dermaßen aus der Bahn werfen. Irgendwie hat sie recht – es sind nur Notizen. Und ich sollte mir ernsthaft Gedanken machen, wenn ich das Gefühl habe, mein Studium ohne diese Sammlung nicht packen zu können.

Aber die Vernunft kann ich im Moment nicht aufbringen. Fakt ist, dass wir gute Chancen hatten zu gewinnen. Ein Sieg direkt zu Beginn wäre genau das Richtige gewesen, um meine Motivation zu pushen. Aber das hat sie versaut. Und warum? Aus schlechtem Gewissen einem Freund gegenüber, der sich offensichtlich einen feuchten Dreck um sie schert. Das ist einfach nicht fair.

Wütend schalte ich mein Handy aus und schiebe es in die Hosentasche. Ich will die Nachrichten nicht mehr lesen. Ich habe alles gegeben und versucht, die Veranstalter zu überzeugen, dass sie mich allein weitermachen lassen. Keine Chance. Was Bullshit ist. Immerhin ist Ava keine große Hilfe gewesen.

Im Gehen kicke ich einen leeren Kaffeebecher zur Seite. Das leise Geräusch hallt in meinen Ohren nach wie ein Echo. Mir ist klar, dass ich in eine merkwürdige Stimmung abdrifte und alles daransetzen sollte, das zu verhindern. Das Gefasel meines Entzugsberaters hat mich immer genervt, aber seine Methoden funktionieren. Ich mag nicht mehr akut rückfallgefährdet sein, nur leider kann sich das schnell wieder ändern.

Ich zwinge mich stehen zu bleiben, und atme ein paarmal tief durch, lasse die frische Luft meine Lungen füllen und meinen Kopf klären.

Als ich mich umsehe, bemerke ich, dass ich unbewusst Richtung Campus gelaufen bin. Doch dahin kann ich nicht zurück. Nicht im Moment, nicht in meiner Verfassung. Ich bin weder scharf darauf, Simon zu erklären, was passiert ist, noch mir seinen Sieg unter die Nase reiben zu lassen, falls er es geschafft hat. Nein, das kann ich im Moment nicht gebrauchen. Ich mag Simon und habe keine Lust, es mir mit ihm zu verscherzen, weil ich gleich am ersten Abend ausraste.

Also nicht ins Wohnheim. Leider fällt mir nur ein anderer Ort ein, an den ich im Moment gehen kann, um nicht in einer Bar oder irgendeinem Club zu landen. Ich werfe einen Blick auf die Uhr und fluche genervt. Er wird mich vermutlich einen Kopf kürzer machen, aber das bin ich schon gewohnt. Ein Grund mehr oder weniger, um auf mich sauer zu sein, fällt nicht wirklich ins Gewicht.

Kurz entschlossen durchquere ich eine Seitenstraße und winke mir ein Taxi ran. Die Fahrt dauert etwa eine halbe Stunde, die mir wie eine Ewigkeit vorkommt. Wahrscheinlich sollte ich Carter vorwarnen, doch dafür müsste ich mein Handy einschalten. Worauf ich wirklich keinen Bock habe.

Als der Fahrer hält, bezahle ich ihn mit meinem letzten Bargeld, steige aus und gehe ein paar Schritte auf das Haus zu. Mein bester Freund ist überraschend sittsam geworden, obwohl er vor kaum zwei Jahren noch einer der größten Playboys in Chicago war. Hätte man mir damals gesagt, dass Carter bald liebender Familienvater und glücklich vergeben sein wird, hätte ich es nicht geglaubt. Dafür macht er sich wirklich gut in seiner Rolle.

Erneut sehe ich auf die Uhr. Es ist zu spät, um zu klingeln, Lila schläft vermutlich schon seit Stunden. Seufzend ziehe ich das Handy aus der Hosentasche, schalte es an und scrolle hastig durch meine Kontakte, ohne den eingehenden Nachrichten Beachtung zu schenken. Als Carter abnimmt, höre ich es zuerst nur rascheln.

»Was ist, Mann?«, ertönt Carters verschlafene Stimme. Jup, er hat schon gepennt, was bei der Uhrzeit aber auch keine Überraschung ist.

Ich zögere einen Moment. Kurz überlege ich, einfach wieder aufzulegen und zu verschwinden. Einen meiner alten Kumpels anzurufen oder einfach in irgendeiner Bar zu versacken. Aber davon wäre Carter deutlich mehr angepisst als von der Tatsache, dass ich ihn geweckt habe.

»Ich stehe vor eurer Tür«, sage ich mit einem schuldbewussten Unterton in meiner Stimme. »Kann ich reinkommen und im Gästezimmer schlafen? Ich hab den Schlüssel, aber ich will nicht, dass Turtle mich frisst.«

Turtle ist Carters Rottweilerhündin. Sie ist treudoof und liebt mich. Allerdings kann ich mir durchaus vorstellen, dass sie irritiert ist, wenn ich mitten in der Nacht durchs Haus schleiche.

Einen Moment ist es still, und ich kann beinahe Carters Gedanken durchs Telefon hindurch rattern hören. »Klar, ich komm runter. Zwei Minuten.«

»Auch fünf«, sage ich und lege auf. Während ich auf die Haustür zugehe und die Stufen der alten Veranda hinaufsteige, hole ich eine Zigarette heraus und zünde sie an. Eine verdammt schlechte Angewohnheit. Immerhin besser als Drogen oder Alkohol. Mein Entzugsberater hat mir die Absolution erteilt, solange ich das Rauchen lediglich als Ersatz benutze, wenn es mir zu viel wird.

Als Carter die Tür öffnet, schiebt Turtle sich zwischen seinen Beinen hindurch und rennt begeistert um mich herum. Ich beuge mich zu ihr hinunter und streichle ihr über den Kopf, bevor ich Carter zunicke, der mit verschränkten Armen im Türrahmen steht.

»Ziemlich spät für einen Höflichkeitsbesuch«, bemerkt er, grinst aber, bevor er leise die Tür hinter sich schließt und sich auf die oberste Stufe der Veranda setzt.

Ich lasse mich neben ihn fallen und versuche, Turtle davon abzuhalten, auf meinen Schoß zu klettern. »Sorry, ich hätte nicht herkommen sollen.«

»Du sollst herkommen, wann immer du willst.«

Ich schnaube. »Hab ich Jamie geweckt?«

»Selbst wenn«, sagt er und zuckt mit den Schultern. »Sie will dich genauso hierhaben wie ich.«

Mein Lachen wird von Turtles Winseln übertönt, als ich aufhöre, sie zu streicheln. Schnell mache ich weiter. »Jamie war eine Zeit lang kein Fan von mir, da bin ich mir sicher.«

Auch Carter lacht. »Weil du damals in ihrem Hotel aufgetaucht bist und sie zur Sau gemacht hast.«

Jetzt ist es an mir, mit den Schultern zu zucken. »Sie hat sich wie ein bockiges Kind aufgeführt.«

»Das sieht sie wahrscheinlich anders.« Er stößt mich mit der Schulter an und grinst, als ich ihn ansehe. »Sie liebt dich. Ohne dich hätte sie wahrscheinlich nie mehr mit mir geredet, und das weiß sie.«

»Ich bin ein beschissener Amor.«

»Das Ergebnis zählt in diesem Fall.« Er streckt die Arme über den Kopf und lässt die Gelenke knacken. Noch bevor er den Mund wieder aufmacht, weiß ich, was als Nächstes kommt. »Aber ich gehe davon aus, dass du nicht mitten in der Nacht hier aufgetaucht bist, um über meine Beziehung zu reden, oder?«

»Vielleicht doch«, sage ich sarkastisch und grinse. »Vielleicht bin ich hier, um dich zu fragen, warum du Jamie immer noch nicht zu einer ehrbaren Frau gemacht hast.«

Leider geht er nicht darauf ein. »Was ist los?«

Seufzend lehne ich mich zurück und stütze mich auf die Oberarme. Das Handy vibriert in meiner Tasche, doch ich ignoriere es. »Irgendwie habe ich mir meinen Neustart spannender vorgestellt.«

»Inwiefern?«

»Ich habe diese blöde Schnitzeljagd verloren«, sage ich grimmig. Es hört sich selbst in meinen eigenen Ohren lächerlich an. »Das ist ein schlechtes Omen.«

»Du bist hier, weil du eine Schatzsuche verloren hast?«, wiederholt er, verständlicherweise verwirrt. »Ist das ein Code für irgendetwas?«

»Man konnte eine Notizsammlung gewinnen mit dem ganzen Stoff der ersten Semester«, erzähle ich ihm ernüchtert. »Ich hab mich echt reingehängt, aber es war umsonst. Meine Partnerin hat mich sitzen gelassen, um mit ihrem Freund zu vögeln.«

Ich ernte nur einen verständnislosen Blick von Carter. Was ich ihm nicht verübeln kann.

»Okay«, sagt er langsam und krault Turtle hinter den Ohren. »Klingt scheiße, aber das ist doch kein Grund für das hier.«

Auf der Suche nach einer passenden Antwort zucke ich mit den Schultern. »Ich bin frustriert. Das ist wie eine Metapher für diese Schnapsidee mit dem College. Ich hab mich echt reingehängt, aber es trotzdem verkackt. Was, wenn das Studium genauso wird? Dann habe ich wieder eine Sache auf meiner Liste, die ich in den Sand gesetzt habe, und da habe ich ganz ehrlich keinen Bock drauf.«

Er sieht mich ein paar Sekunden lang an. »Wenn ich das richtig verstanden habe, dann ist deine Partnerin schuld dran, oder nicht? Oder hättest du alleine gewinnen können?«

»Nein.« Meine Stimme klingt fast wie ein Knurren. »Sie lässt mich hängen.«

»Solange du dein Studium also nicht von jemand anderem abhängig machst, sollte von der Seite aus keine Gefahr drohen.«

Ich schnaube. »Du klingst wie ein Vertrauenslehrer oder so.«

»Dein Yoda ich bin.«

»Dafür, dass du dein Geld damit verdienst, bist du ein ziemlich mieser Schauspieler.«

Carter lacht laut auf, zieht aber hastig den Kopf ein und blickt über die Schulter zum Haus. Ein paar Sekunden lang starren wir die Haustür an, doch als sich nichts tut, drehen wir uns wieder um.

»Was ist denn passiert mit dem Mädchen?«, fragt er schließlich, als er sich wieder entspannt. »Warst du so charmant, dass sie sich in die Arme ihres Freundes retten musste?«

Ich rutsche ein wenig auf der Treppenstufe hin und her. »Wir haben uns geküsst, und danach ist sie geflohen. Aber das hat zum Spiel gehört, und sie war einverstanden.«

»Dann ist die Sache doch ziemlich klar.«

»Ach ja?«

»Du musst ein verdammt schlechter Küsser sein.« Er grinst so stolz, dass ich nicht anders kann, als zu lachen.

»Okay, Ende der Unterhaltung. Ich muss ins Bett.« Als ich auf die Uhr sehe, stöhne ich auf. »Ich habe in ein paar Stunden einen Kurs.«

»Na komm, mein Junge«, sagt er und klopft mir auf die Schulter. »Ab ins Bett mit dir.«

»Die Vaterrolle steigt dir zu Kopf«, bemerke ich, stehe aber trotzdem auf und folge ihm ins Haus, eine schwanzwedelnde Turtle im Schlepptau. »Machst du mir morgen Pancakes mit einem lachenden Gesicht drauf?«

»Ich würde es Jamie zutrauen, also sag das nicht zu laut.«

Das würde ich ihr ebenfalls zutrauen, und sicher würde ich sie nicht davon abhalten. Auch wenn es mir manchmal fast so vorkommt, bin ich kein Teil dieser Familie. Ich habe Altlasten, die die beiden nicht gebrauchen können. Sie hatten ohnehin einen holprigen Start.

Leise wünsche ich Carter eine gute Nacht und schleiche mich in das kleine Gästezimmer, in dem ich schon viel zu oft meinen Rausch ausgeschlafen habe. Es ist mir peinlich, aber ich kann es nicht mehr ändern. Nur besser machen, das sollte ich bei all dem Trübsalblasen nicht vergessen. Wenn ich schon nicht für mich selbst die Kurve kriegen kann, dann wenigstens für Carter.

Müde lasse ich mich auf das Bett fallen und mustere die fleckige Decke über mir. Dieses Zimmer ist das einzige, das noch nicht renoviert wurde. Das Geld dafür fehlt ihm nicht. Wäre es nach ihm gegangen, hätte er das ganze Haus innerhalb von einem Wochenende von Profis aufpolieren lassen. Aber Jamie hatte sich durchgesetzt und alle Zimmer nach und nach auf Vordermann gebracht. Nur das Gästezimmer und Teile der

Küche waren noch übrig. Vielleicht wollten sie sichergehen, dass ich wirklich nicht mehr im Vollrausch auf den Boden kotze, bevor sie Geld in eine neue Einrichtung investieren.

Als mein Handy sich erneut meldet, öffne ich widerwillig die ungelesenen Nachrichten. Die Schnitzeljagd ist tatsächlich vorbei, und die Notizsammlung ist an ein Team gegangen, das ich nicht kenne. Keine Ahnung, warum, aber aus irgendeinem Grund erleichtert es mich, dass Simon sie nicht bekommen hat.

Ich lösche den Chat mit der unbekannten Nummer und scrolle meine Kontakte durch. Ava hatte mir ihre Nummer gegeben. Kurz schwebt mein Daumen über ihrem Namen, dann lösche ich den Kontakt. Ich habe keinen Bock, mich mit ihr auseinanderzusetzen. Mag sein, dass ich diesen beschissenen Notizen und dem Spiel zu viel Bedeutung beigemessen habe, trotzdem ist sie schuld, dass wir verloren haben.

Basta.

8

AVA

Nervös streiche ich mir die Haare hinter die Ohren und werfe Nathan einen Blick zu. Er sitzt mir gegenüber, die Ellbogen auf die Tischplatte gestützt. Die Sehnen zeichnen sich deutlich an seinen Armen ab, während er die Hände in ständiger Wiederholung ineinander verschränkt und wieder voneinander löst.

Seit der Schnitzeljagd, dem Kuss und meinem dramatischen Abgang sind vier Tage vergangen. Um genau zu sein: vier Tage, zwei sehr unangenehme Treffen, sieben verpasste Anrufe und gefühlte fünfzig Nachrichten von Nathan. Ich habe sie alle ignoriert, und die beiden Male, als wir einander über den Weg gelaufen sind, bin ich einer Konfrontation ausgewichen und habe mich so schnell wie möglich verabschiedet. Ich bin sauer auf ihn gewesen und nach wie vor der Meinung, dass er sich wie ein Arsch verhalten hat. Aber ich bin fremdgegangen. Ich hatte vielleicht keinen Sex, aber meiner Einschätzung nach zählt ein Kuss definitiv als Fremdgehen. Es ist auch völlig egal, ob es zu einem verdammten Spiel gehört hat oder nicht. Vielleicht hätte es die Sache weniger hinterhältig gemacht, wenn ich Nathan gleich von der Sache erzählt hätte. Habe ich aber nicht. Stattdessen bin ich abgehauen und habe mich quasi vor ihm versteckt. Jetzt zerfressen mich meine Schuldgefühle bei lebendigem Leib.

Als er mich gestern angerufen und um ein Treffen gebeten hat, war ich gleichzeitig erleichtert und panisch. Erleichtert darüber, dass dieses seltsame Schweigen ein Ende hat, panisch, weil mein schlechtes Gewissen mir beinahe die Luft abschnürt. Und die Wut. Trotz allem, was ich getan habe, bin ich immer noch wütend auf ihn.

Ich zwinge mich zu einem Lächeln, als die Kellnerin kommt und einen großen Iced Coffee vor mir abstellt. Nathan und ich sitzen auf der Terrasse eines Starbucks – ein Ort, den ich sicher nicht für ein Gespräch wie dieses ausgewählt hätte. Beim Streiten bin ich wirklich nicht scharf auf Publikum, zumal die Studierenden der Preston den Großteil der Gäste ausmachen.

»Also«, beginne ich und versuche, mich selbst zu beruhigen, »wollen wir darüber reden oder es ausschweigen?«

Er zieht die Augenbrauen hoch und nimmt einen Schluck von seiner Limo. »Was genau meinst du?«

»Den Abend im Verbindungshaus?«, erinnere ich ihn ein wenig ungeduldig. »Ist dir überhaupt aufgefallen, dass ich gegangen bin?«

Nathan lehnt sich vor, wobei er sich mit der Hand durch die Haare fährt. »Natürlich ist es mir aufgefallen. Aber es war deine Entscheidung zu gehen, Ava. Es war deine Entscheidung, dieses Drama zu veranstalten.«

»Dieses Drama?«, wiederhole ich mit einem ungläubigen Lachen. »Du hast deine Meinung so schnell geändert, dass man davon ein Schleudertrauma bekommen kann. Ohne es mir wirklich zu erklären! Du hast mich quasi vor die Tür gesetzt. Ich bin mir total dämlich vorgekommen!«

»Ich weiß ehrlich nicht, wo dein Problem liegt.«

»Mein Problem ist, dass ich mich wirklich bemühe, ein Teil deines Lebens zu sein, Nathan«, sage ich eindringlich. Ich spüre das Brennen in meinen Augen und versuche, die Tränen zurückzuhalten. »Ich wollte einen schönen Abend mit dir und deinen Freunden verbringen, aber du hast mich behandelt wie ein Accessoire. Ich hatte nicht den Eindruck, dass du mich gerne dabeihast.«

Er seufzt so schwer, dass sich ein Mädchen am Nachbartisch zu uns umdreht. »Das hast du völlig in den falschen Hals bekommen, Babe. Vielleicht hast du eine falsche Vorstellung davon, wie wir einander behandeln, weil wir uns so lange nicht richtig gesehen haben. Aber ich wusste nicht, dass ich dich den ganzen Abend verhätscheln muss. Wenn manche meiner Freunde meiner Meinung nach vielleicht nicht gut für dich sind, dann ist das keine böse Absicht von mir, sondern einfach normal.«

Ich lege die Hände um mein Glas und atme einmal tief durch. »Ich kannte dort niemanden. Du hättest mich einfach einbeziehen können, dann hätten wir ja gesehen, ob sie gut für mich sind oder nicht. Ich bin kein kleines Mädchen.«

»Du machst eine Riesensache aus einer Kleinigkeit.«

Das mag sein. Dennoch rechtfertigt das nicht sein Verhalten. »Dann brauche ich das nächste Mal ja gar nicht erst mitkommen. Dir scheint nicht sonderlich viel daran zu liegen, mich dabeizuhaben.«

Er mustert mich einen kurzen Moment, dann berührt er eine meiner Hände, und ich lasse zu, dass er seine Finger mit meinen verschränkt. »Hör mal, Ava. Ich wollte dich nicht verletzen oder dir das Gefühl geben, das fünfte Rad am Wagen zu sein. Aber ich dachte, wir hätten diese Zeit der Rücksichtnahme hinter uns. Oder nicht? Dir geht es gut, du bist von zu Hause ausgezogen, und wir sind beide am College. Wir sollten die Zeit genießen, anstatt ein Drama zu veranstalten.«

Ich nicke, auch wenn der Kommentar mir einen Stich versetzt. Er erinnert mich daran, wie viel er zurückstecken musste, während wir auf der Highschool waren. Wie viele Abende er mit mir zu Hause verbracht hat, anstatt auf Partys zu gehen, weil es mir zu schlecht ging. Und er hat recht. Wir haben es geschafft, dass wir ein annähernd sorgloses Leben führen können. Wir sollten das ausnutzen.

»Hast du das Gefühl, etwas verpasst zu haben?«, frage ich leise, während er mit seinem Daumen Kreise auf meinen Handrücken malt. »Allgemein, meine ich? In der Highschool?«

Er zuckt mit den Schultern und lächelt vorsichtig. »Du hast mich nicht dazu gezwungen, Ava. Es war für mich selbstverständlich, dass ich bei dir bleibe. Aber viele meiner Freunde haben mir erzählt, was bei ihnen alles abgeht, und ich würde lügen, wenn ich behaupten würde, dass ich nicht ein wenig neidisch war.«

Wieder brennen meine Augen, und wieder schaffe ich es, die Tränen wegzublinzeln. »Das tut mir leid.«

»Kannst du dich an den Abend erinnern, als du deine Testergebnisse bekommen hast?«, fragt er, und ich nicke. Er legt seinen Kopf schief. »An dem Abend hat mein Bruder seinen Geburtstag gefeiert. Sie haben Dads Auto in den Pool gefahren, und die Cops sind gekommen. Das ist 'ne krasse Geschichte, und ich war nicht dabei.«

Ich erinnere mich an den Abend. An diesem Tag sagte der Doc uns, dass meine Zeit abläuft. Dass ich sterbe, wenn ich kein Spenderherz bekommen würde. Ich habe geheult und war völlig am Ende, weil ich vom Schlimmsten ausgegangen bin. Nathan war an meiner Seite. Ich habe ihn angerufen, und er hat die ganze Zeit über mit mir gesprochen, so lange, bis er vor meiner Tür stand. Er hat mich gehalten, mich abgelenkt, sich irgendeinen Blödsinn mit mir im Fernsehen angeguckt und mir das Gefühl gegeben, dass es nicht so schlimm ist, wie ich es sehe.

Dafür werde ich ihm auf ewig dankbar sein.

»Nathan …«, fange ich an, halte dann aber inne. Ich muss ihm von Dexter erzählen. Muss mich bei ihm entschuldigen und ihn anflehen, mir zu verzeihen.

Aber ich kann nicht. Nathan und ich sind zusammen durch die Hölle gegangen. Wie könnte ich zulassen, dass jemand wie Dexter und so ein verdammtes Spiel all das kaputt machen? Nathan und ich haben beide unfassbar viel in diese Beziehung investiert – ich bin es ihm schuldig, sie zu beschützen.

»Hm?«

Ich schüttle den Kopf und bemühe mich um ein Lächeln. »Schon gut. Vergessen wir's. Lass uns einfach neu anfangen, okay? Die Highschool ist vorbei, und ich weiß, dass sich unsere Beziehung entwickelt hat. Vielleicht müssen wir uns anpassen. Also: Wie laufen deine Kurse?«

Zu meiner unendlichen Erleichterung beginnt Nathan, von der Uni zu erzählen, und das Thema ist erst mal abgehakt. Die Schuld nagt nach wie vor an mir, aber sie wird ein wenig leichter. Im großen Plan des Lebens wird es keine Rolle mehr spielen, ob ich Dexter geküsst habe oder nicht. Es war ein Spiel, mehr nicht.

Nathan und ich verbringen eine überraschend unbeschwerte Stunde miteinander, bevor wir uns gemeinsam auf den Weg zum Campus machen. Als er meine Hand nimmt, bin ich mir sicher, dass wir das schaffen können. Unsere Beziehung war schon immer holprig – wir werden auch das hier überwinden.

Als wir uns zum Abschied küssen, ziehe ich ihn einen Moment länger als sonst an mich, bevor er winkt und in Richtung seines Wohnheims verschwindet. Ein Blick auf die Uhr entlockt mir einen leichten Aufschrei. Ich bin beinahe zu spät für meinen nächsten Kurs.

Mein Privatleben mag im Moment recht turbulent sein,

die Uni gefällt mir dafür ziemlich gut. Ich mag meine Kurse, die Lehrkräfte sind nett, und ich habe ein paar erste Bekanntschaften gemacht. Madison ist zwar bislang die Einzige, die ich wirklich als Freundin bezeichnen würde, aber immerhin. Ich bin ja auch erst ein paar Tage hier.

Heute ist Freitag, und ich bin auf dem Weg zur ersten Spanischstunde. Ich brauche den Schein für diesen Kurs eigentlich nicht, aber Extrakurse können nicht schaden, denke ich. Falls es mir zu viel wird, kann ich immer noch ein paar von ihnen abwählen.

Als ich die Lincoln Hall betrete, empfängt mich das übliche Stimmengewirr. Am ersten Tag haben mich die ganzen Menschen, die stickige Luft und der Geräuschpegel noch eingeschüchtert, inzwischen mag ich das alles schon sehr. Es ist wie Energie, die durch meine Adern fließt und mich jedes Mal daran erinnert, dass ich tatsächlich aufs College gehe.

Ich schiebe den Riemen meiner Tasche höher auf meine Schulter und betrete den Saal, in dem der Kurs stattfinden soll. Suchend sehe ich mich um und entdecke einen freien Platz in der Mitte. Die mittleren Reihen sind die besten – man bekommt nicht so viel Aufmerksamkeit wie ganz vorn, sitzt aber auch nicht mit den Faulen in den letzten Reihen rum.

Lächelnd schiebe ich mich an anderen Studierenden vorbei und halte Ausschau, während sich die Reihen füllen. Ich erkenne niemanden wieder. Madison ist leider nicht in diesem Kurs. Lennie würde mir wahrscheinlich raten, mich neben irgendjemanden zu setzen, um Leute kennenzulernen. Allerdings traue ich mich das nicht. Dieser Kurs ist zwar ein Anfängerkurs, doch es ist durchaus möglich, dass auch Leute aus höheren Semestern ihn besuchen, und ich möchte mich nicht in irgendwelche Cliquen hineindrängen, indem ich mich einfach dazusetze.

Ich finde einen einzelnen Platz und beginne, meinen Kram auf dem kleinen Tisch vor mir bereitzulegen. Jedes Mal, wenn ich einen neuen Kurs besuche, wächst in mir die Aufregung. Ich warte immer noch auf den furchtbaren Professor, den man aus Filmen kennt. Oder den, der sich seiner Problemschüler annimmt und unsere Leben verändert.

Ein Schatten fällt auf meinen Tisch, ich sehe auf – und hätte am liebsten sofort wieder weggeguckt. Ich stöhne entnervt auf, und ein paar der Umsitzenden drehen sich zu mir um, doch das ist mir im Moment wirklich egal.

»Verzieh dich«, sage ich, ohne auch nur einen Gedanken an eine ordentliche Begrüßung zu verschwenden.

»Freie Platzwahl, Süße«, antwortet Dexter und lässt demonstrativ seinen Rucksack neben mir auf den Boden fallen.

»Ganz genau!« Ich senke die Stimme ein wenig, weil ich nicht scharf darauf bin, in einem voll besetzten Hörsaal eine Szene zu machen. »Und *ich* wähle, dass ich nicht neben dir sitzen will. Also verzieh dich, es sind noch genug Plätze frei.«

Statt einer Antwort bekomme ich nur ein Kopfschütteln.

»Dexter«, fauche ich und schlage ihn am Arm. »Ich hab echt keinen Bock auf Drama. Verschwinde jetzt!«

»Nö«, sagt er, ohne mich anzusehen. Er nickt mit dem Kopf zur Tür, durch die gerade eine hochgewachsene Frau, offenbar die Professorin, den Saal betritt. »Sie hat Haare auf den Zähnen, ich stehe jetzt sicher nicht auf und suche mir einen neuen Platz.«

Ich höre die Verärgerung in seiner Stimme und erkenne sie in seinem Gesicht. Anscheinend passt es ihm selbst nicht, was bedeutet, dass er mich eigentlich nur ärgern wollte, als er hier aufgetaucht ist. Idiot.

Die Professorin stellt ihre Tasche aufs Pult und wirft einen strengen Blick in die Runde. Der Stuhl neben mir wird in diesem Moment ebenfalls besetzt, und ich traue mich kaum, den Blick abzuwenden und meinen Nachbarn in Augenschein zu nehmen.

»Setzen Sie sich bitte, Herrschaften!«, tönt ihre Stimme durch den Saal. In dem Moment, in dem sie spricht, setzen sich alle hin, und man hätte eine Stecknadel fallen hören können. Wow. Ich bin überrascht, wie mühelos sie den Haufen junger Menschen unter Kontrolle bringt. Auch wenn sie kaum über vierzig sein kann, sind ihre Haare grau, beinahe silbern, und zu einem strengen Zopf mit Mittelscheitel zurückgebunden. Das Ensemble aus hochgeschlossener Bluse und Stoffhose lässt sie zusätzlich wie die Anstandsdame einer Mädchenschule wirken.

»Mein Name ist …« Sie greift nach einem Stift und dreht sich zu dem großen Whiteboard um, das hinter ihr an der Wand hängt. »… Miss Geeson. Der Authentizität halber nennen Sie mich allerdings in diesem Kurs Señora Geeson. Ich habe einen Teil meiner Jugend in Madrid verbracht und bin daher durchaus qualifiziert für diesen Kurs, falls Sie sich das gefragt haben. Ich werde anfangs noch Nachsicht haben und nicht ausschließlich Spanisch mit Ihnen sprechen. Ihnen sollte aber klar sein, dass dies kommen wird, sollten Sie bis zum Ende des Semesters noch dabei sein.«

Ich hebe die Augenbrauen. Wie aufbauend.

»Auch wenn Sie das vermutlich für ein Klischee halten, schaut jeder von Ihnen nun einmal nach links und nach rechts.« Sie blickt uns streng an und wartet offensichtlich darauf, dass wir Folge leisten. Ich schaue mich um, auch wenn ich peinlich darauf achte, Dexter einfach zu übersehen. »Durchschnittlich wird jeder Zweite von Ihnen es nicht in den Fortgeschrittenenkurs schaffen. Es gibt die Spanischkurse eins und zwei, das sind die Anfängerkurse. Durch die kommt jeder durch, der genug Hirnzellen hat, um an der Preston zugelassen zu werden.

Danach wird es ein wenig anspruchsvoller, das kann ich Ihnen versprechen.«

Neben mir hebt sich eine Hand, und ich bewundere den Typen still für seinen Mut. Selbst wenn ich ganz dringend aufs Klo müsste, würde ich mir vermutlich eher in die Hose machen, als Señora Geeson zu unterbrechen.

»Ja?«, bellt sie, als sie die Meldung bemerkt. Erstaunlicherweise sehe ich kaum eine Veränderung in ihrem Gesicht. Ein Wutanfall hätte mich nicht überrascht, doch ihre Züge wirken wie glatt gebügelt.

Ich glaube zu sehen, dass der Kerl ein klein wenig den Kopf einzieht, doch gleichzeitig strafft er die Schultern. Meine Bewunderung wächst.

»Ich habe ein halbes Jahr in Spanien gelebt«, sagt er mit fester Stimme. »Gibt es eine Möglichkeit, Kurs eins zu überspringen, damit ich die Grundlagen nicht mitmachen muss? Das konnte ich im Vorfeld mit der Studienleitung leider nicht klären.«

Señora Geeson mustert den Studenten, als könnte sie seine Gedanken lesen, und legt leicht den Kopf schief. »Nun, Mister …?«

»Troy«, antwortet der Kerl hastig.

»Ihren Nachnamen, Sir.«

Ein paar verhaltene Lacher, doch sie verstummen rasch, als Geeson einen Blick in die Runde wirft.

»Troy Miller, Ma'am«

»Nun, Mister Miller, es steht Ihnen natürlich frei, sich Ihre Vorkenntnisse anrechnen zu lassen«, sagt Geeson und beginnt, langsam um das Pult herumzugehen. »Allerdings muss ich Sie warnen, dass Sie vermutlich trotzdem mit einer Wissenslücke in den aufbauenden Kurs einsteigen werden. In diesem Kurs geht es nicht um das Auswendiglernen bestimmter Vokabeln oder das Pauken der Grammatikregeln. Ich möchte, dass Sie am Ende des Semesters ein Gefühl für das Land, ein Gefühl für die Menschen und die Mentalität erhalten.« Offenbar ist Troys Anliegen damit für sie erledigt, denn sie dreht sich wieder zu uns um und lässt den Blick durch den Saal schweifen. »Ich möchte, dass Sie sich in Zweierpaaren mit Ihren Sitznachbarn zusammentun. Da wir im Laufe des Kurses einige Gruppenarbeiten und Projekte vorhaben, ist dieser Mensch von nun an Ihr wichtigstes Lehrmittel für diesen Kurs. Behandeln Sie ihn also gut.«

Bei dem Wort Zweierpaare rutscht mir das Herz in die Hose. Als ich mich zu Troy umdrehe, ist der bereits in ein Gespräch mit dem Mädchen links von sich vertieft. Ein kurzer Blick nach rechts zeigt mir, dass der Platz neben Dexter leer ist.

Ganz große Scheiße.

»Ich bringe das in Ordnung«, sagt Dexter, als ich mich ihm schließlich widerwillig zuwende. Sein Blick ist so finster, dass ich beinahe beleidigt das Gesicht verziehe. Ich bin auch nicht wirklich scharf auf eine Zusammenarbeit mit ihm, aber ihm scheint die Vorstellung sogar körperliche Schmerzen zu bereiten. Nicht gerade schmeichelhaft.

Als er entschlossen die Hand hebt, setze ich zum Protest an. »Was …?«

»Ja?«, unterbricht mich Geesons schneidende Stimme. Sofort wird es wieder still im Saal.

Dexter steht auf. »Dexter Cohan, Ma'am Ich habe mich gefragt, ob ich mich noch umsetzen darf.«

Ich halte den Atem an, während die penibel gezupften Augenbrauen von Señora Geeson nach oben wandern. Ich hätte mich längst wieder hingesetzt oder wäre aus dem Raum gerannt, doch Dexter wirkt nicht im Geringsten beunruhigt. Was entweder sehr mutig oder aber sehr dumm ist.

»Und warum sollten Sie das wollen, Mister Cohan?«

Dexters Blick wandert für den Bruchteil einer Sekunde zu mir, und ich spüre, wie mir das Blut ins Gesicht schießt. Vielleicht renne ich tatsächlich aus dem Saal, das hier ist verdammt peinlich.

»Zwischen mir und meiner Sitznachbarin gab es ein paar … Differenzen«, sagt er, wobei er vor dem letzten Wort kaum merklich zögert. »Und ich denke, dass es für eine so wichtige Zusammenarbeit besser wäre, wenn wir mit anderen Leuten ein Team bilden würden.«

Ein paar Leute um uns herum beginnen zu tuscheln, die anderen starren uns lediglich an. So oder so, ich würde am liebsten im Boden versinken. Leider tut sich kein Loch für mich auf, also bleibt mir nur, in meinem Stuhl herunterzurutschen und mich so klein wie möglich zu machen.

»Sehen Sie das ebenfalls so?«

Es dauert ein paar Sekunden, bis mir bewusst wird, dass Geeson mit mir spricht. Mein Gesicht glüht, während ich mich ein wenig aufrichte und ihren strengen Blick erwidere. »Wie bitte?«

Sie gibt einen ungeduldigen Laut von sich. »Ob Sie ebenfalls die Notwendigkeit eines neuen Sitznachbarn sehen?«

Ja. Definitiv. Auf jeden Fall sehe ich die Notwendigkeit eines anderen Partners. Mir wäre tatsächlich jede Person in diesem Raum lieber als Dexter. Allerdings habe ich ziemliche Angst vor dieser Frau und will es mir nicht bereits am ersten Tag mit ihr verscherzen.

»Nein, Ma'am«, sage ich so überzeugend, wie ich kann, und meide stoisch Dexters Blick. »Das wird schon gehen.«

Señora Geesons Augen ruhen kurz auf mir, dann blickt sie sich Dexter an, der immer noch neben mir steht. »Nun, Mister Cohan, ihre Partnerin scheint eine deutlich erwachsenere

Einstellung zu Differenzen zu haben als Sie. Es wäre sicher gut für Ihre persönliche Entwicklung, wenn Sie von ihr lernen.«

Damit dreht sie sich um und widmet sich ihren Unterlagen, während ein paar der Studierenden lachen. Selbst ich muss ein hämisches Grinsen unterdrücken, als Dexter sich auf seinen Stuhl fallen lässt. Als ich sein wütendes Gesicht sehe, bleibt mir der Anflug von Schadenfreude jedoch im Hals stecken.

»Was sollte das denn?«, faucht er und ballt die Hände auf dem Tisch zu Fäusten.

Ich lehne mich ein Stück von ihm weg und versuche, unschuldig auszusehen. »Ich mache wegen dieses Kindergartens hier kein Fass auf, Dexter.«

»Das ist das zweite Messer, das du mir in den Rücken rammst, Walker«, spuckt er aus.

»Sei nicht so dramatisch«, erwidere ich und rücke das Spanischbuch vor mir zurecht, sodass es parallel zu meinem Kugelschreiber liegt. »Du hast dich neben mich gesetzt. Finde dich einfach damit ab.«

Als Antwort bekomme ich nur ein abfälliges Schnauben. Ich bin zwar ziemlich zufrieden mit meinem Sieg bei diesem kleinen Schlagabtausch, trotzdem sollte ich vielleicht mit dem Gedanken spielen, den Kurs doch noch aufzugeben. Ich habe keine Angst vor Dexter und bin ihm vor allem nichts schuldig – zum Feind haben will ich ihn allerdings auch nicht. Und den Blicken nach zu urteilen, die er mir von der Seite zuwirft, stehe ich im Moment auf Platz eins seiner Abschussliste.

Der Tag war anstrengend, und ich fühle mich ausgelaugt, als ich am Nachmittag die Tür hinter mir schließe und mich aufs Bett fallen lasse. Ich bin erleichtert, dass Madison noch unterwegs ist und ich ein bisschen Ruhe habe. Sie ist nett und eine wirklich gute Mitbewohnerin, aber ihre Energie überfordert mich manchmal ein wenig.

Während ich die Sneakers von den Füßen trete, überkommt mich ein seltsam ungewohntes Gefühl der Einsamkeit. Ich habe die erste Woche am College ohne große Katastrophen überstanden, wenn man von der Sache mit Dexter einmal absieht. Die vergangenen Tage sind so turbulent gewesen, dass ich kaum Zeit zum Durchatmen hatte. Allerdings ist heute Freitag, es steht ein freies Wochenende bevor. Eigentlich wollte ich nach Hause fahren, aber Lennie und Carl feiern ihren Hochzeitstag in Grand Beach. Natürlich haben sie mir angeboten mitzukommen, doch ich habe entschieden abgelehnt. So gerne ich Gesellschaft hätte, haben sie doch in den vergangenen Jahren viel zurückstecken müssen meinetwegen, daher will ich ihnen das Wochenende zu zweit auf keinen Fall versauen.

Morgen will ich in die Stadt fahren und noch ein paar Dinge für mein Zimmer besorgen, meine Kurse und Lernmaterialien planen und mich vielleicht nach einem Job umgucken. Darauf habe ich mich gefreut, doch die Vorstellung, all das allein zu machen, ist gerade nicht sehr verlockend. Auf der anderen Seite brauche ich dringend einen Nebenjob. Ich komme finanziell gut klar, allerdings reicht es nur für das Notwendigste. Ein Auto zählt nicht dazu, steht jedoch ganz oben auf meiner Wunschliste für mein neues Leben. Was bedeutet, dass ich mir etwas dazuverdienen muss. Leider habe ich wenig bis gar keine Erfahrung auf dem Arbeitsmarkt und kann nur abends und an den Wochenenden arbeiten. Vielleicht frage ich mal in den Bars oder Restaurants nach, ob sie jemanden gebrauchen können.

Seufzend rolle ich mich auf die Seite und ziehe mein Handy aus der Hosentasche. Nathan hat sich nicht gemeldet, was mich nicht wirklich überrascht. Ich habe immer noch Angst, dass er die Sache mit der Schnitzeljagd herausbekommt. Nicht, dass ich ernsthaft befürchte, Dexter hätte mit unserem katastrophalen Kuss geprahlt. Allerdings habe ich keine Ahnung, wer uns alles dabei zugeschaut hat. Womöglich sind die Veranstalter im gleichen Semester wie Nathan. Es würde mir recht geschehen, wenn einer seiner Freunde zugeschaut und es ihm brühwarm erzählt hätte.

Wobei, warum sollte Nathan mich damit nicht konfrontieren, wenn er es wüsste? Wir mögen unsere Probleme haben, aber wir sind immer erwachsen und ehrlich miteinander umgegangen. Schmollen würde nicht zu ihm passen.

In diesem Moment klingelt mein Handy. Vor Schreck fällt es mir beinahe aus der Hand. Eine Sekunde lang drücke ich mir die Hand auf die Brust, um mein rasendes Herz zu beruhigen. Nächste Woche habe ich meinen nächsten Arzttermin, und vielleicht sollte ich den Doc mal fragen, ob das aufregende Collegeleben wirklich so eine gute Idee ist.

Ich blicke auf den Bildschirm und erkenne Madisons Nummer. »Hey«, melde ich mich, während ich mich auf den Rücken drehe und kurz die Augen schließe. »Was gibt's?«

Im Hintergrund sind Bässe und Stimmengewirr zu hören, ihre Stimme hingegen kann ich kaum verstehen. »Was machst du gerade?«

Kurz schaue ich mich um, entscheide dann aber, dass die Wahrheit zu traurig klingt. »Ziehe mich gerade um und will gleich noch raus. Hast du deinen Schlüssel vergessen?«

»Nein, ich denke, ich komme heute nicht nach Hause«, schreit sie, sodass ich das Handy ein Stück weghalte. »Und wenn du sowieso noch loswillst, kannst du auch herkommen. Ich bin mit ein paar Leuten unterwegs, und du bist jetzt auch dabei.«

Lügen haben halt kurze Beine. »Ich denke nicht«, antworte ich ausweichend und sehe mich erneut in dem leeren Zimmer um. »Es war echt eine anstrengende Woche.«

»Eben! Die erste Woche haben wir erfolgreich hinter uns gebracht. Ein Abend im Bett ist da wirklich nicht angemessen, Ava.«

Da hat sie irgendwie auch recht. Außerdem ist Madison nett, und ich würde sie wirklich gern ein bisschen besser kennenlernen. Ich bin nicht sonderlich scharf auf eine Party, aber ich will auch nicht zu einem schlecht gelaunten Stubenhocker mutieren. Schließlich habe ich mir vorgenommen, Freunde zu finden. »Na gut. Ich muss noch duschen und mich fertig machen. Schick mir einfach die Adresse, okay?«

Sie jubelt so übertrieben, dass ich kurz die Augen verdrehe, dann lege ich auf und werfe das Handy irgendwo zwischen meine Füße aufs Bett. Die alte Ava hätte Nein gesagt. Die alte Ava würde sich irgendeine Serie bei Netflix raussuchen, Nathan anrufen und den Abend im Bett verbringen. Damit ist Schluss. Wobei, vielleicht sollte ich Nathan tatsächlich anrufen und ihn fragen, ob er mitkommen möchte. Partys sind immerhin sein Ding, und vielleicht würde es uns guttun, etwas zusammen zu unternehmen.

Mit einem undamenhaften Schnaufen krabble ich aus meinem Bett und öffne den kleinen Kleiderschrank, um dessen Inhalt zu studieren. Ich bin vielleicht ein bisschen eingestaubt, aber beim Packen habe ich durchaus daran gedacht, dass ich meine Zeit auch außerhalb der Hörsäle verbringen werde. Ich greife nach einem Kleiderbügel und mustere das Kleid. Es ist ziemlich kurz, dafür hochgeschlossen mit einem Turtle-Neck. Entweder Bein oder Brust, hat Lennie immer gesagt. Mit der Hand fahre ich über den dünnen, schwarzen Stoff. Wenn ich die Wahl habe, entscheide ich mich immer für Schwarz, übertreibe es dafür aber gern mit Schmuck. Das Kleid ist schlicht, trotzdem angemessen für eine Collegeparty. Oder? Verdammt, ich wünschte, ich hätte Madison nach ein paar mehr Informationen über den geplanten Abend gefragt. Vermutlich ist die Garderobe für eine richtige Party eine andere als für einen gemütlichen Abend mit ein paar Freunden. Vielleicht ziehe ich einfach eine Strickjacke drüber, sodass ich spontan entscheiden kann, wie gewagt das Outfit sein soll.

Bevor ich es mir anders überlegen kann, ziehe ich das Kleid vom Bügel, nehme Unterwäsche aus dem Stapel im Schrank und greife nach meiner Kulturtasche.

9

AVA

Nathan hält mir die Tür des Taxis auf und bietet mir die Hand an, als ich aussteige. Ein Lächeln breitet sich auf meinem Gesicht aus. Tatsächlich ist meine Laune deutlich gestiegen, als Nathan für den Abend zugesagt hat. Er hat sogar richtig erfreut gewirkt und mir angeboten, mich abzuholen. Er ist zuvorkommend, hat mich nach meiner Woche gefragt, mir Komplimente für mein Kleid, meine Haare und sogar meinen Nagellack gemacht. Er erinnert mich an den Nathan, mit dem ich zur Highschool gegangen bin und der mich auf Händen getragen hat.

»Ist es hier?«, fragt er und deutet auf das schlichte Gebäude vor uns. Es handelt sich um ein privates Wohnheim außerhalb des Campus, in dem wohl die besser betuchte Studentenschaft der Preston wohnt. Nicht ganz so schick wie die Verbindungshäuser, aber deutlich stylischer als die Wohnheime auf dem Universitätsgelände. Hier haben sie sicher Einzelzimmer und eigene Duschen.

Ich hake mich bei Nathan unter und checke erneut den Standort, den Madison mir geschickt hat. Wir sind richtig, also lasse ich mich von ihm Richtung Tür ziehen, wobei ich mich ein wenig auf seinen Arm stützen muss. Hohe Schuhe sind nicht so mein Ding, und das Kleid ist so eng, dass es sich bei jedem Schritt anfühlt, als würde es nach oben rutschen. Vielleicht sollte ich den Rest des Abends einfach nur sitzen.

Bereits an der Haustür hören wir die Musik und den Lärm, und als wir reingehen, umfängt uns eine Wolke aus Bier,

Schweiß und Parfüm. Wir betreten eine Art Foyer Schräg-strich Gemeinschaftsraum Schrägstrich Partykeller. Anders als der Gemeinschaftsraum in meinem Wohnheim verfügt der hier allerdings über mehrere Sofalandschaften, eine Bar und … einen aufblasbaren Whirlpool?

»Wow«, murmele ich und klammere mich fester an Nathans Arm. »Was ist das denn?«

Er lacht und zieht mich weiter in die Menge hinein. »Für ein Zimmer hier bezahlt man etwa das Dreifache von dem, was wir zahlen müssen«, erklärt er und hebt die Hand, um ir-gendjemanden zu grüßen. »Da erwartet man mehr als ein paar durchgesessene Sofas.«

Mir entgeht der Anflug von Neid in seiner Stimme nicht, und ich sehe ihn erstaunt an. Er ist ein gutes Stück größer als ich, sodass er über die meisten Leute hinweggucken kann. Wieder winkt er jemandem zu, und ich folge seinem Blick, kann jedoch kein bekanntes Gesicht erkennen. Während ich mich ein wenig fehl am Platz fühle, scheint er voll in seinem Element zu sein.

»Willst du tanzen?«, fragt er, wobei er sich zu mir herunter-beugen muss, damit ich ihn über die Musik hinweg verstehen kann.

Ich schüttle den Kopf. Das wäre ein Kopfsprung ins kalte Wasser, und ich bin mehr dafür, erst einmal den großen Zeh hineinzuhalten. »Ich will Madison suchen, sie muss hier ir-gendwo sein.«

Er nickt, sieht mich jedoch schon gar nicht mehr an. »Ich hole uns was zu trinken, okay? Ich finde dich schon.«

Bevor ich antworten kann, lässt er mich los und verschwin-det in der Menge. Na wunderbar. Ohne seinen Arm fühle ich mich ein bisschen wie ein ausgesetzter Welpe, was natür-lich Schwachsinn ist. Ich bin ein großes Mädchen und dank meiner Krankenhausaufenthalte ein Jahr älter als die meisten Erstsemester. Eine Party schaffe ich schon, auch ohne meinen Freund, der die ganze Zeit an meiner Seite klebt. Außerdem wird es höchste Zeit, Nathan zu beweisen, dass ich mit ihm mithalten kann und an seine Seite passe.

Den Riemen der kleinen Handtasche auf meiner Schulter zurechtschiebend, sehe ich mich um. Innerlich gratuliere ich mir ein wenig zur Wahl meines Kleides – ginge es nach den meisten hier, hätte ich Lennies Regel wohl getrost ignorieren und sowohl Bein als auch Brust zeigen können.

Nach ein paar Runden entdecke ich endlich Madisons blonden Lockenschopf. Sie sitzt mit ein paar Leuten auf einer Sofalandschaft und winkt mir, als unsere Blicke sich treffen.

»Ich dachte schon, du würdest mich versetzen«, ruft sie, sobald ich in Hörweite bin.

»Natürlich nicht«, antworte ich und grinse, als sie in die Hände klatscht. »Ich hab dich nicht sofort gefunden.«

Sie sieht sich um und nickt, als wären ihr die anderen Leute vorher gar nicht aufgefallen. »Ja, ist irgendwie ganz schön voll geworden.« Dann klopft sie mit der Hand auf eine freie Stelle auf der Couch. »Komm, ich stell dich den anderen vor.«

Es folgt eine dieser unangenehmen Vorstellungsrunden, in denen man sich gegenseitig zunickt und versucht, sich so viele Namen wie möglich zu merken. Ein paar der Gesichter kenne ich tatsächlich schon – darunter der mutige Troy aus meinem Spanischkurs und ein braunhaariges Mädchen mit Sidecut aus Literatur. Auch Scarlett, mit der ich bei der Schnitzeljagd die Klamotten getauscht habe, ist dabei, und ich zucke bei ihrem Anblick beinahe zusammen, beruhige mich jedoch schnell wieder, als sie mich anlächelt. Scarlett war schließlich nett. Dass sie mit Dexters Mitbewohner in einem Team war, sagt nichts über ihre Persönlichkeit aus.

»Du bist das Mädchen, mit dem man keine Partnerarbeiten machen will, richtig?«, fragt Troy mich zwinkernd, als ich mich zwischen Madison und ein platinblondes Mädchen quetsche.

Sofort schießt mir das Blut ins Gesicht, doch ich nicke. »Und du der Typ, der mit Señora Geeson über seine Spanischkenntnisse verhandelt hat.«

Er verzieht das Gesicht, als wäre die Erinnerung an dieses Gespräch noch zu schmerzhaft. »Ja. Keine Ahnung, was ich mir dabei gedacht habe.«

Ich lache. »Einen Versuch war es wert.«

»Also, was hast du diesem armen Typen angetan, dass er sich mit Miss Stock-im-Arsch anlegt, um nicht mit dir in einer Gruppe sein zu müssen?«, hakt er grinsend nach.

»Da gehen unsere Meinungen vermutlich ziemlich auseinander«, sage ich und winke ab, als er die Augenbrauen hochzieht. »Wir waren in einem Team bei dieser Schnitzeljagd, und er ist offensichtlich ein ziemlich schlechter Verlierer.«

»Oh ja.« Er schnauft dramatisch und nimmt einen Schluck von seinem Bier. »Dieses Spiel zerstört Freundschaften.«

»Ich würde es nicht unbedingt als Freundschaft bezeichnen.«

Bevor er etwas antwortet, schiebt sich ein roter Plastikbecher vor mein Gesicht, und ich sehe auf. Nathan lächelt so charmant auf mich herunter, dass sich beinahe reflexartig ein Grinsen auf meinem Gesicht ausbreitet. Ich rutsche ein Stück zur Seite, und er schafft es tatsächlich, sich zwischen mich und die Blonde zu quetschen.

»Troy, das ist Nathan, mein Freund. Nathan, Troy ist in meinem Spanischkurs«, stelle ich sie einander vor.

»Du spielst doch Football für die Preston, oder?«, fragt Nathan, nachdem die beiden sich lässig zugenickt haben. »Ich meine, ich hab dich auf dem Feld gesehen.«

Troys Augen verengen sich kaum merklich, als versuchte er, sich an Nathans Gesicht zu erinnern. »Baseball?«

Nathan nickt und wirft sich ein wenig in die Brust. Dieses Sportlergehabe hat mich immer schon genervt, aber offensichtlich gehört sich das so. »Im zweiten Jahr. Du bist kein Freshman, richtig?«

Troy schüttelt den Kopf, und ich schalte innerlich ab. Ich bin lange genug mit Nathan zusammen, um zu merken, wenn ich nicht länger Teil einer Unterhaltung bin. Und das ist meistens der Fall, wenn es um Sport geht. Also wende ich mich ab und stupse Madison an, die gerade auf ihrem Handy herumtippt.

»Wer wohnt denn hier?«, frage ich sie und sehe mich erneut um. Es ist eigentlich unmöglich, trotzdem kommen immer noch mehr Leute in den Raum. Bald wird sich keiner mehr bewegen können oder wir müssen uns stapeln. So oder so, ich gebe meinen Platz auf dieser Couch auf keinen Fall mehr her.

Madison deutet auf einen dunkelhäutigen Jungen uns gegenüber, der gerade einem Mädchen die Zunge in den Hals steckt. »Das ist Joel, er ist bei mir in Bio. Aber es ist nicht seine Party, das hier geht wohl jedes Wochenende so. Er hat mich nur eingeladen.«

»Noch nie gesehen.«

Sie beugt sich ein wenig vor, um an mir vorbeischauen zu können, und deutet auf Nathan. »Ist er mit dir hier?«

»Mein Freund«, bestätige ich lächelnd. »Ihr habt euch doch am Montag gesehen.«

Irgendetwas an ihrem Blick ist seltsam, doch sie grinst schnell und lacht dann. »Stimmt. Aber seitdem war er nicht mehr da, und irgendwie habe ich gedacht, ihr seid nicht mehr zusammen. Tut mir leid, ich wollte dich nicht danach fragen.«

Ihre Bemerkung versetzt mir einen Stich, doch ich schiebe die Gefühle rasch beiseite. »Es war für uns beide eine stressige Woche, aber es ist alles gut.«

»Wie schön.«

Wieder ist da dieser Blick, aber ich frage nicht nach. Es ist durchaus möglich, dass sie ihn kennt. Und es ist auch möglich, dass sie ihn nicht mag. Falls das der Fall ist, will ich es gar nicht wissen.

Wir unterhalten uns eine Weile über unsere Kurse und über meine anstehende Jobsuche. Zwischendurch drehe ich mich zu Nathan um, der sich mit Troy unterhält und offensichtlich Spaß hat. Ich bin erleichtert. Ein Beweis mehr, dass sich unsere Beziehung wieder ändern kann, jetzt, da ich hier bin.

»Ich hole mir noch was zu trinken«, sage ich nach einer Weile und halte meinen leeren Becher hoch. Hier drin ist eine Affenhitze, und ich brauche Nachschub. Ich drehe mich um und berühre Nathan am Arm. »Soll ich dir etwas mitbringen?«

»Bier«, sagt er knapp, lehnt sich vor und küsst mich kurz auf die Lippen. »Versuch aber eine Dose zu bekommen, ja? Die Plörre aus dem Fass kann man nicht trinken.«

Ich komme kaum fünf Meter weit, da spüre ich eine Hand auf meinem Hintern. Den Schuldigen dafür auszumachen, ist in dem Gedränge unmöglich, also verdrehe ich nur die Augen und bahne mir weiter meinen Weg in die Richtung, in der ich die Bar vermute. Ich bin deutlich kleiner als die meisten Leute hier, sodass ich nur hin und wieder einen Blick erhasche, wenn sich eine Lücke zwischen den Körpern auftut. Die Luft ist sti-ckig, die Musik laut, und ich werde ständig angerempelt. Kei-ne gute Mischung für meinen Kreislauf, doch ich reiße mich zusammen. Ich brauche dringend ein Wasser, auch wenn ich ernsthaft bezweifle, dass die Bar hier etwas derart Harmloses auf Lager hat. Die Cola, die Nathan mir gerade mitgebracht hat, war wahrscheinlich für Longdrinks vorgesehen.

Als ich endlich aus dem Pulk heraustrete, mache ich mich zuerst auf die Suche nach Bier. Die Bar besteht aus einem gigantischen Kühlschrank und zwei Küchenzeilen, auch wenn diese kaum noch als solche zu erkennen sind. Überall stehen leere Becher, Flaschen und drei Bierfässer. Ich schiebe mich an einem wild knutschenden Pärchen vorbei und entdecke tatsächlich eine Palette Dosenbier.

»Hey, Ava!«

Ich drehe mich zu der Stimme um und halte in der Bewegung inne, als ich Simon erkenne. Dexters Mitbewohner. Na toll.

»Hey«, erwidere ich unsicher und hebe die Hand, wobei ich mir ziemlich dämlich vorkomme. »Ich wusste nicht, dass du hier bist.«

Er lacht und zuckt mit den Schultern. »Ich glaube, der halbe Jahrgang ist hier.«

»Auch wieder wahr.« Ich drehe mich um und lasse den Blick über die Leute schweifen, als würde ich nach einem Ausweg suchen. Den ich nicht finde.

»Ihr hattet wohl auch kein Glück bei der Schnitzeljagd, was?«, fragt Simon und trifft damit zielsicher den wunden Punkt. »Dexter war echt angepisst.«

»Ist mir auch aufgefallen«, murmele ich und greife nach dem Bier, um endlich hier wegzukommen. Simon ist sicher ein netter Kerl, aber kindisch, wie ich bin, gehört er für mich der falschen Seite an.

»Joel hat sie bekommen«, redet Simon einfach weiter. Entweder er bekommt meine Anspannung nicht mit, oder es ist ihm schlicht egal. Vermutlich Letzteres, wenn er mit Dexter befreundet ist. »Was für ein Klischee, oder? Das reiche Kind gewinnt die Notizsammlung.«

Okay, die Ironie erschließt sich mir nicht wirklich. Ich lächle ihn an und greife nach irgendeiner Flasche, aus der ich einen großen Schluck in meinen Becher kippe. Ich bezweifle, dass es tatsächlich Wasser ist, doch ich will wieder zurück zu meinem Platz auf der Couch.

In diesem Moment taucht Dexter auf. Als hätte das Universum sich gegen mich verschworen und ihn einfach aus Bosheit neben Simon erscheinen lassen. Er trägt wieder ein schwarzes, eng anliegendes Shirt und Jeans. Es ist ein schlichtes Outfit, doch trotz all meiner Abneigung gegen ihn muss ich zugeben, dass es ihm wirklich gut steht. Seine braunen Locken sind auf eine lässige Weise verwuschelt. Für diesen Look hat er sicher ziemlich lange gebraucht.

»So allmählich könnte man denken, dass du mich verfolgst«, sagt er lässig, als er mich bemerkt. Tatsächlich wirkt er nicht die Bohne überrascht und nicht annähernd so angepisst wegen meiner Anwesenheit wie noch im Spanischkurs. »Du hast doch meine Nummer. Du kannst einfach anrufen, wenn du mich sehen willst.«

»Hör mit dem Scheiß auf«, fahre ich ihn an und greife nach meinem Becher. »Meine Mitbewohnerin hat mich eingeladen. Der halbe Jahrgang ist hier«, wiederhole ich Simons Worte. Aus den Augenwinkeln sehe ich ihn grinsen, doch mein Blick ist auf Dexters schadenfrohes Gesicht gerichtet.

»Und wo ist deine Mitbewohnerin?«, fragt er mich herausfordernd und sieht sich um. Sein Blick bleibt an Simon hängen, und er grinst. »Oder bist du in Begleitung hier?«

Ich straffe ein wenig die Schultern und nehme einen Schluck von dem widerlichen Zeug aus meinem Becher, um mir ein wenig Zeit für die Antwort zu verschaffen. Eigentlich trinke ich keinen Alkohol, aber in diesem Moment mache ich eine Ausnahme.

»Ich bin mit meinem Freund hier«, sage ich schließlich, auch wenn ich mich damit auf ziemlich dünnem Eis bewege. »Ich hole uns nur etwas zu trinken.«

»So.« Dexters Gesichtsausdruck ist unergründlich, doch ich meine, einen bitteren Zug um seinen Mund zu erkennen, der vor ein paar Sekunden noch nicht da gewesen ist. »Also hat er sich dazu entschieden, deine Anwesenheit wieder zu bemerken?«

Das ist ein Tiefschlag. Ich versuche, mir nichts anmerken zu lassen. Es ist meine Schuld, dass ich meine Beziehungsprobleme bei einem völlig Fremden abgeladen habe, der sich im Nachhinein als Mistkerl herausgestellt hat. Wenn er das gegen mich verwendet, beweist das im Grunde nur, dass ihm die dummen Sprüche ausgehen.

»Ich gehe besser wieder zu ihm«, sage ich, nachdem ich einen weiteren Schluck genommen habe, und recke das Kinn. Der Alkohol brennt in meiner Kehle. »Er wartet sicher schon.«

»Aber ganz sicher.«

Ich ignoriere Dexters Kommentar und sehe kurz Simon an, der die Situation stirnrunzelnd verfolgt hat. »Wir sehen uns, Simon.«

Er nickt mir zu, dann schiebe ich mich zwischen die tanzenden Leute. Auch wenn die Luft in diesem Pulk noch stickiger ist als an der Bar, atme ich einmal tief durch, als die Wand aus Körpern sich zwischen mich und Dexter schiebt. Ich muss Nathan überreden, von hier zu verschwinden. Vielleicht biete ich ihm Sex an oder etwas in der Art, Hauptsache, wir machen uns vom Acker. Ich traue Dexter durchaus zu, dass er Nathan unseren Kuss auf die Nase bindet. Dass ich Nathan nicht selbst davon erzählt habe, würde die ganze Sache für ihn wahnsinnig verdächtig aussehen lassen. Also sollten sich die beiden nicht begegnen.

»Babe!«, ruft Nathan, als ich mich endlich zu der Sofaecke durchgekämpft habe und er mich entdeckt. »Wo hast du denn gesteckt?«

»Ich habe ein paar … Freunde getroffen.« Ich reiche ihm sein Bier und hoffe, dass er mein kurzes Zögern nicht bemerkt. Allerdings wird mir ziemlich schnell klar, dass meine Sorgen unbegründet sind. Nathan hat offensichtlich in der Zwischenzeit genug zu trinken gehabt. Verdammt, wie lange war ich denn weg? Seine Augen sind klein und glasig, ein ziemlich sicheres Zeichen dafür, dass er nur noch ein paar Schlucke davon entfernt ist, die Kloschüssel zu umarmen.

»Setz dich zu mir!«, schreit er, als ich direkt vor ihm stehe.

Skeptisch beäuge ich die winzige Lücke zwischen ihm und einem Typen, von dem ich glaube, dass er in meinem Geschichtskurs sitzt. Von Madison ist keine Spur zu sehen, was mich bei der Masse an Menschen jedoch nicht wirklich wundert.

»Ich denke, wir sollten gehen«, sage ich laut und deute Richtung Ausgang. »Es ist ziemlich laut hier.«

»Jetzt schon?«, fragt er beinahe entrüstet. »Baby, es ist nicht mal Mitternacht.«

»Eben«, erwidere ich und versuche mich an einem hoffentlich lasziven Lächeln. »Madison kommt sicher erst in ein paar Stunden nach Hause. Das bedeutet sturmfrei, Nathan.«

Ich sehe die Erkenntnis in seinen Augen aufflackern, und ein ziemlich dümmliches Grinsen breitet sich auf seinem Gesicht aus. Um ehrlich zu sein, ist der betrunkene Nathan nicht wirklich mein Fall.

Beinahe hätte ich vor Erleichterung losgejubelt, als er sich endlich von der Couch hochkämpft und nach meiner Hand greift. Er stellt seinen halb leeren Becher auf einen Beistelltisch und zieht mich durch die tanzende Menge. Was gar nicht

so einfach ist, weil wir ständig angerempelt oder von irgendwelchen Betrunkenen angetanzt werden. An einem wild knutschenden Pärchen kommen wir kaum vorbei, und im genau
richtigen Moment geben mir die Leute den Blick frei auf ein
Mädchen, das in einen Blumentopf kotzt.

Plötzlich dreht Nathan sich ruckartig zu mir um. Ich taumle
einen Schritt zurück, doch er umfasst meine Taille und zieht
mich an sich.

»Weißt du was?«, fragt er. Sein Gesicht ist plötzlich so nahe,
dass ich den Alkohol in seinem Atem riechen kann. Nicht gerade sexy, doch seine Nähe löst trotzdem ein Prickeln auf meiner Haut aus.

»Was?«, frage ich so leise, dass ich mir nicht mal sicher bin,
ob er mich verstehen kann.

Er presst mich an sich. »Tanz mit mir.«

Demonstrativ sehe ich mich um. »Wir haben kaum einen
Zentimeter Platz, Nathan. Wenn man hier tanzt, ist das mehr
Trockensex.«

Seine Mundwinkel zucken, und sein Blick richtet sich auf
meine Lippen. »Ganz genau.«

Trockensex zwischen lauter Fremden ist nicht wirklich mein
Ding, doch in diesem Moment küsst Nathan mich stürmisch.
Der Alkohol macht ihn ein wenig unkoordiniert, seine Zähne
treffen schmerzhaft auf meine Lippen, und er drängt sich so
energisch gegen mich, dass ich beinahe hintenüberkippe. Ich
klammere mich an seinen Hals und schnappe nach Luft, während ich versuche, sicheren Halt zu finden.

»Nathan«, nuschele ich und keuche leise auf, als seine Hände
sich auf meinen Hintern legen und zudrücken. Okay, das hier
wäre in meinem Zimmer vielleicht heiß gewesen, hier und jetzt
ist es eher peinlich und ein bisschen unangenehm. Ich wende
das Gesicht ab, um atmen zu können. Ich muss Nathan hier

rausbekommen, dann können wir gerne fortsetzen, was er gerade anfängt.

Als ich Dexters Gesicht erblicke, halte ich abrupt inne. Er steht inmitten der Menge wie eine Statue. Während sich alle um ihn herum bewegen und sich teilweise aneinander reiben, steht er einfach da und starrt mich an. Ich kann weder seine Haltung noch seinen Gesichtsausdruck deuten – glücklich sieht er allerdings nicht aus. Was durchaus an meiner Anwesenheit liegen könnte.

Unsere Blicke begegnen sich, und einen kleinen Moment lang sind Nathan und seine grabschenden Hände vergessen. Ich starre in diese braunen Augen, und kurz, ganz kurz, denke ich an unseren Kuss auf diesem verdammten Bordstein. An seine Lippen auf meinen, die so viel sanfter waren als Nathans drängender Mund und sein nach schalem Bier stinkender Atem.

Nein.

Nein, nein, nein. Daran darf ich nicht denken, daran will ich nicht denken, und vor allem ist es nicht fair Nathan gegenüber. Meinem Freund. Er ist betrunken – wahrscheinlich ist Dexter auch kein überragender Küsser, wenn er dicht ist.

Als Nathan mich erneut zu küssen versucht, lege ich ihm die Hände auf die Brust und schiebe ihn von mir weg. Der Kuss mit Dexter hat mir nichts bedeutet – natürlich nicht. Trotzdem kann ich nicht hier mit Nathan rumknutschen, während Dexter uns beobachtet.

»Hey, langsam«, sage ich, als er seinen Mund wieder auf meinen drückt. Seine Hände sind inzwischen überall, und ich will nur noch nach Hause. Die Luft wird mit jeder Sekunde dicker, die Musik lauter, und die Menschen um uns herum scheinen immer näher zu kommen. »Komm schon, wir gehen nach Hause.«

»Wir können gleich nach Hause gehen«, lallt er und lehnt sich einen Moment zurück, um mir ins Gesicht zu sehen. Jap, er ist definitiv betrunken. »Lass uns noch ein bisschen Spaß haben. Die Leute denken schon, ich bin schwul, weil sich meine angebliche Freundin nie blicken lässt.«

»Ich muss deinen Freunden echt nichts beweisen.« Ich versuche, den Anflug von Wut zu unterdrücken, der sich in meinem Magen ausbreitet. Nathan ist betrunken. Betrunkene kann man nicht ernst nehmen. »Sie haben mich alle gesehen, okay? Es reicht für heute.«

Statt einer Antwort hebt er die Hand von meiner Taille und legt sie an meine Brust. Es tut ein bisschen weh, als er zudrückt, und ich schnappe nach Luft. Mir schwirrt allmählich der Kopf, während ich Mühe habe, gleichzeitig Nathan im Zaum zu halten und das leichte Schwindelgefühl zu unterdrücken. Mein Kreislauf ist empfindlich, und diese Mischung aus Lärm, Enge und Sauerstoffmangel tut ihm nicht wirklich gut.

»Ich muss jetzt hier raus, Nathan.« Ich versuche, so viel Autorität wie möglich in meine Stimme zu legen, habe jedoch nicht den Eindruck, dass meine Worte bei ihm ankommen. Weder lässt er mich los, noch macht er sich endlich daran, einen Weg nach draußen zu suchen. »Nathan!«, rufe ich erneut, inzwischen beinahe verzweifelt. »Gehen wir, bitte!«

Einen Moment lang passiert gar nichts, außer dass Nathans zweite Hand sich ebenfalls auf Wanderschaft begibt. Dann packt ihn jemand an der Schulter und zieht ihn unsanft zurück. Nathans Gesicht verschwindet. Und Dexter taucht an seiner Stelle auf.

Oh nein.

10

DEXTER

Ich habe keine verdammte Ahnung, was ich hier tue. Was ich allerdings weiß, ist, dass das hier eine Sache ist, in die ich mich eigentlich nicht einmischen sollte. Ich habe Carter etwas versprochen, als ich am Dienstagmorgen zurück zum College verschwunden bin: Ich halte mich von drei Dingen fern – Drogen, Drama und Frauen. Denn aus irgendeinem Grund scheinen die letzten zwei Punkte in meinem Leben immer miteinander zusammenzuhängen. Und das führt dann wiederum zu Punkt eins. Was also mache ich hier?

Der Anblick von diesem Arsch, der Ava begrabscht, während die immer blasser wird, war einfach zu schwer zu ertragen.

»D-Dexter«, stottert Ava, als sie mich erkennt. Sie sieht immer noch so aus, als würde sie jeden Augenblick umkippen.

Bevor ich jedoch etwas sagen kann, hat sich ihr Arschlochfreund zu mir umgedreht und mustert mich so abschätzig, als wäre ich eine Kakerlake unter seinem Schuh. Wir sind etwa gleich groß und ähnlich gebaut, wobei er irgendwie aufgepumpt aussieht. Körperlich also Gleichstand. Allerdings bezweifle ich, dass er das Kämpfen auf der Straße gelernt hat. Damit steht es dann eins zu null für mich.

Ich balle die Hände zu Fäusten, als er einen Schritt auf mich zu macht. Er wankt leicht, und seine Augen sind glasig. Noch ein Punkt für mich.

»Was soll der Scheiß?«, spuckt er mir entgegen. Aus den Augenwinkeln bemerke ich, dass ein paar der Umstehenden auf uns aufmerksam werden. Wahrscheinlich wittern sie eine Schlägerei und wollen nichts verpassen. Können sie haben. Wenn der Typ mir einen Grund gibt, habe ich nichts dagegen, mal wieder ein wenig Dampf abzulassen.

»Ich glaube, sie hatte genug«, antworte ich gelassen und deute mit einem Nicken auf Ava, deren Gesichtsfarbe inzwischen einer weißen Wand gleicht. Besorgt mustere ich sie, doch dieser Typ schiebt sich energisch zwischen uns. Ehrlich gesagt erwarte ich, dass er sich gleich wie ein Gorilla auf die Brust schlägt.

»Das hast du nicht zu entscheiden.« Seine Stimme klingt ein wenig klarer, allerdings wirkt es, als müsste er sich dafür ordentlich konzentrieren. »Sie ist nicht dein Problem, klar?«

Ich hebe die Hände und zähle innerlich bis drei. Ja, ein Teil von mir will sich prügeln. Allerdings mache ich mir ehrlich Sorgen um Ava. »Zieh einfach Leine, okay? Wir brauchen hier keinen Stress, aber ich glaube wirklich, deine Kleine braucht ein bisschen frische Luft.«

»Verpiss dich!«

Er macht einen drohenden Schritt auf mich zu. Bevor einer von uns jedoch etwas tun kann, schiebt Ava sich zwischen uns. Sie ist klein und wirkt eingekesselt zwischen mir und diesem Kerl geradezu winzig. Nachdem sie mir einen drohenden Blick zugeworfen hat, dreht sie sich zu ihrem Freund um.

»Ava«, knurrt der Kerl.

»Ich denke, das ist genug Testosteron für einen Abend.« Ava versucht, leise zu sprechen, doch ich kann sie trotzdem verstehen.

Inzwischen haben die meisten Leute um uns herum aufgehört zu tanzen. Ich denke, wir haben noch höchstens fünf Minuten, bis irgendein Vollidiot die Musik leiser stellt, um dieser kleinen Show mehr Aufmerksamkeit zu schenken.

»Lass uns gehen, Nathan.«

Beim Klang seines Namens muss ich ein Schnauben unterdrücken. Ja, der Typ sieht aus wie ein Nathan. Gestreiftes Hemd mit hochgekrempelten Ärmeln, rotbraune Haare, die mit zu viel Gel gestylt worden sind, und so viel Aftershave, dass es in der Nase brennt.

»Was soll der Scheiß?«, wiederholt er exakt die Frage, die er mir schon gestellt hat. Sein Wortschatz ist offensichtlich nicht sehr umfangreich. »Ich lass mir von diesem Arsch doch nicht sagen, wie ich dich behandeln soll.«

»Lass es gut sein«, höre ich Ava eindringlich sagen. »Er ist ein Freund, alles gut. Und du bist betrunken.«

Bei dem Ausdruck »Freund« horchen dieser Nathan und ich gleichzeitig auf. »Du kennst den Kerl?«

Ava nickt. »Ja. Und er ist cool. Komm jetzt.«

Nathan schlingt einen Arm um Avas Taille und zieht sie an sich. Sie stolpert dabei, doch der Kerl scheint das nicht einmal wahrzunehmen. Wut steigt in mir auf, als ich sehe, wie Ava sich Halt suchend an seinen Unterarm klammert. Keine Ahnung, warum, doch in diesem Moment will ich Nathan wirklich gern in den Boden stampfen. Auch wenn Ava gelogen hat, weil wir eindeutig keine Freunde sind, will ich nicht, dass er sie so behandelt. Immerhin besitze ich so etwas wie Anstand.

»Ich denke, Ava sollte einfach rausgehen, denkst du nicht?«, frage ich an Nathan gerichtet. »Lass uns beide das klären, und sie schnappt ein bisschen frische Luft mit einer Freundin.«

Der Blick, den er mir zuwirft, ist tödlich, aber das könnte mich nicht weniger kümmern. Dann wendet er sich an Ava, die immer schlechter aussieht. Entweder kippt sie gleich um oder fängt an zu heulen. So oder so ähnelt sie nicht mehr der Femme fatale, der ich an der Bar begegnet bin. Dieses Kleid … fuck.

»Sag dem Arschloch, dass er mir nichts zu sagen hat«, fordert er Ava barsch auf. »Und dass er sich von dir fernhalten soll.«

Avas große, blaue Augen huschen zwischen mir und Nathan hin und her. »Was?«

»Sag ihm, dass er Abstand halten soll!«, herrscht er sie an. »Mit solchen Typen solltest du keinen Kontakt haben.«

Ihr Blick richtet sich auf mich, und ich erkenne beinahe die Gedanken hinter ihrer Stirn. Nach ein paar Sekunden richtet sie sich leicht auf und windet sich aus Nathans Umarmung. Ein kleines Grinsen stiehlt sich auf mein Gesicht.

»Du übertreibst, Nathan«, sagt sie schließlich, als sie sich von ihm losgemacht hat. »Er hat recht, ich fühle mich wirklich nicht besonders gut. Lass uns einfach gehen.«

Nathan fallen beinahe die Augen aus dem Kopf. »Du bist auf seiner Seite?«

»Ich bin auf keiner Seite«, beteuert Ava und versucht nach seiner Hand zu greifen, doch er zieht sie weg. »Ich will nur kein Drama.«

Ein paar Sekunden lang starrt er abwechselnd Ava und mich an, dann macht er einen Schritt auf sie zu. Reflexartig bewege ich mich ebenfalls in ihre Richtung. Was bescheuert ist, immerhin bin ich nicht für sie verantwortlich.

Arschloch-Nathan bemerkt meine Bewegung und starrt mich höhnisch an. »Willst du sie etwa ficken?«

»Nathan!«

»Weißt du was?«, fragt er Ava wütend und strafft die Schultern. »Dann vögel ihn doch. Ist mir egal.«

Damit dreht er sich um, schubst ein paar Leute zur Seite und stürmt durch die Menge Richtung Ausgang. Einen Moment lang sehe ich ihm nach, dann wende ich mich Ava zu. Und hätte beinahe nach Luft geschnappt, als ich ihr Gesicht sehe. Sie ist weiß wie eine Wand, ihre Augen sind groß, und ihr Blick huscht über die Umgebung, ohne dass sie irgendetwas fixiert.

»Ava?«, frage ich alarmiert und mache einen Schritt auf sie zu. Was soll ich tun? Sie auffangen, auf meine Arme laden und heldenhaft aus dem Gebäude tragen? Das ist weder meine Aufgabe noch war das meine Absicht, als ich Nathan angesprochen habe. Ich wollte sie ein bisschen triezen und diesen Arsch ärgern, der sie betatscht hat wie eine Gummipuppe.

Sie schwankt ein wenig, ihr Blick ist auf die Stelle in der Menge gerichtet, in der Nathan verschwunden ist. »Geht schon. Ist besser, dass er gegangen ist.«

»Komm«, sage ich und bemühe mich um einen sanften Tonfall, während ich nach ihrem Ellbogen greife. Ich sehe mich um, aber hier ist niemand, den ich kenne. Ich weiß, dass Avas Mitbewohnerin auch irgendwo hier ist, aber ich habe sie noch nie gesehen. Sie ist vermutlich die deutlich bessere Wahl, um sich um Ava zu kümmern. Fuck, jeder hier wäre vermutlich eine bessere Wahl. Bis auf Nathan vielleicht.

»Geht schon«, sagt sie erneut, allerdings habe ich mich entschieden, sie einfach zu ignorieren. Ihr Protest ist nicht wirklich nennenswert, während ich die Leute zur Seite schiebe und sie nach draußen bugsiere.

Als uns die frische Luft empfängt, atmen wir beide gleichzeitig tief ein. Erst jetzt wird mir bewusst, wie stickig es da drin war. Ava hingegen atmet so schnell, als wäre sie kurz vorm Ersticken gewesen.

»Alles okay?«, frage ich sie erneut. Als sie mit geschlossenen Augen nickt, führe ich sie weiter zu einem großen, steinernen Blumenkübel an der Seite des Gebäudes. Sie protestiert nicht einmal, was mir tatsächlich am meisten Sorgen macht.

»Es geht mir gut«, murmelt sie nach ein paar Sekunden. »Wirklich, es war nur die Luft.«

Ich mustere sie stirnrunzelnd. »Bist du sicher?«

Wieder nickt sie. Dann öffnet sie ein Auge und sieht mich an. »Du hast meinen Freund vertrieben.«

Schnaubend verziehe ich das Gesicht. »Der hat sich selbst vertrieben. So eine Wurst.«

Sie lacht trocken. »Eine Wurst?«

»Er hat sich lächerlich gemacht«, murmele ich achselzuckend und setze mich neben sie auf die Steinkante. »Und er hat als fester Freund versagt, Ava. Tut mir leid, dass ich dir das sagen muss.«

Seufzend legt sie den Kopf in den Nacken und schließt wieder die Augen. »Ich weiß. Er war betrunken, normalerweise ist er nicht so.«

»Versteh mich nicht falsch«, beginne ich vorsichtig und meide ihren Blick. »Aber bislang macht ihn alles, was ich über ihn gehört habe, zu einem Mistkerl.«

»Du kennst ihn eben nicht.«

»Ich kann nicht fassen, dass du für *den* das Spiel abgebrochen hast!«

Ein paar Sekunden ist sie still, dann stöhnt sie genervt. »Ich habe gerade wirklich keine Lust, mich mit dir zu streiten. Aber du musst über dieses Spiel hinwegkommen, Dexter. Dein Leben muss weitergehen.«

Bei ihrem ernsten Ton muss ich automatisch grinsen. »Der Schmerz sitzt tief.«

»Habe ich gemerkt.«

Wir hocken ein paar Minuten schweigend nebeneinander. Ava scheint sich immer noch aufs Atmen zu konzentrieren, und ich beobachte die Leute, die an uns vorbeilaufen. Keiner von ihnen scheint uns sonderlich zu beachten. Wahrscheinlich wirkt es, als wäre Ava betrunken, und ich würde auf sie aufpassen. Was vielleicht sogar stimmt. Stirnrunzelnd sehe ich sie von der Seite an. Sie macht auf mich eigentlich keinen betrunkenen Eindruck, allerdings kenne ich sie auch nicht gut genug, um das beurteilen zu können.

»Brauchst du ein Wasser oder so?«, frage ich und komme mir gleichzeitig ziemlich dämlich vor. Ich sollte meinen Hintern schleunigst wieder zurück ins Haus bewegen.

Sie dreht den Kopf ein wenig in meine Richtung, sieht mich aber nicht an. »Alles bestens.«

»Wirklich?«, hake ich nach. »Das hier ist ’ne vergleichsweise noble Gegend. Ich glaube, die sind nicht begeistert, wenn du in ihren Vorgarten kotzt.«

Sie lacht laut, was mich ein wenig beruhigt. »Keine Sorge, das wird nicht passieren.« Ava sieht mich an und mustert mich kurz, dann richtet sie ihren Blick auf ein paar Leute, die gerade das Haus ansteuern. »Du solltest wieder reingehen. Irgendjemand wartet doch sicher auf dich.«

Ich zucke mit den Schultern. »Ich bin mir sicher, Simon amüsiert sich auch ohne mich.«

»Er hatte keine Ahnung, warum wir die Schnitzeljagd verloren haben.«

»Ich hab ihm die Einzelheiten nicht erzählt.«

Ihre Überraschung ist ihr ins Gesicht geschrieben. »Warum nicht?«

»Warum sollte ich?«, frage ich mit einem trockenen Lachen. »Ich bin nicht gerade scharf darauf, jedem zu erzählen, wie schnell du nach einem Kuss mit mir die Flucht ergriffen hast.«

Sie scheint einen Moment zu überlegen, dann legt sie den Kopf schief und sieht mich an. »Du weißt, dass es nicht an dem Kuss lag. Also schon, aber nicht an dir als Küsser.«

Ich fahre mir mit der Hand übers Gesicht und grinse sie an. »Schon klar.«

»Ich hätte es nicht tun sollen. Dich küssen, meine ich. Aber ich hätte dich auch nicht sitzen lassen sollen.«

»Wow«, sage ich leise. »Das klingt fast wie ein Eingeständnis.«

»Würde dir auch gut stehen«, schnaubt sie und streckt die Beine aus. »Deine Reaktion war völlig überzogen.«

Das sehe ich anders, entschieden anders sogar. Ich habe sie vielleicht zu diesem Spiel überredet, aber ich habe sie nicht gezwungen. Sie hat aus freien Stücken mitgemacht, und im Grunde hat sie mich nur geküsst, um sich selbst oder ihrem furchtbaren Freund etwas zu beweisen. So gesehen hat sie mich benutzt. Allerdings sind wir in dem Punkt wohl nicht einer Meinung.

»Warum war dir das so wichtig?«, hakt sie nach, als ich nicht antworte. »Dieses Spiel, meine ich.«

Wieder zucke ich mit den Schultern und weiß im ersten Moment nicht, was ich darauf antworten soll. »Lernen ist nicht so mein Ding«, sage ich schließlich wahrheitsgemäß. »Ich habe ehrlich gesagt keine allzu hohen Erwartungen an mich in diesem Studium. Ich dachte, ein kleiner Joker könnte nicht schaden.«

Skeptisch verzieht sie das Gesicht. »Denkst du, das ist die richtige Einstellung? Direkt zu Beginn?«

»Ich mache mir nichts vor, Ava.« Ich lehne mich ein Stück zurück, als ein Pärchen an uns vorbeiläuft, dessen eine Hälfte gefährlich schwankt. »Leute belügen sich ständig, damit sie sich besser fühlen. Ab heute mache ich das, morgen höre ich damit auf, und so weiter. Ich mache das nicht. Ich weiß, dass ich kein Einserschüler werde, Punkt. Also nehme ich jede Hilfe, die ich kriegen kann. Durchfallen will ich nämlich auch nicht.«

»Leute belügen sich nicht, um sich besser zu fühlen«, widerspricht sie. »Sondern, um sich Ziele zu setzen. Mag sein, dass sie sie nicht immer einhalten, aber es ist immer noch besser, als keinen Plan zu haben.«

»Sagt wer?«

»Ich? Jeder? Keine Ahnung.« Sie wirft mir einen nachdenklichen Blick zu. »Hast du denn keinen Plan? Kein Ziel, wo du mal hinwillst?«

»Ich habe seit Jahren keinen Plan«, sage ich schulterzuckend. Ich überlege, ihr von meiner Familie zu erzählen, lasse es dann aber bleiben. Es würde wie eine Ausrede klingen. Eine kleine traurige Geschichte, um zu rechtfertigen, warum ich so kaputt bin. Darauf habe ich keinen Bock. »Und wie du siehst, komme ich gut zurecht.«

Das ist gelogen, und ich sehe in ihrem Blick, dass sie dasselbe denkt.

»Das finde ich irgendwie …« Sie überlegt einen Moment und sieht mich dann an. »… faul.«

Ich lache laut auf. »Faul?«

Sie nickt. »Ja. Wenn man kein Ziel hat, muss man sich nie rechtfertigen, wenn etwas schiefgeht. Wenn man nichts hat, was man erreichen will, kann man ohne Konsequenzen scheitern. Anstrengend wird es erst, wenn man auf etwas hinarbeitet.«

»Tja«, mache ich und strecke die Arme über den Kopf, bis die Gelenke knacken. »Ich bleibe dabei, Süße. Und glaub mir, ich bin keine ziellose Seele, die man retten muss. Ich bin einfach … faul.«

»Bist du nicht mittlerweile in dem Alter, in dem du es besser wissen solltest?«

»Und was genau?«

»Du hast nur das eine Leben«, sagt sie langsam und sieht zur Seite. »Wir bekommen vielleicht mehrere Chancen, aber wir wissen nie, wann es die letzte ist, oder? Ich finde einfach, wir sollten das Risiko nicht eingehen, sie zu verpassen.«

Ich seufze leise. »Das ist ganz schön tiefgründig für einen Freitagabend auf einem Blumenkübel.« Hoffentlich überspielt mein Sarkasmus die Tatsache, dass ihre Worte mich durchaus getroffen haben. Seine ganze Familie an einem Tag zu verlieren, lehrt einen ziemlich eindrücklich, dass das Leben kurz ist. Sich von einem Schicksalsschlag zu erholen, ist in der Theorie und auf Postkarten allerdings deutlich einfacher als in der Realität. Ich bin wohl das Negativbeispiel.

»Du hast Glück«, fährt sie fort und lässt sich offensichtlich nicht beirren. »Du bist jung, du bist, soweit ich das beurteilen kann, gesund und hast die Chance auf einen Abschluss. Du solltest mehr daraus machen.«

Ich ziehe eine Augenbraue hoch und lache trocken auf. »Ich denke, ich kriege mein Leben auch gut ohne deine Ratschläge auf die Kette, Ava. Ich habe viele Fehler in meinem Leben gemacht, und ich habe viel aus ihnen gelernt. Das bedeutet, dass ich vermutlich noch mehr machen sollte.«

»Es gibt doch mit Sicherheit etwas, das du bereust, oder nicht?«

»Ja«, sage ich schlicht. »Diese Unterhaltung zum Beispiel.«

Ava wirft mir einen so erbosten Blick zu, dass ich erwarte, eine von ihr geknallt zu bekommen. Doch stattdessen steht sie auf, atmet einmal tief durch und geht Richtung Straße.

»Was machst du?«, frage ich und stehe ebenfalls auf.

Ohne sich umzudrehen, streckt sie den Arm aus und winkt einem vorbeifahrenden Taxi zu. »Ich gehe. Ich habe keine Lust auf Streit, aber ich habe auch keine Lust, mir diesen Blödsinn weiter anzuhören.«

»Diesen Blödsinn?«, wiederhole ich. »Du kannst einfach nicht mit gegenteiligen Meinungen umgehen.«

Als endlich ein Taxi anhält, winkt sie mir über die Schulter knapp zu. »Wie du meinst, Dexter. Wir sehen uns am Montag.«

Und damit verschwindet sie. Man kann über dieses Mädchen sagen, was man will – ein Talent für dramatische Abgänge hat sie auf jeden Fall.

11

AVA

Lennie steht von seinem Stuhl auf und beginnt, im Sprechzimmer auf und ab zu gehen. Das kenne ich schon von ihm. Während Carl die Ruhe selbst zu sein scheint und nicht von meiner Seite weicht, kann Lennie einfach nicht still sitzen. Man sollte meinen, dass diese Sache nach all den Jahren gewissermaßen Routine ist, aber offensichtlich kann er sich einfach nicht daran gewöhnen.

»Setz dich hin«, fordert Carl ihn auf und spricht damit genau das aus, was ich denke. »Er wird schon wiederkommen.«

Lennie dreht sich schwungvoll um und mustert uns einen Moment. »Genau das ist es, was mich nervös macht.«

»Alles ist gut«, versuche ich, ihn zu beruhigen. »Es wird schon alles gut sein, mir geht es gut. Alles ist *gut*.«

Carl zieht kaum merklich eine Augenbraue hoch. »Sicher, dass *alles gut* ist?«

»Ach, halt die Klappe!«, fährt Lennie ihn an, bevor er sich tatsächlich wieder hinsetzt.

Ich unterdrücke ein Grinsen. Das hier ist meine Rolle, und ich habe sie bis zur Perfektion verinnerlicht. Während Lennie ausrastet und Carl in sich ruht, bin ich diejenige, die alles positiv sieht. Wir harmonieren gut in dieser Kombination, und irgendwie erdet sie mich. Ich bin mir sicher, wäre ich allein hier, würde ich genauso ausrasten, wie Lennie es gerade tut. Die Frage, was alles schieflaufen könnte, würde mir vermutlich den Verstand rauben. Denn auch wenn seit der OP alles gut aussieht, heißt das noch lange nicht, dass das auch so bleibt. Transplantationen sind immer tückisch. Organtransplantationen, vor allem, wenn es um das Herz geht, sind die reinsten Thriller.

»Verpasst du wichtige Kurse?«, unterbricht Carl meine Gedanken, offensichtlich in der Absicht, das Thema zu wechseln, wofür ich ihm dankbar bin.

»Ich habe das abgeklärt«, sage ich und atme tief durch. »Ein Freund schreibt für mich mit.«

»Dann hast du also Freunde?«, fragt Lennie, und ich bin angesichts seines beinahe erstaunten Untertons etwas beleidigt.

»Ich bin ganz sympathisch, weißt du?« Als er kapitulierend die Hände hebt, verdrehe ich die Augen. »Ja, habe ich. Meine Mitbewohnerin ist toll, und ich bin mit coolen Leuten in den Kursen.«

»Also ist alles gut?«, fragt Carl schmunzelnd.

Ich ignoriere ihn, muss aber grinsen. »Ich habe durchaus Spaß am College, ja.«

»Das ist gut«, seufzt Lennie. »Wie läuft es mit Nathan?«

Das ist ein wunder Punkt. Ich versuche, mir nichts anmerken zu lassen. Das hier ist definitiv nicht der richtige Ort für dieses Thema. »Kann nicht klagen. Aber im Moment will ich mir einen eigenen Freundeskreis aufbauen, deswegen unternehmen wir nicht jeden Tag etwas zusammen.«

Lennie nickt. »Das ist gut. Es ist wichtig, dass du dich nicht von ihm abhängig machst.«

Ich spare mir einen Kommentar, auch wenn ich einiges dazu zu sagen hätte. Lennie und Carl sind seit Ewigkeiten zusammen. Sie haben sich in der Highschool kennengelernt und sind seitdem ein Paar. Manchmal habe ich das Gefühl, sie sind ein und dieselbe Person. Beide arbeiten als Immobilienmakler in derselben Firma, sie haben denselben Freundeskreis, dieselben Hobbys, denselben Geschmack bei Musik, Filmen und

Büchern. Ich bin mir sicher, dass keiner von beiden klarkäme, sollten sie sich irgendwann einmal trennen. Vermutlich würden sie einfach umkippen wie ein Stuhl, den man in der Mitte durchsägt.

Um fair zu sein, sollte ich eine dreißig Jahre anhaltende Bilderbuchbeziehung vielleicht nicht mit meinem Chaos mit Nathan vergleichen.

In diesem Moment geht die Tür schwungvoll auf und erspart mir glücklicherweise eine Antwort. Dr. Byrne betritt das Sprechzimmer, einen beeindruckenden Stapel Akten unterm Arm.

»Entschuldige bitte, dass du warten musstest, Ava«, sagt er mit seinem starken irischen Akzent, legt die Akten auf den Schreibtisch und setzt sich auf den Stuhl uns gegenüber. »Patricia hat mir erzählt, dass du dich über den Kleber an den Kontakten beschwert hast.«

Ich lache, während Lennie mit der Zunge schnalzt. »Sie hat den falschen genommen. Das ist der, den ich tagelang nicht mehr abbekomme.«

»Na, wenn du fit genug bist, um dich zu beschweren, scheint es dir wohl gut zu gehen.« Er lächelt gutmütig und schlägt die Akte auf, während er gleichzeitig etwas auf seinem Computerbildschirm ansieht. Ich mag Dr. Byrne. Eigentlich ist er Professor Doktor Doktor irgendwas, doch wir haben uns auf Doc geeinigt. In den vergangenen Jahren habe ich gefühlt tausend Ärzte kennengelernt, er schafft es aber eindeutig in meine Top Five. Es ist seine gute Mischung aus Ernsthaftigkeit, Humor und Einfühlungsvermögen. Vor allem Letzteres ist meiner Erfahrung nach bei Ärzten Mangelware und sollte eigentlich eine Voraussetzung für diesen Beruf sein. Es gibt nichts Schlimmeres, als im Krankenhaus wie eine Nummer behandelt zu werden. Ein Name auf einer Akte, der nur so schnell wie

möglich wieder entlassen werden muss, um das Bett freizube-
kommen.

»Und?«, fragt Lennie nach ein paar Sekunden, in denen der
Doc die Ergebnisse studiert hat.

»Was macht die Pumpe?«, füge ich mit einem nervösen Lachen hinzu.

Ein paar weitere Augenblicke vergehen, dann lächelt er und
wendet sich mir zu. »Deine aufgezeichneten Werte sind super,
Ava. Blutdruck, Gewicht und Symptome sind konstant, was
ein gutes Zeichen ist. Hast du in den vergangenen Wochen
unter Atemnot oder Schmerzen gelitten?«

Ich schüttle den Kopf und lege Lennie eine Hand auf das
Knie, damit er aufhört zu zappeln. »Nein, im Gegenteil. Meine
Ausdauer wird deutlich besser.«

Der Doc nickt. »Und deine Medikamente? Keine Probleme?«

»Ich bin eine Vorzeigepatientin.«

Er lacht. »Das stimmt. Du bist wie das Positivbeispiel im
Lehrbuch.«

Ich kann nicht verhindern, dass sich ein stolzes Grinsen auf
meinem Gesicht ausbreitet. Auch wenn es nicht wirklich meine Leistung ist, sondern die des fremden Organs in meiner
Brust. Meines neuen Herzens.

»Nun, Ava, du kannst dich entspannen«, sagt der Doc und
blättert erneut in meinen Ergebnissen. »Sowohl das EKG als
auch der Ultraschall sehen gut aus. Ich bin vollkommen zufrieden. Deine Cholesterinwerte sind minimal erhöht. Darauf
solltest du achten, das ist aber kein Grund zur Sorge.«

»Ihr Cholesterin?«, wiederholt Lennie skeptisch und sieht
mich von der Seite an. »Was bedeutet das genau?«

»Nun …« Dr. Byrne schmunzelt und sieht mich beinahe väterlich an. »Möglicherweise hat sich Avas Ernährung ein we-

nig ins Negative verändert. Aber ich bin mir sicher, dass sie das in den Griff kriegt.«

Ich spüre geradezu die Blicke meiner Dads auf meinem Gesicht und versuche, nicht zu grinsen. Nicht sehr erfolgreich. »Ich werde mich bemühen, versprochen.«

»Wir achten darauf«, sagt Carl mit fester Stimme, von der ich weiß, dass sie keinerlei Widerspruch zulässt.

»Schön«, sagt der Doc und sieht uns alle der Reihe nach an. »Dann vereinbaren Sie einen neuen Termin, und wir sehen uns in vier Wochen wieder. Wie immer: Melde dich bitte, wenn irgendetwas ist, und achte auf deine Ernährung. Lass es ein bisschen ruhig angehen, ja? Ich weiß, dass das gerade eine aufregende Zeit für dich ist, und ich kann verstehen, dass du sie auskosten willst. Aber umso wichtiger ist es im Moment, dass du deine Gesundheit auch in deinem College-Leben berücksichtigst. In Ordnung?«

Wieder nicke ich. »Versprochen, Doc.«

Nachdem wir uns verabschiedet und ich einen neuen Termin vereinbart habe, laden Lennie und Carl mich noch zum Mittagessen ein, bevor sie mich wieder zum Campus bringen. Es ist schön, ein bisschen Zeit mit ihnen zu verbringen. Die erste Woche am College war tatsächlich aufregend, und die Zeit mit meinen Dads fühlt sich ein bisschen wie eine Atempause an. Das ist schon immer so gewesen.

Ich war ein Jahr alt, als sie mich adoptiert haben, was bedeutet, dass ich mich an ein Leben ohne sie nicht erinnern kann. Sie sind immer da gewesen und waren immer mein Fels in der Brandung. Ich bin mir zu hundert Prozent sicher, dass diese beiden die besten Menschen der Welt sind. Sie haben mich adoptiert, obwohl sie von meinem Herzfehler wussten. Obwohl die Ärzte ihnen gesagt haben, dass ich in ein paar Jahren entweder ein neues Herz brauchen oder tot sein würde. Es war ihnen egal. Sie haben mich wie eine eigene Tochter aufgezogen und jede Nacht, jeden Tag, jede Sekunde an meinem Bett gesessen, wenn ich wieder mal im Krankenhaus darauf gewartet habe, ein neues Herz zu bekommen oder zu sterben.

Ich kann mich noch genau an die Gesichter der beiden erinnern, als der Anruf kam. Es ist mitten in der Nacht gewesen. Ich war vierzehn Jahre alt und hatte die vergangenen Wochen im Grunde dauerhaft an Geräten gehangen oder unter Medikamenten gestanden. Und dann hatte das Telefon geklingelt, ich hatte Lennies Stimme gehört. Zwei Minuten später war die Tür aufgesprungen, und meine Dads waren hereingestürmt.

In diesem Moment hatte ich nur einen Satz gehört:
Sie haben ein Herz für dich.

Von einer Sekunde auf die andere hat mein Leben sich verändert. Ein Teil von mir, ein physischer, tatsächlicher Teil, war gestorben, dafür hatte ein neuer angefangen, in meiner Brust zu schlagen. Ich hatte die Ärzte nach der Operation gefragt, was mit meinem alten Herzen geschehen sei. Die Antwort war gleichermaßen erschreckend wie simpel gewesen: Mein Herz war im Müll. In einem speziellen Müll, nicht unbedingt in der Biotonne. Dennoch. Die Vorstellung, dass das Organ, das mich die ersten vierzehn Jahre meines Daseins buchstäblich am Leben erhalten hat, das mit mir zusammen gekämpft und so lange durchgehalten hatte, einfach weggeworfen worden war, war seltsam surreal. Und irgendwie traurig.

Die Zeit auf der Isolierstation, die Reha, die ständige Furcht, mein Körper könnte das neue Herz abstoßen; all das hatten Lennie und Carl mit mir durchgestanden, ohne auch nur einmal in meiner Gegenwart die Fassung zu verlieren. Sie hatten gelächelt und mir den Kopf gestreichelt. Und dafür liebe ich sie mehr als mein Leben – mein altes und mein neues.

»Hey, Erde an Ava!«

Ich schrecke hoch und sehe Madison an, die mit einem Hotdog in meine Richtung winkt. Allein bei dem Anblick verziehe ich das Gesicht – ich habe keine Ahnung, wie sie das Zeug essen kann. Zumal unsere Mensa durchaus ordentliches Essen anbietet, aber jeden zweiten Tag holt Madison sich diesen Fraß und wirkt auch noch begeistert.

»Worüber hast du nachgedacht?«, fragt sie, als sie meine Aufmerksamkeit hat.

Ich deute auf meinen Stundenplan und meine Aufzeichnungen über meine Kurse. »Ich will mein Hauptfach festlegen, aber irgendwie habe ich Angst davor.«

Stirnrunzelnd beugt sie sich über meine Notizen. »Was hast du dir denn ausgesucht?«

»Journalismus«, sage ich leicht unsicher und deute mit der Stiftkappe auf den entsprechenden Stichpunkt. »Aber was, wenn ich mich umentscheide? Woher soll ich jetzt schon wissen, was ich den Rest meines Lebens machen möchte?«

Madison zuckt mit den Schultern und lehnt sich zurück, bis sie sich auf die Ellbogen stützen kann. Wir sitzen mit ein paar Leuten auf der Wiese vor unserem Wohnheim und genießen die Sonne, die hoffentlich noch eine Weile bleiben wird, bevor der Herbst kommt. Ich weiß, viele Leute lieben den Herbst und die bunten Blätter und so weiter – ich bin jedoch kein Fan davon.

»Du musst dich ja nicht unbedingt sofort entscheiden«, sagt sie, schließt die Augen und legt den Kopf zurück. »Mach dich nicht verrückt und gib dir noch ein wenig Zeit.«

»Ich weiß nicht.«

Troy, der Typ aus meinem Spanischkurs, lehnt sich zu mir herüber. »Welche Kurse hast du denn belegt?«

»Spanisch, Geschichte, Journalismus und zeitgenössische Literatur. Ich überlege, ob ich Print- und Digitalmedien zusätzlich belege.«

Er legt den Kopf schief und runzelt die Stirn. »Fünf Kurse sind ein ganz schönes Pensum«, sagt er und sieht mich an. »Hast du einen Job?«

»Noch nicht«, sage ich stöhnend und füge diesen Punkt meiner imaginären To-do-Liste hinzu. »Brauche ich aber dringend. In ein paar Wochen sind meine Ersparnisse futsch.«

Grinsend stößt er mit der Schulter gegen meine. »Dann solltest du erst mal auf einen weiteren Kurs verzichten und schauen, wie es läuft mit dem Job. Glaub mir, das ist einfacher, als später einen Kurs abzusägen.«

Beim erneuten Blick auf meine Notizen runzle ich die Stirn. Ich habe wahnsinnige Angst davor, mich falsch zu entscheiden. Die Tatsache, dass ich überhaupt aufs College gehe und anfange, mein Leben zu planen, gleicht einem Wunder. Das kann ich einfach nicht verschenken. Dexters Worte kommen mir in den Sinn, doch ich wische sie wütend beiseite. Mag ja sein, dass er sein Leben wegwerfen will, für mich gilt das sicher nicht.

»Okay«, sage ich und streiche den Medienkurs von meiner Liste, dann sehe ich Troy an. »Danke.«

»Kein Problem. Glaub mir, in ein paar Monaten bist du ein Profi.«

»Na hoffentlich.«

»Falls du dich nach einem Job umgucken willst, probier's mal am Schwarzen Brett in den Gemeinschaftsräumen«, fügt er hinzu und lehnt sich dann ebenfalls zurück. »Viele Unternehmen oder Cafés hängen ihre Stellenausschreibungen da ran.«

»Mach ich.« Ich sehe mich um und schirme mir die Augen mit der Hand vor der Sonne ab. »Hast du heute keinen Kurs mehr?«

Er grinst. »Montags habe ich nur einen Abendkurs. Ich bin ziemlich gut darin, meine Kurse so zu planen, dass ich viel Zeit habe.«

Er lacht, und ich stimme in sein Lachen mit ein, frage mich aber gleichzeitig, wie er es schafft, wichtige Kurse zu belegen und gleichzeitig seine Freizeitplanung im Auge zu behalten. Oder er ist einer von Dexters Sorte und sucht sich die Kurse ausschließlich danach aus.

Ein Schatten fällt auf mein Gesicht, und ich sehe auf. Vor mir steht Simon, breit grinsend, mit Scarlett an seiner Seite. Automatisch wandert mein Blick weiter, und – bingo! – hinter den beiden steht Dexter und meidet so entschieden meinen Blick, dass man meinen könnte, ich hätte seinen Hamster überfahren.

»Hey«, sage ich möglichst fröhlich. »Alles klar?«

»Alles bestens«, sagt Simon, greift nach Scarletts Hand, und beide setzen sich zu uns ins Gras. Dexter zögert einen Moment, lässt sich dann aber an Simons Seite fallen, sodass er mir genau gegenübersitzt. »Wir haben euch gesehen und wollten die Sonne noch ein bisschen nutzen. Oder, Sweetheart?«

Ich runzle kurz die Stirn, doch Scarlett scheint der Kosename nichts auszumachen. Ob die beiden zusammen sind?

»Außerdem wird es Zeit, dass du dich mit Dexter anfreundest.«

Gerade wollte ich einen Schluck aus meiner Wasserflasche nehmen, halte jedoch inne, bevor ich mich verschlucke. »Was?«

Simon deutet erst auf mich, dann auf Dexter und verdreht demonstrativ die Augen. Auch Madison und Troy hören interessiert zu. Dexter hingegen wirkt, als würde er uns und die ganze Unterhaltung gar nicht wahrnehmen. Warum, zur Hölle, ist er eigentlich hier?

»Du und Dexter, ihr habt irgendwie ein Problem«, erklärt sein Mitbewohner beinahe wütend. »Und das nervt, weil wir nun mal miteinander rumhängen.«

Troy runzelt die Stirn. »Tun wir das?«

Simon lässt sich von dem zweifelnden Tonfall nicht im Mindesten beeindrucken. »Madison und Scarlett waren zusammen auf der Highschool, Scarlett ist meine Freundin, Dexter ist mein Mitbewohner, und Ava ist Madisons Mitbewohnerin. Wir sind quasi eine kleine Familie, und Streit in der Familie ist nie gut für das Gruppenklima.«

Trotz des wirklich unangenehmen Themas muss ich lachen. Scarlett und Simon habe ich genau zweimal in meinem Leben gesehen und nur ein paar Worte mit ihnen gewechselt. Sie als meine Familie zu bezeichnen, ist doch stark übertrieben.

Madison lacht ebenfalls. »Wie niedlich. Du bist demnach Dexter, richtig?«

Dexter hebt die Hand, anscheinend hat er doch zugehört. »Scharf kombiniert.«

»Und was ist das Problem?«, hakt Madison nach und sieht Dexter an. »Ich wohne zwar erst seit einer Woche mit ihr zusammen, aber ich finde, sie ist ganz umgänglich.«

»Wir haben kein Problem«, sage ich hastig, als Dexter den Mund aufmacht. Was auch immer er antworten will, ist sicherlich nicht besonders nett. »Alles ist gut, wir kennen uns kaum.«

»Es gab irgendein Problem bei der Kennenlernveranstaltung«, hilft Simon liebenswürdigerweise aus. Er fährt sich mit der Hand durch die Haare, bis sie in alle Himmelsrichtungen abstehen. Sie schimmern in der Sonne und sehen ein bisschen aus wie ein blonder Heiligenschein.

Dexter wirkt irgendwie unsicher, was mich überrascht. Ich habe ihn schon aufgeregt erlebt, wütend, genervt, überheblich. Jedoch noch nie unsicher.

»Und *was* war das Problem?«, fragt Madison, direkt an Dexter gerichtet.

Er öffnet den Mund, schließt ihn jedoch wieder und sieht weg. Ich kann es nicht benennen, aber irgendetwas stimmt nicht mit ihm. Schatten liegen unter seinen Augen, als hätte er schlecht geschlafen, und seit er hier ist, hat er noch nicht ein einziges Mal gelächelt. Nicht einmal ein sarkastisches Lächeln.

»Wir sollten uns küssen, aber ich habe einen Freund«, springe ich ein. »Bis dahin waren wir wirklich gut.«

Simon schnaubt. »Ach ja?«

Ich nicke mit einem kurzen Blick zu Dexter, der mich seltsam mustert. »Dexter hätte sicher gewonnen. Ich hab das Spiel beendet, und alleine darf man nicht weitermachen.«

Simon und Madison runzeln beide die Stirn, Scarlett sieht aus, als hätte sie einiges dazu zu sagen, verkneift es sich aber offensichtlich.

»Okay, nachdem dieses Thema jetzt anscheinend beseitigt ist, was haltet ihr davon, wenn wir uns später auf eine Pizza treffen oder so?«, fragt Troy in die Runde. »Mein Kurs ist um sechs vorbei, danach könnten wir los.«

»Ich treffe mich später noch mit Nathan«, sage ich und sehe Troy entschuldigend an. Aus Dexters Richtung kommt eine Art Schnauben, aber als ich ihn ansehe, meidet er meinen Blick. Was ist nur los mit ihm? »Aber vielleicht komme ich später noch nach.«

»Bring ihn doch mit«, schlägt Madison vor.

»Mal sehen«, weiche ich aus, und jetzt bin ich diejenige, die keinen der anderen ansehen will. Sie haben sicher alle die Szene mitbekommen, die Nathan und Dexter bei der Party veranstaltet haben. Als Madison mich danach gefragt hat, habe ich es auf den Alkohol geschoben. Was sicher auch stimmt, allerdings war Nathan auch nüchtern nicht sonderlich erfreut darüber, dass ich mit Dexter befreundet bin. Vielleicht hat er nicht tatsächlich etwas gegen Dexter persönlich. Allein die Tatsache, dass er Nathan in seine Schranken gewiesen hat, reicht vermutlich, um Dexter zu seinem Todfeind zu machen. Die Chemie zwischen mir und Nathan ist seltsam seit diesem Abend. Was ziemlich nervig ist, weil ich mir von einem gemeinsamen Abend eigentlich das Gegenteil versprochen hatte. Nathan schmollt, und ich bin zu stolz, um so weit nachzugeben, dass er sich wieder beruhigt. Das Treffen heute ändert hoffentlich etwas an der Spannung zwischen uns.

Ich sehe auf und begegne Dexters Blick. Wieder ist da etwas in seinen Augen, was ich nicht richtig benennen kann. Diese Schwere in seinem Ausdruck ist neu und passt so gar nicht zu dem unbeschwerten, unbekümmerten Dexter, den ich bislang kennengelernt habe. Auch dass er hier quasi nichts zur Unterhaltung beiträgt, passt nicht richtig zu ihm. Ich hätte ihn für eine Art Klassenclown gehalten, auch wenn seine Witze vermutlich meist auf Kosten anderer gehen.

Wobei, vielleicht kenne ich ihn auch einfach nicht. Vielleicht ist dieser stille, nachdenkliche Typ sein wahres Ich. Was weiß ich schon.

»Na gut, Leute«, sagt Simon nach ein paar Minuten und steht ächzend auf. »Dann um sieben im *Beans*. Ich muss los.«

Ich hebe die Hand, als er in die Runde winkt. Scarlett bleibt sitzen, doch Dexter erhebt sich ebenfalls. Ohne einen Blick in meine Richtung zu werfen, verschwindet er.

12

DEXTER

Wortlos reiche ich dem Fahrer etwas Trinkgeld und steige aus. Das ist eigentlich unnötig, denn Carter hat den Wagen geschickt, und der Typ verdient sicher so viel, dass meine paar Kröten kaum ins Gewicht fallen. Aber meine Mom hat gern Trinkgeld gegeben, und deswegen fühle ich mich irgendwie gut dabei.

Nach dem sonnigen Tag gestern ist der Himmel heute wolkenverhangen, und der Wind rüttelt an den Bäumen, als wollte er sie aus tiefem Schlaf erwecken. Es hat noch nicht geregnet, aber die dunklen Wolken scheinen den Weltuntergang anzukündigen.

Ich ziehe den Kragen meiner Lederjacke enger zusammen und schlinge die Arme um mich, als ich den kleinen Wald betrete. Die Dreiviertelstunde, die ich vom Campus bis nach Ashburn gebraucht habe, hat mich nicht auf das hier vorbereitet. Ich bin nie darauf vorbereitet, wenn ich herkomme. Was erschreckend selten ist. Manche Menschen mögen den Besuch auf dem Friedhof als tröstend empfinden, ich jedoch nicht. Er ist Angst einflößend und … traurig.

Die ersten trockenen Blätter auf dem Boden rascheln unter meinen Schuhen. Das kleine Wäldchen ist gepflegt, aber trotzdem natürlich. Das hätte vor allem Mom gefallen.

Nicht, dass ich das sicher sagen könnte. Wir haben nicht darüber gesprochen. Meine Mom war Anfang vierzig, als sie starb, mein Dad nicht viel älter. Das ist kein Alter, in dem man sich mit dem Tod beschäftigt. Sollte es auf jeden Fall nicht sein, alles andere ist falsch.

Ich weiche einem tief hängenden Ast aus und fröstle, als mir der Wind durch die Knochen fährt. Ich weiß nicht, ob es tatsächlich so kalt geworden ist oder ob ich es nur so empfinde. Seit Tagen kann ich nicht richtig schlafen, seit Tagen habe ich Angst vor diesem Moment. Vielleicht wäre ich nicht mal hergekommen, wenn Carter nicht wäre. Vielleicht wäre ich einfach zu meinen Kursen gegangen und hätte so getan, als wäre es ein Tag wie jeder andere.

Ein paar Schritte weiter sehe ich den grauen Stein im Boden. Mein Herz stolpert schmerzhaft, und einen Moment lang habe ich das Gefühl, nicht richtig atmen zu können. Als würde der kalte Wind sich um meine Kehle legen und erbarmungslos zudrücken. Ich schnappe nach Luft und bleibe abrupt stehen. Meine Füße fühlen sich an, als wären sie mit dem laubbedeckten Waldboden verwachsen. Ich kann keinen Schritt machen.

Aber es ist zu spät. Ich bin nahe genug, um die feine Gravur auf dem geschliffenen Stein zu erkennen. Drei Namen säuberlich untereinander. Wie eine Liste, darunter ein einzelnes Datum. Ich zwinge mich wegzusehen und lasse den Blick über die anderen Steine schweifen. Es gibt weitere Grabstellen, auf denen mehrere Namen stehen. Doch die meisten von ihnen haben jeweils ein eigenes Datum. Weil es so sein sollte.

Mit angehaltenem Atem mache ich einen weiteren Schritt, dann noch einen, bis ich direkt vor dem Grab meiner Familie stehe.

Penny Cohan
Richard J. Cohan
& Jace Cohan
9. August 2014

Langsam flüstere ich ihre Namen, jeden einzelnen. Meine leise Stimme scheint dennoch viel zu laut für diesen Ort. Heute vor sechs Jahren habe ich sie alle auf einen Schlag verloren. Fast, mein Bruder hat beinahe noch eine Woche um sein Leben gekämpft, bis wir die Maschinen abgestellt haben. Nein, ich habe sie abgestellt. Ich habe den sprichwörtlichen Stecker gezogen, der meinen kleinen Bruder hat atmen lassen. Nie werde ich das Geräusch seines Herzens vergessen, das so tapfer weitergeschlagen hat, obwohl sein Gehirn längst aufgegeben hat. Im Grunde ist Jace an diesem Tag im Auto gestorben, zusammen mit unseren Eltern. Er ist mit ihnen gegangen. Und auch wenn ich nicht religiös bin und nicht an den Himmel glaube, hoffe ich, dass sie irgendwo zusammen sind. Das ist der Grund, warum ich kein eigenes Datum für ihn wollte.

Erneut sehe ich auf die anderen Grabsteine, weil ich die Namen meiner Familie nicht mehr sehen möchte. Viele von den anderen haben noch mehr Gravuren. Letzte Wünsche an die Verstorbenen oder Titel, mit denen die Hinterbliebenen ihre Angehörigen schmücken wollen. Das alles hatte ich vor sechs Jahren nicht gewollt, und ich will es immer noch nicht. Ich brauche keine Gravur auf einem Stein, um meinen Eltern und meinem Bruder zu sagen, dass sie geliebt werden. Ich brauche keine Tauben, keine Blumenranken oder Kreuze. Wenn es nach mir gegangen wäre, gäbe es nicht mal einen Grabstein. Doch dann wäre es sowohl für mich als auch für Freunde und Familie schwierig geworden, das Grab wiederzufinden. Und dann wären sie vielleicht vergessen worden.

Ich höre Carters Schritte auf dem Waldboden, bevor ich ihn sehe. Ein paar Sekunden später steht er neben mir. Ich spüre seine Hand kurz auf meiner Schulter, dann blickt er ebenfalls auf den Grabstein, bevor er sich hinkniet und ein einzelnes Gänseblümchen auf den polierten Marmor legt.

Als er mich ansieht, hebe ich eine Augenbraue.

Er zuckt mit den Schultern. »Lila hat sie gepflückt.«

Ich blinzle ein paarmal. Carter bringt jedes Jahr Blumen mit, doch sonst war es immer ein pompöser Strauß. Ich persönlich bin kein Fan von Blumen, die ohnehin verwelken, doch jeder Mensch trauert anders. Carter kannte meine Eltern, seit wir zusammen in den Kindergarten gegangen sind. Auch er hat das Recht, sich zu verabschieden. Ich bin dankbar, dass er hier ist.

»Wie geht es dir?«, fragt er leise.

Ich zucke mit den Schultern. »Wie schon?«

Er schweigt ein paar Sekunden, dann räuspert er sich. »Kommst du klar?«

Mit brennenden Augen lese ich erneut den Namen meiner Mom. Sehe ihren missbilligenden Blick vor mir, den sie immer dann aufgesetzt hat, wenn ich betrunken nach Hause gekommen bin. »Ja.«

»Das ist gut.«

Eine Weile stehen wir schweigend da und hängen unseren Gedanken nach. Dann höre ich erneut Schritte hinter mir und drehe mich um. An einen Baum gelehnt steht Jamie, mit Lila an der Hand. Überrascht sehe ich Carter an, der mich vorsichtig mustert.

»Ist das okay?«, fragt er. »Sie wollten ihnen die Ehre erweisen.«

Erneut brennen meine Augen, doch dieses Mal laufen die Tränen über, als ich nicke. Ich höre das Laub rascheln und trete zurück. Carters Frau lächelt mich an, die kleine Lila schaut so ernst, als würde sie eine komplizierte Matheaufgabe im Kopf lösen. Die Hand ihrer Mutter umklammernd bleibt sie vor dem Grab meiner Familie stehen und blickt kurz zu Carter, der nickt. Die Kleine hockt sich hin und legt bestimmt zwanzig Gänseblümchen neben die eine von Carter. Auch Jamie legt eine dazu. Als die beiden sich wieder aufrichten, sind die eingravierten Namen beinahe vollständig von zerfledderten Gänseblümchen bedeckt.

»Mein Dad passt auf Dex auf«, sagt Lila leise zu dem Stein. Ich halte die Luft an, während stumme Tränen über mein Gesicht laufen. »Er darf ab und zu bei uns schlafen. Aber nicht in meinem Bett.«

Erstickt lache ich auf. Der Anblick des kleinen Mädchens vor dem Grab zerreißt mir beinahe das Herz. Meine Mom wäre begeistert gewesen. Davon, dass Carter eine Tochter und eine Frau hat. Davon, dass dieses kleine Mädchen mich als Teil ihrer Familie ansieht. Von den zerrupften Gänseblümchen.

Jamie macht sich von Lila los, breitet die Arme aus und zieht mich an sich. Ich kann nicht mehr. Ohne dass ich mich bewusst dafür entschieden hätte, vergrabe ich das Gesicht in ihrer Halsbeuge und schlinge meine Arme um ihre Taille. Das hier ist meine neue Familie, seit dem Moment, als ich von Jamie und Lila erfahren habe. Und in diesem Moment brauche ich eine Familie mehr denn je.

Ich spüre kaum, dass Lila meine Beine umarmt. Sie hat kaum Kraft, und sie ist so klein. Doch ich fühle die Wärme, und einen Moment lang möchte ich sie nie wieder loslassen.

Doch dann ist der Moment vorbei.

Ich mache mich vorsichtig von ihnen los und wische mein Gesicht an meinem Shirt ab. Mein Blick fällt auf den Haufen Gänseblümchen, und ich hocke mich vor Lila, die mich mit großen Augen ansieht.

»Danke, du Zwerg«, sage ich und streiche ihr vorsichtig über die Haare, um die Frisur nicht zu zerstören. »Meine Mom mochte Gänseblümchen auch, weißt du?«

»Sie sieht sie bestimmt«, erklärt Lila mir überzeugt. »Sie ist jetzt bei den Sternen, sagt Mommy.«

»Deine Mommy hat recht.«

Carter tritt neben uns, nimmt Lila auf den Arm und sieht mich fragend an. »Bist du so weit?«

Ich nehme mir ein paar Sekunden, um durchzuatmen, dann nicke ich. »Ja. Ich brauche einen Burger.«

AVA

Ich liege auf meinem Bett und starre die Decke über mir an. Sie besteht aus öden Gipsplatten, deren Muster sich ständig wiederholt – diese Erkenntnis habe ich erlangt, weil ich seit geschlagenen zwei Stunden vor mich hinstarre und versuche, Gesichter in den zufällig angeordneten Vertiefungen zu erkennen.

Mir entfährt ein genervtes Stöhnen, als ich mich herumrolle, in dem Versuch, meine Aussicht ein wenig abwechslungsreicher zu gestalten. Ich habe selbst keine Ahnung, warum ich mich hier in meinem Zimmer verkrieche. Nach den Vorlesungen hatten alle irgendetwas vor. Madison ist unterwegs, und Nathan hat sich den ganzen Tag nicht gemeldet. Ich könnte natürlich einfach rausgehen und mich umsehen, aber irgendwie habe ich keine Lust, mich unters Volk zu mischen. Mein Blick wandert zu einem der Fotos, die an der Pinnwand über meinem schmalen Bett hängen. Meine hellblonden Haare haben mir damals, als dieses Foto aufgenommen wurde, beinahe bis zum Hintern gereicht und wellten sich in geradezu erschreckender Perfektion um meine Schultern. Meine Augen strahlen auf der Aufnahme zu sehr, und mein Mund ist scharlachrot geschminkt, im Nachhinein betrachtet gleicht es dem Make-up vom Joker. Meine sorgsam rot lackierten Nägel liegen auf

Nathans Armen, die er von hinten um mich schlingt. Im leichten Gegenlicht der Sonne, die von seinen rotbraunen Haaren reflektiert wird, sieht es aus, als wäre er von einem Leuchten umgeben. Damals ist es mir tatsächlich so vorgekommen – als wäre er eine Art Heiliger.

Das Bild ist vor etwa zwei Jahren aufgenommen worden, und der Unterschied zu heute ist gravierend. Nach dem dritten langen Krankenhausaufenthalt habe ich mir die Haare gute dreißig Zentimeter abgeschnitten und mich für Stufen entschieden. Meine Lippen leuchten in keiner knalligen Farbe mehr, und ich habe lange kein Nagelstudio mehr von innen gesehen. Mir ist durchaus klar, dass ich mich ein wenig gehen lasse, aber ich bin fest entschlossen, daran etwas zu ändern. Das hier ist immerhin ein Neuanfang, und ich habe vor, eine rundum neue Ava zu erschaffen.

Dazu habe ich tatsächlich einen ziemlich ausgefeilten Plan. Für gewöhnlich bin ich ein etwas chaotischer Mensch – das ist Punkt eins meiner kleinen Liste.

1. Leben & Uni besser organisieren

2. Selbstbewusster werden

3. Freundlicher/offener werden

4. Meine Dads finanziell entlasten

5. Mir nicht mehr so viele Sorgen machen

Mir ist klar, dass vor allem der fünfte Punkt ziemlich viel Verhandlungsspielraum zulässt, was allerdings beabsichtigt ist. Ich versuche, mein Leben auf mich zukommen zu lassen und es lediglich ein klein wenig in die richtige Bahn zu lenken. Ich werde niemals komplett sorgenfrei werden – welcher Mensch, der älter als sechs Jahre ist, kann das schon? Das hält mich aber nicht davon ab, es zu versuchen.

Mein Unterbewusstsein bedenkt mich mit einem bösen Blick, weil allein auf meinem Zimmer herumzuliegen, wohl nicht gerade zur Erfüllung dieser Ziele beiträgt. Und es ist armselig, dass ich meine Freizeit damit verbringe, auf einen Anruf von Nathan zu warten, der ohnehin nicht kommt. Vermutlich wäre es von außen betrachtet an der Zeit, diese Beziehung zu beenden. Andererseits ist Nathan der Hauptgrund, warum ich mich an der Preston eingeschrieben habe. Er war der Inbegriff meines Sozialllebens und derjenige, in dessen Nähe ich studieren wollte. Es war naheliegend.

Oder traurig!, faucht mein Unterbewusstsein mich an und trifft damit genau den Nagel auf den Kopf. Im Grunde habe ich keine genaue Vorstellung davon, was ich nach dem Abschluss machen will. Deswegen habe ich auch nie einen genauen Plan gehabt, was die Wahl der Universität betrifft. Und nachdem mein Leben kurz zum Stillstand gekommen war, habe ich mich an das Einzige geklammert, was noch übrig geblieben war: Nathan. Seit dem ersten Tag am College rede ich mir unermüdlich ein, dass es die richtige Entscheidung war hierherzukommen. Zwar besuchen wir nicht dieselben Kurse, aber wir könnten uns nach dem Unterricht treffen und vielleicht sogar zusammenziehen, wenn wir uns beide ein wenig gefunden haben und alle finanziellen Fragen geklärt sind. Mit der Unterstützung meiner Dads komme ich gut über die Runden, aber ich weiß, dass diese Quelle nicht unerschöpflich ist. Ich weiß, dass ich mich um ein eigenes Einkommen kümmern muss.

Mein Blick huscht zum hundertsten Mal zur Anzeige meines Digitalweckers, und wieder muss ich ein genervtes Stöhnen unterdrücken. Es ist kurz nach sechs, Nathans Seminar ist bereits seit Stunden zu Ende.

Bevor der Frust sich so richtig breitmachen kann, ziehe ich den kleinen karierten Zettel, den ich vor ein paar Stunden vom Schwarzen Brett im Gemeinschaftsraum gerissen habe, aus der hinteren Hosentasche meiner Jeans. Darauf steht der Name einer Bar und die Adresse, die laut Google Maps nicht weit von meinem Wohnheim entfernt liegt. Auf der Suche nach einem Nebenjob bin ich auf die Suchanzeige für eine Aushilfskraft in der Abendschicht gestoßen. Ich würde keine Seminare versäumen, und mir bliebe keine Zeit mehr, wie eine Geistesgestörte an die Decke zu starren.

Ich werfe einen kurzen Blick auf die Telefonnummer der Bar mit dem schönen Namen *Rabbit Hole*. Dann auf mein Handy. Natürlich könnte ich einfach anrufen, doch das würde bedeuten, dass ich den Abend weiter in meiner einsamen Höhle verbringe, und das geht mir und meinem Ego gehörig gegen den Strich. Ich habe gerade meine zweite Collegewoche hinter mich gebracht, das erfordert ein deutlich aufregenderes Abendprogramm, als hier herumzuliegen und in Selbstmitleid zu baden. Wahrscheinlich feiern die meisten meiner Kommilitonen gerade in einem Club oder in einem der Verbindungshäuser, doch das ist nicht mein Ding. Ich bin nicht schüchtern und habe auch kein derartiges Problem mit meinem Selbstbewusstsein, dass ich mich grundsätzlich für nicht zugehörig halte. Früher hatte ich einen großen Freundeskreis und habe irgendwie zu den Coolen gehört. Was es braucht, um ein Teil der Herde zu sein – dieses richtige Maß an Einzigartigkeit und Einheitsbrei –, habe ich ziemlich gut beherrscht.

Das Problem ist, dass ich in den letzten Jahren ein wenig den Anschluss verloren habe, ohne genau zu wissen, wann das passiert ist. Ich habe mich verändert, habe das Interesse an den neusten Trends und daran verloren, immer bei allen beliebt zu sein. Und dann bin ich irgendwie auf der Strecke geblieben. Als wäre ich in einem Videospiel einen kurzen Moment unachtsam gewesen und würde jetzt auf das blinkende »Game over« auf dem schwarzen Bildschirm starren.

Entschlossen greife ich nach meiner Handtasche und werfe schnell Schlüssel, Handy und eine Kapuzenjacke hinein. Ich schlüpfe in meine Sneakers und trete durch die Tür, bevor ich meine Meinung überdenken kann. Ich habe es satt, auf mein Handy zu starren und auf den Anruf zu warten, der nicht kommen wird. Und da ich außer ein paar Käsecrackern nichts zu essen habe, mache ich mich in der warmen Abendluft auf die Suche nach dem *Rabbit Hole*.

Zwanzig Minuten später stehe ich vor einer gepflegten Häuserfront etwas abseits der belebten Einkaufsmeilen in West Town. Der Laden war gut zu finden, ich habe lediglich zweimal auf Google Maps nachgucken müssen. Die Euphorie, die sich zögerlich in mir breitgemacht hat, ist jedoch auf einen Schlag verschwunden, als ich meinen Blick an der Häuserfront entlangschweifen lasse. Auf den gedeckten Farben der Fassade hebt sich die Leuchtreklame in Form einer tanzenden Frau deutlich ab.

Ratlos stehe ich auf dem Gehweg und starre die hellblaue Eingangstür an. Das hier ist sicher kein nettes Café oder eine Location, in der Menschen ihren Hochzeitstag verbringen. Der Name, die Leuchtreklame und die Nähe zum Campus machen ziemlich deutlich, dass das hier eine Studentenkneipe ist. Ich bin kein sehr extrovertierter Typ, und ich habe noch nie in meinem Leben gekellnert. Der Gedanke, bei den ersten Versuchen von meinen Mitstudierenden beobachtet zu werden, verursacht mir Schweißausbrüche.

Ich werfe erneut einen Blick auf mein Handy. Es ist bereits kurz nach sieben, und Nathan hat sich nicht bei mir gemeldet. Gestern haben wir uns nur kurz auf dem Campus gesehen und hatten keine richtige Gelegenheit, uns zu unterhalten. Eine gute Freundin würde nach Hause gehen, ihrem Freund von dem Kuss mit dem anderen Kerl erzählen und sich von solchen Etablissements fernhalten. Doch als ich erneut auf die erschreckend leere Anruferliste meines Telefons schaue, hebt die Wut in mir das Kinn und übernimmt das Kommando. Ich habe keine Ahnung, was Nathan treibt, und er bemüht sich wirklich nicht, an dieser Tatsache etwas zu ändern. Warum also sollte ich mir Gedanken darüber machen, was er von meinem Leben hält? Ich brauche einen Job und am besten einen, bei dem ich gutes Trinkgeld verdiene.

Entschlossen mache ich einen Schritt und lege die Hand auf die Türklinke. Bevor mich mein Mut verlassen kann, reiße ich die Tür auf und trete in einen erstaunlich hellen Vorraum. Verwirrt blicke ich mich um. Ich hatte eine schäbigere Einrichtung erwartet – einen klebrigen Fußboden und einen muffigen Geruch. Das *Rabbit Hole* ist allerdings überraschend gepflegt. Der Raum, in dem ich stehe, ist eine Art Flur oder Empfangsraum, der mit hellem Parkett ausgelegt ist. Die Wände werden komplett von Garderobenständern eingenommen. Ein Torbogen mir gegenüber gibt den Blick auf den eigentlichen Clubraum frei. Leise Bässe tönen mir entgegen, und eine männliche Stimme singt verzweifelt vom Schmerz der unerwiderten Liebe.

Nach einem tiefen Atemzug betrete ich den Club. Vielleicht hätte ich mich umziehen sollen. Bei meinem abrupten Aufbruch habe ich nicht wirklich auf meine Garderobe geachtet, was bedeutet, dass ich Jeansshorts und ein weites T-Shirt mit V-Ausschnitt trage. Nicht gerade das, was ich ein perfektes Bewerbungsoutfit nennen würde. Wobei es wahrscheinlich in einem Laden, in dem sich an den Wochenenden junge Leute die Kante geben, keinen besonders seriösen Dresscode gibt.

Während ich mich umsehe, endet das Liebeslied, und ein schneller Rapsong setzt ein. Der Club ist größer, als es von außen den Anschein gemacht hat. In der Mitte gibt es eine große kreisförmige Tanzfläche, die von fünf ebenfalls runden Käfigen gesäumt ist, in denen vermutlich Leute tanzen sollen. Um die Tanzfläche herum stehen Tische und Stühle auf kleinen Emporen, die an ein Amphitheater erinnern und auch den hinteren Tischen einen guten Blick auf die Tanzfläche garantieren. Links von mir erstreckt sich eine gigantische Bar. Sie ist verspiegelt und vermittelt den Eindruck einer riesigen Discokugel. Die Möbel und Wände sind überwiegend in Gold und Schwarz gehalten.

Außer der Musik, die aus versteckten Lautsprechern dröhnt, ist der Club vollkommen verlassen. Ich werfe einen Blick auf die Uhr. Es ist nicht einmal acht Uhr, vermutlich hat das *Rabbit Hole* noch gar nicht geöffnet.

Ein wenig unentschlossen stehe ich im Türbogen.

»Kann ich dir helfen, Mädchen?«, erklingt eine Stimme hinter mir.

Hastig drehe ich mich um und erblicke eine stämmige Blondine, die mich so skeptisch mustert, dass ihre Augenbrauen beinahe unter dem Haaransatz verschwinden. Ihre wasserstoffblonden Haare sind zu einer Art Turm hochtoupiert, und ihr üppiger Vorbau wird kaum von dem knappen pinkfarbenen Kleid im Zaum gehalten. Ihr Blick streift meine zerschlissene Jeans, mein schwarzes T-Shirt und den nachlässigen Pferdeschwanz.

»Entschuldigung«, murmele ich und räuspere mich schnell. »Ich bin wegen der freien Stelle da.«

Sie starrt mich noch einen Moment an. »Hast du einen Namen?«

»Entschuldigung«, sage ich unsicher und strecke ihr zögernd eine Hand entgegen. »Ich bin Ava Walker, ich studiere an der Preston.«

Die Blonde schüttelt meine Hand und bedenkt mich mit einem zweifelnden Blick, als würde sie entweder meinen Namen oder meinen Studentenstatus infrage stellen. Dann schnippt sie mit den Fingern und stolziert Richtung Theke davon. Einen Moment starre ich ihr hinterher, dann begreife ich, dass das Schnipsen offensichtlich eine Aufforderung darstellen soll. Ich laufe hinter ihr her und registriere beeindruckt die Höhe ihrer Absätze – mindestens zehn Zentimeter. Barfuß würde sie mir wahrscheinlich kaum bis zur Schulter reichen, und ich bin wahrlich kein Riese.

Als die Frau sich hinter der Bar positioniert, bleibe ich unschlüssig neben einem der schwarzen Barhocker stehen. Mir ist nicht entgangen, dass sie sich nicht vorgestellt hat.

»Also …« Sie sieht mich stirnrunzelnd an. »… Ava, was kann ich für dich tun?«

Verwirrt sehe ich sie an. »Wie gesagt, ich bin wegen der freien Stelle hier.« Ich ziehe den Zettel mit der Ausschreibung aus der Tasche und halte ihn hoch. »Sie suchen eine Aushilfe für die Abendschicht.«

Ihre Mundwinkel zucken, doch falls das ein Lächeln sein soll, ist es genauso schnell verschwunden, wie es gekommen ist. »Das ist mir bewusst, Mädchen. Aber um ehrlich zu sein, bezweifle ich, dass dir klar ist, was du hier willst.«

»Wie bitte?«

»Das hier ist eine Studentenbar.«

Ich blinzele irritiert. »Und?«

Jetzt lacht sie wirklich. Ob über mich, über meine Worte oder über die ganze Situation, weiß ich nicht. Vielleicht auch über alles zusammen.

»Ein Club, in dem sich an den Wochenenden gerne mal Studierende betrinken und feiern«, erklärt sie schmunzelnd. »Abends ist es hier laut und hektisch. Man muss schlagfertig sein. Nimm es mir nicht übel, aber um ehrlich zu sein, siehst du eher aus, als wärst du auf der Suche nach dem Gruppenraum des Literaturclubs.«

Ich spüre, wie mir das Blut ins Gesicht schießt, doch ich straffe meine Schultern. Ich habe ein grundsätzliches Problem mit meiner Außenwirkung, und das hier ist der perfekte Zeitpunkt, um daran zu arbeiten.

»Mir ist durchaus bewusst, um welche Art Club es sich handelt, Ma'am«, sage ich mit fester Stimme, auch wenn das ehrlich gesagt gelogen ist. »Ich bin weder verklemmt noch auf den Mund gefallen, ich komm damit klar.« Als ich ihre leicht überraschte Miene sehe, wächst mein Mut, und ich füge hinzu: »Entschuldigen Sie, ich glaube, ich habe Ihren Namen nicht mitbekommen.«

Für den Bruchteil einer Sekunde sieht sie mich an, dann wirft sie den Kopf in den Nacken und lacht. Ihre Stimme klingt rau und kehlig – im Stillen tippe ich auf zu viele Zigaretten, zu viel Alkohol oder beides zusammen. Als sie mich endlich wieder ansieht, legt sie nachdenklich den Kopf schief. Keine Ahnung, wie sie es macht, doch etwas in ihrem Blick macht mich nervös. »Mumm hast du, Mädchen, das muss man dir lassen.« Grinsend streckt sie mir ihre Hand entgegen, und ich muss mich auf die Zehenspitzen stellen, um sie über die Theke hinweg zu schütteln. »Ich heiße Eileen, mir gehört der Club. Wenn ich noch ein einziges Mal das Wort ›Ma'am‹ aus deinem Mund höre, befördere ich dich mit einem Arschtritt auf die Straße.«

Ein bisschen verwirrt über ihre schroffe Ausdrucksweise erwidere ich ihr Lächeln.

»Wie alt bist du?«

»Neunzehn.«

Ihr Stirnrunzeln kehrt zurück, während sie mich erneut

einer Musterung unterzieht. »Du siehst mindestens zwei Jahre jünger aus. Ich will deinen Ausweis sehen, klar?«

Hastig nicke ich und klopfe mir innerlich auf die Schulter. Ich fühle mich mutig und ein klein bisschen verwegen, und in diesem Moment habe ich kein Interesse daran, etwas an diesem Zustand zu ändern. Vielleicht ist es das viele Leder um mich herum oder das Gefühl, etwas Unanständiges zu tun, doch jetzt gerade habe ich seit meinem Start am College das erste Mal das Gefühl, im Erwachsenenleben angekommen zu sein.

Eileen reißt mich aus meinen Gedanken, indem sie erneut mit den Fingern vor meinem Gesicht schnippst. »Ich brauche jemanden, der abends den Barkeepern zuarbeitet. Gläser abräumen, Lager auffüllen, Tische abwischen und so weiter. Solange du nett lächelst und die Finger vom Alkohol lässt, sollten wir keine Probleme bekommen.«

»Alles klar.«

»Ich plane dich diese Woche zwei Abende ein, in denen wir sehen, wie du dich machst«, fährt sie in einem überraschend geschäftsmäßigen Tonfall fort. »Wenn du keinen Mist baust, kannst du wiederkommen. Einverstanden?«

»Einverstanden.« Ich nicke und kämpfe die Zweifel nieder, die sich in meiner Magengegend regen.

Eileens Lippen verziehen sich zu einem zufriedenen Grinsen, was sie wesentlich sympathischer erscheinen lässt als das Stirnrunzeln. Ich frage mich, wie alt sie wohl ist. Mitte dreißig vielleicht, auch wenn ihre Klamotten sie jünger wirken lassen.

Ihre Absätze klappern, als sie um die Bar herumstolziert und mir die Hand entgegenstreckt. »Komm morgen Abend um acht Uhr her, dann wird man dir alles zeigen«, weist sie mich an, während ich zum dritten Mal ihre kleine Hand schüttle. »Shorts und ein Top sollten für den Anfang reichen. Um die Arbeitskleidung kümmern wir uns, falls du bleibst.«

»Vielen Dank, Eileen«, sage ich und meine es tatsächlich ernst. Ich habe einen Job!

»Dann bis morgen, Ava.«

Damit dreht sie sich um und marschiert durch eine Tür hinter der Bar. Langsam drehe ich mich auf dem Absatz um und steuere Richtung Ausgang. Als ich durch die Tür in die noch immer warme Abendluft hinaustrete, muss ich plötzlich Tränen zurückkämpfen.

Ich habe es geschafft. Ich habe meine erste Woche am College hinter mich gebracht, einen neuen, aufregenden Nebenjob an Land gezogen und – ich werfe einen schnellen Blick auf mein Handy – immer noch keine Nachricht von Nathan.

13

Müde lasse ich mich auf mein Bett fallen, kicke die Schuhe von den Füßen und ziehe meinen Laptop zu mir heran, um mir mein Abendprogramm auszusuchen. Ich bin immer noch ein wenig trunken von meinem Erfolg im *Rabbit Hole* und viel zu aufgeregt, um zu schlafen. Kurz überlege ich, meinen Kleiderschrank auf den Kopf zu stellen, um mir schon mal mein Arbeitsoutfit rauszusuchen, doch ich entscheide mich dagegen.

Ich ziehe mein Handy aus der Hosentasche und schreibe Madison eine Nachricht, dass ich zurück bin. Sie hat vorhin angerufen, weil sie ihren Schlüssel vergessen hat.

Die ungelesene Nachricht bemerke ich erst, als ich WhatsApp schon wieder schließe. Meine Augenbrauen schießen in die Höhe, als ich Dexters Namen lese. Er war heute nicht im Spanischkurs, und seit er sich gestern so seltsam benommen hat, habe ich nichts mehr von ihm gehört. Ich tippe auf seinen Namen und lese die Nachricht. Zweimal, weil ich sie nicht verstehe.

Dexter: *Bin da, warum nicht du?*

Ich bin mir zu neunzig Prozent sicher, dass er sich im Empfänger geirrt haben muss. Erstens sind wir meines Wissens nicht verabredet gewesen, und zweitens schreiben Dexter und ich nicht miteinander. Wenn es nicht um Spanischhausaufgaben geht oder darum, sich über mich lustig zu machen, meint er sicher nicht mich.

Ich: *Check den Empfänger.*

Ein paar Sekunden lang starre ich auf die beiden Häkchen neben der Nachricht, doch als sie nicht blau werden, lege ich das Handy zur Seite und widme mich wieder der Auswahl auf Netflix. Ich sollte mich nicht mehr mit Dexter beschäftigen. Er tut mir nicht gut, und vor allem sollte ich Nathan zuliebe den Kontakt mit ihm meiden. Wobei ein Teil von mir sich nicht mehr so sicher ist, ob ich überhaupt noch irgendetwas Nathan zuliebe tun sollte. Wir befinden uns in einem komischen Zwischenstadium – wir sind nicht getrennt, eine Beziehung sieht allerdings auch anders aus. Außerdem wird er von meinem neuen Nebenjob nicht begeistert sein. Es mag ja sein, dass Nathan in letzter Zeit hauptsächlich durch Desinteresse glänzt – eifersüchtig ist er trotzdem. Da wird es für ihn vermutlich keinen Unterschied machen, dass ich in der Bar nicht kellnere, sondern lediglich Tische abräume und den Putzlappen schwinge.

Mein Handy vibriert. Dexter hat geantwortet.

Dexter: *Warum?*

Zuerst weiß ich nicht, was er meint, dann sehe ich meine letzte Nachricht und verdrehe die Augen.

Ich: *Was willst du, Dexter?*

Dexter: *KA. Seltsame stimmung. Und du bisst lustig*

Ah ja. Stirnrunzelnd betrachte ich den Text, bevor ich unseren Chat lösche. Mein Unterbewusstsein straft mich mit einem abschätzigen Blick, aber das ist mir egal. Es ist mir egal, was für Probleme Dexter haben mag. So wie ich ihn kenne, hat er wahrscheinlich alle seine Schulbücher verloren oder irgendein Mädchen hat ihn ohne seine Klamotten vor die Tür gesetzt. Aber wir sind nicht befreundet, und ich bin nicht für ihn verantwortlich. Wahrscheinlich verarscht er mich sowieso nur, um sich danach über mich lustig zu machen. Ich traue ihm so ziemlich alles zu.

Als das Handy erneut piepst, stelle ich es auf lautlos und stehe ächzend vom Bett auf. Ich habe Heißhunger. Leider gibt der Kühlschrank nicht wirklich viel her. Also schlüpfe ich widerwillig in meine Flipflops, greife nach meinem Zimmerschlüssel und mache mich auf den Weg in den Gemeinschaftsraum, um mir eine Cola aus dem Automaten zu holen. Ich brauche ein bisschen Zucker für meinen Kreislauf und vielleicht auch ein bisschen Schokolade für meinen Liebeskummer.

Als ich aus dem Aufzug trete, sehe ich lächelnd zu einer Gruppe Studentinnen hinüber, die ihr Lager auf den kleinen Sofas in der Ecke aufgeschlagen haben. Eine von ihnen winkt zurück. Ich schätze, wir haben einen Kurs zusammen, mir fällt aber nicht ein, welchen. Vielleicht sollte ich eine Art Register anlegen, mit Fotos meiner Kommilitonen und den dazugehörigen Namen. Wäre vermutlich ganz hilfreich, vor allem, weil …

Ein Scheppern reißt mich aus meinen Gedanken, und ich drehe mich in Richtung der Geräuschquelle um. Auch die Leute in der Ecke recken die Hälse. Als es erneut scheppert, mache ich ein paar Schritte Richtung Eingangstür, der Krach kommt von draußen. Vielleicht ist es ja ein Waschbär oder jemand ist gestürzt oder …

Dexter.

Ich entdecke ihn sofort, als ich durch die Türen trete. Er sitzt auf dem Boden, den Rücken an die Wand gelehnt und die Augen geschlossen. Er hat einen roten Fleck auf der Stirn, als hätte er sich übel den Kopf gestoßen. In der Hand hält er eine Flasche mit einer bernsteinfarbenen Flüssigkeit, die hin und her schwappt, als er das Gewicht verlagert.

»Was geht denn hier ab?«, frage ich und verschränke die Arme vor der Brust.

Er zuckt zusammen, als hätte ich ihn angeschrien. »Was machst du hier?«, fragt er. Dabei nuschelt er so heftig, dass mir klar wird, warum seine Nachrichten so unleserlich waren. Dexter ist hackedicht.

»Das sollte ich dich wohl fragen«, erwidere ich und hocke mich neben ihn. Die Fahne, die mir entgegenweht, ist echt beeindruckend. »Du hast es fast bis zu deinem Zimmer geschafft. Warum hast du aufgegeben?«

»Ha, ha«, sagt er gedehnt und versucht, sich aufzurappeln, sackt dann aber doch wieder an der Wand zusammen. »Ich habe meinen Schlüssel vergessen.«

»Was ist mit Simon?«

»Bei seinen Eltern essen.«

Ich ziehe eine Augenbraue hoch. »Dumm gelaufen.«

Er verzieht das Gesicht. »Was du nicht sagst.«

Seufzend mustere ich ihn. Wie er da sitzt, sieht er einfach nur bemitleidenswert aus. Ich überlege, ihn mit auf mein Zimmer zu nehmen, entscheide mich dann aber dagegen. Erstens will ich nicht, dass er in mein Bett kotzt, und zweitens will ich nicht, dass Madison ihn sieht. Mein schlechtes Gewissen Nathan gegenüber ist schon groß genug, da will ich nicht noch mit fremden, betrunkenen Kerlen in meinem Zimmer erwischt werden.

»Was machst du hier draußen?«, frage ich ein wenig ungeduldig und schlinge die Arme enger um mich. Flipflops und ein dünnes T-Shirt sind definitiv die falsche Garderobe für diese Temperaturen. »Und warum bist du betrunken? Es ist nicht mal Wochenende.«

»Es ist nicht mal Wochenende«, äfft er mich nach und lacht kehlig. »Du klingst wie eine alte Frau, Ava.«

»Okay«, sage ich knapp und wippe auf den Füßen vor und zurück. »Dann gehe ich jetzt. Du scheinst in fantastischer Stimmung zu sein, da will ich nicht stören.«

»Nein!«

Ich halte inne. Seine Stimme klingt beinahe panisch, jeglicher Spott ist aus ihr verschwunden. »Was?«

»Geh nicht.« Er spricht so leise, dass ich ihn kaum verstehen kann.

Ein paar Sekunden lang blicke ich auf ihn hinunter, dann seufze ich schwer und setze mich neben ihn. Der Alkoholgeruch wird noch deutlicher, und ich frage mich, wie viel er wohl getrunken hat. »Okay, du hast zwei Minuten«, erkläre ich ihm. »Ich höre zu, aber ich lasse mich nicht von dir beleidigen, klar?«

Als er mich ansieht, zieht er die Augenbrauen hoch. Ich habe das Gefühl, dass er Schwierigkeiten hat, seinen Blick zu fokussieren. »Warum machst du das?«

»Warum mache ich was?«

Er hebt die freie Hand und deutet vage auf mich. »Warum setzt du dich zu mir?«

»Weil du offensichtlich irgendein Problem hast«, sage ich und verdrehe die Augen. »Ich bin ein netter Mensch, weißt du? Wenn ich jetzt gehe, begebe ich mich auf dein Niveau.«

»Autsch«, murmelt er leise und nimmt einen Schluck aus seiner Flasche. Er verzieht das Gesicht, übergibt sich aber Gott sei Dank nicht.

»Warum hast du mir vorhin geschrieben?«, frage ich, als er nichts hinzufügt. »Sitzt du schon lange hier?«

Er antwortet nicht sofort, was mir ein wenig Zeit gibt, ihn zu mustern. Allmählich haben sich meine Augen an das spärliche Licht der Außenbeleuchtung gewöhnt. Zu meiner Überraschung trägt er keines der üblichen schwarzen T-Shirts, sondern ein Hemd. Ein dunkles Hemd mit aufgerollten Ärmeln, das allerdings eindeutig bessere Zeiten erlebt hat. Auf der Brusttasche prangt ein unübersehbarer Fleck, und es ist zerknittert, als hätte er darin geschlafen. Seine braunen Locken wirken noch unordentlicher als sonst, seine Haut ist fahl und seine Augen rot gerändert. Er sieht ziemlich fertig aus.

»Ich habe bei dir geklopft«, sagt er schließlich und macht meiner Musterung damit ein Ende. »Aber du hast nicht aufgemacht.«

Überrascht sehe ich ihn an. »Ich war unterwegs.«

»Und dann wollte ich in mein Zimmer, aber ich habe keinen Schlüssel.«

»Hast du schon gesagt.«

Er seufzt. »Und dann habe ich dir geschrieben. Aber du hast nicht geantwortet.«

Ich schaudere und ziehe die Knie an. »Habe ich wohl.«

Sein Blick verändert sich ein wenig, als er seine Augen auf meine nackten Arme richtet. Dann greift er neben sich und hält mir eine Lederjacke hin. Ich runzle die Stirn. »Dir ist kalt, mir nicht. Also zieh sie an.«

Ich überlege einen Moment, dann nehme ich ihm die Jacke ab. Mir gefällt die Vorstellung nicht, seine Klamotten zu tragen, allerdings ist es wirklich kalt. Bei seinem Alkoholpegel überrascht es mich nicht wirklich, dass er das nicht spürt.

»Also«, sage ich und lehne den Kopf an die Wand hinter mir, »was bringt dich dazu, dich an einem Dienstagabend volllaufen zu lassen?«

Er zuckt mit den Schultern. »Heute ist ein Scheißtag.«

»Sieht so aus. Und warum genau?«

Sein Blick richtet sich auf nichts Bestimmtes vor uns. »Ich sollte dir das gar nicht erzählen. Es ist keine schöne Geschichte.«

»Ich kenne mich aus mit unschönen Geschichten.« Als er mich fragend ansieht, winke ich ab. »Ich bin hier, Dexter. Ich höre zu.«

Keine Ahnung, warum ich das sage. Ich weiß nicht genau, warum ich überhaupt hier sitze und meine tröstende Schulter anbiete, doch irgendwie erscheint es mir richtig. Auf einmal ist die Vorstellung, allein in meinem Zimmer zu sitzen und Netflix zu gucken, gar nicht mehr so reizvoll. Irgendetwas in seinen Augen hält mich davon ab, einfach aufzustehen und zu gehen. Vielleicht will ich, dass der traurige Ausdruck darin verschwindet, vielleicht will ich auch einfach nicht allein sein.

»Ich war heute am Grab meiner Eltern«, flüstert er und nimmt einen großen Schluck aus der Flasche. »Sie sind heute vor sechs Jahren gestorben.«

Ich halte die Luft an. Damit hatte ich nicht gerechnet. Eine Weibergeschichte oder ein wenig übertriebenes Selbstmitleid vielleicht, aber sicher nicht so etwas. Der Schmerz in seiner Stimme zerreißt mir beinahe das Herz. Am liebsten hätte ich ihn umarmt, doch ich bin mir sicher, dass das zu viel wäre.

»Das tut mir leid«, sage ich schließlich, auch wenn die Worte selbst in meinen Ohren hohl und bedeutungslos klingen. »Kann ich irgendwas tun?«

Er sieht mich an und grinst freudlos. »Das tust du schon. Also bis vor ein paar Sekunden.«

Verwirrt schüttle ich den Kopf. »Was mache ich denn?«

»Du bist nicht nett zu mir«, erklärt er und lacht, als ich die Stirn runzle. »Carter und Jamie sind so nett zu mir und gehen so vorsichtig mit mir um, das geht mir auf den Sack. Du nicht. Du bist einfach kratzbürstig, damit kann ich viel besser umgehen.«

Ich habe zwar keine Ahnung, wer Carter und Jamie sind, aber das ist im Moment auch nicht wirklich wichtig. »Also soll ich gemein zu dir sein?«

»Ja, bitte.«

Er klingt so überzeugt, dass ich kurz lachen muss, es vergeht mir allerdings schnell wieder. Als er nichts sagt, nehme ich ihm die Flasche ab und rieche daran. Das Zeug ist widerlich und so stark, dass es mir in der Nase brennt wie Feuer. Dexter schmunzelt, und ich stelle die Flasche energisch außerhalb seiner Reichweite.

»Was ist passiert?«, frage ich schließlich. Ich greife nach seiner Hand, doch er entzieht sie mir. »Mit deinen Eltern?«

»Autounfall«, erwidert er knapp. »Mein Bruder war auch mit im Auto. Er ist ein paar Tage später gestorben, meine Eltern waren sofort tot. Sie haben nichts mitbekommen.«

»Wenigstens haben sie nicht gelitten.«

»Ja.«

»Scheiße.«

Er stößt schnaufend die Luft aus und sieht mich an. Sein Gesicht liegt im Schatten, dennoch erkenne ich das Schmunzeln, das seine Lippen umspielt.

»Was ist?«, frage ich.

Ein paar Sekunden lang liegt sein Blick auf mir, dann schüttelt er den Kopf und sieht weg. »Nichts.«

»Warst du deswegen heute nicht in den Kursen?«, frage ich vorsichtig. »Weil du das Grab besucht hast?« Der Wind pfeift mir durch die Haare, und ich drücke mich dichter an die Hauswand. Jetzt bereue ich es, ihn nicht in mein Zimmer geschafft zu haben. Der Gemeinschaftsraum ist zu voll für solch ein Gespräch, und hier draußen wird es allmählich wirklich kalt.

Er nickt. »Unterricht erschien mir unwichtig.« Er deutet auf die Flasche neben meinem Oberschenkel. »Das erschien mir sinnvoll.«

»Darüber lässt sich sicher streiten.«

»Du klingst wie mein Suchtberater.«

Es dauert ein paar Sekunden, bis das Wort zu mir durchdringt. Ich drehe den Oberkörper ein bisschen, um ihn besser ansehen zu können. »Bist du Alkoholiker?«

»Nein.« Er bemerkt meinen festen Griff um die Flasche und verdreht die Augen. »Drogen. Alkohol ist sicher ein Teil davon, aber kein Grund, mich gleich einweisen zu lassen.«

»Bist du sicher?«, frage ich skeptisch.

»Nach dem Tod meiner Familie habe ich ein bisschen den Halt verloren«, erklärt er und zuckt beinahe entschuldigend die Achseln. »Aber ich bin jetzt clean, versprochen. Das hier ist eine Ausnahme.«

»Und warum soll ich dir das glauben?«

»Weil ich dich noch nie belogen habe«, sagt er erneut schulterzuckend. »Warum sollte ich?«

Da hat er recht. Wir stehen uns nicht nahe genug, um uns anlügen zu müssen, und er gibt zu wenig auf die Meinung anderer Leute. »Und was machen wir jetzt? Soll ich Simon anrufen oder die Verwaltung des Wohnheims? Die haben doch sicher Ersatzschlüssel für die Zimmer.«

Er sieht mich an. »Ich will einfach nur hier sitzen.«

»Dann wirst du sicher krank.«

»Ich habe ein starkes Immunsystem. Ich werde nicht krank.«

»Ich aber vielleicht.«

Seine Augen schweifen über mein Gesicht und meinen Hals. Ein paar Herzschläge lang sitzen wir einfach nur da, dann nickt er ruckartig und steht auf. Er versucht es zumindest. Mit einer Hand stützt er sich an der Wand ab, die andere rudert ein wenig in der Luft herum, um das Gleichgewicht wiederzufinden. Ich rappele mich hastig hoch und greife nach seinem Arm, bevor er umkippen kann.

»Doch nicht hier sitzen bleiben?«, frage ich und ziehe mir seinen Arm über die Schulter, um ihn zu stützen. Gott sei Dank haben wir einen Fahrstuhl.

»Du hast recht«, sagt er knapp und verlagert das Gewicht von einem Fuß auf den anderen. »Du sollst nicht krank werden.«

Ich schnaube. »Wie ritterlich von dir.«

Halb laufend, halb torkelnd schaffen wir es durch die Eingangstür und halten auf den Aufzug zu. Die Studentinnen sind mittlerweile von den Sofas verschwunden, in der Stille hallen unsere Schritte.

»Ich bin nicht ritterlich«, sagt er leise, als wir vor dem Aufzug warten. »Ich bin kein guter Kerl.«

Ich lache trocken über seine Sprüche. »Ach nein?«

Er schüttelt energisch den Kopf. »Ich bin nicht gut für Menschen. Ich bringe Unglück.«

Ich sehe ihn an, überrascht von dem ernsten Tonfall. Als sich unsere Blicke treffen, liegt so viel Schmerz in seinen Augen, dass ich zurückweichen würde, wenn er sich nicht so fest an mich klammerte. Diesen Dexter erkenne ich kaum wieder. Ich glaube, ich habe bereits viele Seiten von ihm gesehen, diese jedoch noch nicht. Ich bezweifle, dass es viele Menschen gibt, die diese Seite von ihm kennen, und noch mehr bezweifle ich, dass es ihm morgen, wenn er wieder nüchtern ist, gefallen wird, sie mir gezeigt zu haben.

»Jeder hat Szenen in seinem Leben, Dexter, die nicht für die Öffentlichkeit gedacht sind. Ich denke nicht besser oder schlechter über dich, nur weil du sie mir zeigst.«

»Das hier ist also mein Director's Cut?«

Mein Mund verzieht sich zu einem Lächeln. »Ja, so ähnlich.«

Sein Blick wird unergründlich. »Und was sind deine unveröffentlichten Szenen, Walker?«

»Ich habe keine«, sage ich ausweichend und starre auf die Aufzugtüren, als könnte ich sie durch bloße Willenskraft dazu bringen, sich zu öffnen. »Ich stehe auch nicht so auf Filme. Bücher sind mehr mein Ding.«

»Gut«, meint er leise. »Was sind deine Kapitel, die du nicht laut vorliest?«

Ich bin ein bisschen beeindruckt, wie schnell er diese Metapher aus dem Hut gezogen hat, doch ich gehe nicht darauf ein. Meine Geschichte ist mit Sicherheit nicht schmerzvoller als seine, aber komplizierter zu erklären. Und im Gegensatz zu ihm bin ich nicht betrunken.

Glücklicherweise hat der Aufzug Erbarmen mit mir und öffnet in diesem Moment seine Türen. Als Dexter zu schwanken beginnt, schlingt er einen Arm um meine Taille. Ich halte automatisch den Atem an, als seine Finger meinen Rippenbogen streifen. Der Stoff meines Shirts bietet keine nennenswerte Barriere zwischen seiner Haut und meiner. Gänsehaut breitet sich auf meinen Armen aus. Ich bete, dass Dexter nichts davon mitbekommt.

»Alles okay?«, fragt er, als ich kurz zögere.

Rasch betrete ich mit ihm den Fahrstuhl. Ich muss ihn so schnell wie möglich in seinem Zimmer abladen. Er hatte einen harten Tag, schön und gut, aber ich muss Abstand zwischen ihn und mich bringen. Ich weiß nicht, was es ist, aber irgendetwas hat Dexter an sich, das mich reizt. Vielleicht, weil er so anders ist als Nathan. Er ist nicht ordentlich, er ist nicht berechenbar, er ist nicht diese Art Mann. Ich bin mir ziemlich sicher, dass es an seiner Seite niemals langweilig ist. Ich bin mir sicher, als seine Freundin hat man ein aufregendes Leben, aufregender als eine gemeinsame Netflix-Serie und gebügelte Hemden.

Fuck, habe ich mir gerade vorgestellt, Dexters Freundin zu sein? Kopfschüttelnd vertreibe ich diesen absurden Gedanken. Selbst wenn ich keinen Freund hätte, wäre das eine lächerliche

Vorstellung. So wie es aussieht, hat Dexter eine ganze Menge Altlasten, die er mit sich herumträgt. Und die habe ich auch. Zusammengenommen ist das zu viel Gepäck, um es stemmen zu können.

Ich drücke auf den Knopf für die vierte Etage und ernte einen verwirrten Blick von Dexter. »Das ist mein Stockwerk.«

»Ich weiß.«

»Aber ich habe keinen Schlüssel.«

Ich starre auf die kleine Anzeige oberhalb der Tür, um ihn nicht ansehen zu müssen. »Auf dem Flur steht auch ein Sofa, oder nicht? Auf jeder Etage steht eins. Da kannst du dich hinlegen, bis Simon kommt.«

Ich spüre seinen Blick auf der Seite. »Ist das dein Ernst? Du lädst mich da einfach ab?«

»Du wolltest doch nicht, dass ich nett zu dir bin«, erinnere ich ihn. »Und ich will schlafen. Ich habe morgen früh einen Kurs.«

Er brummt irgendetwas Unverständliches, aber ich achte nicht auf ihn. Ein Teil von mir will ihn mit auf mein Zimmer nehmen, ihn zudecken und ihm einen Tee kochen oder so etwas. Doch noch immer spüre ich seine Hand überdeutlich an meiner Seite, und ich weiß, dass ich mich nur in Schwierigkeiten bringe. Das kann und das will ich nicht zulassen.

Als wir Hoover erreichen, bugsiere ich ihn zu der roten Ledercouch auf dem kleinen Flur. Sie ist sicher etwas klein, aber es wird schon gehen. Ich kann mir nicht vorstellen, dass Simon unter der Woche allzu lange wegbleibt.

Dexter lässt sich auf die Couch fallen und zieht mich mit sich. Mir entfährt ein Aufschrei, doch Dexter fängt mich auf, sodass ich einigermaßen aufrecht neben ihm lande. Wieder spüre ich seine Berührung wie einen Stromschlag, und wieder wird mir klar, dass ich meinen Hintern so schnell wie möglich hier wegschaffen muss.

»Okay«, sage ich langsam und tätschle seine Hand, die immer noch an meiner Taille liegt. »Ich gehe dann mal. Brauchst du noch ein Wasser oder so?«

Er antwortet nicht, sondern mustert nur mein Gesicht. Das tut er ziemlich oft heute Abend, und ich habe keine Ahnung, ob er dort findet, was er sucht.

Als ich aufstehen will, hält er mich zurück.

»Was ist?«, frage ich allmählich ungeduldig.

»Ava?«

»Dexter?«

Er schlägt die Augen nieder und zieht mich gleichzeitig etwas näher an sich. »Danke.«

Ich glaube nicht, dass Dexter sich schon einmal bei mir bedankt hat. »Wofür?«

»Dass du da warst«, sagt er leise. »Dieser Tag ist immer … beschissen. Aber für gewöhnlich endet er schlimmer.«

Ich traue mich kaum zu fragen, tue es aber trotzdem. »Und wie endet er normalerweise?«

»Normalerweise wache ich irgendwo auf und kann mich nicht mehr dran erinnern, wie ich dahin gekommen bin.«

Ich lege den Kopf schief und betrachte Dexter eine Weile. Er sieht tatsächlich irgendwie verloren aus. Als würde in ihm ein Kampf toben, den er einfach nicht gewinnen kann. Und ein Teil von mir kann das nachvollziehen. Ich habe niemanden verloren, trotzdem kenne ich das Gefühl, wenn der Schmerz so groß wird, dass man keinen Ausweg mehr findet. Wenn die Dunkelheit einen übermannt und man sich nicht vorstellen kann, wie man jemals wieder herausfinden soll.

Langsam lehne ich mich vor und warte. Als er es bemerkt, sieht er auf, und sein Blick bohrt sich in meinen. Seine Hände pressen sich an meine Taille, als wäre ich der einzige Halt, den er zu fassen bekommen würde.

»Kann ich etwas für dich tun?«, frage ich leise, ohne ihn aus den Augen zu lassen. »Soll ich mit dir auf Simon warten oder ihn anrufen?«

Statt einer Antwort lehnt er sich dichter an mich. Inzwischen sind wir uns so nahe, dass ich seine Wimpern zählen könnte. »Ich weiß nicht, wie es weitergehen soll. Jedes Jahr überlege ich, wie es weitergehen soll.«

»Tag für Tag«, flüstere ich. »Du machst einen Tag nach dem anderen. Und du versuchst, ihnen gerecht zu werden.«

Sein Gesichtsausdruck wird beinahe gequält. »Aber wie?«

Ich zögere, gebe mir dann aber einen Ruck. Es fühlt sich an, als würde ich mich in Dinge einmischen, die mich nichts angehen. Auf der anderen Seite war er derjenige, der mir seine Geschichte erzählt hat. Und er war es, der mich gebeten hat, nicht nett zu ihm zu sein.

»Denkst du, deine Eltern haben sich dein Leben so vorgestellt?«, frage ich vorsichtig. »Ich kannte sie nicht, aber haben sie sich das für dich gewünscht?«

»Ich weiß nicht, was sie sich wünschen würden. Sie sind nicht hier.«

Meine Stimme ist kaum mehr als ein Flüstern. »Vergeude nicht die Zeit, die du hast, indem du dem Verlorenen hinterhertrauerst. Schaff ihnen einen Platz in deinem Herzen, und dann lebe für sie weiter.«

»Ava ...«

Seine Hand löst sich von meiner Taille und legt sich auf meine Wange. Ich will zurückweichen, doch irgendetwas hält mich davon ab. Vielleicht ist es das Flehen in seiner Stimme, vielleicht der Ausdruck in seinen Augen. Vielleicht will ich auch einfach nicht. So oder so sehe ich zu, wie sein Gesicht sich meinem nähert. Spüre, wie die Hand an meiner Taille mich dichter an ihn heranzieht und sein Daumen sanft über meine Lippen fährt.

Dann küsst Carter mich. Es ist kein stürmischer Kuss, keine überraschend heftige Leidenschaft, keine Wut wie bei unserem letzten Kuss an unserem ersten Abend.

Nein, als unsere Lippen sich dieses Mal begegnen, ist es so bittersüß, dass mir beinahe die Tränen kommen. Ich spüre Dexters Schmerz und seine Anspannung. Dieser Kuss fühlt sich an wie eine Bitte, und in diesem Moment bin ich nur allzu bereit, ihr nachzugeben. Meine Hand legt sich auf seine Schulter, die andere vergräbt sich in seinen Haaren. Aus seinem Mund dringt ein kehliger Laut, bevor er mich an sich drückt und den Kuss intensiviert.

Er schiebt seine Hand von meiner Taille hinunter an meine Hüfte. Ich drehe mich ein bisschen zu ihm und rutsche enger an ihn heran, bis meine Brust seine berührt. Er knurrt leise, seine Finger lösen sich von meinem Gesicht und umfassen eine Sekunde später meine Brust. Für den Bruchteil einer Sekunde halte ich den Atem an.

»Ava«, flüstert Dexter und haucht eine Reihe von Küssen auf meine Wange und hinunter an den Seiten meines Halses entlang. Als sein Daumen über die harte Spitze meiner Brust fährt, keuche ich leise auf.

Er greift in meine Kniekehle und zieht mein Bein über seinen Schoß, bis ich beinahe auf ihm hocke. Am Oberschenkel spüre ich deutlich die Beule unter seiner Jeans, und zwischen meinen Beinen beginnt es zu pochen. Während seine Hände auf Wanderschaft gehen, kann ich nichts mehr denken, nehme nur noch seine Berührungen wahr. In meinem Kopf zündet ein kleines Feuerwerk und ich beiße mir auf die Lippen, als seine Finger an der Innenseite meiner Oberschenkel entlangfahren.

Ich höre weder das Geräusch der Aufzugtüren noch die Schritte auf dem Holzfußboden. Tatsächlich bemerke ich Simon erst, als er direkt neben uns steht, die Arme verschränkt und ein überraschtes Grinsen auf dem Gesicht.

Verdammt.

14

DEXTER

Avas Körper verspannt sich, und sie erstarrt. Bevor ich überhaupt verstehe, was gerade passiert, springt sie auf. Sie schubst mich weg, als hätte sie sich verbrannt, und einen Augenblick lang kann ich nur dasitzen und sie anstarren.

»Ich denke, ihr solltet euch ein Zimmer nehmen«, ertönt Simons spottende Stimme neben uns. »Die Wohnheimverwaltung ist recht prüde, was Sex auf den Fluren angeht.«

Ich blicke auf und begegne Simons Blick. Ich erkenne eine Mischung aus Überraschung und … keine Ahnung. Ich bin zu betrunken für solche Analysen. Ich spüre noch immer Avas Finger in meinen Haaren und ihre Lippen, die sich auf meinen bewegen. Fuck, in diesem Moment will ich Simon am liebsten eine reinhauen, weil er uns unterbrochen hat.

»Zieh Leine«, sage ich betont deutlich, um nicht allzu betrunken zu wirken. Aus den Augenwinkeln bemerke ich, dass Ava ein paar Schritte zurückweicht, was mir irgendwie gegen den Strich geht. Sie wirkt, als hätte Simon uns bei etwas Verbotenem erwischt.

»Wenn ich deine sieben – sieben, Dex! – besoffenen Mailboxnachrichten richtig deute, brauchst du die hier«, sagt er und klimpert mit seinem Schlüsselbund vor meinem Gesicht herum. »Und normalerweise wäre ich erst morgen zurückgekommen, also rate ich dir, den Schlüssel auch zu benutzen und mich nicht umsonst herbeordert zu haben.«

Der Anflug eines schlechten Gewissens macht sich in mir

breit. Als mein Blick jedoch auf Ava fällt, ist er schnell wieder verflogen. »Ich komme gleich«, sage ich hoffentlich bestimmt genug, um Simon verstehen zu geben, dass ich nicht in der Stimmung für Witze bin.

»Nein«, sagt Ava, noch bevor Simon antworten oder abziehen kann. Sie hebt die Hände und geht weiter rückwärts auf den Fahrstuhl zu. »Ich wollte sowieso gerade gehen. Es ist spät, und ich muss noch … ich muss … meine Schildkröte füttern.«

Ich sehe sie skeptisch an. Ihre Augen sind weit aufgerissen, ihre Lippen noch immer von meinem Kuss gerötet, und der Großteil ihrer Haare hat sich aus ihrem Zopf gelöst.

»Du musst deine Schildkröte füttern?«

Sie nickt hastig.

»Sind Haustiere im Wohnheim überhaupt erlaubt?«

»Klappe, Simon«, fahre ich ihn an, und er lacht.

»Ava, ich …«

»Nein«, sagt sie schnell und tastet hinter sich nach dem Fahrstuhlknopf. »Wir sehen uns morgen in Spanisch.«

Scheiße, ich will nicht, dass sie geht. Nicht so, nicht nach alldem gerade. Der Alkohol in meinem Körper macht es nicht ganz einfach, einen klaren Gedanken zu fassen oder vernünftige Entscheidungen zu treffen, doch bei einem bin ich mir absolut sicher: Sie soll nicht einfach verschwinden.

»Ich bringe dich noch zu deinem Zimmer«, sage ich und stehe auf. Dass die Wände des Flurs sich bedenklich zur Seite neigen und ich leicht schwanke, ignoriere ich einfach.

»Das brauchst du wirklich nicht«, sagt Ava beinahe wütend.

Simon greift nach meinem Arm. Ich will ihn abschütteln, doch er ist überraschend kräftig für seine Statur. »Ich denke, die eine Etage schafft sie alleine. Oder, Ava?«

Sie nickt energisch, jedoch ohne mich dabei anzusehen.

Eine Sekunde später öffnen sich hinter ihr die Aufzugtüren, und sie schlüpft hinein.

Wütend drehe ich mich zu Simon um, der mich sofort loslässt, jedoch nicht im Geringsten schuldbewusst wirkt. »Was sollte der Scheiß?«, fahre ich ihn an.

Er sieht sich demonstrativ um, dann klimpert er wieder mit den Schlüsseln. »Lass uns reingehen, Mann. Du stinkst, und ich bin mir sicher, dass du das hier nicht mit dem halben College besprechen willst.«

»Das College geht mir am Arsch vorbei!«

»Schon klar.«

Simon lässt sich überhaupt nicht beirren, und das macht mich beinahe so wütend wie die Tatsache, dass er Ava und mich unterbrochen hat. Wäre er nicht aufgetaucht, hätten wir vielleicht … keine Ahnung. Wobei, doch, der Ständer, der schmerzhaft gegen meine Jeans drückt, weiß ganz genau, was er mit Ava machen wollte.

Als ich die Zimmertür hinter mir schließe, fällt mir auf, dass Ava immer noch meine Jacke hat. Scheiß drauf, ich werde sie morgen ganz sicher zur Rede stellen, was dieser Abgang sollte. Dann kann ich mir auch meine Jacke wiederholen.

»Also?«, fragt Simon wie ein Großvater, der von seinem Enkel enttäuscht ist, während er sich die Schuhe auszieht.

»Was, also?«, fahre ich ihn an und bleibe planlos mitten im Zimmer stehen, weil ich keine Ahnung habe, was ich jetzt machen soll. Mein Körper ist so voller Adrenalin, dass ich locker eine Runde ums Wohnheim joggen könnte.

»Du und Ava.« Er lässt sich auf sein Bett fallen, lehnt sich mit dem Rücken an die Wand und mustert mich. »Und du bist betrunken.«

»Meine Antwort zu beidem ist die gleiche«, sage ich und setze mich auf die Bettkante. »Wo ist das Problem?«

»Ich habe kein Problem damit, zumindest nicht mit dem Ersten. Ava ist nett. Allerdings hat sie einen Freund, wenn ich mich recht erinnere. Oder ist der Geschichte?«

Mir entfährt ein wütendes Knurren. Vermutlich liegt es am Alkohol oder daran, dass der Großteil meines Blutes aus dem Kopf in meine unteren Regionen gerutscht ist. Doch bis Simon ihn erwähnt hat, habe ich nicht einen Moment an diese Flachpfeife von Freund gedacht. »Der ist 'n Arschloch.«

Simon lacht. »Also ist er nicht Geschichte, nehme ich mal an.«

»Sollte er aber.«

Er zieht die Augenbrauen hoch und sieht mich überrascht an. »Bist du etwa eifersüchtig?«

»Nein«, sage ich entschieden, und das entspricht der Wahrheit. Ich bin nicht eifersüchtig, weil das bedeuten würde, dass ich irgendwelche Ansprüche an Ava stelle. Und das tue ich nicht. Ava ist heiß und irgendwie niedlich, und ich kann mir durchaus vorstellen, die Sache auf der Couch irgendwann einmal fortzusetzen, doch ich bin nicht der Typ für Beziehungen. Schon gar nicht für Beziehungen mit Mädchen wie Ava. »Aber ich habe Augen im Kopf, und ich weiß, dass dieser Typ ein Idiot ist. Keine Frau sollte mit so jemandem zusammen sein.«

»Verstehe.«

Er sieht immer noch so amüsiert aus, dass ich ihm den Mittelfinger zeige. »Ach, halt die Klappe. Ich habe keinen Bock auf so einen Scheiß. Kümmere dich das nächste Mal einfach um deinen eigenen Kram.«

»Das wollte ich. Allerdings hast du mich am Telefon angefleht, nach Hause zu kommen und die Tür aufzuschließen.«

»Ich habe dich nicht angefleht.« Den Versuch, meine Schuhe aufzumachen, gebe ich schnell auf und kicke sie einfach durchs Zimmer vor Simons Bett. Er quittiert das mit einem leichten Stirnrunzeln.

»Nenn es, wie du willst.«

Keine Ahnung, warum er sich nicht von mir einschüchtern lässt. Normalerweise halten die Leute die Klappe, wenn ich es ihnen sage. Was vielleicht daran liegen könnte, dass ich früher unberechenbar war und eine Menge Nasen gebrochen habe. Nicht, dass ich Simon wirklich schlagen will, aber trotzdem.

Er atmet hörbar aus und checkt sein Handy, bevor er mich wieder ansieht. »Also, willst du drüber reden, warum du besoffen und so warmherzig drauf bist?«

»Nein.« Sicher nicht.

»Gut.« Er klatscht in die Hände, steht auf und sammelt seine Sachen fürs Bad zusammen. »Wenn du deine Meinung änderst, ich bin hier. Ich bin dein Freund, Dexter, ob du willst oder nicht. Und ich höre zu, wenn du reden willst.«

Ich nicke nur, zu mehr bin ich nicht imstande. Als er verschwunden ist, lasse ich mich rücklings aufs Bett fallen und schließe die Augen. Was für ein beschissener Tag. Nach dem Essen mit Carter und seiner Familie bin ich verschwunden und ziellos durch die Stadt gefahren. Und vor einem Schnapsladen gelandet. Ein wenig hasse ich mich dafür, genau wie für die Aktion mit Ava. Der Alkohol verhindert im Moment noch, dass mir die ganze Sache wirklich klar wird.

Allerdings bin ich mir jetzt schon sicher, dass das morgen früh anders aussehen wird.

AVA

Der Tag war richtig mies. Genau wie die Nacht und der Abend davor.

Wie, zur Hölle, habe ich das nur zulassen können? Die Liste meiner Schandtaten ist so lang, dass mir allein bei der Vorstellung der Kopf dröhnt. Nicht nur, weil ich Dexter geküsst habe, ich habe ihn auch noch irgendwie ausgenutzt. Er war sturzbetrunken und emotional wegen seiner Familie. Mein Verhalten macht mich auf so viele Arten zu einem schlechten Menschen, dass ich sie gar nicht alle aufzählen kann.

Ich verziehe das Gesicht, wie jedes Mal, wenn ich an die Szene auf dem Sofa denke, und schiebe mich an einer Gruppe Studierender vorbei Richtung Hörsaal. Zum hundertsten Mal an diesem Tag denke ich darüber nach, Spanisch zu schwänzen. Ich bin wirklich nicht scharf darauf, Dexter wiederzusehen. Eigentlich will ich ihn nie wiedersehen, von einer ganzen Stunde direkt neben ihm ganz zu schweigen.

Leider bin ich nicht mutig genug, um zu schwänzen. Zumindest nicht in meiner zweiten Woche, das bringe ich nicht fertig.

Vielleicht kommt Dexter ja nicht. Schließlich hat er sicher keine moralischen Bedenken, einen Kurs sausen zu lassen. Und vielleicht ist er noch gar nicht wieder fit. Ganz zu schweigen davon, dass ihm die ganze Sache weitaus peinlicher sein sollte als mir.

Als ich den Hörsaal betrete, halte ich automatisch nach ihm Ausschau. Er scheint noch nicht da zu sein. Ein wenig erleichtert atme ich auf.

Ich lasse mich auf meinen Platz fallen und beginne, die Sachen aus der Tasche zu holen. Viele Studierende sitzen noch nicht mal an ihrem Platz, aber ich will auf jeden Fall verhindern, von Señora Geeson zurechtgewiesen zu werden. Als jemand mich an der Schulter berührt, schaue ich auf. Troy setzt sich neben mich.

»Hey«, sagt er und hält einen To-go-Becher hoch. »Willst du einen Latte? Ich hab ihn eigentlich für eine Freundin mitgebracht, aber die kommt nicht.«

Ein sehr glückliches Lächeln breitet sich auf meinem Gesicht aus. »Ich liebe dich gerade ein bisschen«, seufze ich und nehme ihm den Becher ab, der tatsächlich noch heiß ist. »Ich brauche dringend Koffein.«

Er legt den Kopf ein wenig schief. »Versteh mich bitte nicht falsch, aber du siehst müde aus.«

Ich lache. »Vielen Dank.«

»Schlecht geschlafen?«, hakt er nach und beginnt ebenfalls damit, seine Sachen herauszuholen. »Die Wohnheimbetten können echt die Hölle sein.«

»Nein, alles okay. Einfach nur müde.« Ich lächle unbestimmt und widme mich meinem Spanischbuch. Ich bin eine wirklich schlechte Lügnerin, und obwohl es lächerlich ist, habe ich Angst, er könnte mir etwas ansehen. Als würde auf meiner Stirn stehen, dass ich gestern Nacht mit einem betrunkenen Dexter rumgeknutscht habe. Gott, selbst in meinen Gedanken hört sich das lächerlich an. »Ich hatte gestern ein Vorstellungsgespräch«, plappere ich hastig weiter. »Vielleicht war es einfach die Aufregung.«

»Oh, Glückwunsch«, erwidert er und lächelt mich freundlich an. »Wo denn, wenn ich fragen darf?«

Ich verziehe das Gesicht und lache. »Kennst du das *Rabbit Hole*?«

Er lacht so laut, dass sich einige Leute zu uns umdrehen. »Im Ernst?«

»Ja?«, frage ich vorsichtig.

»Da bin ich fast jede Woche. Der Laden ist cool.«

Das beruhigt mich ein wenig. »Jede Woche?«, hake ich trotzdem nach.

Wieder lacht er. »Es ist wirklich lustig da, du wirst sehen. Viele von der Preston gehen da hin.«

Na wunderbar. Ich freue mich schon darauf, ein Tablett genau vor einem Tisch mit Kommilitonen fallen zu lassen oder etwas in der Art.

In diesem Moment kommt Miss Geeson herein und sorgt für Unruhe. Einige rennen hastig an ihre Plätze, es wird in Taschen gekramt, und sämtliche Gespräche enden abrupt. Diese Frau hat es wirklich drauf. Gerade als ich mich entspannt zurücklehnen will, setzt Dexter sich auf den freien Stuhl neben mir.

Nervös sehe ich ihn an, doch er hält den Blick starr nach vorn gerichtet, als würde er mich überhaupt nicht bemerken. Während sein Anblick bei mir eine Flut an Erinnerungen heraufbeschwört und mir das Blut in den Kopf schießt, wirkt er absolut unbeeindruckt.

»Hey«, flüstere ich mit einem schnellen Blick zu Geeson, die gerade mit ihrer Tasche beschäftigt ist und nicht im Mindesten auf uns achtet.

»Hi«, sagt er knapp. Kein Blick in meine Richtung, keine Anstalten, mir mehr als diese knappe Begrüßung zu geben.

Unsicher rutsche ich auf meinem Stuhl herum. »Dexter, wir sollten …«

Weiter komme ich nicht, denn er dreht sich ruckartig zu mir um und sieht mich so wütend an, dass ich ein Stück zurückweiche. Die Kälte in seinem Blick verletzt mich ein wenig.

»Lass mich das abkürzen, okay?«, herrscht er mich leise an. Ich denke an Troy an meiner anderen Seite und bete zu Gott, dass er Dexter nicht hören kann. »Wir haben geknutscht. Keine große Sache, ich war sturzbetrunken und kann mich an die Hälfte der Zeit nicht mal mehr erinnern. Kein Grund also, irgendwas daraus zu machen. Okay?«

»Aber …«

Wieder lässt er mich nicht zu Wort kommen. Er wendet sich wieder ab und schlägt sein Buch auf. »Ich will meine Jacke wiederhaben.«

Ich sacke auf meinem Stuhl zusammen und nicke. Meine Augen brennen, und mein Herz rast schmerzhaft in meiner Brust. Ich muss all meine Willenskraft zusammennehmen, um meine Hand nicht auf meine Brust zu pressen. Doch diese Genugtuung will ich ihm nicht geben. Ich bin so verwirrt, dass ich die ersten Worte von Señora Geeson überhaupt nicht mitbekomme. Ich weiß nicht, was mich mehr verletzt. Dexters abweisende Art oder die Tatsache, dass ich irgendwie mehr von ihm erwartet habe.

So oder so habe ich jetzt die Gewissheit: Gestern Abend war ein riesiger, gigantischer, dummer Fehler.

15

AVA

Mit der Ankündigung, dass es das nächste Mal einen Vokabeltest geben würde, hat Geeson uns zehn Minuten früher entlassen. Dexter ist aufgesprungen und aus dem Raum gerannt, sodass ich keine Gelegenheit hatte, noch einmal mit ihm zu sprechen. Was ich nicht mal ernsthaft vorhatte, aber trotzdem. Diesen Mistkerl muss ich mir dringend aus dem Kopf schlagen.

Wütend und verwirrt gehe ich zum Wohnheim, in Gedanken schon in die weitere Tagesplanung versunken. Heute Abend ist meine erste Schicht im Club, und ich habe mich entschieden, mir neue Klamotten zu besorgen. Ich brauche dringend ein hochgeschlossenes Top, auch wenn ich befürchte, dass Eileen nicht begeistert sein wird. Allerdings habe ich keine Lust, dass die Leute nach meiner Narbe fragen, die je nach Licht deutlich auf meiner Brust zu erkennen ist.

Als ich das Wohnheim erreiche, rutscht mir beinahe das Herz in die Hose. Nathan und eine Meute Jungs, die sich in perfekter Kumpelmanier gegenseitig anrempeln und auf die Schultern klopfen, kommen aus Richtung des Campus auf mich zu. Es versetzt mir einen Stich, ihn so unbeschwert und gelassen zu sehen.

Allerdings bin ich diejenige, die noch vor ein paar Stunden mit einem anderen geknutscht hat. Verdammter Mist.

Ich zwinge mir ein vermutlich unecht wirkendes Lächeln aufs Gesicht und sehe zu, wie Nathan sich von den anderen verabschiedet. Seine Haare sind eine Spur heller als sonst, vermutlich von der Sonne, und auf seinem Gesicht zeichnet sich der blasse Abdruck einer Sonnenbrille ab. Er trägt ein weißes Poloshirt und kurze Sportshorts, aber irgendwie schafft er es, nicht wie ein Nerd oder irgendein Bonzensöhnchen auszusehen. Das habe ich von Anfang an gemocht an ihm. Seine Eltern besitzen zwar Geld, viel Geld, doch er lässt es niemals raushängen oder gab den weniger Glücklichen an unserer Schule das Gefühl, etwas Schlechteres zu sein. Nathan ist vielleicht ein wenig überheblich, aber das hält sich im Rahmen.

Trotz der Ereignisse der letzten Tage und meines schlechten Gewissens spüre ich die vertrauten Schmetterlinge in meinem Bauch, als er mich anlächelt. Mit drei schnellen Schritten ist er bei mir und zieht mich in die Arme, wobei seine Hände wie zufällig auf meinem Po landen. Mit einem schiefen Grinsen mustert er mich.

»Hi, Babe. Hast du mich vermisst?«

Überrascht erwidere ich seinen Blick. Nach der Stimmung in letzter Zeit zwischen uns habe ich nicht mit einer derartigen Begrüßung gerechnet. Doch als sein Atem meine Wange streicht, schmilzt mein Pessimismus ein wenig. Das hier ist mein Freund, auf ihn muss ich mich konzentrieren. Er hat so viel mit mir durchgemacht, ich kann einfach nicht riskieren, dass irgendein dahergelaufener Kerl alles kaputtmacht.

»Ja«, hauche ich, als mir bewusst wird, dass er mich etwas gefragt hat. »Wie war deine Woche bislang?«

Er strahlt übers ganze Gesicht. Ein echtes, triumphierendes Nathan-Strahlen, das ich so vermisst habe. »Großartig! Die Verbindung ist der Hammer, die Kurse sind der Hammer, meine Mitbewohner sind der Hammer, und das ganze verdammte College ist der Hammer!«

Ich erwidere sein Lächeln und bemühe mich wirklich, mich mit ihm zu freuen. Er lebt bei der Studentenverbindung, der auch schon sein Vater angehört hat. Darauf ist er stolz, und ich sollte auch stolz auf ihn sein. Er hat es sich verdient.

Als ich in sein unbeschwertes Gesicht sehe, überrollen mich die Schuldgefühle wie eine Flutwelle. Ich will nicht so ein Mädchen sein. Ein Mädchen, das seinen Freund betrügt und dann so tut, als wäre nichts gewesen. Nathan hat sich vielleicht mies verhalten, das ist aber eine ganz andere Nummer. Ich sollte also dringend aufhören, ihm etwas vorzuspielen, und endlich reinen Tisch machen.

Nur vielleicht nicht jetzt. Schöne Momente zwischen uns sind gerade Mangelware, und ich bringe es einfach nicht über mich, den hier zu zerstören.

Ich verschiebe den Gedanken an ein ernstes Gespräch und drücke ihm einen raschen Kuss auf den Mund. »Ich wollte gerade los. Kommst du mit mir in die Mall?«

Meine Stimme wird am Ende ein bisschen schrill. Ich sollte ihm sagen, dass ich einkaufen gehen muss, um Kleidung für meinen neuen Job im Club zu besorgen. Doch ich weiß genau, wie er auf diese Neuigkeit reagieren wird, also verschiebe ich auch dieses Thema, feige, wie ich bin, auf später.

»Sorry, Babe«, antwortet er und zerschlägt all meine Hoffnungen. »Ich bin noch mit den Jungs verabredet.«

Am liebsten würde ich ihn daran erinnern, dass seine Jungs ihn vermutlich häufiger sehen als ich, aber ich halte die Klappe. Ich bin vermutlich gerade nicht in der besten Position, um Forderungen zu stellen, also zwinge ich mich zu einem verständnisvollen Nicken. Möglicherweise graben sich meine Finger ein wenig zu fest in seine Oberarme.

»Sehen wir uns morgen?«, frage ich bemüht lässig, doch selbst ich bemerke, wie verzweifelt ich klinge.

Zu meiner Erleichterung wird seine Umarmung eine Spur fester, und er küsst mich stürmisch, als wollte er all seine Verfehlungen der letzten Tage wiedergutmachen. Wenn er wüsste. Als wir uns voneinander lösen, bin ich außer Atem und zerzaust, aber einigermaßen beruhigt.

»Morgen machen wir was Schönes«, verspricht er, während er mir beiläufig eine verlorene Strähne hinters Ohr streicht. »Nur wir zwei.«

Ein dümmliches Grinsen auf den Lippen, starre ich ihm hinterher, während er sich umdreht und zurück Richtung Campus läuft. Nein, das hier darf ich nicht versauen. Wir werden über das reden, was passiert ist, ich werde es ihm erklären, und dann werden wir wieder glücklich sein. So muss es einfach sein. Vielleicht liegt es an dem Chaos der letzten Tage, vielleicht an Dexters Zurückweisung, doch in diesem Moment will ich mich einfach nur an Nathans Bein klammern und ihn anflehen, bei mir zu bleiben. In den letzten beiden Jahren war er neben meinen Dads die größte Stütze in meinem Leben. Und ehrlich gesagt habe ich schreckliche Angst, dass alles zusammenstürzt, wenn er plötzlich nicht mehr da ist.

Nach einer viel zu langen Dusche, mit der ich versucht habe, den ganzen Mist des Tages einfach aus meinen Gedanken zu spülen, fahre ich mit dem Bus zur Mall, in der Hoffnung, mich ein bisschen ablenken zu können. Meine erste Schicht im *Rabbit Hole* beginnt um acht, ich will um Viertel vor acht dort sein, also habe ich noch gut eine Stunde.

Das Wetter ist grau, aber trocken, immerhin muss ich nicht völlig verschwitzt zu meiner ersten Schicht erscheinen. Alles in allem war der Nachmittag besser als der Vormittag oder der Abend zuvor. Das kurze Treffen mit Nathan hat mich ein wenig beruhigt, auch wenn sich die Schuldgefühle immer wieder in meine Magengegend fressen wie ein wütendes Untier. Mir ist völlig klar, dass ich mit Nathan darüber sprechen muss. Über den Kuss – die Küsse, Mehrzahl –, aber auch darüber, wie er mich behandelt. Wir müssen an unserer Beziehung arbeiten, sonst geht sie den Bach runter. Und ich muss den Kontakt zu Dexter abbrechen, auch wenn es so aussieht, als hätte Dexter das heute im Spanischkurs bereits für mich erledigt. Er ist nicht der Richtige für mich.

Trotz der Sorgen fühle ich mich gut, als ich durch die Regale einer mittelgroßen TJMaxx-Filiale schlendere. Seit Wochen ist es das erste Mal, dass ich etwas einfach nur für mich tue. Ich entscheide mich für ein enges schwarzes Tanktop. Es ist hochgeschlossen, hat aber einen – für mich – beinahe unanständig tiefen Rückenausschnitt. Dazu eine ebenfalls schwarze Shorts aus überraschend dünnem Fake-Leder. Ich werde nicht besonders auffallen, aber ganz sicher hervorragend in den Laden passen. Zudem landen allerlei Kosmetika in meinem Einkaufskorb, darunter ein schwarzer Eyeliner und ein roter Lippenstift, bei dem ich mir noch nicht sicher bin, ob ich ihn wirklich verwende.

Nach meinem Einkaufsbummel habe ich noch etwa eine halbe Stunde, bis ich im *Rabbit Hole* sein muss. Mit einem Kaffee in der Hand gehe ich zu Fuß los. Die Gegend, in der sowohl der Campus als auch die Bar liegen, ist hübsch. Ein wenig ruhiger als die angesagten Viertel in Chicago, mit einem Hauch alternativer Szene. Die Sonne kämpft sich ein wenig durch die dicke Wolkendecke, und ich hole meine Kopfhörer heraus und starte eine Playlist auf dem Handy. Während des kleinen Spaziergangs klären sich meine Gedanken. Sie wandern von Nathan zu Dexter und zu Simon. Ich bin optimistisch, dass sich die Sache mit Dexter erledigt hat, mit Simon allerdings noch nicht. Mit Sicherheit werde ich ihn weiterhin sehen, außerdem ist er nett. Aber da ich ehrlich hoffe, dass in Zukunft auch Nathan öfter an meiner Seite sein wird, muss ich dringend mit Simon sprechen und ihn bitten, mich nicht zu verpetzen. Nathan muss es von mir selbst erfahren. Dass Dexter etwas verrät, befürchte ich nicht. Er gibt zu viel auf diese kühle, mysteriöse Version von sich selbst, um sich an College-Gossip zu beteiligen.

Als ich die Bar erreiche, steigt meine Aufregung. Ich schaffe das schon. Ich habe schon weitaus Schlimmeres überstanden als einen ersten Arbeitstag.

Das Erste, was ich wahrnehme, als ich den Club betrete, ist laute Musik. Lauter noch als gestern. Der noch leere Clubraum sieht anders aus als am Tag zuvor: Das Licht ist gedimmt, und bunte Punkte tanzen über die Wände und Möbel. Anscheinend ist alles schon für die Gäste vorbereitet.

Eileen ist nirgends zu entdecken, ich stehe unschlüssig herum und überlege, ob ich durch die Tür hinter der Theke gehen soll, als sich ein schwarzhaariges Mädchen hinter der Theke aufrichtet. Sie hat anscheinend unter dem Tresen gehockt und stößt einen spitzen Schrei aus, als sie mich bemerkt.

»Entschuldigung!«, rufe ich, doch die Musik übertönt meine Worte, und ich begnüge mich mit einem Winken.

Das Mädchen – sie ist wahrscheinlich ein paar Jahre älter als ich – beugt sich über einen Haufen Flaschen, die sich an der hinteren Theke stapeln, und dreht an einem Knopf. Augenblicklich wird die Musik leiser und hinterlässt ein nervtötendes Klingen in meinen Ohren.

»Sorry!«, ruft sie, als müsste sie immer noch gegen die Bässe anschreien. Sie hält mir eine Hand hin, die ich mit ausgestrecktem Arm ergreife. »Ich bin Thanabet. Ava, richtig?«

»Ja, ich bin Ava. Entschuldige, wie war dein Name?«

Sie lacht, und ich entscheide spontan, dass ich sie mag. »Das ist ein thailändischer Name, nicht so leicht zu merken. Nenn mich einfach Than, okay?«

Erleichtert nicke ich und hebe erneut die Hand, was mir irgendwie dämlich vorkommt.

»Also, heute ist dein erster Tag als Jumper?«

»Bitte was?«

Wieder lacht sie. »Jumper. So nennen wir die armen Studierenden, die einfach alles machen müssen.«

»Ähm ja, vermutlich bin ich das«, gebe ich verlegen zu. Das klingt, als stünde ich rangtechnisch noch unter den Hausmäusen. Was vermutlich auch stimmt.

Than kontrolliert inzwischen den Inhalt der aufgereihten Schnapsflaschen. »Arbeitest du als Barkeeperin?«, frage ich.

Lachend schüttelt sie den Kopf, als hätte ich den Witz des Jahrhunderts gerissen. »Oh nein, Drinks mixen ist nichts für mich.« Sie deutet auf einen der runden Metallkäfige, die die Tanzfläche einrahmen. »Das ist mein Arbeitsplatz.«

»Oh.« Mehr bringe ich im ersten Moment nicht raus. Natürlich ist mir klar, in welcher Art Club ich arbeiten werde. Trotzdem habe ich mir Tänzerinnen anders vorgestellt. Than ist wahnsinnig hübsch mit ihren langen schwarzen Haaren und der hellen Haut. Trotzdem wirkt sie … keine Ahnung, normal irgendwie. Abgesehen von dem Outfit – einem kurzen, goldfarbenen Overall – könnte sie genauso gut neben mir in meinem Literaturkurs sitzen und über Hemingway diskutieren.

Than grinst, als hätte sie meine Gedanken erraten. »Ich bin nur eine von den Randnummern«, erklärt sie, und ich habe absolut keine Ahnung, was sie damit meint. Dann deutet sie auf eine Bühne, die ich bisher überhaupt nicht bemerkt habe. Sie befindet sich auf der gegenüberliegenden Seite des Raumes und ist deutlich größer als die kleinen Käfige im vorderen Teil. »Früher war das hier mal ein Stripschuppen. Wir haben die

Käfige behalten, weil die Leute gerne darin tanzen, wenn sie getrunken haben. Und sie schauen uns gerne dabei zu, auch wenn wir unsere Klamotten anbehalten. Ist ganz lustig. Auf der Bühne legt der DJ auf und manchmal haben wir auch Live-Musik.«

Ich nicke und versuche, sämtliche Informationen abzuspeichern.

»Also, wir öffnen in einer halben Stunde«, erklärt sie, während sie mich bei der Hand nimmt und durch den Flur hinter der Bar führt. Ein paar Türen gehen nach links und rechts ab, anscheinend das Getränkelager und die Personalräume. »Eileen kommt erst später. Niemand hier wird dich beißen, versprochen. Die anderen sind hinten in der Garderobe und machen sich fertig. Heute Abend sind zwei Barkeeper eingeteilt, Trip und David, am Wochenende sind es mehr. Sie werden dir alles zeigen. Du bist heute der einzige Jumper, aber das kriegst du schon hin. Mittwochs ist nicht allzu viel Betrieb, also ist es eine gute Gelegenheit, sich zurechtzufinden.«

»Warum arbeiten nur Männer hinter der Bar?«, frage ich. Immerhin würden Barkeeperinnen das Trinkgeld beträchtlich in die Höhe treiben.

Than grinst mich über die Schulter hinweg an. »Eileen hält nicht sehr viel von Sicherheitspersonal; sie sagt, das macht die Gäste nervös. Und sie will nicht, dass die männlichen Besucher sich stundenlang an der Bar aufhalten, um mit den Barkeeperinnen zu flirten. Also gibt es nur Mike, den Türsteher, und ein paar Muskelprotze hinter der Bar, die Cocktails mixen und alles im Auge behalten.«

Ein wenig verdutzt folge ich ihr in einen kleinen Raum, der wohl so etwas wie ein Personalraum sein soll. An den Wänden reiht sich ein Spind an den anderen, und es gibt ein kleines Badezimmer. Than bleibt neben einem offenen Schrank stehen und drückt mir ein Vorhängeschloss in die Hand. »Das ist deiner. Mach dich fertig und komm wieder nach vorne, dann zeige ich dir den Rest.«

Damit verschwindet sie, und ich nehme mir kurz die Zeit, durchzuatmen. Than ist wirklich nett und nimmt mir ein wenig die Aufregung, trotzdem habe ich Angst, das hier zu vermasseln. Vielleicht hätte ich Eileen deutlicher sagen sollen, dass ich absolut keine Erfahrung in der Gastronomie habe. Und vielleicht hätte ich Nathan davon erzählen sollen. Troy meinte, einige Studierende würden herkommen. Wenn Nathan mich hier sieht, wäre das ein weiterer Punkt auf der Liste an Dingen, die ich ihm verschwiegen habe.

Ich ziehe mich um, binde meine Haare zu einem lockeren Pferdeschwanz nach hinten und lege ein wenig Rouge und Lidschatten auf. An den roten Lippenstift traue ich mich doch noch nicht heran. Ein kurzer Blick in den Spiegel sagt mir, dass ich definitiv besser aussehe als bei meinem fraglichen Bewerbungsgespräch, mit Than jedoch nicht annähernd mithalten kann.

Als ich wieder nach vorne komme, ist es voller geworden. Frauen und Männer stehen um den Tresen herum, anscheinend alles Mitarbeiter, denn sie besprechen ihre Schicht. Sie alle wirken auf mich schillernd und verdammt hübsch, aber, genau wie Than, sympathisch. Eine von ihnen, deren Namen ich leider sofort wieder vergesse – ich habe ein grauenhaftes Namensgedächtnis –, erklärt mir, dass unter der Woche kein besonderes Programm stattfindet. An den Wochenenden gibt es verschiedene Shows – Burlesque, Mottoabende oder Live-Musik. Trip und David, die Security-Barkeeper, sind tatsächlich mehr Schrank als Mensch, erwidern mein Lächeln und ermahnen mich mehrmals, Bescheid zu sagen, wenn es Probleme gibt. Sie zeigen mir das Getränkelager und einige der Stationen, die ich für meine Arbeit als Jumper brauche. Als sich schließlich die Türen öffnen und sich die ersten Gäste an den kleinen Tischen verteilen, schicken sie mich mit einem Tablett bewaffnet in den Gastraum.

Erstaunt registriere ich, dass die Gäste des *Rabbit Hole* keineswegs rein männlich sind. Im Moment wirkt der Club nicht halb so zwielichtig, wie ich im Vorfeld befürchtet habe.

Nach einer halben Stunde Abräumen und Ausliefern verstehe ich allmählich, worauf es beim Kellnern ankommt. In erster Linie muss man Tischen, Stühlen und Menschenbeinen ausweichen, stets lächeln und schnell reagieren, wenn eine Hand nach den Gläsern auf dem Tablett greift und damit das Gleichgewicht zerstören würde. Einmal habe ich nicht aufgepasst und ein Kerl mit Schlips und Einstecktuch hat im Vorbeigehen sein halb volles Bierglas bei mir abgestellt. Das Tablett kippte und der Inhalt von sieben Gläsern verteilte sich mitten auf der Tanzfläche. Nachdem ich die Sauerei beseitigt hatte, wollte ich nur noch durch den Hintereingang fliehen, um mich vor einen Lastwagen zu werfen. Than hielt mich lachend auf und bugsierte mich zurück hinter die Theke, wo Trip mir einen Drink anbot, den ich dankend ablehnte. Ich frage mich, ob die anderen wissen, dass ich erst neunzehn bin.

Um kurz vor zweiundzwanzig Uhr taucht Eileen in einem langen Trenchcoat auf, in dem sie eher aussieht wie eine Spionin als die Betreiberin einer Tanzbar. Sie begrüßt mich mit einem anerkennenden Zwinkern und spricht mit Than, die mich danach zu sich winkt.

»Pause!«, schreit sie mir über die Musik hinweg zu und bedeutet mir auffällig, mich auf einen der Barhocker zu setzen. Dankbar lege ich das Tablett zur Seite, wische meine Hände an der kleinen Schürze ab und lasse mich auf die gepolsterte Sitzfläche fallen. Meine Füße tun weh, mein Gesicht glüht, aber im Großen und Ganzen bin ich ziemlich stolz auf meinen ersten Abend. Außer dem Zwischenfall mit der gefluteten Tanzfläche habe ich bislang keine allzu großen Katastrophen angerichtet. Einmal wäre ich beinahe panisch zu Trip und David gerannt, weil mir die Kerle andauernd an den Hintern fassten. Doch dann wurde mir klar, dass sie mir nur Trinkgeld zustecken. Und das, obwohl ich nichts weiter tue, als Gläser abzuräumen und unschuldig zu lächeln, wenn mich jemand anspricht.

Während meiner kurzen Pause unterhalte ich mich mit Than. Sie ist ebenfalls Studentin und ein paar Semester über mir. Sie finanziert ihr Studium mit dem Tanzen, und nach allem, was ich mitbekomme, gefällt es ihr hier, was mich ziemlich beruhigt.

Um Viertel vor elf winkt Eileen mich zu sich und schiebt mir einen Haufen Scheine in die hintere Hosentasche. Als sie meinen verwirrten Blick bemerkt, grinst sie.

»Dein Lohn, Ava«, ruft sie mir zu. »Du hast dich gut geschlagen. Hast du Samstagabend Zeit?«

Ich nicke hastig und muss mich gewaltig zusammenreißen, um nicht vor Freude im Kreis zu hüpfen oder die Scheine sofort aus der Tasche zu ziehen und das Geld zu zählen.

Eileen reckt beide Daumen in die Höhe. »Komm Samstag um sieben wieder, dann können wir vorher noch deinen Dienstplan besprechen. Wenn du den Tisch auf der oberen Empore abgeräumt hast, kannst du nach Hause gehen.«

Mit einem dankbaren Lächeln in ihre Richtung schnappe ich mir mein Tablett und hüpfe beinahe in Richtung der großen Bühne, neben der sich der besagte Tisch befindet. Ich bin so in meine Euphorie versunken, dass ich die Gruppe nicht beachte, die dort sitzt. Den ganzen Abend über habe ich es vermieden, den Gästen allzu viel Aufmerksamkeit zu schenken.

Immerhin bin ich lediglich das Gläsertaxi und will niemandem aus Versehen falsche Signale senden.

Doch aus irgendeinem Grund hebe ich den Blick und erstarre.

Oh nein, das kann doch nicht wahr sein!

Dexter sieht mindestens genauso schockiert aus wie ich, allerdings fasst er sich deutlich schneller wieder. Sein Blick streift mich unverhohlen von oben bis unten, und seine Lippen verziehen sich zu einem spöttischen Grinsen.

»Na, sieh mal einer an!«, ruft er.

Was soll ich darauf sagen?

Einer der anderen am Tisch, den ich noch nie zuvor gesehen habe, blickt zwischen mir und Dexter hin und her. »Kennst du sie?«, fragt er hörbar interessiert und mustert mich eindringlich.

Ich will gerade den Mund aufmachen, um zu antworten, doch er kommt mir zuvor.

»Klar, wir sind dicke Freunde.«

Wie bitte? Mit entfährt ein ungläubiges Lachen. »Willst du mich verarschen?«

Was, zur Hölle, ist denn bitte in ihn gefahren? Vielleicht eine ernste Persönlichkeitsstörung?

Er verharrt ein paar Sekunden, dann schüttelt er unbeirrt grinsend den Kopf und dreht sich kurz zu seinem Tisch um, als wäre nichts passiert. »Leute, das ist Ava«, stellt er mich vor, auch wenn es keinen richtig zu interessieren scheint.

Als Antwort zeige ich ihm den Finger. Nonverbale Kommunikation erscheint mir bei dem Lärm ohnehin am sinnvollsten.

Eine Augenbraue hebend, mustert er mich eine Spur intensiver. Ich spüre, wie mein Gesicht heiß wird, hoffe aber, dass ihm das im dämmrigen Licht des Clubs nicht auffällt.

»Ich bin schon den ganzen Abend hier, Süße. Ein bisschen verletzend, dass du mich erst jetzt bemerkst.«

Fassungslos schüttle ich den Kopf. Was auch immer Dexter vorhat, ich will auf keinen Fall daran beteiligt sein. Damit ist jetzt Schluss, ein für alle Mal. Ich greife eilig nach den leeren Gläsern, um endlich nach Hause zu kommen. Auf einmal bin ich schrecklich erschöpft. Doch als ich mich umdrehen und meinen Abgang perfekt machen will, schließt sich eine Hand um meinen Oberarm und lässt mich zusammenfahren.

Als ich mich umdrehe, steht Dexter vor mir und mustert mich mit dem gleichen unergründlichen Gesichtsausdruck wie ein paar Augenblicke zuvor.

»Wie lange arbeitest du noch?«, fragt er und kommt mir dabei gefährlich nahe, anscheinend um die Musik zu übertönen.

Es läuft mir abwechselnd heiß und kalt den Rücken runter, und ich sehe mich unauffällig nach David oder Trip um. Nicht, dass ich ernsthaft Angst vor ihm hätte, aber es wäre sicher ganz lustig, wenn die Jungs Dexter vor die Tür setzen würden. Als er meinen Blick bemerkt, weicht er leicht zurück, doch das Funkeln in seinen Augen bleibt.

»Ich könnte dich nach Hause bringen.«

Mit einem entrüsteten Schnauben mache ich mich von ihm los und trete endgültig den Rückzug an. Der Kerl ist doch verrückt.

16

DEXTER

Ich schaue in meine Karten und konzentriere mich darauf, nicht das Gesicht zu verziehen. Ich habe ein richtig mieses Blatt und brauche mindestens ein Wunder, um diese Runde zu gewinnen. Was bedeuten würde, dass ich meinen kompletten Einsatz verliere, und da habe ich wirklich keinen Bock drauf. Die Konsequenzen will ich mir nicht einmal vorstellen.

Carter neben mir wirft mir einen wissenden Blick zu. Er ist bereits raus, ich bin also der Einzige, der unseren Pott retten kann. Vermutlich hat er sogar noch weitaus mehr zu verlieren als ich.

»Du bist dran.«

Bei dem schneidenden Tonfall bricht mir beinahe der Schweiß aus. Ein paar Sekunden lang starre ich auf die Karten, dann begehe ich eine Verzweiflungstat: Ich lege die Karte, bei der man sich eine Farbe wünschen kann und die man eigentlich für die letzten Spielzüge aufheben sollte.

»Ich wünsche mir …« Ich überlege und mustere mein Blatt. »Grün.«

»Ha«, schreit Lila und springt auf, bevor sie eine grüne Sieben vor mir auf den Tisch pfeffert. »Uno!«

Ich stöhne dramatisch, werfe meine übrigen Karten weg und klopfe Carter auf den Rücken. »Tut mir leid, Mann. Sie ist gnadenlos.«

»Ich weiß«, knurrt er. »Ich lasse sie nicht mal gewinnen. Sie ist ein verdammtes Genie.«

»Du solltest ihr Poker beibringen«, schlage ich vor, während wir dabei zusehen, wie Lila den Pott von insgesamt fünf Dollar zusammenkratzt und in ihrem Sparschwein versenkt. »Aber nicht gegen dich.«

Carter grinst, und ich sehe den Stolz in seinem Gesicht. Ein Stich durchfährt mein Herz, wie immer, wenn ich ihn so glücklich mit seiner Familie sehe. Ich gönne ihm sein Glück von Herzen, ganz ehrlich. Aber es erinnert mich immer wieder an das, was ich verloren habe. Das mag unfair und egoistisch sein, aber leider haben Gefühle keinen Schalter, mit dem man sie an- und wieder ausschalten kann. Was wirklich praktisch wäre.

Als Lila sich mit ihrem Sparschwein Richtung Garten verkrümelt, schließe ich kurz die Augen. Hinter meiner Stirn hat sich ein gewaltiger Schmerz zusammengebraut, der einfach nicht verschwinden will. Kann an der Menge an Alkohol liegen, die ich gestern Abend in der Bar vernichtet habe. So läuft es jedes Mal am Todestag meiner Eltern: ein gemeinsamer Nachmittag mit Carter, danach zwei Tage mit Alkohol. Für dieses Jahr hatte ich eigentlich Besserung gelobt. Wie man sieht, hat das ganz hervorragend funktioniert. Vielleicht hätte ich mich sogar wieder gefangen, wenn die Sache mit Ava nicht so mies gelaufen wäre. Ich bin sauer auf sie, aber ich bin noch viel wütender auf mich selbst. Das College sollte mein Neustart sein. Aber ein Neustart ist schwierig, wenn man ihn mit alten Verhaltensmustern zumüllt. Mich zu betrinken und dann Ava anzugraben, war ganz sicher ein altes Verhaltensmuster. Mein Pech, dass Alkohol und Ava irgendwie keine gute Kombination zu sein scheinen. Im Spanischkurs habe ich es geschafft, einen Schlussstrich zu ziehen. Ich habe mich wie ein Arschloch verhalten, muss zu meiner Verteidigung allerdings sagen, dass das vermutlich die einzige Möglichkeit ist, Ava von mir fernzuhalten. Nachdem ich ihr von meiner Familie erzählt habe, hätte sie sicher versucht, für mich da zu sein. So ein Mensch ist sie einfach, da bin ich mir ziemlich sicher.

An die Nummer im Club will ich gar nicht denken. Es war wieder der Alkohol – und Avas Outfit. Eine Mischung aus beidem.

»Willst du einen Kaffee?«, fragt Carter und reißt mich aus meinen Gedanken. »Du siehst müde aus.«

»Ich bin müde. Studieren ist anstrengend.«

»Ach was. Wie läuft es denn so?«

Ich warte, bis das Rattern der hochmodernen Kaffeemaschine aufhört, und winke ab. »Ganz gut so weit. Ich habe noch kein Hauptfach gewählt, ich denke, ich schaue mich erst einmal um.«

»Du musst dir Gedanken darüber machen, was du nach dem Studium machen willst«, sagt er mit diesem väterlichen Ton, den ich so hasse. »Ich will ja echt nicht gemein sein, aber du kannst nicht ewig von dem Erbe leben.«

»Das weiß ich«, fauche ich und reibe mir mit der Handfläche übers Gesicht. »Sorry, Mann. Ich bin wirklich müde.«

Als Antwort schiebt er mir wortlos den Kaffee hin.

Ich nehme einen großen Schluck. »Wie ist es mit dir? Was macht das Showbiz?«

Er verdreht die Augen und grinst. »In zwei Wochen startet die Premierentour. Wir suchen noch nach einem Babysitter für Lila, damit Jamie mitkommen kann. Willst du dich bewerben?«

»Nein danke«, erwidere ich schnaubend und lache bei der Vorstellung, mich mehr als nur ein paar Stunden um sein Kind kümmern zu müssen. Ich habe die Kleine wirklich ins Herz geschlossen und unternehme gern etwas mit ihr, ein ganzes Wochenende oder sogar eine Woche ist aber eine völlig andere

Hausnummer. »Ich denke, da ist sie bei ihrem Opa besser aufgehoben.«

Carter schmunzelt. »Wahrscheinlich.«

»Was ist mit ihrem anderen Grandpa?«, frage ich und sehe Carter von der Seite an. Das ist ein heikles Thema. »Hast du Kontakt zu deinem Dad?«

»Nur über die Anwälte«, erwidert er knapp. »Wir verklagen ihn auf Rufschädigung und noch einen Haufen anderer Dinge.«

Ich ziehe eine Augenbraue hoch. »Und damit kommt ihr durch?«

Ein Grinsen schleicht sich auf sein Gesicht. »Wahrscheinlich nicht. Aber er ärgert sich, das ist es mir wert.«

Mein Lachen klingt ein wenig hohl, was wohl am Schlafmangel liegt. Ich trinke einen weiteren Schluck und wechsle zu einem Thema, das Carter vermutlich ähnlich unangenehm ist, allerdings aus anderen Gründen. »Hast du ihr mittlerweile die Frage gestellt?«

Er vergräbt das Gesicht in den Händen. Sofort ist das Väterliche verschwunden, und er ist wieder mein Kumpel aus Kindertagen. Sein verzweifelter Ausdruck bringt mich erneut zum Lachen. »Nein. Ich weiß nicht, wie!«

»Nun ja«, sage ich gespielt nachdenklich. »Ich glaube, traditionell besorgst du einen Ring, gehst auf die Knie, faselst ein bisschen, was du so …«

»Ich habe einen Ring!«, unterbricht er mich, dreht sich um und öffnet eine Schublade. Nach einigem Kramen richtet er sich wieder auf, eine Kontaktlinsendose in der Hand. Als er meinen fragenden Blick sieht, zuckt er mit den Schultern. »Ich brauchte ein Versteck.«

»Clever.«

Er öffnet die Dose, kippt sie um und hält mir dann die Hand

hin. Darin liegt ein zarter Ring aus Gold, mit drei einzelnen Diamanten besetzt. »Hübsch.«

»Hübsch?«, wiederholt er stirnrunzelnd.

»Ja, hübsch.« Ich hebe die Schultern. »Es ist ein Ring.«

»Ja, oder?« Er senkt den Blick und mustert das Schmuck-stück. »Die hatten so verdammt viele in dem Laden. Wie kann es so viele Ringe geben? Ich meine, sie sind alle rund und ha-ben entweder Steine oder nicht. Manche sind aus Gold, man-che Silber.«

Ich grinse. »Was trägt sie denn für Schmuck?«

»Meistens Gold.«

»Ich denke, das ist schon richtig so«, versuche ich, ihn zu be-ruhigen, und verdrehe die Augen, als er mich zweifelnd ansieht. »Sie wird ihn lieben. Es ist ein Verlobungsring, und sie liebt dich. Denkst du, sie sagt wegen des Rings Nein?«

Sein Gesichtsausdruck deutet darauf hin, dass er so etwas in der Art tatsächlich befürchtet. »Ich habe den Beleg noch. Meinst du, das sollte ich ihr dazu sagen?«

»Beim Antrag?«

Er nickt.

»Nein.«

»Nicht?«

Lachend klopfe ich ihm auf die Schulter. »Ich denke, nicht.«

»Du hast recht«, sagt er mehr zu sich selbst, lässt den Ring in die Dose fallen und schiebt sie unter einen Stapel Papie-re.

»Warum hast du keine Schachtel?«, frage ich stirnrunzelnd und deute auf die Schublade. »Sind Verlobungsringe nicht im-mer in so einer Box?«

»Ich dachte, ich tue ihn vielleicht in ihr Sektglas oder so.« Die Unsicherheit lässt seine Antwort beinahe wie eine Frage klingen.

»Nein«, sage ich entschieden und ernte dafür ein Stirnrunzeln. »Ich habe ja keine Ahnung von dem ganzen Kram, aber das ist doch echt ein Klischee. Was, wenn sie sich verschluckt und an dem scheißteuren Ring erstickt? Oder ihn dann aus der Toilette fischen muss?«

»Du hast recht.«

Ich zucke mit den Achseln. »Ich bin ein weiser Mann. Wann willst du es machen?«

»Vielleicht auf der Premierentour«, sagt er nachdenklich und seufzt übertrieben schwer. »Ich versuche noch herauszufinden, ob sie einen großen, öffentlichen Antrag möchte oder lieber etwas Intimes. Da kann man echt 'ne Menge falsch machen.«

»Ich denke, sie ist eher der Typ für etwas Privates«, gebe ich zu bedenken. »Klingt, als hättest du recherchiert.«

Er nickt stolz. »Ich habe ein Pinterest-Board.«

Lachend lehne ich mich auf meinem Barhocker zurück. Wenn man mir vor ein paar Jahren erzählt hätte, dass Carter und ich diese Unterhaltung führen, hätte ich es nie geglaubt. Bis er von Jamies Situation und seiner Tochter erfahren hat, war Carter der typische Junggeselle. Nur dass bei ihm der Reichtum und der Erfolg erschwerend hinzukamen. Als millionenschwerer Filmstar konnte er sich vor Verehrerinnen kaum retten und hatte keine Probleme damit, das auch auszunutzen. Seine Verwandlung ist krass, aber er wirkt nicht, als würde es ihm schlecht gehen. Im Gegenteil, er scheint endlich angekommen zu sein.

Carter kommt mit seiner Kaffeetasse um den Tresen herum, um sich neben mich auf einen der Hocker zu setzen. »Wird Zeit, dass du dir auch ein nettes Mädchen suchst«, sagt er und grinst spöttisch, als er mein genervtes Gesicht sieht. Er ist ein paar Jahre älter als ich, und damit zieht er mich gern auf. Und auch sonst ist er im Leben viel weiter als ich.

»Mach dir keine Hoffnungen«, sage ich grimmig. »Du musst noch lange warten, bis du meinen Trauzeugen spielen kannst.«

Weil mein Gehirn ein Verräter ist, wandern meine Gedanken zu Ava. Keine Ahnung, warum. Ich will sie sicher nicht heiraten. Ich will gar nichts von ihr. Allerdings ist sie genau die Art Mädchen, die Carter sich vermutlich für mich vorstellt. Sie ist ein absoluter Schwiegermutterliebling.

»Was?«, ruft Carter und unterbricht damit Gott sei Dank meine Gedanken.

»Was, was?«, frage ich verwirrt.

Er deutet mit dem Finger auf mich. »Woran hast du gerade gedacht?«

»An nichts!« Ich schüttle den Kopf, doch natürlich denke ich sofort wieder an Ava. Fuck.

»Es gibt 'ne Geschichte«, rät Carter und lacht laut, als ich das Gesicht verziehe. »Du bist so durchschaubar, Mann.«

Ich kenne Carter lange genug, um zu wissen, wann ich verloren habe. Es hat keinen Sinn, mich zu drücken, und irgendwie will ich es ihm erzählen. Es laut auszusprechen und mit jemandem zu teilen, bringt Ordnung in meinen Kopf. Also fange ich bei der Schnitzeljagd an, erzähle alles vom Abend auf der Party über meinen Totalabsturz bis hin zu unserem Kuss, meinem Verhalten im Spanischkurs und der Katastrophe gestern Abend in der Bar. Er sagt die ganze Zeit nichts, nickt nur brav an den richtigen Stellen und verdreht bedenklich oft die Augen.

Als ich fertig bin, dauert es ein paar Sekunden, bis er antwortet. Dabei sieht er nicht glücklich aus.

»Wenn du das nächste Mal so einen Absturz hast, rufst du mich an«, sagt er mit einer Mischung aus Enttäuschung und Wut. »Am liebsten würde ich dir eine reinhauen für die Aktion.«

»Schon klar, Mann.«

»Das hoffe ich.«

Er seufzt und steht auf, um neuen Kaffee zu machen. »Ansonsten – große Scheiße.«

Ich lache trocken. »Gut zusammengefasst. Keine Ahnung, warum ich dieses ganze Drama überhaupt mitmache. Das habe ich so nicht geplant.«

»Aber du magst sie, oder nicht?«, fragt er und sieht mich abschätzend an. »Man macht kein Drama für eine Frau, die man nicht mag.«

Gute Frage. Es ist nicht so, dass ich Ava hasse, offensichtlich nicht. Aber sie geht mir auf die Nerven. Sie ist furchtbar moralisch und irgendwie überheblich und … seriös. Das irritiert mich. »Ich kenne sie nicht genug, um sie zu mögen.«

»Aber gut genug, um sie mitten in der Nacht anzurufen und ihr von deiner Familie zu erzählen? Wohl kaum.«

Verdammt, er hat recht. Ich vergrabe das Gesicht in den Händen. »Sie hat einen Freund.«

»Einen Scheißfreund, wenn ich das richtig verstanden habe.«

Ich schaue auf und werfe ihm einen strafenden Blick zu. »Okay, spielen wir das doch mal durch«, sage ich und setze mich demonstrativ aufrechter hin. »Ava ist mitfühlend und lustig, intelligent und … nett, eben. Mal angenommen, ich will wirklich ihr Freund sein, würde es mich doch total disqualifizieren, wenn ich mich an sie ranmache, obwohl sie einen Freund hat. Sie ist ein anständiges Mädchen und braucht einen anständigen Freund. Das bin ich nicht. Rein hypothetisch natürlich.«

»Natürlich«, bestätigt Carter lachend. »Auf der anderen Seite wäre es hochanständig, ein anständiges Mädchen von seinem Scheißfreund zu befreien, der sie nicht verdient.«

»Aber nicht, betrunken mit ihr rumzuknutschen.«

Carter legt den Kopf schief und will gerade antworten, als die Hintertür aufgeht und Jamie in die Küche kommt. Sie trägt ein Sommerkleid, wofür es eigentlich viel zu frisch draußen ist, und einen Strohhut. Ich runzle die Stirn, als ich sie sehe.

»Spar dir das«, mahnt sie, bevor ich etwas sagen kann. »Ich mache Gartenarbeit. Das ist das passende Outfit für Gartenarbeit.«

»Du siehst aus wie aus einem Jane-Austen-Roman.«

»Vielen Dank.« Sie bleibt neben Carter stehen und küsst ihn kurz auf die Wange, dann nimmt sie ihm die Kaffeetasse ab, trinkt einen großen Schluck und verzieht das Gesicht. »Ich brauche ein Bier. Worüber redet ihr gerade?«

Carter grinst. »Dex hat Frauenprobleme.«

»Nur Frauen, keine Probleme«, erwidere ich und lache, als er mir gegen den Hinterkopf schlägt.

Jamie, die sich ein Bier aus dem Kühlschrank geholt hat, dreht sich zu uns um und mustert mich kurz. »Entschuldige dich bei ihr.«

»Was?«, frage ich empört. »Warum? Du weißt nicht mal, was passiert ist.«

»Völlig egal«, sagt sie und lächelt mich etwas bösartig an. »Ich bin mir sicher, dass du dich entschuldigen solltest, so oder so. Also bring es hinter dich und lad sie zum Essen ein. Ich brauche Kontakt zu normalen Menschen.«

»Was soll das heißen?«, geht Carter beinahe beleidigt dazwischen. Ich bin mir ziemlich sicher, dass sie diese Unterhaltung nicht das erste Mal führen, auch wenn ich keine Ahnung habe, worum es geht.

Jamie sieht Carter an und verzieht das Gesicht. »Du weißt, ich liebe deine Kollegen, aber sie sind alle recht … speziell.

Vielleicht ist Dexters Freundin normaler und redet nicht ständig über Filmkram.«

»Sie ist nicht meine Freundin«, werfe ich ein, allerdings beachtet mich keiner von beiden wirklich. Ich trinke noch einen Schluck Kaffee.

»Sie reden gar nicht die ganze Zeit über Filmkram.«

»*Sie* nicht. *Ihr*.«

Carter geht um die Theke herum zu Jamie. Ich setze mich ein bisschen gemütlicher hin. Das hier wird noch dauern.

AVA

Mein Abend mit Nathan läuft überraschend gut. Irgendwie habe ich damit gerechnet, dass es wie ein erstes Date sein würde. Wir haben uns auseinandergelebt, und es kommt mir ein bisschen so vor, als würde ich ihn neu kennenlernen. Mehr noch, als würde ich einen anderen kennenlernen als den, mit dem ich auf der Highschool zusammen war. Nathan ist schon immer ein Frauenschwarm gewesen – gut aussehend, ein Sportler, charmant. Eine Zeit lang habe ich perfekt an seine Seite gepasst. Das war in meiner Girlie-Phase, weil ich meine frühen Pubertätsjahre größtenteils im Krankenhaus und in der Reha verbracht habe. Ich wollte mich ausleben und alles nachholen, was ich meinte, verpasst zu haben. Ich hatte perfekte Nägel, perfektes Make-up, perfekte Haare und habe mich an seinen Arm geklammert wie ein hübsches Accessoire. Im Grunde haben wir jedes Abschlussballklischee bedient, das die Highschoolfilme so bieten.

Trotzdem war es keine oberflächliche Beziehung gewesen, zumindest für mich nicht. Allein bei dem Gedanken an diese Zeit startet eine Armee Schmetterlinge in meinem Magen und lässt mich beinahe schwindelig werden. Nathan ist mein Retter in leuchtender Rüstung gewesen, in jederlei Hinsicht. Er hat mich sowohl körperlich als auch emotional unterstützt. Die damalige Version meiner selbst hat diesen Jungen so sehr geliebt, wie es eigentlich nur in Büchern oder kitschigen Filmen beschrieben wird. Wir haben uns kennengelernt, als ich gerade vierzehn war, kurz vor meiner Herztransplantation. Auch wenn man in diesem jungen Alter vermutlich noch nicht von Liebe sprechen kann, habe ich für Nathan gebrannt. Wir haben einen großen und prägenden Teil unserer Jugend miteinander verbracht, das kann man nicht so einfach vergessen.

Dann hat Nathan seinen Abschluss gemacht und ist aufs College gegangen, ein Jahr vor mir. Und ich musste entdecken, dass in Wahrheit recht wenig Girlie in mir steckt, und bin zu … mir selbst geworden. Ich schminke mich immer noch gern und habe Spaß an diesem ganzen Kram, lege aber nicht mehr so viel Wert darauf wie früher.

Und ein Teil von mir befürchtet, dass ich in meiner jetzigen Version nicht mehr zu Nathan passe. Im vergangenen Jahr ist mir das nicht so richtig aufgefallen, doch jetzt, da wir wieder räumlich zusammen sind, ist der Unterschied zu damals gravierend.

Ich habe immer noch Gefühle für ihn. Auch wenn sie nicht mehr so tief sind wie damals. Distanzierter, irgendwie vorsichtiger. Aber das ist normal, oder? Jede Beziehung, die durch das College oder einen Job pausieren muss, hat ihre Probleme. Das bedeutet aber nicht zwangsläufig, dass wir diese Probleme nicht beheben können. Wir haben so viel gemeinsam geschafft, da sollte diese kleine Durststrecke wirklich kein Problem darstellen.

Aus diesem Grund habe ich mir vorgenommen, all die

Zweifel für heute Abend beiseitezuräumen. Nathan ist sicher nicht perfekt, doch während schwerer Zeiten ist er immer an meiner Seite gewesen. Er weiß von meiner gesundheitlichen Situation, weiß von meinen Ängsten und hat an meinem Bett gesessen, als meine Werte den Bach runtergegangen sind. Es ist einfach nicht fair, uns aufzugeben, ohne es nicht wenigstens zu versuchen. Wie kann ich Perfektion verlangen, wenn ich selbst auch weit davon entfernt bin?

Wir haben uns für ein kleines italienisches Restaurant in Humboldt Park entschieden. Es ist hübsch – nicht überladen, die Tische stehen in kleinen, gemütlichen Nischen, und es gibt eine täglich wechselnde Speisekarte. Nathan erzählt von seinen Kursen, seinen Professoren und Professorinnen und seinen Freunden, die in seinen Geschichten deutlich sympathischer wirken, als ich an dem Abend vor der Schnitzeljagd den Eindruck hatte. Vielleicht muss ich auch ihnen noch eine Chance geben. Nathan ist ein geselliger Mensch, und ich bin mir nicht sicher, ob wir eine Chance haben, wenn ich seine Freunde nicht mag.

Außerdem müssen wir Sex haben. Das klingt wahnsinnig romantisch, aber es ist eine einfache Gleichung. Wir sind jung und sollten doch eigentlich jede freie Sekunde mit Sex verbringen. Gehört das nicht zu einer funktionierenden Beziehung dazu? Das Problem ist, dass mir die Vorstellung, mit Nathan zu schlafen, nicht gerade feuchte Träume verschafft. Ich meine, ich bin neunzehn Jahre alt und verfüge über einen durchaus intakten Hormonhaushalt. Ich habe keinerlei Interesse daran, als vertrocknete Jungfer zu enden. Der Gedanke, mich verschwitzt mit Nathan auf meinen geblümten Laken zu wälzen, ist für mich allerdings irgendwie nicht verlockend, keine Ahnung, warum. Ich finde ihn körperlich attraktiv – aber eher so, wie ich auch Frauen attraktiv finden kann, ohne mit ihnen schlafen zu wollen. Manchmal habe ich Angst, dass ich Nathan eher wie einen Bruder sehe. Andererseits küsse ich Nathan gerne, was gegen die Bruder-Theorie spricht. Verdammt, warum kann nicht alles einfacher sein?

»Was sind deine Pläne fürs Wochenende?«, fragt er und dreht Spaghetti auf seine Gabel.

Ein wenig erleichtert lächle ich ihn an. Zuvor hatte er einen endlos langen Monolog über Football gehalten, dem ich ehrlich gesagt nicht mehr so richtig folgen konnte und wollte.

»Am Samstag muss ich arbeiten«, sage ich und beiße mir direkt auf die Zunge. Mist. Ich habe ihm noch nicht davon erzählt.

»Du hast einen Job?«, fragt er irritiert.

Ich nicke zögernd. »Habe ich dir davon nicht erzählt?«

»Ich denke, daran würde ich mich erinnern.«

Unsicher lache ich und lege meine Hand auf seine, was eine ziemlich jämmerliche Geste ist, wenn man bedenkt, was ich alles vor ihm verheimliche. »Es ist eine kleine Bar«, erzähle ich betont lässig. »Ich muss noch Probe arbeiten, aber ich hoffe, dass ich mir davon vielleicht ein Auto leisten kann.«

»Ein Auto wäre auf jeden Fall gut«, sagt er nachdenklich und mustert mich. »Es gefällt mir ehrlich gesagt nicht, dass du ständig alleine mit dem Bus durch die Gegend fährst.«

Ich lache und halte mir hastig die Hand vor den Mund. »Das ist eine gute Strecke, Nathan. Keine Sorge, das schaffe ich schon.«

Ein leicht schiefes Lächeln huscht über sein Gesicht. »Ich mache mir immer Sorgen um dich, das weißt du doch.«

Ja, das weiß ich. Und genau das stört mich. Es hat eine Zeit in unserer Beziehung gegeben, die war mehr als einseitig. Ich war der Pflegefall, er der aufopfernde Freund, der meine Hand hält. Damals war diese Rollenverteilung unumgänglich gewe-

228

sen, aber diese Zeiten sind vorbei. Ich will an seiner Seite stehen, ebenbürtig, und ihm keine Sorgen mehr bereiten.

»Der Doc sagt übrigens, dass ich ein Positivbeispiel bin«, erzähle ich ihm mit einer gehörigen Portion Stolz in der Stimme. »Dass meine Werte gut sind und ich mich gut mache.«

Dieses Mal ist das Lächeln strahlender, echter, und erinnert mich viel mehr an den Jungen von früher. »Das freut mich, Ava. Ganz ehrlich. Du hast es dir verdient.«

»Das finde ich auch«, bestätige ich, bevor ich mir eine weitere Gabel Nudeln in den Mund schiebe.

»Wo ist die Bar, in der du arbeitest?«, hakt er nach und wechselt damit wieder zu dem Thema, das ich eigentlich vermeiden will.

»Kennst du nicht«, erwidere ich, nachdem ich mühsam runtergeschluckt habe. Mag sein, dass ich mich ein bisschen albern benehme, aber ich bin mir hundertprozentig sicher, dass die Wahrheit nur Diskussionen auslösen würde. »Es ist 'ne recht kleine Bar. Wenn das was wird, nehme ich dich mal mit, okay?« Sicher nicht. »Und was hast du vor am Samstag?«

Er sieht mich noch ein paar Sekunden an, lässt das Thema dann zu meiner Erleichterung fallen und erzählt stattdessen von einer Party, die in seinem Verbindungshaus steigt. Er lädt mich sogar dazu ein, aber ich lehne ab. Ja, ich will seine Freunde besser kennenlernen, und, ja, wir müssen mehr Zeit miteinander verbringen. Aber vielleicht sollten wir das erst einmal nur zu zweit tun. Der betrunkene Nathan ist nicht unbedingt meine liebste Version von ihm.

Als wir schließlich Hand in Hand das Restaurant verlassen und er mir die Autotür aufhält, bin ich ein bisschen optimistischer gestimmt als die letzten Tage. Und das ist immerhin ein Fortschritt.

17

Ich habe immer mehr das Gefühl, in meinem College-Alltag endlich schwimmen zu können, statt nur ahnungslos mit den Armen und Beinen zu paddeln und zu hoffen, irgendwie an der Wasseroberfläche zu bleiben. Die Seminare reihen sich aneinander, und ich stelle erleichtert fest, dass ich das Pensum gut schaffe. Die meisten Kurse machen mir Spaß, ich mag die Lehrkräfte, und die freie Zeit zwischen den Kursen verbringe ich meistens mit den gleichen Leuten. Was wohl bedeutet, dass ich so etwas wie eine Clique habe, was sich ziemlich gut anfühlt. Nach meinem Date mit Nathan sind meine Gewissensbisse wegen Dexter ein bisschen weniger geworden. Ich werde Nathan davon erzählen, und bis dahin wird Dexter uns nicht mehr in die Quere kommen. Was diesen Typen betrifft, ist es ganz sicher das Beste, wenn ich mich so weit wie möglich von ihm fernhalte. Ich habe ihn vorhin auf dem Campus gesehen, und er hat mich angestarrt, als wäre ich ein Kreuzworträtsel.

Während ich in Begleitung von Madison zur Mensa gehe, um mir einen Kaffee zu holen, checke ich meinen Stundenplan. Nur noch der Spanischkurs, dann habe ich es geschafft. Eine weitere Woche College gemeistert. Ich bin mächtig stolz auf mich selbst. Heute Abend gehe ich mit meinen Dads essen und erzähle ihnen von meinem Job. Anders als bei Nathan bin ich mir ziemlich sicher, dass sie sich für mich freuen werden.

Genau wie Madison, wie es aussieht.

»Das ist so cool«, sagt sie, während wir uns an der Schlange anstellen und sie die Karte studiert. Was mir ziemlich sinnfrei erscheint, weil das Kaffee-Angebot der Mensa nicht wirklich beeindruckend ist. »Wenn du da arbeitest, kannst du uns bestimmt Tische reservieren oder so etwas. An den Wochenenden ist der Club immer wirklich voll.«

»Wie kommt es eigentlich, dass jeder diesen Laden zu kennen scheint, nur ich nicht?«

»Weil du vor der Uni offensichtlich kaum das Haus verlassen hast?«

Ich verziehe das Gesicht, in erster Linie, weil sie recht hat. Neulich habe ich ihr kurz von meiner Operation erzählt und warum ich eher wenig Erfahrung im Ausgehen und Feiern habe. Es hat gutgetan, das Ganze mit jemandem zu teilen. Obwohl sie schockiert war, hat sie cool reagiert.

Madison bestellt einen schwarzen Kaffee – die Recherche hat sich offensichtlich gelohnt – und ich eine Latte mit Karamellsirup. Mit Zucker muss ich grundsätzlich ein bisschen aufpassen, bei Kaffee mache ich jedoch eine Ausnahme. Er ist quasi mein Cheat-Nahrungsmittel. Ich muss nicht jeden Abend Chips oder Süßigkeiten essen, mein Kaffee aber muss süß sein.

Während wir auf unsere Bestellung warten, taucht Troy hinter Madison auf, zwei Pappbecher in der Hand.

»Sag mir nicht, dass du gerade bestellt hast.«

Er sieht mich so vorwurfsvoll an, dass ich reflexartig den Kopf einziehe. »Ähm, doch?«

»Verdammt. Ich dachte, ich bringe dir wieder einen mit.«

Irritiert blicke ich auf den Kaffee in seiner Hand. Das ist eine wirklich nette Geste, aber irgendwie übertrieben. Wir sind keine guten Freunde, dafür kennen wir uns einfach noch nicht lange genug. Und wir flirten auch nicht. Oder?

»Oh«, sage ich schließlich sehr geistreich und zucke mit den

Schultern. »Tut mir leid, ich wusste nicht, dass das unser Ding ist.«

Madison lacht. »Kein Problem, ich nehme den«, sagt sie und nimmt Troy einfach den Becher ab. »Ich habe gleich Anatomie bei White, ich kann Koffein gebrauchen.«

Troy sieht genauso verwirrt aus, wie ich mich fühle, fängt sich aber schnell wieder und lächelt. »Na, dann war er wenigstens nicht umsonst. Wir sehen uns in Spanisch, Ava.«

Ich winke ihm nach, als er sich schwungvoll umdreht und verschwindet. Madison verzieht das Gesicht. »Das war ja unangenehm.«

»Ja, oder? Das kam nicht nur mir so vor?«

Sie schüttelt energisch den Kopf. »Ich glaube, du hast ihm gerade das Herz gebrochen. Du solltest wirklich ein schlechtes Gewissen haben, Troy ist einer von den Guten.«

»Er weiß doch, dass ich einen Freund habe«, verteidige ich mich. »Sie haben sich auf der Party unterhalten.«

Ein seltsamer Ausdruck tritt auf ihr Gesicht, doch der ist schnell verschwunden, und sie winkt ab. »Vielleicht macht er sich trotzdem Hoffnungen. Komm, ich will raus hier, bevor die Wiese draußen wieder so voll ist.«

Einen Moment lang überlege ich nachzuhaken, lasse es dann aber. Ich will mir lieber nicht vorstellen, welchen Eindruck Nathan auf der Party bei ihr hinterlassen haben muss. Das will ich wirklich nicht noch einmal durchkauen.

Die restliche Zeit vor dem nächsten Kurs verbringen wir draußen und saugen die klägliche Augustsonne in uns auf. Es ist recht windig und nicht wirklich warm, aber draußen ist es allemal besser als in der überfüllten Mensa.

Madison erzählt mir von ihrer Familie in Detroit. Sie hat drei jüngere Schwestern, und es klingt, als wäre bei ihr zu Hause immer etwas los. Was wohl auch der Grund dafür ist, dass sie fürs College so weit weg gegangen ist. Ich kann sie verstehen, bin aber auch ein bisschen neidisch. Ich kann nicht behaupten, meine Kindheit und Jugend wäre langweilig gewesen, trotzdem habe ich mir immer Geschwister gewünscht.

Als ich meine Sachen schließlich zusammensuche und mich Richtung Lincoln Hall aufmache, versuche ich, meine Nervosität niederzukämpfen. Das scheint allmählich zur Gewohnheit zu werden. Das letzte Mal habe ich Dexter nach unserem Kuss in Spanisch wiedergesehen, heute ist es das erste Treffen nach seinem seltsamen Verhalten im *Rabbit Hole*. Vielleicht sollte ich mit Señora Geeson sprechen und doch noch um einen Partnerwechsel bitten. Auch wenn ich mir wenig Hoffnung mache, dass es etwas bringt, es sei denn, ich will ihr von dem Kuss erzählen. Und selbst dann bezweifle ich, dass sie sich von solchen Geschichten beeindrucken lässt.

Automatisch sehe ich mich um, als ich den Hörsaal betrete, doch wie immer ist Dexter noch nicht da. Ich frage mich, ob er das extra macht. Sich viel Zeit lassen und dann in letzter Sekunde in den Kurs hetzen, um cool auszusehen. So oder so will ich mich nicht beschweren, immerhin muss ich dann weniger Zeit mit ihm verbringen.

Troy sitzt bereits an seinem Platz, und ich lächle ihm unsicher zu, als ich mich neben ihn setze. »Hey«, sage ich und deute auf seinen Kaffee. »Tut mir leid, wenn ich das gewusst hätte, wäre ich natürlich ohne gekommen.«

»Mach dir keinen Kopf«, erwidert er und lacht. »Madison scheint sich gefreut zu haben.«

»Sie freut sich immer über Kaffee.«

Grinsend holt er sein Buch aus der Tasche. »Auch wieder wahr.«

Ich bin mir fast sicher, dass Dexter nicht auftaucht. Genau wie letztes Mal. Und genau wie letztes Mal hat meine Glückssträhne ein jähes Ende, als sich ein mir wohl bekannter Männerkörper auf den freien Platz neben mir fallen lässt.

»Hey.«

Ich sehe nicht auf, sondern packe scheinbar in aller Ruhe meinen Block, Stifte und eine Wasserflasche aus. »Was willst du, Dexter?«

Aus den Augenwinkeln sehe ich, dass er die Arme vor der Brust verschränkt. »Komm schon, Ava. Du kannst nicht ewig schmollen«, sagt er, als würde das völlig auf der Hand liegen. »So etwas kratzt am Ego.«

»Ich glaube ehrlich gesagt nicht, dass dein Ego ernsthaft in Gefahr ist.«

»Du solltest besser nett zu mir sein, Ava, sonst verteile ich deine Handynummer bei meinen Jungs. Die fanden dein Outfit im Club ziemlich heiß.«

Ich schnappe nach Luft und richte mich auf.

Er hebt abwehrend die Arme. »War ein Witz, okay? Sorry, das war wirklich nicht so gemeint.«

Einen Moment will ich etwas antworten, doch dann überlege ich es mir anders. Meine Chancen, ihn den Rest des Seminars zu ignorieren, stehen nicht schlecht, denn Señora Geeson hat bereits damit begonnen, etwas an die Tafel zu schreiben. Ich versuche wirklich, mich zu konzentrieren, doch Dexters Blick ruht die ganze Zeit auf mir und bringt mich aus der Fassung. Ich habe keine Ahnung, was er von mir will, wie immer.

»Ava«, sagt er leise, als Geeson die Zettel für den Vokabeltest austeilt. Als ich nicht reagiere, greift er nach meinem Arm. Ich ziehe ihn energisch weg, drehe mich aber zu ihm um.

»Was?«

»Es tut mir leid«, sagt Dexter und überrascht mich damit so sehr, dass ich einen Augenblick vergesse, warum ich nicht mit ihm rede.

»Was?«, frage ich noch einmal. Ich bin mir ziemlich sicher, dass ich mich verhört habe.

»Es tut mir leid«, wiederholt er ernst. »Ich hab mich wie ein Arsch verhalten, und das hast du nicht verdient. Wir müssen keine Freunde sein oder so, aber diese Stimmung nervt. Also entschuldige ich mich.« Er bricht ab und wartet offensichtlich auf eine Antwort. Als ich nicht reagiere, verdreht er die Augen. »Dein Text wäre jetzt so etwas wie ›Entschuldigung angenommen‹ oder so.«

Ich blinzle ein paarmal, dann nicke ich schließlich. »Okay.«

Er sieht mich noch ein paar Sekunden an, bis ein Stapel Papiere zu uns durchgegeben wird und den seltsamen Moment zwischen uns unterbricht. Als ich ihn wieder ansehe, blickt er konzentriert auf seinen Zettel.

Mein Gott, von seinen wechselnden Launen wird mir schwindelig.

Den Rest der Stunde lässt Dexter mich in Ruhe. Weder versucht er, mit mir zu reden, noch sagt er irgendetwas Gemeines. Wir machen auf jeden Fall erhebliche Fortschritte. Die Abfrage der Vokabeln ist nicht schwer, auch wenn ich mich frage, ob Vokabeltests wirklich noch etwas fürs College sind. Alles in allem bin ich ziemlich zufrieden, als ich mich auf den Weg zum Wohnheim mache. Dass Dexter sich entschuldigt hat, ist eine gute Sache. Vielleicht können wir endlich einen Schlussstrich ziehen.

Troy holt mich auf halber Strecke ein.

»Hey«, sagt er und grinst, als ich meinen Kaffee hochhalte. Ich bin eine passionierte Kalter-Kaffee-Trinkerin. »Keine Sorge, ich will dir nicht schon wieder irgendwas aufdrängen.«

Ich lache. »Alles gut. Was gibt's?«

»Dexter hat uns vorhin unterbrochen, deswegen wollte ich dich noch schnell etwas fragen.«

»Schieß los«, sage ich und hoffe inständig, dass er mich nicht um ein Date bittet. Zwar wirkt er nicht wie ein Typ, der sich an vergebene Frauen ranschmeißt, aber andererseits kenne ich ihn auch nicht sehr gut.

»Am Samstag ist ’ne Party in einem Verbindungshaus auf dem Campus«, erzählt er. »Ich habe mit den anderen geredet, irgendwie haben alle schon was vor. Und da dein Freund da wohnt, wollte ich wissen, ob du hingehst. Dann wüsste ich immerhin, dass ich jemanden kenne.«

Aha, er hat also immerhin noch auf dem Schirm, dass ich einen Freund habe.

»Ich weiß nicht genau«, sage ich ausweichend und werfe ihm einen entschuldigenden Blick zu. »Ehrlich gesagt sind Verbindungspartys nicht so mein Ding, und ich muss vorher arbeiten. Aber ich gucke mal, okay?«

»Super!« Er hebt die Hand, um mich abklatschen zu können, dreht sich dann um und joggt in die entgegengesetzte Richtung.

Das war seltsam.

Den Rest des Tages verbringe ich mit Madison in unserem Zimmer. Wir lernen und widmen uns ein wenig der Schönheitspflege, die in letzter Zeit etwas zu kurz gekommen ist. Madison hat eine beeindruckende Sammlung an Gesichtsmasken, und meine Nägel bekommen einen frischen roten Anstrich. Wir gucken ein paar alte Folgen *Sex and the City*, dann mache ich mich für das Abendessen mit meinen Dads fertig.

Auf dem Weg nach unten checke ich meine Nachrichten und sehe eine von Nathan. Die Party morgen Abend sei abgesagt, weil sie einen Wasserschaden im Verbindungshaus hätten. Zugegebenermaßen bin ich erleichtert. Ich will keine Spaßbremse sein, aber ich wäre auch vollkommen damit zufrieden, wenn wir den Samstagabend ruhig miteinander verbringen. Wir brauchen dringend Zeit für uns.

Rasch frage ich, ob er mich stattdessen im Wohnheim besuchen will, dann schultere ich meine Handtasche und laufe zur Bushaltestelle.

Meine zweite Schicht im *Rabbit Hole* läuft deutlich besser als die erste. Inzwischen weiß ich, wo alles hingehört, und verinnerliche die Abläufe, was die ganze Sache erheblich einfacher macht. Ich muss weniger Fragen stellen und wirke hoffentlich nicht mehr so unbeholfen, was mir am wichtigsten ist. Und – nicht zu vergessen – ich kippe keine Getränke auf die Tanzfläche.

Allerdings ist diese Schicht auch anstrengender. Samstags läuft das volle Programm, die Hauptbühne ist besetzt, und es sind deutlich mehr Gäste im Laden. Heute wird eine Dragshow aufgeführt, was ich ziemlich spannend finde. Es sind zwei Jumper eingeteilt und drei Kellner, was bedeutet, dass ich im Grunde nur Tische abräume und sauber mache. Ehrlich gesagt bin ich ziemlich froh, dass ich nicht abkassieren muss. Ich kann mir nicht einmal vorstellen, wie die Kellner bei all dem Chaos hier den Überblick behalten.

Als die erste Dragqueen die Bühne betritt, bleibe ich kurz stehen und schaue mir das Ganze mit einer Mischung aus Bewunderung und Verwirrung an. Ich kenne Dragqueens – einige Freunde meiner Dads sind welche. Doch eine richtige Show habe ich nie gesehen. Than hat mir auch von Dragkings erzählt. Darauf bin ich am meisten gespannt, weil ich so einen Auftritt noch nie live gesehen habe.

»Ava«, ruft Eileen, als ich ein volles Tablett vor David ablade und nach einem Lappen greife, um Tische abzuwischen. »Komm mal mit.«

Stirnrunzelnd folge ich ihr nach hinten zu einem der Personalräume. Ich habe mir eigentlich nichts zuschulden kommen lassen. Soweit ich weiß.

»Was gibt's?«, frage ich, als sie die Tür hinter uns schließt und sich zu mir umdreht. »Habe ich was falsch gemacht?«

»Nein«, sagt sie und winkt hastig ab. Ich atme erleichtert aus. »Du kannst für heute Feierabend machen, ich wollte nur ein, zwei Dinge mit dir besprechen, bevor ich den Dienstplan für die nächsten Wochen fertig mache.«

Ich setze mich neben sie auf die Bank und muss mich gewaltig beherrschen, um nicht aufgeregt herumzuzappeln. »Heißt das, ich hab den Job?«

Sie lächelt. »Von meiner Seite aus gerne. Die Leute mögen dich, und du hast weniger kaputt gemacht, als ich erwartet habe.« Na, vielen Dank. »Allerdings ist mir eine Sache aufgefallen, und ich möchte dich einfach direkt danach fragen, bevor es Probleme gibt, die wir vermeiden könnten.«

Unbehaglich verschränke ich die Finger ineinander. »Okay?«

»Als du vorhin angekommen bist, ist mir die Narbe auf deiner Brust aufgefallen«, beginnt sie und legt den Kopf schief. »Ich weiß, dass es mich nichts angeht, aber es ist eine verhältnismäßig große Narbe. Und falls du gesundheitliche Probleme hast, möchte ich es gerne wissen. Schließlich habe ich als deine Arbeitgeberin eine Fürsorgepflicht.«

Ich spüre, wie mir das Blut ins Gesicht schießt. Auch mit hochgeschlossener Kleidung ist die Narbe hin und wieder zu sehen, wenn der Stoff verrutscht oder ich mich nach vorne lehne. Es ist nicht so, dass mir die Narbe unangenehm ist oder das Thema an sich. Ich rede einfach nicht gern drüber, weil ich verhindern will, dass die Leute mich bemitleiden. Denn es gibt einen großen Unterschied zwischen ehrlichem Mitgefühl und Mitleid. Viele Leute behandeln mich anders, nachdem sie von meiner Geschichte erfahren haben. Sie sind vorsichtiger und packen mich in Watte. Das will ich nicht.

»Ich hatte einen angeborenen Herzfehler«, sage ich geradeheraus. »Mit vierzehn habe ich ein Spenderherz bekommen, weil das alte den Dienst quittiert hat. Es gibt eine Menge, was ich beachten muss, aber ich komme gut damit klar. Das ist also nichts, worüber ihr euch Gedanken machen müsstet.«

Einen Moment lang sieht sie mich an, dann nickt sie. »Körperliche Arbeit ist also okay? Es kann ziemlich anstrengend sein, und die Luft hier drin kann einem zu schaffen machen.«

»Falls es ein Problem gibt, sage ich rechtzeitig Bescheid.«

»Dann sind wir uns einig.« Sie streckt mir die Hand entgegen und grinst mich an. »Willkommen im Team, Ava.«

Erleichtert atme ich aus. »Vielen, vielen Dank«, sage ich und schlage ein. »Du wirst es nicht bereuen.«

»Das will ich hoffen. Und jetzt übergib deinen Bereich an David, dann kannst du gehen.«

Ich bleibe noch einen Moment sitzen und starre auf die Tür, die Eileen hinter sich zuzieht. Als ich mir sicher bin, dass sie mich nicht mehr hören kann, quieke ich begeistert auf. Ich habe den Job! Und mit dem Trinkgeld werde ich mir vielleicht bald ein Auto leisten und meine Dads finanziell entlasten können! Das ist der Hammer!

Nachdem ich meinen Bereich ordnungsgemäß übergeben und den Laden verlassen habe, ziehe ich das Handy aus meiner Hosentasche. Schlechtes Gewissen hin oder her, ich will Nathan unbedingt davon erzählen. Und davon, dass Eileen so cool auf mein Herz reagiert hat! Die meisten Leute behandeln mich danach anders, doch für Eileen war das überhaupt kein Thema.

Ich drücke die Kurzwahltaste und warte auf das Freizeichen. Vielleicht kann er mich abholen. Er hatte zwar abgesagt für heute Abend, weil sie ein bisschen Ordnung im Haus schaffen müssen, aber ich könnte ihnen ja helfen. Es klingelt zweimal, dann springt die Mailbox an. Stirnrunzelnd sehe ich auf mein Handy und versuche es erneut. Er hat mich weggedrückt, das war sicher ein Versehen. Beim zweiten Mal klingelt es länger.

»Hey, Babe?«, quiekt eine überdrehte Frauenstimme so laut, dass ich zusammenzucke und mir einen Stöpsel der Kopfhörer aus den Ohren ziehe. Mitten auf dem Gehsteig stehend starre ich das Handy an, während ich das Lachen irgendeines Mädchens höre.

18

AVA

»Wer ist da?«, rufe ich mindestens genauso laut zurück. Im Hintergrund sind mehrere Stimmen und laute Musik zu hören. Doch soweit ich das beurteilen kann, ist Nathan nicht am anderen Ende.

»Hallo?«, versuche ich es erneut. Keine Antwort.

Nathan hat mir erzählt, dass keine Party stattfindet. Warum sollte er mich anlügen? Ich weiß nicht, was ich davon halten soll. Ich vertraue Nathan. Vielleicht ist der Schaden am Haus doch nicht so groß, und es sind spontan ein paar Leute vorbeigekommen. Das ist durchaus möglich. Oder nicht? Vielleicht hat er sein Handy einfach nur liegen gelassen. Auf einer spontanen Verbindungsparty gibt es sicher genug Betrunkene, die es witzig finden, an fremde Handys zu gehen.

Es dauert ein paar Herzschläge lang, bis ich mich wieder fange und loslaufe. Ich könnte auch den Bus zum Verbindungshaus nehmen, aber ein bisschen Bewegung ist jetzt genau das Richtige. Meine Verwirrung verpufft mit jedem Schritt. Stattdessen werde ich wütend. Es gibt mit Sicherheit eine vernünftige Erklärung. Nathan hätte mir wenigstens Bescheid sagen können. Oder mich einladen können. Ich habe es satt, zu Hause zu sitzen und zu warten, bis er sich dazu herablässt, sich bei mir zu melden. Ich habe es satt, dass ich lediglich kleine Details über sein Leben erfahre; ausgewählte Krümel, die er mir hinwirft, damit ich eine Weile zufrieden bin. Ich bin seine Freundin, Herrgott noch mal!

Ich habe mich so sehr in meine Wut hineingesteigert, dass ich nicht nachdenke, als sich auf der Straße ein Taxi nähert. Ich mache einen Schritt auf die Straße, und es kommt quietschend zum Stehen. Der Fahrer will gerade durchs offene Fenster zu einer Schimpftirade ansetzen, doch ich ziehe wortlos meinen kompletten Verdienst des Abends aus der Hosentasche und drücke ihm das Bündel in die Hand. Mir ist klar, dass das Geld vermutlich für eine Fahrt bis nach Indianapolis reichen würde, aber das ist mir gerade herzlich egal! Ich werde zu dieser blöden Party gehen. Scheiß drauf, was es kostet.

Entschlossen steige ich ins Taxi und nenne dem verdutzten Fahrer die Adresse von Nathans Verbindungswohnheim.

Die Fahrt dauert nicht lange, vielleicht fünfzehn Minuten. Als der Fahrer mir einen Teil meines Geldes wiedergibt, reiße ich es ihm wortlos aus der Hand und springe aus dem Wagen.

Das Haus, in dem mein Freund wohnt, ist groß und protzig. Es erinnert mich an ein altes Herrenhaus mit bodentiefen Fenstern, einer breiten Eingangstür und einer weißen Sandsteinfassade. Es verfügt über drei Etagen, und unter dem Dachvorsprung prangt mittig ein großes, goldenes »B«. Alle Fenster sind hell erleuchtet, und genau wie beim letzten Mal dringt laute Musik nach draußen. Im Vorgarten und auf dem Stück Rasen, das hinters Haus führt, lungern Unmengen von Studierenden herum. Rechts von mir sitzen zwei Jungs auf dem Boden, an die hüfthohe Mauer gelehnt, und sehen aus, als hätten sie mindestens drei Fässer Bier intus. Jeweils. Die Wut explodiert in meinem Magen wie eine Bombe.

Das hier ist keine kleine spontane Runde. Das ist eine verdammte ausgewachsene Party! Nathan hat mich angelogen!

Ich springe angeekelt zurück, als ein Betrunkener sich geräuschvoll auf die Auffahrt übergibt. Schaudernd laufe ich weiter, schlängele mich durch die Grüppchen im Vorgarten und ignoriere die Pfiffe, die ich mir wegen meiner knappen Ledershorts einhandle. Innerlich bin ich froh, dass ich mich nicht umgezogen habe. Auch wenn ich keinen Wert auf Collegepartys lege, ist es gut, nicht aufzufallen. Zumindest nicht negativ.

Auf meinem Weg durchs Haus passiere ich die Küche, in der irgendwelche Jungs Bier aus einem Trichter trinken; das Wohnzimmer, das nicht mehr wirklich als solches zu erkennen ist, und die Flure, die der Haupttreffpunkt zu sein scheinen. Und ungefähr alle zwei Meter wird mir aus irgendeiner Richtung ein Drink angeboten. Als ich schließlich genug davon habe, dankend abzulehnen, nehme ich einen der roten Becher entgegen und halte mich daran fest, während ich die Suche nach Nathan fortsetze.

Schließlich lande ich im Garten, der geruchstechnisch eine angenehme Abwechslung zu dem Mief im Inneren des Hauses darstellt. Ich trete auf die Terrasse und atme tief ein, als mir erneut ein Becher, diesmal ein blauer, angeboten wird. Lächelnd halte ich meinen eigenen hoch, als mein Blick auf den Pool fällt.

Mein Lächeln erstirbt augenblicklich. Plötzlich habe ich das Gefühl, nicht mehr richtig atmen zu können. Meine Finger krallen sich um den Becher, der unter dem Druck eingedellt wird, aber das ist mir egal.

Dort im Pool, keine zehn Meter von mir entfernt, klammert sich mein Freund mit beiden Händen an den Beckenrand, um einer Blondine Halt zu geben, die anscheinend vergessen hat, wie man schwimmt. Sie küssen sich so leidenschaftlich, dass es beinahe unanständig ist. In einer anderen Situation mit anderen Beteiligten würde ich wahrscheinlich peinlich berührt wegucken, mich über die beiden lustig machen oder ihnen ein Kondom anbieten.

Jemand anders scheint auf denselben Gedanken gekommen zu sein, denn im nächsten Augenblick ertönt ein Rufen, dass sie sich doch bitte in ein Zimmer verziehen sollen. Nathan hebt den Kopf, um etwas zu erwidern – oder Luft zu holen. Sein Blick streift die Menge und bleibt an mir hängen.

Erwischt, Mistkerl.

Ich würde gern irgendetwas Cooles oder Geistreiches tun, doch ich stehe einfach nur da, während mir das Getränk über die Hand läuft und ich vermutlich ziemlich erbärmlich aussehe. Immerhin hat er den Anstand, erschrocken die Augen aufzureißen. Aber ich lasse ihm nicht die Gelegenheit, zu mir zu kommen. Falls er das überhaupt vorhat. Er hockt nämlich immer noch in dem verdammten Pool, während die Blondine ein Kunstwerk aus Knutschflecken auf seinem Hals vollbringt. Kurz frage ich mich, wie er mir das hätte erklären wollen, dann explodiert die Wutblase in mir.

Ich reiße einem Kerl, der mir vor ein paar Minuten einen Drink angeboten hat, einen blauen Becher aus der Hand und kippe den Inhalt in einem Zug hinunter. Er ruft mir entrüstet hinterher, als ich ins Haus verschwinde. Der Alkohol – zweifellos irgendwas Hochprozentiges – rinnt meine Kehle hinunter und fühlt sich an, als würde er meinen Körper in Flammen setzen. In diesem Moment will ich einfach nur jemand anders sein. Laut meinen Ärzten darf ich durchaus mal etwas trinken, jedoch nur in geringen Mengen. Normalerweise habe ich kein Problem damit, mich daran zu halten. In diesem Moment ist es mir scheißegal.

Ich werfe meinen leeren Becher achtlos zur Seite und mache mich auf die Suche nach Nachschub. Wo sind die Spendierfreudigen, wenn man sie braucht? Bilder von Nathan und diesem Mädel erscheinen in meinen Gedanken und verlangen nach Aufmerksamkeit, aber ich schiebe sie energisch beiseite.

Ich bin nicht in Stimmung für einen Nervenzusammenbruch, dafür bin ich zu wütend.

»He!«, rufe ich, sobald ich wieder in der Küche stehe, wo die Gruppe von Kerlen immer noch damit beschäftigt ist, sich mit einem Trichter abzufüllen. Kurz betrachte ich die Vorrichtung, dann verwerfe ich den Gedanken wieder. Doch anscheinend hat mein kleiner Ausruf gereicht, um die Aufmerksamkeit der Jungs zu erregen, denn sie sehen mich erwartungsvoll an.

»Ich sitze auf dem Trockenen«, verkünde ich und werfe sämtliche Zweifel über Bord. Scheiß drauf. Meine Welt zerfällt gerade zu einem Scherbenhaufen.

Ein Blonder mit süßen Locken kommt grinsend und mit zwei Schnapsgläsern zu mir herüber. Er lehnt sich mit der Hüfte an den Küchentresen und sieht mich eine Weile an.

»Da das hier meine Party ist, kann ich diesen Zustand natürlich nicht verantworten«, teilt er mir wichtigtuerisch mit. Er füllt die Gläser mit einer bernsteinfarbenen Flüssigkeit, deren Geruch allein mir Tränen in die Augen treibt.

Ich sehe ihn stirnrunzelnd an, als ich mein Glas hebe. »Ach wirklich? Das ist deine Party?«

Ernst legt er eine Hand auf die Brust, als wollte er die Nationalhymne anstimmen. »Ich gebe Euch mein Ehrenwort!«

Der Schnaps macht mich offenbar mutig, denn im nüchternen Zustand würde ich niemals in einen mehr oder weniger anmutigen Knicks sinken und übertrieben langsam mit den Wimpern klimpern. Kurz schießt mir der Gedanke durch den Kopf, dass der Typ ein wenig Ähnlichkeit mit einem blonden Dexter hat, doch daran sollte ich im Moment wirklich nicht denken. Hastig leere ich das Glas und unterdrücke ein Husten. Widerliches Zeug.

Bevor einer von uns beiden noch etwas sagen kann, schiebt sich ein anderer Kerl zwischen uns. Erst auf den zweiten Blick erkenne ich Troy, der mich seltsam mustert.

»Ich denke, ich übernehme«, teilt er dem Blonden mit, der sich mit einem Achselzucken verzieht. Ich bin ein wenig enttäuscht, dass er mich so schnell aufgibt. Auf der anderen Seite sieht er vermutlich ein, dass er bei anderen Mädels leichter ans Ziel kommt.

Nach dem einen Höllendrink ist meine Sicht benebelt, und mir kommt die Umgebung plötzlich viel einladender vor als noch vor ein paar Minuten. Troy deutet vage auf meine Beine.

»Ich mag diese Shorts«, bemerkt er, und ich rieche den Schnaps in seinem Atem. Offensichtlich ist er schon seit einer Weile hier.

Selbst betrunken spüre ich, wie ich rot werde. »Vielen Dank.«

Er kommt noch einen kleinen Schritt näher. »Und diese Lippen mag ich auch.«

»Ähm, sorry Troy, es ist nicht …«, stammle ich ein wenig überrumpelt. Ich bin mir ziemlich sicher, dass es am Alkohol liegt, aber seine direkte Art verwirrt mich. Was hat Madison noch mal gesagt? Ach ja, Troy ist einer von den Guten. Er hat mir Kaffee mitgebracht. Schnell versuche ich, mein benebeltes Gehirn unter Kontrolle und das Zimmer um mich herum zum Stillstand zu bringen. Alles dreht sich. »Ich will wirklich nicht …«

Er scheint zu verstehen, denn er weicht zurück. Ich sehe die Enttäuschung in seinen Augen, doch rasch kehrt das freundliche Lächeln zurück, das ich bereits kenne.

»Schon okay. Ich schaue mal nach den anderen«, sagt er und wendet sich ab. Bevor er die Küche verlässt, dreht er sich noch einmal zu mir um. »Vielleicht solltest du mal deinen Freund suchen.«

Und dann ist er verschwunden. Gott allein weiß, warum mir gerade jetzt Tränen in die Augen steigen. Ich sehe meinem Freund dabei zu, wie er eine andere quasi im Pool vernascht – nichts, kein Tränchen! Aber kaum werde ich von einem mehr oder weniger Fremden allein stehen gelassen, würde ich am liebsten losheulen.

Apropos Nathan; er hat noch nicht nach mir gesucht.

Mein Atem geht zittrig, und eine erste Träne läuft über meine Wange. Mein Gott, das ist so peinlich. Ich muss dringend nach Hause. Kaum mache ich einen Schritt, dreht sich die Küche wieder. Mit Mühe begebe ich mich auf den Weg durch das Haus. Ich schaffe es durch die Küche, doch die eigentliche Herausforderung wartet im Flur. Er ist so überfüllt, dass ich Schwierigkeiten habe, einen Fuß vor den anderen zu setzen. Die tausend Promille, die es sich inzwischen in meiner Blutbahn gemütlich gemacht haben, zeigen ihre Wirkung. Alkohol auf leeren Magen war wirklich keine gute Idee. Ich spüre eine Hand auf meiner Hüfte, wage es aber nicht, mich umzudrehen, aus Angst, die Wände könnten einfach zur Seite wegkippen.

Irgendwie schaffe ich es ins Wohnzimmer, das inzwischen mit Alkoholleichen gepflastert ist. Vielleicht sollte ich mich danebenlegen und schlafen. Ja, schlafen erscheint mir im Moment wirklich als sinnvolle Lösung für all den Scheiß.

Als ich eine bequeme Stelle auf dem Fußboden anvisiere, legt sich eine Hand um meinen Arm und hält mich davon ab, mich einfach fallen zu lassen.

Als ich mich umdrehe, blicke ich geradewegs in Dexters dunkle Augen.

Oh nein, ist das hier ein blöder Witz?

Dexter hat die Stirn gerunzelt – wann hat er das nicht?

»Warum sollte das ein Witz sein?«, fragt er ohne eine Spur

von Humor. Mit Verzögerung wird mir klar, dass ich anscheinend meine Gedanken laut ausgesprochen habe.

»Dämlicher Schnaps«, schimpfe ich, während ich vergeblich versuche, meinen Arm zu befreien. »Lass mich los, du Nervensäge!«

Stattdessen kommt er noch einen Schritt näher. »Was machst du hier, Ava? Nathan ist hinten am Pool.«

Ich verziehe das Gesicht, und der Alkohol lässt mich wie eine Irre kichern. »Was du nicht sagst.«

»Hast du geweint?«

Der leicht erschrockene Ton in seiner Stimme lässt mich aufblicken, doch in seinem Gesicht ist nur dieses verdammte Stirnrunzeln zu sehen.

»Das geht dich ja so unglaublich gar nichts an«, lalle ich.

»Du bist betrunken«, bemerkt er trocken.

Ein hysterisches Kichern dringt aus meiner Kehle. »Ich hatte nur zwei Drinks, also nein.«

Dexter öffnet gerade den Mund, um etwas zu erwidern, da ertönt hinter ihm eine Stimme, und Nathan taucht in meinem Blickfeld auf. Seine Augen wandern kurz von Dexters Hand, die immer noch meinen Arm umklammert hält, zu meinem vermutlich verheulten Gesicht.

Ich kann nicht anders, ich pruste los. »Das … ist doch wirklich nicht … euer Ernst!«, presse ich mühsam zwischen Lachern und Hicksern hervor. Himmel, selbst betrunken kann ich hören, wie lächerlich ich klinge. Ich reiße mich kurz zusammen und setze dann erneut an: »Ihr beide«, sage ich, wobei ich mit meinem Zeigefinger auf jeden deute, »ihr könnt euch jetzt schön verziehen! Ich komme wunderbar alleine zurecht.«

Nathan rührt sich als Erster. Er streckt die Hand nach mir aus, was sowohl Dexter als auch mich dazu veranlasst, einen Schritt zurückzuweichen.

»Ava, komm schon, ich bringe dich hoch in mein Zimmer«, sagt er, doch er klingt nicht wirklich nett. Nein, gar nicht nett. Er klingt genervt.

Ich schnaube abfällig. »Das hättest du wohl gerne. Bist du bei der Tussi vorhin nicht zum Zug gekommen? Willst du mich etwa abfüllen und verführen, damit wir endlich mal wieder vögeln?« Am Ende schreie ich, doch sobald die Worte aus meinem Mund sind, schlage ich erschrocken meine Hände davor.

Habe ich das gerade wirklich gesagt? In Anwesenheit von Dexter?

Nathan wirkt ziemlich ungerührt von meinen Worten. Er hebt lässig die Augenbrauen und bedenkt mich mit einem prüfenden Blick. »Das mit dem Abfüllen hast du offensichtlich gut allein hingekriegt, Babe.«

»Nenn mich nicht so!«, fauche ich.

»Komm jetzt mit, Ava!«

»Ich will aber nicht mit! Ich hatte gerade Spaß!«

Dexter sieht derweil aus, als langweilte die Situation ihn zu Tode. Schön, dass es für ihn anscheinend nicht mal einen gewissen Unterhaltungsfaktor hat, mein Leben in tausend Scherben zerspringen zu sehen. Dämlicher, arroganter Mistkerl!

»Mit ihm?«, fragt Nathan mürrisch, der meinem Gedankengang offenbar nicht wirklich folgen kann. Sein Blick ist auf Dexter gerichtet, der Nathan wiederum abschätzend mustert.

Da kommt mir eine Idee. Eine geradezu brillante, fantastische Idee! Quasi die beste Idee, die jemals jemand auf diesem Planeten gehabt hat! Der Alkohol scheint das Genie in mir heraufzubeschwören.

So lässig wie möglich mache ich einen Schritt auf Dexter zu und ignoriere die Tatsache, dass ich ein wenig schwanke. Als er besorgt eine Hand ausstreckt, ergreife ich sie und lege sie mir um die Taille.

Nathan fallen beinahe die Augen aus dem Kopf! Ha!

»Wenn du es genaaaau wissen willst«, sage ich zu ihm, »ja, wir hatten gerade wirklich Spaß! Ehrlich gesagt, störst du ziemlich.«

Gerne würde ich zu Dexter hochschauen, um zu sehen, was er für ein Gesicht macht, aber das würde möglicherweise die Fassade zerstören. Also begnüge ich mich damit, seine Hand an meiner Taille festzuhalten, für den Fall, dass er sie zurückziehen will.

Nathan betrachtet uns kurz, dann zuckt er mit den Schultern. »Ich ruf dich morgen an.«

Das war's. Er dreht sich um und verschwindet.

»Das kannst du dir sparen! Ich habe dir nichts mehr zu sagen«, rufe ich ihm hinterher, habe aber nicht das Gefühl, dass meine Worte ihn überhaupt erreichen.

Kaum ist mein Freund außer Sicht, entzieht Dexter mir die Hand und dreht sich mit zusammengekniffenen Augen zu mir um. »Was war das denn?«

Ich halte seinem Blick stand. Als ich erneut nach seiner Hand greife, überrasche ich mich selbst damit am meisten. »Das ist mein Freund, wie du ja weißt«, informiere ich ihn verschwörerisch. »Dem haben wir es ganz schön gezeigt!«

Er fährt sich mit der Hand durch die Haare, und ich finde, er sieht ein bisschen verzweifelt aus. »Ich glaube, du solltest jetzt nach Hause gehen, Ava.«

»Wie bitte?«

»Du bist betrunken und kannst kaum noch aufrecht stehen«, sagt er mit fester Stimme. »Geh nach Hause, Ava.«

Ich fühle mich wie ein Kind, das zu Bett geschickt wird.

»Was soll der Scheiß?«, fahre ich ihn an, als sich der gesamte

Ärger der letzten Stunden auf einmal in mir entlädt. »Ich habe es so satt, dass ihr Kerle ständig meint, ihr könntet uns herumkommandieren! Ich bin verdammt noch mal alt genug, und wenn ich mich betrinken will, dann tue ich das! Und wenn ich mich genau hier zwischen diese Leute legen will, dann tue ich auch das!« Ich schreie wieder, doch das ist mir egal. Um meine Worte zu unterstreichen, taumele ich zu der Stelle, die ich als Schlafplatz auserkoren hatte, und lege mich auf den Steinfußboden, genau zwischen zwei besoffene Kerle, die stinken, als hätten sie beide im Schnaps gebadet.

Aber auch das ist mir egal. Ich bin erwachsen, und ich brauche weder Nathan noch Dexter, die mir sagen, was gut für mich ist.

Leider scheint Letzterer das anders zu sehen. Er baut sich über mir auf, wobei er meinem rechten Nachbarn fast auf die Hand tritt. »Fuck, Ava, das ist doch nicht dein Ernst!«

Statt einer Antwort verschränke ich die Arme vor der Brust und rutsche ein wenig näher an den Kerl links von mir heran, was ihm ein gedämpftes Stöhnen entlockt.

Dexter starrt noch eine Sekunde auf mich herab, dann beugt er sich mit einem derben Fluch zu mir herunter, greift mit den Armen um meine Taille und hebt mich hoch. Ich kreische, als ich den Boden unter mir verliere, aber er ignoriert mich und wirft mich stattdessen wie einen nassen Sack Kartoffeln über seine Schulter.

»Lass mich runter, du mieser Verräter«, kreische ich.

Er lässt sich nicht im Mindesten beirren, während er mich durch die Scharen von Leuten manövriert, die uns allesamt mit offenem Mund hinterhergaffen. Niemand, nicht einer, scheint mich retten zu wollen. Dämliches, ignorantes, Pack!

Sobald er durch die Eingangstür tritt und die frische Nachtluft mich umfängt, lässt meine Gegenwehr nach. Auf einmal bin ich schrecklich müde. Nathans gleichgültiges Gesicht taucht vor meinem inneren Auge auf, und ich erschaudere, während Dexter einfach weiterläuft. Wohin, ist mir inzwischen völlig egal.

Ich will schlafen und diesen ganzen verdammten Abend vergessen.

19

AVA

Etwas rüttelt an meiner Schulter. Ich will es zur Seite schlagen oder anbrüllen oder umbringen, doch es hört einfach nicht auf. Mein Kopf pocht und versucht, mich zurück in den Schlaf zu ziehen. Ich würde ihm dankbar folgen, wenn sich zu dem Schütteln nicht auch noch ein nervtötendes Geräusch gesellen würde.

»Ava? Ava, wach auf.«

Aha. Bei dem Geräusch handelt es sich um eine Stimme. Ich blinzle, schließe die Augen aber sofort wieder, als ein grässlicher Schmerz durch meinen Kopf schießt. Meine Gedanken sind träge, als würden sie sich durch Watte kämpfen.

»Lass mich«, nuschele ich. Ich will mich zur Seite rollen, als mein Kopf gegen etwas Hartes knallt. »Au!«

Ich könnte schwören, dass neben mir jemand heftig flucht. Als ich es endlich schaffe, die Augen zu öffnen, blicke ich in Dexters wütendes Gesicht. Wieder mal. Ich realisiere, dass ich in einem Auto sitze. Wie merkwürdig.

»Schaffst du es in dein Zimmer, ohne dich in irgendeiner Art und Weise umzubringen?«, fährt er mich an, während er am Steuer sitzt.

Zu dem Chaos in meinem Kopf gesellt sich eine gehörige Menge Wut. Ich rappele mich mühsam auf in eine etwas würdevollere Position und straffe die Schultern. »Du bist ganz schön überheblich, wenn man bedenkt, dass dich niemand um deine Hilfe gebeten hat«, fauche ich zurück und klopfe mir innerlich auf die Schulter.

Er kneift die Augen zusammen und legt Daumen und Zeigefinger an die Nasenwurzel. Es verschafft mir eine gewisse Genugtuung, dass er beinahe genauso fertig aussieht wie ich. Was nicht ganz fair ist, weil er mir im Grunde nichts getan hat und nicht er derjenige ist, auf den ich wütend sein muss. Aber meine Wut braucht ein Ventil, und Dexter hat sich auch schon mehr als einmal wie ein Idiot verhalten. Also, was soll's?

»Hör mal, Ava, ich weiß, dass es mich nichts angeht, aber du solltest mir verdammt dankbar sein«, presst er zwischen den Zähnen hervor. »Keine Ahnung, was passiert ist, aber ich denke, du solltest jetzt aussteigen und deinen Rausch ausschlafen, bevor du weiter mit mir streitest. Du machst dich nämlich gerade wirklich lächerlich.«

Zugegebenermaßen schockiert von seiner kleinen Rede, weiche ich zurück und reiße die Tür auf. Bevor ich aus dem Wagen klettere, drehe ich mich noch einmal zu ihm um.

»Du hast recht, Dexter. Du hast überhaupt keine Ahnung!«

Er sieht mich nicht mal an, sondern startet einfach den Motor und braust mit quietschenden Reifen davon. Ich starre ihm ein paar Sekunden hinterher, bis ich mich umdrehe und in mein Wohnheim renne.

Sobald ich im Bett liege, bricht der Damm, und ich schluchze hemmungslos in mein Kissen.

DEXTER

Ich muss all meine Willensstärke aufbringen, um nicht in den Rückspiegel zu schauen. Oder umzudrehen, auszusteigen und mich zu vergewissern, dass Ava es tatsächlich in ihr Zimmer schafft.

Nicht meine Baustelle, sage ich mir immer wieder, während

ich durch die Gegend fahre. Ich habe keine Ahnung, wohin ich soll, immerhin wohnen Ava und ich im selben Wohnheim. Und das ist der letzte Ort, an dem ich im Moment sein sollte. Meine Gedanken rasen so schnell durch meinen Kopf, dass sie vermutlich von innen gegen meine Schädeldecke schlagen. Ich kann kaum einen klaren Gedanken fassen. Immer wenn ich es versuche, taucht das Bild von Avas Narbe in meinem Kopf auf. Warum ist sie mir vorher nie aufgefallen? Ich versuche, mich daran zu erinnern, ob ich Ava vorher jemals mit einem tiefen Ausschnitt gesehen habe. Aber mir fällt nur unser erster Abend bei der Schnitzeljagd ein, und da war es größtenteils dunkel. Und auch heute hatte sie ein hochgeschlossenes Oberteil an. Die Narbe wäre mir nie aufgefallen, wäre Ava nicht betrunken im Auto eingepennt, sodass ihr T-Shirt verrutscht ist.

Es ist definitiv eine Operationsnarbe. Auch wenn mir selbst klar ist, dass es eine Menge Ursachen dafür geben kann, fällt mir nur eine ein: Herztransplantation. Als Teil meiner beschissenen Therapie hat mein Seelenklempner mich eine Selbsthilfegruppe besuchen lassen. Auch wenn ich nur zweimal da gewesen bin, erinnere ich mich immer noch gut an diese feinen, unscheinbaren Linien auf dem Oberkörper. Für die Herzpatienten standen sie für zweite Chancen und einen Neubeginn. Für mich bedeuten sie Tod und Schmerz.

Meine Hände beginnen zu zittern, also steuere ich den Wagen in eine Parklücke und lasse den Kopf gegen das Lenkrad sinken. Das kann nicht sein, oder? Ava hätte etwas in der Art erwähnt.

Und selbst wenn Ava ein Spenderherz erhalten hat, bedeutet das noch lange nicht, dass es Jace' ist. Mein Bruder ist nicht der Einzige, der in den letzten zwanzig Jahren seine Organe gespendet hat. Es ist durchaus möglich, dass Avas Operation Jahrzehnte her ist. Diese Theorie ist absolut absurd – ich weiß nicht mal, ob Ava wirklich ein Spenderherz erhalten hat. Wenn ich ehrlich bin, weiß ich so gut wie nichts über sie.

Trotzdem. Der Gedanke frisst sich in mein Hirn wie ein Parasit, und einen Moment lang schnappe ich verzweifelt nach Luft.

Mit bebenden Fingern entsperre ich mein Handy und öffne die E-Mail-App. Theoretisch ist es möglich, die Kontaktdaten der Empfängerin zu erhalten. Der Arzt hatte mir etwas in der Art erzählt. Oder war es diese Tante von der Transplantationsstiftung? Ich kann mich nur noch an wenig erinnern, was in der Nacht passiert ist, als ich der Organspende zugestimmt habe. Aber ich bin mir ziemlich sicher, dass eine Kontaktaufnahme möglich ist, solange der Empfänger dem zustimmt. Ich kann sicher irgendwo nachfragen.

Und was, wenn es stimmt?

Was, wenn Jace' Herz in Avas Brust schlägt? Wenn Ava nur deswegen am Leben ist, weil mein kleiner Bruder in dieser verdammten Nacht gestorben ist? Wenn ich Ava nur deswegen hatte küssen können, weil ich Jace' Maschinen habe abstellen lassen und sein Herz dadurch für ihn unbrauchbar gemacht habe?

Ein merkwürdiger Laut dringt aus meiner Kehle. Das Handy gleitet aus meinen Fingern und landet im Fußraum.

Das hier ist ein Moment für Alkohol. Oder Gras. Noch vor einem Jahr hätte ich meine Gefühle einfach ertränkt und wäre in einem Sumpf aus Gleichgültigkeit versunken. Und auch wenn ich das vor Carter niemals zugeben würde, kommt mir diese Möglichkeit gerade verdammt verlockend vor. Ein einfacher Ausweg, bei dem ich mir keine Gedanken mehr darüber machen muss, was alles passieren könnte. Das ist das Problem mit Drogen. Sie erscheinen einem als die einfache, unkomplizierte Lösung. Wie die Du-kommst-aus-dem-Gefängnisfrei-Karte bei Monopoly. Das Problem dabei ist, dass Sorgen und Gefühle nicht verschwinden, nur weil man sie im Rausch ausblendet. Im Gegenteil. Sie nähren sich von der Gleichgültigkeit, werden größer und erwarten dich, sobald du dich dem Leben wieder stellst.

Und das will ich nicht mehr. Sosehr es mich auch reizt, habe ich mehr Angst vor der Rückkehr in die Realität als vor den Problemen, die im Hier und Jetzt auf mich warten.

Allerdings scheinen sich sämtliche meiner Probleme in einer Person manifestiert zu haben – Ava. Ava, die ich gerade völlig betrunken vorm Wohnheim abgesetzt habe. Darf sie überhaupt trinken? Das erscheint mir bei einer Herztransplantation irgendwie fragwürdig. Auf so eine Art und Weise sollte man nicht mit einem fremden Herzen umgehen.

Meine Gedanken schweifen ab, landen aber immer wieder bei Ava. Irgendwann habe ich mich so weit gefangen, dass ich mein Telefon aus dem Fußraum fische und den Wagen wieder starte. Ich muss nach Hause. Es ist spät, ich bin im Eimer und habe keine Lust, erneut bei Carter zu stranden. Ich werde ihm sicher von alledem erzählen, aber erst, wenn ich es geklärt habe. Ich habe keine Lust mehr, der Fixpunkt seiner Sorgen zu sein. Er soll merken, dass es bergauf geht. Er soll mich endlich wieder ernst nehmen. Das funktioniert aber nicht, wenn ich ständig nachts bei ihm auf der Matte stehe und meinen Seelenmüll ablade.

Als ich das Auto auf dem Uniparkplatz abstelle, bleibe ich noch ein paar Sekunden lang im Dunkeln sitzen und horche auf mein eigenes Herz, das in meiner Brust schlägt. Es ist eine seltsame Vorstellung, dass es einfach so ausgetauscht werden kann. Es ist der Mittelpunkt unseres Körpers. Was, wenn mit seinem Austausch etwas von dem Menschen, der es getragen hat … keine Ahnung, mitgenommen wird?

Ich schüttle den Kopf und lache trocken auf. Normalerweise bin ich kein esoterischer Mensch, und ich fange jetzt sicher nicht damit an. Trotzdem, sollte ich mit meinen Befürchtungen richtigliegen, trägt Ava etwas von Jace in sich. Etwas Greifbares, Wirkliches. Ein Teil von ihm wäre ein Teil von ihr. Seit dem Abend, an dem wir dieses verdammte Spiel gespielt haben, habe ich das Gefühl, mich mit Ava verbunden zu fühlen. Wir sind nicht voneinander losgekommen, obwohl wir es wirklich versucht haben. Was, wenn das an Jace' Herzen liegt?

Ich habe keine Ahnung, wie viele Herzen täglich in Chicago transplantiert werden, aber es ist möglich.

Fuck, diese ganze Sache sprengt meine Vorstellungskraft.

Eilig steige ich aus dem Wagen, überquere den dunklen Campus und betrete zusammen mit zwei Studentinnen, die ich schon ein paarmal gesehen habe, den Aufzug. Sie reden über irgendeinen Kurs, ihre Blicke in meine Richtung entgehen mir nicht. Mir ist klar, dass sie attraktiv sind. Beide groß, schlank, mit langen, lockigen Haaren. Im Grunde genau mein Beuteschema.

»Hoover-Stockwerk«, sage ich, ohne sie direkt anzusehen, und grinse, als ihr scheinheiliges Gespräch verstummt, »Zimmer 7B. Einfach anklopfen.«

Sie kichern mädchenhaft, und ich muss mich gewaltig zusammenreißen, um nicht die Augen zu verdrehen. Eigentlich steht mir im Moment nicht wirklich der Sinn nach Gesellschaft, ein bisschen Ablenkung könnte ich allerdings schon gebrauchen. Vielleicht ist es sogar genau das, was ich jetzt tun muss. Meine Gedanken befreien und vor allem Ava aus meinem Kopf kriegen.

Ich werfe den Mädchen einen Blick zu. Sie machen nicht den Anschein, als würden sie in mir einen festen Freund suchen.

Der Fahrstuhl stoppt, und die Türen gleiten auf. Die beiden verschwinden kichernd nach rechts, und ich bleibe allein zurück. Erst als die Türen schon wieder zugleiten, bemerke ich, dass es Avas Stockwerk ist.

Den Bruchteil einer Sekunde zögere ich, dann mache ich einen schnellen Schritt raus auf den Flur.

Ich will nicht wirklich darüber nachdenken, warum, doch ich muss nach Ava sehen. Oder an ihrer Tür lauschen. Irgendetwas, um sicherzugehen, dass sie in ihrem Bett liegt und schläft und nicht irgendwo auf der Strecke geblieben ist.

Vor ihrer Zimmertür bleibe ich stehen und lausche. Alles still. Was bedeutet, dass sie entweder pennt oder nicht da ist. Es ist nach drei Uhr nachts, also ist es grundsätzlich recht still im Wohnheim. Mein Plan, nach ihr zu sehen, erschien mir in der Theorie irgendwie besser. Ich könnte klopfen, allerdings würde ich sie dann wecken.

Ein wenig verloren stehe ich im Flur herum und überlege, was die beste Taktik ist, als ich Schritte höre. Avas Mitbewohnerin kommt mit gerunzelter Stirn auf mich zu.

»Hi«, sage ich und kratze mich kurz am Hinterkopf, während ich hastig einen Schritt zur Seite mache. Was ziemlich dämlich ist, immerhin hat Madison sicher bemerkt, dass ich mich vor ihrem Zimmer rumgedrückt habe.

»Was gibt's?«, fragt sie und bleibt grinsend vor mir stehen. »Soll ich dir aufschließen oder so?«

»Warum solltest du?«

Sie verdreht die Augen. »Okay, ich tue so, als wüsste ich nicht, was hier abgeht«, sagt sie, zieht ihren Schlüssel aus der Handtasche und klimpert damit herum. »Was kann ich für dich tun, Dexter? Brauchst du irgendwelche Notizen oder willst du dir ein Buch ausleihen?«

Ich suche nach einer Ausrede, gebe es dann aber auf. Fakt

ist, dass ich mitten in der Nacht vor Avas Zimmer herumstehe. Es gibt keine vernünftige Erklärung für meine Anwesenheit.

Seufzend lehne ich mich mit der Schulter an die Wand und nicke mit dem Kinn in Richtung Zimmer. »Ich wollte nachsehen, ob Ava da ist.«

»Ah ja.« Sie verschränkt die Arme. »Und warum, wenn ich fragen darf?«

Schon klar, sie macht einen auf beschützende Freundin. »Ich habe sie nach Hause gebracht«, erkläre ich und grinse, als sie überrascht die Augenbrauen hochzieht. »Ich bin ein verdammt guter Kerl. Ich will nur sehen, ob sie hier angekommen ist.«

»Ein verdammt guter Kerl würde sie bis zur Tür bringen, oder nicht?«, hakt sie nach. »Dann wüsstest du, dass sie hier ist.«

»Ich hatte zu tun.«

»So, so.«

Entnervt stöhne ich auf. »Also, machst du nun auf oder nicht?«

Sie mustert mich noch einen Moment, dann öffnet sie die Tür einen Spaltbreit. Die Deckenbeleuchtung im Flur wirft einen schmalen Streifen Licht in das kleine Zimmer. Das Licht trifft das hintere Bett und genau auf Avas Gesicht. Ihre Bettdecke ist bis zum Kinn hochgezogen, ihre Augen sind geschlossen, und sie atmet tief und gleichmäßig.

Der Anblick ihres schlafenden Gesichts löst eine Menge verwirrender Gefühle in mir aus, die ich lieber nicht allzu genau analysieren möchte.

»Warum hat sie geweint?«, flüstert Madison vorwurfsvoll und zieht mich am Shirt zurück.

»Was?«, frage ich verwirrt. » Sie pennt doch.«

»Männer«, seufzt Madison.

Erst jetzt bemerke ich die zerknüllten Taschentücher vor ihrem Bett. Ich mustere Ava stirnrunzelnd und überlege, ob ich sie wecken soll. Warum hat sie geweint? Wegen mir? Ich war nicht wirklich nett zu ihr, aber das sollte sie nach all unseren Streits auch nicht überraschen.

»Was ist denn passiert?« Madison reißt mich aus meinen Gedanken. Bevor ich protestieren kann, schließt sie leise die Tür und baut sich vor mir auf. Was niedlich ist, weil ich dieses Mädchen locker in die Tasche stecken könnte.

Trotzdem hebe ich kapitulierend die Hände. »Ich hab nichts gemacht. Als ich gegangen bin, hat sie noch nicht geheult.«

»Geweint«, verbessert sie missmutig. »Heulen ist ein furchtbares Wort.«

»Ich war's trotzdem nicht«, beharre ich. »Aber du kannst ihren Kerl fragen. Der Typ ist das Letzte.«

Hellhörig geworden zieht sie die Augenbrauen hoch. »Nathan meinst du?«

»Wie viele feste Freunde hat Ava denn?«

»Nathan ist widerlich«, sagt sie grimmig, ohne auf meinen Einwand zu achten. »Er hat mich mal angegraben. Bevor er wusste, dass ich Avas Mitbewohnerin bin.«

Interessiert ziehe ich die Augenbrauen hoch. »Weiß sie das?«

Madison schüttelt den Kopf. »Ich will es ihr sagen, aber irgendwie ist das seltsam, oder? Ich kenne sie noch nicht so lange und Nathan eigentlich überhaupt nicht. Ich will keine Beziehung kaputtmachen, wenn es ein Ausrutscher war. Und wenn sie zusammenbleiben, würde vermutlich irgendwie eine komische Stimmung zwischen uns herrschen.«

»Er ist ein absoluter Mistkerl«, präzisiere ich. »Sag es ihr. Sie braucht dringend jemanden, der ihr die Augen öffnet.«

Nun ist sie diejenige, die mich prüfend ansieht. »Ehrlich gesagt wusste ich nicht, dass ihr Freunde seid.«

»Sind wir auch nicht«, antworte ich schnell, vielleicht ein bisschen zu schnell. »Na ja, nicht so richtig.«

»Du machst dir ziemlich viele Sorgen dafür, dass du nicht ihr Freund bist. Rein platonisch natürlich.«

»Wie gesagt, ich bin ein guter Kerl.«

Sie nickt nur, mustert mich aber noch einmal und zuckt dann die Achseln. »Geht mich auch nichts an. Du hast gesehen, dass sie hier ist. Ich gehe jetzt auch ins Bett.«

Madison dreht sich um und zückt erneut ihre Schlüssel, doch ich halte sie auf. »Warte mal kurz.« Als sie mich fragend ansieht, winde ich mich innerlich. Ich komme mir vor wie ein Stalker, doch ich muss wirklich wissen, was Phase ist. »Mir ist etwas aufgefallen, als ich Ava nach Hause gebracht habe.«

Ihr Stirnrunzeln vertieft sich. »Und was?«

Es gibt keinen subtilen Weg, also entscheide ich mich für den direkten. »Ist sie mal operiert worden? Sie hat eine Narbe, aber nie etwas darüber erzählt.«

Madison sieht mich an, als würde sie überlegen, wie vertrauenswürdig ich bin. Mir ist klar, dass es zwischen Freundinnen so eine Art Ehrenkodex gibt. Ich hoffe, sie rückt trotzdem mit der Sprache heraus.

»Sie hatte etwas am Herzen«, sagt sie schließlich, bevor sie sich umdreht und die Zimmertür aufschließt. »Frag sie am besten selbst danach. Gute Nacht.«

Ich starre auf die geschlossene Tür. Ava hatte etwas am Herzen. Verdammte Scheiße.

20

AVA

Als die Sonne am nächsten Morgen auf mein Gesicht fällt und mich weckt, könnte ich schwören, höchstens eine Stunde geschlafen zu haben. Mein Kopf fühlt sich an, als würde er jeden Moment platzen. Außerdem rieche ich widerlich nach Alkohol und einigem anderen, das ich lieber nicht weiter analysieren will. Ich möchte nicht aufwachen. Ich bemühe mich, wieder einzuschlafen, aber die Realität zerrt erbarmungslos an mir.

Es soll Leute geben, die am nächsten Morgen aufwachen und sich an nichts von dem erinnern können, was sie am Abend zuvor getan haben. Sie werfen einfach eine Aspirin ein, nehmen eine kalte Dusche und sind vollkommen regeneriert.

Ich gehöre offensichtlich nicht zu diesen Glücklichen.

Als mein Gehirn allmählich wieder den Dienst aufnimmt, stürzen all die Bilder des gestrigen Abends auf mich ein. Und zwar ohne verklärenden Alkoholschleier. Ich sehe Nathan, wie er im Pool mit irgendeinem Mädchen rummacht. Troy, wie er mich anbaggert und dann stehen lässt, um sich eine zugänglichere Bekanntschaft zu suchen. Und natürlich Dexter, der mich hochhebt, nachdem ich mich wie ein kleines Kind auf den Boden geworfen habe, um mit Betrunkenen zu kuscheln.

Hastig kneife ich die Augen zu, um das armselige Bild loszuwerden, doch natürlich hat es sich bereits in meine Netzhaut eingebrannt. Ich schlage mir mit der flachen Hand auf

die Stirn und jammere, als der Schmerz sich in meine Hirn-
windungen gräbt.

Scheiße. Große, dampfende, vollkommen beschissene Scheiße. Ich suche nach weiteren Flüchen, doch auf Anhieb fallen
mir keine ein, die die Situation auch nur annähernd beschrei-
ben. Mein Freund ist fremdgegangen, und ich habe mich wie
eine unreife Fünfzehnjährige benommen. Und mich vor dem
größten Idioten der gesamten Uni völlig zum Affen gemacht.

Nathan ist fremdgegangen. Immer wieder wiederhole ich
diesen Satz in meinem Kopf, doch irgendwie klingt er einfach
nicht richtig. Die Folgen klingen nicht richtig. Ich kann mich
nicht von Nathan trennen, völlig ausgeschlossen. Genauso wenig kann ich mit ihm zusammenbleiben, so eine Frau bin ich
ganz sicher nicht.

Außerdem habe ich mich betrunken, was so ziemlich das
Schlimmste an dem Abend ist. Zugegeben war es nicht besonders viel – ich vertrage offensichtlich überhaupt nichts – dennoch. Dass ich meine hart erkämpfte Gesundheit wegen eines
Typen riskiere, schockiert mich mehr als die Tatsache, dass ich
diesen Typen mit einer anderen im Pool erwischt habe. Das ist
ein No-Go.

Behutsam drehe ich den Kopf und sehe zu Madisons Bett
hinüber. Als ich gestern Nacht nach Hause gekommen bin, war
sie noch unterwegs. Jetzt liegt sie in ihrem Bett, mit dem Rücken zu mir, und schläft.

Leise stöhnend komme ich auf alle viere und rapple mich
hoch, bis ich auf den Füßen stehe. Ich warte, bis das Zimmer
aufhört, sich zu drehen, schäle mich angeekelt aus meinen Klamotten, ziehe meinen Bademantel an und mache mich auf den
Weg zu den Duschen. Im Stillen danke ich Gott dafür, dass
ich niemandem begegne, und nehme mir mehr Zeit als sonst.
Mit hängendem Kopf und geschlossenen Augen lasse ich das

heiße Wasser auf meine Haare und meine Schultern prasseln. Der Dreck und der Schweiß des vergangenen Abends rinnen an meinen Beinen hinab und versickern im Abfluss. Ich hätte alles dafür gegeben, wenn meine Erinnerungen es genauso getan hätten.

Keine zwanzig Minuten später sitze ich wieder auf meinem Bett und überlege, was ich machen soll. Madison schläft noch immer, und ich will sie nicht wecken. Mit Nathan will ich mich noch nicht auseinandersetzen. Und Dexter? Ich habe nicht einmal eine Idee, was ich mit ihm machen soll. Das Ganze ist mir so peinlich, dass ich erwäge, den Spanischkurs zu wechseln. Er war nett zu mir, was mich fast am meisten schockierte. Klar, Dexter ist immer ein wenig schwierig, aber immerhin hat er mich nach Hause gefahren. Er ist von dieser Party verschwunden, obwohl er offensichtlich nicht mal etwas getrunken hat. Wahrscheinlich war er gerade erst angekommen, ist aber trotzdem gegangen, um mich nach Hause zu bringen. Ich kann mir gut vorstellen, dass er andere Erwartungen an diesen Abend hatte.

Ich sitze schon gefühlte Stunden auf meinem Bett, als das Handy auf meinem Nachttisch vibriert. Erschrocken greife ich danach und schalte es auf stumm, um Madison nicht zu wecken. Ich schleiche mich raus auf den Flur, bevor ich einen Blick auf das Display werfe. Halb erwarte ich, Nathans Namen zu sehen. Doch er ist es nicht. Natürlich nicht.

»Hey du«, melde ich mich und versuche, meiner Stimme die angemessene Begeisterung zu verleihen.

»Guten Morgen«, trällert Than und lacht, als sie mein wenig begeistertes Murren hört. »Ich hab mir deine Nummer von der Telefonliste geklaut, ich hoffe, das ist okay.«

Trotz meiner unterirdischen Stimmung muss ich lächeln. »Klar, kein Problem. Was gibt's?«

Ich hoffe inständig, dass sie mich für heute Abend nicht zum Arbeiten abkommandieren will. Die laute Musik und die stehende Luft würden meinem Kopf vermutlich den Rest geben.

»Hast du Lust, was zu essen?« Sie klingt beinahe schüchtern, als wüsste sie nicht recht, ob unsere Freundschaft schon bereit für ein Frühstücksdate ist. »Ich hatte eigentlich eine Verabredung, aber sie hat abgesagt. Was meinst du?«

Eigentlich ist mir überhaupt nicht nach Gesellschaft. Aber was wäre die Alternative? Herumsitzen und über den Scherbenhaufen nachdenken, den die vergangene Nacht aus meinem Leben gemacht hat? Nein danke. Außerdem haben wir kaum etwas zu essen da, und ich brauche dringend ein Gegengewicht zu dem Alkohol. »Hast du was dagegen, wenn ich meine Mitbewohnerin mitbringe?«

»Nein, mach ruhig. Ich schick dir die Adresse und lass die Reservierung ändern, okay? In einer Stunde! Ich freu mich!«

Nachdem sie aufgelegt hat, bereue ich ein paar Sekunden lang meine Entscheidung. Dann straffe ich die Schultern und verpasse mir selbst einen Arschtritt. Meine gesundheitliche Situation hat mich lange dazu gezwungen, eher passiv zu leben. Ich hatte wenig Kontrolle über mein Leben, konnte kaum langfristig planen und habe es hingenommen, weil es notwendig war. Doch das ist jetzt vorbei. Ich werde nicht dabei zusehen, wie irgendein Typ meinen Neuanfang zerstört.

Nachdem ich Madison überzeugt habe, aufzustehen und sich für unsere Verabredung fertig zu machen, schlurft sie missmutig Richtung Dusche. Somit habe ich ein paar Minuten für mich, die ich dringend brauche, um meine Gedanken zu ordnen. Ich werde Madison nichts von Nathans Aktion erzählen, niemandem. Je nachdem, wie verlässlich der Buschfunk an der

Preston funktioniert, erfährt sie es früher oder später ohnehin, aber immerhin erspare ich mir dieses Gespräch.

Während ich meine morgendliche Routine aus Wiegen, Blutdruckmessen und so weiter durchführe und mir die Daten notiere, wächst das schlechte Gewissen in mir. Ich habe mich betrunken, das ist Fakt. Dabei spielt es keine Rolle, wie viel ich tatsächlich getrunken habe. Es ist logisch, dass ich nichts vertrage, weil ich es einfach nicht gewohnt bin. Es ist nicht direkt verboten, aber der Doc wird ganz bestimmt nicht begeistert sein, wenn er das erfährt. Wie lange ist Alkohol im Blut wohl nachweisbar?

Als wir uns zum Café aufmachen, dessen Adresse Than mir geschickt hat, ist der Himmel wolkenverhangen und grau, was meine Stimmung nicht wirklich aufhellt. Der Schmerz hinter meiner Stirn ist noch immer nicht ganz verschwunden, und meine Augen reagieren empfindlich auf das Licht. Ich hasse Alkohol. Zwar kann ich mich noch gut an das befreiende Gefühl erinnern, als der Schnaps all meine Sorgen einfach weggespült hat, doch das hier ist es wirklich nicht wert.

»Wie bist du gestern eigentlich nach Hause gekommen?«, fragt Madison und schlingt die Arme um den Oberkörper, als ein frischer Wind ihre Locken nach vorne pustet.

»Jemand hat mich nach Hause gefahren«, antworte ich vage.

»Wann bist du denn gekommen? Ich hab dich gar nicht gehört.«

Aus den Augenwinkeln bemerke ich den Blick, den sie mir zuwirft. »Ich bin mit Dexter angekommen, als er sehen wollte, wie es dir geht.«

»Was?«, frage ich so schockiert, dass ich mir die Chance auf eine Ausrede verbaue. »Er war im Zimmer?«

Ihr Grinsen ist ein wenig schadenfroh. »Vorm Zimmer, nicht drinnen. Aber er wirkte überraschend besorgt.«

Ich schnaube. »Dann war er wahrscheinlich betrunken. Oder du warst betrunken und hast dir etwas eingebildet.«

Sie zuckt nur mit den Schultern. »Ich wusste nicht, dass ihr euch so nahesteht.«

»Tun wir auch nicht.«

»Dann ist er ein verdammt netter Kerl.«

»Schon möglich«, murmele ich und weiche einer Pfütze aus. »Was wollte er denn?«

»Sehen, ob du im Zimmer bist«, antwortet sie, und ich erkenne die unausgesprochenen Fragen in ihrer Stimme.

Mich interessiert, ob sie doch etwas von gestern Abend mitbekommen hat oder ob sie lediglich Klatsch und Tratsch über mich und Dexter austauschen will. Ich traue mich aber nicht zu fragen.

»Oh, und ich habe ihm etwas erzählt, wovon ich mir nicht sicher bin, ob ich es erzählen darf«, beichtet sie mir.

Sofort rattern durch meinen Kopf sämtliche Themen, die ich mit Madison irgendwann einmal besprochen habe, aber auf Anhieb fällt mir nichts Brisantes ein. Trotzdem werden meine Hände schweißnass. »Was denn?«

»Dass du am Herzen operiert worden bist.« Sie schaut mich entschuldigend an. »Es tut mir wirklich leid, ich hatte getrunken, und ich dachte, es ist ja kein Geheimnis. Aber jetzt habe ich ein schlechtes Gewissen.«

Vor Erleichterung lache ich auf. »Gott, du hast mich richtig erschreckt. Ich dachte, du hast ihm erzählt, dass ich im Schlaf pupse oder so.«

Sie lacht ebenfalls und zwinkert mir zu. »Du schnarchst.«

»Tue ich nicht. Dafür sprichst du Polnisch, wenn du schläfst.«

»Woher weißt du, dass es Polnisch ist?«

»Weil ich gut bin«, sage ich grinsend und schiebe meine Tasche höher auf die Schulter. Natürlich verstehe ich kein

Polnisch, aber ich weiß, dass Madisons Mutter aus Polen stammt.

Den Rest des Weges unterhalten wir uns über die gemeinsamen Kurse und darüber, wer wohl die obszönen Bilder im Wissenschaftsflur gesprayt hat. Ich bin froh, nach dem ganzen Chaos des gestrigen Abends ein normales Gespräch zu führen. Und vor allem bin ich froh, dass Madison nicht weiterbohrt. Mir ist klar, dass sie neugierig ist und vermutlich Fragen hat. Sei es nun über Nathan und mich oder über Dexter und mich. Aber allein, weil sie sich zurückhält und mich nicht bedrängt, weiß ich ihre Freundschaft zu schätzen.

Than ist schon da, als wir in dem kleinen Café ankommen. Sie bestellt sich einen Prosecco zu ihrem Frühstück und will uns ebenfalls zu einem überreden, doch wir lehnen beide ab. Offensichtlich geht es Madison ähnlich wie mir.

Wie erwartet verstehen Than und Madison sich super, und auch ich fühle mich mit jeder Minute wohler. Es ist verdammt lange her, dass ich einen Tag mit Freundinnen verbracht habe, ohne Nathan. Wir sprechen viel über das College. Than ist einen Jahrgang über uns und kann uns einiges über die Professorenschaft und Klausuren erzählen. Ich merke, dass sie die Uni liebt und ihr die Kurse Spaß machen.

Nachdem wir schon eine Weile zusammengesessen haben, vibriert das Handy in meiner Hosentasche. Sofort rutscht mir das Herz in die Hose, und meine Hände werden schweißnass. Natürlich gibt es eine ganze Menge Menschen, die mir schreiben könnten, doch in diesem Moment schießen mir nur zwei Namen durch den Kopf: Nathan und Dexter. Und wenn ich ehrlich bin, will ich mit keinem von beiden sprechen, wenn auch aus unterschiedlichen Gründen.

»Was ist?«, fragt Madison, die meinen Gesichtsausdruck offensichtlich richtig deutet.

Hastig schüttle ich den Kopf. »Nichts. Alles gut.« Ich sehe ihre zweifelnden Blicke und seufze. Ich kann mich nicht daran erinnern, jemals eine beste Freundin gehabt zu haben. So klassisch, wie man es aus Filmen und Büchern kennt. Einen Menschen außerhalb der Familie, dem man alles erzählen kann, ohne Angst zu haben, verurteilt zu werden. Einen Menschen, der mir dabei helfen würde, Nathans oder Dexters Leiche zu verstecken, sollte es so weit kommen.

Vielleicht würde es mir guttun, mit jemandem zu sprechen, die Gedanken aus meinem Kopf zu kriegen, sie in Ordnung zu bringen. Ich weiß, dass ich mit meinen Dads reden kann, aber das will ich nicht. Wenn es nicht meine Gesundheit betrifft, möchte ich ihnen nicht noch mehr Gründe geben, sich über mich den Kopf zu zerbrechen.

»Ich habe Nathan gestern dabei erwischt, wie er mit einer anderen im Pool rumgeknutscht hat«, sage ich schließlich. »Nathan ist mein Freund«, füge ich für Than hinzu.

»Oha«, sagt sie, während Madison hörbar nach Luft schnappt. »Dein Ernst?«

Ich nicke und verdrehe die Augen. »Was für ein Klischee, oder?«

»Und was hast du gemacht?«, fragt Than.

Unwillkürlich ziehe ich den Kopf zwischen die Schultern. Allein bei der Erinnerung wird mir wieder schlecht. »Ich habe mich betrunken und mich an einen Freund rangeschmissen, um Nathan eifersüchtig zu machen. Hat aber nicht funktioniert.«

»Dexter«, sagt Madison, und ich nicke, auch wenn es sich nicht wie eine Frage angehört hat.

Ich stöhne und vergrabe das Gesicht in den Händen. »Ich habe mich benommen wie ein unreifes Kind! Ich hab mich total lächerlich gemacht.«

Verwirrt sieht Than mich an. »Vor diesem Dexter?«

»Ja! Wir haben sowieso schon ein seltsames Verhältnis. Jetzt muss er mich für total bescheuert halten.«

»Aber ist nicht dein Freund das Problem?« Than sieht genauso durcheinander aus, wie ich mich fühle. »Ich meine, versteh mich nicht falsch, aber solltest du dir nicht mehr Gedanken darüber machen, dass dieser Nathan fremdgeknutscht hat, als darüber, dass du dich vor dem anderen komisch benommen hast?«

Verdammt, sie hat recht. Ich habe mir tatsächlich mehr Gedanken um Dexter als um Nathan gemacht.

»Ganz ehrlich?«, sage ich und traue mich kaum, die beiden anzusehen. »Das mit Nathan überrascht mich nicht wirklich. Ich meine, klar, ich bin verletzt und stinksauer, aber nicht überrascht.« Ich zucke mit den Schultern. »Macht das Sinn?«

»Ja«, sagt Madison so prompt, dass ich sie verwundert ansehe. Sie setzt eine entschuldigende Miene auf und atmet einmal tief durch, bevor sie weiterspricht. »Ich wusste nicht, ob ich etwas sagen sollte, weil ich mir nicht sicher war, was ihr für eine Beziehung habt, verstehst du?«

Eine ungute Vorahnung beschleicht mich, und ich lasse die Hände sinken. »Was ist los?«

»Er hat mich auch angegraben«, sagt sie vorsichtig. »Bevor ich wusste, dass er dein Freund ist. Und ich weiß, dass er nichts anbrennen lässt am Campus.«

Ich sacke innerlich zusammen, und Than flucht leise. Ich bin schockiert, und mein Herz zieht sich schmerzhaft zusammen, aber irgendwie … ich weiß nicht. Es ist, als würden meine Gefühle von irgendetwas gedämpft, damit sie mich nicht so umhauen. Ich hatte es mir schmerzhafter vorgestellt, betrogen zu werden. Vielleicht liegt es aber auch einfach an dem Typen, der mich betrogen hat, dass es sich nicht so zerstörend anfühlt.

»Sei bitte nicht sauer!«

Sofort schüttle ich den Kopf. »Ich bin nicht sauer. Er ist derjenige, der sich wie ein Arsch verhalten hat, niemand anders.«

»Das tut mir so leid«, sagt sie und legt mir eine Hand auf den Unterarm. »Warum hast du denn vorhin nichts gesagt?«

»Keine Ahnung«, murmele ich. »Ich wollte nicht drüber reden, denke ich. Mich einfach nicht damit auseinandersetzen.«

Than nickt mitfühlend. »Kann ich verstehen. Was willst du jetzt machen?«

Ich zucke mit den Schultern. »Ich denke, Schluss machen ist irgendwie hinfällig, oder? Das sollte klar sein.« Nathans Gesicht taucht vor meinem inneren Auge auf, und wieder schüttle ich fassungslos den Kopf. »Ich kann einfach nicht begreifen, dass er nicht mehr mein Freund ist, versteht ihr? Als würde man erfahren, dass die Eltern sich scheiden lassen.« Madison verkneift sich ein Lachen, und ich verdrehe die Augen. »Oder so ähnlich! Aber Nathan war so lange an meiner Seite, auch als es mir nicht gut ging. Ich bin nur wegen ihm an der Preston. Die Vorstellung ist seltsam, dass er kein Teil meines Lebens mehr ist.«

»Ich weiß ja nicht, ob dieser Vorschlag überhaupt gestattet ist«, wirft Than vorsichtig ein. »Aber könnt ihr vielleicht Freunde bleiben? Wenn ihr euch wichtig seid, könntet ihr doch trotzdem Zeit miteinander verbringen. Ohne die Beziehungskiste, sondern einfach als Freunde.«

Das wage ich ernsthaft zu bezweifeln, auch wenn ich den Gedanken nachvollziehen kann.

»Keine Ahnung«, sage ich und seufze. »Im Moment will ich gar nicht mit ihm reden, ehrlich gesagt. Er hat sich nicht mal entschuldigt.«

»Er hat sich noch nicht gemeldet?«, fragt Madison wütend.

Die Nachricht fällt mir wieder ein, und ich ziehe das Handy aus meiner Hosentasche. Zwei ungelesene Nachrichten, beide von Dexter. »Nein. Aber Dexter hat geschrieben.«

Than grinst und beugt sich ein wenig über den Tisch. »Zeig her.«

Zweifelnd sehe ich sie an. Ich habe keine Ahnung, was in den Nachrichten steht, aber die Chance ist groß, dass der Inhalt zu peinlich ist, um ihn mit meinen neuen Freundinnen zu teilen.

»Mach schon«, drängelt Madison und stößt mit ihrem Ellbogen gegen meinen. »Glaub mir, vor mir braucht dir nichts peinlich sein. Mein Handy ist die reinste Müllkippe, was Nachrichten angeht.«

Einen Moment lang mustere ich sie neugierig und beschließe, dass wir uns ihr Handy an einem anderen Tag vornehmen sollten. Dann tippe ich auf die ungelesenen Nachrichten und kneife die Augen zu, bevor der Text erscheint.

21

AVA

Dexter: *Guten Morgen*

Dexter: *Ich denke, wir brauchen ein wenig Abstand.*

Ein paar Sekunden lang starre ich auf den Text. Ein paar Sekunden, in denen mein Herz seltsame verschiedene Dinge macht, die ich lieber nicht so genau definieren möchte. Ich öffne den Mund, schließe ihn dann aber wieder, weil ich keine Ahnung habe, was ich dazu sagen soll. Es sind zwei Dinge, die mich an den Nachrichten stören: einmal der höflich distanzierte Ton und dass er mich quasi abserviert. Als wären wir ein Pärchen, das dringend eine Pause braucht. Ich kann durchaus verstehen, dass er mich nach der Aktion gestern loswerden will, aber die Art und Weise passt irgendwie nicht zu Dexter.

»Okay …«, bricht Madison schließlich das Schweigen. »Er klingt irgendwie …«

»Merkwürdig«, helfe ich aus und stöhne. »Was soll das denn?«

»Er klingt doch ganz höflich, finde ich«, wirft Than ein und wirft uns einen fragenden Blick zu.

»Eben.«

»Das ist nicht wirklich Dexters Art«, erklärt Madison. »Ich habe erwartet, dass er sich über dich lustig macht oder gar nicht schreibt oder sich drüber beschwert, dass du auf seine Sitze gesabbert hast oder so. Aber das hier sieht aus, als würde er mit dir Schluss machen.«

»Ich fühle mich auch, als würde er mit mir Schluss machen.«

»Ich kenne eure Beziehung ja nicht«, sagt Than nachdenklich, »aber ich finde, er klingt verletzt.«

Ich schnaube. »Ich glaube nicht, dass Dexter überhaupt genug Gefühle hat, um verletzt zu sein«, sage ich, hätte mir dann aber am liebsten auf die Zunge gebissen. Das stimmt nicht, ich weiß, dass Dexter durchaus Gefühle zeigen kann, wenn er denn will. In der Nacht auf der Couch habe ich es selbst miterlebt. Ich spüre, wie mir das Blut ins Gesicht schießt, als ich an den Kuss denke. Und den zweiten. Verdammt. Vermutlich leuchte ich wie eine rote Ampel, denn als ich aufsehe, mustern Madison und Than mich erwartungsvoll.

»Wir haben uns geküsst«, gestehe ich und ziehe eine Grimasse, als Madison in gespieltem Entsetzen die Augen aufreißt. »Zweimal. Aber es war ein Versehen!«

»Ihr habt euch aus Versehen geküsst?«, wiederholt Madison spöttisch. »Ist er gestolpert und auf deinem Mund gelandet? Passiert mir ständig.«

»Das erste Mal war eine Aufgabe bei diesem bescheuerten Spiel, das zählt also nicht«, verteidige ich mich und hebe die Hände, als Madison zum Sprechen ansetzt. »Und das zweite Mal war eine seltsame Situation. Es war emotional und so weiter, und es ist einfach passiert.«

Mir ist klar, dass ich eher das Gesicht wahren könnte, wenn ich ihnen von diesem Abend und Dexters Familie erzählen würde, doch das will ich nicht. Das ist Dexters Geschichte und nicht meine. Es steht mir nicht zu, darüber zu entscheiden, wer sie zu hören bekommt und wer nicht.

»Ich wusste, dass da was gelaufen ist«, ruft Madison, zieht aber sofort den Kopf ein, als sich ein Mädchen am Nachbartisch zu uns umdreht. »Ich habe es gewusst.«

Than legt stirnrunzelnd den Kopf schief. »Ich gehe mal davon aus, dass diese beiden Küsse vor gestern Abend waren, richtig?«

Ich weiß sofort, worauf sie hinauswill, und mein Magen zieht sich schmerzhaft zusammen. »Ja.«

»Als du noch mit diesem Nathan zusammen warst.«

»Ich weiß, wie das aussieht«, murmele ich und fahre mir mit der Hand übers Gesicht. »Das war nicht richtig, aber die Situation mit Nathan ist schon länger schwierig. Und, ach, keine Ahnung. Eigentlich darf ich gar nicht sauer auf ihn sein.«

»Darfst du doch«, protestiert Madison. »Nathan wollte alles auf dem Campus vögeln, was Beine hat. Du hast Gefühle entwickelt, das ist etwas anderes. Nur weil er einen Grund hat, sauer zu sein, heißt das nicht, dass du es nicht sein darfst.«

Mir schwirrt allmählich der Kopf. »Ich habe keine Gefühle entwickelt!«

»Ach nein?«

»Nein.«

»Gefühle klopfen nicht vorher an und fragen, ob es gerade passt, Ava. Es ist nichts dabei, das zuzugeben.«

»Hör auf, mich zu therapieren!«

Sie legt den Kopf schief. »Du fühlst also gar nichts für Dexter? Rein gar nichts?«

»Doch«, sage ich mit leichtem Trotz in der Stimme. »Ich bin wütend und peinlich berührt.«

Bevor Madison antworten kann, lehnt Than sich mit einem dramatischen Seufzen in ihrem Stuhl zurück und verschränkt die Arme, während sie uns abwechselnd mustert. »Das ist die reinste Soap hier, wisst ihr das?«

Ich verdrehe die Augen, muss aber grinsen. »Und ihr seid wirklich nicht hilfreich.«

»Sehe ich anders.« Madison verschränkt ebenfalls die Arme und nimmt die gleiche Haltung ein wie Than, sodass ich mir vorkomme wie bei einem Gespräch mit meinen Eltern. »Willst du meine Meinung hören?«

»Eigentlich nicht.«

Natürlich ignoriert sie mich. »Schieß Nathan in den Wind und finde heraus, was mit Dexter los ist. Er ist einer von den Guten.«

»Wir sprechen aber schon von demselben Dexter, oder? Groß, zwielichtig und meistens schlecht drauf?«

»Er ist ein bisschen kratzbürstig, aber das kann man ihm sicher austreiben.«

Ich sehe sie zweifelnd an, genau wie Than. »Ich denke, du solltest keinen von beiden nehmen. Schick sie in die Wüste und mach dein Ding. Ich kenne Dexter nicht, aber er wirkt wie eine Dramaqueen.«

Ich muss lachen bei dem Gedanken, was Dexter wohl zu dieser Beschreibung sagen würde. Erneut werfe ich einen Blick auf mein Handy und lese die beiden kurzen Nachrichten. Doch auch beim zweiten Mal werde ich nicht schlauer aus ihnen. Madison hat recht, das Ganze passt nicht zu ihm. Eine Portion Spott oder wenigstens Sarkasmus wären zu erwarten gewesen.

Gott sei Dank wechselt Madison das Thema, und wir reden noch eine Weile über eine neue Bar, die nächste Woche aufmacht, und darüber, dass wir mal zu dritt ins *Rabbit Hole* gehen müssen, wenn Than und ich freihaben. Es ist lustig, und ich habe Spaß, trotzdem wandern meine Gedanken immer wieder zu Dexter und Nathan. Dass Nathan sich noch nicht bei mir gemeldet hat, setzt mir ganz schön zu. Und dass Dexter es getan hat, mindestens genauso sehr. Vielleicht noch mehr.

DEXTER

In den großen Momenten des Lebens ist man allein. Ich wollte gerade eine leere Wasserflasche in den Mülleimer werfen, und sie ist präzise aufrecht in meinem Schuh gelandet – kein Publikum, kein Applaus. Sehr enttäuschend.

Nach diesem Wahnsinnserfolg setze ich mich wieder auf mein Bett und starre die Wand an. Das ist meine Beschäftigung seit zwei Stunden – seit ich die E-Mail an die Tante von der Transplantationsgesellschaft geschickt und danach Ava geschrieben habe. Allein bei dem Gedanken an die beiden Nachrichten verziehe ich das Gesicht. Selbst in meinen Ohren klingen sie gestelzt und aufgesetzt. Aber mir fällt auch nach zwei Stunden nichts Besseres ein. Ich kann Ava nicht mehr sehen, zumindest nicht, bis ich weiß, ob das Herz meines Bruders in ihrer Brust schlägt oder nicht.

Doch selbst wenn ich es weiß – was werde ich dann tun? Was soll ich tun, wenn ich herausfinde, dass mein Bruder für ihr Leben gestorben ist? Ich muss sie hassen. Es gibt keinen anderen Weg ... oder doch?

Fluchend lasse ich mich nach hinten fallen und starre die Decke statt der Wand an. Mein Hirn fühlt sich an wie Matsch vom vielen Nachdenken. Am liebsten würde ich einfach schlafen, aber ich habe schon in der Nacht kaum ein Auge zugekriegt. Gott sei Dank ist Simon unterwegs, sodass ich mich nicht auch noch darauf konzentrieren muss, mich wie ein normaler Mensch zu benehmen.

Zum hundertsten Mal checke ich mein Handy, doch Ava hat immer noch nicht geantwortet. Was ich ihr nicht verdenken kann, immerhin tut sie damit genau das, worum ich sie gebeten habe. Trotzdem passt es mir nicht. Trotzdem bin ich mir immer noch nicht sicher, ob es die richtige Entscheidung ist, ihr aus dem Weg zu gehen. Klar, sie nicht zu sehen, lindert hoffentlich das Gefühls- und Gedankenchaos in meinem Inneren. Auf der anderen Seite bin ich mir ziemlich sicher, dass es noch eine Weile dauern wird, bis die Frau von der Organisation mir antworten wird, geschweige denn die Informationen liefert, die ich haben will. Deutlich schneller würde es gehen, wenn ich Ava direkt fragen würde. Oder sie weniger auffällig aushorchen würde, was ihre Operation betrifft. Immerhin weiß ich sehr genau, an welchem Tag die Transplantation stattgefunden haben müsste.

Außerdem gibt es noch einen weiteren Grund, warum ich Ava im Auge behalten will. Ich weiß nicht, wie ich es ausdrücken soll aber … ich will sehen, was sie aus ihrem Leben macht. Jace ist dafür gestorben, dass sie eine zweite Chance erhält, und ein Teil von mir möchte sich vergewissern, dass es sich gelohnt hat. Falls das überhaupt möglich ist.

Nach einer weiteren halben Stunde Herumliegen rapple ich mich auf und schlüpfe in meine Schuhe. Ich muss raus aus diesem Zimmer und an die frische Luft, um nicht durchzudrehen. Ich greife nach meiner Lederjacke und renne beinahe aus dem Wohnheim. Als der Fahrstuhl den dritten Stock, Avas Stockwerk, anzeigt, stolpert mein Herz einmal schmerzhaft. Ich brauche Abstand und habe gleichzeitig das Gefühl, in ihrer Nähe sein zu müssen. Auf sie aufzupassen. Für Jace. Ist das nicht das Mindeste? Wenn er schon sterben musste, ist es dann nicht angebracht, auf das achtzugeben, was er hinterlassen hat?

Vielleicht sollte ich diesen beschissenen Nathan suchen und ihm eine reinhauen. Gründe genug hätte ich, und ich könnte mich ein bisschen abreagieren. Er hat Ava wehgetan und ihr das Herz gebrochen – wie verdammt paradox.

Ich streife ziellos über das Campusgelände und beobachte ein paar Studierende, die dem Wetter trotzen und sich auf der Wiese verteilt haben. Nach den letzten schönen Tagen scheint August nun irgendwie der Herbststimmung verfallen zu sein. Es ist kalt und windig und grau. Die Wolken scheinen tiefer zu hängen als gewöhnlich, es wirkt, als würde der Himmel mir bedrohlich nahe kommen.

Ich lege den Kopf in den Nacken und schaue hinauf. Ich bin nicht religiös, nicht einmal gläubig. Bis zum Tod meiner Familie habe ich nicht daran geglaubt, dass auf den Tod irgendetwas folgt. Ich dachte, man wäre einfach … weg. Jetzt finde ich diesen Gedanken unerträglich. Die Vorstellung, meine Eltern und mein Bruder würden einfach nicht mehr existieren, lässt mich schmerzhaft die Luft einziehen. Wer weiß? Vielleicht sitzen sie da oben auf einer Wolke und machen sich darüber lustig, wie wenig ich mein Leben auf die Reihe bekomme. Meine Mom würde sicher besorgt die Stirn runzeln, mein Dad würde mich in bester Footballmanier anfeuern, und Jace … keine Ahnung. Vielleicht würde er mir zurufen, ich solle kein Weichei sein und die Sache in die Hand nehmen. Vielleicht wären sie auch traurig darüber, was ich aus dem Leben mache, das ihnen verwehrt geblieben ist.

So oder so, nichts davon ist eine schöne Vorstellung. Sollten sie tatsächlich noch irgendwo existieren, hoffe ich, dass sie mich nicht sehen können.

Gedankenversunken biege ich nach rechts ab und betrete den kleinen Coffeeshop auf dem Campus, der auch sonntags geöffnet hat. Kaffee ist immer eine gute Idee. Und Kaffee mit verdammt viel süßem Sirup ist eine noch bessere.

Ich reihe mich in die Warteschlange ein und lasse den Blick schweifen. Ein paar Leute aus meinen Kursen heben kurz die Hand zum Gruß, doch keiner schenkt mir sonderlich viel Beachtung. Bis auf einen.

»Du«, sagt Nathan, als unsere Blicke sich treffen. Er steht mit ein paar anderen Typen an einem der Stehtische und hält einen Kaffeebecher in der Hand. Sein Blick ist so hasserfüllt, dass ich mich instinktiv ein bisschen aufrichte.

»Ich«, antworte ich spöttisch.

Er löst sich von dem Tisch und hebt die Hand, als einige der anderen ihm folgen wollen. Ich ziehe eine Augenbraue hoch. Wollen sie mich etwa vermöbeln? Niedlich.

»Was kann ich denn für dich tun, Nathan?«, erkundige ich mich scheißfreundlich und grinse ihn an. »Suchst du nach Ava?«, frage ich und hebe wieder eine Augenbraue.

Mit Genugtuung beobachte ich die Wut in seinem Gesicht. Mir ist klar, dass ich ihn reize. Und wir sind uns körperlich ziemlich ebenbürtig, jetzt, da er nüchtern ist. Doch das ist mir egal. Wenn er sich schlagen will, werde ich ihn nicht davon abhalten. Es wäre ein Weg, mich abzureagieren und es täte mir nicht einmal leid.

»Ganz schön große Fresse, wenn man bedenkt, dass du allein bist und wir zu fünft sind«, blafft er mich an und baut sich vor mir auf. Dass er damit ein Mädchen vor mir in der Schlange in die Flucht treibt, fällt ihm offensichtlich nicht mal auf. Was für ein Sack.

Ich seufze. »Halt's Maul und geh mir aus der Sonne!«

Die Faust kracht auf meinen Kiefer, bevor ich reagieren kann. Mit einer Mischung aus Schmerz, Wut und Überraschung keuche ich auf und taumle zur Seite. Okay, das kam unerwartet. Ich habe Nathan nicht für einen großen Kämpfer gehalten, aber dieser Kinnhaken hat gesessen. Ich habe ihn unterschätzt.

Was es nur noch schlimmer macht. Ich fluche und spucke zur Seite aus, während ich mich auf ihn werfe. Meine Fäuste krachen auf Muskeln und Knochen, ich höre ihn ebenfalls fluchen und sehe aus den Augenwinkeln seine Freunde auf uns zukommen, doch das ist mir egal. Mir ist alles egal. Das hier ist meine Möglichkeit, Dampf abzulassen, und im Grunde hat er angefangen.

Keine Ahnung, wie wir aus dem Laden gelangen, doch irgendwann lande ich mit dem Rücken im feuchten Gras, während Nathans Faust meine Seite trifft. Ich spüre den Schmerz, spüre, wie meine Rippen ächzen. Als ich einen Treffer an seiner Schläfe lande, beobachte ich mit Genugtuung, wie er das Gesicht verzieht und einen Moment von mir ablässt. Ich rolle mich zur Seite und komme auf die Füße. Kurz checke ich die Umgebung – Nathans Freunde sind immer noch da, mischen sich aber nicht ein. Ich bin ein bisschen überrascht, dass Nathan offensichtlich doch genug Ehre besitzt, um seine Crew nicht auf mich zu hetzen, sondern das hier persönlich auszutragen. Wobei das nicht heißen muss, dass sie nicht für ihn einspringen, sollte er den Schwanz einziehen. Ich bin mir sicher, dass er den Schwanz einziehen wird. Er mag Muskeln haben und sich gut schlagen, aber er ist und bleibt ein Vorstadtsöhnchen. Einer, der sich auf dem Schulhof geprügelt haben mag, sich mit mir aber nicht messen kann. Ich habe neben Junkies auf der Straße geschlafen und bin mehr als einmal durch die Hölle gegangen. Das kann man nicht vergleichen.

Ich kassiere ein paar weitere Schläge, lande aber auch mehrere Treffer. Nathan rinnt Blut aus dem Mundwinkel, und ich spüre etwas Nasses an meiner Stirn, beachte es aber nicht weiter. Alles, was ich sehe, ist meine Wut. Meine Wut auf mich selbst, auf Ava, auf Nathan, auf die ganze beschissene Welt. Ich höre die Rufe von Zuschauenden und bin mir ziemlich sicher, dass es nicht mehr lange dauern wird, bis irgendein Security-Typ oder die Bullen auftauchen, aber das kümmert mich im Moment nicht.

Jemand packt mich an den Schultern und reißt mich so ruckartig zurück, dass mir einen Moment die Luft wegbleibt. Ich sehe Nathan, der mich wütend anfunkelt. Im ersten Moment bin ich mir sicher, dass einer von seinen Freunden sich nun doch entschlossen hat, nicht mehr nur untätig am Rand zu stehen. Ich mache mich los und wirbele herum, bereit, diesem Kerl ebenfalls seine Packung zu geben. Doch es ist kein namenloser Kerl, es ist Simon, der mich anstarrt.

»Was machst du da?«, fährt er mich an und mustert Nathan über meine Schulter hinweg.

Ich spucke Blut auf den Rasen und schüttle den Kopf. »Halt dich da raus! Verschwinde einfach!«

Sein Blick wird finster. »Sicher nicht. Wenn der Typ es verdient hat, bin ich auf deiner Seite. Aber gleich sind die Bullen hier, und wenn wir schon vom College fliegen, dann will ich wenigstens wissen, wofür.«

Verwirrt starre ich ihn an. »Du willst mir helfen?«

Beinahe gleichgültig zuckt er mit den Schultern. »Du bist mein Freund.«

Einen Moment lang stehe ich einfach nur da und sehe ihn an, weil ich keine Ahnung habe, was ich sagen soll. Carter würde dasselbe für mich tun, aber ich kenne ihn auch seit dem Sandkasten. Seine und meine Eltern waren miteinander bekannt, und wir sind zusammen aufgewachsen. Dass jemand, der nicht zu meinen Kindheitsfreunden zählt, sich so sehr auf meine Seite stellt, irritiert mich irgendwie. Und ich habe ehrlich keine Ahnung, womit ich das verdient habe.

»Okay«, sage ich und atme einmal tief durch, um mich zu beruhigen. Trotzdem bleibe ich auf der Hut, weil ich jeden Moment damit rechne, dass Nathan mich von hinten anspringt.

Gerade als ich antworten will, schrillt eine Stimme über den Campus. Eine Stimme, in der eine Mischung aus Wut und Entsetzen liegt, und ich weiß auch ohne hinzusehen, wem sie gehört.

Was für ein beschissenes Timing!

22

AVA

Fassungslos sehe ich zu Dexter, der neben Simon steht, dann zu Nathan, der sich gerade aufrappelt. Beiden klebt Blut im Gesicht.

»Was geht hier denn ab?«, fragt Madison an meiner Seite.

»Ich habe keine Ahnung. Entschuldige mich, ich muss mal eben eine Szene machen.« Mit schnellen Schritten gehe ich auf die beiden zu, bis ich direkt vor ihnen stehe. Ich schiebe mich zwischen sie, stemme die Hände in die Seiten und blicke Nathan an, der inzwischen wieder aufrecht steht.

»Was ist hier los?«, frage ich ihn. Ich bin selbst überrascht, wie herrisch meine Stimme klingt, wenn man bedenkt, welche Erinnerungen sein Anblick heraufbeschwört. Ich spüre Madison hinter mir stehen und bin ihr dankbar dafür, dass sie mir buchstäblich den Rücken stärkt.

Nathan fährt sich mit dem Handrücken über den Mund und hinterlässt eine widerliche rote Spur. Ich verziehe das Gesicht, aber er scheint sich nicht sonderlich darum zu kümmern. »Frag das Arschloch!«

Auch ohne sein wildes Gestikulieren ist klar, dass er Dexter meint. Seine Blicke durchbohren ihn wie ein in Gift getunkter Dolch.

Seufzend wende ich mich an Dexter. Klar, er hat um Abstand gebeten und grundsätzlich bin ich auch bereit, ihm den zu geben. Aber das war, bevor er sich mit meinem Freund geprügelt hat. Oder Ex-Freund, wie auch immer.

Als mein Blick Dexter trifft, geschehen eine Menge seltsame Dinge in meinem Inneren – Dinge, die ich eigentlich bei Nathan erwartet hätte. Auch wenn Dexter ebenfalls blutverschmiert ist und seine Schläfe sich bereits blau verfärbt, sieht er nicht so mitgenommen aus wie Nathan. Das schwarze, eng anliegende T-Shirt, die zerzausten Haare und die tief sitzende Jeans verleihen ihm ohnehin schon eine leicht düstere Ausstrahlung. Doch jetzt, nachdem er meinen fremdgängerischen Freund geschlagen hat, scheinen meine Hormone eine Meuterei gegen meine Vernunft anzuzetteln.

Gott sei Dank bin ich wütend genug, um mich aufs Wesentliche zu konzentrieren.

»Was treibt ihr da?«, frage ich, dieses Mal an Dexter gewandt. »Was soll der ganze Aufstand?«

»Er hat mich provoziert«, ruft Nathan hinter mir, doch ich ignoriere ihn. Fürs Erste.

»Er hat es verdient«, kontert Dexter leise. »Ich glaube nicht, dass du mir da widersprechen willst, oder?«

»Doch«, sage ich entschieden und ignoriere seinen herausfordernden Blick. »Wenn einer von euch wegen dieser Aktion von der Uni fliegt, war es das sicher nicht wert. Also sollten wir jetzt vielleicht abhauen.«

Er nickt, auch wenn ich ihm ansehe, dass er noch einiges dazu zu sagen hätte. Über meine Schulter hinweg wirft er Nathan einen wütenden Blick zu, dann greift er nach meinem Ellbogen. Überrascht sehe ich ihn an.

»Komm mit«, sagt Dexter, ohne mich jedoch anzusehen.

Sofort mache ich mich los. Ich habe keine Ahnung, was ich mit seinen Stimmungsschwankungen anfangen soll, mir wird schwindelig davon. »Warum?«

»Wir wohnen im selben Wohnheim«, erinnert er mich genervt. »Also komm jetzt.«

»Ava.«

Ich drehe mich zu Nathan um, der sich inzwischen das Blut aus dem Gesicht gewischt hat. Wut und Schmerz explodieren in meiner Magengegend, und einen Moment lang möchte ich am liebsten beenden, was Dexter angefangen hat. Mit dem Unterschied, dass ich sicher verlieren würde.

»Ich bringe dich nach Hause«, sagt Nathan, als ich nicht reagiere, und streckt die Hand aus. »Bitte lass uns reden.«

Ich sollte Nein sagen, das weiß ich. Ich sollte beide einfach stehen lassen und mit Madison verschwinden. Aber nach meinem Gespräch mit den Mädels sehe ich die Dinge klarer, und ich weiß, dass ich einen Schlussstrich ziehen muss. Einen erwachsenen Schlussstrich, und dazu gehört nun mal, dass man sich unterhält.

»Du musst mich nicht nach Hause bringen«, stelle ich klar und atme einmal tief durch, um meine Nerven zu beruhigen. »Aber du kannst mir einen Kaffee ausgeben.«

»Was?«

Seufzend drehe ich mich zu Dexter um, der mich so schockiert ansieht, als hätte ich Nathan hier vor aller Augen bestiegen. »Lass gut sein, Dexter.«

»Sicher nicht«, spuckt er wütend aus. »Der Kerl hat dich schlecht behandelt und dich gestern stehen gelassen. Und jetzt gehst du mit *ihm*?«

So wie er das letzte Wort betont, klingt es, als würde er in Gedanken »Und nicht mit mir?« hinzufügen, was mich total irritiert. Seine ganze Empörung irritiert mich, immerhin war er es, der mich darum gebeten hat, ihn in Ruhe zu lassen. Genau das tue ich gerade, also sehe ich sein Problem beim besten Willen nicht.

»Wir müssen reden«, sage ich so ruhig wie möglich. »Es ist nur ein Kaffee, Dexter, reg dich ab.«

Er schnaubt. »Hörst du eigentlich selbst, wie naiv du klingst?«

Ich hebe die Augenbrauen und lasse innerlich die Schotten runter. Ich weiß aus eigener Erfahrung, wie fies Dexter sein kann, und da habe ich im Moment wirklich keine Lust drauf. Meine emotionale Stabilität gleicht gerade der einer Pusteblume, und ich bin wirklich nicht scharf darauf, hier vor allen in Tränen auszubrechen.

»Es ist nur ein Kaffee«, stelle ich noch einmal klar, auch wenn mir durchaus bewusst ist, dass ich mich vor ihm nicht rechtfertigen muss. »Und wenn wir mal ehrlich zueinander sind, geht es dich auch nichts an.«

»Ach«, sagt er spöttisch, und ein hämisches Grinsen breitet sich auf seinem Gesicht aus. »Wollen wir mal ehrlich zueinander sein? Oder du und Nathan, wie wäre das denn mal zur Abwechslung?«

»Dexter«, warne ich ihn.

Als sein Grinsen noch spöttischer wird, ist mir klar, was jetzt kommt. Und ich kann nichts dagegen tun.

»Hey, Kumpel«, ruft er und lacht freudlos. »Ich habe mit deinem Mädchen rumgemacht, wusstest du das?«

»Was?«, knurrt Nathan beinahe, ohne mich auch nur anzusehen. Er fixiert Dexter.

»Zweimal sogar«, höre ich Dexter noch sagen, dann wirft Nathan sich auf ihn. Seine Schulter trifft mich dabei hart auf der Brust, und ich stolpere ein paar Schritte zurück. Entsetzt schnappe ich nach Luft und versuche, gegen den Schmerz anzuatmen, doch es will nicht klappen. Einen widerlichen Moment lang habe ich das Gefühl, eine kalte Hand würde sich um meine Lunge legen und einfach zudrücken.

Ich wäre rücklings ins feuchte Gras gefallen, wenn sich nicht zwei Hände um meine Schultern gelegt und mich gehalten hätten. Ich sehe mich um und entdecke Simon hinter mir.

»Alles okay?«

Ich nicke und atme zitternd ein. »Alles gut. Was machen wir jetzt?«

Simon zuckt die Schultern und betrachtet mich wieder besorgt. »Gehen. Du gehst nach Hause.«

»Und du?«, frage ich, beinahe panisch.

»Ich passe auf Dexter auf und bringe ihn nach Hause«, sagt er und verdreht demonstrativ die Augen. »Mach dir keine Sorgen, die kriegen sich schon wieder ein, sobald sie sich abreagiert haben.«

Ich zögere. Aus irgendeinem Grund fühle ich mich für all das hier verantwortlich. Ich sacke in mich zusammen und atme einmal tief durch. Wann ist mein Leben zu solch einem verdammten Chaos geworden? Als ich an der Preston angekommen bin, hatte ich einen Plan. Sowohl für mein Studium als auch für mein Privatleben. Und zumindest der zweite Teil liegt gerade fluchend im Gras und prügelt sich mit Dexter.

Dexter. Im Grunde ist er die Antwort auf alles. Mein Leben ging in dem Moment den Bach runter, als ich ihn getroffen habe. Ohne ihn wäre ich an diesem Abend im Café geblieben und hätte mir danach im Wohnheim einen Film angesehen oder so etwas. Ich hätte Nathan verziehen, und wir wären wieder glücklich geworden.

Kopfschüttelnd trete ich ein paar Schritte zurück und mustere die Szenerie vor mir. Mag ja sein, dass ich der Grund für ihre Auseinandersetzung bin, aber das hätte man wirklich erwachsener regeln können. Ich weiß nicht einmal, was ihr Problem ist. Dexter will mich nicht, und Nathan hat sich dafür entschieden, unsere Beziehung zu beenden, indem er mit einer anderen rumgemacht hat. Keiner von ihnen hat einen Grund, sich wegen mir zu prügeln.

»Lass deine bescheuerten Hände von ihr«, grunzt Nathan,

der kurz die Oberhand gewinnt, dann aber wieder auf dem Rücken landet.

»Sie ist heiß«, spuckt Dexter aus, und jedes seiner Worte schneidet mir ins Herz wie eine Rasierklinge. Auch wenn es falsch war, hatte ich das Gefühl, unser Kuss wäre mehr gewesen als bloßes Rumgemache. Dass er es vor Nathan und all den anderen Leuten auf etwas derart Banales reduziert, verletzt mich irgendwie. »Du musst noch bescheuerter sein, als ich dachte, wenn du sie betrügst!«

»Das reicht«, murmele ich, greife nach Madisons Hand und ziehe sie weg. »Komm, wir hauen ab.«

Sie nickt, wirft mir aber einen zweifelnden Blick zu, während wir uns umdrehen und über die nasse Wiese Richtung Wohnheim laufen. Ich blicke über die Schulter und sehe Simon, der auf Dexter einredet. Ich kann seine Worte nicht verstehen, es ist mir aber auch egal.

»Was für eine Show«, raunt Madison mir zu und lacht freudlos auf. »Das ist wie in einem Highschoolfilm.«

»Einem wirklich schlechten«, pflichte ich ihr wütend bei. »Ich hab keine Ahnung, was sie für ein Problem miteinander haben. Nathan hat mich betrogen, er darf also nicht mal sauer sein! Und für Dexter war ich nur irgendeine Nummer, keine Ahnung, warum er sich da so reinsteigert.«

Wir erreichen das Wohnheim und durchqueren die Eingangshalle, in der überall Leute herumsitzen. Erst als die Aufzugtüren sich vor uns schließen, dreht Madison sich zu mir um. »Bist du sicher, dass Dexter so empfindet?«

Ich hebe die Augenbrauen. »Er ist die meiste Zeit über gemein und abweisend. Er war total betrunken, als wir rumgemacht haben.«

»Als er gestern Nacht vor unserem Zimmer stand, um nach dir zu sehen, war er nüchtern.«

»Wahrscheinlich hatte er Angst«, schnaube ich. »Dass ich verloren gehe und man ihn verantwortlich macht oder so.«

Zweifelnd schüttelt sie den Kopf. »Ich glaube, er mag dich wirklich.«

»Selbst wenn.«

Als wir endlich in unserem Zimmer angekommen sind, lasse ich mich erschöpft aufs Bett fallen. Es ist nicht einmal Nachmittag, trotzdem habe ich das Gefühl, einen langen, anstrengenden Tag hinter mir zu haben.

»Was meinst du?« Madison tritt sich die Chucks von den Füßen und lehnt sich zurück. »Wenn er dich wirklich mag, ändert das die Sache, oder nicht?«

»Nein«, sage ich bestimmt und seufze. »Ich mag Nathan verurteilen für sein Verhalten, trotzdem habe ich Dexter geküsst, als ich mit einem anderen zusammen war. Und Dexter hat es ihm verraten, das war einfach nur gemein. Eindeutig zu viel Drama für den Anfang von egal was. Dexter ist nicht mein Typ.«

Ihr Gesicht verzieht sich zu einem Grinsen. »Das kaufe ich dir nicht ab.«

»Ist aber so.«

Mir ist klar, dass ich sie damit nicht überzeugen kann, doch das ist mir im Moment ziemlich egal. Es fällt mir schon schwer, Ordnung in meine eigenen Gedanken zu bringen, da kann ich mir nicht auch noch um ihre Sorgen machen. Wahrscheinlich sind Nathan, Dexter und ich morgen Gesprächsthema Nummer eins auf dem Campus. Für eine ordentliche Schlägerei interessiert sich wahrscheinlich jeder.

Genervt schließe ich die Augen und versuche, mich auf eine der Atemtechniken zu konzentrieren, die ich während der Reha gelernt habe. Leider funktioniert es nicht. Heute muss ich noch dringend mit meinen Dads telefonieren und ein paar

Dinge für den Geschichtskurs morgen vorbereiten. Ich sollte mein Leben auf die Reihe kriegen, bevor ich irgendwann vor einem Scherbenhaufen stehe und keine Ahnung habe, wie ich die Stücke wieder zusammensetzen soll.

Am nächsten Morgen wache ich mit Kopfschmerzen und Augenringen auf, die selbst mich beeindrucken. Nicht einmal mein bester Concealer kann sie überdecken, also gebe ich es auf und entscheide mich, mein offensichtliches Leid mit der Welt zu teilen.

Der Literaturkurs ist kein großes Problem. Wir besprechen gerade »Romeo und Julia«, und dieses Stück haben wir auf der Highschool bereits in allen Einzelheiten durchgenommen, sodass ich nur halbherzig mitschreiben muss. Als ich mich jedoch auf den Weg zu Geschichte mache, wird mein Magen flau. Diesen Kurs habe ich mit Dexter zusammen, und ich bin wirklich nicht scharf drauf, ihn wiederzusehen. Nach der lächerlichen Schlägerei habe ich den restlichen Sonntag mit Lernen verbracht, bevor ich mich abends mit Lennie zum Essen getroffen habe. Ich weiß immer noch nicht, wie ich es geschafft habe, mir vor meinem Dad nichts anmerken zu lassen. Ich finde, allein für diese Leistung habe ich einen Oscar verdient. Und den ganzen Tag über habe ich weder von Dexter noch von Nathan gehört. Keine Ahnung, was ich erwartet habe. Vielleicht, dass sie mir schreiben oder mich anrufen. Irgendetwas, außer die Tatsache zu ignorieren, dass sie aufeinander losgegangen sind.

Als ich den Vorlesungssaal betrete, suche ich mir rasch einen Platz in der hintersten Reihe. Wir haben keine feste Sitzordnung, und heute bin ich dankbar dafür. Für gewöhnlich stresst es mich, weil ich immer Angst habe, am Rand oder ganz hinten zu landen, wo man kaum etwas versteht. Jetzt bin ich froh, mich hinter den anderen Studierenden verstecken zu können.

Meine Freude darüber währt allerdings nicht lang. Gerade als ich mein Buch und meinen Block aus der Tasche ziehe, lässt Dexter sich auf den freien Platz neben mir fallen.

Ich erstarre kurz, sehe ihn jedoch nicht an. »Falscher Kurs, Cohan. Das ist nicht Spanisch, hier ist freie Platzwahl.«

»Ich weiß.«

Seine Stimme klingt eigenartig. Ich werfe ihm einen raschen Blick zu, schaue dann schnell wieder auf meinen Tisch. »Was willst du?«

Er schweigt, und ich erwarte schon keine Antwort mehr. Zwar ist er derjenige, der sich neben mich gesetzt hat, aber bei Dexter ist es durchaus möglich, dass er mich trotzdem ignoriert. Schließlich räuspert er sich. Aus den Augenwinkeln sehe ich, wie er sich zu mir umdreht. Offensichtlich wartet er darauf, dass ich ihn ansehe, also stöhne ich genervt und hebe den Blick. »Was?«

»Simon hat mir erzählt, dass du gestern auch was weggekriegt hast«, sagt er mit belegter Stimme. Seine Augen scheinen dunkler als sonst, und um seine linke Augenbraue hat sich ein beeindruckender Bluterguss gebildet. Auch seine Lippe scheint etwas abbekommen zu haben, doch es ist der Ausdruck in seinem Blick, der ihn düsterer wirken lässt als gewöhnlich.

Ich winke ab. »Nichts Ernstes. Bin nur gestolpert.«

Seine Augen lösen sich für den Bruchteil einer Sekunde von meinem Gesicht und wandern tiefer. Kurz denke ich, dass er mir auf die Brüste starrt, aber so offensichtlich ist seine Blickrichtung auch nicht.

»Bist du dir sicher?«, hakt er nach. »Dass es dir gut geht, meine ich?«

Irritiert sehe ich ihn an. »Nathan hat mich nur angerempelt, Dexter. Wirklich, keine große Sache.«

Sein Blick wird kalt. »Hat er sich entschuldigt?«

»Das geht dich nichts an«, sage ich und hoffe, ihm damit verstehen zu geben, dass das Thema durch ist. Ja, Dexter reizt mich. Ja, irgendetwas in mir scheint sich zu ihm hingezogen zu fühlen. Aber er bedeutet auch Drama, das ich einfach nicht gebrauchen kann.

Einen Moment lang sieht es so aus, als wollte er widersprechen, doch dann entscheidet er sich offenbar anders. Ein spöttisches und ziemlich unecht wirkendes Grinsen breitet sich auf seinem Gesicht aus, als er die Arme verschränkt und sich auf seinem Stuhl zurücklehnt.

»Hör mal, Ava«, raunt er leise und hebt eine Augenbraue, »im Grunde ist es mir völlig egal, was du mit Nathan Cross zu tun hast oder nicht, aber du scheinst eines von diesen naiven Mädchen zu sein, die nicht einmal mitbekommen, dass sie ausgenutzt werden, wenn man es ihnen ins Gesicht schreit.«

Fassungslos starre ich ihn an. »Ach, und ausgerechnet du hältst dich für den weißen Ritter, der uns, diese naiven Mädchen, davor bewahren will?« Meine Worte triefen nur so vor Sarkasmus. Falls er mich aus der Reserve locken will, hat er es definitiv geschafft.

»Fuck, nein. Aber ich finde es amüsant, euch dabei zuzugucken.«

Wütend balle ich die Hände zu Fäusten, um sie davon abzuhalten, auf diesen Kerl einzuschlagen. Keine Ahnung, was er für einen Auftrag hat. Vielleicht ist ihm einfach langweilig, und er findet es lustig, in der ersten Reihe zu stehen und zuzusehen, wenn andere Menschen leiden.

Endlich betritt der Professor den Saal und hält mich davon ab, meine Fingernägel über Dexters Gesicht zu ziehen. Der scheint allerdings nichts von meiner Wut mitzukriegen, denn er beobachtet inzwischen gelangweilt die anderen Studierenden.

Den Rest der Stunde versuche ich, mich auf Professor Donalds Vortrag zu konzentrieren, doch leider ist sich mein Körper Dexters Anwesenheit mit jeder Faser bewusst. Jedes Mal, wenn ich seinen Blick auf mir spüre, würde ich am liebsten aufspringen und mich auf ihn stürzen. Oder ihn anschreien. Für gewöhnlich bin ich kein gewalttätiger Mensch, doch inzwischen finde ich die Vorstellung, Dexter wehzutun, durchaus verlockend.

Als der Professor uns schließlich entlässt, will ich nur noch die Flucht ergreifen, in mein Zimmer verschwinden und den Rest des Tages mit Trash-TV in meinem Bett verbringen.

Fast habe ich es aus dem Raum geschafft, als Dexter hinter mir meinen Namen ruft und ich stehen bleibe. Ich kneife die Augen zusammen und atme tief durch. Immerhin ist kein Prof mehr da, der mich von einem Mord oder zumindest schwerer Körperverletzung abhalten kann. Mir ist klar, dass ich einfach weitergehen und ihn ignorieren sollte. Allerdings bevorzuge ich bei Dexter inzwischen, es einfach schnell hinter mich zu bringen. Wie bei einem Pflaster.

Als ich die Augen wieder öffne, steht er mit einem amüsierten Grinsen vor mir. »Fertig?«

»Und du?« Ich werfe ihm einen vernichtenden Blick zu.

Er zuckt mit den Schultern. »Wir sollten irgendwie miteinander klarkommen.«

Ich schnaube spöttisch. »Das habe ich schon mal gehört. Und du warst derjenige, der sich da drin wie ein Mistkerl benommen hat.«

»Ich war nur ehrlich.«

»Normale Menschen filtern ihre Gedanken, bevor sie sie aussprechen und andere Leute damit verletzen.«

Er sieht stirnrunzelnd auf mich herunter. »Ich habe dich verletzt?«

»Nein«, antwortete ich. Diese Genugtuung will ich ihm nicht geben. »Aber nett war es nicht.«

Sein Blick verrät nur zu deutlich, dass er sich selbst keinerlei Schuld bewusst ist. Herrgott, er ist wie ein verdammtes Kind.

»Wie auch immer«, sagt er schließlich und zieht einen imaginären Hut, was mich nur noch mehr verwirrt. »Es tut mir leid. Ich habe ein Problem mit Cross, und ich finde, das kann man mir nicht verdenken. Und ich verstehe nicht, was du von ihm willst.« Er hält eine Hand hoch und bringt mich zum Schweigen, als ich ihn unterbrechen will. »Aber ich weiß, dass mich das nichts angeht, okay? Also, Frieden. Was hältst du davon, wenn wir heute Abend was zusammen trinken?«

Mein Kinn knallt vermutlich gerade mit einem lauten »Klong« auf den Fußboden.

»Ich muss arbeiten«, antworte ich ausweichend, während mein Gehirn Radschläge macht, im Versuch, diesen Typen zu verstehen.

»Oh.« Er runzelt einen Moment die Stirn, dann zuckt er mit den Schultern. »Ich könnte in den Club kommen.«

Ich stemme die Hände in die Hüften. »Warum?«

»Warum was?«

»Warum willst du mit mir etwas trinken?«

Langsam hebt er beide Augenbrauen. Als wäre ich diejenige, die wirres Zeug redet. »Das habe ich dir doch gerade erklärt.«

»Findest du nicht, dass wir oft genug versucht haben, miteinander auszukommen? Ich habe keine Lust mehr auf das Theater, Dexter. Das ist mir zu anstrengend.«

Seine Mundwinkel zucken, und im Gegensatz zu vorhin wirkt das kleine Lächeln dieses Mal sogar echt. »Ich bitte dich nicht um ein Date für den Abschlussball, Ava. Nur um einen Drink.«

»Hör mal, Dexter«, beginne ich und versuche, die Situation rational zu analysieren. Diese ganze Unterhaltung ist völlig sinnfrei. Dexter ist nicht der Typ für Männer-Frauen-Freundschaften. Er ist ein Unruhestifter und ein Aufreißer, wenn auch nicht unbedingt von der charmanten Sorte. Er ist eine dieser neumodischen Bad-Boy-Erscheinungen, denen die Frauenherzen zufliegen, ohne dass sie auch nur einen Finger krumm machen müssen. Ich mache ihm ganz sicher keinen Vorwurf, aber ich bin keines der Mädchen, die in seinem Netz landen werden. »Das ist echt ein nettes Angebot und alles, aber wir wissen doch beide, dass das zu nichts führen wird.«

»Und was erwarte ich deiner Meinung nach von unserem Treffen?«

Ich erwidere seinen herausfordernden Blick. »Ich werde keine Kerbe in deinem Bettpfosten.«

»Ich bin nicht so der Bettpfosten-Typ.«

»Was bist du dann für ein Typ?«

Sein Blick hält meinen fest, so lange, dass es beinahe unangenehm wird. Ich bin mir fast sicher, dass man das Knistern zwischen uns im ganzen Raum spüren kann. Und dabei weiß ich nicht, ob es ein positives oder negatives Knistern ist. Wahrscheinlich eine Mischung aus beidem.

»Nur ein Drink.«

Ich erwidere seinen Blick und schiebe mir den Träger der Tasche zurück auf die Schulter, ohne ihn aus den Augen zu lassen. »Nein danke.«

Damit drehe ich mich um und gehe hastig davon. Am liebsten würde ich rennen, doch ich halte mich davon ab. Ich höre ihn nach mir rufen, winke aber nur über meine Schulter, ohne mich umzudrehen.

Das, meine Damen und Herren, ist ein perfekter Abgang.

23

AVA

Die Schicht in der Bar zieht sich. Ich habe nicht so viel Spaß wie an den Abenden davor, und jedes Mal, wenn die Tür aufgeht, habe ich Angst, Dexter könnte hereinspazieren und seine Drohung wahr machen, mir einen Drink auszugeben. Warum jedes Mal ein Funken Enttäuschung aufflammt, wenn es nicht Dexter ist, der hereinkommt, will ich lieber nicht genau wissen. Es gibt eine Menge Gefühle, die ich mir rational nicht erklären kann. Zum Beispiel, warum ich nicht in meinem Bett liege und mir wegen Nathans Betrug und der Trennung die Augen aus dem Kopf heule. Ich bin verletzt und enttäuscht, aber ich habe das Gefühl, dass es dabei mehr um meinen Stolz geht. Um meinen Stolz und die Vorstellungen von einer gemeinsamen Zukunft, die nun verloren sind. Und dabei bin ich mir nicht einmal sicher, ob ich wirklich eine Zukunft mit Nathan haben möchte oder nur an den Träumen aus unserer Highschoolzeit festhalte. Wenn es einen Knopf gäbe, mit dem ich den Betrug rückgängig machen könnte, weiß ich nicht, ob ich ihn drücken würde.

Denn wenn ich ehrlich bin, haben wir uns auseinandergelebt. Ich habe keinen Draht zu seinen Freunden, zu seinem Sport … zu seinem Leben. Und seinem Verhalten nach zu urteilen, geht es ihm ähnlich. Warum also an etwas festhalten, das anstrengender als schön ist? Nüchtern betrachtet frage ich mich, warum er nicht schon viel früher mit mir Schluss gemacht hat. Warum ich es nicht getan habe, weiß ich. Nathan war mein Fels in der Brandung. Mein Rettungsanker, wenn mir die Sache mit meinem Herzen und die Schuldgefühle gegenüber dem Spender über den Kopf gewachsen sind. Dank ihm hatte ich ein Leben, Freunde, eine Version meiner selbst, die kein gesundheitlicher Krüppel war.

Heute ist das anders. Die Transplantation liegt lange genug zurück, und ich habe kaum noch Einschränkungen dadurch. Die Schuldgefühle sind auf ein erträgliches Maß geschrumpft. Sie sind ein Teil von mir, den ich wahrscheinlich niemals ganz und gar loswerde. Aber wir haben uns arrangiert. Ich habe eigene Freunde, ich habe ein eigenes Leben. Ich bin eine neue Ava. Ava 2.0 sozusagen. Nathan gehört nicht mehr dazu.

Dexter steht auf einem anderen Blatt. Ich weiß nicht, was ich von ihm halten soll. Das eine Mal ist er beinahe nett und witzig, das andere Mal abweisend und gemein. Und trotzdem werde ich ihn nicht los. Weder in meinen Gedanken noch real. Er scheint immer da zu sein, und ich habe die Befürchtung, dass sich das so bald nicht ändern wird.

Nach zwei Stunden habe ich endlich Pause. Ich nehme mir eine Wasserflasche aus dem Getränkelager und gehe auf den kleinen Innenhof, in dem die Raucher herumstehen und die Tänzer und Tänzerinnen sich zwischen den Shows ausruhen. Leider arbeitet Than heute nicht, und ich habe zu keinem der anderen bislang wirklich einen Draht. Auf einem Stapel leerer Getränkekisten sitzend, checke ich mein Handy. Madison wollte mir noch Bescheid sagen, ob sie vorbeikommen und mich abholen würde.

Ich stutze, als ich die verpassten Anrufe sehe. Nathan. Seit der Schlägerei habe ich nichts mehr von ihm gehört, jetzt zeigt mein Handy acht unbeantwortete Anrufe an. Na toll. Eigentlich habe ich wirklich keine Lust, mich mit ihm auseinanderzusetzen. Doch ich weiß, dass wir das früher oder später müssen, also tippe ich widerwillig auf seinen Namen, halte mir das Telefon ans Ohr und lausche dem Freizeichen.

»Ava?«, meldet er sich nach dem dritten Ton. Ich höre Stimmengewirr im Hintergrund, das jedoch sofort verstummt.

»Wo bist du?«, frage ich und lehne mich mit dem Rücken gegen die kalte Betonwand. Ich erschaudere, als meine nackte Haut dank des Rückenausschnitts auf den Stein trifft.

»In meinem Zimmer«, antwortet er. »Hatte den Fernseher an, hab ihn aber ausgemacht. Wo bist du?«

Der Klang seiner Stimme löst Erinnerungen und ein wenig Wehmut in mir aus. Unsere Beziehung ist vielleicht am Ende, trotzdem sind wir einen bedeutenden Teil meines Lebens gemeinsam gegangen. Die Vorstellung, ihn nicht länger an meiner Seite zu haben, ist irgendwie seltsam.

»Ich bin arbeiten«, sage ich schlicht. »Ich hab nicht viel Zeit, ich muss gleich wieder rein.«

»Ich dachte, wir sollten mal reden«, erwidert er. »Gestern bist du einfach verschwunden.«

»Ich bin nicht einfach verschwunden«, korrigiere ich ihn mit einem spöttischen Lachen. »Ich hatte keine Lust, euch bei eurer lächerlichen Schlägerei zuzugucken.«

»Kann ich verstehen.« Ich bin mir ziemlich sicher, ein Grinsen in seiner Stimme herauszuhören. Warum sollte er jetzt grinsen? »Der Typ ist ein echter Trottel.«

Wie bitte? Glaubt Nathan etwa, wir würden gemeinsam über Dexter herziehen? »Wenn du meinst.«

»Was ist los?«, fragt er so beiläufig, dass sich meine freie Hand automatisch zur Faust ballt, so wütend werde ich. »Du bist so distanziert. Das passt gar nicht zu dir.«

Fassungslos krampfe ich meine Finger fester um das Handy. »Ach ja? Und was ist mit dir? Warum bist du so …« Ich suche nach dem richtigen Wort. »… verlogen?«

»Ich habe dich nicht direkt angelogen.«

Ich schließe genervt die Augen. »Aber die Wahrheit hast du mir auch nicht gesagt.«

Er schnaubt. »Wer im Glashaus sitzt …«

Mir ist klar, dass er auf die Sache mit Dexter anspielt, und er hat recht. »Und das tut mir leid. Ehrlich. Es tat mir die ganze Zeit leid, ich wusste nicht, wie ich es dir sagen soll. Aber im Gegensatz zu dir, Nathan, hätte ich dich nicht einfach mit einer anderen abziehen lassen, wenn du es herausgefunden hättest. Ich hatte ein schlechtes Gewissen, ich weiß, dass ich einen Fehler gemacht habe. Den Eindruck hast du auf der Party nicht gemacht.«

Eine Weile schweigt er, und ich werfe einen Blick auf die Uhr. Okay, vielleicht war das doch nicht der richtige Ort oder die richtige Zeit für dieses Gespräch.

»Ich habe dich immer unterstützt«, sagt er schließlich und trifft damit genau meinen wunden Punkt.

»Das weiß ich.«

Ich höre, wie er ausatmet. »Ist dir schon mal in den Sinn gekommen, dass ich mir das Ganze auch anders vorgestellt habe? Ohne die Krankenhausaufenthalte, ohne ständig Rücksicht zu nehmen? Zuerst auf der Schule, dann auf dem College? Ich war hier ein Jahr lang alleine, mit all den Partys, mit all den Mädchen. Und immer musste ich absagen, weil ich eine Freundin auf der Highschool habe, die … na ja, mit sich selbst zu tun hat.«

»Nathan …«

»Ich mache dir keinen Vorwurf! Aber versuch es doch mal von meinem Standpunkt aus zu sehen. Ich liebe dich, Ava. Dich als Person. Aber du kannst es mir nicht übel nehmen, wenn ich mir woanders hole, was du mir nicht geben kannst.«

Mein Herz schmerzt so sehr, dass mir die Tränen in die Augen steigen. Panik frisst sich wie ein wütender Virus durch meinen Körper und nimmt mir für einen Moment die Luft. Der Schmerz hat nichts mit meinem Herzen, dem Organ, zu tun. Ich weiß, dass er mir nichts anhaben kann, nicht körperlich. Emotional zerschlägt er mich in tausend Stücke.

»Was erwartest du?«, flüstere ich, weil ich mich nicht traue, laut zu sprechen. »Was denkst du, wie es weitergeht, Nathan?«

»Es liegt nicht direkt an dir.«

»Es liegt nicht *direkt* an mir?«, wiederhole ich fassungslos. Die Tränen und der Schmerz verschwinden und machen einem besseren, gesünderen Gefühl Platz: Wut. »Ist das dein Ernst, Nathan? Nach allem, was wir durchgemacht haben, nach all der Zeit, machst du mit einer abgedroschenen Floskel Schluss?«

»Ich will nicht mit dir Schluss machen, Babe«, sagt er irritiert. In diesem Moment packt mein Verstand seine Sachen zusammen und macht sich aus dem Staub. Liegt es an mir, dass alle Männer in meinem Umfeld sich aufführen wie Irre? Rufe ich das irgendwie hervor?

Ich schließe die Augen und kneife mir mit Daumen und Zeigefinger in den Nasenrücken. Die beginnenden Kopfschmerzen haben nichts mit der Lautstärke oder der Luft im Club zu tun. »Okay, Nathan«, sage ich, verzweifelt um Beherrschung bemüht. »Was willst du dann? Erklär es mir bitte, ich kann dir nämlich gerade wirklich nicht folgen.«

»Was ich gerade meinte, war: rein körperlich! Ich mag dich, meine Eltern mögen dich. Du bist gut für mich. Ich will nicht, dass wir Schluss machen. Und ich verzeihe dir die Sache mit diesem Typen.«

Okay. Er hat es mir erklärt, trotzdem bin ich nicht schlauer als vorher. Wenn überhaupt, nur verwirrter.

»Du willst also mit anderen schlafen, richtig?«, fasse ich zusammen und schüttle den Kopf, auch wenn er mich nicht sehen kann. »Das ist es? Ich soll abrufbar zu Hause sitzen, und du springst mit anderen in die Kiste, weil das ja eine rein körperliche Sache ist?«

»Wenn du das so sagst, klingt das total bescheuert«, hält er mir vor. Er wird allmählich wütend, auch wenn ich mir beim besten Willen nicht erklären kann, warum. »So abwegig ist das gar nicht. Toby hat mir neulich erzählt, dass seine Freundin und er so eine Abmachung haben, und das klappt gut. Wenn du drüber nachdenken …«

»Das war's jetzt, Nathan«, fahre ich ihm dazwischen und lege auf. Ich habe nicht darüber nachgedacht, ich habe es nicht bewusst entschieden. Mein Daumen hat einfach auf den roten Hörer gedrückt, bevor ich richtig registriere, was ich da tue. Als seine Stimme abrupt verschwindet, atme ich erleichtert aus. Keine Ahnung, womit ich gerechnet habe, damit aber sicher nicht. Ich bin nicht einmal überrascht oder schockiert, sondern hauptsächlich traurig. Traurig darüber, dass ein Kapitel meines Lebens, das mir so viel bedeutet hat, so hässlich endet.

Ich trinke einen großen Schluck aus der Flasche, überprüfe meinen Kellnergürtel und stehe auf. Atmen, lächeln, weitermachen. Einen anderen Plan habe ich nicht.

DEXTER

Ich nehme einen tiefen Zug von meiner Zigarette und mustere die Männer, die gerade das *Rabbit Hole* betreten.

Was ich hier mache, ist ziemlich dämlich. Immerhin habe ich keine Ahnung, wann Ava Feierabend hat. Wahrscheinlich arbeitet sie unter der Woche nicht bis spät in die Nacht, trotzdem ist es durchaus möglich, dass ich hier noch eine Stunde oder länger herumstehen muss, einen der Türsteher auf mich aufmerksam mache und weggescheucht werde. Was ziemlich peinlich wäre, falls Ava das mitbekäme.

Ich sollte einfach reingehen. Allerdings hat Ava ziemlich deutlich gemacht, dass sie keinen Wert auf meine Anwesenheit legt. An sich ist das kein Grund, der mich abhalten würde, allerdings habe ich einen Plan. Ich muss Frieden schaffen zwischen uns. Ansonsten habe ich keine Chance mehr, an sie heranzukommen, und diese Vorstellung gefällt mir gar nicht.

Die Frau von der Organisation hat sich noch nicht bei mir gemeldet. Ich habe keine Informationen, außer dass sie sich um die Sache kümmern und sich melden, falls ich Akteneinsicht erhalte. Herumsitzen und auf eine Antwort warten, ist nicht wirklich mein Ding, also muss ich mit Ava direkt sprechen, ohne mit der Tür ins Haus zu fallen. Was nur funktioniert, wenn ich nett zu ihr bin.

Der Plan hat einige Schwachstellen.

Zum Beispiel wird sie mir vermutlich nicht abkaufen, dass ich ihr rein zufällig vor ihrer Arbeit über den Weg laufe. Mitten in der Nacht. Aber das Risiko muss ich eingehen.

Ich hole mein Handy aus der Hosentasche und checke meine Nachrichten. Carter und Jamie haben mich fürs Wochenende zu sich eingeladen, um Jamies neuen Job zu feiern. Bei allem, was im Moment bei mir los ist, kann ich mir nicht vorstellen, einen Abend heile Welt zu spielen. Die Nachrichten von beiden und die aufgenommenen Sprachnachrichten von Lila zerren allerdings ganz schön an meiner Entschlossenheit. Eltern sollte es verboten werden, ihre Kinder zur Durchsetzung ihres Willens einzusetzen. Das ist einfach nicht fair.

Neben mir geht die Tür erneut auf, und mein Magen rutscht gefühlte drei Etagen tiefer, als Ava in das gelbliche Licht der Außenreklame tritt. Wieder trägt sie diese kurze Ledershorts und das Oberteil mit dem verdammt tiefen Rückenausschnitt. An dem Abend mit der Party war so viel los, dass ich das Outfit kaum richtig begutachten konnte. Jetzt lasse ich meinen Blick langsam über ihre Beine und den Streifen nackter Haut an ihrem Rücken schweifen. Verdammt. Dieser Nathan muss ein noch viel größerer Idiot sein, als ich gedacht habe, wenn er auf das alles verzichten will. Ava ist einer der nettesten Menschen, den ich kenne, auch wenn ich persönlich ihre nette Art selten zu spüren bekomme. Und sie ist schön. Heiß und schön. Das ist eine seltene Kombination.

Nur dass ich leider nie in den Genuss all dieser Schönheit kommen werde. Inzwischen bin ich mir ziemlich sicher, dass ich mit meinem Verdacht bezüglich des Herzens richtigliege. Was bedeutet, dass ich Ava schlicht und ergreifend nicht mögen darf. Denn das würde bedeuten, dem Tod meines Bruders etwas Positives abzugewinnen. Ava ist am Leben, weil mein Bruder es nicht mehr ist. Das kann ich nicht zulassen.

Ava kramt in ihrer Handtasche und zieht dann ein Paar Kopfhörer heraus, ohne sich zu mir umzudrehen.

Ich pfeife einmal kurz.

»Himmel«, ruft sie, als sie zu mir herumwirbelt und mich im Schatten entdeckt. Sie drückt sich die Handfläche auf die Brust, was mir einen schmerzhaften Stich versetzt. »Was machst du hier, Dexter?«

»Weißt du, meine Freunde nennen mich Dex.«

»Dann sollen deine Freunde das gerne weiterhin tun.« Sie grinst, als wäre sie stolz auf diesen Spruch. Was irgendwie niedlich ist. »Aber du hast meine Frage nicht beantwortet.«

Ich stoße mich von der Wand ab und zerdrücke die Kippe in dem Aschenbecher neben der Tür. »Ich dachte mir, ich bringe dich nach Hause. Wenn du schon nichts mit mir trinken willst.«

Sie sieht mich dermaßen argwöhnisch an, als hätte ich ihr erzählt, dass ich einen Lieferwagen voll Hundebabys habe. »Ich habe dir erklärt, dass wir keine Freunde sind. Gerade eben auch, falls du den Wink nicht verstanden hast.«

Schulterzuckend trete ich neben sie. »Mag ja sein, dass du nicht mit mir befreundet sein willst«, sage ich ungerührt. »Aber du kannst mich nicht davon abhalten, dass ich dein Freund sein will.«

»Dexter …«

»Es ist doch so«, unterbreche ich, weil ich genau weiß, was jetzt kommt. »Wir sind beide hier, dagegen kannst du nichts tun. Und wir wohnen im selben Haus, auch dagegen kannst du nichts tun. Wir haben also dasselbe Ziel.«

»Du bist so vorhersehbar.«

»Das heißt, es wäre irgendwie lächerlich, wenn wir denselben Weg haben, aber getrennt fahren.«

Mit einem triumphierenden Gesichtsausdruck dreht sie sich zu mir um. »Du bist mit dem Auto da?« Argwöhnisch nicke ich, und sie zieht eine übertriebene Schnute. »Oh, das tut mir leid. Ich laufe immer nach Hause – nach der Luft da drin tut mir das gut, ich brauche ein bisschen frische Luft, bevor ich in mein Zimmer gehe. Wir sehen uns also morgen.«

Stirnrunzelnd sehe ich ihr nach. Das mit der frischen Luft klingt schlüssig. Wenn sie eine Herztransplantation hatte, dann gibt es doch mit Sicherheit Dinge, auf die sie achten muss. Wahrscheinlich ist so ein Abend in der Bar tatsächlich anstrengend. Sollte sie so einen Job überhaupt haben?

Ich reiße mich aus meinen Gedanken und hole sie mit ein

paar schnellen Schritten ein. Was nicht sonderlich schwer ist – ihre Beine sind wirklich kurz.

»Lass mich raten«, sagt sie. »Dein Auto steht zufällig in dieser Richtung.«

»Eigentlich nicht«, gestehe ich grinsend. »Aber du hast mich überzeugt. Deine Ansprache mit dem Laufen und der frischen Luft klang gut, sollte ich auch mal ausprobieren.«

Sie bleibt abrupt stehen. »Du lässt also dein Auto stehen und läufst mit mir zurück, um … was? Was willst du beweisen?«

»Du bist zu misstrauisch.«

»Und du hast 'ne Persönlichkeitsstörung«, murmelt sie so leise, dass ich sie kaum verstehe.

»Das habe ich gehört.«

»Solltest du auch.«

Ich zucke nur mit den Schultern. Wenn sie mich für merkwürdig halten möchte, kann sie das gerne tun. Vermutlich verhalte ich mich auch so, aber immerhin schickt sie mich nicht mehr weg. Es sind die kleinen Schritte, die zählen. Ein paar Minuten lang laufen wir schweigend nebeneinanderher. Immer wieder werfe ich ihr einen Blick von der Seite zu und wundere mich beinahe darüber, wie hübsch sie ist. Nicht, dass mir das vorher nicht schon aufgefallen ist, ich habe nur noch nicht sonderlich auf die Kleinigkeiten geachtet, die sie so außergewöhnlich machen. Es gibt eine Menge hübsche Mädchen. Es gibt hübsche, schöne, heiße … da gibt es durchaus Unterschiede. Ava ist auf diese Art und Weise schön, die sicher bei anderen Frauen Neid auslöst. Auch wenn sie geschminkt und zurechtgemacht ist, wirkt sie nicht so bemüht, wie andere es oft tun. Ihre feinen Gesichtszüge sind echt und nicht mit einer Farbpalette auf die Haut gemalt, ihre Haare sind leicht gelockt, ohne dass es aussieht, als hätte sie dafür Stunden im Badezimmer gebraucht. Ich bin mir fast sicher, dass Ava auch hübsch ist, wenn sie morgens aufwacht. Und ein Teil von mir möchte diese Theorie wirklich gern persönlich bestätigen.

Nach ein paar weiteren Metern halte ich das Schweigen nicht mehr aus.

»Kann ich mal eine dumme Frage stellen?«

Sie schnaubt. »Besser als jeder, den ich kenne.«

Ich ignoriere den Seitenhieb. »Mir ist die Narbe aufgefallen.«

Wenn ich sie nicht so genau beobachtet hätte, wäre mir die plötzliche Anspannung in ihren Schultern vermutlich nicht aufgefallen. »Ach ja?«

Unschlüssig schiebe ich die Hände in die Hosentaschen, weil ich einfach nicht weiß, was ich sonst mit ihnen machen soll. »Ja. Da gibt es doch sicher 'ne Geschichte zu.«

Sie sieht mich mit hochgezogenen Augenbrauen an. »Das ist ganz schön neugierig.«

»Jeder hat doch Narben«, bemerke ich betont gleichgültig. »Soll ich dir ein paar von meinen zeigen?«

Als ich nach dem Saum meines Shirts greife, lacht sie und wedelt mit den Händen, um mich aufzuhalten. »Nein danke, so genau muss ich es nicht wissen.«

»Also?«, hake ich nach und hoffe, dass ich nicht zu hartnäckig wirke. »Ich betreibe hier Small Talk, aber du musst schon mitmachen, sonst wird es unangenehm.«

Wieder lacht sie, und ich entspanne mich ein wenig. »Ich hatte eine Herz-OP«, sagt sie überraschend sachlich und lächelt, als ich sie erstaunt ansehe. »Es wurde ausgetauscht, um genau zu sein.«

Es sind nur ein paar Wörter, doch sie haben eine enorme Wirkung auf mich. Mein eigenes, gesundes Herz setzt einen Schlag aus, nur um dann doppelt so schnell weiterzuschlagen. Das hier sind keine neuen Informationen, zwischen einer Ahnung und einer Tatsache liegt aber ein deutlicher Unterschied. Wahrscheinlich hat Ava mir meinen Schock angesehen, denn sie redet hastig weiter.

»Ich weiß, das klingt heftig.« Sie zuckt mit den Schultern. »War es auch, aber das Schlimmste habe ich hinter mir. Ich komme gut damit klar.«

Wie schön. Dass ihr Spender damit ebenso gut klarkommt, wage ich zu bezweifeln.

Ich schlucke den Anflug von Verzweiflung hinunter und nehme mir ein paar Sekunden, um meine Antwort zu formulieren. Ich bin genau da, wo ich hinwollte. Ich darf es jetzt nicht vermasseln.

»Wie lange ist es her?« Verdammt, ist das eine seltsame Frage? Ich habe so Schiss, mich zu verplappern, dass ich vergessen habe, wie man ein normales Gespräch führt. »Weil du das Schlimmste hinter dir hast, meine ich. So eine Transplantation ist doch bestimmt eine große Sache, oder?«

»Sechs Jahre.« Ein wenig verlegen zuckt sie mit den Schultern. »Ich weiß, das ist eine lange Zeit, aber manchmal fühlt es sich an, als wäre es gestern gewesen.«

»Das war ein bedeutender Tag in deinem Leben.« Mein Mund ist trocken. Vor sechs Jahren ist Jace gestorben. Und sein Herz wurde aus ihm herausgeholt wie beim Dr.-Bibber-Spiel und irgendjemand anderem gegeben.

»Ich kann mich noch genau an den Tag erinnern.« Jamie schaut mich vorsichtig an, als wäre sie sich nicht so sicher, ob ich noch bei der Sache bin. Ich versuche, ein freundliches Gesicht zu machen, bin mir aber nicht sicher, ob es mir gelingt. Meine Gedanken fahren Achterbahn. »Es war Mitte August und total heiß …«

Sie redet noch weiter, doch ich kann mich auf ihre Worte nicht mehr konzentrieren. Sechs Jahre, Mitte August. Mein

Bruder starb am 15. August, an diesem Abend haben wir seine Maschinen abgestellt. Das alles könnte ein Zufall sein, aber ich glaube nicht an Zufälle. Fuck!

»Dexter?«

Ich höre meinen Namen wie durch einen Schleier. Die Emotionen, die Wut, die Verzweiflung und die Angst legen sich auf meine Ohren und machen es mir unmöglich zuzuhören. Doch ich muss. Ich bin nicht bereit, Ava von alldem zu erzählen. Bin nicht bereit, mir von ihr anzuhören, wie glücklich sie über ihre zweite Chance ist. All diesen Mist, den ich auf der Homepage der Transplantationsgesellschaft gelesen habe. Bin nicht bereit, mir anzuhören, wie dankbar sie dafür ist, dass mein Bruder tot ist. Denn das ist der Umkehrschluss.

»'tschuldige«, sage ich hastig und krame nach den Zigaretten in meiner Jackentasche. »Mir ist nur gerade eingefallen, dass ich vergessen habe, meine Hausaufgabe abzugeben.«

Ich bin mir ziemlich sicher, dass sie die lahme Ausrede durchschaut, doch sie sagt nichts dazu. Worüber ich sehr erleichtert bin.

»Okay«, sagt sie schließlich und strafft die Schultern. »Was ist mit deinen Narben? Ich will sie nicht sehen, aber du kannst mir gerne die Geschichte dazu erzählen.«

Ich brauche noch ein paar Sekunden, um mich zu fangen. Ich atme ein paarmal tief ein und aus und versuche, mich auf das Gespräch zu konzentrieren.

»Ich habe eine am Arm«, sage ich langsam und deute auf meinen rechten Oberarm. »Da bin ich als Kind vom Baum gefallen und im Stacheldraht gelandet.«

»Autsch.«

»Ehrlich gesagt habe ich es nicht gemerkt. Bis ich das Blut gesehen habe, dann war die Hölle los.«

Sie lacht verhalten. »Du kannst kein Blut sehen?«

»Nicht, wenn es aus mir rauskommt«, gestehe ich und muss tatsächlich ein wenig lachen. »Bei anderen ist es okay.«

»Wie sympathisch.« Auf einmal richtet sie sich abrupt auf und stellt sich auf die Zehenspitzen. »Ein Flohmarkt!«

Ich folge ihrem Blick. In einem kleinen Park sind Tische und kleine Stände aufgebaut, und Menschen schlendern von einem zum anderen.

»Davon hab ich gelesen«, ruft Ava aufgeregt. »Das ist ein Nachtflohmarkt, der ist einmal im Monat.«

Skeptisch sehe ich sie von der Seite an. Sie wirkt wie ein kleines Mädchen vor einem Süßigkeitenladen. Dass ein Flohmarkt sie dermaßen beeindruckt, ist irgendwie niedlich.

»Willst du hin?«, frage ich etwas widerwillig. Ehrlich gesagt weiß ich selbst nicht, warum ich ihr das anbiete. Aber irgendwie finde ich die Vorstellung, einfach daran vorbeizugehen, ziemlich traurig.

Sie schaut mich zweifelnd an. »Wirklich? Du kannst auch zu deinem Auto zurückgehen.«

Sie hat recht. Im Grunde habe ich meine Informationen bekommen, und für heute gibt es an dieser Front für mich nichts mehr zu holen. Klar sind da noch ein paar offene Fragen, aber die Antworten will ich noch nicht hören. Nicht heute.

»Ich komme mit«, sage ich und wundere mich ein bisschen über mich selbst. Warum gehe ich nicht zurück zum Auto und fahre nach Hause? Ich weiß es nicht. Stattdessen lasse ich sie vorgehen und folge ihr zwischen ein paar knorrigen Bäumen hindurch in den kleinen Park.

24

AVA

Während ich meinen Blick über die kleinen Tische schweifen lasse, breitet sich ein Lächeln auf meinem Gesicht aus. Ich liebe Flohmärkte und Secondhandläden. Nicht, weil mir die Mode aus irgendeiner bestimmten Zeit gefällt, sondern weil ich es liebe, mir vorzustellen, welche Geschichten die Klamotten und Gegenstände haben. Alte Dinge oder Häuser faszinieren mich, und am liebsten würde ich den Großteil dieser Sachen einfach mitnehmen. Ich habe den Flohmarkt schon einmal auf Facebook gesehen – hier sind keine großen Händler vertreten, sondern nur Privatverkäufer. Tapezier- und Klapptische reihen sich aneinander und bieten eine Mischung aus gebrauchten Dingen und richtigen Antiquitäten an. Zwischen den alten Bäumen sind kleine Lichterketten gespannt, und an den Ästen hängen bunte Lampions. Es wirkt wie eine gemütliche Gartenparty, und man könnte beinahe vergessen, dass wir uns immer noch mitten in Chicago befinden.

Dexter an meiner Seite zu haben, ist ein seltsames Gefühl. Das Auf und Ab zwischen uns macht es schwierig, die Situation richtig einzuschätzen. Ich weiß nie, in welcher Stimmung er gerade ist, und dementsprechend auch nie, wie ich mit ihm umgehen soll. Gerade eben hatte ich das Gefühl, dass er irgendwie sauer ist. Und dann bietet er mir an, mit mir einen Spaziergang über den Flohmarkt zu machen.

»Guck mal«, sagt er hinter mir.

Ich drehe mich um und trete an seine Seite. Er hält einen

Gegenstand in der Hand, der ein bisschen aussieht wie ein alter Teekessel, nur dass der Ausguss beinahe dreimal so breit ist wie normalerweise. Das Ding ist aus Blech oder Eisen, und der weiße Lack ist an den meisten Stellen abgeblättert.

»Was ist das?«, frage ich und besehe mir die anderen Sachen auf dem Tisch, kann aber keinen Zusammenhang herstellen.

Dexter zuckt die Achseln. »Sieht alt aus. Meinst du, vor zweihundert Jahren hatten die Leute schon eine Bong?«

»Das ist doch keine Bong.«

Als er herausfordernd die Augenbrauen hochzieht, schaue ich den Verkäufer an, einen kleinen Mann Ende dreißig mit Vollbart. Er sieht sympathisch aus und grinst Dexter verschmitzt an.

»Das ist eine Bettpfanne für Männer«, sagt er grinsend. »Und sie ist mindestens dreihundert Jahre alt.«

Dexter deutet auf das Rohr, das ich für einen Ausguss gehalten habe. »Und das ist …?«

»Die Öffnung, in die man … ihn reinsteckt. Du weißt schon.«

Dexter lässt das Ding so schnell fallen, dass es mit einem lauten Scheppern auf einer schmiedeeisernen Bratpfanne landet. Ich pruste los, und auch der Verkäufer lacht, während Dexter sich angeekelt die Hände an seiner Jeans abwischt.

»Keine Sorge«, sagt der Mann, nimmt die Bettpfanne und legt sie zurück an ihren Platz. »Sie ist sauber, abgekocht und desinfiziert.«

Grinsend hake ich mich bei Dexter unter und ziehe ihn weiter. Sein Gesicht spiegelt immer noch eine Mischung aus Ekel und Belustigung wider, und ich muss erneut glucksen.

»Wer verkauft denn Bettpfannen?«, fragt er fassungslos. »Gebrauchte Bettpfannen.«

»Ich finde deutlich interessanter, wer die Dinger kauft.«

»Oh mein Gott, ja! Irgendjemand kauft das Zeug ja auch.«

Ich nicke mit dem Kopf in die Richtung, aus der wir gerade gekommen sind. »Willst du es dir noch mal überlegen?«

Er schüttelt energisch den Kopf, dann zeigt er auf eine kleine Auslage rechts von ihm. »Aber ich denke, das hier wäre etwas für dich.«

Ich folge seinem Blick zu einem Tisch voll mit Hüten. Hüte, die jede gut betuchte Dame auf einem Pferderennen der Achtzigerjahre vor Neid hätten erblassen lassen. Ich lege den Kopf schief. »Da hast du vielleicht sogar recht. Komm.«

»Wirklich?«

Statt einer Antwort ziehe ich ihn hinter mir her und greife nach einem besonders ausladenden Exemplar mit riesiger Krempe und einer mindestens genauso riesigen Feder am Band. Der Hut ist kanariengelb mit babyblauen Akzenten. *Gewagt*, würde ich sagen.

Dexter grinst, als ich den Hut aufsetze und eine kleine Pirouette mache. Das Ding ist verdammt schwer, und einen Moment lang befürchte ich, mein Kopf könnte zur Seite kippen. »Solche Dinge hatten wir früher auch oft zu Hause. Meine Dads lieben Mottopartys.«

Er hebt eine Augenbraue und nimmt mir den Hut ab, um ihn sich selbst auf den Kopf zu setzen. Einen Moment bin ich irritiert, dass er sich zu so etwas Kindischem überhaupt herablässt, dann lache ich, weil er so bescheuert aussieht.

»Deine Dads?«, hakt er nach und überreicht mir ein Modell mit Spitzenvorhang vor dem Gesicht.

»Ich wurde adoptiert«, erkläre ich sachlich und versuche, ihn durch die dunkle Spitze hindurch zu erkennen. »Kein Mitleid, bitte. Das war das Beste, was mir passieren konnte, und mir fehlt es an nichts.«

Ich kann sein Gesicht nicht sehen, doch ein paar Sekunden lang bleibt er still, als würde er darüber nachdenken, was er als Nächstes sagen soll. »Dann hattest du großes Glück.«

Unwillkürlich muss ich lächeln. Das ist die perfekte Antwort. Schwungvoll setze ich den Hut ab und folge Dexter, der schon weitergeht. »Ja. Sie sind wirklich toll. Und ich bin bei ihnen, seit ich ein Baby war. Ich vermisse also nichts.«

»Bist du ein Einzelkind?«

Vorsichtig sehe ich zu ihm hoch. Er hat ein perfektes Pokerface aufgesetzt, doch mir ist klar, dass Familie ein schwieriges Thema für ihn sein muss. »Ich bevorzuge den Ausdruck Alleinerbe«, versuche ich, die Stimmung zu lockern.

Zu meiner Erleichterung lacht er und hüstelt amüsiert. »Also, was jetzt?« Er sieht sich um. »Da hinten gibt es noch mehr Klamotten, in der anderen Richtung sieht es so aus, als würden da noch ein paar Bettpfannen auf uns warten.«

Ich deute woandershin. »Da hinten gibt es Eis.«

»Gute Entscheidung«, meint er grinsend. Als er zu mir aufschließt, bietet er mir erneut den Arm an. Einen Moment lang zögere ich, dann hake ich mich mit klopfendem Herzen unter. Immerhin ist es dunkel. Ohne seine Hilfe könnte ich … stolpern.

Schweigend schlendern wir durch die Reihen von Verkaufstischen. Ich bin überrascht, wie entspannt ich mittlerweile bin. Nach dem Gespräch mit Nathan hatte ich das Gefühl, jeden Moment vor Wut schreien zu müssen. Ich habe mich auf eine unruhige Nacht eingestellt und darauf, ihm ein Dutzend SMS zu schreiben, die ich am nächsten Tag bereuen würde. Ich muss zugeben, dass das hier viel besser ist, als alleine in meinem Bett zu liegen und wütend zu sein.

Zu meiner Überraschung lädt Dexter mich auf ein Eis ein. Auch wenn mir klar ist, dass das hier kein Date ist, fühlt es sich verdammt nach einem an. Und sollte das so sein, ist es kein schlechtes Date. Schöne Location, gute Gespräche und Eis – ich hatte sicher schon schlechtere Verabredungen. Gut, wenn man unsere Vorgeschichte und die ganze verkorkste Situation mit Nathan bedenkt, klingt das Ganze vielleicht nicht mehr so rosig.

Eine Weile schlendern wir einfach über das Gelände und denken uns skurrile Geschichten zu den Gegenständen aus, die auf den Tischen angeboten werden. So gelöst mit Dexter zu sprechen, ist etwas Neues, doch es gefällt mir. Wir reden über unsere Kurse, und Dexter erzählt mir, dass sein bester Freund ein bekannter Schauspieler ist. Auch wenn ich nicht unbedingt ein Fangirl bin, finde ich das spannend und bin richtig frustriert, als Dexter nicht damit herausrücken will, um wen es sich handelt.

Hin und wieder berühren wir uns beiläufig. Einmal zupft er mir ein verirrtes Blatt aus meinen Haaren, ein anderes Mal streifen sich unsere Hände, als wir uns gleichzeitig zu einem alten Buch vorbeugen. Und jedes Mal, so unschuldig die Berührung auch sein mag, durchfährt mich ein leichtes Kribbeln. Als würde ich einfach körperlich auf ihn reagieren, ohne es bewusst zu entscheiden. Immer wieder wandert mein Blick über die Muskeln seiner Oberarme und seiner Brust, wenn er tief einatmet und sich der Stoff seines Shirts darüber spannt. Wie immer ist seine Garderobe schlicht, doch ich wette, dass er das mit Absicht macht. Immerhin kann so auch nichts von seiner wirklich beeindruckenden Figur ablenken.

Als ich stolpere und Dexter mir mit einer Hand an der Taille Halt gibt, muss ich ein leichtes Seufzen unterdrücken. Vielleicht liegt es daran, dass Nathan und ich seit viel zu langer Zeit keinen wirklich guten Sex mehr hatten, aber am liebsten hätte ich Dexter gebeten, seine Hand einfach dort liegen zu lassen.

»Okay«, sage ich schließlich, als wir zurück auf die Straße treten, »ziehst du das jetzt wirklich durch?«

Er sieht mich verwirrt an. »Was genau?«

»Dein Auto?«

Seine erste Reaktion ist ein überraschend gelöstes Lachen, das jedoch schnell wieder erstirbt. Er sieht mich an, als würde ihm gerade wieder einfallen, wie wir überhaupt hergekommen sind. Als würde das Drama der vergangenen Wochen diesen wirklich schönen Abend innerhalb von Sekunden einfach auslöschen. Er öffnet den Mund, schließt ihn aber wieder und wendet sich ab.

»Dexter.«

»Hm?« Sein Blick huscht über die Umgebung, streift mich aber immer nur flüchtig.

»Sag, was du zu sagen hast«, fordere ich ihn leise auf. »Es ist ungesund, seine Gedanken herunterzuschlucken. Das gibt Bauchschmerzen.«

Einer seiner Mundwinkel zuckt. »Ach ja? Hast du das von einer sicheren Quelle?«

Ich zucke mit den Schultern. »Beruht mit Sicherheit auf einer professionellen Studie oder so.«

»Ich fürchte, ich muss dir trotzdem widersprechen.« Seufzend dreht er sich zu mir um. »Wenn die Leute ständig sagen würden, was sie wirklich denken, würde die Welt in Flammen aufgehen.«

»Sehr dramatisch.«

»Aber es ist die Wahrheit.«

Ich lege den Kopf schief und sehe zu ihm auf. »Ich habe lange wegen Nathan die Klappe gehalten.« Es überrascht mich selbst ein wenig, dass ich mit diesem Thema anfange. Ich habe es eigentlich gar nicht sagen wollen; meine Gedanken haben sich einfach selbstständig gemacht. »Ich hatte das Gefühl, nichts sagen zu dürfen, weil ich ihm etwas schuldig bin. Er hat mir das Gefühl gegeben. Glaub mir, niemand sollte etwas zurückhalten, weil er denkt, niemand würde zuhören. Es gibt immer jemanden.«

Er sieht mich so lange an, dass ich schon befürchte, er würde nicht mehr antworten. Dann seufzt er und macht ein paar Schritte rückwärts, weg von mir. »Ich denke nicht, dass ich der richtige Ansprechpartner für deine Beziehungsprobleme bin, Kleine. Aber falls du einen Tipp willst: Halt dich von diesem Typen fern. Er ist es nicht wert.« Mit der Hand deutet er über seine Schulter. »Kommst du? Ich habe echt keinen Bock zu laufen, und du hattest nun genug frische Luft. Ich nehm dich mit.«

Es ist keine Frage, und ich habe keine Lust zu protestieren. Denn er hat recht. Nach diesem Ausflug über den Flohmarkt wäre es irgendwie albern, den Kleinkrieg weiterzuführen, den ich vor der Bar angefangen habe. Also nicke ich nur, schließe zu ihm auf und gehe schweigend an seiner Seite den Weg zurück zum *Rabbit Hole*. Und auch wenn eine Schwere zwischen uns in der Luft liegt, ist das Schweigen nicht unangenehm. Es ist beruhigend.

Obwohl ich mich in Dexters Gegenwart wohlfühle, kommt mir die Rückfahrt unendlich lang vor. Wie immer, wenn wir Zeit miteinander verbringen, habe ich das Gefühl, die Stimmung beginnt irgendwann zu knistern. Ich frage mich, ob das irgendeine Art von Chemie oder ein biologischer Effekt ist. Vielleicht senden wir kompatible Signale, die wir nicht bemerken und die rein evolutionär miteinander reagieren. Was es auch ist, was mich dazu bringt, immer wieder Dexters Profil im dunklen Auto zu mustern – es nervt.

Als er den Wagen schließlich auf dem Wohnheimparkplatz abstellt, möchte ich am liebsten rausspringen und in mein Zimmer rennen. Ich fühle mich wie ein naives, unsicheres Mädchen, das noch nicht recht weiß, was sie mit ihren Hormonen anfangen soll. Dabei weiß ich das ziemlich genau. Vielleicht ist es die Trennung von Nathan, die meine Gefühlslage im Moment so durcheinanderbringt. Ich habe Nathan von Herzen geliebt, kann aber nicht behaupten, dass wir eine außergewöhnliche sexuelle Anziehung hatten. Jetzt, da ich im Grunde tun und lassen kann, was ich will, wittert mein Sexualtrieb wahrscheinlich seine Chance. Denn dass ich Dexter anziehend finde, ist nicht zu bestreiten. Und spätestens seit unserem letzten Kuss bin ich mir ziemlich sicher, dass es umgekehrt genauso ist.

Dexter stellt den Motor ab und fährt sich mit den Handflächen über die Oberschenkel. Er sieht irgendwie nervös aus. Wie peinlich. Ich war so auf die Muskeln und sein markantes Profil fokussiert, dass mir seine Stimmung nicht einmal aufgefallen ist.

»Alles okay?«, frage ich, als er deutlich sichtbar schluckt und einen Blick in den Rückspiegel wirft. Ich drehe mich um, kann jedoch nichts sehen außer einem verlassenen Parkplatz. »Haben uns die Cops verfolgt oder so?«

»Nichts«, sagt er ein wenig zu schnell. »Wirklich, alles gut. Es war einfach ein langer Tag.«

»Wirklich? Du schwitzt.«

Mit den Fingern fährt er über seine Stirn. Dann dreht er sich abrupt zu mir um. »Nachdem meine Familie gestorben ist, habe ich Drogen genommen«, sagt er so abrupt, dass ich ein wenig zurückweiche. Der wütende und vor allem anklagende Ton in seiner Stimme verwirrt mich.

»Das tut mir leid«, erwidere ich zögernd. Das hat er mir schon in der Nacht erzählt, als wir auf dem Sofa gelandet sind. Möglicherweise hat er es einfach vergessen.

»Ich hatte ein ernsthaftes Drogenproblem«, fährt er heftig fort. »Dieser beschissene Unfall hat mein Leben zerstört. Das Leben meiner Familie genommen und meines in Schutt und Asche gelegt.«

»Dexter ...« Ich will nach seiner Hand greifen, doch er zieht sie hastig weg.

»Dich so zu sehen, macht mich ...«

Er unterbricht sich, wendet den Blick ab und starrt durch die Windschutzscheibe hinaus in die Nacht. Ich lasse seine Worte Revue passieren, doch sie ergeben einfach keinen Sinn.

»Was habe ich damit zu tun?«, frage ich vorsichtig und ziehe vorsorglich den Kopf ein. Keine Ahnung, was Dexter da gerade für einen Film fährt, doch vielleicht sollte ich lieber aussteigen und ihn in Ruhe lassen. Auf der anderen Seite sind wir seit heute so etwas wie Freunde, oder? Und Freunde lassen sich in so einer Situation sicher nicht im Stich.

»Alles«, flüstert er so leise, dass ich mir nicht sicher bin, ob seine Antwort für mich oder ihn selbst bestimmt war. Spielt auch keine Rolle, denn sie ergibt schon wieder keinen Sinn. Vielleicht nimmt er immer noch Drogen oder er hat gerade eine Art Schub, der zum Entzug gehört. Ich kenne mich damit nicht aus, aber in so einer Situation redet man bestimmt schon mal wirres Zeug.

»Soll ich jemanden anrufen?«, versuche ich es noch einmal. »Deinen Promi-Freund, vielleicht? Wenn du mir dein Handy gibst, dann kann ich ...«

Er lehnt sich so schnell zu mir herüber, dass ich erschrocken nach Luft schnappe. In der einen Sekunde sitzt er noch auf seinem Sitz, in der nächsten hat er seine Hände um mein Gesicht gelegt und schaut mich so eindringlich an, als versuchte er meine Gedanken zu lesen. Sein Atem trifft meinen, und ich halte die Luft an.

»Sei nicht so verdammt nett«, faucht er, ohne mich auch nur eine Sekunde aus den Augen zu lassen. »Es wäre so viel einfacher, wenn du ein schlechter Mensch wärst, Ava.«

»Was wäre einfacher?«, frage ich, als ich meine Stimme wiedergefunden habe.

»Dich zu hassen.«

Die Worte hallen durch meinen Kopf wie Donnergrollen. Ich habe keine Idee, warum Dexter mich hassen will. Und warum er es nicht tut. Wirklich nett hat er mich abgesehen von heute Abend selten behandelt.

»Dex, ich habe keine Ahnung, was hier gerade abgeht.«

Er stockt kaum merklich. Sein Gesicht kommt meinem noch näher, und ich halte ganz still. Als wäre er ein wildes Tier, das bei der kleinsten Bewegung die Flucht ergreift. Oder angreift.

»Sag das noch mal.«

Ich hebe die Augenbrauen. »Was?«

Ganz langsam schüttelt er den Kopf. »Vergiss es.«

Und dann küsst er mich.

25

DEXTER

Das hier habe ich nicht geplant. Nichts, was in dieser Nacht passiert, habe ich geplant. Weder dass wir einen gemeinsamen Flohmarktausflug machen noch den kleinen emotionalen Ausbruch. Aber ganz sicher habe ich nicht geplant, meine Lippen beinahe ehrfürchtig auf ihre zu pressen. Und, fuck, es fühlt sich viel zu gut an. Ihre Lippen sind genau, wie ich sie in Erinnerung habe: weich, voll und warm. Einfach nur perfekt.

Meine widersprüchlichen Gedanken und Gefühle liefern sich einen harten Kampf. Ich will sie hassen, so dringend, dass es beinahe körperlich wehtut. Alles, was sie mir erzählt hat, passt mit der Geschichte meines Bruders zusammen. Ava lebt möglicherweise nur, weil Jace starb. Damit kann ich nicht umgehen, damit will ich nicht umgehen. Dass sich ein Teil von Jace, ein echter, lebendiger, schlagender Teil, in ihr befinden könnte.

Ja, ich will Ava hassen.

Aber gleichzeitig will ich sie in eine Decke wickeln, wenn ich ihre nackten Beine sehe; will sie nach Hause fahren, wenn sie nachts allein durch die Gegend läuft, und will Nathan am liebsten noch mal eine reinhauen für das, was sie mir vorhin erzählt hat. Ich will, dass sie mir einen Grund für meinen Hass gibt – einen sichtbaren, unmittelbaren.

Doch das tut sie nicht. Sie ist einfach nett und witzig und … süß. Und fühlt sich so verdammt perfekt an.

Im ersten Moment des Kusses spüre ich, wie sie sich versteift, was ich ihr nicht wirklich übel nehmen kann. Meine Stimmungsschwankungen müssen auf sie noch verwirrender wirken als auf mich selbst. Ich weiß, dass das hier dämlich ist. Aber es ist auch notwendig. Als mir während der Fahrt klar geworden ist, dass ich Ava nicht hassen kann, haben mich andere Gefühle überwältigt. Gefühle, die ich nicht einmal genau benennen kann. Es ist eine wirre Mischung aus schlechtem Gewissen gegenüber Jace, Wut und Hilflosigkeit. Meine Standardlösung für so ein Gefühlschaos waren die Drogen. Oder Alkohol. Beides ist im Moment nicht möglich, deswegen brauche ich eine Alternative.

Und die beste Alternative erwidert gerade meinen Kuss. Ava mit einer Droge zu vergleichen, ist vielleicht nicht wirklich schmeichelhaft, aber die Wirkung, die sie auf mich hat, ist verdammt ähnlich. Mein Kopf scheint plötzlich wie leer gefegt, meine Gedanken und Sorgen verschwinden in einem dichten Nebel. Meine Hände, die immer noch ihr Gesicht umfassen, beginnen zu kribbeln, in meinem Magen löst sich ein Knoten, und andere Teile meines Körpers werden auch allmählich aufmerksam.

»Dex …«, murmelt Ava, macht aber keine Anstalten, sich aus meiner Umarmung zu lösen. Wieder dieser Name. Mein Name, die Abkürzung, die nur meine Freunde benutzen. Keine Ahnung, warum, doch die Tatsache, dass sie ihn plötzlich benutzt, löst irgendetwas in mir aus. Vielleicht ist es schlicht und einfach die Sehnsucht nach ein wenig menschlicher Nähe, vielleicht bin ich auch nur emotional kaputt. Was es auch ist, ich werde es sicher nicht analysieren, während ich mit Ava in diesem verdammt engen Auto sitze und ihre Lippen auf meinen spüre.

»Schhht«, entgegne ich. »Mach dir nicht zu viele Gedanken. Du bist frei.« Meine Stimme klingt beinahe wie ein Knurren, doch das ist mir egal.

Ich öffne für den Bruchteil einer Sekunde die Augen und sehe, dass sie lächelt. Als wäre ihr gerade erst bewusst geworden, dass sie nicht länger einen Freund hat, vor dem sie sich rechtfertigen muss. Keine Verpflichtung, die ihr das hier verbietet. Sie kann tun und lassen, was sie will.

Als wäre das ihr Stichwort gewesen, rutscht sie näher an mich heran. So nahe, wie es unsere merkwürdige Position zulässt. Der Schaltknüppel drückt schmerzhaft gegen mein Knie, und mein Rücken protestiert gegen die Verrenkung, aber ich fühle mich einfach nur großartig.

Meine Hand rutscht von ihrer Wange zu ihrem Hals. Von ihrem leichten Schaudern ermutigt, fahre ich mit den Fingerspitzen über ihre weiche Haut bis zu ihrem Schlüsselbein. Mein Mund folgt der Spur meiner Berührungen, während ich sanfte Küsse auf ihrer Haut verteile. Sie legt den Kopf zurück, die Augen immer noch geschlossen. Eine Hand liegt an meinem Unterarm, die andere hat sie auf ihrem Oberschenkel zur Faust geballt.

»Ich brauche Zerstreuung«, murmele ich an ihrer Kehle. »Ich habe dieses Hin und Her satt.«

Sie lacht erstickt. »Ich auch. Allerdings dachte ich eher, dass wir einander ignorieren. Das hier ist …«

Als sie nicht weiterspricht, sehe ich auf. »Das hier ist was?«

Ava öffnet die Augen und sieht mich an. In ihrem Blick spiegeln sich Belustigung, aber auch Erregung. »Unerwartet.«

»Nach der Nummer auf der Couch hast du so etwas nie erwartet?«, frage ich und hauche einen weiteren Kuss hinter ihr Ohr. Ihre Augenlider flattern. Ich bin ein bisschen überrascht, wie sorglos sie scheint. Ich hätte sie als eines dieser Mädchen eingeschätzt, die verschämt kichern oder einen auf unnahbar machen.

Plötzlich hebt sie den Kopf und sieht mich eindringlich an. »Dexter.«

»Ava.«

»Das hier bleibt unter uns, klar?«, fragt sie mit strenger Miene. »Ganz ehrlich, ich hab keinen Bock, Teil des Campus-Gossip zu sein, oder dass Nathan sich da wieder einmischt. Okay? Das hier ist Spaß zwischen dir und mir.«

Meine Mundwinkel verziehen sich zu einem Grinsen. Ich will hier ja wirklich nicht den Psychologen spielen, aber ich bin mir ziemlich sicher, dass Ava für gewöhnlich keine solche Draufgängerin ist. Vielleicht ist es die Trennung von Nathan oder sie will sich einfach ein bisschen austoben. So oder so, mir soll's recht sein.

»Das überrascht dich jetzt vielleicht, Kleine, aber ich folge normalerweise dem Grundsatz: Ein Gentleman genießt und schweigt.«

Sie lacht und lässt ihre Hand meinen Arm hinaufwandern. Jetzt bin ich derjenige, der sich beherrschen muss, um nicht zu stöhnen. Ihre Berührung ist nur ganz leicht, dennoch hat sie eine enorme Wirkung auf mich.

»Was soll das Ganze hier, Dex? Erst schlagen wir uns die Köpfe ein, dann gehen wir auf den Flohmarkt, und als Nächstes machen wir im Auto rum?«

»Klingt für mich nach der gängigen Vorgehensweise in Highschool-Schnulzenfilmen.«

»Nur, dass wir nicht mehr auf der Highschool sind.«

Ich zucke mit den Schultern. »Das bleibt einfach unser Geheimnis.« Als sie mich immer noch skeptisch ansieht, verenge ich die Augen und mustere sie kurz. »Ich fand dich schon heiß, als du mich bei diesem blöden Spiel sitzen gelassen hast. Ich hätte dich damals schon gern mit auf mein Zimmer genommen, wenn du mich gelassen hättest.«

Jetzt wird sie rot, hält meinem Blick aber stand. »Du hast mich für eine verklemmte, verwöhnte Ziege gehalten.«

»Das eine schließt das andere nicht aus, Kleine.« Sie verdreht die Augen. »Wir finden uns heiß, ich denke, das können wir zugeben. Wir sind verdammt unterschiedlich, das bedeutet aber nicht, dass wir nicht auch verdammt gut im Bett sein können.«

Ava lacht leise. »Da hast du recht.«

»Wir machen keine große Sache draus«, raune ich, während ich mich nach vorn lehne, bis meine Lippen ihr Ohr berühren. »Vielleicht geht es uns beiden besser, wenn wir den Druck rausgenommen haben.«

»Du bist ein echter Romantiker«, erwidert sie mit erstickter Stimme. Ich bin mir ziemlich sicher, dass sie die Augen wieder geschlossen hat.

»Das habe ich auch nie behauptet.« Bei dem letzten Wort lege ich meine Hand flach auf ihren Oberschenkel, und sie zuckt zusammen. »Aber ich bin wirklich gut im Bett.«

Wieder lacht sie, doch dieses Mal ersticke ich den Laut mit einem Kuss. Kein vorsichtiger Kuss mehr, kein langsames Herantasten und Überprüfen, ob ich zu weit gehe. In diesen Kuss lege ich Leidenschaft und das drängende Verlangen, das mich während der ganzen Fahrt über beinahe um den Verstand gebracht hat. Sie keucht in meinen Mund, und ich spüre, dass sie die Beine zusammenpresst.

Mit einer einzigen Bewegung greife ich nach ihrem Oberschenkel und ziehe sie zu mir herüber. Sie begreift, was ich vorhabe, und klettert rittlings auf meinen Schoß, während ich den Sitz so weit wie möglich zurückschiebe, damit wir ausreichend Platz haben. Als sich ihr Gewicht auf meinen Schritt verlagert, stöhne ich auf. Es klingt ein bisschen verzweifelt, doch das ist mir egal. Ich bin mir ziemlich sicher, dass sie sehr genau weiß, was sie gerade in mir auslöst.

Während wir uns weiterküssen, greife ich mit einer Hand in ihr Haar. Wenn ich ehrlich bin, habe ich genau von dieser Szene verdammt oft geträumt. Ihr weicher Körper, der sich an meinen schmiegt, ihre Lippen, die sich gegen meine pressen, und ihr Haar, das auf ihren nackten Rücken fällt. Gut, sie ist leider noch vollständig bekleidet, aber der Rest passt perfekt.

Langsam bewegt sie ihre Hüften, drückt ihr Becken gegen meines und trifft dabei genau meinen empfindlichen Punkt. Als sie mir damit ein heiseres Stöhnen entlockt, verziehen sich ihre Lippen zu einem Grinsen. Oh ja, sie weiß ganz genau, was sie mit mir macht. Und es gefällt ihr.

Mit den Fingerspitzen fahre ich über ihren nackten Oberschenkel. Im Sitzen sind diese Shorts noch knapper, als wenn sie steht, doch im Moment ist mir das nur recht. Als ich am Saum angelangt bin, schiebe ich einen Finger unter den Stoff, doch das ist mir noch lang nicht genug. Ich will sie spüren, alles von ihr. Sie legt den Kopf in den Nacken und beugt sich nach hinten, als meine Hand über ihre Hüfte streichelt, hinauf über ihre Taille, den Rippenbogen und die Brust. Sie seufzt, als ich mit den Fingern über die harte Spitze fahre. Fuck, ihre Brüste sind einfach nur perfekt – rund, voll, aber nicht zu groß. Ich umschließe sie ganz, küsse ihren Hals und wünsche mir, wir wären in einem Bett oder auf einer Couch. Egal wo, Hauptsache komfortabler als dieses Auto.

»Dex«, keucht sie. Ich hebe das Becken und beobachte, wie sich ihre Augen flatternd schließen. Sie lehnt ihre Stirn gegen meine Schulter und erwidert den Druck wie eine Einladung. Eine Einladung, die ich sicher nicht ausschlagen werde. Ungeduldig öffne ich den Knopf ihrer Shorts, dann den Reißverschluss. Ich spüre dünnen, seidigen Stoff. Am liebsten würde ich sie langsam ausziehen und mich jedem Zentimeter nackter

Haut einzeln widmen. Doch dafür ist das hier weder der passende Ort noch die passende Zeit.

Stattdessen schiebe ich meine Finger unter den dünnen Stoff ihres Höschens. Ich spüre, wie sie den Atem anhält und dann stoßweise wieder ausstößt, als ich sie endlich berühre.

Fuck. Sie ist heiß, und ich spüre, dass sie bereit ist. Dass sie das hier genauso dringend will wie ich. Die Signale, die sie und ihr Körper senden, sind nicht schwer zu deuten. Ich könnte sie haben, genau hier, genau jetzt. Ihr die Hose herunterziehen und sie nehmen. Vielleicht würde es nur ein paar Minuten dauern, vielleicht wäre es nicht der beste Sex der Welt. Aber ich bin mir ziemlich sicher, dass es sich lohnen würde. Ich würde vermutlich noch Jahre später daran denken.

Und trotzdem stört mich etwas an dieser Vorstellung. Nicht der Sex, nicht das Bild, wie ich in sie eindringe, wie sie meinen Namen schreit, wenn sie den Höhepunkt erreicht. Was mich stört, sind die Gründe, aus denen sie es möglicherweise macht. Wegen Nathan oder wegen des ganzen Dramas. Vielleicht will sie ihm etwas beweisen oder sich selbst. Vielleicht bereut sie es morgen früh, ähnlich wie Nachrichten, die man nachts verschickt, um sich am nächsten Morgen zu fragen, wie man bloß auf diese Idee gekommen ist.

Nein, so soll es sicher nicht laufen. Wenn ich mit Ava Walker schlafe, dann wird es ein Feuerwerk. Kein kurzes Strohfeuer.

Ich senke den Kopf und fahre vorsichtig mit den Zähnen über ihren Hals, gleichzeitig dringe ich mit zwei Fingern in sie ein. Sie stöhnt auf, drückt aber schnell den Mund auf meine Schulter und erstickt den Laut. Ihr Becken zuckt im selben Rhythmus wie meine Finger und gibt mir einen verdammt guten Ausblick darauf, wie es sein würde, mit ihr zu schlafen. Ich muss all meine Willenskraft aufbringen, sie nicht einfach nach hinten zu drücken und auf mich draufzusetzen. Ich weiß, dass sie es wollen würde. Und genau das macht es so schwer.

Ich erhöhe das Tempo, greife mit der freien Hand nach ihrer Hüfte, um sie ruhig zu halten. Als sie den Kopf nach hinten wirft, umschließe ich mit den Lippen eine ihrer Brustwarzen durch den Stoff. Sie stöhnt leise meinen Namen und klammert sich an meine Schultern, als wäre ich der Halt, der sie vor dem Ertrinken bewahrt. Ich richte mich auf und beobachte ihr Gesicht, als sie kommt. Ihre feinen Züge, ihre Lippen, die sie zwischen die Zähne zieht, und ihre Augenlider, die zucken, als würde sie unruhig schlafen. Verdammt, sie ist so schön.

Schwer atmend sackt sie über mir zusammen. Ihre kleinen Hände gleiten meine Oberarme entlang, ohne mich loszulassen, und sie vergräbt ihr Gesicht in meinem Shirt. Ich spüre ihren Atem auf meiner überhitzten Haut. Es ist nicht wirklich bequem, trotzdem habe ich absolut kein Problem mit dieser Position. Im Gegenteil.

»Wow«, flüstert sie, immer noch schwer atmend und immer noch das Gesicht an meinem Shirt.

Ich lache erstickt, nicke aber. »Ja.«

Schwerfällig hebt sie den Kopf und schaut mich an. Sie sieht zufrieden aus, was mich irgendwie stolz macht. »Warum haben wir nicht … du weißt schon.«

»Warum ich dich nicht gefickt habe?«

»Dexter!« Sie reißt die Augen auf und sieht sich um, als würde sie befürchten, dass überraschenderweise doch noch jemand mit im Auto sitzt. »Das ist kein schönes Wort!«

Ich ziehe eine Augenbraue hoch. »Was ist denn deiner Meinung nach ein schönes Wort? Geschlechtsverkehr? Koitus? Beischlaf, pimpern, begatten, ein Rohr verlegen, einlochen, die Schlange verstecken?«

Sie prustet los, hält jedoch schnell wieder inne. Meine Finger befinden sich immer noch zwischen ihren Beinen.

»Die Schlange verstecken?«, wiederholt sie und presst die Lippen aufeinander, als ich sie streng ansehe.

»Wenn dir das lieber ist als ficken?«

»Definitiv«, lacht sie. »Ein Rohr verlegen klingt auch irgendwie unangenehm.«

Ava sieht nach unten und dann demonstrativ wieder zu mir. Ich ziehe die Hand zurück und zupfe ihr Shirt zurecht, was nicht sonderlich viel bringt. Sie sieht immer noch aus, als hätte sie gerade Sex gehabt, und dieser Look steht ihr ziemlich gut.

Sie rutscht ein wenig nach hinten, bleibt aber auf meinem Schoß sitzen. Auf einmal wirkt sie unsicher. »Soll ich, ähm ... Willst du, dass ich mich, du weißt schon, revanchiere?«

Mein Grinsen gerät ein wenig schief. Allein ihr Angebot sorgt dafür, dass meine Hose ein paar Nummern zu eng wird. Die Vorstellung, wie sich diese Lippen um meinen Schwanz schließen ... Moment.

»Hast du auch was gegen das Wort Schwanz?«

Ihr schießt das Blut ins Gesicht, und für den Bruchteil einer Sekunde wandert ihr Blick hinunter zu meinem Schritt, dennoch grinst sie. »Das ist auch kein sonderlich schönes Wort.«

Ich ziehe die Augenbrauen hoch. »Soll ich dir eine Alternative anbieten?«

»Sollte ich mir Sorgen machen, warum du ein unerschöpflicher Quell an sexbezogenen Synonymen bist?«

»Okay, fangen wir an. Was hältst du von Bockwurst mit Pulsschlag?«

»Oh mein Gott«, lacht sie laut. »Bitte nicht.«

»Nicht so dein Ding? Okay, wie ist es mit einäugiger Glatzenaal?«

»Okay, okay.« Sie hebt die Hände und wedelt damit herum. »Lassen wir das, ja? Es gibt einfach keine schönen Bezeichnungen dafür.«

»Bist du dir sicher?«, frage ich in gespieltem Ernst. »Ich hätte noch ein paar andere Ausdrücke für deine …«

»Stopp!« Sie hält mir den Mund zu, um mich zum Schweigen zu bringen. »Vielen Dank, das war seltsam, aber wir sollten das jetzt lassen.«

Ich lache und fahre einmal mit den Fingerspitzen ihren Oberschenkel hinauf. Gott, was würde ich darum geben, einfach weiterzumachen. Aber heute Nacht bin ich ein guter Kerl.

»Wir sollten hochgehen«, sage ich widerstrebend. »Du hast morgen früh doch sicher Kurse.«

Erschrocken reißt sie die Augen auf. »Scheiße, ja.« Hastig klettert sie von mir herunter. Ich beiße die Zähne zusammen, als sie dabei ziemlich empfindliche Stellen berührt. Fuck, eigentlich muss ich sie allein reingehen lassen und mir erst mal unschuldige Gedanken machen. Ich bin mir ziemlich sicher, dass die Beule in meinem Schritt schwer zu übersehen ist.

»Hast du denn keine Kurse morgen früh?«, fragt Ava, während sie fahrig ihre Sachen zusammensucht und ihr Shirt richtet. Dass ihre Haare nach wie vor wild zerzaust sind, sage ich ihr besser einfach nicht.

Ich zucke mit den Schultern und steige aus. Als die kühle Nachtluft mich empfängt, atme ich ein paarmal tief durch. Jap, stehen und laufen ist verdammt unangenehm. Ich stelle mir das Haus meiner Grandma vor – das hilft ein bisschen.

Es ist vollkommen still um uns herum, als wir auf das Wohnheim zugehen, wenn man den allgemeinen Verkehrslärm ausblendet, der auch um diese Uhrzeit Chicago beherrscht. Die Stimmung wird mit jedem Schritt seltsamer. Während es auf dem Flohmarkt noch angenehm war, neben ihr zu schweigen, frage ich mich jetzt, ob ich irgendetwas sagen sollte. Aber was? Mich bedanken erscheint mir irgendwie dämlich, vor allem, weil ich im Grunde ihr einen Gefallen getan habe und nicht umgekehrt. Ich könnte sie nach ihrer Arbeit fragen. Oder nach einem Date. Das wäre vermutlich anständig. Auf der anderen Seite hatten wir gesagt, dass wir keine große Sache daraus machen wollen.

Warum ist das plötzlich so kompliziert?

Ich halte ihr die Tür auf und drücke den Knopf am Aufzug. Während wir darauf warten, lächelt sie mich kurz verlegen an. Ich werfe ihr einen Blick zu. Spürt sie das auch? Oder ist sie entspannt und hat einfach nichts zu sagen? Ihre Wangen sind immer noch ein wenig gerötet, aber insgesamt wirkt sie vollkommen cool. Vielleicht habe ich sie auch komplett falsch eingeschätzt. Vielleicht ist Sex keine große Sache für sie. Was weiß ich schon, immerhin kenne ich sie kaum.

»Tja«, sagt sie, als wir in den Fahrstuhl steigen. »Ich gehe dann mal ins Bett.«

»Gute Idee.« Wie soll ich mich nun verhalten? Sie umarmen? Ihr einen Kuss geben? Oder … keine Ahnung.

Panisch durchforste ich mein Gehirn nach einer passablen Verabschiedung und mache wohl das Dümmste überhaupt – ich strecke ihr die Hand entgegen.

Verwirrt sieht sie mich an, dann unterdrückt sie ein Grinsen und schlägt tatsächlich ein. »Hat mich gefreut, Cohan.« Dann dreht sie sich um und verschwindet. Als die Türen sich wieder schließen, stöhne ich genervt auf. Ich bin ein dämlicher Idiot.

26

AVA

»Ihr habt einander die Hand gegeben«, wiederholt Than trocken und sieht von mir zu Madison und dann wieder zurück. »Nachdem er es dir mit der Hand in seinem Auto besorgt hat.«

»Psssst!«, mache ich hastig und sehe mich um. Mein Gesicht glüht, und ich bereue schon jetzt, das Thema angeschnitten zu haben. Dexters und mein kleines Stelldichein ist inzwischen vier Tage her. Vier Tage lang habe ich es geschafft, nicht mit Madison darüber zu sprechen, was wirklich nicht einfach war. Heute konnte ich es nicht länger verheimlichen.

»Es war total weird.« Ich vergrabe das Gesicht in den Händen und stöhne leise auf. Als die Kellnerin kommt und unsere leeren Teller abräumt, halte ich kurz inne. Dann stöhne ich erneut, dieses Mal ein bisschen verzweifelter. »Versteht mich nicht falsch, die Sache im Auto war wirklich gut. Und es war irgendwie … entspannt, keine Ahnung.«

»Entspannt?«, hakt Madison nach.

»Nicht so bemüht sexy, versteht ihr? Es war locker, ich war locker und unkompliziert und … aaargh! Und dann gibt er mir im Aufzug die Hand und hat seitdem kaum mehr als zehn Worte mit mir gesprochen. Das ist doch lächerlich.«

Than faltet ihre Serviette in kleine Stücke und runzelt nachdenklich die Stirn. »Vielleicht ist er sauer, weil er leer ausgegangen ist?«, rät sie und zuckt die Schultern. »Im Ernst, mit mir hat mal ein Kerl Schluss gemacht, weil ich ihm nicht jeden Abend vorm Schlafengehen einen blasen wollte.«

»Einen Gute-Nacht-Blowjob?«, fragt Madison grinsend.

»Es war echt lächerlich. Er war persönlich beleidigt.«

»Dexter hat den Eindruck gemacht, als sei es okay für ihn«, werfe ich ein. Tatsächlich habe ich auch schon daran gedacht, ihn irgendwie gekränkt zu haben. Und, ja, es hat mich im Auto schon gewundert, dass er keine … Gegenleistung erwartet. Aber selbst wenn er gelogen und erwartet hat, dass ich seine Gedanken lese, wäre sein abweisendes Verhalten seit ein paar Tagen übertrieben. Wobei, abweisend verhält er sich nicht. Eher höflich distanziert, was in Dexters Fall noch seltsamer ist.

In diesem Moment öffnet sich die Tür, und meine Dads schneien herein. Wie immer scheinen sie allein mit ihrer Anwesenheit den Raum zu erhellen. Oder mit ihrer Kleidung, die heute Gott sei Dank weniger ausgefallen ist. Für gewöhnlich sind sie keine bunten Paradiesvögel, aber wenn sie ausgehen, lassen sie es gerne krachen. Dass sie sich heute Abend für einen lässigen Look entschieden haben, erleichtert mich etwas.

»Süße!«, sagt Lennie und umarmt mich fest, während Carl meinen Freundinnen die Hand gibt und sich vorstellt. Als die beiden am Dienstag gefragt haben, ob sie meine Freunde kennenlernen dürften, fand ich das erst seltsam. Doch jetzt merke ich, wie ein Gefühl des Stolzes in mir aufsteigt. Ich bin stolz auf meine Dads, ich bin aber auch stolz auf meine Mädels. Weil es meine Freundinnen sind. Meine, nicht Nathans. Ich habe sie nicht über ihn kennengelernt, wir sind nicht von ihm abhängig. Madison und Than sind Teil eines Lebens, das ich mir selbst aufgebaut habe, und ich freue mich, ein wenig davon mit meinen Dads zu teilen.

Meine Dads bestellen eine Runde Cocktails für alle, und eine Weile unterhalten wir uns über das College und meine

Arbeit im *Rabbit Hole*. Vor allem Carl ist nicht sonderlich glücklich über meine Jobwahl, da bin ich mir sicher. Er sagt es nicht laut, aber ich kenne ihn lang genug, um das zu bemerken.

»Hast du dir etwas wegen deines Geburtstags überlegt?«, fragt Lennie nach seinem dritten Cocktail und grinst mich an. »So allmählich wird's Zeit.«

Ich liebe meinen Geburtstag. Ich gehöre nicht zu denen, die keine große Sache daraus machen oder am liebsten wollen, dass niemand davon weiß. Geburtstage sind die einzigen Tage im Jahr, an denen man auch als Erwachsene Prinzessin spielen kann. Für gewöhnlich bin ich nicht sonderlich extrovertiert, meine Geburtstage lebe ich dafür richtig aus.

Nur dass ich für dieses Jahr andere Pläne habe. Ich habe noch nicht genug Freunde für eine richtig große Party, und nur wir drei Mädels, das wäre irgendwie traurig.

»Wann hast du Geburtstag?«, fragt Madison, bevor ich antworten kann.

»In zwei Wochen.« Ich zucke mit den Schultern. »Ich weiß noch nicht, was ich machen will.«

»Warte«, sagt Than und verengt die Augen. »Das ist doch dein Zwanzigster, oder?«

»Ja?«

»Das solltest du feiern«, bestimmt sie und lehnt sich in ihrem Stuhl zurück. Sie sieht mich herausfordernd an, obwohl ich nicht vorhabe zu protestieren. »Das ist eine wichtige Zahl.«

Ich ziehe eine Augenbraue hoch. »Ich dachte, einundzwanzig ist eine wichtige Zahl?«

Carl lehnt sich vor und sucht meinen Blick. »Du solltest ihn wirklich feiern, Ava. Das ist dein erster Geburtstag in Freiheit – genieß es.«

In diesem Moment muss ich die Tränen wegblinzeln. Unter dem Tisch suche ich nach Carls Hand und drücke sie. Ich weiß, wie schwer es Lennie und ihm fällt, mich ausziehen und aufs College gehen zu lassen. Nicht, weil sie klammern oder nicht wollen, dass ich erwachsen werde. Im Gegenteil. Sie wollen, dass ich ein langes, glückliches Leben habe. Und in der Vergangenheit stand mein Leben im Allgemeinen oft genug auf der Kippe.

Carl hat recht. Ich sollte feiern.

»Ich will keine Party im Wohnheim«, sage ich und sehe Madison an, die zustimmend nickt. »Dann kommt einfach jeder, und das Ganze wird nur nervig groß.«

»Vielleicht am Strand«, schlägt Than vor. »Mein Onkel hat da mal gefeiert. Wenn du willst, kann ich ihn mal fragen, wie das läuft.«

Der Strand wäre tatsächlich cool. Weitaus cooler auf jeden Fall als der hippe Club, in den Nathan mich letztes Jahr geschleppt hat. Es war viel zu laut, um sich überhaupt zu unterhalten, und die Getränke waren so teuer, dass wir uns nur wenige leisten konnten. Es war ein stylischer, instagramwürdiger Abend gewesen, hat jedoch wenig Spaß gemacht. Eine Feier mit Freunden klingt eindeutig besser.

Die folgenden Stunden verbringen wir damit, meinen Geburtstag zu planen. Ich hätte nie gedacht, dass man sich so lange mit einem Thema auseinandersetzen kann, aber Madison entpuppt sich als wahres Organisationstalent. Am Ende stehen auf der Liste sowohl Stripper und DJ als auch mindestens ein Elefant, der mich zur Location bringt und mir einen filmreifen Auftritt verschaffen soll. Ich hoffe sehr, dass das ein Spaß sein soll.

Madison und Than verabschieden sich irgendwann. Than muss arbeiten, und Madison will noch auf eine Verbindungsparty, zu der ich sicher nicht gehen werde. Ich komme gut mit der Trennung von Nathan klar, ihm auf einer Party über den

Weg zu laufen, will ich aber doch verhindern. Meine Dads erzählen von einem neuen Projekt und davon, dass sie mein altes Zimmer ein wenig in Beschlag genommen haben, um mehr Platz zu haben. Während ich ihnen zuhöre, überkommt mich ein kleiner Anflug von Heimweh. Obwohl ich es nicht wirklich vermisse, zu Hause zu wohnen. Aber die Vorstellung, wieder bei ihnen zu sein, mich um nichts kümmern zu müssen als um das College und das bisschen Hausarbeit, klingt im Moment ganz verlockend. Ich glaube, man weiß es erst richtig zu schätzen, ein Kind zu sein, wenn man keines mehr ist. Die Sorglosigkeit, die Sicherheit, die die Eltern einem geben … all das wünscht sich ein Teil von mir im Moment zurück. Ich würde ihnen gerne von Nathan erzählen und von Dexter. Sie hätten bestimmt einen Rat für mich. Auf der anderen Seite will ich lernen, meine Probleme selbst zu klären.

Als wir uns schließlich verabschieden, drücke ich beide ein wenig länger als gewöhnlich an mich.

Ich steige gerade aus der Bahn, als Madison mich anruft. Wahrscheinlich will sie mich überreden, doch noch zur Party zu kommen, doch da stößt sie bei mir wirklich auf taube Ohren.

»Was gibt's?«, frage ich und halte mir das freie Ohr zu, um ihre Antwort über den Partylärm im Hintergrund zu hören.

»Erica hat mich gerade angerufen«, schreit sie.

»Warum?«, frage ich zurück, etwas zu laut, und ein paar Fußgänger gucken mich schräg an. Erica wohnt in unserem Wohnheim ein paar Zimmer weiter, nur weiß ich nicht, warum Madison mir erzählen will, dass sie sie angerufen hat.

»Deine Bettgeschichte randaliert vor unserem Zimmer«, sagt Madison. Die Geräusche werden leise und verschwinden dann beinahe komplett, als hätte sie das Zimmer verlassen.

»Ein paar Leute wollen die Polizei rufen, weil er sich weigert zu gehen.«

»Was?« Ich bleibe abrupt stehen. Ein Mann flucht hinter mir und überholt mich mit wütendem Blick, aber es ist mir egal.

»Dexter«, sagt Madison. Ich kann den Ton in ihrer Stimme nicht recht deuten, könnte aber schwören, dass sie irgendwie belustigt klingt.

Im Gegensatz zu mir. »Warum ist er vor unserem Zimmer?«

»Das musst du ihn wohl selber fragen, Süße.« Sie lacht erstickt. »Laut Erica ist er betrunken und fragt nach dir. Falls du also nicht willst, dass dein Lover von der Polizei abgeführt wird, solltest du vielleicht mal nachgucken, was da los ist.«

Nachdem sie aufgelegt hat, starre ich sekundenlang auf die Fugen zwischen den Pflastersteinen unter meinen Füßen. Es ist müßig zu überlegen, was Dexter jetzt schon wieder hat und warum er ausgerechnet vor meiner Tür herumlungert. Wenn ich inzwischen eine Sache über ihn gelernt habe, dann, dass einfache Logik oder gesunder Menschenverstand nicht auf ihn anwendbar sind. Ein Teil von mir will ihn auflaufen lassen. Vielleicht täte ihm eine Nacht in der Ausnüchterungszelle ganz gut. Aber der andere, der größere Teil, will nach Hause gehen und die Sache regeln, bevor er ernsthafte Schwierigkeiten bekommt. Ich weiß von seinen Problemen, und das letzte Mal, als er betrunken vor meinem Zimmer gestanden hat, war der Todestag seiner Familie gewesen. Wir mögen eine seltsame Geschichte haben, trotzdem haben wir uns durch unsere kurze gemeinsame Geschichte mittlerweile wohl als eine Art Freunde qualifiziert. Und Freunde lassen sich nicht hängen.

Seufzend mache ich mich auf den Weg. Von der Station bis zum Wohnheim sind es nur fünf Minuten. Ich halte den Atem an, als ich den Eingangsbereich betrete. Halb rechne ich da-mit, schon hier auf eine aufgeregte Menschenmenge zu stoßen. Fehlanzeige.

Als sich jedoch die Aufzugtüren in meinem Stockwerk öff-nen, dringt mir ein ohrenbetäubendes Gebrüll entgegen.

Wow.

Vorsichtig spähe ich um die Ecke und entdecke einige Leu-te, die vor meinem Zimmer herumstehen. Keiner scheint mich zu bemerken, erst als ich direkt bei ihnen bin, dreht sich ein braunhaariges Mädchen zu mir um. Ich kenne sie vom Se-hen, habe jedoch keine Ahnung, wie sie heißt oder in wel-chem Zimmer sie wohnt. Als sie einen Schritt zur Seite macht, sehe ich Dexter. Er sitzt auf dem Hintern vor meinem Zim-mer, den Rücken gegen die Tür gelehnt, und blickt mit einem leicht Furcht einflößenden Blick zu den Umstehenden hoch. Es könnte tatsächlich bedrohlich wirken, wäre er nicht eindeu-tig betrunken und seine Augen ein wenig unfokussiert.

»Ich geh nich wech!«, schreit er niemand Bestimmtes an. Er hat mich noch nicht entdeckt, er scheint nicht wirklich viel um sich herum mitzubekommen.

»Im Ernst, gleich rufen wir die Polizei«, sagt ein Typ, der Ben oder so heißt und auf unserem Flur wohnt. »Ich will echt kein Arsch sein, aber du kannst hier nicht das halbe Haus zu-sammenschreien.«

Dexter schnaubt oder hustet. Irgendeine Mischung aus bei-dem. »Ich gehe nicht, bis Ava hier ist.«

»Ich habe keine Ahnung, wo Ava ist, okay?«, sagt der Kerl in einem Ton, als würde er mit einem Kind sprechen, und kniet sich hin. »Was, wenn sie die ganze Nacht wegbleibt? Willst du die ganze Zeit über hier sitzen und brüllen?«

Wieder schnaubt Dex. »Wo soll sie denn die ganze Nacht sein?«, fragt er spöttisch. »So eine ist sie nicht.«

»Wow«, sage ich und schiebe mich an der Brünetten vorbei. Beim Klang meiner Stimme ruckt Dexters Kopf hoch. Auf seinem Gesicht spiegeln sich so viele Emotionen, gemischt mit der Wirkung des Alkohols, dass ich seinen Ausdruck nicht richtig deuten kann.

»Bist du Ava?«, fragt Ben hoffnungsvoll. Als ich nicke, steht er auf, sieht noch einmal kurz Dexter an und kommt dann auf mich zu. »Kommst du klar oder brauchst du Hilfe?«

»Dein beschissener Ernst?« Dexter ist schneller auf den Beinen, als ich es ihm zugetraut hätte. Ich hätte gedacht, er fällt um, sobald er sich einen Zentimeter bewegt. Doch plötzlich ragt er über mir auf, schiebt mich zur Seite und positioniert sich vor Ben, der zurückweicht. »Willst du sie etwa vor mir beschützen? Vor *mir*?«

»Hey, ganz ruhig, Kumpel, das wollte ich damit nicht …«

»Verpiss dich!«, knurrt Dexter. »Sie is nich deine Angelegenheit.«

»Oookay«, gehe ich dazwischen, bevor das Ganze noch eskaliert. Ich greife nach Dexters Arm und ziehe ihn ein wenig zurück. »Danke, ich komme wirklich klar. Wir kennen uns, er ist harmlos, alles gut. Es tut mir echt leid, dass er euch belästigt hat. Das kommt nicht mehr vor, okay?«

Ben ist offensichtlich nicht wirklich überzeugt, aber er lässt es glücklicherweise gut sein. Noch eine Prügelei kann ich echt nicht gebrauchen. Die Gruppe löst sich auf, und am Ende bleiben nur noch Dexter und ich übrig. Noch immer steht er dicht vor mir, schwer atmend und so angespannt, dass ich es beinahe fühlen kann. Was auch immer passiert ist, dass er sich so aufführt, es kann nichts Gutes sein.

»Dex«, sage ich leise. Als er nicht reagiert, umfasse ich seinen Arm fester. »Komm mit rein. Trink etwas, okay? Etwas ohne Alkohol.«

»Ich hab dich gesucht.«

»Das dachte ich mir schon. Komm rein.«

Zögernd lasse ich ihn los und greife nach meinem Schlüssel. Ich brauche drei Anläufe, um aufzuschließen, weil meine Finger so sehr zittern. Keine Ahnung, was mich mehr mitnimmt: die Tatsache, dass Dexter wieder getrunken hat, oder die, dass er ausgerechnet zu mir gekommen ist.

Drinnen schalte ich nur die Nachttischlampe neben meinem Bett ein. Ich spüre Dexter hinter mir, und vor allem rieche ich ihn bereits nach ein paar Sekunden im gesamten Zimmer. Eine Mischung aus Zigaretten und Rum, nicht wirklich angenehm. Ich würde ihn gern fragen, was los ist, bin mir aber nicht sicher, ob ich damit wirklich anfangen will. Der betrunkene Dexter kann verdammt fies sein. Wenn er in der richtigen Stimmung ist, sagt er mir wahrscheinlich, er musste die Erinnerung an unsere kleine Nummer im Auto aus seinem Gedächtnis schwemmen oder so etwas in der Art. Und auch wenn ich das nie zugeben würde – der Abend ist nicht spurlos an mir vorbeigegangen. Es hat mir nicht nichts bedeutet.

Unschlüssig drehe ich mich zu ihm um. Er lehnt mit dem Hintern an Madisons Schreibtisch, die Arme vor der Brust verschränkt, und starrt mich an. Man sieht ihm deutlich an, wie betrunken er ist. Trotzdem hat er seine Wirkung auf mich. Dennoch denke ich sofort an das Gefühl seiner Finger, die mich berühren, und die sanften Küsse, mit denen er meinen Hals bedeckt hat.

Ich wende den Blick ab und greife nach einer Flasche Wasser, die neben meinem Bett steht. Bevor ich sie Dexter hinhalte, nehme ich selbst einen großen Schluck.

»Also, was willst du?«, frage ich, während ich mich auf meinen eigenen Schreibtisch setze. Er kann ja rumstehen, wenn er will, aber meine Beine brauchen eine Pause.

Erneut mustert er mich von oben bis unten. Er wirkt nicht mehr so überdreht wie auf dem Flur, wirklich entspannt kommt er mir aber auch nicht vor. »Du bist so ein seltsamer Mensch.«

Ich ziehe eine Augenbraue hoch. »Ach ja?«

»Du bist verhältnismäßig langweilig«, sagt er und zuckt die Schultern, als ich ihn fragend ansehe. »Du weißt schon, du unternimmst nichts. Sogar jetzt bist du zu Hause, und es ist Freitagabend. Du hast einfach keinen Spaß. Du nutzt das Leben gar nicht aus.«

Seine Worte treffen mich, aber das werde ich ihm sicher nicht zeigen. »Wie du meinst. War das alles, was du mir sagen wolltest? Dann kannst du jetzt ja gehen.«

Er stößt sich vom Schreibtisch ab und kommt langsam zu mir herüber. Am liebsten wäre ich aufgestanden und ausgewichen, doch diese Genugtuung gönne ich ihm nicht. Ich kenne Menschen wie Dexter. Menschen, die die Schwächen anderer Leute erkennen und mit dem Finger direkt in die Wunde stechen. Er weiß, dass ich mich leicht verunsichern lasse, und nutzt genau das aus.

Meine Hände krallen sich um die Schreibtischkante, als er gut einen Meter vor mir stehen bleibt, die Arme immer noch vor der Brust verschränkt. »Wo soll ich denn hin?«

Dexter funkelt mich wütend an, obwohl ich mir wirklich keiner Schuld bewusst bin.

»In dein eigenes Zimmer, Dex. Ich kann dir gerne den Weg erklären, falls du den vergessen hast.«

Sein Blick wird noch finsterer. »Ich hab Simon angeschrien, in mein Zimmer kann ich gerade nicht.«

»Das ist nicht mein Problem«, sage ich kalt. »Vielleicht solltest du dich nicht wie ein Blödmann benehmen, dann ist auch nicht ständig jemand sauer auf dich.«

Er macht noch einen Schritt auf mich zu, steht nur eine Armlänge von mir entfernt. Ich weiche nicht vom Fleck.

»Ich lege es nicht drauf an«, sagt er.

»Worauf?«

»Ein Blödmann zu sein. Ich bin nur ehrlich. Ich kann nichts dafür, dass die meisten Leute die Wahrheit nicht hören wollen.«

Ich schnaube heftig. »Ist das dein Ernst? So siehst du dich?«

»Wie siehst du mich denn, Ava?« Noch ein Schritt. Er steht jetzt genau vor mir, ragt über mir auf, während ich versuche, seinem Blick standzuhalten. Die Wut, die sich in meinem Magen zusammenbraut, macht es deutlich einfacher.

»Du bist ein Idiot, der versucht, sein bescheuertes Verhalten mit Tiefsinn und Überlegenheit zu rechtfertigen. Du bist kein missverstandener Poet, Dexter. Du bist keiner, der den anderen den Spiegel vorhält und deswegen gehasst wird. Man hasst dich, weil du keine Rücksicht auf die Gefühle anderer Leute nimmst und immer das tust, was *dir* gefällt. Andere Menschen sind dir doch egal.«

»Ach ja?«

»Ja.« Als er sich vorbeugt und die Hände links und rechts von mir abstützt, komme ich mir vor wie in einem Käfig. Ich schubse ihn zur Seite, verlasse meinen Schreibtisch und bringe ein paar Schritte Abstand zwischen uns. »Wenn du sagst, dass mein Leben langweilig ist, dann sind das einzig und allein *deine* Maßstäbe von Langeweile. Kein Grund, hier aufzutauchen und mich zu beleidigen!«

Er blinzelt ein paarmal. »Ich hab dich nicht beleidigt.«

»Doch, das hast du.«

»Okay, korrigiere.« Er lässt die Arme sinken, als hätte er plötzlich vergessen, was er damit anfangen soll. »Ich wollte dich nicht beleidigen.«

Müde schüttle ich den Kopf. »Ich habe wirklich keine Ahnung, was du willst. Und es wird mir zu anstrengend, es herauszufinden zu wollen.«

Ein paar Sekunden lang sieht er mich nur an. Sein Gesicht ist emotionslos, und ich würde alles dafür geben, genau jetzt in seinen Kopf schauen zu dürfen. Zu verstehen, was dieser ganze Aufstand soll.

»Du gibst mich auf?« Die Worte sind so leise, dass ich Mühe habe, sie zu verstehen.

»Was?«, frage ich verwirrt. Ich drücke mir die Finger links und rechts an die Stirn und versuche, den aufkommenden Schmerz niederzukämpfen. Mein Plan für heute Abend war ein Film und Popcorn. Kein Drama, das in jeden zweitklassigen Teeniefilm passen würde.

»Nichts«, sagt er hastig und schüttelt den Kopf. Einen kurzen Moment lang sieht er aus wie ein Kind, das von seinen Eltern auf dem Spielplatz vergessen wurde. »Schon gut. Ich hau ab.«

Als er sich umdreht, und auf die Tür zumarschiert, überschlagen sich meine Gedanken. Ja, Dexter nervt mich, und, ja, er hat mich beleidigt. Aber er ist in einer komischen Stimmung, und ein Teil von mir will ihn einfach nicht durch diese Tür verschwinden lassen. Wenn er nicht nach oben in sein Zimmer geht, setzt er sich vielleicht noch hinters Steuer. Oder trinkt weiter. Beides keine Szenarien, die ich mir morgen früh vorstellen möchte, wenn ich sie hätte verhindern können.

27

AVA

»Dex«, sage ich schnell. »Bleib hier, du kannst hier schlafen. Madison kommt vor morgen nicht nach Hause.« Ich kann selbst kaum glauben, dass ich ihm das anbiete.

Er hält inne, dreht sich aber nicht zu mir um. »Ich will deine Almosen nicht, Ava.«

Ich will protestieren, lasse es dann aber bleiben. Er hat recht, im Grunde habe ich Mitleid mit ihm. Ich habe selbst keine allzu leichte Vergangenheit, aber ich hatte immerhin das Glück, nie allein gewesen zu sein. Ich habe meine Dads, er hat niemanden mehr. Unauffällig wische ich meine nassen Handflächen an der Hose ab. Seine Anwesenheit und die ganze Situation machen mich nervös. Aber die Wut von gerade ist verschwunden. Mag sein, dass Dexter sich oft wie die Axt im Walde verhält. Ich würde aber auch nicht mit ihm tauschen wollen. Er muss sich furchtbar einsam fühlen.

»Bitte«, sage ich schließlich, weil mir nichts anderes einfällt. »Bleib einfach.«

Es vergehen mehrere Sekunden, bis er sich zu mir umdreht. Die kalte Fassade, die ich inzwischen so hasse, ist verschwunden. Jetzt erinnert er mich viel mehr an den Mann, der mit mir über den Flohmarkt geschlendert ist und mich in seinem Auto geküsst hat.

»Madisons Bett ist frei«, wiederhole ich. »Es stört niemanden, und du kannst Simon ein bisschen Zeit geben, um sich abzureagieren.«

Ohne mich aus den Augen zu lassen, nickt er. »Okay.«

Ein wenig unschlüssig stehe ich da. Dass er so schnell nachgibt, überrascht mich ein wenig und bringt mich aus dem Konzept. Also greife ich nach meiner Kulturtasche und einem Handtuch, das über meinem Schreibtischstuhl hängt. »Gut«, antworte ich fahrig und halte mein Handtuch hoch. »Ich gehe duschen, okay? Mach's dir gemütlich.«

Wieder nickt er, also drehe ich mich hastig um und verlasse fluchtartig das Zimmer. Nach dem, was wir im Auto getan haben, sollte mich diese kleine Übernachtungsparty nicht wirklich nervös machen. Oder besser: In meinem Alter sollte mich eine Übernachtungsparty nicht mehr nervös machen.

Ich suche mir eine freie Duschkabine, schäle mich hastig aus meinen Klamotten und stelle mich unter den heißen Wasserstrahl. Ein leises Seufzen entfährt meinen Lippen, als ich die Augen schließe und meine Muskeln sich allmählich entspannen. Ich nehme mir ein bisschen mehr Zeit als gewöhnlich, wasche den Stress des Abends von meiner Haut und rasiere mir die Beine. Bei mir hat es Gott in Sachen Haarwuchs ein bisschen zu gut gemeint – wenn ich mir die Beine rasiere, sind sie am nächsten Abend schon wieder piksig. Und immerhin liegt da ein Kerl in meinem Zimmer. Nicht, dass ich irgendetwas mit diesem Kerl vorhabe, aber Vorsicht ist besser als Nachsicht und so weiter.

Nach der gründlichen Dusche stelle ich das Wasser ab und wickle mich hastig in mein kuscheliges Handtuch. Mittlerweile bin ich allein im Badezimmer, meine Bewegungen hallen in dem gefliesten Raum wider. Ich putze mir die Zähne, creme mich ein und stelle genervt fest, dass meine Poren mal wieder eine Katastrophe sind. Dann fällt mein Blick auf die kleine Ablage, auf der normalerweise meine Klamotten liegen. Doch die ist leer.

Verdammt. In meiner Nervosität habe ich vergessen, meine Schlafklamotten mitzunehmen.

Was bedeutet, dass ich nur in diesem viel zu kurzen Handtuch zurück ins Zimmer muss und mir sicher einen dummen Spruch von Dexter anhören darf.

Frustriert ziehe ich den Saum des Tuchs enger um meine Brust und klemme ihn unter meinen Achseln fest. Immerhin ist der Weg zu meinem Zimmer nicht so weit. Mir ist vollkommen klar, dass Dexter nicht mehr zu sehen bekommt, als wenn wir schwimmen gehen oder am Strand liegen würden. Und er hat bereits die Stellen meines Körpers berührt, die ich gerade verzweifelt vor ihm zu verstecken versuche. Trotzdem ist das hier etwas vollkommen anderes. Die Stimmung ist eine andere, und ich fühle mich nicht annähernd so verwegen und mutig wie in der Nacht im Auto.

Als ich zögernd die Tür öffne und das Zimmer betrete, ist Dexter weg. Wie angewurzelt bleibe ich stehen. Ist er abgehauen? Ist er los, um sich neuen Alkohol zu kaufen? Das kann er doch nicht bringen. Er hat eingewilligt, hier zu schlafen, und klang absolut ehrlich. Wütend drehe ich mich im Kreis, als würde er sich hinter der Tür verstecken wie ein Fünfjähriger.

»So ein bescheuerter Idiot!«, schimpfe ich.

»Vielen Dank.«

Erschrocken schreie ich auf und fahre so heftig zusammen, dass mir beinahe mein Handtuch runterfällt. Ich drehe mich zu Dexter um, der in der offenen Badezimmertür steht und mich mit diesem halben Grinsen mustert.

»Heilige Scheiße«, keuche ich, während ich mir eine Hand auf die Brust presse. Mein Herz macht mir Sorgen, so hastig schlägt es. »Warum schleichst du dich denn so an?«

»Habe ich nicht.« Er zuckt mit den Schultern und lässt den Blick über meinen Körper wandern. Mir wird gleichzeitig heiß und kalt, und ich unterdrücke den Drang, mich ins Bad zu flüchten. »Warum bist du nackt?«

Demonstrativ drehe ich mich weg und öffne meinen Kleiderschrank. »Ich bin nicht nackt.«

Ich greife gerade nach einer Schlafshorts, als ich ihn hinter mir spüre. Vielleicht ist es sein Atem, vielleicht der Geruch nach Rum und die Wärme, die er ausstrahlt. Langsam drehe ich mich um. Höchstens ein halber Meter trennt uns voneinander. Und er starrt mir auf die Brüste.

»Dexter«, sage ich streng und zerre an meinem Handtuch. »Ehrlich, tu wenigstens so, als wärst du anständig.«

Für den Bruchteil einer Sekunde lächelt er, wird dann aber schnell wieder ernst. Zögernd streckt er die Hand nach dem Saum des Handtuchs aus. Als ich seinem Blick folge, wird mir klar, was er da so intensiv mustert. Nicht meine Brüste, sondern meine Narbe. Ich schnappe nach Luft und weiche zurück, komme aber nicht weit. Das Regalbrett stößt gegen meinen Rücken, und ein Kribbeln breitet sich in meinem Körper aus. Ich schäme mich nicht für meine Narbe, im Gegenteil. Ich bin stolz auf das, was ich geschafft habe, und unendlich dankbar für die Chance, die ich erhalten habe. Aber da sind auch Schuldgefühle dem Spender und seiner Familie gegenüber, Selbstzweifel, ob das neue Herz nicht besser in einer anderen Brust schlagen sollte, in jemandes Körper, der es mehr verdient hat. Das ganze Gefühlschaos wird durch diese zehn Zentimeter lange Narbe symbolisiert. Für mich ist sie etwas Intimes. Dass jemand sie so unverhohlen anstarrt, ist seltsam.

»Darf ich?«, fragt er. Seine Stimme ist nicht viel mehr als ein Flüstern, und die Hand, die er nach mir ausgestreckt hat, zittert kaum merklich.

Im ersten Moment will ich zurückweichen und ihm sagen, dass er sich um seine eigenen Sachen kümmern soll. Mir ein weites T-Shirt anziehen und jegliche Spuren der OP verstecken. Nein, ich schäme mich nicht für meine Narbe. Sie ist aber bei Weitem nicht der ansehnlichste Teil meines Körpers, und ich möchte, dass Dexter mich hübsch findet. Es ist ein eitler Wunsch, aber ich kann nichts daran ändern.

Trotzdem nicke ich und halte die Luft an. Nathan hat die Narbe nicht gestört, er hat sie einfach ignoriert. Diese Erfahrung hier ist neu, und ein Teil von mir ist neugierig, wie Dexter reagiert. Der grobe, unhöfliche Dexter, der ständig das Falsche sagt.

Als sein Finger mein Schlüsselbein berührt, schließe ich zittrig die Augen. Meine Haut ist überempfindlich. Langsam fährt er über mein Dekolleté bis zu der Stelle zwischen meinen Brüsten, an der sich ein feiner heller Strich über meine Haut zieht. Mein Herz schlägt so schnell, als würde es die Berührung wahrnehmen. Als würde es mehr wollen.

»Wie schlimm war es?«, fragt er erstickt. Ich öffne die Augen und sehe ihn an, verwirrt, wie mitgenommen er klingt. Für mich ist das eine emotionale Sache, aber für ihn …?

»Was meinst du?« Ich räuspere mich, als ich höre, wie rau meine Stimme klingt.

Ich sehe, dass er schluckt. Sein Blick wandert kurz hoch zu meinem Gesicht, doch dann wendet er sich abrupt ab. Seine Schultern unter dem eng anliegenden weißen Shirt sind deutlich angespannt, und sein Kiefer arbeitet, während er das Zimmer durchquert und sich auf Madisons Bett fallen lässt. Dann sieht er mich wieder an.

»Wärst du gestorben ohne das Herz?« Seine Stimme klingt seltsam kalt.

Ich greife erneut nach dem Handtuch und zucke mit den Schultern. »Früher oder später. Ich hatte eine angeborene Herzklappenschwäche, und alle Therapiemöglichkeiten waren ausgeschöpft. Mein altes Herz hätte irgendwann schlappge-macht.«

Er nickt langsam. Allmählich habe ich das Gefühl, einen Teil dieses Gesprächs nicht mitzubekommen. Als würde er mehr in meinen Worten hören, als mir klar ist.

»Du wärst gestorben.« Dieses Mal ist es keine Frage. Dieses Mal ist es eine Feststellung. »Das Herz hat dein Leben geret-tet.«

Unsicher stehe ich da und sehe ihn an. Inzwischen bin ich mir sicher, dass wir nicht mehr über dasselbe sprechen. In sei-nem Kopf läuft irgendein Film, dem ich nicht folgen kann. Vielleicht denkt er an seine Eltern oder an etwas, von dem ich noch nichts weiß. Meine Krankheitsgeschichte kann ihn un-möglich so sehr mitnehmen.

Langsam greife ich nach einem Shirt und einer Stoffhose und schließe die Türen des Kleiderschranks. »Ich ziehe mich an. Warte, okay?«

Dexter hat den Blick auf seine Füße gesenkt und nickt. Hilf-los sehe ich ihn an, bevor ich eilig ins Bad flüchte.

DEXTER

Ich steige aus meinen Schuhen, ziehe Hose und Shirt aus und lege mich ins Bett von Avas Mitbewohnerin. Die Wirkung des Rums, der mein Hirn so schön benebelt hat, lässt allmählich nach. Ich werde wieder nüchtern, und ich hasse dieses Gefühl. Wenn alles, was du im betrunkenen Zustand angestellt hast, wie ein Platzregen auf dich niedergeht und du dich damit aus-einandersetzen musst. Ätzend so was.

Dass ich vor Avas Zimmer randaliert habe zum Beispiel, oder dass ich Simon gesagt habe, er solle sich um seinen eigenen Scheiß kümmern, als er mich vom Trinken abhalten wollte. Wie, zur Hölle, bin ich in Avas Bett gelandet? Gut, es ist nicht direkt Avas Bett, aber schon ziemlich nahe dran. Im wahrsten Sinne des Wortes.

Irgendwie paradox, dass ich ausgerechnet zu Ava gegangen bin. Immerhin ist sie der Grund für das verfickte Chaos in meinem Kopf. Heute habe ich eine Mail von der Transplantationsgesellschaft bekommen: Der Empfänger hat damals der Herausgabe seiner Kontaktdaten nicht zugestimmt – oder die Empfängerin. Sie haben mir zwar angeboten, noch einmal nachzufragen, trotzdem war es wie ein Schlag in die Magengrube. Am liebsten würde ich Ava packen, sie schütteln und fragen, warum sie verdammt noch mal anonym bleiben will.

Natürlich könnte ich ihr einfach alles erzählen. Könnte ihr einfach sagen, was ich befürchte. Doch etwas hält mich zurück. Ich weiß nicht genau, was, und bin mir auch nicht sicher, ob ich es wissen will.

Als sie wiederkommt, ist sie endlich dieses verdammte Handtuch losgeworden. Das Wissen, dass sie darunter nackt ist, hat mich beinahe wahnsinnig gemacht. Ganz davon abgesehen, dass es deutlich zu klein war, um sie komplett zu verdecken. Stattdessen trägt sie knappe Shorts und ein überdimensionales Shirt von den Chicago Bulls. Auf mich hat sie nicht den Eindruck gemacht, als wäre sie ein Sportfan. Vielleicht hat sie das Shirt von dem Mistkerl Nathan. Warum trägt sie es? Vermisst sie ihn? Hat sie es behalten, um etwas von ihm bei sich zu haben? Oder, was am schlimmsten wäre, sind die beiden wieder zusammen? Ich habe sie auf dem Campus nicht gemeinsam gesehen, allerdings habe ich Ava in den vergangenen Tagen auch mehr oder weniger gemieden, weil ich nicht wusste, wie ich mit der Situation umgehen soll.

Ava folgt meinem Blick und zupft an dem grauen Stoff herum. »Von meinem Dad. Er liebt die Bulls.«

Die Heftigkeit der Erleichterung, die mich bei ihren Worten überrollt, überrascht mich ein wenig. »Du siehst aus, als würdest du einen Sack tragen«, sage ich und grinse, als sie die Augen verdreht. Es sieht eigentlich überhaupt nicht aus wie ein Sack. Im Gegenteil – dieser Undone-Look steht ihr wirklich gut.

Rasch durchquert sie das Zimmer und schlüpft in ihr Bett. Meine Augen sind schwer und mein Gehirn erschöpft vom Abend. Trotzdem versuche ich krampfhaft, wach zu bleiben, um sie noch ein wenig anschauen zu können. Mein Herz kommt nicht gut klar mit all meinen Gefühlen ihr gegenüber. Das Wissen, dass Ava vermutlich nicht mehr am Leben wäre ohne das Herz meines Bruders, macht mich fertig. Denn ich will, dass sie lebt. Ich will sie lachen sehen und noch einmal dieses kleine Stöhnen aus ihrem Mund hören, wenn sie kommt.

»Warum bist du zu mir gekommen, Dexter?«

Ihre Stimme reißt mich aus meinen Gedanken. Sie liegt auf dem Rücken, den Blick zur Decke gerichtet und die Hände auf dem Bauch verschränkt.

Einen Moment lang überlege ich, ob ich lügen soll. Etwas in der Art, dass ich ein Bett brauchte und der Weg zu ihr einfach der kürzeste war. Doch ein Teil von mir, der Teil, der immer noch betrunken ist, will nicht lügen.

»Weil du mir nicht egal bist«, sage ich leise. Ich bin nicht einmal sicher, ob sie mich hören kann. »Und ich nicht weiß, wie ich das ändern soll.«

Langsam dreht sie den Kopf und sieht mich an. »Warum solltest du das ändern wollen?«

Diese Frage ist beinahe noch schwerer zu beantworten als

die erste. Trotzdem entscheide ich mich wieder für die Wahrheit. »Weil Gefühle gefährlich sind.«

Ein paar Sekunden lang sehen wir einander an. Sie hängt ihren Gedanken nach, ich meinen. Dann drehe ich mich zur Wand und schließe sie aus. Schließe das Verlangen aus, aufzustehen und mich zu ihr zu legen. Nicht, um mit ihr zu schlafen. Nicht einmal, um sie anzufassen. Sondern einfach, um nicht alleine zu sein.

Aber wie ich schon sagte – Gefühle sind gefährlich. Sie brechen einem das Herz. Und ihres ist zu wertvoll, um es in Gefahr zu bringen.

28

AVA

Ich werde von einem Klopfen geweckt. Einem nervtötenden, energischen, nicht enden wollenden Klopfen. Erst denke ich, es geträumt zu haben, aber als ich die Augen öffne, ist es immer noch da. Verschlafen sehe ich mich um. Als ich Dexter in Madisons Bett entdecke, kneife ich kurz die Augen zusammen. Wow, er hat echt hier geschlafen. Ein Teil von mir war sich sicher, dass er mitten in der Nacht abhauen würde, und vielleicht hatte ich das sogar gehofft, um den seltsamen Morgen zu umgehen.

Als es wieder klopft, werfe ich einen Blick auf den Wecker auf meinem Schreibtisch. Es ist nicht einmal sechs Uhr. Wer, zur Hölle, klopft um sechs Uhr an meine Tür? Hoffentlich nicht Madison, die ihr Bett wiederhaben will.

Dexter schläft offenbar wie ein Stein. Ich hieve mich aus dem Bett und tapse zur Tür.

Als ich sie öffne, steht ein Mädchen vor mir. Oder besser eine junge Frau. Wie auch immer, ich habe sie noch nie zuvor gesehen.

»Sorry«, sage ich leise. »Falsches Zimmer.«

Sie versucht, an mir vorbei ins Zimmer zu schauen. Irritiert ziehe ich die Tür weiter zu.

»Bist du Ava?«, fragt sie mit heller Stimme.

»Und du bist?«, erwidere ich verwirrt.

Sie streckt mir die Hand entgegen. »Jamie. Tut mir wirklich leid, dass ich um diese Uhrzeit so einen Terror mache, aber ich bin auf der Suche nach Dexter. Und sein Mitbewohner meinte, dass ich ihn vielleicht bei dir finde.«

Keine Ahnung, warum, doch aus irgendeinem Grund erinnert mich ihr Tonfall an eine wütende Mama, die ihren Sohn sucht. Oder an eine eifersüchtige Freundin. Oh nein. Auf eine hysterische Verflossene habe ich überhaupt keine Lust.

Trotzdem nehme ich kurz ihre Hand. »Jamie? Tut mir leid, ich weiß wirklich nicht, was du hier willst.«

»Wie gesagt, ich suche Dexter.«

»Der schläft«, antworte ich schlicht. »Und wenn du nichts Bestimmtes willst, werde ich ihn nicht wecken. Schreib ihm eine Whatsapp, er wird dich sicher anrufen, wenn er das will.«

Selbst mir fällt der zickige Ton in meiner Stimme auf, doch das ist mir egal.

Die Frau, Jamie, beginnt zu grinsen und verschränkt die Arme vor der Brust. Sie ist verdammt hübsch. »Für wen hältst du mich?«, fragt sie belustigt. »Für seine Freundin?«

Verdammt, aufgeflogen. Nach einem kurzen Blick auf den immer noch schlafenden Dexter trete ich aus dem Zimmer und schließe leise die Tür hinter mir. Irgendwie habe ich das Gefühl, dass das hier ein längeres Gespräch wird. Und ich bin tatsächlich der Meinung, Dexter sollte ein bisschen Schlaf bekommen.

»Es ist mir egal, ob du seine Freundin bist oder nicht«, erkläre ich ihr leise. »Aber ich meine es ernst, Dexter sollte schlafen. Er hatte einen heftigen Abend. Wenn es also nicht dringend ist, komm einfach später wieder, in Ordnung?«

Der Ausdruck im Gesicht dieser Jamie hat sich verändert. Von belustigt und neugierig zu besorgt. »Was war es? Alkohol oder Drogen?«

»Wie bitte?«

»Hat Dexter Drogen genommen?«

Beunruhigt von der Eindringlichkeit in ihrer Stimme, schüttle ich den Kopf. »Nein, nur getrunken.«

Sie atmet erleichtert aus, die Sorgenfalte auf ihrer Stirn aber bleibt. »Immerhin. Bist du sicher, dass du klarkommst? Ich kann ihn wecken und mitnehmen, er kann bei uns schlafen.«

»Bei uns?«

Es klingt, als wäre Dexter ein kleiner Junge, der von zu Hause ausgerissen ist.

»Mein Freund ist Dexters bester Freund«, erklärt sie zögernd. Als wäre ich hier die Zwielichtige. »Normalerweise kommt er zu ihm, wenn er Probleme hat. Aber mein Freund ist zurzeit in New York und hat mich gebeten, nach Dexter zu sehen. Er hat seltsame Nachrichten geschickt.«

Als der Groschen fällt, sehe ich sie forschend an. »Dein Freund ist der mysteriöse Star, mit dem Dexter seit dem Kindergarten befreundet ist?«

Jamie grinst. »Als mysteriös würde ich ihn nicht bezeichnen, aber ja, ich denke, wir meinen denselben.«

Mein Argwohn fällt in sich zusammen. Diese Jamie ist anscheinend wirklich nur besorgt. Und dass sie sich so früh am Morgen aufmacht, um nach Dexter zu suchen, spricht definitiv für sie. »Das ist wirklich ein nettes Angebot, aber ich habe kein Problem damit, wenn er hierbleibt. Wenn er aufwacht, hat er es ja nicht so weit nach Hause.«

Lächelnd sieht sie sich um. »Hach, das College. Eine seltsame Zeit.«

Weil ich nicht wirklich weiß, was ich darauf sagen soll, zucke ich nur mit den Schultern und lehne mich gegen den Türrahmen. Als sie mich wieder anschaut, ist ihr Gesicht wieder ernst.

»Das hat er noch nie gemacht. Sonst, wenn er in so einer Stimmung ist, kommt er entweder zu uns oder betrinkt sich irgendwo alleine. Normalerweise mag er dann keine Menschen.«

Er mag nie Menschen. »Und was soll mir das sagen?«

Ein winziges Lächeln huscht über ihr Gesicht. »Das musst du Dex fragen, fürchte ich. Danke, dass du auf ihn aufpasst. Auch von meinem mysteriösen Freund.«

Ich lache leise. »Kein Problem, wirklich.«

»Bist du seine …« Sie sucht nach dem richtigen Wort, auch wenn es mir bereits klar ist. »… Freundin?«

Heftig schüttle ich den Kopf. »Nein. Wir haben ein paar Kurse zusammen.«

Ein paar Sekunden lang mustert sie mich, als würde sie nach etwas suchen. Keine Ahnung, ob sie es gefunden hat, doch sie wirkt irgendwie zufrieden. »Er ist ein guter Kerl, weißt du? Er zeigt das nicht so gerne, und am Anfang habe ich ihn für einen ziemlichen Idioten gehalten. Aber er hat mehr Herz, als er selbst weiß.«

»Deine Werbung ist niedlich, aber wirklich unnötig«, unterbreche ich sie und lächle, um meinen Worten die Härte zu nehmen. »Ich habe schon ziemlich viele Seiten von ihm kennengelernt.«

Sie zuckt mit den Schultern. »Ohne ihn wären mein Freund und ich nicht zusammen. Er hat damals Mist gebaut, und ich habe Schluss gemacht. Rückblickend ist mir klar, dass ich übertrieben habe. Dexter hat nach mir gesucht und mir klargemacht, dass ich mich idiotisch verhalte. Damals habe ich nicht auf ihn gehört, aber ohne Dexter hätte meine Tochter keinen Daddy.«

Wow. So viel Mitgefühl habe ich Dexter tatsächlich nicht zugetraut. Er macht den Eindruck, als würden fremde Menschen ihm am Arsch vorbeigehen, von Beziehungen ganz zu schweigen. Jamies Worte sickern nur langsam in mein Bewusstsein, doch als sie es tun, klappt mir der Mund vor Überraschung auf. Sie heißt Jamie, ihr Freund ist ein Promi, sie hat eine Tochter … »Oh mein Gott, du bist die Cinderella, oder? Von Carter Dillane!«

»Ja«, sagt sie deutlich verlegen und streicht sich mit den Händen über die Bluse. Ihre Wangen färben sich beinahe augenblicklich rot.

Eine seltsam normale Reaktion, obwohl sie sicher ziemlich oft als Jamie Evans erkannt wird. Wie habe ich sie nicht erkennen können? Ihr Gesicht ging damals durch sämtliche Klatschblätter, vor allem hier in Chicago. Und Carter Dillane ist einer der gefragtesten Hollywood-Hotties, die ich kenne. Ja, Jamies Haare sind anders als damals, und man hat in den letzten Monaten nicht mehr viel von ihr gelesen, aber trotzdem. Vor mir steht Jamie fucking Evans!

»Wie du vielleicht weißt, war das Ganze ziemlich turbulent damals«, fügt sie hinzu.

Ich gebe es nicht gerne zu, aber ich stehe hin und wieder auf Promiklatsch. »Ja, ein bisschen was habe ich mitbekommen.«

Sie grinst, als würde sie ahnen, dass das eine Untertreibung ist. »Wie auch immer, ohne Dexter hätte es kein Happy End gegeben.«

Das ist zwar sehr interessant, ändert aber nichts. »Wie gesagt, deine Werbung geht an die falsche Person.«

Jamie wirft einen Blick auf ihre Uhr, dann lächelt sie mich freundlich an. Ich habe das Gefühl, dass sie noch eine Menge zu sagen hätte, sich aber aus Höflichkeit zurückhält. »Hast du Lust, mal zum Essen vorbeizukommen?«, fragt sie unvermittelt. »Unser Haus ist endlich fertig, und wir wollen ein paar Leute einladen, um das zu feiern. Und du bist eine Freundin von Dexter.«

Irritiert schüttle ich den Kopf. »Vielen Dank für die Einladung, aber ich glaube nicht, dass …«

Kopfschüttelnd winkt sie ab. »Ach Quatsch.« Dann zieht sie eine Visitenkarte aus der Tasche und überreicht sie mir. »Du sollst nicht als Dexters Begleitung kommen, sondern auf meine Einladung. Okay? Da ist meine Nummer drauf, schreib mir einfach.«

»Okay.« Ich nicke überfordert. Zum einen, weil eine Freundin von Dexter mich zum Essen einlädt, um sechs Uhr morgens, zum anderen, weil es sich dabei um Jamie Evans handelt. Das Fangirl in mir ist begeistert, der Rest hat allerdings nicht vor, diese Einladung tatsächlich anzunehmen.

»Du kannst dich jederzeit melden, okay?«, fragt sie, plötzlich wieder ernst. »Auch wegen Dexter. Wir sind für ihn da.«

Wieder nicke ich. »Mach ich, versprochen. Ich passe auf ihn auf.«

Sie sieht mich an, als wollte sie noch etwas sagen, dann lächelt sie, hebt die Hand und geht Richtung Aufzug. Ein paar Sekunden lang stehe ich da und schaue ihr hinterher, während ich zu verarbeiten versuche, was gerade passiert ist. Wie konnte mein Leben innerhalb kurzer Zeit von schnarchlangweilig zu dem hier mutieren? Das ist vollkommen abgefahren.

Kopfschüttelnd schiebe ich mir die Karte in den Hosenbund und öffne dann so leise wie möglich die Tür. Ich habe keine Ahnung, ob ich Dexter von alledem erzählen soll oder nicht. Ich fühle mich ein bisschen wie eine Verräterin, weil ich mit einer Freundin von ihm über ihn gesprochen habe. Auf der anderen Seite ist er selbst schuld. So, wie es sich angehört hat, hatte Jamie durchaus Grund zur Sorge gehabt.

Irgendwie seltsam, Dexters Freunde kennenzulernen. Ehrlich gesagt habe ich gedacht, er hätte keine. Klar, Simon und er sind irgendwie Freunde, aber zwangsläufig, weil sie sich ein Zimmer teilen. Ich habe ihn einmal im Club mit ein paar Jungs gesehen, aber auch von denen hat er nie gesprochen. Diese Jamie wirkt nett und überraschend normal. Wie das liebe Mädchen von nebenan – eine Sorte Mensch, die irgendwie nicht recht zu Dexter passt. Und die Geschichte von Dexter, der den beiden bei ihren Beziehungsproblemen geholfen hat, ist schwer in Einklang zu bringen mit dem Dex, den ich kenne.

»Wo warst du?«

Dexter rutscht auf dem Kissen hoch und mustert mich mit unergründlicher Miene. Die Tatsache, dass er kein T-Shirt trägt und seine Muskeln sich ziemlich gut auf seiner gebräunten Haut abzeichnen, verwirrt mich zusätzlich.

»Draußen«, sage ich geistreich und deute auf die Tür hinter mir.

Langsam hebt er eine Augenbraue. »Das sehe ich. Und mit wem hast du gesprochen?«

Ich habe keine Zeit, mir eine großartige Ausrede einfallen zu lassen, und gebe einfach auf. Immerhin habe ich nichts Unrechtes getan. »Jamie war hier«, sage ich und ziehe die Karte aus der Hose, als er mich fragend ansieht. »Jamie Evans. Sie hat nach dir gesucht.«

Er setzt sich so schnell auf, dass ich überrascht einen Schritt zurückweiche und mit dem Rücken gegen die Türklinke stoße. Irgendwie habe ich erwartet, dass er mehr verkatert ist. Doch inzwischen verträgt er vermutlich eine ganze Menge Alkohol.

»Jamie war hier?«, fragt er, während er gleichzeitig die Decke zurückschlägt und aus dem Bett springt. In Boxershorts. »Woher wusste sie, dass ich hier bin?«

Ich springe hastig zur Seite, als er die Hand nach der Türklinke ausstreckt. »Sie ist weg. Sie wollte nur gucken, ob es dir gut geht.«

Dexter lässt die Hand sinken und flucht heftig. »Ganz toll.«

»Was ist das Problem?«, frage ich verwirrt. Das ganze Drama setzt mir allmählich ein bisschen zu. Ich habe zu wenig geschlafen, zu wenig gegessen und zu wenig getrunken – keine gute Mischung. Ich will einfach nur in mein Bett. »Sie war sehr nett. Sie hat sich nur Sorgen gemacht, glaube ich.«

Wütend funkelt er mich an. »Sie soll sich um ihren eigenen Kram kümmern. Und du auch. Worüber habt ihr geredet, hm?«

»Führ dich nicht so auf«, sage ich genervt. Mir wird ein bisschen schwindelig, und ich schließe kurz die Augen. »Du bist wirklich nicht so interessant, dass wir keine anderen Gesprächsthemen haben, okay? Also reg dich ab und melde dich bei deinem Kumpel, aber hör auf, mich anzumachen.«

Er fährt herum, greift nach seiner am Boden liegenden Jeans und irgendeinem Teil, von dem ich hoffe, dass es sein T-Shirt ist. Es ist deutlich einfacher, sich mit ihm zu streiten, wenn er dabei nicht halb nackt ist.

»Wo willst du denn hin?«, frage ich fahrig. Ich muss etwas trinken. Während mir immer schwindeliger wird, bewege ich mich vorsichtig durchs Zimmer und lasse mich auf mein Bett sinken. Mit tauben Fingern greife ich nach der Wasserflasche und trinke einen großen Schluck. Gleich wird es besser.

»Ich gehe nach Hause, Ava«, antwortet Dexter barsch. Ich sehe ihn nicht an, aber ich höre, wie sauer er ist. »Was dachtest du, was wir machen? Frühstück ans Bett? Das hier war eine richtig dämliche Idee. Ich hätte nie …«

Er schimpft weiter, aber ich höre ihm nicht mehr zu. In meinem Kopf dreht sich alles. Das kenne ich schon. Ich mag die Operation gut überstanden haben und bin weitestgehend gesund, mein Kreislauf will aber nicht immer wie ich. Er ist eine Memme. Bei großem Stress oder körperlicher Anstrengung streikt er manchmal. Mein Doc nennt das eine eingebaute Notbremse, auf die ich hören sollte, trotzdem nervt es.

Ein paar Minuten sitze ich so da, die Augen geschlossen, die Hände um die Wasserflasche. Ich höre, wie Dexter ins Bad geht, dann knallt eine Tür, und ich frage mich, ob er gegangen ist. Es ist mir egal. Ich konzentriere mich auf meine Atmung. Ein und aus. Langsam, gleichmäßig. Wenn mein Körper die Notbremse zieht, muss ich ihm beweisen, dass alles gut ist. Muss ihn davon überzeugen, dass er den Katastrophenmodus herunterfahren und sich entspannen kann.

Ich zucke heftig zusammen, als ich plötzlich Hände an meinem Gesicht spüre, und reiße die Augen auf, um in Dexters ernstes Gesicht zu blicken.

»Hey«, sagt er überraschend sanft. Seine Stimme dringt wie durch dichten Nebel zu mir durch. »Bist du wieder bei mir?«

»Du bist bei mir«, erwidere ich bemüht lässig. Es wäre wirklich peinlich, wenn ich ihm jetzt auf die Füße kotze. »Du bist in meinem Zimmer, du Idiot.«

Ich hatte ein Grinsen erwartet, doch er mustert mich weiter besorgt. »Du hast nicht reagiert. Was ist los?«

»Nichts«, sage ich schnell. Vielleicht zu schnell. Als er mich streng ansieht, seufze ich und schiebe seine Hände von meinen Wangen. »Nur der Kreislauf, alles gut. Ich muss schlafen und was essen, dann geht es wieder.«

»Wir fahren ins Krankenhaus.« Ruckartig steht er auf und blickt sich in meinem Zimmer um. »Wo sind deine Schuhe? Brauchst du eine Hose? Das Shirt kannst du ja anlassen.«

»Dexter«, sage ich ruhig.

»Hast du irgendwelche Medikamente, die du nehmen kannst? Oder musst du liegen? Dann kann ich einen Krankenwagen rufen.«

»Dexter!« Dieses Mal ist meine Stimme energischer, und er dreht sich tatsächlich zu mir um. »Alles in Ordnung. Ich muss wirklich nur schlafen und essen. In dieser Reihenfolge.«

»Aber, du …«

»Ich muss nicht ins Krankenhaus.«

Als er sich vor mich hockt, sehe ich Panik in seinen Augen. Blanke, eindeutige Panik, die mich erschreckt.

»Du musst mir sagen, wenn es dir nicht gut geht«, meint er bestimmt und mustert erneut mein Gesicht. »Ich hätte daran denken sollen. Aber wenn du krank bist, dann …«

»Muss ich schlafen«, unterbreche ich ihn. Seine Sorge rührt mich, aber er muss gehen. Wenn ich einen Beweis brauchte, dass diese Achterbahn zwischen uns beiden toxisch ist, dann habe ich ihn spätestens jetzt. »Geh einfach nach Hause, okay? Alles gut.«

»Bist du sicher?«

Ich nicke bestimmt. »Ich bin nicht sauer, es ist alles gut zwischen uns.« Lüge. »Aber du musst jetzt gehen, okay?«

Man sieht ihm deutlich an, dass er meinen Plan nicht wirklich gutheißt. »Was hast du zu essen da?«

»Cracker und ein Sandwich. Ich bin versorgt.«

Vielleicht sieht er mir an, dass ich es ernst meine. Vielleicht ist er in Wahrheit auch erleichtert, sich nicht um mich kümmern zu müssen. Was auch immer, er steht tatsächlich auf und geht. Ohne ein weiteres Wort, ohne eine Verabschiedung. Und vor allem, ohne sich dafür zu bedanken, dass ich ihn gestern Nacht aufgenommen habe wie einen verlorenen Welpen.

Als die Tür hinter ihm ins Schloss fällt, schießen mir Tränen in die Augen. Bescheuertes Herz. Weil es diese Jungfer-in-Nöten-Nummer abgezogen hat und weil es zugelassen hat, dass ich Gefühle für Dexter Cohan entwickelt habe. Weil es zugelassen hat, dass Dexter mich verletzen kann.

Bescheuertes Herz.

Als ich eine Stunde später aufwache, klopft es erneut an der Tür. Mein Kopf hat sich ein wenig geklärt, und ich fühle mich deutlich erholter als noch vor einer Stunde. Trotzdem überlege ich, einfach liegen zu bleiben. Falls es wieder irgendeine Freundin von Dexter ist, will ich es lieber gar nicht wissen.

Dennoch stehe ich auf, weil mir einfällt, dass es auch Madison sein könnte. Vorsichtig gehe ich zur Tür.

Davor steht der Bote eines Lieferservices, in der einen Hand einen Zettel, in der anderen eine weiße Tüte mit Styroporschachteln.

»Sie sind beim falschen Zimmer«, sage ich und will die Tür schon wieder schließen.

»Ava Walker?«, fragt er und hält mir den Zettel hin. Darauf steht mein Name, mein Wohnheim und meine Zimmernummer.

»Tut mir leid. Das muss ein Fehler sein, ich habe nichts bestellt. Und ich habe auch kein Bargeld da.«

»Nicht nötig«, sagt er gelangweilt und drückt mir die Tüte in die Hand. »Es wurde bereits bezahlt. Von einem Cohan. Guten Appetit.«

Ich will protestieren, doch er ist bereits verschwunden. Sprachlos starre ich auf die Tüte, bevor ich zurück in mein Zimmer gehe und mich mitsamt dem Essen auf mein Bett setze. Es riecht verdammt gut, und mein armer Magen knurrt fordernd.

Dexter hat mir Essen bestellt. Und aus irgendeinem Grund bringt mich das zum Lächeln.

29

AVA

Ich habe mich bei der Arbeit krankgemeldet und den Tag im Bett verbracht. Früher habe ich das viel zu oft getan und mir gewünscht, ein aufregenderes Leben zu führen. Jetzt bin ich dankbar für das bisschen Ruhe. Immer wieder habe ich mein Handy gecheckt, ob Dexter geschrieben hat. Ich fühle mich armselig, denn ich bin ein bisschen enttäuscht. Nachdem ich mich bei ihm für das Essen bedankt habe, kam keine Antwort. Anscheinend herrscht wieder Eiszeit zwischen uns, und ich versuche gar nicht erst herauszufinden, warum.

Der Sonntag gestaltet sich ähnlich. Madison verbringt das Wochenende bei ihren Eltern, was bedeutet, dass ich das Zimmer für mich allein habe. Nach einem kurzen Mittagessen mit Than lege ich mich wieder auf mein Bett und starte eine neue Folge meiner Serie, kann mich aber nicht richtig konzentrieren. Ich brauche Ablenkung. Oder ein Hobby. Für die Uni habe ich alles fertig, mein Kleiderschrank ist nicht unordentlich genug, um ihn aufzuräumen, mit meinen Dads habe ich gestern geskypt, deswegen muss ich sie nicht anrufen.

Also verbringe ich erschreckend viel Zeit damit, meine Nägel zu feilen, zu lackieren, die Farbe wieder abzumachen und neuen Lack aufzutragen, der mir besser gefällt. Danach sind meine Augenbrauen dran. Gott hat es in dieser Hinsicht ziemlich gut mit mir gemeint, denn ich habe von Natur aus recht gleichmäßige Augenbrauen. Trotzdem finde ich hier und da noch ein Härchen und trage auch noch eine Gesichtsmaske auf. Ehrlich gesagt glaube ich nicht wirklich daran, dass sie irgendetwas bringen, aber danach fühle ich mich irgendwie ein bisschen hübscher.

Als ich aus lauter Frust mein Zimmer aufräume, fällt mir Jamies Visitenkarte in die Hand. Ich hatte nicht mehr wirklich an sie gedacht – wie immer hatte Dexters Drama alle anderen Vorfälle einfach aus meinem Gedächtnis verdrängt. Ich drehe sie zwischen den Fingern. Sie ist schlicht und unauffällig und weist darauf hin, dass Jamie inzwischen als Regieassistentin unter anderem am *Auditorium Theatre* in Chicago arbeitet. Ich habe sie nicht wirklich verfolgt, aber jeder weiß, dass sie damals als Praktikantin bei Carter Dillanes Show gearbeitet hat.

Ich kann immer noch nicht recht glauben, dass sie mich zum Essen bei sich eingeladen hat. Warum? Ich bin niemand Besonderes, und damit meine ich nicht, dass ich zu normal für diese Leute bin. Ich stehe einfach in keiner Verbindung zu ihnen. Ich wage zu bezweifeln, dass Dexter irgendwann einmal von mir erzählt hat. Was bedeutet, dass ich einfach nur das Mädchen bin, das Jamie die Tür aufgemacht hat, als sie nach Dexter gesucht hat. Ich könnte irgendwer sein.

Trotzdem muss ich zugeben, dass die Klatschtante in mir gerne zu einem Essen bei ihnen gehen würde. Ich meine, wann hat man diese Gelegenheit schon einmal? Und Jamie wirkte nett. Ich kann mich in Sachen Freunde gerade wirklich nicht beschweren, trotzdem hatte ich mir vorgenommen, Kontakte zu knüpfen.

Der einzige Haken ist im Grunde Dexter. Ich bin mir zu hundert Prozent sicher, dass er nicht begeistert ist, wenn ich bei seinen Freunden auftauche. Es hätte etwas von einem Date, und wir beide wissen, dass unsere Beziehung nicht von dieser Art ist.

Und dennoch … sollte ich mir wirklich von Dexter vorschreiben lassen, mit wem ich mich treffe? Das würde bedeuten, dass ich von der Co-Abhängigkeit von Nathan in die nächste schlittere.

Kurz entschlossen lege ich die Karte auf meinen Schreibtisch und scanne den kleinen QR-Code, der mir ihre Kontaktdaten direkt aufs Handy legt. Einen Moment lang überlege ich, sie anzurufen, doch das traue ich mich dann doch nicht. Stattdessen schreibe ich ihr eine kurze Nachricht, in der ich nach dem Essen frage und wann es stattfinden soll. Sollte Jamie inzwischen bereuen, mich eingeladen zu haben, kann sie sich immer noch eine Ausrede einfallen lassen. Vielleicht hat sie ja inzwischen auch mit Dexter gesprochen, der ihr klargemacht hat, dass meine Anwesenheit keine gute Idee wäre.

Ihre Antwort kommt kaum zwei Minuten später. Und sie hat es sich nicht anders überlegt. Jamie Evans, die Freundin von Carter Dillane, lädt mich am kommenden Samstag zu einem Essen in ihrem Haus ein. Im Haus von Carter Dillane und seiner Familie. Heilige Scheiße.

Die folgende Woche ist ... seltsam. Dexter verhält sich auffallend normal und verwirrt mich damit mehr, als wenn er mich ignorieren würde. Er grüßt mich, wenn wir uns auf dem Campus über den Weg laufen, unterhält sich mit mir in unseren gemeinsamen Kursen und sitzt beinahe jeden Tag mit uns allen zusammen in der Mittagspause auf der Wiese. Inzwischen sind wir eine kleine Runde aus fünf bis zehn Leuten, sodass Dexter und ich nicht mal wirklich miteinander reden müssen. Trotzdem macht es mich nervös, dass er auf einmal so handzahm ist. Er erwähnt weder die seltsame Nacht in meinem Zimmer noch das Rumgeknutsche im Auto. Wenn man uns sehen würde, würde man vermutlich denken, wir wären einfach nur entfernte Freunde. Zwei Leute in derselben Clique.

Madison hat mich zweimal gefragt, was mit uns beiden los ist, doch ich hatte beim besten Willen keine Antwort darauf. Ich bin nur erleichtert, dass es ihr ebenfalls aufgefallen ist, sonst hätte ich Angst, allmählich paranoid zu werden.

Als ich am Donnerstag gerade nach einem Kurs unseren Stammplatz auf der Wiese ansteuere, holt Troy mich ein. Wir haben nach dieser seltsamen Party kaum mehr als ein paar Worte gewechselt.

»Hey«, sage ich und hebe die Hand, als er mich von der Seite angrinst.

»Hey.« Er schirmt sich die Augen mit der Hand vor der Sonne ab und mustert mich kurz. »Du siehst gut aus heute.«

Irritiert sehe ich an mir hinunter. Ich trage Jeans und ein Oversize-Shirt. Ganz nett, aber sicher nichts Besonderes. »Danke«, sage ich trotzdem und spüre, wie ich ein bisschen rot werde. »Was gibt's?«

»Auch auf die Gefahr hin, ein wenig unhöflich zu wirken, habe ich eine Frage.«

Skeptisch ziehe ich eine Augenbraue hoch. »Schieß los.«

»Du bist nicht mehr mit Nathan Cross zusammen, richtig?«

»Richtig.«

Er will gerade noch etwas sagen, da taucht Dexter an meiner anderen Seite auf. Verwirrt drehe ich mich zu ihm um, doch sein Blick ist auf Troy gerichtet.

»Hey«, sage ich zögernd. »Du auch.«

»Was geht?«, fragt er, während sich ein breites Grinsen auf seinem Gesicht ausbreitet. »Ist das hier 'ne Gehgemeinschaft?«

»Was?«

»Eine Gehgemeinschaft«, wiederholt er und verdreht die Augen, als ich ihn immer noch fragend ansehe. »Ihr geht zusammen irgendwohin, deswegen ist es keine Fahrgemeinschaft, sondern … ach, vergesst es. Was gibt's bei euch?«

Völlig überfordert wende ich mich Troy zu, der stirnrunzelnd Dexter mustert. Ich habe das Gefühl, irgendetwas nicht mitzubekommen.

»Ich habe mich gerade mit Ava unterhalten«, sagt er knapp.

Dexters Grinsen bleibt unbeirrt. »Nur zu. Ich bin gar nicht hier.«

Als Troy zögert, bleibe ich stehen und zwinge auch Dexter dazu. »Okay, Dex, was ist los?«

Er sieht mich unschuldig an. Viel zu unschuldig für seine Verhältnisse. »Keine Ahnung, was du meinst. Ich gehe davon aus, dass ihr zur Wiese wollt. Ich auch, deswegen schließe ich mich nur an.«

Troy, der ebenfalls neben uns stehen geblieben ist, seufzt leise. »Ist schon okay, Ava«, sagt er und lächelt mich an. »Nichts, was er nicht hören darf.«

»Sicher?«, fragt Dexter herausfordernd. Ich werfe ihm einen vernichtenden Blick zu, bevor ich mich zu Troy umdrehe.

»Läuft da was?«, fragt er unbeirrt und deutet auf Dex. »Zwischen euch beiden? Seid ihr zusammen oder so etwas?«

»Wie bitte?« Mir wäre beinahe der Mund aufgeklappt wie bei einer Comicfigur. Machen wir wirklich diesen Eindruck auf andere? Ich bin eher davon ausgegangen, dass man denkt, wir würden einander hassen oder so etwas. Immerhin haben wir die letzten Wochen überwiegend damit verbracht, einander wie Luft zu behandeln. »Nein«, sage ich energisch, als Troy die Augenbrauen hochzieht. »Nein, wir sind nicht zusammen.«

»Sag niemals nie, Kleine«, wirft Dexter ein und wirft mich damit vollends aus der Bahn.

Ich überlege, darauf zu antworten, entscheide mich dann aber doch dafür, es zu ignorieren. Was auch immer Dexter da gerade vorhat, Aufmerksamkeit würde ihn darin nur bestärken.

»Wie auch immer.« Troy fährt sich mit der Hand durch die Haare. »Hast du Lust, mal mit mir auszugehen?«

Okay, damit hatte ich nicht gerechnet. Ich kann nicht einmal genau sagen, warum, doch Troy hat nie auf meiner Liste für mögliche Date-Partner gestanden. Nicht, weil ich ihn nicht mag oder nicht attraktiv finde, sondern weil ich im Moment schon genug Dramen habe.

Als ich nicht direkt antworte, schnaubt Dexter, macht einen Schritt auf mich zu, legt mir den Arm um die Schultern und wirft Troy einen beinahe mitleidigen Blick zu.

»Keine Antwort ist auch eine Antwort. Mach dir nichts draus, Troy. Geh ruhig schon mal vor, Ava und ich müssen noch kurz etwas besprechen. Unter vier Augen.«

Troy antwortet nicht, doch mir ist trotzdem klar, was er denkt. Und ich denke dasselbe: Dexter führt sich auf wie ein passiv-aggressiver Trottel.

»Es tut mir wirklich leid«, sage ich an Troy gewandt und versuche erfolglos, Dexters Arm abzuschütteln. »Lass uns später reden, okay? Das Publikum stört gerade ein wenig.«

Offensichtlich sieht Troy ein, dass er für den Moment nicht weiterkommt, denn er winkt mir kurz zu und geht los in Richtung Wiese. Er wirkt nicht wirklich geknickt, ich fühle mich trotzdem furchtbar.

Sobald er außer Hörweite ist, mache ich einen energischen Schritt zur Seite, weg von Dexter, und drehe mich zu ihm um. »Was sollte das denn gerade?«

Dexter verschränkt die Arme vor der Brust und sieht mich mit einem funkelnden Blick an. Seine Lässigkeit von gerade ist verschwunden. Stattdessen wirkt er so ernst, als wäre ich diejenige, die sich danebenbenommen hat. »Der Typ ist nichts für dich.«

Mir fallen beinahe die Augen aus dem Kopf. »Wie bitte?«

»Er ist ein Frauenheld. Er kommt angeschleimt, kaum dass du mit Arschloch-Nathan Schluss gemacht hast. Was sagt das über ihn aus?«

»Arschloch-Nathan?«, wiederhole ich fassungslos.

Er zuckt mit den Schultern. »So nenne ich ihn in meinem Kopf.«

Ich schüttle den Kopf. »Darum geht's auch nicht.«

»Worum geht es dann?«

Wütend schiebe ich den Riemen meiner Tasche höher und marschiere Richtung Wiese. »Wenn ich mich recht erinnere, hast du an dem Abend mit mir rumgemacht, als ich offiziell mit Nathan Schluss gemacht habe«, zische ich. »Inwiefern bist du also besser als er, hm?«

»Ich bin in so vielen Bereichen besser als Troy, Süße, dafür haben wir jetzt wirklich nicht genug Zeit.«

»Warum machst du das?«, schnauze ich, während ich mich zu ihm herumdrehe. »Warum machst du hier einen auf eifersüchtigen Freund?«

Er lacht spöttisch. »Du hältst das für Eifersucht?«

»Du hast mir buchstäblich ans Bein gepinkelt, Dex.«

Er springt so schnell vor meine Füße, dass ich frontal in ihn hineinlaufe, packt meine Oberarme und beugt sich so weit zu mir herunter, dass unsere Nasen sich beinahe berühren. Reflexartig halte ich die Luft an. Verdammt, warum muss er immer so eine Wirkung auf mich haben? Warum muss ich jedes Mal, wenn er mir so nahe ist, daran denken, ihn zu küssen? Ich bin mir sicher, dass wir ein ziemlich interessantes Bild abgeben, doch ich kann meinen Blick nicht von seinem Gesicht losreißen.

»Glaub mir, Kleine«, raunt er, »wenn ich wirklich eifersüchtig wäre, würdest du es merken.«

Gott sei Dank finde ich meine Stimme wieder und schaffe

es sogar, ihn einigermaßen streng anzublicken. »Und was war das gerade?«

Er mustert mich ein paar Sekunden, als wüsste er selbst nicht genau, was er darauf antworten soll. »Freundschaft. Freunde passen aufeinander auf, und Troy ist nichts für dich.«

Freundschaft. Das Wort hallt durch meinen Kopf wie ein Echo. Es passt mir nicht, nichts davon. Kein einziger Buchstabe hört sich für mich richtig an. Nein, ich will sicher keine Beziehung mit Dexter Cohan, doch Freundschaft? Meine Gefühle sind weit davon entfernt, freundschaftlich zu sein.

»Was auch immer«, sage ich und trete demonstrativ einen Schritt zurück. Das Letzte, was ich im Moment will, ist, dass er meine Verwirrung bemerkt. »Ich muss noch lernen. Halt dich das nächste Mal einfach raus, okay?«

Ohne ihm eine Chance auf eine Erwiderung zu geben, drehe ich mich um und marschiere davon. Mir ist klar, dass ich eigentlich in die falsche Richtung laufe. Doch lieber verbringe ich die Pause allein irgendwo auf einer Bank, als umzudrehen und wieder an ihm vorbeizugehen.

»Ava?«

Widerwillig blicke ich zurück. Er steht immer noch an der gleichen Stelle, die Arme verschränkt und ein unergründliches Lächeln auf den Lippen. »Was?«

»Gehst du mit mir auf ein Date?«

Ich schnaube. »Träum weiter, Cohan.«

DEXTER

Jamie kommt auf Zehenspitzen die Treppe runter und sieht dabei aus wie ein Einbrecher aus einem alten Comic. Fehlt nur noch der gestreifte Overall und die Maske.

»Schläft sie?«, fragt Carter und legt den Kopf in den Nacken, damit Jamie ihn über die Lehne der Couch hinweg küssen kann.

Jamie nickt erschöpft. »Sie hat ungefähr dreitausendmal nach dir gefragt, aber irgendwann hat sie aufgegeben.«

»Warum darf Carter nicht zu ihr?«, frage ich grinsend. »Haben die beiden sich gestritten?«

»Schön wär's.« Jamie lässt sich neben Carter aufs Sofa fallen und legt die Füße über seine Beine. »Sie lässt sich seit ein paar Tagen nur noch von ihm ins Bett bringen. Und das müssen wir ihr schnell wieder abgewöhnen.«

»Warum?«

»Weil Jamie das dann nicht alleine schafft, wenn ich unterwegs bin.« Carter grinst und zieht vorsorglich den Kopf ein. »Kindererziehung ist eine knifflige Sache. Nicht jeder ist darin so gut wie ich.«

Jamie und ich verdrehen gleichzeitig die Augen. Wir kennen Carter beide lange genug, um mit so einem Kommentar zu rechnen.

»Also«, sagt Carter und lehnt sich vor, wobei er sorgsam darauf achtet, die Füße seines Mädchens nicht zu zerquetschen. »Was gibt's, was du nicht mit mir, sondern mit Jamie besprechen musst?«

Automatisch richte ich mich ein bisschen auf. Wie die beiden so vor mir sitzen, habe ich das Gefühl, mich vor Mama und Papa rechtfertigen zu müssen. Ein bisschen fühlt es sich auch so an, immerhin geht es um ein Mädchen.

»Was hast du zu Ava gesagt?«, frage ich sie geradeheraus. »Ich weiß, dass du da warst.«

Sie sieht nicht im Mindesten beeindruckt aus. »Ist auch kein Geheimnis. Ich habe meinen Bruder mitten in der Nacht aus dem Bett geklingelt, damit er auf Lila aufpassen und ich nach dir suchen kann, du Idiot.«

Carter beißt sich auf die Lippen, um sich ein Lachen zu verkneifen. Ich finde es nicht wirklich witzig. »Ich weiß das zu schätzen, aber ich habe dich nicht darum gebeten. Also beschwer dich nicht bei mir.«

»Du hast mir circa zwanzig Nachrichten auf die Mailbox gequatscht und dich dann nicht mehr gemeldet, Alter«, wirft Carter ein, während Jamie mich böse anfunkelt. »Was hätten wir denn denken sollen?«

Ich atme tief durch. Gegenseitige Vorwürfe bringen uns nicht weiter. Das hier soll kein Streit werden, sondern ein Gespräch. »Das tut mir leid, okay? Keine Ahnung, was mich da geritten hat.«

Jamie legt den Kopf schief. »Und worum geht es dann?«

»Darum, dass ich wissen will, was du zu Ava gesagt hast. Oder sie zu dir.«

Ich sehe die Neugierde in ihren Augen aufblitzen, während sie die Arme vor der Brust verschränkt und sich zurücklehnt. Ich nenne das ihre Denkerpose. Immer wenn sie vor einem Rätsel steht, macht sie es sich irgendwie gemütlich, als würden die Gedanken dann besser fließen.

»Warum interessiert dich das?«, fragt sie. »Es ist ja nicht so, dass wir zusammen einen Kaffee getrunken haben. Das Ganze hat vielleicht drei Minuten gedauert.«

Ein wenig hilflos sehe ich zu Carter, doch der zuckt nur mit den Schultern. »Ihr seid ein Teil meiner Vergangenheit«, versuche ich zu erklären und kämpfe dabei um jedes einzelne Wort. Ich bin nicht gut darin, über meine Gefühle zu sprechen. Oder über meine Vergangenheit. Das fällt mir mit Carter schon nicht leicht, vor Jamie ist es noch einmal eine ganz andere Sache. »Ich will euch nicht immer in diese ganzen Sachen mit reinziehen, aber ihr seid nun mal ein Teil meines Lebens. Das hier, die Uni und die Leute da, ist mein Neuanfang.

Ich will nicht, dass sich das vermischt.« Carter öffnet empört den Mund, doch ich komme ihm zuvor. »Und damit meine ich nicht, dass ihr meine Freunde nicht kennenlernen sollt oder andersrum. Ich meine, dass meine Freunde meine Vergangenheit nicht kennenlernen sollen. Da ihr aber ein Teil davon seid, will ich sichergehen, dass ihr nichts erzählt, was ich nicht will.«

»Was denkst du denn?«, braust Jamie auf. »Dass ich zu wildfremden Leuten gehe und ihnen deine Lebensgeschichte erzähle? Wie lange kennen wir uns, Dexter?«

Ich verziehe das Gesicht. »Genau genommen noch gar nicht so lange.«

»Du weißt, was ich meine!«

Seufzend lehne ich mich ebenfalls zurück. »Ich will mich einfach nicht damit beschäftigen, okay? Und vor allem selbst entscheiden, wem ich was erzähle. Und wann ich es erzähle.«

Carter, der mich die ganze Zeit über gemustert hat, nimmt einen Schluck von seinem Bier. »Was ist mit dieser Ava anders als mit den anderen?«

Ich habe keine Ahnung, was er meint. Und so, wie Jamie sich zu ihrem Mann umdreht, sie auch nicht. »Was?«

»Du bist erst hergekommen, nachdem Jamie mit dieser Ava gesprochen hat. Und du hast bei ihr gepennt nach deinem Absturz. Was läuft da zwischen euch?«

Genervt verdrehe ich die Augen. »Wir haben ein paarmal rumgemacht. Aber es ist nichts Ernstes.«

Carter weiß, dass ich lüge. Er weiß es immer, genau wie ich ihm ansehe, wenn er nicht die Wahrheit sagt. Das ist wohl eine Nebenwirkung, wenn man zusammen aufwächst. Wir haben einander so oft dabei geholfen, unsere Eltern anzulügen, dass wir es einfach erkennen.

»Ich weiß nicht genau«, gebe ich nach und greife nach meinem Bier. Alkoholfrei natürlich. »Sie macht mich wahnsinnig.«

»So fängt es immer an.« Jamie grinst.

»Nein«, sage ich energisch und deute zuerst mit dem Finger auf sie und dann auf Carter. »Ich weiß, dass ihr beide diese ganze Märchensache durchgezogen habt, und so weiter, aber so ist das im wahren Leben nicht, klar? Ist seid eine merkwürdige Ausnahme.«

Jamie sieht mich herausfordernd an. »Sie ist dir also egal?«

»Das habe ich nicht behauptet.«

»Okay, Baby, ganz ruhig«, sagt Carter und grinst, als Jamie ihm die Zunge rausstreckt. »Es ist auch völlig egal. Wenn du nicht willst, dass wir irgendwas erzählen, ist das okay. Geht uns nichts an.«

»Danke«, sage ich erleichtert.

»Was weiß sie denn?«

»Von dem Autounfall habe ich ihr erzählt«, gebe ich leise zu. »Und dem Drogenproblem. Aber keine Details.«

»Okay?« Er sieht mich so skeptisch an, dass ich unwillkürlich den Kopf einziehe. »Und was genau soll sie dann nicht wissen?«

Ich ringe ein wenig mit mir. Allein das Thema anzusprechen, macht mich im Moment so fertig, dass ich am liebsten direkt wieder zum Rum greifen würde. Aber da Carter nicht lockerlassen wird, kann ich es ebenso gut hinter mich bringen. »Dass Jace damals Organspender war.«

Es dauert ein paar Sekunden, bis die beiden antworten. Ich kann es förmlich in ihren Köpfen rattern hören.

»Warum?«, fragt Jamie, die als Erste ihre Stimme wiederfindet.

Ich könnte einfach lügen. Es abtun oder irgendeine Geschichte erzählen. Doch auf einmal will ich das gar nicht mehr. In den letzten Tagen hatte ich das Gefühl, mein Kopf würde jeden Moment platzen. All die Geheimnisse, die Befürchtun-

gen und die widersprüchlichen Gefühle miteinander zu vereinbaren, ist nicht gerade einfach. Ich fühle mich, als wäre einfach
nicht genug Platz für all das.

»Ich glaube, dass Ava Jace' Herz hat.«

30

Das saß.

In Jamies und Carters Augen kann ich den Schock erkennen. Ich kann sehen, wie die Worte in ihren Verstand vordringen, wie sie sie verarbeiten und ihnen schließlich klar wird, was genau ich da gerade gesagt habe. Jamie reißt die Augen auf und schlägt sich die Hand vor den Mund. Carter flucht so derb, dass Lila vermutlich aus den Latschen gekippt wäre, und schiebt sanft Jamies Füße von seinen Beinen, um aufzustehen.

»Wie meinst du das?«, fragt er, während er im Wohnzimmer auf und ab geht.

»So, wie ich es sage.« Seufzend lehne ich mich vor und stütze mich mit den Ellbogen auf meinen Knien ab. »Sie hatte eine Herztransplantation, und die Daten passen.«

»Du weißt es also nicht mit Sicherheit.«

Ich schüttle den Kopf. »Ich habe bei der Transplantationsstelle nachgefragt, aber noch keine Antwort.«

Carter fährt sich mit den Händen über das Gesicht. »Wie geht es dir damit?«

Im ersten Moment kann ich darauf nicht antworten. Im zweiten auch nicht. Die Wahrheit ist, dass ich keine Ahnung habe, wie es mir damit geht. In der einen Sekunde hasse ich Ava dafür, dass sie lebt und mein Bruder tot ist, in der anderen danke ich Gott dafür, dass sie überlebt hat.

»Keine Ahnung«, antworte ich schließlich wahrheitsgemäß. »Ich bin verwirrt.«

»Das glaube ich. Scheiße.«

»Jop.«

Jamie, die immer noch auf der Couch sitzt, legt mir zögernd die Hand auf den Arm. »Ich weiß ja nicht, ob die Frage überhaupt gestattet ist, aber was bedeutet das? Wenn sie tatsächlich das Herz hat.«

»Dass sie lebt, weil mein Bruder tot ist«, antworte ich verzweifelt. »Und dass ich mir jedes Mal, wenn ich wünschte, mein Bruder wäre noch am Leben, gleichzeitig wünsche, Ava wäre tot.«

»So ein Blödsinn«, sagt sie heftig und drückt meinen Arm ein wenig fester. »Du wünschst dir nicht ihren Tod, nur weil du willst, dass Jace noch lebt. Rede dir das nicht ein.«

»Aber es ist eine Tatsache.« Ich sehe sie an und zucke kraftlos mit den Schultern. »Ohne sein Herz wäre sie wahrscheinlich gestorben. Entweder er oder sie.«

Sie sinkt auf ihrem Platz zurück. Ich kann sie verstehen. Die Logik ist unschlagbar, was soll man darauf schon antworten? Keine Ahnung, was ich mir von diesem Gespräch versprochen habe. Im Moment fühle ich mich genauso mies wie vorher, vielleicht sogar noch schlimmer. Immerhin habe ich mir vorher einreden können, dass sich das Ganze vielleicht nur in meinem Kopf so schlimm anhört. Wenn ich mir Jamies Gesicht allerdings anschaue, ist es da draußen nicht weniger schlimm.

»Magst du sie?«, fragt Carter und verschränkt die Arme vor der Brust. »Ava, meine ich?«

»Ja.« Es wäre einfach dumm, das noch weiter zu leugnen. »Aber es ist zu kompliziert.«

»Warum?«

Ich lache freudlos und sehe zu ihm hoch. »Spielen wir das mal durch. Ich bin ein richtiges Arschloch, wenn ich sie mag. Weil das bedeuten würde, ich würde Jace' Tod etwas Positives geben. Und selbst wenn ich damit klarkomme, woher soll ich dann wissen, dass ich sie nicht nur deswegen mag? Weil sie irgendeine wirklich seltsame Verbindung zu meiner toten Familie darstellt? Das ist krank, Mann.«

Er schüttelt überfordert den Kopf. »Mochtest du sie vorher auch schon?«

Erschöpft reibe ich mir über die Augen. »Wovor?«

»Bevor du das mit dem Herzen herausgefunden hast? Hast du sie da gemocht?«

Mir ist klar, worauf er hinauswill, und ich schüttle den Kopf. »So funktioniert das nicht, Alter. Das kann ich nicht trennen. Nicht mehr.«

Carter schweigt und lässt sich wieder neben Jamie aufs Sofa fallen. Sofort nimmt sie seine Hand, und ich sehe, wie er den Druck erwidert. Ein bitterer Geschmack macht sich in meinem Mund breit. Eine Mischung aus Neid und Schmerz. Wie gerne hätte ich jemanden, an dem ich mich festhalten kann. Nicht, dass ich das jemals zugeben würde. Nicht, dass ich ernsthaft nach so jemandem suchen würde. Ich bin eindeutig zu kaputt, um einer anderen Person das alles aufzuladen.

Mein Handy vibriert in meiner Hosentasche. Als ich einen Blick auf das Display werfe, hätte ich am liebsten laut aufgestöhnt. Wenn man vom Teufel spricht. Kurz erwäge ich, sie einfach zu ignorieren, doch aus irgendeinem Grund kann ich das nicht. Also stehe ich auf und gehe schnell in den Garten.

»Was kann ich denn für dich tun?«, frage ich in gespieltem Plauderton und lehne mich an die Tischplatte auf der Terrasse. Ich weiß genau, was sie will. Und es überrascht mich, dass ich trotz des Chaos, trotz des Gesprächs gerade noch grinsen kann.

»Bist du eigentlich bescheuert?«, keift sie ins Telefon. Ich liebe es, wenn sie wütend ist. Sie klingt geradezu Furcht einflößend, aber sie ist einfach so winzig.

»Keine Ahnung, was du meinst«, sage ich betont gelangweilt.

»Warum, zur Hölle, schickst du Freunde von dir, um mich nach Hause zu fahren?«, zischt sie, leiser dieses Mal. »Ich bin doch kein verdammtes Kind.«

»Weil ich heute Abend keine Zeit habe«, erkläre ich schlicht. »Und ich es nicht gut finde, wenn du nachts alleine rumfährst oder -läufst. Das Thema hatten wir doch schon.«

»Bist du hirnamputiert?« Sie flüstert inzwischen beinahe, und ich würde so gerne ihr Gesicht sehen. Ich wette, sie schließt gerade die Augen und kneift sich in die Nase. »Pfeif deinen Freund zurück, Dex, ich meine es ernst. Ich kenne den nicht mal.«

»Sein Name ist Paul. Er ist cool.«

»Dexter!«

Ich lache laut, bis mir einfällt, dass ich Lila wecken könnte. »Fahr mit ihm nach Hause, das wäre sonst unhöflich.«

Sie schnaubt wütend. »Woher weißt du eigentlich, wann ich arbeiten muss?«

Von dem nicht gerade unauffälligen Kalender über ihrem Schreibtisch, aber das werde ich ihr nicht sagen. »Das lass mal meine Sorge sein«, antworte ich und grinse, als sie wirklich sehr beeindruckend flucht. »Wir sehen uns dann morgen, nehme ich an?«

»Dexter, wag es ja nicht …«

Ich lege auf. Und muss wieder lachen, als ich mir ihr Gesicht vorstelle. Keine Ahnung, warum sie so wütend ist. Klar, ich bevormunde sie etwas, aber ich meine es ernst: Sie soll nicht nachts alleine herumlaufen. Auch wenn ich mir nicht eingestehen würde, dass ich auf sie aufpasse, muss ich doch auf das Herz meines Bruders aufpassen.

»Du lächelst.«

Ich schrecke so heftig zusammen, dass ich beinahe mein Handy fallen lasse. Als ich mich umdrehe, lehnt Carter im Türrahmen.

»Und?«, frage ich, während ich mir das Handy in die Hosentasche schiebe.

Er zuckt mit den Schultern. »Nur so.«

AVA

Ich werfe das nächste Kleid zur Seite, und es fliegt in hohem Bogen auf mein Bett, zu den anderen, die ich bereits aussortiert habe.

»Ich gehe nicht.«

Madison, die sich gerade auf ihrem Schreibtischstuhl gedreht hat, hält abrupt inne. »Warum nicht?«

»Nichts zum Anziehen«, murre ich und stöhne genervt. »Außerdem ist das eine beschissene Idee.«

»Das hatten wir doch schon«, stöhnt sie und beginnt sich erneut im Kreis zu drehen. »Jamie Evans hat dich eingeladen. Da sagt man nicht ab.«

»Doch«, halte ich dagegen, greife nach einem schwarzen Oberteil und halte es mir vor die Brust, um es im Spiegel zu begutachten. »Wenn Jamie Evans die Freundin eines Typen ist, der keine Ahnung was ist, und sie mich zu einem Abendessen einlädt, bei dem ich vollkommen fehl am Platz bin.«

»Du hast wirklich ein Talent dafür, jede Situation negativ darzustellen.«

»Vielen Dank.«

Sie stoppt den Stuhl, steht auf und öffnet ihren eigenen Kleiderschrank. Skeptisch beobachte ich sie, weil ich ernsthaft bezweifle, dass sich darin etwas Brauchbares findet. Die meisten ihrer Teile werden mir an der Brust deutlich zu weit sein. In diesem Bereich hat Madison eindeutig mehr zu bieten.

»Weißt du«, sagt sie und zieht ein Top heraus, dessen Ausschnitt mir wahrscheinlich bis zum Bauchnabel reicht, »vielleicht solltest du das Ganze als Chance nehmen.«

»Eine Chance worauf?«

Über den Bügel hinweg wirft Madison mir einen leicht genervten Blick zu. »Du magst ihn, er mag dich. Das sieht ein Blinder, und es ist lächerlich, wenn ihr das bestreitet.«

Kopfschüttelnd werfe ich das nächste Kleidungsstück zur Seite. »Ich bestreite es nicht. Ja, ich mag ihn. Ja, ich finde ihn heiß. Und, ja, meine *Mädchenteile* sind sehr begeistert von der Vorstellung, dass er mich anfasst. Das ändert aber nichts daran, dass es überhaupt nicht klug wäre, sich auf Dexter Cohan einzulassen. Das würde in vielen Tränen und gebrochenen Herzen enden.«

Madison dreht sich stirnrunzelnd zu mir um. »Also erstens: *Mädchenteile?* Wirklich?«

»Dafür gibt es keine schöne Bezeichnung.«

»Und zweitens: Vielleicht solltest du mal etwas tun, was nicht klug ist. Vielleicht reicht lustig für den Anfang.«

Darauf antworte ich gar nicht ernst. Klar, Dexter wäre mit Sicherheit jemand, mit dem man Spaß haben kann. Ginge es nur um Sex, wäre ich sofort dabei. Aber wenn ich ganz ehrlich zu mir selbst bin, geht es mir nicht nur ums Körperliche. Und diese Gefühle müssen am besten im Keim erstickt werden. Noch ein Grund, warum dieser Abend keine gute Idee ist.

»Außerdem liegt es doch auf der Hand, dass er mehr von dir will als Sex«, macht Madison weiter, die es offensichtlich überhaupt nicht stört, dass sie einen Monolog führt.

»Und wie kommst du zu dieser Erkenntnis?«

»Er schickt seine Freunde, um dich nach Hause zu bringen!«
Sie seufzt und klingt wie ein kleines Mädchen, das zum ersten
Mal ein Märchen erzählt bekommt. »Das ist so romantisch!«

Grinsend sehe ich sie an. »Oder«, sage ich und ziehe das
Wort mit Absicht in die Länge, »ich bin so fantastisch, dass er
wirklich sehr dringend mit mir schlafen will.«

Als Antwort bekomme ich lediglich ein Augenverdre-
hen. Sie widmet sich wieder ihrem Kleiderschrank, bevor sie
schwungvoll einen Bügel herauszieht und mir entgegenhält.
»Das ist es.«

Ich werfe einen kurzen Blick auf das Kleid und schüttle den
Kopf. »Auf keinen Fall.«

»Sei kein Frosch, probier es wenigstens einmal an!«

»Das wird mir nicht passen«, verkünde ich, greife aber trotzdem nach dem Kleid. Wenn ich es ihr beweise, bin ich sie
schneller wieder los und kann weiter in Selbstmitleid baden. Im
Bad schließe ich die Tür hinter mir und werfe einen schnellen
Blick in den Spiegel über dem Waschbecken. Ich habe mir heute zweimal die Haare gewaschen. Das erste Mal am Morgen
beim Duschen, dann noch einmal, nachdem ich mir Locken
gemacht habe, die einfach nichts geworden sind. Ich mache mir
eindeutig zu viele Gedanken über diesen Abend, zu dem ich
eigentlich nicht gehen sollte. Und wenn ich ehrlich bin, habe
ich keine Ahnung, ob das daran liegt, dass ich Jamie und Carter
Dillane treffen werde oder daran, dass ich Dexter sehe.

Wobei, woher weiß ich eigentlich, dass Dexter da sein
wird? Jamie hat nicht explizit erwähnt, dass er auch kommt.
Auf der anderen Seite wäre es seltsam, wenn sie einen Abend
mit Freunden veranstalten, zu dem ich eingeladen bin, er aber
nicht. Oder er hat abgesagt. Dann würde ich niemanden dort
kennen, und ich kann nicht genau sagen, ob das eine gute oder
schlechte Sache wäre.

Seufzend ziehe ich meine Jogginghose und mein Shirt aus und steige in das Kleid. Zu meiner Überraschung scheint es tatsächlich ziemlich gut zu sitzen, auch wenn ich es hier drin ohne Ganzkörperspiegel schlecht beurteilen kann.

»Bereit?«, rufe ich durch die Tür und höre Madison lachen. Als ich die Tür öffne und mit einer übertriebenen Drehung ins Zimmer tänzle, reckt sie einen Daumen in die Luft.

»Mega«, sagt sie und nickt heftig. »Das nimmst du. Ist mir sowieso zu eng.«

»Das beurteile ich lieber selber.«

Vor dem Spiegel bin ich überrascht, wie gut das Kleid tatsächlich aussieht. Es ist dunkelrot und besteht im Grunde komplett aus grober Lochspitze. Am Oberkörper liegt es eng an und fällt ab der Taille in sanften Wellen bis zu den Knien. Durch die Löcher ist es quasi durchsichtig, immerhin ist das sehr knappe Unterkleid blickdicht. Das Kleid ist auf eine seltsame Art und Weise sexy und züchtig zugleich.

Mit einem übertriebenen Stöhnen lasse ich mich auf meinen Schreibtischstuhl fallen. »Du hast recht, es ist perfekt. Und ich habe passende Schuhe dazu.«

Madison lacht. »Das ist ja furchtbar.«

»Ich weiß.«

»Dann hast du jetzt wohl keine Ausrede mehr. Also hopp ins Bad, dein Kopf muss zu diesem Kleid passen!«

Ich ziehe eine Grimasse, weil dieser Kommentar alles andere als schmeichelhaft war. Trotzdem stehe ich auf und tue, was mir gesagt wird. Denn, ja, ich will verdammt noch mal gut aussehen.

Eine Stunde später sitze ich in der U-Bahn, lehne die Stirn gegen die Scheibe und beobachte die Häuser, die an mir vorbeirauschen. Ich bin eindeutig zu aufgedonnert für die U-Bahn.

Mit so einem Kleid sollte man mindestens in einem Taxi sitzen, aber das kann ich mir nicht leisten. Alle paar Minuten bin ich kurz davor, einfach wieder nach Hause zu fahren, dann erhebt sich der Trotz, und ich bleibe sitzen. Ich habe eine Einladung von einem netten Mädchen bekommen, das ganz nebenbei so etwas wie ein Promi ist. So etwas schlägt man nicht aus, weil ein Kerl eventuell etwas dagegen haben könnte. Wären Dexter und ich zusammen, wäre es eine andere Sache. Aber so ist es nur ein Abendessen mit zukünftigen Freunden. Zumindest rede ich mir das ein.

Als die Bahn an meiner Haltestelle hält, rast mein Herz so schnell, als würde es aus meiner Brust zu springen versuchen – eine Vorstellung, die bei meiner Vergangenheit durchaus beängstigend ist. Ich fühle mich ein bisschen wie vor einem ersten Date, bin aber auch stolz auf mich. Die alte Ava hätte nie den Mut hierzu gehabt. Nicht ohne Nathan oder jemand anderen an ihrer Seite, hinter dem sie sich verstecken kann. Ich fühle mich ein bisschen nackt so ganz allein. Aber was habe ich schon zu verlieren? Im schlimmsten Fall blamiere ich mich, und ein Haufen Leute, die ich niemals wiedersehen werde, halten mich für eine Verrückte. Na gut, ein Haufen Leute und Dexter. Aber nach allem, was er schon so mit mir abgezogen hat, darf er sich eigentlich nicht beschweren.

Nach einem kleinen Fußmarsch erreiche ich schließlich die Wohngegend, in der sich Jamies Haus befinden muss. Ich pfeife leise durch die Zähne. Es ist nicht so protzig, wie ich befürchtet habe, trotzdem erkennt man deutlich, dass hier Geld wohnt. Die Häuser sind groß und schön, mit gepflegten Vorgärten und teuren Autos auf den Auffahrten. Hier fährt vermutlich niemand mit der U-Bahn.

Das richtige Haus liegt in einer kleinen Seitenstraße, etwas abseits von den anderen. Ein schwarzer, schmiedeeiserner

Gartenzaun umgrenzt das Grundstück. Wahrscheinlich wegen ihrer Tochter oder ihrem Hund – ich bin mir relativ sicher, Carter Dillane auf einem der Paparazzifotos mit einem Hund gesehen zu haben. Zögernd öffne ich das kleine Tor und betrete die gepflegten Gehwegplatten. Noch einmal sehe ich an mir herab und streiche vorsichtig über den Stoff des Kleides. Vielleicht ist es doch nicht schick genug. Es gefällt mir, aber jedem geschulten Auge wird sofort klar sein, dass es nicht teuer war. Oder ich bin overdressed. Wenn es eine lässige Runde ist und jeder nur Jeans und T-Shirt trägt, werde ich auffallen wie ein bunter Hund.

Okay, vielleicht ist das hier doch eine dumme Idee. Zum Umdrehen ist es aber auch zu spät. Durchaus möglich, dass Jamie oder einer der anderen mich bereits durchs Fenster gesehen haben, und dann wäre es wirklich peinlich, wenn ich einfach auf dem Absatz kehrtmachen und abhauen würde.

Augen zu und durch.

Mein Herz macht einen weiteren Purzelbaum, als ich auf die schlichte Klingel drücke und auf den Gong lausche, der durch das Haus hallt. Meine Hände sind inzwischen schweißnass. Ich wische sie hastig an meinem Kleid ab, damit es beim obligatorischen Händeschütteln nicht so unangenehm wird.

Nach ein paar Sekunden öffnet Jamie die Haustür. Zu meiner Erleichterung ist sie ähnlich gekleidet wie ich – Kleid und hohe Schuhe. Nur dass ihre Schuhe vermutlich mehr gekostet haben als mein komplettes Outfit zusammen.

»Du bist tatsächlich gekommen«, begrüßt sie mich und zieht mich in eine schnelle Umarmung, bevor sie einen Schritt zurück macht. »Komm rein, fühl dich wie zu Hause.«

Ich lächle unsicher und folge ihr in ein wunderschönes Haus. Es ist eine Mischung zwischen Alt und Neu, modern, aber trotzdem gemütlich. Links führt eine breite Treppe ins

Obergeschoss, von der ich mir ziemlich sicher bin, dass sie noch original ist. Sie wurde lediglich abgeschliffen, was dem recht schlichten Foyer den nötigen Charme verleiht.

»Die anderen sind im Garten«, sagt Jamie und winkt mich in eine offene Küche, die ans Wohnzimmer angrenzt. »Wir haben einen Heizpilz, also keine Sorge.«

Mein Lächeln gerät ein wenig schief, als ich durch die Scheibe in den Garten sehe und mindestens zehn Leute entdecke, die sich um einen Stehtisch scharen. Theoretisch kann ich ganz gut mit Menschen. Praktisch allerdings machen mir so viele fremde Leute auf einem Haufen ein wenig Angst. Und ich kann Dexter nicht entdecken. Eine Tatsache, von der ich mir nicht ganz sicher bin, ob sie mich nervös macht oder mich erleichtert.

Als hätte Jamie meine Gedanken gelesen, lehnt sie sich zu mir herüber. »Dexter kommt ein wenig später«, sagt sie und grinst. »Er ist noch mal los und holt ein paar Sachen. Er sollte gleich wiederkommen.«

Ich nicke und greife dann hektisch in meine Tasche. »Ich habe euch etwas mitgebracht«, sage ich so schnell, dass ich beinahe über meine eigenen Worte stolpere. »Es ist zum Kochen«, erkläre ich, als ich ihr das kleine Päckchen überreiche. »Das ist aus einem Laden in Downtown. Da kann man sich Essig und Öle und all so Zeug zusammenstellen und probieren und … ja. Das war es eigentlich schon. Meine Dads sagen, jeder gute Haushalt benötigt eine gute Küche, und ich dachte, ihr könntet das vielleicht gebrauchen.«

Wow. Am liebsten würde ich mir selbst auf die Stirn schlagen. Ich spreche hier mit Jamie Evans, der Frau von Carter Dillane. Sie hat wahrscheinlich einen Privatkoch oder so etwas.

Zu meiner Erleichterung lächelt Jamie so begeistert, als hätte ich ihr gerade einen Hundewelpen aus dem Hut gezaubert.

»Vielen Dank, das ist toll! Aber es wäre wirklich nicht notwendig gewesen, du bist doch mein Gast.«

Ich spüre, wie mir das Blut ins Gesicht schießt. »Da ist auch ein Buch für deine Tochter dabei. Falls sie Bücher mag.«

»Sie wird es bestimmt lieben.« Sie klingt tatsächlich erfreut, allerdings ist sie die Freundin eines wirklich begabten Schauspielers. In diesem Moment schießt ein Hund um die Ecke, bremst abrupt vor Jamie ab und setzt sich hin, als sie die Hand hebt. »Ich hoffe, du hast keine Angst vor Hunden«, sagt Jamie zu mir und krault ihn zwischen den Ohren. Der Hund wedelt so stark mit dem Schwanz, dass sein Hintern hin und her über den Boden wackelt, aber er rührt sich nicht vom Fleck.

Hunden gegenüber bin ich skeptisch. Ich habe nicht direkt Angst, begegne ihnen aber doch lieber mit Abstand. Und dieses Exemplar macht nicht den Eindruck, als wäre es besonders zurückhaltend.

»Seit wann bleibt sie sitzen, wenn Gäste kommen?«

Ich drehe mich nach der Stimme um und reiße die Augen auf. Hinter mir steht Carter Dillane mit zwei Flaschen Bier in der Hand. Natürlich habe ich damit gerechnet, ihn zu sehen, immerhin bin ich in seinem Haus. Ihm aber tatsächlich zu begegnen, ist etwas ganz anderes.

»Ich habe sie besser im Griff als du«, antwortet Jamie sichtlich zufrieden und deutet dann auf mich. »Ava ist da.«

Mir schießt das Blut ins Gesicht. Es hört sich so an, als wäre ich bereits Thema zwischen ihnen gewesen, und das ist irgendwie eine seltsame Vorstellung.

Ich strecke die Hand aus und straffe die Schultern, um selbstbewusster zu wirken und nicht wie ein hysterischer Fan. »Hey, danke für die Einladung. Ihr habt wirklich ein tolles Haus.«

Er lächelt stolz, stellt eine Flasche auf dem Tresen ab und nimmt kurz meine Hand. »Danke, das finden wir auch. Schön, dass du gekommen bist. Ich hatte nicht damit gerechnet, wenn ich ehrlich bin.«

»Carter!«

Carter sieht seine Freundin an und hebt die Hände. »Was? Bei Dexter hat es sich so angehört, als würden die beiden sofort aufeinander losgehen.«

Dexter hat mit ihnen über mich gesprochen? Heilige Scheiße, was? Worüber?

Meine Gedanken stehen mir offensichtlich auf die Stirn geschrieben, denn Jamie legt mir eine Hand auf den Arm und wirft Carter einen vernichtenden Blick zu. »Das stimmt überhaupt nicht. Komm, ich stell dich den anderen vor.«

Sie zieht mich raus in den Garten, Carter auf den Fersen. Reihum werden wir einander vorgestellt und ich versuche, mir wirklich alle Namen zu merken – ohne Erfolg. Offensichtlich handelt es sich bei den anderen um Jamies Bruder, einige Freunde aus dem College und Kollegen von Carter, die anscheinend eher hinter der Kamera stehen, denn ich erkenne keinen von ihnen. Sie wirken nett, vom gleichen Schlag wie Jamie und Dexter. Trotzdem komme ich mir irgendwie fehl am Platz vor, als Jamie zurück ins Haus geht, um mehr Getränke zu holen. Einen Moment überlege ich, ihr zu folgen und zu helfen, halte das dann aber doch für zu aufdringlich.

Ein paar Minuten stehe ich da und höre den Gesprächen zu, nicke und lächle freundlich und halte mich an meinem Bier fest, das jemand vor mir abgestellt hat. Als ich Stimmen im Haus höre, drehe ich mich um. Und sehe endlich ein bekanntes Gesicht. Dexter ist wieder da.

31

AVA

Durch die Spiegelung in den Scheiben kann ich Dexters Gesicht nicht richtig erkennen, aber es ist eindeutig, dass er mit Carter diskutiert. Er gestikuliert wild und zeigt dabei immer in Richtung Garten. In meine Richtung. Ich spüre, wie mir das Blut aus dem Gesicht weicht, und meine Beine beginnen zu kribbeln. Es ist nur eine Vermutung, aber ich bin mir ziemlich sicher, dass Dexter nicht begeistert über meine Anwesenheit ist. Dementsprechend hat er davon entweder nichts gewusst oder gedacht, ich würde nicht wirklich hier auftauchen.

Scheiße. Es ist oberpeinlich, die Neue und gleichzeitig der Grund für eine Szene zu sein.

Instinktiv greife ich nach meiner Handtasche. Sollte Dexter wirklich so angepisst sein, wie ich vermute, verschwinde ich sofort wieder.

Bevor ich allerdings fliehen kann, öffnen sich die Terrassentüren, und Dexter kommt heraus, begleitet von Carter. Er hebt kurz die Hand, dann kommt er zielstrebig zu mir herüber. Sein Gesicht ist ausdruckslos, trotzdem muss ich den Drang unterdrücken, den Kopf einzuziehen und das Weite zu suchen.

»Hey«, sagt er knapp, greift nach meinem Ellbogen und zieht mich ein Stück zur Seite, weg von den anderen. »Können wir uns kurz unterhalten?«

Ich sage nichts, weil ich eine Antwort für unnötig halte, und folge ihm stattdessen. Die Blicke der anderen, die ich deutlich im Rücken spüre, versuche ich einfach zu ignorieren.

»Was machst du hier?«, fragt Dexter, sobald wir außer Hörweite sind.

Ein wenig hilflos zucke ich mit den Schultern. »Jamie hat mich eingeladen. Ich dachte, du wüsstest das.«

»Ich wusste es nicht«, zischt er. Als ich die Stirn runzle, schließt er kurz die Augen und atmet einmal tief durch. »Sorry. Ich will dich nicht anschnauzen, ich bin nur … überrascht. Das ist alles.«

»Wenn ich gehen soll, dann …«

»Nein, ist schon gut.«

Wieder atmet er tief durch, und das ungute Gefühl in meinem Magen wächst. Ich habe mir Gedanken darüber gemacht, was er von der ganzen Situation hält, aber diese Reaktion ist einfach zu heftig. Er wirkt beinahe panisch. Warum schickt er seine Freunde vorbei, um mich von der Arbeit nach Hause zu fahren, ist aber überfordert damit, dass ich bei seinen Freunden auftauche? Das macht keinen Sinn.

Es sei denn … es sei denn, ich bin ihm peinlich.

Wow. Die Erkenntnis trifft mich beinahe so hart wie ein Schlag in die Magengegend. Carter ist sein bester Freund, vielleicht so etwas wie seine Familie. Und er will nicht, dass sie sehen, mit wem er sich abgibt. Mit welcher Art von Mädchen er … was auch immer macht.

Tränen schießen mir in die Augen, die ich hastig wegblinzle. Über Jahre habe ich perfektioniert, meine Gefühle zu verbergen. Eine Mauer um mich herum aufzubauen und so zu tun, als würde ich die Situation von Weitem betrachten, anstatt ein Teil davon zu sein. Als säße ich hinter einem Einwegspiegel. Ich kann die Welt beobachten, sie mich aber nicht sehen.

»Okay«, sage ich und bin selbst überrascht, wie gefasst meine Stimme klingt. »Wenn das für dich okay ist, bleibe ich noch eine Weile, um Jamie nicht zu kränken. Ich habe aber nicht vor, lange zu bleiben.«

Dexter sieht mich mit einem Gesichtsausdruck an, den ich nicht recht deuten kann, nickt dann aber. »Alles in Ordnung, wirklich.«

Das wage ich zu bezweifeln. Ich drehe mich hastig um und gehe zurück zu den anderen. Eine Stunde maximal. Dann verschwinde ich nach Hause und schreie in mein Kopfkissen.

DEXTER

Der Abend zieht sich wie Kaugummi. Eigentlich hatte ich mich darauf gefreut, doch jetzt zähle ich die Minuten, bis Ava geht. Ich weiß nicht genau, warum ihre Anwesenheit mich so fertigmacht. Vielleicht liegt es daran, dass vor ein paar Jahren Jace ein Teil dieser Runde gewesen wäre. Vielleicht auch daran, dass es ein seltsames Gefühl ist, Ava zwischen meinen Freunden sitzen zu sehen. Als würde sie auf diese Weise ein Teil meines Lebens. Und ich habe mich einfach noch nicht entschieden, ob ich damit umgehen kann. Sollte ich einen Schlussstrich ziehen und den Kontakt zu ihr abbrechen wollen, wird es kompliziert, wenn sie sich bereits mit Jamie angefreundet hätte. Und wenn ich eines in meinem Leben nicht mehr brauche, dann sind es Komplikationen.

Als wir uns zum Essen an den Tisch setzen, lande ich natürlich ausgerechnet auf dem Platz neben Ava. Auch wenn wir nicht viele Leute sind, hat Jamie sich verdammt viel Mühe gegeben und sogar Platzkarten auf die kleine Tafel gestellt. Mir ist klar, dass sie es nur nett gemeint hat, mich und Ava zusammenzusetzen. Was der einzige Grund ist, warum ich mein verdammtes Namenskärtchen nicht einfach mit jemandem tausche. Falls ich Jamie kränke, macht Carter mich einen Kopf kürzer.

Ava sieht mich nicht an, als ich mich setze. Sie ist in ein Gespräch mit Hunter vertieft, einem Techniker, den Carter am Set kennengelernt hat. Hunter ist ein netter Typ, trotzdem wünschte ich, er würde Ava nicht so auf die Pelle rücken.

Die Vorspeise wird serviert, und ich versuche angestrengt, dem Tischgespräch zu folgen und nicht ständig zu Ava und Hunter rüberzusehen. Ich höre sie lachen, nicht ganz so offen und nicht ganz so oft, wie ich es gewohnt bin. Trotzdem wurmt es mich. Ich bin kein Idiot, ich erkenne Eifersucht, wenn ich sie sehe, selbst wenn es meine eigene ist. Ich stehe auf Ava, das kann ich nicht bestreiten. Und genau wie bei Troy habe ich das Gefühl, mein Revier markieren zu müssen, auch wenn es gar nicht meins ist. Und vermutlich auch nie sein wird. Das darf ich nicht vergessen.

Nach dem Hauptgang steht Carter auf und dankt uns, dass wir gekommen sind und so weiter. Ich höre nur mit halbem Ohr zu. Wenn ich ehrlich bin, geht mir dieser ganze höfliche Kram immer ein bisschen auf den Sack. Ich habe nie verstanden, warum man gutes Geschirr für besondere Anlässe im Haus hat oder Stoffservietten benutzt, wenn Besuch kommt. Freunde sind laut meiner Definition Menschen, die sich bei dir wie zu Hause fühlen, sich an deinem Kühlschrank bedienen und irgendwie zur Einrichtung gehören.

Als es jedoch abrupt still um mich herum wird und ich aus den Augenwinkeln sehe, wie Ava die Hände vor den Mund schlägt, sehe ich doch auf. Und falle beinahe rückwärts von meinem Stuhl.

Carter, mein bester Freund seit dem Sandkasten, sinkt in diesem Moment vor einer völlig überforderten Jamie auf die Knie. Oh Scheiße, er macht ernst. Ein Teil von mir will die

Faust in die Luft strecken und ihn anfeuern, ein anderer will ihn daran erinnern, dass es allmählich wirklich reicht mit den Veränderungen.

Doch ich mache nichts von alledem. Ich sitze da und starre Carter an. Ich höre keines seiner mit Sicherheit sehr ergreifenden Worte, sehe nur die Ringschachtel – cool, er hat tatsächlich eine Schachtel besorgt –, sehe, wie Jamie weint, unter Tränen nickt und die beiden sich küssen. Erst als der Kuss intensiver wird und um mich herum der Jubel ausbricht, komme ich wieder zu mir. Ich stehe ebenfalls auf und stimme in den Applaus mit ein. Mein bester Freund wird heiraten. Okay, er hat auch schon ein Kind und lebt mit der Mutter zusammen, trotzdem. Dieser Schritt ist groß und bedeutend, und ich bin ein Teil davon.

Als Carter sich von Jamie löst und mich ansieht, breitet sich ganz automatisch ein Grinsen auf meinem Gesicht aus. Ich muss mich für ihn freuen. Ich will mich für ihn freuen.

Danach beginnt das große Kuscheln. Jeder umarmt jeden, Jamies Ring wird gründlich begutachtet, und alle sind einfach nur verdammt aus dem Häuschen. Wieder wandert mein Blick zu Ava. Ein leicht verträumtes Lächeln liegt auf ihren Lippen, trotzdem hält sie sich am Rand und scheint nicht recht zu wissen, wie sie sich verhalten soll. Wahrscheinlich fragt sie sich, warum sie überhaupt hier ist, zwischen all diesen fremden Menschen an diesem besonderen Tag. Tatsächlich frage ich mich das auch. Jamie wusste natürlich nichts davon, aber Carter hätte schließlich intervenieren können.

Wahrscheinlich hat er es für mich gemacht. Auch ich fühle mich oft mehr wie ein Zuschauer am Rande als wirklich dazugehörig. Ava ist im Grunde mein »plus eins«, auch wenn weder sie noch ich dem zugestimmt haben. Und genau das ist das Problem. Ava wird ein Teil meines Lebens. Und wenn ich mit meinen Vermutungen recht habe, würde das bedeuten, dass ich den Tod meines Bruders akzeptiere. Es würde bedeuten, dass ich es akzeptiere, dass sein Herz in ihrer Brust schlägt. Das ist einfach zu viel.

So unauffällig wie möglich schlüpfe ich durch die Terrassentüren ins Wohnzimmer. Ich sehe mich nicht um, sondern gehe, renne beinahe Richtung Gästebad. Sobald ich die Tür hinter mir zugeschlossen habe, ramme ich eine Faust gegen die Fliesen, die Jamie so sorgsam ausgewählt hat. Ein beißender Schmerz fährt durch meine Knöchel, meine Hand bis hinauf in meinen Arm. Ich spüre, wie die Haut über den Knochen reißt, doch das ist mir egal. Der Schmerz tut gut. Für ein paar Sekunden überlagert er die Gefühle, die in meinem Magen wachsen, mir die Kehle zudrücken und mich zu ersticken drohen.

Ich weiß, was ich fühle. Nur Liebe kann so verdammt wehtun. Und damit meine ich nicht die gute Art von Liebe, die, die Carter dazu gebracht hat, Jamie diesen Ring an den Finger zu stecken. Ich meine die Art von Liebe, die einem das Herz zerdrückt, einen überwältigt und dann als Scherbenhaufen zurücklässt. Die komplizierte, unmögliche Liebe.

Ich kann Ava nicht lieben. Nicht, wenn ein Teil meines Bruders sie am Leben hält. Woher sollte ich je wissen, ob ich sie um ihrer selbst willen liebe oder wegen dem, was sie mit meiner toten Familie verbindet? Ich könnte es nicht, und das ist weder ihr noch mir gegenüber fair.

Es klopft an der Tür, und ich ziehe hastig meine blutige Hand in den Ärmel meines Shirts. Ich muss hier weg. Und zwar schnell, bevor Jamie oder Ava dieses Chaos mitkriegen.

»Ich bin's«, ertönt Carters Stimme durch die Tür. »Lass mich rein, Mann.«

»Willst du zugucken?«, rufe ich betont lässig zurück, während ich gleichzeitig versuche, das Chaos in meinem Kopf zu ordnen. »Hau ab, den Schwanzvergleich würde ich gewinnen, das wissen wir beide.«

»Ich hab den Knall gehört, Dex, also lass mich verdammt noch mal rein oder ich trete die Tür ein. Und das war eine teure Tür.«

Ich überlege, mich einfach zu weigern und durchs Fenster abzuhauen. Ein bisschen kindisch vielleicht, aber das würde zu mir passen. Ich bin wirklich ein Idiot. Ich habe den großen Tag meines besten Freundes mit meinem Scheißdrama versaut.

Nach ein paar Sekunden entriegle ich die Tür und setze mich auf den Toilettendeckel, als Carter hereinkommt. Er sieht sich kurz um, als würde er den Schaden begutachten wollen, und wirkt erleichtert, als er nichts entdeckt.

»Wie geht's der Hand?«, fragt er lässig und sieht mich an.

»Nicht der Rede wert. Glückwunsch, Alter. Ich freue mich für euch.«

»Ich weiß.« Er grinst stolz und lehnt sich gegen das Waschbecken. »Was ist bei dir los?«

Ich sollte ihn damit nicht vollquatschen. Ich sollte gute Miene zum bösen Spiel machen und mich rausreden, allerdings bezweifle ich, dass ich das schaffe. Erstens, weil ich immer noch mein Shirt vollblute, und zweitens, weil er mir nicht glauben wird. Zur Schadensbegrenzung erzähle ich ihm, was mit mir los ist, damit er so schnell wie möglich zu seiner Verlobten zurückgehen kann.

»Ava«, gebe ich zu und verdrehe die Augen, als er wieder grinst. »Das ist nicht lustig.«

»Aber vorhersehbar.« Er seufzt und löst die verschränkten Arme. »Hör mal. Ich versuche gar nicht erst, so zu tun, als könnte ich deine Situation nachvollziehen. Das ist scheiße, und du allein hast das Recht, einen Weg zu finden, damit umzugehen.«

»Aber?« Es gibt immer ein Aber.

396

»Aber glaubst du nicht, dass du vielleicht ein bisschen zu streng zu dir selbst bist?«

»Inwiefern?«

»Insofern, als dass du denkst, du wärst Jace etwas schuldig. Ich denke, dass du dich nur wegen deiner Schuldgefühle ihm gegenüber so schwertust, dieses wirklich nette Mädchen einfach zu mögen.«

Ich verziehe das Gesicht. »Dieses wirklich nette Mädchen ruiniert mein Leben. Und sie merkt es nicht mal. Ich wollte einen Neuanfang und den ganzen Mist hinter mir lassen, und sie trampelt mit ihren ganzen Dramen und ihren Scheißproblemen mittendurch. Ich habe nicht mal hier eine Pause von ihr. Wie denkst du also, soll ich in Ruhe über all das nachdenken? Wenn sie immer da ist?«

Carter öffnet den Mund, schließt ihn aber wieder. Er wirft einen kurzen Blick in den Spiegel, bevor er herumwirbelt und sich zur Tür umdreht. »Fuck.«

»Was ist?« Ich springe auf und folge seinem Blick, sehe aber nichts als einen leeren Türspalt. »Was hast du?«

Er zieht eine unglückliche Grimasse. »Ava. Sie stand in der Tür.«

»Was hat sie gehört?« Ich warte seine Antwort nicht ab, reiße die Tür auf und hechte in den Flur. »Fuck!«

Ich kann sie nirgends entdecken. Keine Ahnung, wie viel sie gehört hat, aber der letzte Teil sollte ohne Kontext schon reichen, um sie fertigzumachen. Die verletzte Hand pocht wie die Hölle, doch auch das ist mir egal. Ich muss Ava finden. Als ich ins Wohnzimmer renne, blicke ich in ein paar verwirrte Gesichter, doch keines davon gehört Ava. Auch im Garten ist sie nicht.

Gerade als ich mich umdrehen und im Obergeschoss nachsehen will, versperrt Jamie mir den Weg. »Was hast du gemacht?«, fragt sie geradeheraus. Sie ist klein, aber sie kann wirklich Furcht einflößend sein.

»Wo ist sie?«

»Keine Ahnung.« Sie verschränkt die Arme vor der Brust. »Sie wollte gehen und hat dich gesucht, um sich zu verabschieden.« Ihr Blick wandert nach unten. »Und was ist mit deiner Hand passiert?«

Ich achte nicht auf sie, sondern presche zurück ins Foyer, wo ich beinahe gegen Carter renne.

»Beruhig dich mal«, sagt er eindringlich. »Sie ist sicher einfach nach Hause gefahren, okay? Kein Grund zur Panik.«

»Sie hat kein Auto«, fahre ich ihn barscher als beabsichtigt an. »Sie läuft hier alleine rum, und beim letzten Mal, als ich scheiße zu ihr war, ist sie fast umgekippt. Ich suche sie.«

»Soll ich mitkommen?«

Ich halte kurz inne und sehe ihn so wütend an, wie meine Aufregung es momentan zulässt. »Du bleibst bei deiner Verlobten. Macht euch 'nen schönen Abend. Ich melde mich morgen.«

Damit renne ich aus dem Haus. Ich will Carter keine Möglichkeit zum Antworten lassen oder Jamie dafür, mich einen Kopf kürzer zu machen. Ich muss Ava finden. Es ist inzwischen dunkel – und egal, wie viel sie gehört hat, es war auf jeden Fall zu viel.

32

AVA

Alles in meinem Kopf dreht sich. Ich bin selbst überrascht, dass ich nicht heule, denn mir ist auf jeden Fall nach Heulen zumute. Oder danach, auf etwas einzuschlagen. Oder jemanden, vorzugsweise Dexter.

Was soll das alles? Ich mache sein Leben kaputt, im Ernst? Ich bin kein Teil davon, und ich habe sicher niemals darum gebeten, einer zu werden. Wenn ich so furchtbar bin, wenn meine Bekanntschaft ihn so sehr belastet, dann könnte er einfach den Kontakt zu mir abbrechen. Es ist ja nicht so, dass wir einander nicht aus dem Weg gehen können. Oder dass wir einander so wichtig sind, dass wir uns ein Leben ohne den anderen nicht mehr vorstellen können.

Im Grunde gibt es nur eine einzige Begründung für sein Verhalten: Er ist gestört. Ernsthaft geistig krank. Vielleicht haben der Alkohol und die Drogen sein Hirn zerstört, oder er hat ein Trauma wegen des Unfalls seiner Familie. Was auch immer es ist, ich habe damit nichts zu tun. Ich bin fertig mit ihm, ein für alle Mal.

Die Straße vor mir verschwimmt, und ich bleibe abrupt stehen, denn ich habe keine Ahnung, wo ich bin. Ich bin einfach losgelaufen, ohne darauf zu achten, in welcher Richtung die U-Bahn-Station liegt. Die teuren Häuser und Autos um mich herum wirken auf einmal bedrohlich, als würden sie mir vor Augen halten, wie wenig ich hierhergehöre. Was habe ich mir nur dabei gedacht? Ich habe mit Nathan Schluss gemacht und ein neues Leben angefangen. Ich habe neue Freunde gefunden, mir macht die Uni Spaß, und ich führe zum ersten Mal ein selbstständiges Leben. Aber natürlich hat das nicht gereicht. Ich wollte mehr. Einen dramatischen Flirt, ein paar Promis … Glück im Leben ist begrenzt, und ich habe es übertrieben. Und das holt mich jetzt ein.

Ein Schluchzer steigt in meiner Kehle auf. Ich bin so dumm. Meine Trennung von Nathan sollte genau das hier verhindern – dass ich mein Glück von jemand anderem abhängig mache als mir selbst. Und jetzt stehe ich hier in irgendeiner superschicken Gegend und heule wegen eines Kerls, mit dem ich … was? Ein paarmal rumgeknutscht habe? Lächerlich.

Ich gebe auf, lasse mich auf den Bordstein sinken und ziehe mein Handy aus der Tasche. Drei verpasste Anrufe und vier Nachrichten, alle von Dexter. Ich lösche die Nachrichten ungelesen, die Anrufe können von mir aus auf meiner Mailbox verrotten. Ich habe keinen Bock, mir seine Ausreden anzuhören. Ich habe wirklich genug gehört.

Mit zitternden Fingern öffne ich Google Maps und warte darauf, dass das GPS meine Position ortet. Und, jep, ich bin nicht einmal annähernd in der Gegend, in der ich sein sollte. Ich muss also entweder zurück zum Haus und von dort den Weg zur U-Bahn-Station einschlagen oder ich fahre einen Umweg und steige zweimal um. In meinem Zustand ehrlich gesagt beides keine attraktiven Optionen. Ich habe wirklich keine Lust, zwischen einem Haufen Fremder in der U-Bahn zu heulen. Zu Fuß bin ich allerdings knapp zwei Stunden unterwegs, und ein Taxi kann ich mir immer noch nicht leisten. Ich könnte Madison anrufen, allerdings würde sie dann fragen, was los ist, und im Moment bin ich einfach nicht in der Verfassung, das Ganze noch einmal durchzukauen.

Ich stöhne laut, ziehe die Knie an und lasse die Stirn auf meine Knie sinken. Ich bleibe einfach hier sitzen. Bei all den Schnöseln hier ist das vermutlich eine vergleichsweise sichere Gegend. Vielleicht hat morgen früh ja jemand Mitleid mit mir und sammelt mich auf dem Weg zur Arbeit ein. Oder ich ... keine Ahnung.

Als die ersten Regentropfen auf meinem Hinterkopf landen, laufen auch die Tränen über. Ich bin mir nicht sicher, warum genau ich weine. Vielleicht einfach aus ein bisschen Selbstmitleid, weil ich in einem wunderschönen Kleid auf dem Bordstein hocke und mir vom Regen die Frisur aufweichen lasse.

Ein Paar Scheinwerfer fällt auf mich, doch ich sehe nicht auf. Wer auch immer mich jetzt sieht und mich verurteilt – ich möchte ihm wirklich nicht in die Augen sehen. Das Licht verschwindet wieder, und ich schließe die Augen. Was für ein Chaos. Ich muss den Spanischkurs wechseln. Ich habe wirklich keine Lust, Dexter zu begegnen. Bei meinem Glück macht er sich über mich lustig und erzählt mir, wie kindisch es war, einfach abzuhauen. Oder schlimmer noch – er hat Mitleid mit mir und kommt mit dieser Es-war-nicht-so-gemeint-Ausrede, damit ich mich besser fühle. Auf all das kann ich getrost verzichten.

Das Wohnheim ist sicher kein Problem. Tatsächlich sind wir uns bislang kaum zufällig über den Weg gelaufen, und ich wage zu bezweifeln, dass ...

»Ava!«

Die Stimme fährt durch meinen Kopf, in meine Knochen, in mein Herz. Bitte, lass es eine Einbildung sein. Bitte, lass es nicht real sein. Mein Körper verkrampft sich, ich umklammere meine Beine fester und wünsche mir mit aller Macht, einfach mit der Umgebung zu verschmelzen.

Aber so viel Glück habe ich natürlich nicht.

Schritte auf dem nassen Asphalt kommen zu mir herüber. Ich höre Schuhsohlen schlittern und dann plötzlich verstummen, als der Regen gegen meine Beine spritzt. Wow, Dexter ist gerannt. So viel Energie für mich hätte ich ihm gar nicht zugetraut.

»Ava!« Natürlich ist es Dexter. Nicht, dass ich ernsthaft gedacht hätte, ich hätte mich verhört. »Ava, sieh mich an.« Auf keinen Fall. Kopfschüttelnd drücke ich die Stirn fester gegen meine Knie. Ich will ihn nicht ansehen, will ihn nicht hören. Ich will einfach, dass er verschwindet und mich in meinem Selbstmitleid baden lässt.

»Was ist los?« Seine Stimme wird kaum merklich schriller. »Ava, bitte, sieh mich an, damit ich weiß, dass es dir gut geht. Danach kannst du wieder sauer auf mich sein, okay? Sieh mich nur an.«

Die Panik in seiner Stimme lässt mich tatsächlich aufsehen, denn jetzt will ich sein Gesicht anschauen. Als ich den Kopf hebe, kleben mir die Haarsträhnen, die sich aus meiner Frisur gelöst haben, im Gesicht. Ich muss aussehen wie ein Häufchen Elend. Vielleicht mustert Dexter mich deswegen so panisch.

»Geht es dir gut?«, fragt er atemlos.

Ich lache trocken auf. »Klar, danke der Nachfrage«, sage ich sarkastisch. »Und bei dir so? Alles im Lot?«

»Ava …«

»Halt die Klappe, Dexter«, fahre ich ihm dazwischen. Mit der Hand wische ich mir die Haare aus der Stirn. »Halt einfach die Klappe. Ich denke, du hast genug gesagt für heute.«

»Lass es mich erklären!«

»Weißt du, was mich wahnsinnig macht?«, frage ich ihn und ignoriere seinen Einwurf ganz einfach. »Du heulst rum, dass ich immer da bin und dein Leben zerstöre. Aber du bist derjenige, der mir hinterherrennt, Dexter. Nicht ich. Du bist ein beschissener Lügner.«

Er fährt sich mit der Hand übers Gesicht. Regentropfen laufen von seinen Haaren über seine Stirn.

»Was ist das?«, frage ich und vergesse einen Moment lang, den angepissten Tonfall beizubehalten. Stattdessen greife ich nach seinen Fingern und drehe seine Handfläche nach unten, sodass ich seine Knöchel sehen kann. Sie sind aufgesprungen, und der Regen zieht rote Schlieren über seine Haut. »Himmel, Dexter, das blutet echt stark. Was hast du gemacht?«

Als ich den Kopf hebe, begegne ich seinem müden Blick. »Ich habe gegen eine Wand im Bad geschlagen.«

Ich öffne den Mund und schließe ihn wieder. Ich sehe wahrscheinlich aus wie eine bescheuerte Comicfigur. »Warum?«

»Wegen dir.«

Ich ziehe meine Hände so schnell weg, als hätte ich mich verbrannt. Und irgendwie fühlt es sich auch so an. Ich springe auf und weiche so schnell zurück, wie meine wackeligen Beine es zulassen. Mir ist klar, dass Dexter stärker ist als ich und vermutlich auch schneller. Trotzdem will ich nur noch weg von ihm.

»Du bist krank, Dexter«, schreie ich. Es ist mir völlig egal, wer uns sehen oder hören kann. Ich bin so wütend. »Du bist ein krankes, narzisstisches, arrogantes Arschloch! Ich bitte dich, im Namen aller Frauen in ganz Chicago: Such dir einen wirklich guten Therapeuten!«

»Ava, lass es mich …«

»Erklären?«, fauche ich und lache trocken auf. »Was willst du mir erklären? Warum sich deine Stimmung von einer Sekunde auf die andere ändert? Warum du mit mir rummachst und mich küsst und dich wie ein verdammter Platzhirsch aufführst, nur um mich im nächsten Moment wie Luft zu behandeln?

Oder vielleicht, warum du denkst, dass sich die ganze Welt nur um dich dreht?«

Er hebt die Hände, lässt sie aber wieder fallen, als ich zurückweiche. »Glaub mir bitte, du wirst es verstehen, wenn du mich einfach nur erklären lässt. Ich kann nachvollziehen, dass du sauer bist.«

»Ich bin nicht sauer. Ich habe Mitleid mit dir, Dexter. Und ich höre mir den Scheiß nicht mehr an.« Ich greife nach meiner Tasche, die mir von der Schulter gerutscht ist, und schiebe mir erneut die Haare aus der Stirn. Es wäre sicher ein beeindruckenderer Abgang, wenn ich nicht aussehen würde wie ein begossener Pudel, aber egal. Gerade ist mir alles egal. »Wag es nicht, mir nachzulaufen, Dexter. Oder ich schwöre dir, ich rufe die Cops.«

Ich stürme los. Ich will ihm keine Gelegenheit geben, zu antworten oder mich aufzuhalten. Wieder spüre ich die Tränen in mir aufsteigen, und diese Genugtuung gebe ich ihm sicher nicht. Ich höre seine Schritte hinter mir und werde schneller. Mir ist klar, dass es ein wenig lächerlich ist, vor ihm davonzulaufen, aber ich bin hier nicht die Einzige, die sich lächerlich benimmt.

»Ava, warte!«

»Lass mich in Ruhe, Dexter!«

Wieder höre ich seine Schritte, dieses Mal direkt hinter mir.

»Ich glaube, du hast das Herz meines Bruders!«

Ich stolpere. Meine Beine geben abrupt den Geist auf, quittieren den Dienst. Bevor ich flach mit dem Gesicht auf dem Asphalt lande, greift Dexter nach meinen Armen und hält mich aufrecht. Wie betäubt mache ich mich los und drehe mich zu ihm um. Da steht er, nass bis auf die Knochen, und starrt mich an. Seine Hände sind immer noch nach mir ausgestreckt, als würde er befürchten, dass ich einfach umkippe.

Was nicht sehr unwahrscheinlich ist.

»Was?«, flüstere ich. Ich bin mir beinahe sicher, dass meine Stimme über das Prasseln des Regens und das Rauschen in meinem Kopf nicht zu hören ist.

»Dein Herz«, sagt er tonlos. »Dein neues Herz. Es gehörte meinem Bruder Jace. Er ist …«

»Bei einem Autounfall gestorben«, beende ich seinen Satz, als seine Stimme bricht. Ich mustere sein Gesicht, doch ausnahmsweise ist darin keine Spur von Sarkasmus und Belustigung zu erkennen. Trotzdem. Dexter ist verrückt. »Ist das jetzt deine Masche? Benutzt du mein … mein Herz, um einen Fuß in die Tür zu kriegen? Kennst du eigentlich gar keine Grenzen?«

»Ich meine es ernst, Ava.« Er macht einen Schritt auf mich zu, und ich weiche einen zurück. »Die Fakten stimmen. Sein Herz schlägt in deiner Brust.«

»Woher weißt du das?« Beinahe verzweifelt sprudeln die Worte aus meinem Mund. »Ich muss informiert werden, wenn meine Kontaktdaten weitergegeben werden müssen. Sie haben mir gesagt, sie informieren mich, falls die Familie mich kennenlernen will.«

»Ich habe noch keine Bestätigung.« Wieder kommt er auf mich zu, doch dieses Mal bleibe ich wie angewurzelt stehen. Jede Bewegung wäre zu viel. »Aber ich bin es immer wieder durchgegangen. Es passt alles, Ava.«

Die Gedanken rattern in meinem Kopf, überschlagen sich, und ich bekomme kaum einen von ihnen zu fassen. Ich versuche, mich daran zu erinnern, was Dexter über den Unfall seiner Familie erzählt hat, doch die Szenen verschwimmen und ich gebe es auf. Das kann nicht sein. Es kann nicht sein, dass ich ausgerechnet mit dem Bruder meines Spenders in einem Kurs lande. Dass ich ausgerechnet mit dem Bruder meines Spenders rumknutsche und Gefühle … Oh mein Gott.

Was, wenn es gar nicht meine Gefühle sind? Was, wenn dieses Herz in meiner Brust schon für Dexter geschlagen hat, bevor es in meinem Körper war? Ich bin ein pragmatischer Mensch, aber es gibt unendlich viele Dinge auf dieser Erde, die wir nicht verstehen. Was, wenn mein Herz sich irgendwie an Dexter erinnert hat?

Ich schüttle den Kopf, um diesen Schwachsinn zu vertreiben, doch ich schaffe es nicht. Wassertropfen fliegen aus meinen Haaren.

»Das kann nicht sein.«

»Es ist möglich«, sagt Dexter eindringlich, auch wenn seine Worte nur langsam durch den Nebel in meinem Kopf zu meinem Bewusstsein durchdringen. »Ihr wart in etwa im selben Alter, und der Zeitpunkt des Unfalls passt auch. Ich habe damals eingewilligt, dass sie die Maschinen …«

»Stopp«, fahre ich energisch dazwischen. Wieder schüttle ich den Kopf, wieder weiche ich zurück, als würde ich der ganzen Sache dadurch entkommen. »Ich will das nicht hören.«

Ich habe mir Nächte, Tage, Wochen, Jahre meines Lebens über meinen Spender Gedanken gemacht. Um das schlechte Gewissen in den Griff zu kriegen, das sich in meiner Brust festgesetzt hat, war ich jahrelang bei Therapeuten. Der Gedanke, dass ein anderer Mensch für mein Leben gestorben ist, hat mich fertiggemacht. Doch das war alles graue Theorie. Mein Spender war ein Namenloser gewesen, jemand, der für mich nur auf dem Papier und in der Vorstellung existiert hat.

Dexter anzusehen und zu wissen, dass sein Bruder, ein Teil seines Lebens, für mich gestorben ist, ist mehr, als ich ertragen kann.

»Wie lange weißt du es schon?«, frage ich und denke an all die Kleinigkeiten, die jetzt Sinn ergeben. Seine Stimmungsschwankungen, die Momente, in denen er mich plötzlich zu hassen schien. Seine Worte im Badezimmer.

»Das spielt keine Rolle.«

»Für mich schon! Wusstest du es, als du mich geküsst hast?«

Trotz des schlechten Lichts sehe ich, wie er schwer schluckt.

»Ja. Im Auto wusste ich es.«

»Auf dem Flohmarkt.«

»Ja.«

»Oh mein Gott.«

Seine Hände liegen plötzlich an meinen Wangen, ohne dass ich bemerkt hab, dass er sich überhaupt bewegt hat. »Ich verstehe, dass du verwirrt bist, Ava. Glaub mir, ich verstehe das. Ich wollte dich so unbedingt hassen für das, was du darstellst, aber ich kann es nicht. Irgendetwas ist da, was nichts mit dem ganzen Drama zu tun hat. Irgendetwas, das verhindert, dass ich dich in Ruhe lassen kann.«

»Wenn ich das Herz deines Bruders habe«, sage ich stockend. Dieses Mal kann ich die Tränen nicht aufhalten. »Dann erinnere ich dich an ... an Jace. Es liegt nicht an mir.«

»Es liegt an dir«, beharrt er beinahe trotzig. »Ich wollte dich hassen. Aber ich schaffe es nicht.«

Ich löse mich von ihm und gehe rückwärts. Ich muss hier weg. Weg von ihm, weg von dieser Situation. Weg von allem. »Ich kann das jetzt nicht. Wirklich, Dex, es ist ... es ist zu viel.«

Er lässt seine Hände von meinem Gesicht rutschen, als wüsste er nicht mehr, wie er sie kontrollieren soll. »Ich fahre dich. Bitte, Ava, ich ...«

»Nein.« Dieses Mal werde ich nicht nachgeben. »Nein, ich gehe. Ich ... wir reden morgen, okay? Ich rufe mir ein Taxi.«

Er hält mich nicht auf, als ich mich umdrehe und die dunkle Straße überquere. Ich wende mich nicht mehr um. Und er ruft mir nicht hinterher. Ich verschwinde in der Nacht und lasse den Mann zurück, dessen Bruder mir eine zweite Chance auf ein Leben geschenkt hat.

Ich setze einen Fuß vor den anderen und hoffe bei jedem Schritt, dass er mich einfach fortträgt. In eine Art Parallelwelt, in der dieses Gespräch niemals stattgefunden hat. Doch natürlich passiert das nicht. Stattdessen löst der Regen auch noch die letzten Strähnen aus meiner Frisur, verschmiert meine Mascara und durchtränkt meine Kleidung. Immer wieder vibriert das Handy in meiner Tasche, aber ich ignoriere es. Ich habe nicht einmal die Kraft, es auszuschalten. Nicht die Kraft, mich irgendwo unterzustellen oder noch einmal nachzusehen, ob ich mich auf dem richtigen Weg befinde. Ich laufe einfach und versuche, die Gedanken in meinem Kopf im Keim zu ersticken.

Ohne Erfolg.

Ich bin Dexters Bruder nie begegnet, habe nie ein Foto von ihm gesehen. Trotzdem beschwört meine Vorstellung immer wieder ein Bild hervor. Ein freundliches Gesicht, Augen, die Dexters sehr ähnlich sind, ein offenes, fröhliches Lachen. Jace hatte ein Leben, vielleicht eine Freundin und sicher Pläne für die Zukunft. Er hat geliebt und gehofft, und dann ist er gestorben. Sein Tod ist der Grund, warum ich leben durfte.

Ein Schluchzen löst sich aus meiner Kehle, und die Welt um mich herum verschwimmt noch mehr. Mein Herz stolpert schmerzhaft. Nicht nur, weil der gesichtslose, unbekannte Spender jetzt einen Namen hat. Auch, weil es sich um Dexters Bruder handelt. Wir werden niemals wieder miteinander klarkommen können, niemals wieder unbefangen sein. Das hier ist ein Ende, und ich bin mir sicher, dass ich dessen Ausmaße noch nicht einmal voll und ganz begreife.

Meine Füße beginnen zu kribbeln, und mein Atem wird flach. Meine Hände krampfen sich um den Saum meines Kleides, während ich schwankend stehen bleibe. Ich kenne die Symptome. Entweder steigere ich mich gerade in eine Panikattacke hinein oder mein Kreislauf macht schlapp. Als meine Knie zu zittern beginnen, gerate ich in Panik.

Ruhig, sage ich mir selbst und atme verzweifelt ein und aus. Ganz ruhig, mir ist nur kalt. Ich bin klatschnass, und wir haben Ende August. Mir darf kalt sein.

Zu spät. Ich spüre, wie meine Beine nachgeben. Wie durch dicken Nebel sehe ich die Welt an mir vorbeiziehen, als ich zu Boden gehe. Ich merke nicht einmal den Schmerz, als meine Knie auf den nassen Asphalt knallen. Mit letzter Kraft versuche ich, die Arme auszustrecken und meinen Sturz abzufangen, doch ich weiß nicht, ob es funktioniert.

Ich sehe grelle Scheinwerfer auf mich zusteuern, bevor die Nacht um mich herum noch schwärzer wird.

33

AVA

Bevor ich die Augen aufschlage, höre ich das Piepen. Ich kenne dieses Geräusch, doch mein Hirn braucht ein paar Minuten, um es einzuordnen. Als es mir klar wird, bin ich schlagartig wach.

Weiße Deckenplatten, weiße Wände, eine weiße Bettdecke mit hellblauen Streifen und das Piepen eines Herzmonitors.

Ich bin im Krankenhaus.

Bitte nicht. Ich spüre, wie mir gleichzeitig heiß und kalt wird und mein Herz zu rasen beginnt. Das Piepen wird schneller. Das Geräusch ist mir so vertraut, dass der Kloß in meinem Hals unaufhörlich wächst. Warum bin ich im Krankenhaus? Ich erinnere mich an das Essen und an den Antrag und an … Dexter. Dexter, der vom Regen durchnässt vor mir steht und mir die Geschichte mit seinem Bruder erzählt.

Nein.

Nein, nein, nein, das darf nicht wirklich passiert sein. Nur am Rande registriere ich, wie das Piepen immer hektischer wird und irgendwann der Alarm losgeht. Auch das kenne ich schon. Das rote Licht, das am unteren Rand des Monitors blinkt, die Tür, die beinahe an die dahinterliegende Wand knallt, und das Pflegepersonal, das sich hektisch um mein Bett schart.

Mechanisch beantworte ich die Fragen, hebe den Arm, um meinen Puls kontrollieren zu lassen, und folge brav den Anweisungen, als ein Pfleger meine Pupillen checkt. Ich weiß, dass alles gut ist. Rein körperlich bin ich okay. Nur meine Seele hat Schäden davongetragen.

Lennies Gesicht schiebt sich in mein Blickfeld, dann Carls. Sie wirken panisch, was ich ihnen nicht verübeln kann. Der letzte unfreiwillige Krankenhausaufenthalt ist Jahre her und war unnötig. Nach meiner Transplantation hatten die beiden ständig Angst, dass mein Körper das neue Organ abstoßen könnte. Eine berechtigte Sorge. Ich musste also nur niesen oder komisch gucken, und sie fuhren mich ins Krankenhaus.

Auf offener Straße mitten in der Nacht im Regen in Ohnmacht zu fallen, ist eine ganz andere Nummer. Und unfreiwillig dramatisch, wie ich zugeben muss.

»Es geht mir gut«, krächze ich und muss augenblicklich husten. Mein Hals tut weh, und ich frage mich, ob ich intubiert worden bin. Ich kenne das Gefühl, auch wenn ich keine Ahnung habe, warum das nötig gewesen sein sollte. Vielleicht bekomme ich auch einfach eine Erkältung, was bei den letzten Stunden wirklich keine Überraschung wäre. Lennie reicht mir ein Glas Wasser, aus dem ich vorsichtig einen Schluck trinke. »Wirklich, alles okay.«

»Nichts ist okay«, flüstert Lennie. Ich sehe Tränen in seinen geröteten Augen und bekomme sofort ein schlechtes Gewissen. »Man hat dich bewusstlos auf der Straße gefunden, Schatz, mitten in der Nacht. Bitte sag uns nicht, dass alles okay ist.«

Ich verziehe das Gesicht und setze mich vorsichtig auf. Mir ist immer noch ein bisschen schwindelig, aber ich halte mich Gott sei Dank aufrecht. »Ich weiß, dass das schlimm aussieht. Aber ich hätte auch mitten am Tag in meinem Zimmer umkippen können. Das Prinzip ist dasselbe.«

»Auch das wäre schlimm, Ava«, sagt Carl und streicht mir mit der Hand über die Haare. Mir fällt wieder ein, in welchem Outfit ich unterwegs war, und ich will lieber nicht wissen, wie ich im Moment aussehe.

»Mein Kreislauf hat nur schlappgemacht«, versuche ich sie zu beruhigen und zwinge mich zu einem Lächeln. Es fühlt sich an wie eine Grimasse. »Ich hab mich ein bisschen verlaufen und war erschöpft. Ich hätte besser aufpassen sollen, aber es ist wirklich nicht so schlimm. Ich fühle mich gut.«

Die beiden sehen erst mich und dann einander zweifelnd an. Mir ist klar, dass sie mir nicht glauben, und ich kann es nachvollziehen. Ich will mir nicht vorstellen, wie diese Nacht für sie gelaufen ist. Mitten in der Nacht angerufen zu werden und zu erfahren, dass die eigene Tochter im Krankenhaus liegt, ist ohnehin schon ein Albtraum für Eltern. Für Eltern einer Herztransplantationspatientin ist es die Hölle.

»Es tut mir leid«, sage ich leise und kralle meine Finger in die Decke, was bei den ganzen Kabeln und Schläuchen gar nicht so einfach ist. »Ich wollte euch nicht erschrecken.«

Wieder sind sie beide bei mir und lösen meine Hände sanft vom Stoff. »Es geht nicht darum, dass du uns erschreckt hast, Liebling«, sagt Carl.

»Es geht darum, dass es dir nicht gut geht«, fügt Lennie hinzu und setzt sich vorsichtig auf den Rand meines Bettes. »Wenn du nicht erzählen willst, was los ist, dann ist das okay. Aber lüg uns nicht an, in Ordnung? Wir machen uns Sorgen um dich.«

Ein Teil von mir will es ihnen wirklich erzählen. Will es irgendjemandem erzählen, in der Hoffnung, einen Teil des Ballastes auf meiner Seele auf jemand anderen abwälzen zu können. Doch das kann ich ihnen nicht antun. Zumindest nicht jetzt, nicht in diesem Moment.

Ich drücke ihre Hände und lächle verkrampft. »Ich war nicht gut drauf, okay? Aber bitte macht euch keine Sorgen. Ich habe meine Teenie-Liebeskummer-Probleme ein bisschen später als geplant, aber sie sind trotzdem nicht mehr als das. Es ist nichts Schlimmes passiert, nur mein Stolz wurde ein wenig verletzt.«

In Lennies Augen spiegelt sich eine Mischung aus Sorge und einem Hauch Neugierde. Wäre die Situation eine andere, würde er mich ausquetschen. Ich kann nur ahnen, wie viel Mühe es ihn kosten muss, sich zu beherrschen und sich auf das Wesentliche zu konzentrieren.

»Geht es um Nathan?«

Wenn ich ehrlich bin, habe ich überhaupt noch nicht an Nathan gedacht. »Nein. Wir haben Schluss gemacht.«

Ein winziges Lächeln huscht über Carls Gesicht. »Gut gemacht, Mädchen.«

»Danke.«

»Also geht es um einen anderen Jungen?«

Ich ziehe eine Grimasse. »Ich glaube, er ist zu alt, um ihn als einen Jungen zu bezeichnen, Dad. Aber ja.«

Lennie zögert kurz, lehnt sich dann aber zu mir vor. »Blond oder braunhaarig?«

Amüsiert verdrehe ich die Augen. Ich bin im Moment eigentlich nicht sonderlich scharf darauf, mit den beiden über Dexter zu sprechen, aber es löst die Stimmung ein wenig, und das ist etwas, was wir im Moment alle bitter nötig haben.

»Braun.«

»Ziemlich groß?«

Ich nicke. »Hast du eine Pinterest-Pinnwand mit Idealvorstellungen und klapperst gerade die Fakten ab?«

Wieder sieht Lennie kurz zu Carl. »Ziemlich durchnässt und gekleidet, als würde er auf eine Beerdigung gehen?«

Sofort vergeht mir das Grinsen. »Was?«

Carl deutet vage über seine Schulter in Richtung Zimmertür. »Zwei Männer haben dich hergefahren und uns von unterwegs aus angerufen. Sie meinten, sie seien Freunde aus der Uni, aber wir haben noch nicht richtig mit ihnen gesprochen.«

Wieder werde ich panisch. Ich kann mich daran erinnern, Autoscheinwerfer gesehen zu haben, wäre aber nie auf die Idee gekommen, dass es Dexters sein könnten. Warum war er überhaupt noch da? Ich bin gelaufen wie eine Schnecke, mit dem Auto hätte er längst über alle Berge sein müssen. Aber Moment …

»Zwei Männer?«, frage ich. »Wer denn noch?«

Carl räuspert sich kurz. »Tatsächlich hat Carter Dillane dich ins Krankenhaus gefahren.«

Oh nein.

»Wir waren ziemlich überrascht«, fügt Lennie hinzu.

»Das kann ich mir vorstellen«, murmele ich, befreie meine Hände und vergrabe mein Gesicht darin. Das ist ein Albtraum. »Das ist so peinlich. Ich habe ihn erst heute kennengelernt.«

»Du weißt, wie man einen bleibenden Eindruck hinterlässt«, kommentiert Carl trocken.

»Dad!«, stöhne ich in meine Hände. »Das ist nicht witzig.«

»Stimmt. Wenn man bedenkt, dass wir mitten in der Nacht ins Krankenhaus gefahren sind, um zu erfahren, dass unsere Tochter auf der Straße zusammengebrochen ist und von einem Filmstar und dem Role Model eines Bad Boys aufgesammelt wurde. Du hast recht, das ist nicht witzig.«

Vorsichtig sehe ich auf, erkenne aber erleichtert, dass Carl mich angrinst. »Danke für die Zusammenfassung.«

»Immer gerne, Kleines.«

Lennie legt den Kopf schief und mustert mich einen Moment. »Der Bad-Boy-Verschnitt hat gefragt, ob er zu dir darf.«

Beinahe wird mir wieder schwindelig. Der unbeschwerte Moment ist vorbei, und die Realität kracht über mich herein. Ich schüttle hastig den Kopf. »Könnt ihr euch vielleicht für mich bei den beiden bedanken? Ich will jetzt lieber schlafen.«

Ich werfe einen Blick zum Fenster, und trotz der Rollläden ist klar, dass es noch dunkel ist. »Sie sollen ins Bett gehen.«

»Ganz sicher?«

»Ich melde mich morgen bei ihnen.« Vielleicht verhalte ich mich ein bisschen unhöflich, wenn man bedenkt, dass sie mich hergebracht haben – vor allem Carter gegenüber. Aber ein Gespräch mit Dexter ist jetzt einfach zu viel. Immerhin hat mich das letzte direkt in dieses Krankenhausbett katapultiert.

Lennie nickt und drückt noch einmal kurz meine Hand, bevor er aufsteht und das Zimmer verlässt. Ich sehe ihm hinterher und versuche mir vorzustellen, wie Carter und Dex da draußen auf den unbequemen Plastikstühlen sitzen. Wie lange wohl schon? Ich habe keine Ahnung, wann ich zusammengeklappt bin und wie spät es jetzt ist. Ich frage mich, was Carter weiß. Er muss Fragen gestellt haben, wenn er mit Dexter zusammen war. Und das in der Nacht seiner Verlobung. Das darf doch nicht wahr sein. Ich bin mir sicher, dass er sich die Nacht anders vorgestellt hat. Ich muss mich dringend bei Jamie melden und bei ihr entschuldigen. Sie war so nett zu mir, und ich habe ihre Party gesprengt.

»Geht es dir gut, Kleine?«, fragt Carl und reißt mich damit aus meinen Gedanken.

Ich sehe ihn an, als mir erneut Tränen in die Augen steigen. Dann schüttle ich den Kopf. »Nein.«

Er setzt sich auf mein Bett und zieht mich in seine Arme. Als ich zu schluchzen beginne, legt er die Hand an meinen Hinterkopf und lässt mich sein Hemd vollheulen. Einen Moment lang wundere ich mich darüber, dass er sich ausgerechnet für ein Hemd entschieden hat, als die beiden aufgebrochen sind, dann schlinge ich die Arme um ihn und lasse alle Gedanken los. Keiner von uns beiden sagt ein Wort, er verlangt keine Erklärung. Er hält mich einfach fest und lässt mich einen Teil

415

des Schmerzes herausweinen, als wäre ich ein Kind, das einen Albtraum hatte.

»Es wird besser«, flüstert er nach einer Weile und drückt mir einen Kuss auf die Haare. »Ich weiß, dass du es dir im Moment nicht vorstellen kannst. Aber ich verspreche dir, irgendwann hört es auf wehzutun.«

Mir ist klar, dass er mich zu beruhigen versucht. Aber das erste Mal in meinem Leben glaube ich ihm nicht.

Ich lag drei Tage im Krankenhaus. Völlig unbegründet, wie ich immer wieder versichert habe. Trotzdem musste ich die ganzen Standardtests über mich ergehen lassen und die vorgeschriebene Zeit zur Beobachtung dableiben. Als sich die Ärzte und meine Dads ausgiebig versichert hatten, dass ich nicht sterbe, durfte ich endlich gehen.

Als ich meine Tasche in meinem Zimmer abstelle, atme ich erleichtert auf. Es war nicht leicht, meine Dads davon zu überzeugen, mich nur vor dem Wohnheim abzuladen und nicht huckepack bis ins Zimmer zu tragen.

Gerade als ich mich auf mein Bett fallen lasse, geht die Zimmertür auf, und Madison stürmt herein. Im Grunde erkenne ich sie nur an ihren fliegenden Locken, denn keine Sekunde später zieht sie mich in ihre Arme und drückt mich so fest, dass ich einen Moment lang keine Luft mehr bekomme.

»Wow«, keuche ich und tätschle ihr unbeholfen den Rücken. »Das ist eine wirklich überschwängliche Begrüßung.«

»Ich habe mir solche Sorgen gemacht!« Ihre Stimme klingt ein bisschen gepresst, als würde sie selbst nur schwer atmen können. Dann löst sie sich abrupt von mir und hält mich auf Armeslänge von sich. »Du hast echt ein Händchen für Drama, weißt du das?«

Peinlich berührt zucke ich mit den Schultern. »War nicht meine Absicht.«

»Geht es dir wirklich gut?«

»Ich habe dir jeden Tag geschrieben«, erinnere ich sie geduldig. »Alles ist gut, sie waren nur vorsichtig. Kein Grund zur Panik.«

»Zu spät.«

Grinsend stehe ich auf und beginne, meine Tasche auszupacken. »Was habe ich verpasst?«

Sie verdreht die Augen. »Nichts könnte so spannend sein wie dein Leben, Ava, ohne Spaß. Meine Geschichten wirken dagegen langweilig.«

Darauf sage ich lieber nichts. Madison ist die Einzige, der ich von Dexter und der Sache mit seinem Bruder erzählt habe. Als sie mich im Krankenhaus besucht hat, hat sie mir direkt angesehen, dass etwas nicht stimmt. Und im Gegensatz zu meinen Dads habe ich ihr zugetraut, die ganze Geschichte einigermaßen sachlich zu sehen. Ich brauche Unterstützung, und ich kann mir keine bessere vorstellen als Madison.

»Ich habe übrigens gegoogelt«, sagt sie und setzt sich an ihren Schreibtisch, damit ich Platz auf meinem Bett habe. »Du kannst selbst Informationen bei der Transplantationsgesellschaft anfordern. Es gibt keine hundertprozentige Garantie, dass es klappt, aber mehr als Nein sagen können sie auch nicht.«

Ich verziehe skeptisch die Mundwinkel. Sobald sie das Thema anspricht, habe ich das Gefühl, mir würde erneut der Boden unter den Füßen weggerissen. »Ich weiß nicht, ob ich es überhaupt wissen will. Dexter ist sich ziemlich sicher, aber es ist etwas anderes, es schwarz auf weiß zu sehen.«

»Aber vielleicht würde es dir helfen«, wirft sie mitfühlend ein. »Ein Foto von diesem Jace zu sehen oder … keine Ahnung.«

Ich will kein Foto von ihm sehen. Mir ist klar, dass das egoistisch ist, denn immerhin bin ich ihm mein Leben schuldig. Aber im Moment will ich mich so wenig wie möglich mit diesem Menschen auseinandersetzen. Und es wird dringend Zeit, meine Therapeutin mal wieder anzurufen.

»Sag einfach Bescheid, wenn du Hilfe brauchst, ja?«, erklärt sie und sieht mich so eindringlich an, dass ich hastig nicke. »Ich glaube, die ganze Sache wirkt in deinem Kopf bedrohlicher, als sie tatsächlich ist.«

»Du bist toll.« Seufzend lasse ich mich auf mein Bett sinken, das T-Shirt in der Hand, das ich gerade auf einen Bügel hängen wollte. »Was muss Dexter wohl denken, wenn er mich ansieht?«

Sie überlegt ein paar Sekunden. »Dass es zwar unfassbar schlimm ist, dass sein Bruder bei diesem Autounfall gestorben ist, dass es aber immerhin nicht völlig sinnlos war. Denn es ist sein Verdienst, dass du lebst. Dass du so ein großartiger Mensch werden konntest und wir dich kennenlernen durften.«

Ich blinzle die Tränen weg. »Wow.«

»Es ist nur die Wahrheit«, sagt sie achselzuckend.

»Vielleicht mag er mich nur, weil ich eine Verbindung zu seinem Bruder darstelle«, spreche ich das erste Mal meine Gedanken laut aus.

Sie lächelt leicht. »Ich bin mir ziemlich sicher, dass seine Gefühle dir gegenüber anderer Natur sind als die, die er für seinen Bruder empfindet, Ava.«

Ich verziehe das Gesicht. »So habe ich das nicht gemeint.«

Madison zieht die Augenbrauen hoch. »Du magst ihn.«

»Ja.«

»Dann klärt das irgendwie. Ich weiß, dass das leichter gesagt ist als getan, aber es ist doch Wahnsinn, dass ihr euch gefunden habt, oder? Wie wahrscheinlich ist das?«

Ich schnaube. »Das ist wie ein blöder Scherz.«

Sie zuckt mit den Schultern. »Das ist eure Sache. Ich sage ja nur, dass es kein Hindernis ist, wenn ihr euch wirklich mögt.«

Das sehe ich entschieden anders, doch ich halte die Klappe. Ich kann nicht in Dexter hineinschauen, allerdings kann ich mir vorstellen, dass er mich nicht urteilsfrei ansehen kann. So oder so, werde ich ihn immer an seinen toten Bruder erinnern. Und das ist keine gute Basis, egal wie Madison die ganze Situation auslegt.

Ich rieche an dem Shirt und entscheide dann doch, es in die Wäsche zu packen. Nach einer schnellen Dusche mache ich mich für die Uni fertig. Die ersten beiden Kurse habe ich verpasst, doch zu Geschichte schaffe ich es noch. Eigentlich wollte ich erst morgen wieder zum Unterricht, aber je schneller ich es hinter mich bringe, desto besser. Ich bin mir ziemlich sicher, dass sich der Vorfall bereits herumgesprochen hat. Eine Weile werde ich das Gesprächsthema sein, damit muss ich leben. Je eher ich mich zeige und klarmache, dass alles halb so schlimm ist, desto eher bin ich wieder so langweilig wie vorher.

Außerdem ist Dexter auch in Geschichte. Ich habe seine Anrufe und Nachrichten ignoriert und außer Madison und meinen Dads keinen Besuch empfangen. Ich muss dieses erste Treffen überstehen, bevor wir dazu übergehen können, einander bis ans Ende unserer Tage zu ignorieren. Das wird vermutlich das Beste sein.

Madison wartet auf mich und begleitet mich über den Campus zu meinem Hörsaal. Ich fühle mich ein bisschen, als würde ich von meiner Mama zum Unterricht gebracht. Und den ganzen Weg über bilde ich mir ein, angestarrt zu werden, auch wenn sie mir immer wieder versichert, dass das nicht der Fall ist. Ich bin nicht so arrogant zu glauben, dass ich so wahnsinnig interessant bin, die Geschichte ist mir einfach nur peinlich.

Als die Tür des Hörsaals in Sicht kommt, umarme ich Madison kurz. Sie bietet mehrfach an, mich auch noch bis zu meinem Platz zu begleiten, doch ich lehne energisch ab. Sicher will sie bei dem Drama einfach nur in der ersten Reihe sitzen und zuschauen, wenn ich Dexter begegne.

Trotz meiner Überzeugung, das Richtige zu tun, rutscht mir das Herz ein wenig in die Hose, als ich Dexter bereits auf einem Platz in der hinteren Reihe entdecke. In den paar Sekunden, die ich brauche, um von der Tür zu den ersten Reihen zu laufen, überlege ich fieberhaft, was ich tun soll. Hiermit habe ich nicht gerechnet. Für gewöhnlich taucht Dexter erst kurz vor Unterrichtsbeginn auf, und es wäre seine Entscheidung gewesen, ob er mich anspricht oder nicht. Jetzt liegt es an mir, ob ich das Gespräch suche oder ihm klarmache, dass ich keinen Bock habe, mit ihm zu sprechen.

Ich werfe ihm einen schnellen Blick zu und stelle fest, dass er mich noch nicht gesehen hat. Er hat den Kopf gesenkt und kritzelt auf irgendetwas herum.

Es ist feige und kindisch, aber ich wende mich hastig ab und setze mich auf den ersten freien Platz, den ich finden kann. Ich werde einfach so tun, als hätte ich ihn nicht bemerkt. Was ein realistisches Szenario ist … glaube ich. Es besteht durchaus die Chance, dass er mich ebenfalls nicht bemerkt und ich die erste Begegnung vielleicht doch noch um einen Tag aufschieben kann. Oder zwei. Gott, ich hasse mich selbst.

Als Professor Donald den Saal betritt, atme ich so laut aus, dass ich mir sicher bin, im ganzen Hörsaal gehört zu werden. Nervös ordne ich die Sachen auf meinem Tisch neu und checke kurz bei meinem Sitznachbarn, auf welcher Seite wir inzwischen sind. Ich muss mir unbedingt die Notizen von den Tagen besorgen, die ich verpasst habe. Vielleicht schafft das Lernen es ja, mich von meinem privaten Drama abzulenken.

Eine Hand erscheint rechts von mir, und ein kleiner Zettel segelt auf mein aufgeschlagenes Buch. Ich erstarre einen Moment, dann greife ich danach und falte ihn auseinander.

Ist dein Handy kaputt?

Stirnrunzelnd drehe ich mich um und blicke in Dexters ausdrucksloses Gesicht. Verwirrt sehe ich zu dem Platz, auf dem er gerade noch gesessen hat, doch der ist jetzt natürlich leer.

Er folgt meinem Blick. »Du hast mich also gesehen.«

Ich spüre, wie ich knallrot werde, und drehe mich hastig wieder nach vorne um.

34

DEXTER

Ich weiß, dass ich sie anstarre, aber das ist mir egal. Das bloße Wissen, dass es ihr gut geht, ist etwas völlig anderes, als sie tatsächlich zu sehen. Mich persönlich davon zu überzeugen, dass sie okay ist. Die vergangenen Tage habe ich ständig ihr Gesicht vor mir gesehen – blass und leblos, mit der Wange auf der nassen Straße und die Haare fächerförmig um ihren Kopf verteilt. Ich bin mir nicht sicher, ob ich dieses Bild jemals wieder vergessen kann. Genauso wenig wie die Angst. In dem Moment, in dem die Scheinwerfer ihre am Boden liegende Gestalt erfasst haben, habe ich echte Panik gefühlt. Etwas Ähnliches habe ich nur ein einziges Mal gespürt: Als man mir sagte, dass meine Familie ums Leben gekommen ist.

Aber Ava sitzt hier. Sie atmet und ist gesund, zumindest soweit ich das beurteilen kann. Sie lebt. Es geht ihr gut.

Und sie geht mir aus dem Weg.

Als sie sich wieder umdreht, greife ich nach einem weiteren Zettel. So leicht kommt sie mir nicht davon. Sie kann meine Anrufe und Nachrichten ignorieren, und sie kann mich im Krankenhaus abwimmeln lassen. Hier und jetzt kann sie mir aber nicht entkommen, wenn sie nicht aus einem voll besetzten Hörsaal fliehen will. Und selbst in dem Fall würde ich ihr folgen.

Geht es dir gut?

Mir ist klar, dass das eine ziemlich plumpe Frage ist, aber im Moment ist sie die drängendste. Ich werfe ihr den Zettel zu, fühle mich wie ein Viertklässler und warte ungeduldig auf ihre Antwort.

Als sie mir den Zettel zurückschiebt, sieht sie mich nicht an, aber damit kann ich erst mal leben.

Alles okay. Das Drama tut mir leid, das ist wirklich peinlich. Danke für eure Hilfe, sag das bitte auch Carter.

Wow. Mit so einer vernünftigen Antwort habe ich gar nicht gerechnet. Ich weiß von Jamie, dass sie sich bereits bei den beiden entschuldigt hat, und schon das hat mich aufgeregt. Deswegen fallen meine Worte vielleicht auch ein bisschen barscher aus als beabsichtigt.

Hör auf, dich zu entschuldigen, verdammt! Du kannst nichts dafür, dass ich ein beschissenes Timing für schlechte Nachrichten habe!

Dieses Mal braucht sie länger für ihre Antwort. Mir ist klar, dass wir dieses Gespräch vermutlich eher persönlich führen. Im Moment ist mir allerdings jede Art von Kommunikation recht. Alles ist besser als das Schweigen.

Mein Herz klopft heftiger, als ich ihre Antwort auseinanderfalte. Ich bekomme schon lange nichts mehr von dem mit, was Professor Donald da vorne erzählt, und es ist mir herzlich egal.

Für diese Nachricht gibt es keinen guten Zeitpunkt, Dexter. Ich habe den Ausflug ins Krankenhaus nicht geplant, aber das ändert nichts an dem, was ich gesagt habe. Ich denke, es ist das Beste, wenn wir einfach ein bisschen auf Abstand gehen und sehen, wie wir beide damit zurechtkommen. Ich will nicht fies sein, aber die Situation belastet uns beide. Ich will es dir nicht noch schwerer machen und mir auch nicht.

Scheiße, nein. Als ich in dieser Nacht aus dem Auto gesprungen bin und sie nicht auf mich reagiert hat, habe ich zum ersten Mal in meinem Leben klargesehen Als sie die Augen nicht aufgeschlagen hat, hatte ich keine Angst um ihr Herz.

Ich hatte keine Angst, dass Jace' Tod bedeutungslos werden würde, wenn Ava etwas passiert. Ich hatte Angst um sie. Das hatte nichts mit meinem Bruder und nichts mit seinem Herzen zu tun. Wenn ich Ava verloren hätte … Nein. Ich werde sie nicht in dem Glauben lassen, dass es mir nur um dieses verdammte Organ geht.

Lass uns reden. Bitte. Ich lade dich zum Essen ein.

Dieses Mal kommt ihre Antwort direkt. Ich kann den Stift über das Papier kratzen hören, so schnell schreibt sie.

Soll das 'ne Anmache sein? Dein Ernst, Dexter?

So war es eigentlich nicht gemeint, aber ich werde es auch nicht abstreiten. Ich habe sie schon einmal um ein Date gebeten, und ich habe kein Problem damit, es noch einmal zu tun.

Gehst du mit mir auf ein Date? Wir müssen beide reden, und wir müssen beide essen. Im Grunde ist das die Definition von einem Date.

Ich starre auf ihren Hinterkopf, als sie den Zettel auseinanderfaltet und ihn liest. Dann knickt sie ihn sorgsam in der Mitte, schiebt ihn zwischen die Seiten ihres Buches und dreht sich zu mir um. Der Blick, mit dem sie mich ansieht, ist unergründlich. Ich kann ihn nicht deuten, aber eines ist offensichtlich – glücklich ist sie nicht.

»Nein danke«, flüstert sie, dann wendet sie sich wieder nach vorn und legt demonstrativ den Stift zur Seite.

Zähneknirschend lehne ich mich zurück und verschränke die Arme vor der Brust. Mag sein, dass sie es für so einfach hält. Aber dann kennt sie mich offensichtlich schlechter, als ich erwartet hätte.

AVA

Am Morgen meines Geburtstags fühle ich mich seit Langem das erste Mal wieder wie ich selbst. Die vergangene Woche ist ein Auf und Ab gewesen, und ich freue mich tatsächlich auf einen entspannten Abend mit meinen Freunden. Madison weckt mich mit einem Muffin, in dem eine Kerze steckt, und dann führen meine Dads mich zum Frühstück aus, um an meinem Geburtstag wenigstens ein paar Stunden mit mir zu verbringen. Sie fragen mich zwar kurz nach Dexter, lassen sich im Großen und Ganzen aber schnell abwimmeln.

Beinahe wäre wieder alles beim Alten, hätte Dexter mich nicht jeden verdammten Tag nach einem Date gefragt. Entweder schickt er wieder Zettelchen, schreibt mir Nachrichten auf dem Handy oder fragt mich persönlich. Einmal hat er sogar einen Umschlag unter meiner Zimmertür hindurchgeschoben. Am Anfang habe ich noch mehr oder weniger höflich abgelehnt, irgendwann aber einfach gar nicht mehr reagiert. Ich will ja mit ihm reden, er hat es verdient, dass wir reden. Aber nicht, wenn er es in ein Date verpackt. Denn nach wie vor bin ich mir ziemlich sicher, dass er mich nicht klar sieht. Wie auch?

Aber Dexter ist heute nicht das Thema. Heute ist mein Tag, und ich habe vor, ihn gebührend zu genießen.

Nachdem Madison, Than und ich uns gemeinsam fertig gemacht haben, fahren wir mit Madisons Auto zum Club, um die letzten Vorbereitungen zu treffen. Eileen hat uns erlaubt, in der Bar zu feiern, solange wir den normalen Betrieb nicht stören und unsere Leute nicht hinter die Bar lassen. Than hat sie sogar überredet, Luftschlangen aufzuhängen.

Als wir aus dem Auto steigen, streiche ich kurz über mein Top und ziehe es ein Stück herunter, damit es nicht allzu viel Bauch zeigt. Than und Madison haben mich zu diesem Outfit überredet, ganz überzeugt bin ich jedoch nicht. Ich trage einen schwarzen High-Waist-Lederrock, verdammt hohe Schuhe und ein senfgelbes Top mit langen Ärmeln, das so kurz ist, dass ich Angst habe, meine Brüste könnten unten hindurch Hallo sagen. Es ist definitiv sexy, und ich fühle mich ziemlich verwegen, ich hoffe nur, es bleibt den Abend über alles an seinem Platz.

Ich begrüße Eileen und die Barkeeper und nehme brav alle Glückwünsche entgegen, bevor wir uns unseren Tisch suchen und die Deko aufhängen. Ich bin ein bisschen aufgeregt – es ist schon eine Weile her, dass ich meinen Geburtstag das letzte Mal richtig gefeiert habe. Ich glaube, da war ich neun.

Nach und nach trudeln meine Gäste ein: Troy kommt mit einem Date, was mich ehrlich gesagt ein bisschen beruhigt, außerdem Scarlett, Simon, Diana aus meinem Literaturkurs, Joel und Mike, der normalerweise an der Tür steht, heute Abend aber freihat. Ich bin zufrieden mit der Runde – es ist eine gute Mischung, und ich bin mir sicher, dass es ein toller Abend wird. Alle haben Geschenke dabei, was mich wahnsinnig rührt und ein bisschen überfordert. Vor allem, als ich Simons Geschenk auspacke und ein wirklich, wirklich anzügliches Trinkspiel inklusive essbarer Unterwäsche in der Hand halte.

Als alle mit Getränken versorgt sind und sich meiner Einschätzung nach gut amüsieren, zieht Madison mich am Ellbogen zur Seite.

»Hast du Dexter nicht eingeladen?«

Sein Name versetzt mir einen kurzen Stich. Ich überspiele es hastig mit einem ziemlich überzeugenden Achselzucken. »Doch, aber vielleicht hat er es sich anders überlegt.«

Ich habe Dexter aus Höflichkeit eingeladen. Er gehört irgendwie zur Clique, und ich hätte es seltsam gefunden, seinen Mitbewohner, aber nicht ihn einzuladen. Ich hatte auch Jamie geschrieben, sie und Carter sind jedoch nicht aufgetaucht. Vielleicht war es ein bisschen größenwahnsinnig, trotzdem hätte ich erwartet, dass sie wenigstens absagt. Bei Dexter kann ich mir vorstellen, dass er nach den ganzen Körben in den letzten Tagen einfach die Nase voll hat. Vielleicht hat er Jamie und Carter auch verboten zu kommen.

Damit ist das Thema beendet. Madison scheint mir anzusehen, dass ich keine Lust habe, darüber zu sprechen, und gibt es zu meiner Erleichterung auf. Ich kenne ihre Meinung – wir haben in der vergangenen Woche oft genug darüber gesprochen. Sie ist der Ansicht, ich sollte Dexter eine Chance geben, und versteht einfach nicht, dass diese ganze Herzgeschichte ein verdammtes No-Go für mich ist. Mag sein, dass Dexter und ich es irgendwann schaffen, Freunde zu sein. Doch selbst da bin ich mir im Moment nicht sicher.

Den Rest des Abends habe ich mehr Spaß, als ich erwartet habe. Auch wenn ich keinen Alkohol trinke – nach meinem jüngsten Aufenthalt im Krankenhaus halte ich das für keine gute Idee –, habe ich das Gefühl, alles ist witziger und unbeschwerter als sonst. Ich fühle mich tatsächlich wie ein ganz normaler Mensch, und das konnte ich lange nicht mehr von mir behaupten. Während wir dieses blöde Spiel ausprobieren, gerät der Stress immer mehr in den Hintergrund, bis ich ihn kaum noch wahrnehme. Und das habe ich dringend gebraucht – eine Auszeit von meinem Leben.

Gegen zwölf stürmen wir die Tanzfläche und jubeln den Tänzerinnen auf der Bühne zu. Natürlich legt Than eine kleine Showeinlage auf dem Tresen hin, doch als sie mich ebenfalls dazu auffordert, lehne ich dankend ab. Dafür bräuchte ich doch ein bisschen Alkohol.

Ich greife gerade nach Madisons Hand und ziehe sie in eine beeindruckende Pirouette, als mir jemand auf die Schulter tippt. Schwungvoll drehe ich mich um, in der Erwartung, Simon oder Joel zu sehen, und wäre beinahe gegen den Körper gestoßen, der irritierend nahe hinter mir steht.

Ich erkenne ihn allein am Geruch. Dexter. Er sagt nichts, tanzt nicht, sondern sieht mich nur an. Allein sein Anblick löst eine ganze Flut an Gefühlen in mir aus, doch in erster Linie ist es Verwirrung.

»Was machst du hier?«, rufe ich und versuche, die Bässe der Musik zu übertönen.

Er lächelt schief. »Happy Birthday«, formt er mit dem Mund, doch das Lächeln verblasst rasch wieder.

»Mein Geburtstag ist seit einer halben Stunde vorbei«, sage ich stirnrunzelnd und grinse, als Madison an meiner Seite laut buht.

Dexter wirft ihr einen kurzen Blick zu, wirkt aber ansonsten vollkommen unbeeindruckt. »Kann ich kurz mit dir reden?«

»Wir reden doch.«

»Allein?«

Ich halte inne und verschränke die Arme vor der Brust. Gut, ich war ein bisschen enttäuscht gewesen, dass er nicht aufgetaucht ist. Aber mit dieser Stimmung kann er auch gleich wieder verschwinden. »Was ist los?«, frage ich und hänge ein leicht genervtes Stöhnen dran. »Kann ich nicht einen einzigen Abend ohne Drama verbringen? Wenigstens an meinem Geburtstag?«

»Ich dachte, der ist seit einer halben Stunde vorbei?«

»Klugscheißer.«

Er hebt langsam eine Augenbraue. »Also? Es dauert nicht lange, versprochen.«

Ich sehe ihn an und überlege. Eigentlich habe ich wirklich keine Lust auf ein Gespräch, aber irgendetwas an seinem Blick lässt mich nachgeben. Die vergangenen Tage hat er immer irgendwie belustigt gewirkt, selbst wenn er eine Abfuhr kassiert hat. Jetzt hingegen ist seine Miene glatt wie Eis.

Nervös drehe ich mich zu Madison um und lehne mich zu ihr herüber, damit ich nicht schreien muss. »Ich gehe kurz mit, ja? Bin gleich wieder da.«

»Sicher?«

Nickend greife ich nach Dexters Arm und ziehe ihn in Richtung Personalräume. Was auch immer er auf dem Herzen hat, ich will es sicher nicht in einem vollgestopften Club hören. Als Eileen mich misstrauisch ansieht, schenke ich ihr ein hoffentlich umwerfendes Lächeln.

»Wir gehen nur auf den Hof«, rufe ich ihr zu. »Ist das okay?«

Sie verdreht die Augen, reckt aber einen Daumen in die Luft und winkt mich durch.

Während des kurzen Weges durch den Flur spüre ich Dexters Anwesenheit überdeutlich in meinem Rücken. Es ist, als würde er elektrische Stöße aussenden und nur ich könnte sie empfangen. Ich muss diese Gefühle ersticken, so schnell wie möglich. Draußen setze ich mich auf eine leere Bierkiste, Dexter zieht sich ein Bierfass heran und lässt sich darauf nieder. Dann sieht er mich an.

»Was ist?«, frage ich nach ein paar Sekunden. »Mein Gott, Dexter, du machst mir Angst.«

Ohne mich aus den Augen zu lassen, greift er hinter seinen Rücken und zieht einen Stapel Papiere aus seinem Hosenbund. Ich hebe die Augenbrauen, als er ihn mir hinhält.

»Was ist das?« Ich nehme ihn entgegen und werfe einen Blick auf den Briefkopf. Eine Sekunde später fühle ich mich, als hätte mir jemand einen Eimer Eiswasser in die Venen gekippt. Ich hebe den Kopf und sehe Dexter an. »Ist es das, was ich denke?«

Er nickt, sein Gesichtsausdruck ist immer noch vollkommen emotionslos. »Kam heute per Mail. Die Tante von der Transplantationsgesellschaft hat mir die Akten aus dem Krankenhaus geschickt. Vieles ist geschwärzt, aber die wichtigen Informationen sind drin.«

Ich will ihn einfach danach fragen, aber ich traue mich nicht. Die Bestätigung aus seinem Mund zu hören, ist wahrscheinlich schlimmer als die Information selbst. Also lese ich. Oder versuche es zumindest. Dexter hat recht, die meisten Passagen der Akten sind geschwärzt, weil es sich dabei vermutlich um persönliche Informationen handelt. Ich überspringe die Angaben zum behandelnden Arzt und blättere hastig um, als ich die Kopie eines Totenscheins erkenne. Inzwischen sind meine Hände schweißnass. Der Name Jace springt mir ins Auge, und es fühlt sich an, als würde mein Magen einen Looping machen. Nein, ich will das nicht lesen. Ich will nicht, dass es real wird.

Verzweifelt sehe ich auf und begegne Dexters Blick. Er beobachtet mich, wahrscheinlich schon die ganze Zeit. Kaum merklich nickt er zu den Papieren in meiner Hand. »Lies weiter.«

Mit zitternden Fingern blättere ich um. Dort stehen die Daten des Empfängers.

Und … dort steht nicht mein Name.

Die Frau, die das Herz von Jace empfangen hat, heißt Natalie Posh.

»Natalie«, flüstere ich erstickt. Die Tränen laufen über, bevor ich überhaupt bemerke, dass ich weine. Ich lese den Namen, immer und immer wieder, wie um mich selbst davon zu überzeugen, dass es nicht meiner ist. Aber hier steht es, schwarz auf weiß. Es ist nicht Jace' Herz, das in meiner Brust schlägt.

»Du bist es nicht.«

Seine Worte sind so leise, dass sie über meine viel zu lauten Gedanken kaum zu verstehen sind. Doch es ist, als würden sie das, was ich gerade gelesen habe, erst zur Realität machen.

»Ich bin es nicht.«

Sein Gesicht ist immer noch vollkommen ausdruckslos. Ich weiß nicht, was ich erwartet habe. Ein wenig Erleichterung vielleicht. Ich fühle mich erleichtert.

»Ich habe mich geirrt«, sagt er und wendet den Blick ab, als ich ihn ansehe. Sein Kiefer arbeitet, und er ballt die Hände zu Fäusten. »Ich hätte sichergehen müssen, bevor ich es dir erzähle. Es tut mir leid, Ava.«

Bevor ich weiter darüber nachdenken kann, lehne ich mich vor und nehme sein Gesicht zwischen meine Hände. Vielleicht ist es die Last auf meinem Herzen, die in der vergangenen Woche immer schwerer geworden ist und nun von mir abfällt, vielleicht kann ich auch einfach seine Verzweiflung nicht ertragen. »Hör auf damit. Das war eine seltsame Situation – niemand hätte gewusst, wie er damit umgehen soll. Wichtig ist doch nur, dass wir jetzt Klarheit haben, oder nicht?«

Endlich sieht er mich an, und dieses Mal erkenne ich all die ungesagten Dinge in seinen Augen – Wut, Verzweiflung, Verwirrung und Erleichterung.

»Hasst du mich?«, fragt er zögernd.

»Nein«, erwidere ich so überzeugt, dass es mich beinahe selbst überrascht. »Ich hasse dich nicht, Dex. Wir sollten vielleicht eine Weile ein bisschen langweiliger werden und das Tempo rausnehmen, aber ich hasse dich nicht. Hab ich nie getan.«

Das halbe Lächeln kehrt in sein Gesicht zurück, als er seine Hände über meine legt. »Du hast recht. Das war eine recht stürmische Kennenlerngeschichte.«

Ich erwidere sein Lächeln. »Normal kann doch jeder.«

»Gehst du mit mir auf ein Date?«

»Nein«, sage ich wieder und gluckse, als er die Stirn runzelt. »Ganz ehrlich, Dexter, so geht das nicht weiter. Die letzten Monate haben mich Nerven gekostet, und ich habe keine Ahnung, was bei dir alles los ist. Vielleicht sollten wir uns erst mal selbst ordnen.«

»Du klingst wie ein Glückskeks.«

»Ich hoffe, wie einer aus einem guten Restaurant.«

Er legt den Kopf schief und sieht mich abschätzend an. »Eines mit einem All-you-can-eat-Büfett.«

Ich lache. »Gut, da sehe ich mich.«

Kurz stimmt er in mein Lachen ein, wird dann aber schnell wieder ernst. »Ich werde weiter fragen, das ist dir klar, oder?«

»Vielleicht sage ich irgendwann Ja.«

35

DEXTER

Ich lasse mich in die Polster des Beifahrersitzes fallen und atme ein paarmal tief durch, um meine Nerven zu beruhigen. Das hier hat mich doch mehr mitgenommen, als ich gehofft habe.

Carter setzt sich neben mich und wirft mir einen Blick zu. »Alles gut?«

Seufzend nicke ich. »Schätze schon.«

»Das war …«

»Seltsam«, beende ich seinen Satz und lache bellend. »Ich habe sie mir irgendwie anders vorgestellt.«

»Und wie?«

»Keine Ahnung.« Ich zucke mit den Schultern. Es ist nicht unbedingt so, dass ich ein richtiges Bild von der Frau im Kopf hatte, die das Herz meines Bruders erhalten hat. Lange war dieses Bild von Ava eingenommen worden. Zu Natalie hatte ich keine Verbindung. Sie ist jung, ein wenig älter als ich, und scheint glücklich zu sein. Sie hat einen Freund, einen Job und ein Leben, für das es sich – soweit ich das beurteilen kann – zu leben lohnt.

»Wie geht es dir?«, fragt Carter und ringt die Hände, als wüsste er nicht recht, was er damit anstellen soll. »Irgendwie anders als vorher? Bist du traurig oder erleichtert oder … keine Ahnung?«

Es geht mir wie ihm. Ich weiß nicht recht, was ich erwartet habe. Dass ich irgendeine Art von emotionalem Zusammenbruch habe, wenn ich der Empfängerin begegne, vielleicht. Dass es mich weiterbringt oder runterzieht.

»Ich fühle mich irgendwie zufrieden«, versuche ich zu erklären, versage aber wahrscheinlich auf ganzer Linie. »Es ist abgeschlossen, denke ich.«

Carter grinst. »Das ist doch gut.«

»Jop.«

Er startet den Motor und dreht das Radio an, um die seltsame Stille zu übertönen. Ich lehne mich zurück und schaue aus dem Fenster. Die Spenderin, Natalie, wohnt tatsächlich in Chicago. Ich bin mir nicht ganz sicher, warum das Treffen mit ihr mich nicht einmal annähernd so sehr belastet hat wie die Vorstellung, dass es Ava sein könnte. Ich habe eine Ahnung, aber die erscheint mir im Moment nicht sehr Erfolg versprechend.

»Ich glaube, sie geht mir aus dem Weg«, sage ich, ohne vorher wirklich darüber nachzudenken. Ich bin kein guter Redner, wenn es um meine Gefühle geht. Grundsätzlich habe ich den Eindruck, dass es meistens bergab geht, wenn ich den Mund aufmache. Aber immerhin ist Carter seit inzwischen drei Monaten erfolgreich verlobt, also erscheint er mir als der qualifizierteste Gesprächspartner für dieses Thema.

»Ava«, sagt er und zieht die Augenbrauen hoch. Es überrascht mich nicht wirklich, dass er direkt weiß, von wem ich spreche. Ich bin offensichtlich nicht halb so mysteriös, wie ich es gerne wäre. »Ist sie noch sauer auf dich?«

»Das ist es ja.« Ich zucke mit den Schultern. »Ich glaube, sie war gar nicht sauer.«

Er lacht. »Bei dir klingt es, als wäre es etwas Schlechtes.«

»Ist es auch!«, sage ich verzweifelt und fahre mir durch die Haare. »Wenn sie sauer wäre, könnte ich mich einfach entschuldigen. Oder ihr Blumen schicken oder von mir aus auch einen Ghettoblaster vor ihrem Fenster hochhalten. Aber das ist sie nicht, und ich habe keine Ahnung, was los ist. Sie will nicht mit mir ausgehen, und wenn sie nicht sauer ist, dann will sie das nicht, weil sie mich nicht will.«

Wieder lacht er, und ich sehe ihn wütend an. »Was?«, fragt er und hebt kurz die Hände vom Lenkrad. »Das hört sich so an, als läge es vollkommen fernab deiner Vorstellungskraft, dass ein Mädchen dich nicht will. Das ist niedlich.«

»Ach, halt die Klappe!«

»Versetz dich doch mal in ihre Lage«, meint er beinahe väterlich und wirft mir einen Blick zu, vermutlich um zu checken, ob ich wirklich zuhöre.

»Klar, los geht's.«

»Sie hatte einen Freund, als ihr euch kennengelernt habt. Dann hatte sie Schuldgefühle, und als sie Schluss gemacht hat, hättest du vielleicht eine Chance gehabt. Womöglich hat sie sich auch Hoffnungen gemacht. Dann hast du aber deine Show abgezogen, weil du da schon deinen Verdacht hattest – wovon sie aber nichts wusste. Was bedeutet, dass sie deine Stimmungen überhaupt nicht nachvollziehen konnte. Dann knallst du ihr diese Story mit dem Herzen vor die Füße, und ich will mir gar nicht vorstellen, was da in ihrem Kopf vorgegangen ist. Dann sagst du ihr, dass alles nur eine lustige Verwechslung war, und erwartest, dass ihr einfach so tut, als wäre nichts gewesen?«

»Tue ich doch gar nicht!«, widerspreche ich, auch wenn mir selbst klar ist, dass ich wie ein trotziges Kind klinge. »Ich gehe wieder zu meinem Suchtberater und habe seit Monaten keinen Tropfen Alkohol mehr angerührt. Und ich war hier! Ich lasse die Sache hinter mir.«

Jetzt sieht Carter tatsächlich aus wie ein stolzer Papa. »Und das ist verdammt gut.«

Ich ringe die Hände. »Und?«

»Hast du ihr das mal erzählt? All das? Weiß sie davon?«

Missmutig sehe ich ihn an. »Wir betreiben Small Talk, mehr nicht. Wie sieht das denn aus, wenn ich bei ihr auftauche und ihr erzähle, was ich alles Tolles gemacht habe in letzter Zeit? Außerdem trifft sie sich mit Troy.«

Er wirft mir einen Seitenblick zu. »Und das weißt du woher?«

»Instagram«, gebe ich zähneknirschend zu.

Wieder lacht er, dieses Mal deutlich lauter. »Du stalkst sie! Das ist niedlich.«

»Okay«, schnaube ich. »Das ist das zweite Mal, dass du mich niedlich nennst. Ich denke, das Gespräch ist jetzt beendet.«

Grinsend dreht er das Radio auf und überlässt mich meinen Gedanken. Carter hat recht, auch wenn ich das nur ungern zugebe. Ava wollte ein wenig Zeit, um durchzuatmen, und vor allem wollte sie keine weiteren Dramen. Dass ich mich gerade wirklich bemühe, ebensolche zu vermeiden, kann sie nicht wissen. Ich habe sie nicht mehr um ein Date gebeten, um ihr Freiraum zu geben. Aus ihrer Sicht könnte das allerdings auch bedeuten, dass ich das Interesse verloren habe.

Was nicht stimmt. Im Gegenteil. Jeden Tag fällt es mir schwerer, mich von ihr fernzuhalten. Ich will wissen, wie es ihr geht, will wissen, wie ihr Tag war. Und vor allem will ich Troy einen Arschtritt verpassen, der ihn aus ihrer Reichweite katapultiert. Ich weiß nicht genau, was zwischen ihnen läuft. Aber Simon hat mir erzählt, dass sie im Kino waren, und auf Instagram hat er zwei Starbucks-Kaffees gepostet, und auf einem der Becher stand ihr Name. Das reicht mir schon, um ihm die Pest an den Hals zu wünschen.

Ich muss das auf die Reihe kriegen. Vielleicht ist es jetzt noch zu früh. Vielleicht komme ich auch zu spät. Der Grad dazwischen ist verdammt schmal, aber ich bin fest entschlossen, ihn zu erwischen. Unsere Geschichte ist zu dramatisch und zu bedeutend, um mit etwas anderem als einem Happy End zu enden.

AVA

Auf dem Weg zum Café frage ich mich immer wieder, warum ich das hier eigentlich tue. Ich habe Jamie seit dem furchtbaren Abend bei ihnen zu Hause nicht mehr gesehen und nur zweimal mit ihr geschrieben – einmal, um mich für ebendiesen Abend zu entschuldigen, und das andere Mal, als ich sie zu meinem denkwürdigen Geburtstag eingeladen habe. Dass sie mich auf einmal zum Kaffee einlädt, ist seltsam. Ich bilde mir gar nicht erst ein, dass ich einen so umwerfenden Eindruck gemacht habe und sie sich unbedingt mit mir anfreunden will.

Nein, ich denke, sie will über Dexter reden. Und darauf bin ich nicht unbedingt scharf.

Vielleicht ist sie ja nicht auf dem neusten Stand. Vielleicht weiß sie nicht, dass Dexter das Umwerben aufgegeben hat und wir uns selbst zu guten Bekannten degradiert haben. Wir sehen einander, nehmen einander zur Kenntnis, aber mehr nicht. Ein Zustand, der mir nicht wirklich gefällt, den ich aber so hinnehmen muss. Ein Teil von mir hasst Dexter dafür, dass er seine Versuche, mich zu einem Date zu überreden, aufgegeben hat. Gerade jetzt, wo alle Probleme, die wir in der Vergangenheit hatten, sich irgendwie in nichts aufgelöst haben. Nathan steht nicht mehr zwischen uns, der Tod seines Bruders steht nicht mehr zwischen uns. Im Grunde ist der Weg frei, aber er hat sich anscheinend entschieden, an einer Stelle abzubiegen, die mir nicht einmal aufgefallen ist. Klar, ich wollte Freiraum.

Aber ich habe nicht damit gerechnet, dass er gleich ganz verschwindet.

Ich erreiche das Café und schaue mich kurz auf der Terrasse um. Es ist saukalt draußen, ein paar Leute drängen sich um die Heizpilze und trotzen der Kälte. Ich bin ein wenig erleichtert, dass ich Jamie nirgends entdecken kann, und betrete den kleinen Laden.

Sie sitzt in einer hinteren Ecke, etwas abseits der anderen Tische und rührt mit einem Löffel in der Tasse, die vor ihr steht. Während ich auf sie zusteuere, frage ich mich, ob dieser Platz bewusst gewählt ist. Auch wenn der Hype um sie und Carter deutlich nachgelassen hat, ist sie immer noch die Verlobte eines Filmstars. Ihre Verlobung war kurz in den Schlagzeilen, vielleicht muss sie sich ja tatsächlich vor Fans verstecken.

Ich lächle, als Jamie aufschaut und mich entdeckt. Sie zieht ihre Jacke von dem Stuhl ihr gegenüber und begrüßt mich so herzlich, dass ich fast ein schlechtes Gewissen habe, weil ich an ihren Absichten gezweifelt habe.

»Wie geht es dir?«, fragt sie und schiebt die Getränkekarte zu mir herüber.

»Kann nicht klagen.« Ich zwinge ein Lächeln auf mein Gesicht. »Noch mal: Es tut mir wirklich sehr leid, dass ich euren Verlobungsabend gecrasht habe. Das war nicht meine Absicht.«

Sie winkt ab. »Mach dir darüber mal keine Gedanken. Wir sind froh, dass alles gut ausgegangen ist.«

Irgendetwas an ihrem Tonfall lässt mich die Stirn runzeln. »Hat Dexter erzählt, was passiert ist?«

»Die Sache mit Jace?«, fragt sie und seufzt, als ich nicke. »Ja, er hat es Carter erzählt, und ich bin Carters Freundin, also …«

»Schon klar.« Ich lächle, um ihr zu signalisieren, dass ich

kein Problem damit habe. »Keine Sorge, ich würde diese Geschichte auch weitererzählen.«

Grinsend nimmt sie einen Schluck von ihrem Kaffee. »Es ist eine gute Geschichte.«

Ich lache trocken auf. »Findest du? Für mich klingt es eher wie ein Drama in deutlich zu vielen Akten.«

»Entscheidet das Ende nicht maßgeblich darüber, ob es ein Drama ist oder nicht?«

»Du arbeitest am Theater, oder?«, frage ich und verdrehe die Augen, als sie nickt. »Gut, mit dir sollte ich darüber dann wahrscheinlich nicht diskutieren.«

Sie lacht und beißt sich auf die Lippen, als die Kellnerin kommt, um meine Bestellung aufzunehmen. Als sie wieder verschwunden ist, verschränke ich die Finger ineinander und lege meine Hände vor mir auf den Tisch. Ich will entschlossen wirken, habe aber so meine Zweifel, ob es funktioniert. Jamie sieht eher belustigt aus.

»Also«, sage ich bedeutungsschwer. »Wir wissen beide, dass du nicht wegen des Kaffees hier bist.«

»Es ist sehr guter Kaffee«, meint sie unschuldig. »Okay, du hast recht. Ich wollte mit dir sprechen.«

»Über Dexter.«

Jamie verdreht die Augen, grinst aber. »Weißt du noch, als ich dir erzählt habe, dass Dexter mich damals gesucht und mich überzeugt hat, dass Carter kein totales Arschloch ist?«

Ich erinnere mich vage daran, dass sie so etwas erzählt hat. Die Szene, als sie vor meiner Tür stand und nach Dexter gesucht hat, kommt mir wir eine Ewigkeit her vor, wie ein ganz anderes Leben. Damals habe ich noch gedacht, dass er einfach nur ein kleines Alkoholproblem hat.

»Ja«, sage ich und lege den Kopf schief. »Und?«

»Und es ist an der Zeit, dass ich mich dafür revanchiere.«
Sie lehnt sich auf ihrem Stuhl zurück und dankt der Kellnerin,
die einen großen Kaffee vor mir abstellt. Ich hatte nicht einmal
mitbekommen, dass sie an unseren Tisch gekommen ist. »Er
weiß nicht, dass ich hier bin. Nur falls du dich gefragt hast, ob
er mich geschickt hat oder so.«

»Hör mal«, unterbreche ich sie und rühre in meinem Kaffee,
damit er einigermaßen auf Trinktemperatur runterkühlt. »Ich
weiß nicht, auf welchem Stand du bist, aber es gibt da wirklich
nichts, was du in irgendeiner Art retten müsstest oder wovon
du mich überzeugen könntest. Dexter und ich … wir haben
kaum noch Kontakt. Und vielleicht ist das auch ganz gut so,
wenn man bedenkt, dass wir einander ständig zerfleischt haben. Mir ist klar, dass sich die Dinge seitdem geändert haben,
aber es ändert nichts daran, dass Dexter und ich immer kompliziert waren. Und das ist ihm offensichtlich auch aufgegan-
gen.«

Sie greift nach einem Zuckerpäckchen und beginnt damit
herumzuspielen. Dabei glitzert ihr Verlobungsring im Licht
des kleinen Kronleuchters über unserem Tisch. »Genau das
meine ich. Ich denke nicht, dass dir klar ist, wie viel sich tatsächlich geändert hat.«

»Wie meinst du das?«

»Dexter«, sagt sie mit einem leichten Grinsen. »Carter
meinte, du wüsstest das alles nicht, deswegen übernehme ich
das: Er ist wieder in Therapie und nimmt Beratungsangebote
entgegen. Er trinkt nicht mehr und hat die Frau besucht, an die
damals Jace' Herz gegangen ist. Er arbeitet an sich, bekämpft
seine Dämonen. Und weißt du, wofür er das tut?«

Vor meinem inneren Auge materialisiert sich die Szene, wie
Dexter und ich in diesem kleinen Hof hinter der Bar sitzen
und ich sein Gesicht in meinen Händen halte. Was habe ich

damals noch mal zu ihm gesagt? Irgendwas in der Art, dass wir uns selbst ordnen müssen, bevor wir zusammen auf ein Date gehen.

Ich sehe zu Jamie hoch, die zufrieden lächelt. Offensichtlich stehen mir meine Gedanken ins Gesicht geschrieben.

»Verstehst du?«

»Aber ...« Ich suche nach Worten und versuche es noch einmal: »Er hätte doch einfach mit mir reden können. Warum hat er mich denn mehr oder weniger ignoriert?«

Sie zuckt mit den Schultern, auch wenn ich mir ziemlich sicher bin, dass sie eine sehr genaue Meinung zu der ganzen Sache hat. »Willst du wissen, was ich denke?«

»Habe ich denn eine Wahl?«

Sie lacht kurz auf. »Ich denke, er will sich dieses Date verdienen. Wirklich verdienen. Niemand hat es in den letzten Jahren geschafft, ihn auf die Spur zu bringen, nicht einmal Carter. Dann stellst du diese Bedingung, und er fängt an, all das umzusetzen, was wir seit Jahren predigen. Ich denke ehrlich gesagt nicht, dass das ein Zufall ist.«

Ein wenig sprachlos sehe ich sie an. »Aber ich habe doch keine Bedingung gestellt. Ich meinte nur ...«

»Das weiß ich«, unterbricht Jamie mich, legt den Zucker beiseite und lehnt sich auf dem Tisch nach vorn. »Und ich will dich damit auch wirklich nicht unter Druck setzen. Es ist dein Leben, und selbst wenn Dexter einen Kopfstand macht, verpflichtet dich das zu gar nichts. Wenn du kein Interesse an ihm hast, dann ist das in Ordnung. Ich wollte nur, dass du alle Informationen hast. Es gibt viel zu viele verpasste Chancen, nur weil die Leute nie alles sagen, was sie zu sagen haben. Wer weiß, wie viele Menschen heimlich ineinander verliebt sind, ohne es einander zu sagen, weil es sonst kompliziert werden könnte?«

»Das ist verdammt weise«, sage ich trocken und lehne mich seufzend in meinem Stuhl zurück. »Und was soll ich deiner Meinung nach jetzt machen? Zu ihm gehen und ihm sagen, dass … was? Ich stolz auf ihn bin? Ich das zu schätzen weiß?«

Jamie schüttelt den Kopf und gluckst. »Gib ihm noch ein bisschen Zeit«, schlägt sie vor und runzelt dann belustigt die Stirn. »Oh, und hör vielleicht auf, dich mit diesem Kerl zu treffen. Das scheint Dex echt zu nerven.«

»Mit welchem Kerl?«, hake ich irritiert nach. »Meinst du Troy?«

Sie zuckt die Schultern. »Keine Ahnung. Er meinte nur, dass du jemanden triffst.«

Ich schnaube. »Wir hatten genau zwei Dates. Nicht der Rede wert.«

Ich sehe die Neugierde in ihren Augen aufblitzen, als sie sich erneut zu mir vorbeugt und mich über Troy auszufragen beginnt. Damit ist das Thema Dexter offensichtlich vom Tisch, und ich bin dankbar dafür. Ich weiß Jamies Eifer wirklich zu schätzen, aber im Grunde steht sie auf der falschen Seite. Im Grunde könnte sie auch gelogen haben und tatsächlich in Dexters Auftrag hier sein, auch wenn ich nicht wirklich daran glaube. Meine Gedanken sind schon wieder überfordert von so viel Informationen, und ich bin froh darüber, dass wir uns einfacheren Themen zuwenden.

Eines hat dieses Treffen aber erneut bewiesen: Langweilig wird es mit Dexter nicht.

36

Ich spüre Dexters Stift im Rücken und drehe mich zu ihm um, noch bevor er seine Hand zurückgezogen hat. Zwei Tage sind seit meinem Treffen mit Jamie vergangen, und seit zwei Tagen redet Dexter wieder mit mir. Mit Jamies Informationen sehe ich ihn ehrlich gesagt mit anderen Augen. Und jetzt erkenne ich auch die Veränderung – er ist immer noch ein missmutiger Idiot, aber er wirkt nicht mehr ganz so unfreundlich wie sonst. Außerdem habe ich ihn gestern dabei erwischt, wie er ein blaues T-Shirt getragen hat, kein schwarzes. Das kommt quasi einer komplett neuen Persönlichkeit gleich.

Als unsere Blicke sich treffen, breitet sich ein Grinsen auf seinem Gesicht aus, das mich beinah dahinschmelzen lässt. Diesen lockeren, witzigen Dexter mag ich. Ihn habe ich damals bei der Kennenlernveranstaltung erlebt, mit ihm bin ich über den Flohmarkt geschlendert und habe alberne Hüte aufgesetzt.

»Was ist?«, flüstere ich, als er nicht den Anschein macht, etwas zu sagen.

Er zieht die Augenbrauen hoch, und sein Blick gleitet an mir hinunter und zurück zu meinem Gesicht. »Du siehst hübsch aus.«

Mein Gesicht wird heiß, doch ich halte seinem Blick stand. Ich trage ein langärmliges, schlichtes Kleid, und ich freue mich über das Kompliment. Es ist normal, etwas, was ein Junge zu einem Mädchen sagt, wenn er es beeindrucken will.

»Danke.« Mit einem ziemlich dümmlichen Lächeln auf dem Gesicht drehe ich mich wieder nach vorne um und versuche, dem Unterricht zu folgen – nicht sehr erfolgreich, muss ich zugeben. Wenn ich diesen Kurs schaffen will, muss ich wirklich anfangen zu büffeln.

Auf einmal spüre ich seinen Atem in meinem Nacken und zucke zusammen. »Hast du auch Probleme mit dem Stoff?«, flüstert er.

Ich nicke nur, während sich auf meinen Armen eine Gänsehaut ausbreitet. Seine Nähe ist deutlich zu spüren, überall auf meinem Körper.

»Wäre es nicht praktisch, wenn ich Zugang zu dieser legendären Notizsammlung hätte, um die du uns gebracht hast?«

Mein spöttisches Schnauben ist im ganzen Hörsaal zu hören, aber Gott sei Dank scheint Professor Donald die Unruhe nicht zu interessieren. Ich lehne mich ein Stück zurück, um nicht so laut sprechen zu müssen. »Das war nicht meine Schuld, Cohan. Du warst wie ein aufdringlicher Schurke aus einem Schwarz-Weiß-Film.«

Er lacht leise. »Und du die naive Maid, die gar nicht wusste, wie ihr geschah.«

Ich grinse. »Ganz genau.«

Einen Moment schweigt er, dann spüre ich, wie er sich auf seinem Stuhl zurücklehnt. Ein wenig enttäuscht setze ich mich wieder normal hin. Dann segelt ein Zettel auf mein Pult, und mein Herz macht einen kleinen, aufgeregten Hopser. Ich fühle mich wie ein Mädchen in einem Teeniefilm, als ich das Papier auseinanderfalte.

Dieser Kuss gehört zu meinen Top 3!

Ich lache leise auf, während ich das Kribbeln in meiner Magengegend zu ignorieren versuche. Trotzdem spüre ich beinahe wieder Dexters Lippen auf meinen, wenn ich an diesen Abend denke. Ja, er gehört auch zu meinen Top 3. Auch wenn damals noch alles furchtbar kompliziert war, weil ich ein schlechtes Gewissen Nathan gegenüber hatte und Dexter kaum kannte.

Mit einem kurzen Blick auf Donald greife ich nach meinem Stift und kritzle eine schnelle Antwort: *Ehrlich? Ich dachte, die Nummer im Auto stünde weiter oben. Da gab es immerhin noch 'ne Fummelei.*

Die Antwort kommt prompt und lässt mich erneut grinsen.

Ich hab nicht gesagt, dass die nicht auch in meinen Top 3 ist. Aber der Kuss am ersten Abend war besser … der war so überraschend intensiv.

Ich weiß, was er meint, auch wenn es paradox ist. Immerhin haben wir uns damals nur geküsst, weil es sich um eine Aufgabe handelte. Mag sein, dass der Grund dafür konstruiert war, die Gefühle dabei aber nicht. Wir hätten uns ganz unschuldig und mechanisch küssen können, doch so war es nicht gewesen. Wenn ich ehrlich zu mir selbst bin, habe ich damals schon gewusst, dass ich ein Problem habe.

Als der Professor schließlich den Kurs beendet, packe ich meine Sachen zusammen und drehe mich um, halb in der Erwartung, Dexters Platz hinter mir leer vorzufinden – so ist es in den letzten Wochen gewesen. Doch zu meiner Überraschung steht er bereits neben mir im Gang und streckt die Hand aus.

Ein wenig irritiert folge ich seinem Blick. »Was denn?«

Er grinst. »Gib mir deine Tasche.«

»Warum?«

Seufzend verdreht er die Augen. »Ich will sie tragen. Du bist wirklich mies in so etwas, Kleine.«

Unsicher gebe ich ihm meine Tasche und beobachte, wie er sie auf seine Schulter schiebt und sich dann zufrieden zu mir umdreht.

»Trägt man nicht eigentlich nur die Bücher?«, frage ich, als er mich auffordernd ansieht und ich mich aus meiner Bankreihe quetsche. Sofort ist er neben mir und geht an meiner Seite aus dem Hörsaal. »Und ich müsste mir deine Collegejacke so halb über die Schultern legen.«

Er zuckt mit den Achseln. »Das hier ist nahe genug dran, denke ich.«

Ich nicke langsam und werfe ihm einen Blick von der Seite zu. »Wenn ich jetzt stolpere, fängst du mich dann auf?«

»Besser«, sagt er fröhlich und wackelt mit den Augenbrauen. »Ich werfe die Sachen weg, schmeiße mich unter dich, und du landest genau auf mir. Dann liegen wir eng umschlungen auf dem Boden, die Leute applaudieren, und deine Aufzeichnungen segeln um uns herum.«

»Wow«, kommentiere ich trocken. »Ich wette, dabei gibt es eine Zeitlupensequenz und dramatische Hintergrundmusik.«

»Ich finde, das wäre das Mindeste.«

Mein Lachen klingt ein wenig hysterisch, während ich einer Gruppe von Leuten ausweiche, die sich mitten im Gang versammelt hat. Als ich wieder zu Dexter aufschließe, bietet er mir seinen Arm an, und ich hake mich unter. Es fühlt sich seltsam an, so mit Dexter über den Campus zu laufen. Seltsam und schön. Und erfrischend unkompliziert.

Als wir unsere kleine Gruppe auf der Wiese erreichen, begegne ich mehreren fragenden Blicken, allen voran Madisons. Sie ist wahrscheinlich die Einzige, die das Ava-Dexter-Drama detailliert verfolgt hat, und ich kann ihre Verwirrung verstehen. Ich wäre selbst verwirrt und würde alles hinterfragen. Aber nach meinem Treffen mit Jamie habe ich mir vorgenommen, es entspannter zu sehen. Dexter und ich mögen uns, Punkt. Nicht mehr und nicht weniger, und es gibt einfach keinen Grund mehr, ständig nach einem Aber zu suchen oder einem Grund, warum das mit uns nicht funktionieren kann.

Ich lasse mich auf die Decke sinken. Inzwischen ist es beinahe zu kalt, um draußen zu sitzen, aber einmal in der Woche halten wir an dieser kleinen Tradition fest – auch wenn wir uns jedes Mal fast den Hintern abfrieren. Auch Dexter setzt sich, ziemlich nahe an meine Seite, um genau zu sein. Ich bemerke den kurzen Blick von Troy, doch als ich ihn ansehe, grinst er nur. Kein Drama, keine unnötigen Komplikationen.

Wir fangen an, über die Kurse und die anstehenden Prüfungen zu sprechen. Madison ist bestens informiert und versorgt uns mit dem neusten Klatsch und Tratsch auf dem Campus: Wer mit wem, wer nicht mehr mit wem, und wer angeblich schwanger ist. Normalerweise beteilige ich mich an diesen Gesprächen, heute fällt es mir allerdings schwer. Dexter sitzt so nahe bei mir, dass ich mir einbilde, seine Hitze spüren zu können. Immer mal wieder berühren wir uns beinahe zufällig, und jedes Mal, wenn das passiert, beginnt das Kribbeln in meinem Magen von Neuem. Ich bin mir seiner Anwesenheit so sehr bewusst, dass es mir schwerfällt, mich auf etwas anderes zu konzentrieren.

Nach einer Weile spüre ich erneut eine Berührung und drehe mich zu Dexter um, der mich so angestrengt mustert, als würde er eine komplizierte Matheaufgabe im Kopf lösen. Ich sehe ihn fragend an.

Er beißt sich auf die Lippen, dann gibt er sich offenbar einen Ruck. »Ava.«

»Dex.«

Ein paar Sekunden sieht er mich an, dann erscheint wieder dieses halbe Lächeln, für das ich eine Schwäche habe. »Gehst du mit mir auf ein Date?«

Ich habe diese Frage wirklich, wirklich oft aus seinem Mund

gehört, doch dieses Mal ist es was anderes. Dieses Mal bedeutet es etwas anderes. Ich vergesse die anderen um uns herum und lehne mich in seine Richtung, bis unsere Gesichter sich beinahe berühren. Ich könnte ihn küssen, reiße mich aber zusammen. Wir ziehen hier vermutlich ohnehin schon eine Show für die anderen ab, ich will es nicht gleich übertreiben.

»Nein«, sage ich leise, hauche es beinahe und fühle mich dabei ein wenig wie ein schlechter Pornostar. Ich lasse ihn nicht aus den Augen, als er den Mund öffnet und wieder schließt, weil er offensichtlich keine Ahnung hat, was er darauf antworten soll. Ihm ist deutlich anzusehen, dass er mit dieser Antwort nicht gerechnet hat.

Ich pruste los. Verdammt, ich wollte ein wenig länger durchhalten.

»Ja«, sage ich hastig, weil er allmählich aussieht, als würde er ernsthaft an meinem Verstand zweifeln. »Ich gehe gerne mit dir auf ein Date, Dexter.«

DREI WOCHEN SPÄTER

AVA

Nervös streiche ich über mein Kleid, zum gefühlt hundertsten Mal in der letzten Stunde. Der kalte Wind fährt mir durch die offenen Haare und über die Strumpfhose. Als ich erzittere, bin ich mir nicht sicher, ob es an der Temperatur oder der Stimmung an diesem Ort liegt. Ich lasse meinen Blick über die hohen, alten Bäume schweifen, die längst ihre Blätter verloren haben und knarrend der Kälte trotzen. Sie alle werden in ein paar Wochen wieder erblühen und diesen Platz mit neuem Leben füllen – eine schöne Vorstellung irgendwie.

Ich werfe Dexter einen Blick zu, doch er sieht mich nicht an. Er hält den Kopf gesenkt, doch seine Schritte wirken so sicher, als wäre er diesen Weg schon sehr oft gegangen.

Neben uns rahmen schlichte Steine den Weg, jeder von ihnen mit einem oder mehreren Namen versehen, die an vergangene Leben erinnern. Manche von ihnen sind sehr gepflegt, mit frischen Blumen oder Kerzen, die sanft flackern. Andere sind so verwittert, dass es mir ein wenig das Herz zusammenzieht. Vielleicht ist niemand mehr übrig, der sich um das Andenken kümmert, oder vielleicht ist es zu schwer für die Menschen hierherzukommen. Ich habe eine Menge Erfahrung mit dem Tod – ich hatte ihn oft vor Augen. Aber diese eine Grenze habe ich nie überschritten, ich habe noch nie jemanden verloren. Ich will mir das nicht vorstellen.

449

Nach ein paar Minuten wird Dexter langsamer, und ich passe mich seinem Tempo an. Ich blicke auf und entdecke einen unscheinbaren grauen Stein im Boden. Drei Namen stehen in geschwungenen Buchstaben darauf und ein einzelnes Datum. Ich habe keinen dieser Menschen gekannt, und trotzdem schnürt es mir die Kehle zu. Denn ich kenne Dexter. Und ich habe das Gefühl, dass ein Teil meiner Seele in diesem Moment für ihn weint.

Wir bleiben stehen, und ich achte darauf, dass ich ein wenig hinter Dexter bleibe. Das hier ist sein Moment, und das Letzte, was ich möchte, ist zu stören. Ich habe das Gefühl, er braucht ein paar Sekunden, um den Stein ansehen zu können. Als er es tut, verspannen sich seine Schultern, und sein Gesicht wird ausdruckslos. Das kenne ich von ihm. Wenn seine Emotionen ihn zu überwältigen versuchen, verschließt er sich. Diesen Mechanismus verstehe ich, ich kenne ihn von mir selbst.

»Da ist sie«, flüstert er leise, begleitet von einem kleinen, kehligen Laut, der mir beinahe das Herz bricht. »Mom, ich hoffe, du urteilst nicht zu hart. Ich mag sie wirklich.«

Ich brauche einen kleinen Moment, um zu begreifen, dass Dexter über mich spricht. Ich schnappe kaum hörbar nach Luft, doch Dexter scheint mich nicht zu bemerken. Er steht einfach da, mit an den Seiten herabhängenden Armen, als wäre er vollkommen allein auf diesem Planeten.

Vorsichtig mache ich einen Schritt nach vorn, bis ich genau an seiner Seite stehe. Mit den Fingern umklammere ich die einzelne Blume, die ich mitgebracht habe. Ich werfe Dexter einen vorsichtigen Blick zu, doch als er nicht reagiert, gehe ich langsam in die Hocke und lege die Blume neben den Stein. Das kräftige Rot der Blüte hebt sich deutlich vom braunen Waldboden ab, als wollte es um jeden Preis auffallen.

Mein Blick gleitet über die Namen und bleibt an dem von Dexters Bruder hängen. Heute weiß ich, dass er im Grunde keine Bedeutung für mich hat. Sein Herz schlägt nicht in meiner Brust. Doch in diesem Moment spielt es keine Rolle. Er hätte mein Spender sein können, er hat jemandes Leben gerettet. Er hat ein anderes Mädchen vor dem Tod bewahrt, genau wie mein Spender es für mich getan hat. Sein Tod hat im letzten Moment einen Sinn bekommen.

»Danke«, flüstere ich mit bebenden Lippen und berühre ganz kurz den eiskalten Stein.

Als ich wieder aufstehe, macht Dexter einen Schritt auf mich zu und bleibt dicht neben mir stehen. Keine von uns sagt ein Wort, keiner bewegt sich. Wir stehen einfach nur da, bis ich es nicht mehr aushalte.

Mit kalten Fingern greife ich nach Dexters Hand. Einen kurzen Moment lang habe ich Angst, er könnte sie wegziehen oder mich abweisen. Doch er tut es nicht. Stattdessen verschränkt er seine Finger mit meinen und drückt so fest zu, dass es beinahe wehtut. Ich weiß, was er mir sagen möchte, dafür braucht er keine Worte – er braucht mich. So, wie ich ihn brauche.

»Das ist sie«, sagt er erneut, den Blick immer noch auf den Stein gerichtet. »Ich hatte ein paar Probleme, seit ihr weg seid. Aber das ist vorbei, Mom.« Dexter dreht sich zu mir um und sieht mich an. Mit den freien Fingern fährt er sanft über meine Wange. »Du warst es. Du warst alles, was ich immer gebraucht habe.«

Mein Herz setzt eine Sekunde lang aus, nur um dann deutlich schneller weiterzuschlagen. Als würde es mir zeigen wollen, dass wir beide leben. Und dass dies ein Leben ist, das all das Drama und all das Chaos wert ist.

Danksagung

Wieder eine Danksagung und wieder so viel Verwirrung in meinem Kopf und der Versuch, meine Gedanken zu sortieren. Ich kann kaum glauben, dass dieses Buch bereits das elfte Buch ist, das ich veröffentlichen darf. Und die Betonung liegt hier ganz klar auf »dürfen«. So lange war das Schreiben lediglich ein Traum, dann irgendwann ein Hobby, und inzwischen darf ich es stolz meinen Beruf nennen. Das bedeutet mir wahnsinnig viel, und ich weiß, dass es unglaublich viele Menschen gibt, die am Erreichen dieses Ziels beteiligt waren und denen ich sehr viel zu verdanken habe.

Als Erstes, wie immer, danke ich meinen wunderschönen, unfassbar talentierten Agentinnen Mathilda, Gesa und Kristina von der Langenbuch & Weiß Literaturagentur. Wenn es drei Menschen gibt, denen ich zu verdanken habe, jeden Tag schreiben zu dürfen, dann sind es diese drei.

Mona, Bianca, Rebecca und so vielen anderen meiner begabten Kolleginnen, die diesen doch recht einsamen Job ein kleines bisschen weniger einsam machen, und natürlich meiner großartigen Familie muss ich danken. Vor allem meinen Kindern, ohne die dieses Buch deutlich früher fertig geworden wäre.

Außerdem danke ich den Darstellern von »The Walking Dead«, die mir zum Großteil ihre Namen geliehen haben.

Mein größtes Dankeschön geht dieses Mal aber an meinen Verlag und die wundervollen Menschen, die dort arbeiten und mit mir für dieses Buch gekämpft haben. Denn eines war es sicher – ein Kampf. Das Schreiben und die Figuren haben mir wahnsinnig viel Spaß gemacht, aber leider sind es manchmal die äußeren Umstände, die es für einen Autor schwierig machen, Abgabetermine und Zeitpläne einzuhalten. Für mich war es die Mischung aus privaten Umständen und dem ganzen Chaos, das das Jahr 2020 für uns alle bereitgehalten hat. Trotz all der Steine im Weg und der notwendigen Umplanungen hat der LYX-Verlag mich zu jeder Zeit unterstützt und mir geholfen, meine Arbeit und alles andere unter einen Hut zu kriegen. Das ist mit Sicherheit nicht selbstverständlich und erfordert deutlich mehr als eine einfache Erwähnung in einer Danksagung. Wollt ihr vielleicht Kuchen?

Hier also ein ganz großes, gigantisches Dankeschön an Steffi – danke für die ermüdend langen Telefonate, für dein Verständnis und deine Liebe für all die Geschichten, mit denen du dich jeden Tag beschäftigst. Danke an Sabrina, die mich und meine Buchbabys übernommen hat und sich so gut um uns kümmert. Und danke an Christin, die dem Text den letzten, dringend notwendigen Feinschliff gegeben hat. Ihr seid der Hammer!

Danke an Dich, dass Du dieses Buch gelesen hast – und die ganze Danksagung, Respekt dafür! Ohne Dich und all die anderen Leser:innen da draußen würde dieses Buch nicht existieren und als eine nette kleine Geschichte auf meinem Laptop seine letzte Ruhe finden. Du hast lange auf diese Geschichte warten müssen und ich hoffe, dass Avas und Dexters Story das Warten wert war. Fühl Dich imaginär umarmt oder (falls Du nicht so auf Umarmungen stehst) *High five*!

Und hier noch eine kleine Anmerkung von mir persönlich: Während des Schreibens und der Recherche für dieses Buch, habe ich mich ausführlich mit dem Thema Organ- und Gewebespende beschäftigt. Ich selbst besitze seit der Schulzeit einen Organspendeausweis und bin der Meinung, dass dies ein wichtiges Thema ist, mit dem man sich zumindest auseinandersetzen sollte. Falls Du Dich ebenfalls näher informieren möchtest, findest Du alles Wichtige bei der BZgA und unter organspende-info.de.

Deine Kim

Triggerwarnung

Dieses Buch enthält Elemente,
die potenziell triggern können.

Diese sind:

*Erinnerungen an den Tod von Familienangehörigen,
Schilderungen vom Kampf gegen eine Drogensucht,
lebensbedrohliche Erkrankungen und
gesundheitliche Probleme.*

Sie möchte endlich nach vorne blicken.
Er macht es ihr unmöglich

Sarah Sprinz
WHAT IF WE DROWN

400 Seiten
ISBN 978-3-7363-1448-1

Ein Neuanfang – das ist Lauries sehnlichster Wunsch, als sie nach dem tragischen Tod ihres Bruders an die Westküste Kanadas zieht. Noch vor der ersten Vorlesung ihres Medizinstudiums an der University of British Columbia lernt sie Sam kennen und spürt sofort, dass er sie auf eine nie gekannte Weise versteht. Unaufhaltsam schleicht sich der attraktive Jungmediziner in ihr Herz. Bis Laurie erkennt, wie tief er in die Ereignisse der Nacht verstrickt war, die ihren Bruder das Leben kostete ...

LYX

Wenn meine Welt stillsteht, dreht sich deine dann weiter?

Ava Reed
TRULY

384 Seiten
ISBN 978-3-7363-1296-8

Kein Job, keine Wohnung, kein Geld – so kommt Andie nach Seattle. Hier will sie sich ihren Traum erfüllen und endlich zusammen mit ihrer besten Freundin an der Harbor Hill University studieren. Während Andie darum kämpft, das Chaos in ihrem Leben in den Griff zu bekommen, trifft sie auf Cooper, der sie mit seiner schweigsamen Art gleichermaßen anzieht wie verwirrt. Und obwohl Andie genug Sorgen hat, lässt er sie einfach nicht los. Sie will wissen, wer Cooper wirklich ist. Aber sie merkt schnell, dass manche Geheimnisse tiefe Wunden hinterlassen…

»*Truly* ist einer der schönsten New-Adult-Romane, die ich je gelesen habe.« TAMI FISCHER

LYX